CB000392

o evangelho segundo jesus cristo

josé
saramago

o evangelho segundo jesus cristo

Companhia Das Letras

A editora manteve a grafia vigente em Portugal no texto de Saramago, observando as regras do Acordo Ortográfico da Língua Portuguesa de 1990.

Capa e projeto gráfico
Raul Loureiro

Imagem de capa
Untitled (9 birds in flight), de William Kentridge, 2011.
Carvão sobre papel, 40 cm × 53 cm. Cortesia do artista e da Galeria Marian Goodman. © William Kentridge

Revisão
Huendel Viana
Ana Maria Barbosa

Dados Internacionais de Catalogação na Publicação (CIP)
(Câmara Brasileira do Livro, SP, Brasil)

Saramago, José, 1922-2010
O Evangelho segundo Jesus Cristo / José Saramago. —
1ª ed. — São Paulo : Companhia das Letras, 2022.

ISBN 978-65-5921-352-8

1. Ficção portuguesa I. Título.

22-128798 CDD-869.3

Índice para catálogo sistemático:
1. Ficção : Literatura portuguesa 869.3

Cibele Maria Dias — Bibliotecária — CRB-8/9427

[2022]

EDITORA SCHWARCZ S.A.
Rua Bandeira Paulista, 702, cj. 32
04532-002 — São Paulo — SP
Telefone: (11) 3707-3500
www.companhiadasletras.com.br
www.blogdacompanhia.com.br
facebook.com/companhiadasletras
instagram.com/companhiadasletras
twitter.com/cialetras

Sumário

Ler o Evangelho

Andréa Del Fuego

Meu primeiro contato com José Saramago foi com a obra *O Evangelho segundo Jesus Cristo*. A pergunta pelo enigma da linguagem já existia e ficou vertiginosa com a leitura. Como é possível que a língua fale? Não de qualquer modo, e sim sob o comando de mãos tão hábeis que é como se o texto não se construísse, mas fosse descoberto tal qual o arqueólogo que encontra a ponta das pedras mais antigas do nosso desejo de civilização. Esta edição comemorativa também é o festejo daquilo que leva alguém a escrever, a lidar com o enigma da linguagem, sua ambiguidade por comportar, ao mesmo tempo, a porosidade que a faz absorver como água o mundo e o próprio limite dado pela regência da língua. O desejo narrativo se mantém mesmo num mundo urdido por milhares de narrativas, e parece ser até mesmo essa a própria razão, pois a vontade é narrar porque já se narrou, porque se narra continuamente desde que os homens sentaram-se em torno do fogo. Não há pudor naquele que escreve, quando leva sua voz ao íntimo do leitor, este que entrega seu pensamento à partitura que o escritor compõe.

A cadência que caracteriza José Saramago está em *O Evangelho segundo Jesus Cristo* em uma de suas melhores jazidas, sempre ofertando algo novo, convocando sua releitura. Neste romance, chamar de Evangelho o próprio Evangelho, bem como chamar Jesus, Maria e José para assumir o terreno movediço da ficção (ainda assim, mais sólido que a história), é de uma envergadura para poucos. Escrito em ritmo litúrgico, este livro é narrado tal qual uma missa, conduzida não por um padre, mas por uma voz lateral saída dos vitrais, em vez de do grande púlpito. Quem fala aqui são os desejos e seus filhos menores.

O narrador mergulha em detalhes da vida ordinária de Jesus, entra e sai de cena sem cerimônia e defende sua posição diante do julgamento que o leitor possa ter de sua condução; ele se defende sem deixar de se posicionar, assim como Sócrates antes da cicuta. E diz:

> Não faltará já por aí quem esteja protestando que semelhantes miudezas exegéticas em nada contribuem para a inteligência de uma história afinal arquiconhecida, mas ao narrador deste evangelho não parece que seja a mesma coisa tanto no que toca ao passado como no que ao futuro há de tocar, ser-se anunciado por um anjo do céu ou por um anjo do inferno, as diferenças não são apenas de forma, são de essência, substância e conteúdo, é verdade que quem fez uns anjos fez os outros, mas depois emendou a mão.

Um narrador que conduz o que já é arquiconhecido, macerado pelo tempo e sacudido pelos ventos telúricos e seculares. Que conta a história outra vez e a partir de um ângulo distinto. Nesta ficção, o Evangelho sugere ser dito por alguém mais próximo de Jesus do que foram os evangelistas, uma voz capaz de descrever o nazareno nascendo das babas da carne de Maria. A obra não está em primeira pessoa, não é Jesus quem diz, pois ele continua narrado, observado, testemunhado por outrem. Saramago dirá que "o livro não é a vida de Jesus Cristo contada pelo próprio. [...] Há um certo desacordo entre o título e o conteúdo do livro, mas deixei ficar o título como ele era, uma vez que tinha nascido assim". A composição da obra está a serviço da linguagem, antes de qualquer programa que a domestique.

O narrador, como não poderia ser diferente na obra de Saramago, é discípulo do humanismo. Jesus, personagem arquinarrado, é aqui humanizado, no sentido de que faz a si mesmo a pergunta pela qual homens e mulheres padecem: há algum ponto onde a história deixe de arder? Não há compromisso com os relatos dos Evangelhos ou qualquer pista histórica de Jesus, mas uma mescla entre o arquiconhecido e o arquicriado pelo autor. Por exemplo, neste Evangelho, Jesus não ressuscita Lázaro. Por sua vez, José, o carpinteiro de Nazaré, é apresentado como um homem que irá carregar um pesadelo recorrente e a culpa pelo fato de não ter avisado seus vizinhos que emissários de Herodes chegariam ao vilarejo para o envio de todas as crianças ao vale da morte. Caso José os tivesse avisado, teria salvado outros meninos tão vulneráveis quanto seu filho. Jesus herda a culpa e o pesadelo do pai e, diante do corpo de José crucificado, a primeira coisa que recolhe são as sandálias paternas sob lama e chuva. Ao calçá-las, no limiar da adolescência, entende que a ele está colocado um caminho desconhecido que será, inevitavelmente, trilhado até o fim da orfandade do pai carnal e também do divino. Não há salvação, há caminho.

O narrador da história arquiconhecida fala do próprio processo de narrar situações que, ao leitor, podem arranhar a prévia leitura bíblica. Irá defender aquilo que é miúdo e esquecido nas grandes narrativas heroicas: as sandálias, o chão, os mucos do corpo, o reencontro oportuno demais entre Jesus e sua parteira, apenas para azeitar a máquina narrativa:

> Dizem os entendidos nas regras de bem contar contos que os encontros decisivos, tal como sucede na vida, deverão vir entremeados e entrecruzar-se com mil outros de pouca ou nula importância, a fim de que o herói da história não se veja transformado em um ser de exceção a quem tudo poderá acontecer na vida, salvo vulgaridades. E também dizem que é esse o processo narrativo que melhor serve o sempre desejado efeito de verosimilhança, pois se o episódio imaginado e descrito não é nem poderá tornar-se nunca um facto, em dado da realidade, e nela tomar lugar, ao menos que seja capaz de o parecer, não como no relato presente, em que de modo tão manifesto se abusou da confiança do leitor, levando-se Jesus a Belém para, sem tir-te nem guar-te dar de caras, mal chegou, com a mulher que esteve de aparadeira no seu nascimento.

A culpa da não verossimilhança seria da personagem, não do narrador.

A ironia, um selo de Saramago, aqui se apresenta como a melhor óptica da narrativa, um recurso menos ligado à eloquência e ao bem dizer, e mais a certa pedagogia do humanismo. Neste missal literário a céu aberto, há um autor cuja retórica socrática laça o homem diante da ambiguidade da linguagem. Seria possível dizer também que uma das perguntas mais importantes do livro é: o que é a justiça? Neste romance, se há por vezes um narrador que lembra a defesa de Sócrates, quando o grego se entrega à cicuta não sem antes contaminar a plateia com a densidade da consciência, há ainda o homem que não tem culpa pela herança que carrega, pois nasce situado numa trama em andamento, carrega o que deixaram, um espólio estranho e turvo.

Em *Manual de pintura e caligrafia*, Saramago escreve que "todo retrato é retórico", e mais: diz que a pintura do modelo-vivo expõe o próprio pintor, que é preciso pintar o modelo às escondidas, para que o pintor enfim possa entregar-se à pintura que é, ela mesma, a destruição do retrato. Seria como afirmar que, sendo o retrato impossível, resta permitir que a expressão se faça conforme os limites do artista, também confrontando os limites da reprodução, imitação ou superação. O pintor acaba por fazer o retrato, mesmo sem saber como, tal qual Jesus, que, em *O Evangelho segundo Jesus Cristo*, faz o milagre sem saber por quê.

As mulheres deste Evangelho, Maria e Madalena, são passagens também de cunho histórico e moral. Notamos a presença de Madalena, que jamais se afasta; também as dores de Maria, no parto, entregando um espírito à vida. As dores é que experimentam as Marias, "as palavras justo e piedoso, simplesmente não têm feminino". As mulheres irão aprender no silêncio, apenas ouvindo:

> Maria ia tomando conhecimento do que não podia perguntar, trata-se de um método antigo das mulheres, aperfeiçoado em séculos e milénios de prática, quando não as autorizam a averiguar por sua conta põem-se a ouvir, e em pouco tempo sabem tudo, chegando até, o que é o cúmulo da sabedoria, a separar o falso do verdadeiro.

As mulheres talvez sejam as personagens mais ligadas à vida em si do que aos ideais mais alienantes — até os sonhos estão envolvidos com a engrenagem orgânica, feroz e vulnerável da vida humana, pois o sonho também "é o pensamento que não foi pensado quando devia". O primeiro capítulo do romance é a descrição do quadro *A crucificação de Cristo*, de Albrecht Dürer, cena do momento final de Jesus, onde se pode observar as mulheres, todas elas "Marias", aos pés do condenado. Elas jamais olham o céu, mas o homem sacrificado pelo homem.

A ironia da sociedade fundada em narrativas divinas parece ter uma lógica e um propósito, "o homem, tanto na paz como na guerra, falando em termos gerais, é a melhor coisa que podia ter sucedido aos deuses". O caráter irônico do texto assume seu teor voltairiano como assumirá o próprio narrador ao nos dar as cenas de sacrifício animal do Templo de Jerusalém, "a um espírito voltaireano, irónico e irrespeitoso, se bem que nada original, não escaparia o ensejo de observar que, vistas as coisas, parece ser condição para a manutenção da pureza no mundo existirem nele animais inocentes". Voltaire, no *Poema sobre o terremoto de Lisboa*, critica o pensamento filosófico que situa a ideia de Deus como fiador e mantenedor seguro do mundo. Diante do terremoto, o filósofo questiona a bondade desse fiador, tão defendida pelos metafísicos. Sendo Deus a causa primeira e sustentadora, ele será responsável pelo terremoto — mas por que o criador vitimaria suas criaturas? O terremoto atingiu os que creem na bondade divina, assim como os que não creem. Todos sofrem, portanto não há *escolhidos*. São iguais na negligência desse Deus, dirá Voltaire. "*Dieu vous voit du même œil que les vils vermisseaux/ Dont vous serez la proie au fond de vos tombeaux?*"*

* Em tradução livre: "Com o mesmo olho, Deus olha para vocês e para os vermes vis, cujas presas vocês logo serão no fundo de suas sepulturas?". Voltaire, "Poème sur le désastre de Lisbonne", em *Œuvres complètes de Voltaire* (Paris: Garnier, 1877, t. 9, pp. 470-9).

Voltaire critica a ilusão dos filósofos que, diante do terremoto, dizem que tudo está bem. Não se pode negar o mal que o terremoto causou, portanto, se há quem defenda que a causa primeira do mundo é Deus, significa afirmar que esse mesmo Deus teria causado o mal. Voltaire critica a visão de um Deus que seja todo bondade — um ser todo perfeito não poderia causar o mal. Ele então defende a necessidade de um Deus que fale ao gênero humano; que console o débil e ilumine o sábio. O homem busca uma fundamentação ilusória, tanto o inocente como o culpado estariam desgraçados. Eis linhas que o narrador deste romance não nega.

O Evangelho segundo Jesus Cristo, em sua correnteza perspicaz na crítica ao afastamento do homem de si mesmo, não parece uma apologia ao ateísmo, pois ser ateu talvez seja o gesto mais altruísta de inocentar Deus, este que "não perdoa os pecados que manda cometer".

o evangelho segundo jesus cristo

A Pilar

Já que muitos empreenderam compor uma
narração dos factos que entre nós se consumaram,
como no-los transmitiram os que desde o princípio
foram testemunhas oculares e se tornaram servidores
da Palavra, resolvi eu também, depois de tudo
ter investigado cuidadosamente desde a origem,
expor-tos por escrito e pela sua ordem, ilustre Teófilo,
a fim de que reconheças a solidez da doutrina em
que foste instruído.

Lucas 1,1-4

Quod scripsi, scripsi.

Pilatos

O sol mostra-se num dos cantos superiores do retângulo, o que se encontra à esquerda de quem olha, representando, o astro-rei, uma cabeça de homem donde jorram raios de aguda luz e sinuosas labaredas, tal uma rosa dos ventos indecisa sobre a direção dos lugares para onde quer apontar, e essa cabeça tem um rosto que chora, crispado de uma dor que não remite, lançando pela boca aberta um grito que não poderemos ouvir, pois nenhuma destas coisas é real, o que temos diante de nós é papel e tinta, mais nada. Por baixo do sol vemos um homem nu atado a um tronco de árvore, cingidos os rins por um pano que lhe cobre as partes a que chamamos pudendas ou vergonhosas, e os pés tem-nos assentes no que resta de um ramo lateral cortado, porém, por maior firmeza, para que não resvalem desse suporte natural, dois pregos os mantêm, cravados fundo. Pela expressão da cara, que é de inspirado sofrimento, e pela direção do olhar, erguido para o alto, deve de ser o Bom Ladrão. O cabelo, todo aos caracóis, é outro indício que não engana, sabendo-se que anjos e arcanjos assim o usam, e o criminoso arrependido, pelas mostras, já está no caminho de ascender ao mundo das celestiais criaturas. Não será possível averiguar se este tronco ainda é uma árvore, apenas adaptada, por mutilação seletiva, a instrumento de suplício, mas continuando a alimentar-se da terra pelas raízes, porquanto toda a parte inferior dela está tapada por um homem de barba comprida, vestido de ricas, folgadas e abundantes roupas, que, tendo embora levantada a cabeça, não é para o céu que olha. Esta postura solene, este triste semblante, só podem ser de José de Arimateia, que Simão de Cirene, sem dúvida outra hipótese possível, após o trabalho a que o tinham forçado, ajudando o condenado no transporte do patíbulo, conforme os protocolos destas execuções, fora à sua vida, muito mais preocupado com as consequências do atraso para um negócio que trazia aprazado do que com as mortais aflições do infeliz que iam crucificar. Ora, este José de Arimateia é aquele bondoso e abastado homem que ofereceu os préstimos de um túmulo seu para nele ser depositado o corpo principal, mas a generosidade não lhe servirá de muito na hora das santificações, sequer das beatificações, pois não tem, a envolver-lhe a cabeça, mais do que o turbante com que sai à rua todos os dias, ao contrário desta mulher que aqui vemos em plano próximo, de cabelos soltos sobre o dorso curvo e dobrado, mas toucada com a glória suprema duma auréola, no seu caso recortada como um bordado doméstico. De certeza que a mulher ajoelhada se chama Maria, pois de antemão sabíamos que todas quantas aqui vieram juntar-se usam esse nome, apenas uma delas, por ser ademais Madalena, se distingue onomasticamente das outras, ora, qualquer observador, se conhecedor bastante dos factos elementares da vida, jurará, à primeira vista, que a mencionada Madalena é esta precisamente, porquanto só uma pessoa como ela, de dissoluto passado, teria ousado apresentar-se, na hora trágica, com um decote tão aberto, e um corpete de tal maneira justo que lhe faz subir e altear a redondez dos seios, razão por que, inevitavelmente, está atraindo e retendo a mirada sôfrega dos homens que passam, com grave dano das almas, assim arrastadas à perdição pelo infame corpo. É, porém, de compungida tristeza a expressão do seu rosto, e o abandono do corpo não exprime senão a dor de uma alma, é certo que escondida por carnes tentadoras, mas que é nosso dever ter em conta, falamos da alma; claro está, esta mulher poderia até estar inteiramente nua, se em tal preparo tivessem escolhido representá-la, que ainda assim haveríamos de demonstrar-lhe respeito e homenagem. Maria Madalena, se ela é, ampara, e parece que vai beijar, num gesto de compaixão intraduzível por palavras, a mão doutra mulher, esta sim, caída por terra, como desamparada de forças ou ferida de morte. O seu nome também é Maria, segunda na ordem de apresentação, mas, sem dúvida, primeiríssima na importância, se algo significa o lugar central que ocupa na região inferior da composição. Tirando o rosto lacrimoso e as mãos desfalecidas, nada se lhe alcança a ver do corpo, coberto pelas pregas múltiplas do manto e da túnica, cingida na cintura por um cordão cuja aspereza se adivinha. É mais idosa do que a outra Maria, e esta é uma boa razão, provavelmente, mas não a única, para que a sua auréola tenha um desenho mais complexo, assim, pelo menos, se acharia autorizado a pensar quem, não dispondo de informações precisas acerca das precedências, patentes e hierarquias em vigor neste mundo, estivesse obrigado a formular uma opinião. Porém, tendo em conta o grau de divulgação, operada por artes maiores e menores, destas iconografias, só um habitante doutro planeta, supondo que nele não se houvesse repetido alguma vez, ou mesmo estreado, este drama, só esse em verdade inimaginável ser ignoraria que a afligida mulher é a viúva de um carpinteiro chamado José e mãe de numerosos filhos e filhas, embora só um deles, por imperativos do destino ou de quem o governa, tenha vindo a prosperar, em vida mediocremente, mas maiormente depois da morte. Reclinada sobre o seu lado esquerdo, Maria, mãe de Jesus, esse mesmo a quem acabamos de aludir, apoia o antebraço na coxa de uma outra mulher, também ajoelhada, também Maria de seu nome, e afinal, apesar de não lhe podermos ver nem fantasiar o decote, talvez verdadeira Madalena. Tal como a primeira desta trindade de mulheres, mostra os longos cabelos soltos, caídos pelas costas, mas estes têm todo o ar de serem louros, se não foi pura casualidade a diferença do traço, mais leve neste caso e deixando espaços vazios no sentido das madeixas, o que, obviamente, serviu ao gravador para aclarar o tom geral da cabeleira representada. Com tais razões não pretendemos afirmar que Maria Madalena tivesse sido, de facto, loura, apenas nos estamos conformando com a corrente de opinião maioritária que insiste em ver nas louras, tanto as de natureza como as de tinta, os mais eficazes instrumentos de pecado e perdição. Tendo sido Maria Madalena, como é geralmente sabido, tão pecadora mulher, perdida como as que mais o foram, teria também de ser loura para não desmentir as convicções, em bem e em mal adquiridas, de metade do género humano. Não é, porém, por parecer esta terceira Maria, em comparação com a outra, mais clara na tez e no tom do cabelo, que insinuamos e propomos, contra as arrasadoras evidências de um decote profundo e de um peito que se exibe, ser ela a Madalena. Outra prova, esta fortíssima, robustece e afirma a identificação, e vem a ser que a dita mulher, ainda que um pouco amparando, com distraída mão, a extenuada mãe de Jesus, levanta, sim, para o alto o olhar, e este olhar, que é de autêntico e arrebatado amor, ascende com tal força que parece levar consigo o corpo todo, todo o seu ser carnal, como uma irradiante auréola capaz de fazer empalidecer o halo que já lhe está rodeando a cabeça e reduzindo pensamentos e emoções. Apenas uma mulher que tivesse amado tanto quanto imaginamos que Maria Madalena amou poderia olhar desta maneira, com o que, derradeiramente, fica feita a prova de ser ela esta, só esta, e nenhuma outra, excluída portanto a que ao lado se encontra, Maria quarta, de pé, meio levantadas as mãos, em piedosa demonstração, mas de olhar vago, fazendo companhia, neste lado da gravura, a um homem novo, pouco mais que adolescente, que de modo amaneirado a perna esquerda flete, assim, pelo joelho, enquanto a mão direita, aberta, exibe, numa atitude afetada e teatral, o grupo de mulheres a quem coube representar, no chão, a ação dramática. Este personagem, tão novinho, com o seu cabelo aos cachos e o lábio trémulo, é João. Tal como José de Arimateia, também esconde com o corpo o pé desta outra árvore que, lá em cima, no lugar dos ninhos, levanta ao ar um segundo homem nu, atado e pregado como o primeiro, mas este é de cabelos lisos, deixa pender a cabeça para olhar, se ainda pode, o chão, e a sua cara, magra e esquálida, dá pena, ao contrário do ladrão do outro lado, que mesmo no transe final, de sofrimento agónico, ainda tem valor para mostrar-nos um rosto que facilmente imaginamos rubicundo, corria-lhe bem a vida quando roubava, não obstante a falta que fazem as cores aqui. Magro, de cabelos lisos, de cabeça caída para a terra que o há de comer, duas vezes condenado, à morte e ao inferno, este mísero despojo só pode ser o Mau Ladrão, retíssimo homem afinal, a quem sobrou consciência para não fingir acreditar, a coberto de leis divinas e humanas, que um minuto de arrependimento basta para resgatar uma vida inteira de maldade ou uma simples hora de fraqueza. Por cima dele, também chorando e clamando como o sol que em frente está, vemos a lua em figura de mulher, com uma incongruente argola a enfeitar-lhe a orelha, licença que nenhum artista ou poeta se terá permitido antes e é duvidoso que se tenha permitido depois, apesar do exemplo. Este sol e esta lua iluminam por igual a terra, mas a luz ambiente é circular, sem sombras, por isso pode ser tão nitidamente visto o que está no horizonte, ao fundo, torres e muralhas, uma ponte levadiça sobre um fosso onde brilha água, umas empenas góticas, e lá por trás, no testo duma última colina, as asas paradas de um moinho. Cá mais perto, pela ilusão da perspetiva, quatro cavaleiros de elmo, lança e armadura fazem voltear as montadas em alardes de alta escola, mas os seus gestos sugerem que chegaram ao fim da exibição, estão saudando, por assim dizer, um público invisível. A mesma impressão de final de festa é dada por aquele soldado de infantaria que já dá um passo para retirar-se, levando, suspenso da mão direita, o que, a esta distância, parece um pano, mas que também pode ser manto ou túnica, enquanto dois outros militares dão sinais de irritação e despeito, se é possível, de tão longe, decifrar nos minúsculos rostos um sentimento, como de quem jogou e perdeu. Por cima destas vulgaridades de milícia e de cidade muralhada pairam quatro anjos, sendo dois dos de corpo inteiro, que choram, e protestam, e se lastimam, não assim um deles, de perfil grave, absorto no trabalho de recolher numa taça, até à última gota, o jorro de sangue que sai do lado direito do Crucificado. Neste lugar, a que chamam Gólgota, muitos são os que tiveram o mesmo destino fatal e outros muitos o virão a ter, mas este homem, nu, cravado de pés e mãos numa cruz, filho de José e de Maria, Jesus de seu nome, é o único a quem o futuro concederá a honra da maiúscula inicial, os mais nunca passarão de crucificados menores. É ele, finalmente, este para quem apenas olham José de Arimateia e Maria Madalena, este que faz chorar o sol e a lua, este que ainda agora louvou o Bom Ladrão e desprezou o Mau, por não compreender que não há nenhuma diferença entre um e outro, ou, se diferença há, não é essa, pois o Bem e o Mal não existem em si mesmos, cada um deles é somente a ausência do outro. Tem por cima da cabeça, resplandecente de mil raios, mais do que, juntos, o sol e a lua, um cartaz escrito em romanas letras que o proclamam Rei dos Judeus, e, cingindo-a, uma dolorosa coroa de espinhos, como a levam, e não sabem, mesmo quando não sangram para fora do corpo, aqueles homens a quem não se permite que sejam reis em suas próprias pessoas. Não goza Jesus de um descanso para os pés, como o têm os ladrões, todo o peso do seu corpo estaria suspenso das mãos pregadas no madeiro se não fosse restar-lhe ainda alguma vida, a bastante para o manter ereto sobre os joelhos retesados, mas que cedo se lhe acabará, a vida, continuando o sangue a saltar-lhe da ferida do peito, como já foi dito. Entre as duas cunhas que firmam a cruz a prumo, como ela introduzidas numa escura fenda do chão, ferida da terra não mais incurável que qualquer sepultura de homem, está um crânio, e também uma tíbia e uma omoplata, mas o crânio é que nos importa, porque é isso o que Gólgota significa, crânio, não parece ser uma palavra o mesmo que a outra, mas alguma diferença lhes notaríamos se em vez de escrever crânio e Gólgota escrevêssemos gólgota e Crânio. Não se sabe quem aqui pôs estes restos e com que fim o teria feito, se é apenas um irónico e macabro aviso aos infelizes supliciados sobre o seu estado futuro, antes de se tornarem em terra, pó e coisa nenhuma. Mas também há quem afirme que este é o próprio crânio de Adão, subido do negrume profundo das camadas geológicas arcaicas, e agora, porque a elas não pode voltar, condenado eternamente a ter diante dos olhos a terra, seu único paraíso possível e para sempre perdido. Lá atrás, no mesmo campo onde os cavaleiros executam um último volteio, um homem afasta-se, virando ainda a cabeça para este lado. Leva na mão esquerda um balde e uma cana na mão direita. Na extremidade da cana deve haver uma esponja, é difícil ver daqui, e o balde, quase apostaríamos, contém água com vinagre. Este homem, um dia, e depois para sempre, será vítima de uma calúnia, a de, por malícia ou escárnio, ter dado vinagre a Jesus ao pedir ele água, quando o certo foi ter-lhe dado da mistura que traz, vinagre e água, refresco dos mais soberanos para matar a sede, como ao tempo se sabia e praticava. Vai-se embora, não fica até ao fim, fez o que podia para aliviar as securas mortais dos três condenados, e não fez diferença entre Jesus e os Ladrões, pela simples razão de que tudo isto são coisas da terra, que vão ficar na terra, e delas se faz a única história possível.

A noite ainda tem muito para durar. A candeia de azeite, dependurada de um prego ao lado da porta, está acesa, mas a chama, como uma pequena amêndoa luminosa pairando, mal consegue, trémula, instável, suster a massa escura que a rodeia e enche de cima a baixo a casa, até aos últimos recantos, lá onde as trevas, de tão espessas, parecem ter-se tornado sólidas. José acordou em sobressalto, como se alguém, bruscamente, o tivesse sacudido pelo ombro, mas teria sido ilusão de um sonho logo desvanecido, que nesta casa só ele vive, e a mulher, que não se mexeu, e dorme. Não é seu costume despertar assim a meio da noite, em geral não acorda antes de a larga frincha da porta começar a emergir do escuro, cinzenta e fria. Inúmeras vezes pensara que deveria tapá-la, nada mais fácil para um carpinteiro, ajustar e pregar uma simples régua de madeira que sobrasse duma obra, porém, a tal ponto se tinha habituado a encontrar na sua frente, mal abria os olhos, aquela vara vertical de luz, anunciadora do dia, que acabara por imaginar, sem ligar ao absurdo da ideia, que, faltando ela, poderia não ser capaz de sair das trevas do sono, as do seu corpo e as do mundo. A frincha da porta fazia parte da casa, como as paredes ou o teto, como o forno ou o chão de terra apisoada. Em voz baixa, para não acordar a mulher, que continuava a dormir, pronunciou a primeira bênção do dia, aquela que sempre deve ser dita quando se regressa do misterioso país do sono, Graças te dou, Senhor, nosso Deus, rei do universo, que pelo poder da tua misericórdia, assim me restituis, viva e constante, a minha alma. Talvez por não se encontrar igualmente desperto em cada um dos seus cinco sentidos, se é que, então, nesta época de que vimos falando, não estavam as pessoas ainda a aprender alguns deles ou, pelo contrário, a perder outros que hoje nos seriam úteis, José olhava-se a si mesmo como se fosse acompanhando, a distância, a lenta ocupação do seu corpo por uma alma que aos poucos estivesse regressando, igual a fios de água que, avançando sinuosos pelos caminhos das regueiras, penetrassem a terra até às mais fundas raízes, transportando a seiva, depois, pelo interior dos caules e das folhas. E por ver quão trabalhoso era este regresso, olhando a mulher, a seu lado, teve um pensamento que o perturbou, que ela, ali adormecida, era verdadeiramente um corpo sem alma, que a alma não está presente no corpo que dorme, ou então não faz sentido que agradeçamos todos os dias a Deus por todos os dias no-la restituir quando acordamos, e nesta altura uma voz dentro de si perguntou, O que é que em nós sonha o que sonhamos, Porventura os sonhos são as lembranças que a alma tem do corpo, pensou a seguir, e isto era uma resposta. Maria moveu-se, acaso a alma dela estaria ali por perto, já dentro de casa, mas no fim não despertou, apenas andaria em afãs de sonho, e, tendo soltado um suspiro fundo, entrecortado como um soluço, chegou-se para o marido, num movimento sinuoso, porém inconsciente, que jamais ousaria quando acordada. José puxou o lençol grosso e áspero para os ombros e aconchegou melhor o corpo na esteira, sem se afastar. Sentiu que o calor da mulher, carregado de odores, como de uma arca fechada onde tivessem secado ervas, lhe ia penetrando pouco a pouco o tecido da túnica, juntando-se ao calor do seu próprio corpo. Depois, deixando descer devagar as pálpebras, esquecido já de pensamentos, desprendido da alma, abandonou-se ao sono que voltava.

Só tornou a acordar quando o galo cantou. A frincha da porta deixava passar uma cor grisalha e imprecisa, de aguada suja. O tempo, usando de paciência, contentara-se com esperar que se cansassem as forças da noite e agora estava a preparar o campo para a manhã chegar ao mundo, como ontem e sempre, em verdade não estamos naqueles dias fabulosos em que o sol, a quem já tanto devíamos, levou a sua benevolência ao ponto de deter, sobre Gabaon, a sua viagem, assim dando a Josué tempo de vencer, com todos os vagares, os cinco reis que lhe cercavam a cidade. José sentou-se na esteira, afastou o lençol, e nesse momento o galo cantou segunda vez, lembrando-lhe que se encontrava em falta de uma bênção, aquela que se deve à parte de méritos que ao galo coube quando da distribuição que deles fez o Criador pelas suas criaturas, Louvado sejas tu, Senhor, nosso Deus, rei do universo, que deste ao galo inteligência para distinguir o dia da noite, isto disse José, e o galo cantou terceira vez. Era costume, ao primeiro sinal destas alvoradas, responderem-se uns aos outros os galos da vizinhança, mas hoje ficaram calados, como se para eles a noite ainda não tivesse terminado ou mal tivesse começado. José, perplexo, olhou o vulto da mulher, estranhando-lhe o sono pesado, ela que o mais ligeiro ruído fazia despertar, como um pássaro. Era como se uma força exterior, descendo, ou pairando, sobre Maria, lhe comprimisse o corpo contra o solo, porém não tanto que a imobilizasse por completo, notava-se mesmo, apesar da penumbra, que a percorriam súbitos estremecimentos, como a água de um tanque tocada pelo vento. Estará mal, pensou, mas eis que um sinal de urgência o distraiu da preocupação incipiente, uma instante necessidade de urinar, também ela muito fora do costume, que estas satisfações, na sua pessoa, habitualmente manifestavam-se mais tarde, e nunca tão vivamente. Levantou-se, cauteloso, para evitar que a mulher desse pelo que ia fazer, pois escrito está que por todos os modos se deve preservar o respeito de um homem, só quando de todo em todo não for possível, e, tendo aberto devagar a porta que rangia, saiu para o pátio. Era a hora em que o crepúsculo matutino cobre de cinzento as cores do mundo. Encaminhou-se para um alpendre baixo, que era a barraca do jumento, e aí se aliviou, escutando, com uma satisfação meio consciente, o ruído forte do jato de urina sobre a palha que cobria o chão. O burro voltou a cabeça, fazendo brilhar no escuro os olhos salientes, depois sacudiu com força as orelhas peludas e tornou a meter o focinho na manjedoura, a tentear os restos da ração com os beiços grossos e sensíveis. José aproximou-se da talha das abluções, inclinou-a, fez correr a água sobre as mãos, e depois, enquanto as enxugava na própria túnica, louvou a Deus por, em sua sabedoria infinita, ter formado e criado no homem os orifícios e vasos que lhe são necessários à vida, que se um deles se fechasse ou abrisse, não devendo, certa teria o homem a sua morte. Olhou José o céu, e em seu coração pasmou. O sol ainda tarda a despontar, não há, por todos os espaços celestes, o mais lavado indício dos rubros tons do amanhecer, sequer uma pincelada leve de róseo ou de cereja mal madura, nada, a não ser, de horizonte a horizonte, tanto quanto os muros do pátio lhe permitiam ver, em toda a extensão de um imenso teto de nuvens baixas, que eram como pequenos novelos espalmados, iguais, uma cor única de violeta que, principiando já a tornar-se vibrante e luminosa do lado donde há de romper o sol, vai progressivamente escurecendo, mais e mais, até se confundir com o que, do lado de além, ainda resta da noite. Em sua vida, José nunca vira um céu como este, embora nas longas conversas dos homens velhos não fossem raras as notícias de fenómenos atmosféricos prodigiosos, todos eles mostras do poder de Deus, arcos-íris que enchiam metade da abóbada celeste, escadas vertiginosas que um dia ligaram o firmamento à terra, chuvas providenciais de manjar do céu, mas nunca esta cor misteriosa que tanto podia ser das primordiais como das derradeiras, flutuando e demorando-se sobre o mundo, um teto de milhares de pequenas nuvens que quase se tocavam umas às outras, espalhadas em todas as direções como as pedras do deserto. Encheu-se-lhe o coração de temor, imaginou que o mundo ia acabar, e ele posto ali, única testemunha da sentença final de Deus, sim, única, há um silêncio absoluto na terra como no céu, nenhum rumor se ouve nas casas vizinhas, uma voz que fosse, um choro de criança, uma prece ou uma imprecação, um sopro de vento, o balido duma cabra, o ladrar dum cão, Por que não cantam os galos, murmurou, e repetiu a pergunta, ansiosamente, como se de cantarem galos é que pudesse vir a última esperança de salvação. Então, o céu começou a mudar. Pouco a pouco, quase sem perceber-se, o violeta tingia-se e deixava-se penetrar de rosa-pálido na face interior do teto de nuvens, avermelhando-se depois, até desaparecer, estava ali e deixara de estar, e de súbito o espaço explodiu num vento luminoso, multiplicou-se em lanças de ouro, ferindo em cheio e trespassando as nuvens, que, sem saber-se porquê nem quando, haviam crescido, tornadas formidáveis, barcas gigantescas arvorando incandescentes velas e vogando num céu enfim liberto. Desafogou-se, já sem medos, a alma de José, os olhos dilataram-se-lhe de assombro e reverência, não era o caso para menos, de mais sendo ele o único espectador, e a sua boca proferiu em voz forte os louvores devidos ao criador das obras da natureza, quando a sempiterna majestade dos céus, tendo-se tornado pura inefabilidade, não pode esperar do homem mais do que as palavras mais simples, Louvado sejas tu, Senhor, por isto, por aquilo, por aqueloutro. Disse-o ele, e nesse instante o rumor da vida, como se o tivesse convocado a sua voz, ou apenas entrando de repente por uma porta que alguém de par em par abrisse sem pensar muito nas consequências, ocupou o espaço que antes pertencera ao silêncio, deixando--lhe apenas pequenos territórios ocasionais, mínimas superfícies, como aqueles breves charcos que as florestas murmurantes rodeiam e ocultam. A manhã subia, expandia-se, e em verdade era uma visão de beleza quase insuportável, duas mãos imensas soltando aos ares e ao voo uma cintilante e imensa ave-do-paraíso, desdobrando em radioso leque a roda de mil olhos da cauda do pavão real, fazendo cantar perto, simplesmente, um pássaro sem nome. Um sopro de vento ali mesmo nascido bateu na cara de José, agitou-lhe os pelos da barba, sacudiu-lhe a túnica, e depois girou à volta dele como um espojinho atravessando o deserto, ou isto que assim lhe parecia não era mais do que o aturdimento causado por uma súbita turbulência do sangue, o arrepio sinuoso que lhe estava percorrendo o dorso como um dedo de fogo, sinal de uma outra e mais insistente urgência.

Como se se movesse no interior da rodopiante coluna de ar, José entrou em casa, cerrou a porta atrás de si, e ali ficou encostado por um minuto, aguardando que os olhos se habituassem à meia penumbra. Ao lado dele, a candeia brilhava palidamente, quase sem irradiar luz, inútil. Maria, deitada de costas, estava acordada e atenta, olhava fixamente um ponto em frente, e parecia esperar. Sem pronunciar palavra, José aproximou-se e afastou devagar o lençol que a cobria. Ela desviou os olhos, soergueu um pouco a parte inferior da túnica, mas só acabou de puxá-la para cima, à altura do ventre, quando ele já se vinha debruçando e procedia do mesmo modo com a sua própria túnica, e Maria, entretanto, abrira as pernas, ou as tinha aberto durante o sonho e desta maneira as deixara ficar, fosse por inusitada indolência matinal ou pressentimento de mulher casada que conhece os seus deveres. Deus, que está em toda a parte, estava ali, mas, sendo aquilo que é, um puro espírito, não podia ver como a pele de um tocava a pele do outro, como a carne dele penetrou a carne dela, criadas uma e outra para isso mesmo, e, provavelmente, já nem lá se encontraria quando a semente sagrada de José se derramou no sagrado interior de Maria, sagrados ambos por serem a fonte e a taça da vida, em verdade há coisas que o próprio Deus não entende, embora as tivesse criado. Tendo pois saído para o pátio, Deus não pôde ouvir o som agónico, como um estertor, que saiu da boca do varão no instante da crise, e menos ainda o levíssimo gemido que a mulher não foi capaz de reprimir. Apenas um minuto, ou nem tanto, repousou José sobre o corpo de Maria. Enquanto ela puxava para baixo a túnica e se cobria com o lençol, tapando depois a cara com o antebraço, ele, de pé no meio da casa, de mãos levantadas, olhando o teto, pronunciou aquela sobre todas terrível bênção, aos homens reservada, Louvado sejas tu, Senhor, nosso Deus, rei do universo, por não me teres feito mulher. Ora, a estas alturas, Deus já nem no pátio devia estar, pois não tremeram as paredes da casa, não desabaram, nem a terra se abriu. Apenas, pela primeira vez, se ouviu Maria, e humildemente dizia, como de mulheres se espera que seja sempre a voz, Louvado sejas tu, Senhor, que me fizeste conforme a tua vontade, ora, entre estas palavras e as outras, conhecidas e aclamadas, não há diferença nenhuma, repare-se, Eis a escrava do Senhor, faça-se em mim segundo a tua palavra, está patente que quem disse isto podia, afinal, ter dito aquilo. Depois, a mulher do carpinteiro José levantou-se da esteira, enrolou-a juntamente com a do marido e dobrou o lençol comum.

Viviam José e Maria num lugarejo chamado Nazaré, terra de pouco e de poucos, na região de Galileia, em uma casa igual a quase todas, como um cubo torto feito de tijolos e barro, pobre entre pobres. Invenções de arte arquitetónica, nenhumas, apenas a banalidade uniforme de um modelo incansavelmente repetido. Com o propósito de poupar alguma coisa nos materiais, tinham-na construído na encosta da colina, apoiada ao declive, escavado pelo lado de dentro, deste modo se criando uma parede completa, a fundeira, com a vantagem adicional de ficar facilitado o acesso à açoteia que formava o teto. Já sabemos ser José carpinteiro de ofício, regularmente hábil no mester, porém sem talento para perfeições sempre que lhe encomendem obra de mais finura. Estas insuficiências não deveriam escandalizar os impacientes, pois o tempo e a experiência, cada um com seu vagar, ainda não são bastantes para acrescentar, ao ponto de dar-se por isso no trabalho de todos os dias, o saber oficinal e a sensibilidade estética de um homem que mal passou dos vinte anos e vive em terra de tão escassos recursos e ainda menores necessidades. Contudo, não se devendo medir os méritos dos homens apenas pela bitola das suas competências profissionais, convém dizer que, apesar da sua pouca idade, é este José do mais piedoso e justo que em Nazaré se pode encontrar, exato na sinagoga, pontual no cumprimento dos deveres, e não tendo sido a sua fortuna tanta que o tivesse dotado Deus duma facúndia capaz de o distinguir dos mortais comuns, sabe discorrer com propriedade e comentar com acerto, mormente se vem a propósito introduzir no discurso alguma imagem ou metáfora relacionadas com o seu ofício, por exemplo, a carpintaria do universo. Porém, porque lhe tivesse faltado na origem o golpe de asa duma imaginação verdadeiramente criadora, nunca na sua breve vida será capaz de produzir parábola que se recorde, dito que merecesse ter ficado na memória das gentes de Nazaré e ser legado aos vindouros, menos ainda um daqueles certeiros remates em que a exemplaridade da lição se percebe logo à transparência das palavras, tão luminosa que no futuro rejeitará qualquer intrometida glosa, ou, pelo contrário, suficientemente obscura, ou ambígua, para tornar-se nos dias de amanhã em prato favorito de eruditos e outros especialistas.

Sobre os dotes de Maria, por enquanto, só procurando muito, e mesmo assim não acharíamos mais do que é legítimo esperar de quem não fez sequer dezasseis anos e, embora mulher casada, não passa duma rapariguinha frágil, por assim dizer dez-réis de gente, que também naquele tempo, sendo outros os dinheiros, não faltavam destas moedas. Apesar da fraca figura, Maria trabalha como as mais mulheres, cardando, fiando e tecendo as roupas da casa, cozendo todos os santos dias o pão da família no forno doméstico, descendo à fonte para acarretar a água, depois encosta acima, pelos íngremes carreiros, um gordo cântaro à cabeça, uma infusa apoiada no quadril, e indo depois, ao cair da tarde, por esses caminhos e descampados do Senhor, a apanhar gravetos de lenha e a rapar restolhos, levando por acrescento um cesto com que recolherá as bostas secas do gado, e também esses cardos e espinhosas que abundam nas declivosas alturas de Nazaré, do melhor que Deus foi capaz de inventar para acender um lume e entrançar uma coroa. Todo este arsenal reunido daria uma carga mais própria para ser trazida a casa no lombo do burro, não fosse a poderosa circunstância de estar a besta adstrita ao serviço de José e ao transporte das madeiras. Descalça vai Maria à fonte, descalça vai ao campo, com os seus vestidos pobres que no trabalho mais se sujam e gastam, e que é preciso estar sempre a lavar e remendar, para o marido vão os panos novos e os cuidados maiores, mulheres destas com qualquer coisa se contentam. Maria vai à sinagoga, entra pela porta lateral, que a lei impõe às mulheres, e se, é um supor, lá se encontram ela e trinta companheiras, ou mesmo todas as fêmeas de Nazaré, ou toda a população feminina de Galileia, ainda assim terão de esperar que cheguem ao menos dez homens para que o serviço do culto, em que só como passivas assistentes participarão, possa ser celebrado. Ao contrário de José, seu marido, Maria não é piedosa nem justa, porém não é sua a culpa dessas mazelas morais, a culpa é da língua que fala, senão dos homens que a inventaram, pois nela as palavras justo e piedoso, simplesmente, não têm feminino.

Ora, aconteceu que um belo dia, passadas umas quatro semanas sobre aquela inesquecível madrugada em que as nuvens do céu, de modo extraordinário, apareceram tingidas de violeta, estava José em casa, era isto pela hora do sol-pôr, e estava comendo o seu jantar, sentado no chão e metendo a mão no prato como então era geral costume, e Maria, de pé, esperava que ele acabasse para depois comer ela, e ambos calados, um porque não tinha nada que dizer, outro porque não sabia como dizer o que tinha em mente, aconteceu vir bater à cancela do pátio um pobre desses de pedir, o que, não sendo raridade absoluta, era ali pouco frequente, tendo em vista a humildade do lugar e do comum dos habitantes, sem contar com a argúcia e a experiência da gente pedinchante, sempre que é preciso recorrer ao cálculo de probabilidades, mínimas neste caso. Contudo, das lentilhas com cebola picada e das papas de grão-de-bico que estavam para ser o seu jantar, tirou Maria uma boa porção para uma tigela e foi levá-la ao mendigo, que se sentou no chão, a comer, de fora da porta, donde não passara. Não tinha precisado Maria de pedir licença ao marido de viva voz, ele foi quem lho permitiu ou ordenou com um aceno de cabeça, que já se sabe serem supérfluas as palavras nestes tempos em que um simples gesto basta para matar ou deixar viver, como nos jogos do circo se move o polegar dos césares, apontando para baixo ou para cima. Embora em diferente, também este crepúsculo estava que era uma beleza, com os seus mil fiapos de nuvem esparsos pela amplidão, rosa, nácar, salmão, cereja, são maneiras de falar da terra para que possamos entender-nos, pois estas cores, e todas as outras, não têm, que se saiba, nomes do céu. Sem dúvida estaria o mendigo com fome de três dias, que essa, sim, é fome autêntica, para em tão poucos minutos ter rapado e lambido o prato, e eis que já está batendo à porta para devolver a escudela e agradecer a caridade. Maria veio abrir, o pedinte ali estava, de pé; mas inesperadamente grande, muito mais alto do que antes lhe tinha parecido, afinal é certo o que se diz, que há uma enormíssima diferença entre comer e não ter comido, porquanto a este homem era como se lhe resplandecesse a cara e faiscassem os olhos, ao mesmo tempo que as roupas que vestia, velhas e esfarrapadas, se agitavam sacudidas por um vento que não se sabia donde vinha, e com esse contínuo movimento se nos confundia a vista, a ponto de, em um instante, parecerem os farrapos finas e sumptuosas telas, o que só estando presente se acredita. Estendeu Maria as mãos para receber a tigela de barro, a qual, em consequência duma ilusão de ótica em verdade assombrosa, porventura gerada pelas cambiantes luzes do céu, era como se a tivessem transformado em vaso do mais puro ouro, e, no mesmo instante em que a tigela passava dumas mãos para as outras, disse o mendigo com poderosíssima voz, que até nisto o pobre de Cristo tinha mudado, Que o Senhor te abençoe, mulher, e te dê todos os filhos que a teu marido aprouver, mas não permita o mesmo Senhor que os vejas como a mim me podes ver agora, que não tenho, ó vida mil vezes dolorosa, onde descansar a cabeça. Maria segurava a escudela no côncavo das duas mãos, taça sobre taça, como quem esperava que o mendigo lhe depositasse algo dentro, e ele sem explicação assim fez, que se baixou até ao chão e tomou um punhado de terra, e depois erguendo a mão deixou-a escorregar lentamente por entre os dedos, enquanto dizia em surda e ressoante voz, O barro ao barro, o pó ao pó, a terra à terra, nada começa que não tenha de acabar, tudo o que começa nasce do que acabou. Turbou-se Maria e perguntou, Isso que quer dizer, e o mendigo respondeu apenas, Mulher, tens um filho na barriga, e esse é o único destino dos homens, começar e acabar,

acabar e começar, Como soubeste que estou grávida, Ainda a barriga não cresceu e já os filhos brilham nos olhos das mães, Se assim é, deveria meu marido ter visto nos meus olhos o filho que em mim gerou, Acaso não olha ele para ti quando o olhas tu, E tu quem és, para não teres precisado de ouvi-lo da minha boca, Sou um anjo, mas não o digas a ninguém.

Naquele mesmo instante, as roupas resplandecentes voltaram a ser farrapos, o que era figura de titânico gigante encolheu-se e mirrou como se o tivesse lambido uma súbita língua de fogo, e a prodigiosa transformação foi mesmo a tempo, graças a Deus, e logo a seguir a prudente retirada, que do portal já vinha acercando-se José, atraído pelo rumor das vozes, mais abafadas do que o natural duma conversação lícita, mas sobretudo pela exagerada demora da mulher, Que mais te queria o pobre, perguntou, e Maria, sem saber que palavras suas poderia dizer, só soube responder, Do barro ao barro, do pó ao pó, da terra à terra, nada começa que não acabe, nada acaba que não comece, Foi isso que ele disse, Sim, e também disse que os filhos dos homens brilham nos olhos das mulheres, Olha para mim, Estou a olhar, Parece-me ver um brilho nos teus olhos, foram palavras de José, e Maria respondeu, Será o teu filho. O crepúsculo tornara-se azulado, ia tomando já a primeira cor da noite, agora via-se que de dentro da tigela irradiava como uma luz negra que desenhava sobre o rosto de Maria feições que nunca haviam sido dela, os olhos pareciam pertencer a alguém muito mais velho. Estás grávida, perguntou enfim José, Sim, estou, respondeu Maria, Por que não mo disseste antes, Ia dizer-to hoje, esperava que acabasses de comer, E então chegou esse pedinte, Sim, De que mais falou, que o tempo deu sem dúvida para mais, Que o Senhor me conceda todos os filhos que tu quiseres, Que tens aí na tigela, para que dessa maneira brilhe, Terra tenho, O húmus é negro, a argila verde, a areia branca, dos três só a areia brilha se lhe dá o sol, e agora é noite, Sou mulher, não sei explicar, ele tomou a terra do chão e lançou-a dentro, ao mesmo tempo disse as palavras, A terra à terra, Sim.

José foi abrir a cancela, olhou a um lado e a outro. Já não o vejo, sumiu-se, disse, mas Maria afastava-se tranquila em direção à casa, sabia que o mendigo, se era realmente quem anunciara ser, só se quisesse é que deixaria que o vissem. Pousou a tigela no poial do forno, tirou do borralho uma brasa com que acendeu a candeia, soprando-a até levantar uma pequena chama. José entrou, vinha com uma expressão interrogativa, uma mirada perplexa e desconfiada que tentava disfarçar movendo-se com vagares e solenidade de patriarca que não lhe assentavam bem, sendo tão jovem. Discretamente, fazendo por não dar nas vistas, foi espreitar a tigela, a terra luminosa, compondo na cara um ar de ceticismo irónico, porém, se era uma demonstração de varonia o que pretendia, não lhe valeu a pena, Maria tinha os olhos baixos, estava como ausente. José, com um pauzito, remexeu a terra, intrigado por vê-la escurecer quando a movia e depois retomar o brilho, sobre a luz constante, como mortiça, serpenteavam rápidas cintilações, Não compreendo, decerto há um mistério nisto, ou então a terra trazia-a já ele consigo e tu julgaste que a apanhou do chão, são embelecos de mágico, ninguém viu nunca brilhar a terra de Nazaré. Maria não respondeu, comia o pouco que lhe restara das lentilhas com cebola e das papas de grão-de-bico, acompanhando-as com um pedaço de pão untado de azeite. Ao parti-lo, dissera, como está escrito na lei, porém no tom modesto que convém à mulher, Louvado sejas tu, Adonai, nosso Deus, rei do universo, que fazes sair o pão da terra. Calada, comia, enquanto José, deixando discorrer os pensamentos como se estivesse comentando na sinagoga um versículo da Tora ou a palavra dos profetas, reconsiderava a frase que acabara de ouvir à mulher, a que ele próprio recitara no mesmo ato de partir o pão, e tentava imaginar que cevada seria a que nascesse e frutificasse duma terra que brilhava, que pão daria ela, que luz levaríamos dentro de nós se dele fizéssemos alimento. Tens a certeza de que o mendigo apanhou a terra do chão, tornou a perguntar, e Maria respondeu, Sim, tenho a certeza, E não brilhava antes, No chão não brilhava. Tanta firmeza teria de abalar a postura de desconfiança sistemática que deve ser a de qualquer homem quando confrontado com os ditos e feitos das mulheres em geral e da sua em particular, mas, para José, como para qualquer varão daqueles tempos e lugares, era doutrina muito pertinente a que definia o mais sábio dos homens como aquele que melhor saiba pôr-se a coberto das artes e artimanhas femininas. Falar-lhes pouco e ouvi-las ainda menos é a divisa de todo o homem prudente que não tenha esquecido os avisos do rabi Josephat ben Yohanán, palavras sábias entre as que mais o sejam, À hora da morte se hão de pedir contas ao varão por cada conversa desnecessária que tiver tido com sua mulher. Interrogou-se José sobre se esta conversa com Maria poderia ser contada no número das necessárias, e, tendo concluído que sim, tomando em consideração a singularidade do acontecimento, jurou no entanto a si mesmo não esquecer nunca as santas palavras do rabi seu homónimo, convém dizer que Josephat é o mesmo que

José, para não ter de estar com remorsos tardios à hora da morte, praza a Deus seja ela descansada. E, derradeiramente, tendo-se perguntado se deveria levar ao conhecimento dos anciãos da sinagoga o suspeito caso de mendigo desconhecido e terra luminosa, assentou que deveria fazê-lo, para sossego da sua consciência e defesa da paz do lar.

Maria acabou de comer. Levou fora as tigelas para as lavar, porém não, escusado seria dizê-lo, a que tinha servido ao mendigo. Na casa havia agora duas luzes, a da candeia, lutando trabalhosamente contra a noite que se instalara de vez, e aquela aura luminescente, vibrátil mas constante, como de um sol que não se decidisse a nascer. Sentada no chão, Maria esperava ainda que o marido tornasse a dirigir-lhe a palavra, mas José já não tem mais que dizer-lhe, agora está ocupado a compor mentalmente as frases do discurso que amanhã irá fazer perante o conselho dos anciãos. Aborrece-o não saber exatamente o que se passou entre a mulher e o pedinte, que outras coisas teriam dito um ao outro, mas não quer voltar a perguntar-lhe, porquanto, não sendo de esperar que ela acrescente algo de novo ao que contou já, ele teria de aceitar como verdadeiro o relato duas vezes feito, e se ela, afinal, está a mentir, não o poderá ele saber, mas ela, sim, saberá que mente e mentiu, e rir-se-á dele por baixo do manto, como há boas razões para crer que riu Eva de Adão, de modo mais disfarçado, claro está, pois nessa altura ainda não tinha um manto que a tapasse. Tendo chegado a este ponto, o pensamento de José deu o seguinte e inevitável passo, e eis que lhe está representando agora o misterioso mendigo como um emissário do Tentador, o qual, tendo mudado tanto os tempos e sendo as pessoas hoje mais avisadas, não caiu na ingenuidade de repetir o oferecimento dum simples fruto natural, antes parece que veio trazer a promessa duma terra diferente, luminosa, para isso se servindo, como de costume, da credulidade e da malícia das mulheres. José tem a cabeça em fogo, mas está contente consigo mesmo e com as conclusões a que chegou. Por seu lado, nada sabendo dos meandros de análise demonológica em que se embrenhou a mente do marido, e outro tanto das responsabilidades que lhe estão sendo atribuídas, Maria tenta compreender a estranha sensação de carência que vem experimentando desde que anunciou ao marido a sua gravidez. Não uma ausência interior, por certo, porque de mais sabe ela que se encontra, a partir de agora, e no sentido mais exato do termo, ocupada, mas precisamente uma ausência exterior, como se o mundo, de um momento para outro, se tivesse apagado ou posto à distância. Recorda, mas é como se estivesse recordando uma outra vida, que depois desta última refeição, e antes de estender as esteiras para dormir, sempre tinha algum trabalho para adiantar, com ele passava o tempo, e agora o que está pensando é que não deveria mover-se do lugar onde se encontra, sentada no chão, olhando a luz que a olha por cima do rebordo da tigela e esperando que o filho nasça. Digamos agora, por respeito à verdade, que o seu pensar não foi assim tão claro, o pensamento, afinal de contas, já por outros, ou o mesmo, foi dito, é como um grosso novelo de fio enrolado sobre si mesmo, frouxo nuns pontos, noutros apertado até à sufocação e ao estrangulamento, está aqui, dentro da cabeça, mas é impossível conhecer-lhe a extensão toda, seria preciso desenrolá-lo, estendê-lo, e finalmente medi-lo, mas isto, por mais que se intente, ou finja intentar, parece que não o pode fazer o próprio sem ajudas, alguém tem de vir um dia dizer por onde se deve cortar o cordão que liga o homem ao seu umbigo, atar o pensamento à sua causa.

Na manhã seguinte, depois duma noite mal dormida, sempre a acordar por obra de um pesadelo em que se via a si mesmo caindo e tornando a cair para dentro de uma imensa tigela invertida que era como o céu estrelado, José foi à sinagoga, a pedir conselho e remédio aos anciãos. O seu insólito caso era de tal maneira extraordinário, ainda que não pudesse imaginar até que ponto, faltando-lhe, como sabemos, o melhor da história, isto é, o conhecimento do essencial, que se não fosse a excelente opinião que dele têm os veteranos de Nazaré, quiçá tivesse de voltar pelo mesmo caminho, corrido, com as orelhas a arder, ouvindo, como um ressoante som de bronze, a sentença do Eclesiástico com que o teriam fulminado, Quem acredita levianamente, tem um coração leviano, e ele, coitado, sem presença de espírito para retorquir, armado do mesmo Eclesiástico, e a propósito do sonho que o perseguira a noite inteira, O espelho e os sonhos são coisas semelhantes, é como a imagem do homem diante de si próprio. Terminado, pois, o relato, olharam os anciãos uns para os outros e depois todos juntos para José, e o mais velho deles, traduzindo numa pergunta direta a discreta suspicácia do conselho, disse, É verdade, inteira verdade e só verdade o que acabas de contar-nos, e o carpinteiro respondeu, Verdade, toda a verdade e nada mais que a verdade, seja o Senhor minha testemunha. Debateram os anciãos longamente entre eles, enquanto José esperava à parte, e ao fim chamaram-no para anunciar-lhe que, por via de diferenças que persistiam sobre os procedimentos mais convenientes, haviam decidido enviar três emissários a interrogar Maria, diretamente, sobre os estranhos acontecimentos, averiguar quem era afinal esse pedinte que ninguém mais vira, a figura que tinha, que exatas palavras pronunciara, se aparecia regularmente por Nazaré a pedir esmola, apurando-se, de passagem, que outras notícias poderia dar a vizinhança acerca do misterioso personagem. Alegrou-se José em seu coração porque, não querendo confessá-lo, intimidava-o a ideia de ter de ir enfrentar-se sozinho com a mulher, por aquele seu modo particular de estar agora, de olhos baixos, é certo, segundo manda a discrição, mas também com uma indisfarçável expressão provocadora, a expressão de quem sabe mais do que tenciona dizer, mas quer que se note. Em verdade, em verdade vos digo, não há limites para a malícia das mulheres, sobretudo as mais inocentes.

Saíram pois os emissários, com José à frente, a indicar o caminho, e eram eles Abiatar, Dotaim e Zaquias, nomes que aqui se deixam registados para estorvar qualquer suspeita de fraude histórica que possa, acaso, perdurar no espírito de todas aquelas pessoas que destes factos e suas versões tenham obtido conhecimento através doutras fontes, porventura mais acreditadas pela tradição, mas não por isso mais autênticas. Enunciados os nomes, provada a existência efetiva de personagens que os usaram, as dúvidas que restem perdem muito da sua força, embora não a legitimidade. Não sendo isto de todos os dias, saírem à rua três anciãos emissários, como se lhes descobria pela dignidade particular da marcha, com as túnicas e as barbas ao vento, em pouco se juntaram ao redor deles alguns garotos, que, cometendo os excessos próprios da sua idade, uns risos, uns gritos, umas correrias, acompanharam os delegados da sinagoga até à casa de José, a quem o ruidoso e denunciador cortejo muito viera enfadando. Atraídas pelo ruído, as mulheres das casas próximas apareceram às portas e, pressentindo novidade, disseram aos filhos que fossem ver que ajuntamento era aquele à porta da vizinha Maria. Penas perdidas foram, que entraram só os homens. A porta fechou-se com autoridade, nenhuma curiosa mulher de Nazaré veio a saber o que em casa do carpinteiro José se passou, até aos dias de hoje. E, tendo de imaginar alguma coisa para alimento da curiosidade insatisfeita, vieram a fazer do mendigo, que nunca chegaram a ver, um ladrão de casas, grande injustiça foi, que o anjo, porém não digais a ninguém que o era, aquilo que comeu não roubou, e ainda deixou penhor sobrenatural. É que, enquanto os dois anciãos de mais idade continuavam a interrogar Maria, foi o menos velho dos três, Zaquias, pelas imediações a recolher lembranças de um mendigo assim assim, conforme os sinais dados pela mulher do carpinteiro, e nenhuma vizinha soube dar-lhe notícias, que não senhor, ontem não passou por cá nenhum pedinte, e se passou à minha porta não bateu, isso devia de ser ladrão em trânsito, que, encontrando a casa com gente, fingiu ser pobre de pedir e descampou para outra parte, é um truque conhecido desde que o mundo é mundo.

Voltou Zaquias sem novas do pedinte a casa de José ao tempo que Maria repetia pela terceira ou quarta vez o que já sabemos. Estavam todos no interior da casa, ela ali de pé, parecendo ré de um crime, a tigela no chão, e dentro, insistente, como um coração palpitando, a terra enigmática, a um lado José, e os anciãos sentados em frente, como juízes, e dizia Dotaim, o do meio em idade, Não é que não queiramos acreditar no que nos contas, mas repara que és a única pessoa que viu esse homem, se homem era, teu marido nada mais sabe dele que ter--lhe ouvido a voz, e agora aqui vem Zaquias dizer-nos que nenhuma das tuas vizinhas o viu, Serei testemunha diante do Senhor, ele sabe que a verdade fala pela minha boca, A verdade, sim, mas quem sabe se toda a verdade, Beberei a água da prova do Senhor e ele manifestará se sou culpada, A prova das águas amargas é para as mulheres suspeitas de infidelidade, não pudeste ser infiel a teu marido, não te dava o tempo, A mentira, diz--se, é o mesmo que infidelidade, Outra, não essa, A minha boca é tão fiel como eu sou. Tomou então a palavra Abiatar, o mais velho dos três anciãos, e disse, Não te perguntaremos mais, o Senhor te pagará sete vezes pela verdade que tiveres dito ou sete vezes sete cobrará de ti pela mentira com que nos tenhas enganado. Calou--se e continuou calado, depois disse, dirigindo-se a Zaquias e Dotaim, Que faremos nós desta terra que brilha, se aqui não deve ficar como a prudência aconselha, pois bem pode ser que estas artes sejam do demónio. Disse Dotaim, Que torne à terra donde veio, que volte a ser escura como foi antes. Disse Zaquias, Não sabemos quem fosse o mendigo, nem por que quis ser visto apenas por Maria, nem o que significa brilhar um punhado de terra no fundo duma tigela. Disse Dotaim, Levemo--la ao deserto e espalhemo-la ali, longe das vistas dos homens, para que o vento a disperse na imensidão e seja apagada pela chuva. Disse Zaquias, Se esta terra é um bem, não deve ser levada donde está, e se, pelo contrário, é um mal, que fiquem sujeitos a ele só aqueles que foram escolhidos para recebê-la. Perguntou Abiatar, Que propões, então, e Zaquias respondeu, Que se cave aqui um buraco e se deposite a tigela no fundo dele, tapada para que não se misture com a terra natural, um bem, mesmo que enterrado, não se perde, e um mal terá menos poder longe da vista. Disse Abiatar, Que pensas tu, Dotaim, e este respondeu, É justo o que propõe Zaquias, façamos como ele diz. Então Abiatar disse para Maria, Retira-te e deixa-nos proceder, Para onde irei eu, perguntou ela, e José, de súbito inquieto, Se vamos enterrar a tigela, que seja fora de casa, não quero dormir com uma luz sepultada debaixo de mim. Disse Abiatar, Faça-se como dizes, e para Maria, Ficarás aqui. Saíram os homens para o pátio, levando Zaquias a tigela. Pouco depois ouviram-se golpes de enxada, repetidos e duros, era José que estava cavando, e passados uns minutos a voz de Abiatar que dizia, Basta, já tem fundura que chegue. Maria espreitou pela fenda da porta, viu o marido tapar a tigela com um caco curvo de bilha e depois descê-la, a toda a altura do braço, para o interior da cova, enfim levantar-se e, deitando mão outra vez à enxada, começar a puxar a terra para dentro, calcando-a depois com os pés.

Os homens ficaram ainda algum tempo no pátio, falando uns com os outros e olhando a mancha de terra fresca, como se tivessem acabado de esconder um tesouro e quisessem fixar o local na memória. Mas certamente não era disto que falavam, porque de repente ouviu-se, mais forte, a voz de Zaquias, em tom que parecia de repreensão sorridente, Ora tu, José, que carpinteiro me estás saindo, que nem és capaz de fazer uma cama, agora que tens aí a mulher grávida. Riram-se os outros e José com eles, um tanto por comprazer, como alguém que foi apanhado em falta e quer fazer de conta que não. Maria viu-os encaminharem-se para a cancela e saírem, e agora, sentada no poial do forno, passeava os olhos pela casa buscando o sítio onde haverá de pôr a cama, se o marido resolver fazê-la. Não queria pensar na tigela de barro nem na terra luminosa, tão-pouco se o mendigo seria realmente um anjo ou um farsante que viera divertir-se à sua custa. Uma mulher, se lhe prometem uma cama para a sua casa, deve é pensar onde ela vai ficar melhor.

Foi na passagem dos dias do mês de Tamuz para o mês de Av, quando se colhiam as uvas nos vinhedos e os primeiros figos maduros começavam a pintar entre a sombra verde das ásperas parras, que estes acontecimentos se deram, uns correntes e habituais, como ter-se chegado carnalmente um homem a sua mulher e passado o tempo dizer-lhe ela a ele, Estou grávida de ti, outros em verdade extraordinários, como caberem as primícias do anúncio a um mendigo em trânsito que, com toda a razoabilidade, nada deveria ter com o caso, sendo apenas autor do até agora inexplicado prodígio da terra luminosa, posta fora de alcance e investigação pela desconfiança de José e a prudência dos anciãos. Vão chegar aí os grandes calores, os campos estão pelados, só restolho e secura, Nazaré é uma aldeia parda rodeada de silêncio e solidão nas sufocantes horas do dia, à espera de que venha a noite estrelada para poder ouvir-se o respirar da paisagem oculta pela escuridão e a música que fazem as esferas celestes ao deslizarem umas sobre as outras. Depois da ceia, José ia sentar-se no pátio, do lado direito da porta, a tomar ar, gostava de sentir soprar-lhe na cara e nas barbas a primeira aragem refrescante do crepúsculo. Quando já se pusera de todo escuro, Maria vinha também e sentava-se no chão, como o marido, mas do outro lado da porta, e ali ficavam os dois, sem falar, ouvindo os rumores da casa dos vizinhos, a vida das famílias, que eles ainda não eram, faltando os filhos, Praza ao Senhor que seja um rapaz, pensava José algumas vezes ao longo do dia, e Maria pensava, Praza ao Senhor que seja um rapaz, mas as razões por que o pensava não eram as mesmas. A barriga de Maria crescia sem pressa, tiveram de passar-se semanas e meses antes que se percebesse às claras o seu estado, e, não sendo ela de dar-se muito com as vizinhas, por tão modesta e discreta ser, a surpresa foi geral nas redondezas, como se ela tivesse aparecido de balão da noite para o dia. Porventura o silêncio de Maria tinha uma outra e mais secreta razão, a de que nunca, por nunca ser, pudesse vir a estabelecer-se uma relação entre a sua gravidez e a passagem do mendigo misterioso, precaução esta que só deveria parecer-nos absurda, sabendo como as coisas se passaram, se não se desse o caso de, em horas de afrouxamento do corpo e livre devaneio do espírito, ter Maria chegado a perguntar-se, mas porquê, Deus Santo, ao mesmo tempo aterrada pela insensatez da dúvida e alterada por um estremecimento íntimo, sobre quem seria, real e verdadeiro, o pai da criança que dentro de si se está formando. É sabido que as mulheres, quando no seu estado interessante, são atreitas a entojos e fantasias, às vezes bem piores do que esta, que manteremos em segredo para que não caia mancha na boa fama da futura mãe.

O tempo foi passando, um lento mês seguindo-se a outro, o de Elul, ardente como uma fornalha, com o vento dos desertos do sul varrendo e queimando os ares, época em que as tâmaras e os figos se tornam em pingos de mel, o de Tishri, quando as primeiras chuvas do outono amaciam a terra e chamam os arados à lavra para as semeaduras, e foi no mês seguinte, o de Marhesvan, tempo da apanha da azeitona, que finalmente, arrefecendo já os dias, José se resolveu a carpinteirar um rústico catre, que para cama digna desse nome já sabemos que não lhe chega a ciência, onde Maria, depois de esperar tanto, pôde descansar o pesado e incómodo ventre. Nos últimos dias do mês de Quislau e quase todo o mês de Tavet caíram as grandes chuvas, por isso teve José de interromper o trabalho no pátio, apenas aproveitava as breves abertas em se tratando de peças de grande tamanho, o mais comum era estar dentro de casa, a jeito de receber a claridade que vinha da porta, e aí raspava e alisava os jugos que deixara em tosco, cobrindo o chão à sua volta de aparas e serradura que Maria depois vinha varrer e lançar ao pátio.

No mês de Shevat floriram as amendoeiras, e entrara-se já no mês de Adar, depois das festas do Purim, quando apareceram em Nazaré uns soldados romanos, dos que então andavam por Galileia, de povoado em cidade, de cidade em povoado, e outros pelas mais partes do reino de Herodes, fazendo saber às populações que, por ordem de César Augusto, todas as famílias que tivessem o seu domicílio nas províncias governadas pelo cônsul Públio Sulpício Quirino estavam obrigadas a recensear-se e que o recenseamento, destinado, como outros, a pôr em dia o cadastro dos contribuintes de Roma, teria de ser feito, sem exceção, nos lugares donde essas famílias fossem originárias. À maior parte da gente que se tinha juntado na praça para ouvir o pregão, de pouco se lhe dava o aviso imperial, pois que, sendo naturais de Nazaré e lá fixados desde gerações, aqui mesmo se recenseariam. Porém, alguns, que tinham vindo das distintas regiões do reino, de Gaulanitide ou Samaria, de Judeia, Pereia ou Idumeia, de aquém e de além, de perto e de longe, logo começaram a deitar contas à vida e à viagem, uns com os outros murmurando contra os caprichos e a cobiça de Roma, e falando do transtorno que ia ser a falta de braços, agora que chegava o tempo de ceifar o linho e a cevada. E os que tinham famílias numerosas, com filhos na primeira idade ou pais e avós caducos, se não tinham transporte próprio bastante, pensavam já a quem poderiam pedir emprestado ou alugar por preço justo o burro ou os burros necessários, sobretudo se a viagem ia ser longa e trabalhosa, com mantimentos suficientes para o caminho, odres de água se tinham de atravessar o deserto, esteiras e mantas para dormir, vasilhas para a comida, algum abrigo suplementar, pois as chuvas e o frio ainda não se foram de todo e alguma vez será preciso dormir ao ar livre.

José veio a saber do édito mais tarde, quando já os soldados tinham partido a levar a boa nova a outras paragens, foi um vizinho da casa ao lado, Ananias chamado, quem apareceu em alvoroço a dar-lhe a notícia. Este era dos que não tinham de ir de Nazaré ao recenseamento, de boa se livrara, e porque, havendo decidido que, por causa das colheitas, este ano não iria a Jerusalém, à celebração da Páscoa, se de uma viagem se tinha desobrigado, outra não o obrigava. Vai pois Ananias informar o seu vizinho, como é de dever, e vai contente, embora pareça que exagere algum tanto na expressão do rosto as demonstrações desse sentimento, queira Deus não seja por ser portador duma notícia desagradável, que mesmo as melhores pessoas estão sujeitas às piores contradições, e a este Ananias não o conhecemos bastante para saber se, neste caso, se trata de reincidência num comportamento habitual ou acontece por tentação maligna de um anjo de Satã que na altura não tivesse nada mais importante que fazer. E foi assim que veio Ananias bater à cancela e chamou José, que primeiro não ouviu por estar manejando ruidosamente martelo e pregos. Maria, sim, tinha um ouvido mais fino, mas era ao marido que reclamavam, como iria ela puxar-lhe pela manga da túnica e dizer, Estás surdo, não ouves que te estão a chamar. Gritou mais alto Ananias, e então suspendeu-se o bate que bate, e veio José saber o que lhe queria o vizinho. Entrou Ananias, e tendo despachado as saudações, perguntou, em tom de quem quer certificar-se, Tu donde és, José, e José, sem saber que era o que lhe queriam, respondeu, Sou de Belém de Judeia, Que está perto de Jerusalém, Sim, bem perto, E vais a Jerusalém a celebrar a Páscoa, vais, perguntou Ananias, e José respondeu, Não, este ano resolvi não ir, que está minha mulher no fim do tempo, Ah, E tu, por que queres sabê-lo. Foi aí que Ananias alçou os braços ao céu, ao mesmo tempo que punha uma cara de lástima inconsolável, Ai coitado de ti, que trabalhos te esperam, que canseira, que fadiga imerecida, aqui entregue aos deveres do teu ofício e agora vais ter de largar tudo e ir por esses caminhos, e tão longe, louvado seja o Senhor que tudo reconhece e remedeia. Não quis José ficar atrás em demonstrações de piedade, e, sem indagar ainda das causas da lamúria do vizinho, disse, O Senhor, querendo, me remediará a mim também, e Ananias, sem baixar a voz, Sim, ao Senhor nada é impossível, tudo conhece e tudo alcança, assim na terra como nos céus, louvado seja Ele por toda a eternidade, mas neste caso de agora, que Ele me perdoe, não sei se te poderá valer, que estás em poder de César, Que queres dizer, Que aí vieram uns soldados romanos passando aviso de que até ao último dia do mês de Nisan todas as famílias de Israel terão de ir recensear-se aos seus lugares de origem, e tu, coitado, que és lá de tão longe.

Ora, antes que José tivesse tempo de responder, entrou no pátio a mulher de Ananias, que ela se chamava Chua, e, indo direita a Maria, expectante na soleira da porta, carpiu como o marido, Ai pobre, pobre, ai delicada, que será de ti, tão perto de dares à luz, e terás de ir não sei aonde, A Belém de Judeia, informou o marido, Ui, que longe isso está, exclamou Chua, e não era um falar por falar, pois em uma das vezes que fora em peregrinação a Jerusalém descera até Belém, ali ao lado, para orar diante do túmulo de Raquel. Maria não respondeu, esperava que falasse antes o marido, mas José estava enfadado, uma notícia de tal importância deveria ter sido comunicada por ele, à mulher, em primeira mão, usando as palavras adequadas e sobretudo o tom justo, não desta maneira descabelada, os vizinhos a entrarem-lhe pela casa dentro, aos gritos. Para disfarçar a contrariedade deu ao rosto uma expressão de composta sisudez e disse, É certo que Deus nem sempre quer poder o que pode César, mas César nada pode onde só Deus pode. Fez uma pausa, como se necessitasse penetrar-se do sentido profundo das palavras que pronunciara, e acrescentou, Celebrarei a Páscoa em casa, como já tinha decidido, e irei a Belém, uma vez que assim terá de ser, e se o Senhor o permite estaremos de volta a tempo de Maria dar à luz em casa, mas se, pelo contrário, o não quiser o Senhor, então o meu filho nascerá na terra dos seus antepassados, Se não tiver de nascer no caminho, murmurou Chua, porém não tão baixo que a não ouvisse José, que disse, Muitos foram os filhos de Israel que nasceram no caminho, o meu será mais um. A sentença era de peso, irrefutável, e como tal a receberam Ananias e a mulher, de repente sem palavras. Tinham ido ali para confortar os vizinhos pela contrariedade duma viagem forçada e comprazer-se na sua própria bondade, e agora parecia-lhes que estavam sendo postos na rua, sem cerimónia, foi nesta altura que Maria veio para Chua e lhe disse que entrasse na casa, que queria pedir-lhe conselho sobre uma lã que ali tinha para cardar, e José, querendo emendar a secura com que havia falado, disse a Ananias, Peço-te, como bom vizinho, que durante a minha ausência veles pela minha casa, que mesmo correndo tudo pelo melhor nunca estarei de volta antes de passado um mês, contando o tempo da viagem, mais os sete dias de isolamento da mulher, ou o que em cima disso tiver de ser se lhe vem a nascer uma filha, que não o permita o Senhor. Respondeu Ananias que sim, ficasse ele descansado, que da casa lhe cuidaria como se sua própria fosse, e perguntou, veio-lhe de repente, não o tinha pensado antes, Quererás tu, José, honrar-me com a tua presença na celebração da Páscoa, reunindo-te aos meus parentes e amigos, pois que não tens família em Nazaré, nem tua mulher a tem também, depois que lhe morreram os pais, tão avançados já em idade quando ela nasceu que ainda hoje as pessoas se andam perguntando como foi possível a Joaquim engendrar em Ana uma filha. Disse José, risonhamente repreensivo, Ó Ananias, lembra-te daquela murmuração de Abraão, entre a boca e as barbas, incrédulo, quando o Senhor lhe anunciou que lhe daria descendência, se poderia uma criança nascer de um homem de cem anos e se uma mulher de noventa anos seria capaz de ter filhos, ora Joaquim e Ana não estavam em tão provecta idade quanto a de Abraão e Sara em aqueles dias, portanto muito mais fácil terá sido a Deus, mas para Ele não há impossíveis, suscitar entre os meus sogros uma vergôntea. Disse o vizinho, Eram outros os tempos, o Senhor manifestava-se em presença todos os dias, não apenas nas suas obras, e José respondeu, forte em razões de doutrina, Deus é o próprio tempo, vizinho Ananias, para Deus o tempo é todo um, e Ananias ficou sem saber que resposta dar, não era agora a altura de trazer ao colóquio a controversa e nunca resolvida polémica acerca dos poderes, tanto os consubstanciais como os delegados, de Deus e de César. Ao contrário do que estariam fazendo parecer estes alardes de teológica prática, José não esquecera o inesperado convite de Ananias para celebrar com ele e os seus a Páscoa, apenas não quisera demonstrar demasiada pressa em aceitar, como logo havia resolvido, bem se sabe que é mostra de cortesia e bom nascimento receber com gratidão os favores que nos fazem, porém sem exageros de contentamento, não vá dar-se o caso de pensar o outro que ficamos à espera de mais. Enfim, agora lho agradecia, louvando-lhe os sentimentos de generosidade e boa vizinhança, ao tempo que vinha saindo Chua da casa, e trazia consigo Maria, a quem dizia, Que boa mão tens para cardar, mulher, e Maria corava muito, como uma donzela, porque a estavam louvando diante do marido.

Uma boa recordação que Maria veio a guardar desta Páscoa tão prometedora foi não ter tido que participar na preparação das comidas e terem-na dispensado de servir os homens. Foi poupada a esses trabalhos pela solidariedade das outras mulheres, Não te canses, que mal podes contigo, foi o que lhe disseram, e deviam sabê-lo bem, que quase todas eram mães de filhos. Limitou-se, ou pouco mais, a atender ao seu marido, que ali estava, sentado no chão como os outros homens, curvando-se finalmente para encher-lhe o copo ou renovar-lhe no prato as rústicas iguarias, o pão ázimo, a febra de cordeiro, as ervas amargas, e também umas certas bolachas feitas de moinha de gafanhotos secos, petisco que Ananias prezava muito por ser de tradição na sua família, mas a que alguns dos convidados torciam o nariz, se bem que envergonhados da maldisfarçada repugnância, pois em seu íntimo se reconheciam indignos do exemplo edificante de quantos profetas, no deserto, haviam feito da necessidade virtude e do gafanhoto maná. Para o fim da ceia, já a pobre Maria se havia sentado à parte, com o seu grande ventre pousado sobre a raiz das coxas, banhada em suor, mal ouvindo os risos, os ditos e as histórias, e as contínuas recitações das escrituras, sentindo-se, a cada momento, prestes a abandonar definitivamente o mundo, como se estivesse suspensa de um delgado fio que fosse o seu último pensamento, um puro pensar sem objeto nem palavras, apenas saber que se está pensando e não poder saber em quê e para que fim. Despertou em sobressalto, porque no sono, subitamente, vindo duma treva maior, lhe apareceu o rosto do mendigo, e depois aquele seu grande corpo coberto de farrapos, o anjo, se anjo era, entrara no sonho sem se anunciar, nem sequer por uma fortuita lembrança, e ali estava a olhá-la, com um ar absorto, talvez também uma levíssima expressão de interrogativa curiosidade, ou nem mesmo isso, que o tempo de notá-lo viera e passara, e agora o coração de Maria palpitava como uma ave assustada, e ela não sabia se tivera medo ou se alguém lhe dissera ao ouvido uma inesperada e embaraçosa palavra. Os homens e os rapazes continuavam ali, sentados no chão, e as mulheres, afogueadas, iam e vinham, oferecendo os últimos alimentos, mas já se notavam os sinais da saciedade, só o ruído das conversas, animadas pelo vinho, é que subira de tom.

Maria levantou-se e ninguém reparou nela. A noite fechara-se por completo, a luz das estrelas, no céu limpo e sem lua, parecia produzir uma espécie de ressonância, um zumbido que raiava as fronteiras do inaudível, mas que a mulher de José podia sentir na pele, e também nos ossos, de um modo que não saberia explicar, como uma suave e voluptuosa convulsão que não acabasse de resolver-se. Maria atravessou o pátio e foi olhar para fora. Não viu ninguém. A cancela da sua casa, ao lado, estava cerrada, tal qual a tinha deixado, mas o ar movia-se como se alguém tivesse acabado de passar por ali, a correr, ou voando, para não deixar da sua passagem mais do que um fugaz sinal, que outros não saberiam entender.

Passados que foram três dias, tendo chegado a acordo com os clientes que lhe haviam encomendado obras que teriam de esperar o seu regresso, feitas as despedidas na sinagoga e confiada a casa e os bens visíveis nela existentes aos cuidados do vizinho Ananias, partiu de Nazaré o carpinteiro José com sua mulher, caminho de Belém, aonde vai para recensear-se, e a ela também, em conformidade com os decretos que de Roma vieram. Se, por um atraso nas comunicações ou enguiço da tradução simultânea, ainda não chegou ao céu notícia de tais ordens, muito admirado deverá estar o Senhor Deus, ao ver tão radicalmente mudada a paisagem de Israel, com magotes de gente a viajarem em todas as direções, quando o próprio e o natural, nestes dias logo a seguir à Páscoa, seria deslocarem-se as pessoas, salvo justificadas exceções, de um modo por assim dizer centrífugo, tomando o caminho de casa a partir de um único ponto central, sol terrestre ou umbigo luminoso, de Jerusalém falamos, claro está. Sem dúvida, a força do costume, ainda que falível, e a perspicácia divina, essa absoluta, tornarão fácil o reconhecimento e identificação, mesmo de tão alto, do lento avanço que mostra o regresso dos peregrinos às suas cidades e aldeias, mas o que, ainda assim, não pode deixar de confundir a vista é o cruzar dessas rotas, conhecidas, com outras que parecem traçadas à aventura e que são, nem mais nem menos, os itinerários daqueles que, tendo ou não celebrado em Jerusalém a Páscoa do Senhor, obedecem agora às profanas ordens de César, embora não devesse ser muito custoso sustentar uma tese diferente, a de ser César Augusto quem, sem o saber, está afinal obedecendo à vontade do Senhor, se é verdade ter Deus decidido, por razões que só ele conhece, que José e sua mulher estariam fadados, nesta altura da vida, a ir a Belém. Extemporâneas e fora de propósito à primeira vista, estas considerações devem ser recebidas como pertinentíssimas, tendo em conta que é graças a elas que nos será possível chegar à infirmação objetiva daquilo que a alguns espíritos tanto agradaria encontrar aqui, por exemplo, imaginar os nossos viajantes, sozinhos, atravessando aquelas paragens inóspitas, àqueles descampados inquietantes, sem vivalma próxima e fraterna, apenas confiados à misericórdia de Deus e ao amparo dos anjos. Ora, logo à saída de Nazaré se pôde ver que não vai ser assim, pois com José e Maria viajarão duas outras famílias, das numerosas, ao todo, entre velhos, crescidos e crianças, cerca de vinte pessoas, quase uma tribu. Certo é que não se dirigem a Belém, uma delas ficará a meio caminho, numa povoação perto de Ramalá, e a outra continuará muito para o sul, até Bercheva, porém, mesmo que hajam de separar-se antes, por irem mais depressa uns do que outros, hipótese sempre provável, sempre estarão a descer à estrada novos viajantes, sem contar com os que hão de vir andando em sentido contrário, talvez, quem sabe, a recensear-se em Nazaré, donde agora estes estão saindo. Os homens caminham à frente, num grupo só, e com eles vão os rapazes que já fizeram treze anos, ao passo que as mulheres, as meninas e as velhas, de todas as idades, formam outro confuso grupo lá atrás, acompanhadas pelos garotos pequenos. No momento em que iam pôr o pé na estrada, os homens, em coro solene, altearam a voz para proferir as bênçãos próprias da circunstância, repetindo-as as mulheres discretamente, quase em surdina, como quem aprendeu que não ganha nada em clamar quem de ser ouvido poucas esperanças tenha, mesmo quando não pediu nem pedirá, e tudo esteja louvando.

Entre as mulheres, a única que vai grávida neste estado de adiantamento é Maria, e as suas dificuldades são tais que se não fosse ter a Providência dotado os burros que criou de uma paciência infinita e não menor fortaleza, poucos passos seriam andados e já esta outra pobre criatura teria rendido o ânimo, rogando que ali a deixassem ficar, na berma da estrada, à espera da sua hora, que sabemos está para breve, a ver onde e quando, porém isto não é gente afeiçoada ao gosto das apostas, neste caso acertar em quando e onde nascerá o filho de José, sensata religião é esta que proibiu o azar. Enquanto não chega o momento, e por todo o tempo que ainda tiver de padecer a espera, a grávida poderá contar, mais do que com as poucas e distraídas atenções do seu marido, entretido como irá na conversa dos homens, poderá contar, dizíamos, com a provada mansidão e os dóceis lombos do animal, que vai estranhando, ele próprio, se mudanças de vida e de carga podem chegar ao entendimento de um burro, a falta dos golpes de chibata, e sobretudo que lhe esteja sendo consentido caminhar sem pressas, pelo seu passo natural, seu e dos seus semelhantes, que alguns como ele vão na jornada.

Por causa desta diferença, atrasa-se às vezes o grupo das mulheres, e, quando tal acontece, os homens, lá adiante, fazem uma paragem e ficam à espera de que elas se aproximem, porém não tanto que cheguem a reunir-se umas e outros, estes vão mesmo ao ponto de fingir que pararam somente para descansar, não há dúvida de que a estrada a todos serve, mas já se sabe que onde cantarem galos não hão de as galinhas piar, quando muito cacarejem se puseram ovo, assim o tem imposto e proclamado a boa ordenação do mundo em que nos calhou viver. Vai pois Maria embalada na suave andadura do seu corcel, rainha entre as mulheres, que só ela vai montada, a restante burricada transporta carga geral. E, para que não sejam tudo sacrifícios, leva ao colo, ora uma, ora outra, três crianças do rancho, com o que vão folgando as mães respetivas e ela começa a habituar-se ao carrego que a espera.

Neste primeiro dia de viagem, porque as pernas ainda não estavam feitas ao caminho, a etapa não foi extremadamente longa, é preciso não esquecer que vão na mesma companhia velhos e meninos pequenos, uns que, tendo vivido, gastaram todas as suas forças e agora não podem mais fingir que as têm, outros que, por não saberem governar as que começam a ter, as esgotam em duas horas de carreiras desatinadas, como se o mundo estivesse para acabar e valesse a pena aproveitar os últimos instantes dele. Fizeram alto numa aldeia grande, chamada Israel, onde havia um caravançarai, o qual, por serem estes dias, como dissemos, de intenso tráfego, foram encontrar numa confusão e num alarido que parecia de doidos, embora, a falar verdade, fosse o alarido maior que a confusão, porquanto, ao cabo de algum tempo, habituados vista e ouvido, podia-se pressentir, primeiro, e logo reconhecer, naquele adjunto de gente e de animais em constante movimento dentro dos quatro muros, uma vontade de ordem não organizada nem consciente, tal um formigueiro assustado que buscasse reconhecer-se e recompor-se em meio da sua própria dispersão. Ainda assim, tiveram as três famílias a sorte de poder acolher-se ao abrigo de um arco, arrumando-se os homens a um lado e as mulheres a outro, mas isto foi mais tarde, quando a noite de todo se fechou e o caravançarai, animais e pessoas, se entregou ao sono. Antes tiveram as mulheres que preparar a comida e encher os odres no poço, enquanto os homens descarregavam os burros e os levavam a beber, mas numa ocasião em que não houvesse camelos no bebedouro, porque estes, em não mais que dois brutos sorvos, punham a caleira da água a seco, e era preciso voltar a enchê-la vezes sem conta antes que se dessem por satisfeitos. Ao cabo, postos primeiramente os burros à manjedoura, sentaram-se os viajantes a comer, principiando pelos homens, que as mulheres já sabemos que em tudo são secundárias, basta lembrar uma vez mais, e não será a última, que Eva foi criada depois de Adão e de uma sua costela, quando será que aprenderemos que há certas coisas que só começaremos a perceber quando nos dispusermos a remontar às fontes.

Ora, depois de os homens terem comido, e enquanto as mulheres, lá no seu canto, se alimentavam com o que tinha sobejado, aconteceu que um ancião entre os anciãos, que vivendo em Belém ia recensear-se a Ramalá e se chamava Simeão, usando da autoridade que lhe conferia a idade, e da sabedoria que se acredita ser seu direto efeito, interpelou José sobre como pensava ele que deveria proceder-se se viesse a verificar-se a hipótese, obviamente possível, de Maria, porém não lhe pronunciou o nome, não vir a dar à luz antes do último dia do prazo imposto para o recenseamento. Tratava-se, evidentemente, duma questão académica, se tal palavra é adequada ao tempo e ao lugar, porquanto só aos recenseadores, instruídos nas subtilezas processuais da lei romana, caberia decidir sobre casos tão altamente duvidosos, como este de apresentar-se uma mulher de barriga cheia ao recenseamento, Vimos inscrever-nos, e não ser possível averiguar, in loco, se traz dentro varão ou fêmea, isto sem falar da não desdenhável probabilidade duma ninhada de gémeos do mesmo ou de ambos os sexos. Como perfeito judeu que se prezava de ser, tanto na teoria como na prática, jamais o carpinteiro pensaria em responder, usando da simples lógica ocidental, que não é àquele que tem de suportar a lei que competirá suprir as falhas que nela forem encontradas, e que se Roma não foi capaz de prever estas e outras hipóteses, então é porque está mal servida de legisladores e hermeneutas. Colocado, portanto, perante a difícil questão, José demorou-se a pensar, buscando na sua cabeça o modo mais subtil de dar-lhe resposta, uma resposta que, demonstrando à assembleia reunida à volta do lume os seus dotes de argumentador, fosse, ao mesmo tempo, formalmente brilhante. Finda a aturada reflexão, e levantando devagar os olhos que, por todo o tempo dela, mantivera fitos nas ondulantes chamas da fogueira, disse o carpinteiro, Se, chegado o último dia do recenseamento, o meu filho não for ainda nascido, será porque o Senhor não quer que os romanos saibam dele e o ponham nas suas listas. Disse Simeão, Forte presunção a tua, que assim te arrogas a ciência do que o Senhor quer ou não quer. Disse José, Deus conhece todos os meus caminhos e conta todos os meus passos, e estas palavras do carpinteiro, que podemos encontrar no

Livro de Job, significavam, no contexto da discussão, que ali, diante dos presentes e sem exclusão dos ausentes, José reconhecia e protestava a sua obediência ao Senhor, e humildade, sentimentos, qualquer deles, contrários à pretensão diabólica, insinuada por Simeão, de aspirar a devassar os quereres enigmáticos de Deus. Assim o devia ter entendido o ancião, pois deixou-se ficar calado e à espera, do que se aproveitou José para voltar à carga, O dia do nascimento e o dia da morte de cada homem estão selados e sob a guarda dos anjos desde o princípio do mundo, e é o Senhor, quando lhe apraz, que quebra primeiro um e depois o outro, muitas vezes ao mesmo tempo, com a sua mão direita e a sua mão esquerda, e há casos em que demora tanto a partir o selo da morte que chega a parecer que se esqueceu desse vivente. Fez uma pausa, hesitou um pouco, mas depois rematou, sorrindo com malícia, Queira Deus que esta conversa o não faça lembrar-se de ti. Riram-se os circunstantes, mas por trás da barba, porquanto era manifesto que o carpinteiro não soubera guardar, inteiro, o respeito que a um veterano se deve, mesmo quando a inteligência e a sensatez, por efeito da idade, já não abundem nos seus juízos. O velho Simeão fez um gesto de cólera, dando um repelão à túnica, e respondeu, Porventura terá Deus quebrado o selo do teu nascimento antes do tempo e ainda não devesses estar no mundo, se de maneira tão impertinente e presumida te comportas com os anciãos, que mais viveram e que em todas as coisas sabem mais do que tu. Disse José, Ó Simeão, perguntaste-me como se deveria proceder se o meu filho não tivesse nascido até ao último dia do recenseamento, e a resposta à pergunta não podia eu dar-ta porque não conheço a lei dos romanos, como tu, creio, também não a conheces, Não conheço,

Então disse-te, Sei o que disseste, não te canses a repetir-mo, Foste tu quem começou por falar-me com palavras impróprias quando me perguntaste quem me julgava eu para pretender conhecer as vontades de Deus antes de elas se manifestarem, se eu depois te ofendi peço-te que me perdoes, mas a primeira ofensa veio de ti, lembra-te de que, sendo ancião, e por isso meu mestre, não podes ser tu a dar o exemplo da ofensa. Ao redor da fogueira houve um discreto murmúrio de aprovação, o carpinteiro José, claramente, levava o vencimento do debate, a ver agora como se sai Simeão, que resposta lhe dará. E eis como o fez, sem espírito nem imaginação, Por dever de respeito, não tinhas mais que responder à minha pergunta, e José disse, Se eu te respondesse como querias, logo teria ficado a descoberto a vanidade da questão, portanto terás de admitir, por muito que te custe, que foi sinal de maior respeito o que fiz, facilitando-te, mas tu não o quiseste entender, a oportunidade de discorreres sobre um tema que a todos interessaria, a saber, se quereria ou poderia o Senhor, alguma vez, esconder o seu povo dos olhos do inimigo, Agora estás falando do povo de Deus como se fosse o teu filho não nascido, Não ponhas na minha boca, ó Simeão, palavras que eu não disse e não direi, escuta o que é para ser compreendido duma maneira e o que é para ser compreendido doutra. A esta tirada já Simeão não respondeu, levantou-se da roda e foi sentar-se no canto mais escuro, acompanhado dos outros homens da família, obrigados pela solidariedade do sangue, mas no íntimo despeitados pela tristíssima figura que o patriarca fizera na justa verbal. Ali, entre a companhia, cobrindo o silêncio que se sucedeu aos rumores e murmúrios de quem se está acomodando para o repouso, tornou-se outra vez percetível o surdo marulhar das conversas no caravançarai, cortadas por alguma exclamação mais sonora, pelos resfolgos e fungadelas dos animais, e, a espaços, pelo bramido áspero, grotesco, de um camelo picado do cio. Foi então que, todos juntos, concertando o ritmo da recitação, os viajantes de Nazaré, já sem cuidar da recente discórdia, entoaram em voz baixa, mas ruidosamente sendo tantos, a última e a mais longa de quantas bênçãos ao Senhor vão encaminhadas no decurso do dia, e que assim reza, Louvado sejas tu, Deus nosso, rei do universo, que fazes cair as ataduras do sono sobre os meus olhos e o torpor sobre as minhas pálpebras, e que às minhas pupilas não retiras a luz. Seja da tua vontade, Senhor meu Deus, que agora me deite em paz e amanhã possa acordar para uma vida feliz e pacífica, consente que me aplique no cumprimento dos teus preceitos e não me deixes acostumar a ato algum de transgressão. Não permitas que caia em poder do pecado, da tentação, nem da vergonha. Faz com que em mim tenham vencimento as boas inclinações, não deixes que tenham poder sobre mim as más. Livra-me das ruins inclinações e das doenças mortais, e que eu não seja perturbado por sonhos maus e más cogitações, não seja que eu sonhe com a Morte. Poucos minutos eram passados e já os mais justos, se não os mais cansados, dormiam, alguns sem nenhuma espiritualidade roncando, e os outros não tiveram de esperar muito, ali estavam, sem outro agasalho, na maior parte, que as próprias túnicas, só os velhos e os novinhos, frágeis uns e outros, gozavam do conforto duma dobra de lençol grosso ou duma escassa manta. Faltando-lhe o alimento, a fogueira esmorecia, apenas umas desmaiadas chamas dançavam ainda sobre a última acha recolhida no caminho para este útil fim. Debaixo do arco que abrigava o pessoal de Nazaré, todos dormiam. Todos, à exceção de Maria. Não podendo deitar-se por causa da desconformidade do ventre, que à vista mais parecia conter um gigante, reclinava-se nuns alforges da equipagem, buscando amparo para os martirizados rins. Como os outros, escutara o debate entre José e o velho Simeão, e alegrara-se com a vitória do marido, como é obrigação de toda a mulher, mesmo em se tratando de pelejas incruentas, como esta foi. Mas já se lhe varrera da lembrança o que tinham discutido, ou a memória do debate se submergira nas sensações que por dentro do seu corpo iam e vinham, iguais às marés do oceano que nunca vira, mas de que alguma vez ouvira falar, fluindo e refluindo, entre o ansioso choque das ondas que eram o filho movendo-se, porém de um modo singular, como se, estando dentro dela, a quisesse levantar, em peso, nos seus ombros. Só os olhos de Maria estavam abertos, brilhando na penumbra, e continuaram a brilhar mesmo depois de o lume se apagar de todo, mas isto não é nenhuma admiração, sucede a todas as mães desde o princípio do mundo, contudo ficamos a sabê-lo definitivamente quando à mulher do carpinteiro José apareceu um anjo, que o era, segundo declaração do próprio, apesar de vir em figura de mendigo itinerante.

Também no caravançarai cantavam galos pelas frescas madrugadas, mas os viajantes, mercadores, almocreves, condutores de camelos, urgidos pelas obrigações, mal esperaram o primeiro canto, e muito cedo principiaram os preparativos da jornada, carregando as bestas com os teres e haveres próprios ou as mercadorias do negócio, e por este modo alevantando no campo um arruído que deixava a perder de vista, ou de ouvidos, para usar a palavra exata, a algazarra da véspera. Quando estes se tiverem ido, o caravançarai passará algumas horas assaz tranquilas, como um lagarto pardo esparramado ao sol, pois vão ficar ali somente os hóspedes que decidiram descansar um dia inteiro, até que, aproximando-se o fim da tarde, comece a chegar o novo turno de caminheiros, uns mais sujos do que outros, mas todos fatigados, e contudo mantendo intactas e poderosas as cordas vocais, ainda mal vêm entrando e já estão gritando como possessos de mil diabos, salvo seja. Que a companhia de Nazaré vá daqui engrossada, não deve surpreender a ninguém, juntaram-se-lhe mais umas dez pessoas, muito enganado está quem haja imaginado esta terra um deserto, mormente em época tão festival, de recenseamento e Páscoa, consoante foi já explicado.

Entendera José, de si para consigo, que seria de seu dever fazer as pazes com o velho Simeão, não por achar que com a noite os seus argumentos tinham perdido força e razão, mas porque havia sido instruído no respeito dos mais velhos e em particular dos anciãos, que, coitados, tendo vivido uma longa vida, que agora se paga roubando-lhes o espírito e o entendimento, não poucas vezes se veem desconsiderados pela malta nova. Aproximou-se pois dele e disse, em tom de comedimento, Venho pedir-te desculpa, se te pareci insolente e enfatuado ontem à noite, nunca foi minha intenção faltar-te ao respeito, mas sabes como são as coisas, palavra traz palavra, as boas puxam as más, e acabamos sempre por dizer mais do que queríamos. Simeão ouviu, ouviu, de cabeça baixa, e finalmente respondeu, Estás desculpado. Em troca do seu generoso movimento, era natural que José esperasse uma resposta mais benévola do teimoso velho, e, ainda com a esperança de ouvir palavras que cria merecer, caminhou ao lado dele durante um bom bocado de tempo e de caminho. Mas Simeão, com os olhos postos no pó da estrada, fazia de conta que não dava pela sua presença, até que o carpinteiro, justamente enfadado, esboçou o gesto de quem vai afastar-se. Foi então que o velho, como se subitamente o tivesse abandonado o pensamento fixo que o ocupava, deu um passo rápido e deitou-lhe a mão à túnica, Espera, disse. Surpreendido, José virou-se para ele. Simeão parara e repetia, Espera. Foram passando os outros homens e agora estavam estes dois no meio do caminho, como em terra de ninguém, entre o grupo dos varões que se ia afastando e o bando das mulheres, lá atrás, cada vez mais perto. Por cima das cabeças podia-se ver o vulto de Maria, balouçando-se ao compasso da andadura do burro.

Tinham deixado o vale de Israel. A estrada, ladeando penedias, vencia custosamente a primeira encosta, depois do que se embrenharia nas montanhas de Samaria, pelo lado do poente, ao longo dos espinhaços áridos por trás dos quais, descaindo para o Jordão e arrastando na direção do sul a sua rasoira ardente, o deserto de Judeia queimava e requeimava a antiquíssima cicatriz duma terra que, havendo sido prometida a uns tantos, nunca viria a saber a quem entregar-se. Espera, disse Simeão, e o carpinteiro obedecera, agora inquieto, temeroso sem saber de quê. As mulheres já vinham perto. Então o velho recomeçou a andar, agarrando-se à túnica de José, como se as forças lhe estivessem fugindo, e disse, Ontem à noite, depois de me retirar para dormir, tive uma visão, Uma visão, Sim, mas não uma visão de ver coisas, como acontece, foi antes como se pudesse ver o que está por trás das palavras, aquelas que disseste, que se o teu filho ainda não tivesse nascido quando chegar o último dia do recenseamento, seria por não querer o Senhor que os romanos saibam dele e o ponham nas suas listas, Sim, eu disse isso, mas tu que viste, Não vi coisas, foi como se, de repente, tivesse a certeza de que seria melhor que os romanos não soubessem da existência do teu filho, que dele ninguém viesse a saber nunca, e que, se tem mesmo de vir a este mundo, ao menos que nele viva sem pena nem glória, como aqueles homens que além vão e essas mulheres que aí vêm, ignorado como qualquer de nós até à hora da sua morte e depois dela, Sendo o pai este nada que sou, um carpinteiro de Nazaré, esse viver que lhe desejas é o que o meu filho pode ter de mais certo, Não és o único a dispor da vida do teu filho, Sim, todo o poder está no Senhor Deus, ele é o que sabe, Assim foi sempre e assim o cremos, Mas fala-me do meu filho, que soubeste do meu filho, Nada, só aquelas mesmas tuas palavras que, num relâmpago, me pareceram conter outro sentido, como se olhando pela primeira vez um ovo tivesse a perceção do pinto que leva dentro, Deus quis o que fez e fez o que quis, é nas suas mãos que está o meu filho, eu nada posso, Em verdade, assim é, mas estes são ainda os dias em que Deus partilha com a mulher a posse da criança, Que depois, se for varão, será minha e de Deus, Ou só de Deus, Todos o somos, Nem todos, alguns há que estão divididos entre Deus e o Demónio, Como sabê-lo, Se a lei não tivesse feito calar as mulheres para todo o sempre, talvez elas, porque inventaram aquele primeiro pecado de que todos os mais nasceram, soubessem dizer-nos o que nos falta saber, Quê, Que partes divina e demoníaca as compõem, que espécie de humanidade transportam dentro de si, Não te compreendo, pareceu-me que estavas falando do meu filho, Não falava do teu filho, falava das mulheres e de como geram os seres que somos, se não será por vontade delas, se é que o sabem, que cada um de nós é este pouco e este muito, esta bondade e esta maldade, esta paz e esta guerra, revolta e mansidão.

José olhou para trás, vinha Maria no seu burro, com um rapazinho posto diante dela, montando escarranchado, à homem, e por um instante imaginou que era já o seu filho, e a Maria viu-a como se fosse a primeira vez, avançando na dianteira da tropa feminina entretanto engrossada. Ressoavam ainda nos seus ouvidos as estranhas palavras de Simeão, porém, custava-lhe a aceitar que uma mulher pudesse ter tanta importância assim, pelo menos esta sua nunca lhe havia dado sinal, medíocre que fosse, de valer mais do que o comum de todas. Ora, foi nesta altura, mas já então ia olhando em frente, que lhe veio à lembrança o caso do mendigo e da terra luminosa. Tremeu da cabeça aos pés, arrepiaram-se-lhe cabelo e carnes, e ainda mais quando, ao voltar-se outra vez para Maria, viu, com os seus olhos claramente visto, caminhando ao lado dela, um homem alto, tão alto que os seus ombros se viam por cima das cabeças das mulheres, e era, por estes sinais sim, o mendigo que nunca pudera ver. Tornou a olhar, e ele lá estava, presença insólita, incongruência total, sem nenhuma razão humana para encontrar-se ali, varão entre mulheres. Ia José pedir a Simeão que olhasse também ele para trás, que lhe confirmasse estes impossíveis, mas o velho adiantara-se, dissera o que tinha que dizer e agora juntava-se aos homens da sua família, para retomar o simples papel do mais idoso, que é sempre o que menos tempo dura. Então, o carpinteiro, sem outra testemunha, tornou a olhar na direção da mulher. O homem já lá não estava.

Tinham atravessado, a caminho do sul, toda a região de Samaria, e fizeram-no em marchas forçadas, com um olho atento à estrada e o outro, inquieto, perscrutando as cercanias, temerosos dos sentimentos de hostilidade, porém mais exato seria dizer aversão, dos habitantes daquelas terras, descendentes em malfeitorias e herdeiros em heresias dos antigos colonos assírios que a estas paragens vieram em tempo de Salmanasar, o rei de Nínive, depois da expulsão e dispersão das Doze Tribus, e que, tendo algo de judeus, mas muito mais de pagãos, apenas reconhecem como lei sagrada os Cinco Livros de Moisés e protestam que o lugar escolhido por Deus para o seu templo não foi Jerusalém, mas sim, imagine-se, o monte Gerizim, que está nos seus territórios. Andaram depressa os de Galileia, mas ainda assim tiveram de passar duas noites em campo inimigo, ao relento, com vigias e roldas, não fosse dar-se o caso de os malvados atacarem pela calada, capazes como são das piores ações, chegando ao extremo de recusarem uma sede de água a quem, de puro tronco hebreu, por necessidade dela se estivesse finando, não valendo referir alguma exceção conhecida, por não ser mais do que isso, uma exceção. E a tal ponto foi a ansiedade dos viajantes durante o trajeto que, contrariando o costume, os homens se dividiram em dois grupos, à frente e atrás das mulheres e crianças, para guardá-las de insultos ou coisa pior. Afinal, estariam os de Samaria de humor pacífico nestes dias, o certo é que, além dos encontrados no caminho, também de viagem, que satisfaziam o seu rancor lançando aos galileus olhares de escárnio e algumas palavras malsonantes, nenhuma quadrilha formal e organizada se precipitou das encostas ao assalto ou apedrejou de emboscada o assustado e inerme destacamento.

Um pouco antes de chegarem a Ramalá, onde os crentes mais fervorosos ou de mais apurado olfato juravam sentir já o santíssimo odor de Jerusalém, largaram o grupo o velho Simeão e os seus, que, como foi dito antes, em uma aldeia destes sítios vêm recensear-se. Ali, no meio do caminho, com grande profusão de bênçãos, fizeram os viajantes as suas despedidas, as mães de família encheram Maria de mil e uma recomendações filhas da experiência, e lá se foram todos, uns descendo ao vale onde pronto poderão repousar das fadigas de quatro dias a andar, outros para Ramalá, em cujo caravançarai passarão ainda a noite que vem chegando. E em Jerusalém, finalmente, se hão de separar os que restam do grupo que partiu de Nazaré, a maior parte para Bercheva, ainda com dois dias de viagem pela frente, e o carpinteiro e sua mulher que ficarão logo ali, em Belém. No meio da confusão dos abraços e adeuses, José chamou de parte Simeão e, com muita deferência, quis saber se naquele meio-tempo lhe ocorrera alguma lembrança mais da visão, Que não foi visão, já te disse, Fosse o que fosse, a mim o que me interessa é saber que destino vai ter o meu filho, Se nem o teu próprio destino podes conhecer, e estás aí, vivo e falando, como queres pretender saber do que ainda nem existência tem, Os olhos do espírito vão mais longe, por isso imaginei que os teus, abertos pelo Senhor às evidências dos eleitos, tivessem conseguido alcançar o que para mim é pura treva, Talvez que do destino do teu filho não venhas a saber nunca, talvez o teu próprio destino esteja para cumprir-se em breve, não perguntes, homem, não queiras saber, vive apenas o teu dia. E, tendo dito estas palavras, Simeão pôs a mão direita sobre a cabeça de José, murmurou uma bênção que ninguém pôde ouvir e foi juntar-se aos seus, que o esperavam. Por um carreiro sinuoso, em fila, começaram a descer para o vale, onde, no baixo da outra encosta, quase confundida com as pedras que do chão rompiam como fatigados ossos, estava a aldeia de Simeão. José não voltaria a ter notícias dele, apenas, mas muito mais tarde, que tinha morrido antes de recensear-se.

Depois das duas noites passadas à luz das estrelas e ao frio do descampado, já que, por medo de um ataque de surpresa, nem fogueiras tinham acendido, soube bem aos de Nazaré poderem acolher-se uma vez mais ao resguardo das paredes e arcadas de um caravançarai. As mulheres foram ajudar Maria a descer-se do burro, dizendo, piedosas, Mulher, que para breve estás, e a pobre murmurava que sim, devia de estar, como disso era sinal, a todos evidente, o repentino, ou assim parecia, crescimento da barriga. Instalaram-na o melhor que puderam num canto recolhido e foram tratar da ceia que já tardava, da qual vieram a comer todos. Nesta noite não houve conversas, nem recitações, nem histórias contadas à volta da fogueira, como se a proximidade de Jerusalém obrigasse ao silêncio, cada um olhando para dentro de si e perguntando, Quem és tu, que comigo te pareces, mas a quem não sei reconhecer, e não é que o dissessem de facto, as pessoas não se põem assim a falar sozinhas, sem mais nem menos, ou sequer o pensassem conscientemente, porém o certo é que um silêncio como este, quando fixamente olhamos as chamas duma fogueira e calamos, se quisermos traduzi-lo em palavras, não há outras, são aquelas, e dizem tudo. No lugar onde estava sentado, José via Maria de perfil contra o resplendor do lume, o clarão avermelhado, refletido, iluminava-lhe numa meia-tinta a face deste lado, desenhando-lhe o perfil em luz e contraluz, e ele achou, surpreendido por o estar pensando, que Maria era uma bonita mulher, se já se lhe podia dar esse nome, com aquela cara de menina, sem dúvida tem o corpo agora deformado, mas a memória traz-lhe uma imagem diferente, ágil e graciosa, depressa voltará ao que era, depois de nascer a criança. Pensava José isto, e num repente inesperado foi como se todos os meses passados, de forçada castidade, se tivessem rebelado, despertando a urgência de um desejo que se lhe ia difundindo por todo o sangue, em ondas sucessivas irradiando vagos apetites carnais que principiavam por aturdi-lo, para depois refluírem, mais fortes, escandecidos pela imaginação, ao ponto de partida. Ouviu que Maria soltara um gemido, mas não se aproximou dela. Lembrara-se, e a recordação, como uma chapada de água fria, arrefeceu de golpe as sensações voluptuosas que estivera experimentando, lembrara-se do homem que dois dias antes vira, num rápido instante, caminhar ao lado da mulher, esse mendigo que os perseguia desde o anúncio da gravidez de Maria, pois agora José não tinha dúvidas de que, mesmo não tendo voltado a aparecer até ao dia em que ele próprio pudera vê-lo, o misterioso personagem sempre estivera, ao longo dos nove meses de gestação, nos pensamentos de Maria. Não se atrevera a perguntar à mulher que homem era aquele e se sabia para onde ele fora, que tão depressa se sumira, não queria ouvir a resposta que temia, uma estupefacta pergunta, Homem, que homem, e, se teimasse, o mais certo seria chamar Maria a testemunhar as outras mulheres, Vocês viram algum homem, vinha algum homem no grupo das mulheres, e elas diriam que não e abanariam a cabeça com algum ar de escândalo, e talvez uma delas, mais solta de língua, dissesse, Ainda está para nascer o homem que, sem ser por precisões do corpo, se chegue ao lado das mulheres e com elas fique. O que José não poderia adivinhar é que não haveria malícia alguma na surpresa de Maria, pois ela realmente não vira o mendigo, tivesse ele sido homem de carne e osso ou aparição. Mas, como pode isso ser verdade, se ele estava ali, ao teu lado, se o vi com estes olhos, perguntaria José, e Maria que responderia, firme na sua razão, Em tudo, assim me disseram que está escrito na lei, a mulher deverá ao marido respeito e obediência, portanto não torno a dizer que esse homem não ia ao meu lado, sustentando tu o contrário, afirmo apenas que não o vi, Era o mendigo, E como podes sabê-lo, se não chegaste a vê-lo no dia em que apareceu, Tinha de ser ele, Seria antes alguém que ia no seu caminho, e, porque caminhava mais devagar do que nós, passamos-lhe à frente, primeiro os homens, depois as mulheres, por acaso estaria ao meu lado quando olhaste, foi isso e nada mais, Então, confirmas, Não, somente procuro uma explicação que te satisfaça, como é também dever das boas mulheres. Por entre os olhos semicerrados, quase adormecido, José ainda tenta ler uma verdade no rosto de Maria, mas a face dela tornou-se negra como o outro lado da lua, o perfil apenas uma linha, recortado contra a claridade já esmorecida das últimas brasas. José deixou pender a cabeça como se definitivamente tivesse renunciado a compreender, levando consigo, para dentro do sono, uma ideia em tudo absurda, a de que aquele homem teria sido uma imagem do seu filho feito homem, que viera do futuro para dizer-lhe, Assim eu serei um dia, mas tu não chegarás a ver-me assim. José dormia, com um sorriso resignado nos lábios, mas triste era como se sentiria se ouvisse Maria dizer-lhe, Que o não queira o Senhor, que de ciência certa sei eu que esse homem não tem onde descansar a cabeça. Em verdade, em verdade vos digo que muitas coisas neste mundo poderiam saber-se antes de acontecerem outras que delas são fruto, se, um com o outro, fosse costume falarem marido e mulher como marido e mulher.

No dia seguinte, manhã cedo, abalaram para Jerusalém muitos dos viajantes que tinham passado a noite no caravançarai, mas os grupos de caminhantes, por casualidade, formaram-se de maneira que José, embora mantendo-se à vista dos conterrâneos que iam para Bercheva, acompanhava desta vez a mulher, seguindo ao lado dela, à estribeira, por assim dizer, precisamente como o mendigo, ou quem quer que fosse, fizera no dia anterior. Mas José, neste momento, não quer pensar na misteriosa personagem. Tem a certeza, íntima e profunda, de que foi beneficiário dum obséquio particular de Deus, que lhe permitiu ver o seu próprio filho ainda antes de ser nascido, não envolto em faixas e cueiros de infantil debilidade, pequeno ser inacabado, fétido e ruidoso, mas homem feito, alto um bom palmo mais do que o seu pai e o comum desta raça. José vai feliz por ocupar o lugar de seu filho, é ao mesmo tempo o pai e o filho, e a tal ponto este sentimento é forte que subitamente perde sentido aquele que é seu verdadeiro filho, a criança que ali vai, ainda dentro da barriga da mãe, no caminho de Jerusalém.

Jerusalém, Jerusalém, gritam os devotos viajantes à vista da cidade, de repente levantada como uma aparição no cimo do morro do outro lado, além do vale, cidade em verdade celeste, centro do mundo, agora despedindo mil centelhas em todas as direções, sob a luz forte do meio-dia, como uma coroa de cristal, mas que sabemos se tornará em ouro puro quando a luz do poente lhe tocar e será branca de leite sob o luar, Jerusalém, ó Jerusalém. O Templo aparece como se nesse mesmo momento Deus ali o tivesse pousado, e o súbito sopro que percorre os ares e vem roçar a cara, os cabelos, as roupas dos peregrinos e viajantes é talvez o movimento do ar deslocado pelo gesto divino, que, se olharmos com atenção as nuvens do céu, podemos ver a imensa mão que se retira, os longos dedos sujos de barro, a palma onde estão traçadas todas as linhas de vida e de morte dos homens e de todos os outros seres do universo, mas também, é tempo de que se saiba, a linha da vida e da morte do mesmo Deus. Os viajantes levantam ao ar os braços que tremem de emoção, as bênçãos saltam, irresistíveis, não já em coro, cada qual entregue ao seu arrebatamento próprio, e alguns, por natureza mais sóbrios nestas místicas expressões, quase não se movem, olham o céu e pronunciam as palavras com uma espécie de dureza, como se neste momento lhes fosse consentido falar de igual para igual ao seu Senhor. A estrada descai em rampa, e à medida que os viajantes vão descendo para o vale, antes de abordarem a nova subida que os levará a esta porta da cidade, o Templo parece erguer-se mais e mais, escondendo, por efeito da perspetiva, a execrada Torre Antónia, onde, mesmo a esta distância, se percebem os vultos dos soldados romanos que vigiam do eirado e rápidas fulgurações de armas. Aqui se despedem os de Nazaré, porque Maria vem exausta e não suportaria o trote seco da sua montada na descida, se ela tivesse de acompanhar o passo rápido, quase carreira precipitada, que passou a ser o de toda esta gente à vista dos muros da cidade.

Ficaram pois José e Maria sozinhos na estrada, ela procurando recobrar as fugidas forças, ele um tanto impaciente pela demora, agora que estão já tão perto do destino. O sol cai a prumo sobre o silêncio que rodeia os viajantes. De súbito, um gemido surdo, irreprimível, sai da boca de Maria. José inquieta-se, pergunta, São as dores que começam, e ela responde, Sim, mas nesse mesmo instante uma expressão de incredulidade espalha-se-lhe no rosto, como se ela tivesse acabado de encontrar-se com algo inacessível à sua compreensão, é que, em verdade, não fora no seu próprio corpo que ela sentira a dor, sentira-a sim, mas como uma dor efetivamente sentida por outrem, quem, o filho que dentro de si está, como é possível suceder tal coisa, que possa um corpo sentir uma dor que não é sua, ainda por cima sabendo que o não é, e, contudo, uma vez mais, sentindo-a como se a sua própria fosse, ou não exatamente desta maneira e por estas palavras, digamos antes, como um eco que, por qualquer estranha perversão dos fenómenos acústicos, se ouvisse com mais intensidade do que o som que o tinha causado. Cauteloso, mal querendo saber, José perguntou, Continua a doer-te, e ela não sabe como responder-lhe, mentirá se disser que não, mentirá se disser que sim, por isso cala, mas a dor está lá, e sente-a, porém é também como se apenas a estivesse olhando, impotente para acudir, no interior do ventre doem-lhe as dores do seu filho, e ela que não lhe pode valer, tão longe está. Não foi gritada nenhuma ordem, José não usou a chibata, mas o certo é que o burro recomeçou a andar mais espevitado de ânimo, sobe por sua conta a ladeira íngreme que leva a Jerusalém, e vai ligeiro, como quem ouviu dizer que tem a manjedoura cheia à sua espera e finalmente descanso de valer a pena, mas o que ele não sabe é que ainda vai ter de calcorrear um bom pedaço de caminho antes de chegar a Belém, e quando lá se encontrar perceberá que as coisas afinal não são tão simples quanto pareciam, claro está que seria muito bonito poder anunciar, Veni, vidi, vici, proclamou-o assim Júlio César no tempo da sua glória e depois foi o que se viu, às mãos do seu próprio filho veio a morrer, sem mais desculpa este que ser apenas adotivo. Vem de longe e promete não ter fim a guerra entre pais e filhos, a herança das culpas, a rejeição do sangue, o sacrifício da inocência.

Quando já estavam entrando a porta da cidade, Maria não pôde reter um grito de dor, mas este lancinante, como se uma lança a tivesse traspassado. Ouviu-a somente José, tão grande era o ruído que faziam as pessoas, os animais bastante menos, mas tudo junto resultando numa algazarra de mercado que mal deixava perceber o que se dissesse ao lado. José quis ser sensato, Tu não estás em condições de continuar, o melhor será procurarmos pousada aqui, e amanhã irei eu a Belém, ao recenseamento, e direi que estás de parto, vais lá depois se for preciso, que não sei como são as leis dos romanos, talvez seja bastante apresentar-se o chefe de família, sobretudo num caso como este, e Maria respondeu, Já não sinto dores, e assim era, aquela lançada que a fizera gritar tornara-se num picar de espinho, contínuo, sim, mas suportável, algo que só se fazia lembrar, como um cilício. Ficou José o mais aliviado que se pode imaginar, pois o apoquentava a perspetiva de ter de procurar um abrigo no labirinto das ruas de Jerusalém em circunstância de tanta aflição, a mulher em doloroso trabalho de parto, e ele, como qualquer outro homem, apavorado com a responsabilidade, mas sem o querer confessar. Chegando a Belém, pensava, que em tamanho e importância não diferirá muito de Nazaré, as coisas serão certamente mais fáceis, sabido como é que nas povoações pequenas, onde todos se conhecem, a solidariedade costuma ser uma palavra menos vã. Se Maria já não se queixa, ou é que lhe passaram as dores, ou é que consegue aguentá-las, num caso como no outro, tanto faz, ala para Belém. O burro recebe uma palmada nos quartos traseiros, o que, se bem repararmos, é menos um estímulo para que se resolva a espevitar o andamento, decisão assaz difícil na indescritível confusão de trânsito em que foram apanhados, do que a expressão afetuosa do alívio de José. Os comércios invadem as vias estreitas, acotovelam-se gentes de mil raças e línguas, e a passagem, como por milagre, só se desobstrui e facilita quando aparece ao fundo da rua uma patrulha de soldados romanos ou uma cáfila de camelos, então é como se se apartassem as águas do mar Vermelho. Aos poucos, com jeito e paciência, os dois de Nazaré e o seu burro foram deixando para trás este gesticulante e convulsivo bazar, gente ignara e distraída a quem de nada serviria informar, Aquele que além estais vendo é José, e a mulher, a que vai prenha da barriga à boca, sim, o nome dela é Maria, vão os dois a Belém recensear-se, e se é verdade que em nada adiantariam estas nossas benévolas identificações é porque vivemos numa terra de tal modo abundante em nomes predestinados que facilmente por aí se encontram Josés e Marias de todas as idades e condições, por assim dizer ao virar da esquina, e não esqueçamos que estes que conhecemos não devem ser os únicos desse nome à espera de um filho, e também, diga-se tudo, não nos surpreenderia muito se, a estas horas e ao redor destas paragens, nascessem ao mesmo tempo, e apenas com uma rua ou uma seara por meio, duas crianças do mesmo sexo, varões querendo-o Deus, mas que por certo virão a ter diferentes destinos, ainda que, em final tentativa para darmos substância às primitivas astrologias desta antiga idade, viéssemos a dar-lhes o mesmo nome, Yeschua, que é como quem diz, Jesus. E que não se diga que já nos estamos antecipando aos acontecimentos pondo nome numa criança que ainda está por nascer, a culpa tem-na o carpinteiro que de há muito assentou na sua cabeça que esse será o nome do seu primogénito.

Saíram os caminhantes pela porta do sul, tomando a estrada para Belém, ligeiros de ânimo agora por tão perto estarem do seu destino, vão poder descansar das longas e duras jornadas, embora uma outra e não pequena fadiga esteja à espera da pobre Maria, que ela, e ninguém mais, terá o trabalho de parir o filho, sabe Deus onde e como. É que, embora Belém, segundo as escrituras, seja o lugar da casa e linhagem de David a que José afirma pertencer, com o passar do tempo acabaram-se ali os parentes, ou de havê-los não tem o carpinteiro notícia, circunstância negativa que deixa adivinhar, quando ainda vamos na estrada, não poucas dificuldades no alojamento do casal, em verdade José não pode, chegando, bater a uma porta qualquer e dizer, Trago aqui o meu filho que quer nascer, e vir a dona da casa, toda risos e alegrias, Entre, entre, senhor José, a água já está quente, a esteira no chão estendida, a faixa de linho preparada, ponha-se à vontade, a casa é sua. Teria assim sido na idade de ouro, quando o lobo, para não ter de matar o cordeiro, se alimentava de ervas bravas, mas esta idade é dura e de ferro, o tempo dos milagres, ou já passou, ou ainda está para chegar, além disso, milagre, milagre mesmo, por mais que nos digam, não é boa coisa, se é preciso torcer a lógica e a razão própria das coisas para torná-las melhores. A José quase apetece travar o passo para chegar atrasado aos problemas que o esperam, mas lembrar-se de que muito maiores problemas terá se o filho lhe nascer em meio do caminho, fá-lo espevitar o andamento do burro, resignado animal que, de cansado, só ele sabe como vai, que Deus, se de algo sabe, é dos homens, e mesmo assim não de todos, que sem conta são os que vivem como burros, ou ainda pior, e Deus não tem curado de averiguar e prover. Dissera a José um companheiro de viagem haver em Belém um caravançarai, providência social que à primeira vista resolverá o problema de dificuldade de instalação que vimos analisando minuciosamente, mas mesmo um rústico carpinteiro tem direito aos seus pudores, imagina-se a vergonha que para este homem seria ver a sua própria mulher exposta a curiosidades malsãs, um caravançarai inteiro a cochichar grosserias, de mais a mais esses almocreves e condutores de camelos que são tão brutos como as bestas com que andam, estando eles agravados, na comparação, por terem o divino dom da fala e elas não. Resolve pois José que irá pedir conselho e auxílio aos anciãos da sinagoga, e de si para consigo se surpreende por não haver pensado nisso antes. Agora com o coração mais desanuviado de preocupações, pensou que estaria bem perguntar a Maria como ia ela de dores, porém não pronunciou a palavra, lembremo-nos de que tudo isto é sujo e impuro, desde a fecundação ao nascimento, aquele terrífico sexo da mulher, vórtice e abismo, sede de todos os males do mundo, o interior labiríntico, o sangue e as humidades, os corrimentos, o rebentar das águas, as repugnantes secundinas, meu Deus, por que quiseste que os teus filhos diletos, os homens, nascessem da imundície, quando bem melhor fora, para ti e para nós, que os tivesses feito de luz e transparência, ontem, hoje e amanhã, o primeiro, o do meio e o último, e assim igual para todos, sem diferença entre nobres e plebeus, entre reis e carpinteiros, apenas colocarias um sinal assustador naqueles que, crescendo, estivessem destinados a tornar-se, sem remédio, imundos. Retido por tantos escrúpulos, José acabou por fazer a pergunta num tom de meia indiferença, como se, estando ocupado com matérias superiores, condescendesse em informar-se de servidões miúdas, Como te sentes, disse, e era justamente a ocasião de ouvir uma resposta nova, pois Maria, momentos antes, tinha principiado a notar diferença no teor das dores que estivera experimentando, excelente palavra esta, mas posta ao invés, porque com outra exatidão se diria que as dores é que a estavam, finalmente, a experimentar a ela.

Nesta altura já levavam mais de uma hora de caminho, Belém não podia estar longe. Ora, sem que pudesse perceber-se porquê, porém as coisas não levam sempre, conjuntamente, a sua própria explicação, a estrada estivera deserta desde que os dois tinham saído de Jerusalém, caso digno de estranheza porque, estando Belém tão perto da cidade, o mais natural seria haver aqui um contínuo corrupio de gente e animais. Desde o sítio onde a estrada, poucos estádios depois de Jerusalém, se bifurcava, um ramo para Bercheva, este para Belém, era como se o mundo se tivesse recolhido, dobrado sobre si mesmo, pudesse o mundo ser representado por uma pessoa e diríamos que cobrira os olhos com o manto, escutando apenas os passos dos viajantes, tal como escutamos o canto de pássaros que não podemos ver, ocultos entre os ramos, eles, mas nós também, porque assim nos estarão imaginando as aves escondidas na folhagem. José, Maria e o burro tinham vindo a atravessar o deserto, pois o deserto não é aquilo que vulgarmente se pensa, deserto é tudo quanto esteja ausente dos homens, ainda que não devamos esquecer que não é raro encontrar desertos e securas mortais em meio de multidões. À direita está o túmulo de Raquel, a esposa por quem Jacob teve de esperar catorze anos, aos sete anos de serviço cumprido lhe deram Lia e só depois de outros tantos a mulher amada, que a Belém viria morrer dando à luz a criança a quem Jacob daria o nome de Benjamim, que quer dizer filho da minha mão direita, mas a quem ela, antes de morrer, chamou, com muita razão, Benoni, que significa filho da minha desgraça, permita Deus que isto não seja um agoiro. Agora já se distinguem as primeiras casas de Belém, cor de terra como as de Nazaré, mas estas parecem amassadas de amarelo e cinzento, lívidas sob o sol. Maria vai quase desmaiada, o seu corpo desequilibra-se a cada instante em cima do seirão, José tem de ampará-la, e ela, para poder segurar-se melhor, passa um braço por cima do ombro dele, pena que estejamos no deserto e não esteja aqui alguém para ver tão bonita imagem, tão fora do comum. E assim vão entrando em Belém.

Perguntou José, apesar de tudo, onde estava o caravançarai porque havia pensado que talvez pudessem descansar ali o resto do dia, e a noite, uma vez que, apesar das dores de que Maria continuava a queixar-se, não parecia que a criança estivesse para nascer já. Mas o caravançarai, do outro lado da aldeia, sujo e ruidoso, misto de bazar e estrebaria como todos, embora, por ser ainda cedo, não estivesse cheio, não tinha um sítio recatado livre, e lá para o fim do dia muito pior seria ainda, com a chegada dos cameleiros e almocreves. Tornaram atrás os viajantes, José deixou Maria num pequeno largo entre muros de casas, à sombra duma figueira, e foi-se à procura dos anciãos, como primeiro tinha pensado. Quem estava na sinagoga, um simples zelador, não pôde fazer mais do que chamar um garoto dos que andavam por ali a brincar e mandar-lhe que guiasse o forasteiro a um dos anciãos, que, assim se esperava, providenciaria. Quis a sorte, protetora de inocentes quando deles se lembra, que José, nesta nova diligência, tivesse de passar pelo largo onde deixara a mulher, foi o que valeu a Maria, a maléfica sombra da figueira quase que a estava matando, falta de atenção imperdoável de um e de outro, numa terra em que abundam estas árvores e que tem obrigação de saber o que de mau e de bom se pode esperar delas. Dali foram todos como condenados à procura do ancião, que afinal estava no campo e não voltaria tão cedo, esta foi a resposta que deram a José. Então o carpinteiro encheu-se de coragem e em voz alta perguntou se naquela casa, ou noutra, Se me estão a ouvir, alguém quereria, em nome do Deus que tudo vê, dar guarida a sua mulher, que está para ter um filho, decerto haverá por aí um canto recolhido, que esteiras trazia-as ele, E também onde é que poderei encontrar nesta aldeia uma aparadeira para ajudar ao parto, o pobre José dizia envergonhado estas coisas enormes e íntimas, ainda com mais vergonha por sentir-se corar ao dizê-las. A escrava que o atendia ao portal foi dentro com a mensagem, o pedido e o protesto, demorou-se, e voltou com a resposta de que não poderiam ficar ali, procurassem outra casa, mas não a tivessem por certa, e que a sua senhora mandara dizer que o melhor para eles ainda seria recolherem-se a uma das muitas covas que havia naquelas encostas, E a aparadeira, perguntou José, ao que a escrava respondeu que, autorizando os seus amos e aceitando-a ele, ela mesma poderia ajudar, pois não lhe haviam faltado na casa, em tantos anos, ocasiões de ver e aprender. Em verdade, muito duros são estes tempos, e agora se confirmou, que vindo bater à nossa porta uma mulher que está para ter um filho, lhe recusamos o alpendre do pátio e a mandamos parir numa cova, como as ursas e as lobas. Deu-nos, porém, a consciência um rebate, e, levantando-nos donde estávamos, fomos ver ao portal quem eram esses que buscavam abrigo por razão tão urgente e fora do comum, e quando demos com a dolorosa expressão da infeliz criatura apiedou-se o nosso coração de mulher e com medidas palavras justificamos a recusa por termos a casa cheia, São tantos os filhos e as filhas nesta casa, os netos e as netas, os genros e as noras, por isso não podíeis caber cá, mas a escrava vos levará a uma gruta que nos pertence e que tem servido de estábulo, aí ficareis cómodos, não há lá animais agora, e, tendo isto dito, e escutado os agradecimentos da pobre gente, nos retiramos para o resguardo do nosso lar, experimentando nas profundezas da alma o conforto inefável que dá a paz da consciência.

Com todo este ir e vir, este andar e estar parado, este pedir e perguntar, foi desmaiando o forte azul do céu, e o sol não tarda que se esconda por trás daquele monte. A escrava Zelomi, que esse é o seu nome, vai à frente guiando os passos, e leva um pote com brasas para o lume, uma caçoila de barro para aquecer a água, sal para esfregar o recém-nascido, não vá apanhar alguma infeção. E como de panos vem Maria servida e a faca com que se há de cortar o cordão umbilical trá-la José no seu alforge, se Zelomi não preferir cortá-lo com os dentes, já a criança pode nascer, afinal um estábulo serve tão bem como uma casa, e só quem nunca teve a felicidade de dormir numa manjedoura ignora que nada há no mundo que se pareça mais com um berço. O burro, pelo menos, não lhe achará diferença, a palha é igual no céu e na terra. Chegaram à cova aí pela hora terça, quando o crepúsculo, suspenso, ainda dourava as colinas, e não foi a demora tanto por causa da distância, mas porque Maria, agora que levava garantida a pousada e pudera, enfim, abandonar-se ao sofrimento, pedia por todos os anjos que a levassem com cuidado, pois cada resvalo dos cascos do asno nas pedras a punha em transes de agonia. Dentro da caverna fazia escuro, a enfraquecida luz exterior detinha-se logo à entrada, porém, em pouco tempo, chegando um punhado de palha às brasas e soprando, com a lenha seca que ali havia, a escrava fez uma fogueira que era como uma aurora. Logo, acendeu a candeia que estava dependurada duma saliência da parede, e, tendo ajudado Maria a deitar-se, foi por água aos poços de Salomão, que ali são perto. Quando voltou, achou José de cabeça perdida, sem saber que fazer, e não devemos censurá-lo, que aos homens não os ensinam a comportar-se utilmente em situações destas, nem eles querem saber, o mais de que hão de vir a ser capazes é pegar na mão da mulher sofredora e ficar à espera de que tudo se resolva em bem. Maria, porém, está sozinha, o mundo acabaria de assombro se um judeu deste tempo ousasse cometer esse pouco. Entrou a escrava, disse uma palavra animadora, Coragem, depois pôs-se de joelhos entre as pernas abertas de Maria, que assim têm de estar abertas as pernas das mulheres para o que entra e para o que sai, Zelomi já perdera o conto às crianças que vira nascer, e o padecimento desta pobre mulher é igual ao de todas as outras mulheres, como foi determinado pelo Senhor Deus quando Eva errou por desobediência, Aumentarei os sofrimentos da tua gravidez, os teus filhos nascerão entre dores, e hoje, passados já tantos séculos, com tanta dor acumulada, Deus ainda não se dá por satisfeito e a agonia continua. José já ali não está, nem sequer à entrada da cova. Fugiu para não ouvir os gritos, mas os gritos vão atrás dele, é como se a própria terra gritasse, a tais extremos que três pastores que andavam por perto com os seus rebanhos de ovelhas foram para José e perguntaram-lhe, Que é isto, que parece que a terra está gritando, e ele respondeu, É a minha mulher que dá à luz além naquela cova, e eles disseram, Não és destes sítios, não te conhecemos, Viemos de Nazaré de Galileia ao recenseamento, na hora que chegamos cresceram-lhe as dores, e agora está nascendo. O crepúsculo mal deixava ver os rostos dos quatro homens, em pouco tempo todos os traços se iriam apagar, mas as vozes prosseguiam, Tens comida, perguntou um dos pastores, Pouca, respondeu José, e a mesma voz, Quando tudo estiver terminado vem dizer-me e levar-te-ei leite das minhas ovelhas, e logo a segunda voz se ouviu, E eu queijo te darei. Houve um longo e não explicado silêncio antes que o terceiro pastor falasse. Finalmente, numa voz que parecia, também ela, vir de debaixo da terra, disse, E eu pão lhe hei de levar.

O filho de José e de Maria nasceu como todos os filhos dos homens, sujo do sangue de sua mãe, viscoso das suas mucosidades e sofrendo em silêncio. Chorou porque o fizeram chorar, e chorará por esse mesmo e único motivo. Envolto em panos, repousa na manjedoura, não longe do burro, porém não há perigo de ser mordido, que ao animal prenderam-no curto. Zelomi saiu fora a enterrar as secundinas, ao tempo que José se vem aproximando. Ela espera que ele entre e deixa-se ficar, respirando a brisa fresca do anoitecer, cansada como se tivesse sido ela a parir, é o que imagina, que filhos seus próprios nunca os teve.

Descendo a encosta, aproximam-se três homens. São os pastores. Entram juntos na cova. Maria está recostada e tem os olhos fechados. José, sentado numa pedra, apoia o braço na borda da manjedoura e parece guardar o filho. O primeiro pastor avançou e disse, Com estas minhas mãos mungi as minhas ovelhas e recolhi o leite delas. Maria, abrindo os olhos, sorriu. Adiantou-se o segundo pastor e disse, por sua vez, Com estas minhas mãos trabalhei o leite e fabriquei o queijo. Maria acenou com a cabeça e voltou a sorrir. Então, o terceiro pastor chegou-se para diante, num momento pareceu que enchia a cova com a sua grande estatura, e disse, mas não olhava nem o pai nem a mãe da criança nascida, Com estas minhas mãos amassei este pão que te trago, com o fogo que só dentro da terra há o cozi. E Maria soube quem ele era.

Como sempre desde que o mundo é mundo, para cada um que nasce, há outro que agoniza. O de agora, falamos do que está à morte, é o rei Herodes, que sofre, além do mais e pior que se dirá, de uma horrível comichão que o põe às portas da loucura, como se as mandíbulas miudinhas e ferozes de cem mil formigas lhe estivessem roendo o corpo, infatigáveis. Depois de terem experimentado, com nenhumas melhoras, quantos bálsamos se usaram até hoje em todo o orbe conhecido, sem exclusão do Egito e da Índia, os médicos reais, já de cabeça perdida ou, para ser mais exato, com medo de perdê-la, lançaram-se a compor banhos e mezinhas ao acaso, misturando em água ou óleo quaisquer ervas ou pós de que alguma vez se tivesse dito algum bem, mesmo sendo contrárias as indicações da farmacopeia. O rei, possesso de dor e furor, com a espuma a saltar-lhe da boca como se o tivesse mordido um cão raivoso, ameaça que os fará crucificar a todos se não descobrirem rapidamente remédio suficiente para os seus males, que, como já foi antecipado, não se limitam ao ardor insofrível da pele e também às convulsões que frequentemente o derrubam, o atiram ao chão, fazendo dele um novelo retorcido, agónico, com os olhos a saltarem-lhe das órbitas, as mãos rasgando as vestes, por baixo das quais as formigas, multiplicando-se, prosseguem o devastador trabalho. O pior, o pior verdadeiramente, é a gangrena que se tem manifestado nestes últimos dias, e esse horror sem explicação nem nome de que se fala em segredo no palácio, a saber, os vermes que infestam os órgãos genitais da real pessoa e que, esses sim, a estão devorando em vida. Os gritos de Herodes atroam as salas e as galerias do palácio, os eunucos que o servem diretamente não dormem nem descansam, os escravos de nível inferior fogem de encontrar-se no seu caminho. Arrastando um corpo que fede de putrefação, apesar dos perfumes de que leva embebidas as roupas e ungidos os cabelos pintados, a Herodes só o mantém vivo a fúria. Transportado numa liteira, rodeado de médicos e de guardas armados, percorre o palácio de um extremo a outro à procura de traidores, desde há muito que os vê ou adivinha em toda a parte, e o seu dedo de súbito aponta, pode ser um chefe de eunucos que estava conquistando demasiada influência, ou um fariseu recalcitrante que anda protestando contra os que desobedecem à lei devendo ser os primeiros a respeitá-la, neste caso nem é preciso pronunciar um nome para saber de quem se trata, podem ser ainda os seus próprios filhos Alexandre e Aristóbulo, presos e logo condenados à morte por um tribunal de nobres à pressa convocado para essa sentença e não outra, ora, que outra coisa poderia ter feito este pobre rei se em alucinados sonhos via aqueles maus filhos avançando para ele de espada nua, e se, no mais abominável dos pesadelos, olhava, como num espelho, a sua própria cabeça cortada. Do fim terrível conseguiu livrar-se, agora pode contemplar tranquilamente os cadáveres daqueles que um minuto antes ainda eram herdeiros de um trono, os seus próprios filhos, culpados de conspiração, abuso e arrogância, mortos por estrangulamento.

Mas eis agora que um outro pesadelo, vindo das sombras mais profundas do cérebro, o arranca, aos gritos, dos breves e inquietos sonos em que de puro esgotamento cai, quando o seu perturbado espírito lhe faz aparecer o profeta Miqueias, esse que viveu no tempo de Isaías, testemunha daquelas terríveis guerras que os assírios trouxeram a Samaria e a Judeia, e vem clamando contra os ricos e os poderosos, como a profeta compete e ao caso convém. Coberto do pó das batalhas, com a túnica manchada de sangue vivo, Miqueias entra no sonho de rompante, em meio de um estrondo que não pode ser deste mundo, como se empurrasse com mãos relampejantes umas enormes portas de bronze, e anuncia em estentórea voz, O Senhor vai sair da sua morada, vai descer e pisar as alturas da terra, e logo ameaça, Ai dos que planeiam a iniquidade, dos que maquinam o mal em seus leitos, e o executam logo ao amanhecer do dia, porque têm o poder na sua mão, e denuncia, Cobiçam as terras e apoderam-se delas, cobiçam as casas e roubam-nas, fazem violência ao homem e à sua família, ao dono e à sua herança. Depois, em cada noite, de cada vez, tendo dito isto, como a um sinal que só ele pudesse ouvir, Miqueias desaparece como desfeito em fumo. Contudo, o que faz despertar Herodes em ânsias e suores não é tanto o assombro dos proféticos gritos, mas a impressão angustiante de que o seu visitante noturno se retira no preciso momento em que, parecendo ir dizer algo mais, é o gesto que se levanta, é a boca que se abre, o guardasse para a próxima vez. Ora, qualquer um sabe que este rei Herodes não é homem a quem amedrontem ameaças, se nem remorsos conserva das tantas e tantas mortes que carrega na memória. Lembremos que mandou afogar o irmão da mulher a quem mais amou na vida, Mariame, que fez estrangular o avô dela, e por fim a ela própria, depois de tê-la acusado de adultério. É verdade que depois caiu numa espécie de delírio, em meio do qual chamava por Mariame como se ela estivesse ainda viva, mas curou-se da insanidade a tempo de descobrir que a sogra, alma doutros manejos anteriores, tramava uma conspiração para derrubá-lo do poder. Em menos que um credo, a perigosa intriguista foi juntar-se ao panteão da família a quem Herodes, em má hora para uns e outros, se ligara. Ficaram então ao rei, como herdeiros do trono, os seus três filhos, Alexandre e Aristóbulo, de cujo desgraçado fim já tivemos notícia, e Antipatro, que irá pelo mesmo caminho não tarda. E já agora, pois nem tudo na vida são tragédias e horrores, lembremos que, para o refocilamento e consolo do corpo, dez esposas magníficas em dotes físicos chegou a ter Herodes, sendo porém certo que a estas alturas já de pouco lhe servem, e ele a elas nada. Então, vir agora o irado fantasma de um profeta assombrar as noites do poderoso rei de Judeia e Samaria, de Pereia e Idumeia, de Galileia e Gaulanitide, de Traconitide, Auranitide e Bataneia, o estupendo monarca que de tudo isto é senhor e tudo aquilo fez, igualmente seria nada se não fosse a indefinível ameaça em que o sonho de cada vez se suspende, aquele instante que tendo prometido não deu, e que, por não ter dado, mantém intacta a promessa duma nova ameaça, qual, como, quando.

Neste meio-tempo, lá em Belém, por assim dizer paredes meias com o palácio de Herodes, José e a sua família continuavam a viver na cova, pois sendo tão breve a estada prevista não valia a pena andar à procura de casa, tanto mais que o problema da habitação já era naquela época uma dor de cabeça, com a agravante de não estar ainda inventado o benefício social e usurário do aluguer de quartos. No oitavo dia depois do nascimento, levou José o seu primogénito à sinagoga para ser circuncidado, e ali o sacerdote cortou destramente, com uma faca de pedra e a habilidade de um prático, o prepúcio da chorosa criança, cujo destino, do prepúcio falamos, não do menino, daria por si só um romance, contado a partir deste momento, em que não passa de um pálido anel de pele que apenas sangra, e a sua santificação gloriosa, quando foi papa Pascoal I, no oitavo século desta nossa era. Quem o quiser ver, hoje, não tem mais do que ir à paróquia de Calcata, que está perto de Viterbo, cidade italiana, onde relicariamente se mostra para edificação de crentes empedernidos e desfrute de incréus curiosos. Disse José que seu filho se chamaria Jesus, e assim ficou recenseado nos cadastros de Deus depois de já o ter sido nos registos de César. Não se conformava o infante com a diminuição que acabara de sofrer no seu corpo, sem a contrapartida de um qualquer acrescentamento sensível do espírito, e chorou durante todo aquele santo caminho até à cova onde o esperava a mãe ansiosa, e não é de estranhar, sendo o primeiro, Coitadinho, coitadinho, disse ela, e ato contínuo, abrindo a túnica, deu-lhe de mamar, primeiro o seio esquerdo, supõe-se que por estar mais perto do coração. Jesus, mas ele ainda não pode saber que é este o seu nome, por enquanto não passa de um pequeno ser natural, como o pinto duma galinha, o cachorro duma cadela, o cordeiro duma ovelha, Jesus, dizíamos, suspirou com deliciada satisfação, sentindo na face o suave peso do seio, a humidade da pele ao contacto doutra pele. A boca encheu-se-lhe do sabor adocicado do leite materno, e a ofensa entre as pernas, insuportável antes, tornou-se distante, dissipava-se numa espécie de prazer que nascia e não acabava de nascer, como se o detivesse um limiar, uma porta fechada ou uma proibição. Crescendo, irá esquecer estas sensações primitivas, a ponto de não poder imaginar que as tivesse experimentado, é assim com todos nós, onde quer que tenhamos nascido, de mulher sempre, e seja qual for o destino que nos espera. Se a José ousássemos fazer tal pergunta, indiscrição de que Deus nos livrará, ele responderia que são outras e mais sérias as preocupações de um chefe de família, a braços, doravante, com o problema de alimentar duas bocas, facilidade de expressão a que a evidência do filho mamando diretamente da mãe, não retira, no entanto, força e propriedade. Mas é verdade que tem José sérias razões para preocupar-se, e são elas como vai a família viver até que possam regressar a Nazaré, pois Maria saiu debilitada do parto e não estaria em condições de fazer a longa viagem, sem esquecer que ainda terá de esperar que termine o tempo da sua impureza, trinta e três são os dias que deverá ficar no sangue da sua purificação, contados a partir deste em que estamos, o da circuncisão. O dinheiro trazido de Nazaré, que já era pouco, está-se a acabar, e a José é impossível exercer aqui o seu ofício de carpinteiro, se lhe faltam as ferramentas e não tem fundo de maneio para comprar as madeiras. A vida da pobre gente já naquele tempo era difícil e Deus não podia prover a tudo. De dentro da cova veio uma breve e inarticulada queixa, logo interrompida, o sinal de que Maria mudara o filho do seio esquerdo para o seio direito, e o menino, frustrado por um momento, sentira reavivar-se-lhe a dor na parte ofendida. Daqui a pouco, refarto, adormecerá no colo da mãe, e não despertará quando ela, com mil precauções, o entregar ao regaço da manjedoura, como à guarda duma ama carinhosa e fiel. Sentado na entrada da cova, José continua às voltas com os seus pensamentos, a deitar contas à vida, já sabe que em Belém não tem qualquer hipótese, nem sequer como assalariado, que bem o tentara antes, sem resultado, a não ser as palavras do costume, Quando precisar de ajudante, mando-te chamar, são promessas que não enchem a barriga, embora este povo ande a viver delas desde que nasceu.

Mil vezes a experiência tem demonstrado, mesmo em pessoas não particularmente dadas à reflexão, que a melhor maneira de chegar a uma boa ideia é ir deixando discorrer o pensamento ao sabor dos seus próprios acasos e inclinações, mas vigiando-o com uma atenção que convém parecer distraída, como se se estivesse a pensar noutra coisa, e de repente salta-se em cima do desprevenido achado como um tigre sobre a presa. Foi desta maneira que as falsas promessas dos mestres carpinteiros de Belém levaram José a pensar em Deus e nas suas, dele, promessas verdadeiras, e daí ao templo de Jerusalém e às obras que aqui ainda se estavam fazendo, enfim, branco é, galinha o pôs, já se sabe que onde haja obras, obreiros em geral se necessitam, pedreiros e canteiros em primeiro lugar, mas também carpinteiros, quanto mais não seja para esquadriar barrotes e aplainar pranchas, primárias operações que estão ao alcance da arte de José. O único defeito que a solução apresenta, supondo que lhe vão dar o emprego, é a distância a que está o local do trabalho, uma boa hora e meia de caminho, ou mais, a andar bem, que de cá para lá tudo são subidas, sem um santo alpinista para ajudar, salvo se levar consigo o burro, mas então terá José para resolver o problema de onde deixar em segurança o animal, que não é por ser esta terra, sobre todas, a preferida de Deus, que acabaram os ladrões nela, não temos mais que recordar o que todas as noites vem dizendo o profeta Miqueias. Cavilando estava José sobre estas complexas questões quando Maria saiu da cova, acabara de dar de mamar ao filho e de aconchegá-lo na manjedoura. Como está Jesus, perguntou o pai, consciente da expressão um tanto ridícula duma pergunta formulada assim, mas incapaz de resistir ao orgulho de ter um filho e poder dar-lhe um nome. O menino está bem, respondeu Maria, para quem o menos importante de tudo ainda era o nome, poderia mesmo chamar-lhe menino toda a sua vida se não tivesse por certo que fatalmente outros filhos hão de nascer, chamar meninos a todos seria uma confusão como a de Babel. Deixando sair as palavras como se apenas estivesse a pensar em voz alta, maneira de não dar demasiada confiança, José disse, Tenho de dar caminho à vida enquanto cá estivermos, em Belém não se encontra trabalho que preste. Maria não respondeu nem tinha que responder, estava ali apenas para ouvir, e já era muito favor o que o marido lhe fazia. Olhou José o sol, a calcular o tempo de que disporia para ir e voltar, foi dentro da cova a buscar o manto e o alforge, e tornando anunciou, Com Deus me vou e a Deus me confio para que me dê trabalho na sua casa, se para tão grande mercê achar merecimentos em quem nele põe toda a esperança e é honesto artífice. Cruzou a aba direita do manto por cima do ombro esquerdo, acomodou nele o alforge e sem mais palavra meteu pés ao caminho.

Em verdade, há horas felizes. Embora as obras do templo levassem já grande adiantamento, ainda havia trabalho para novos contratados, sobretudo se não eram exigentes na hora de combinar a soldada. José passou sem dificuldade as provas de aptidão a que ligeiramente o submeteu um contramestre de carpinteiros, resultado inesperado que nos deveria fazer refletir se não teremos andado a ser algo injustos nos comentários pejorativos que, desde o princípio deste evangelho, temos feito acerca da competência profissional do pai de Jesus. Foi-se dali o novel trabalhador do templo dando múltiplas graças a Deus, algumas vezes deteve no caminho viandantes que com ele se cruzavam, para pedir-lhes que o acompanhassem nos louvores ao Senhor, e eles, benévolos, satisfaziam-no com grandes sorrisos, que neste povo a alegria de cada um foi quase sempre a alegria de todos, falamos, claro está, de gente miúda como esta. Quando chegou à altura do túmulo de Raquel, ocorreu a José uma ideia que mais lhe terá subido das entranhas do que se criou no cérebro, e foi que esta mulher que tanto desejara outro filho veio a morrer, permita-se a expressão, às mãos dele, e nem tempo teve para conhecê-lo, nenhuma palavra, nenhum olhar, um corpo que se separa doutro corpo, tão indiferente a ele como um fruto que se desprende da árvore. Depois teve um pensamento ainda mais triste, o de os filhos sempre morrerem por causa dos pais que os geraram e das mães que os puseram no mundo, e então teve pena do seu próprio filho, condenado à morte sem culpa. Angustiado, confuso, postado diante do túmulo da esposa mais amada de Jacob, o carpinteiro José deixou cair os braços e pender a cabeça, todo o seu corpo se alagava de um frio suor, e na estrada, agora, não passava ninguém a quem pudesse pedir um auxílio. Compreendeu que pela primeira vez na sua vida duvidava do sentido do mundo, e, como quem renuncia a uma última esperança, disse em voz alta, Vou morrer aqui. Talvez que estas palavras, noutros casos, se fôssemos capazes de pronunciá-las com toda a força e convicção, como se supõe que é a dos suicidas, estas palavras poderiam, sem dor nem lágrimas, abrir-nos, por si sós, a porta por onde se sai do mundo dos vivos, mas o geral dos homens padece de instabilidade emocional, uma alta nuvem o distrai, uma aranha tecendo a sua teia, um cão que persegue uma borboleta, uma galinha que esgaravata a terra e cacareja chamando os filhos, ou algo ainda mais simples, do próprio corpo, como sentir uma comichão na cara e coçá-la, e depois perguntar-se, Em que estava eu a pensar. Foi por isto que de um momento para o outro o túmulo de Raquel se tornou no que era, uma pequena construção caiada, sem janelas, como um dado perdido, esquecido por não fazer falta ao jogo, manchada a pedra que tapa a entrada pelo suor e pela sujidade das mãos dos peregrinos que aqui têm vindo desde os tempos antigos, e ao redor oliveiras que talvez já fossem velhas quando Jacob escolheu este local para última morada da pobre mãe, sacrificando as que foi preciso para despejar o terreno, afinal bem se pode afirmar que o destino existe, o destino de cada um é nas mãos dos outros que está. Então José foi-se dali, mas antes ainda deixou uma bênção, a que lhe pareceu mais própria da ocasião e do lugar, disse ele, Bendito sejas tu, Senhor, nosso Deus e Deus de nossos pais, Deus de Abraão, Deus de Isaac e Deus de Jacob, grande, poderoso e maravilhoso Deus, bendito sejas. Quando entrou na cova, e ainda antes de informar a mulher de que tinha arranjado trabalho, José foi à manjedoura ver o filho, que dormia. Disse consigo mesmo, Morrerá, terá de morrer, e o coração doeu-lhe, mas depois pensou que, segundo a ordem natural das coisas, deverá ser o primeiro a morrer, e que essa morte sua, ao retirá-lo de entre os vivos, ao fazer dele ausência, dará ao filho uma espécie de, como dizer, eternidade limitada, passe a contradição, a eternidade que é continuar ainda por algum tempo mais quando os que conhecemos e amamos já não existem.

Não prevenira José o capataz do seu grupo de que só ficaria ali umas poucas semanas, com certeza não mais do que cinco, o tempo de levar o filho ao Templo, purificar-se a mãe e fazer as malas. Tinha-se calado por medo de que não o recebessem, pormenor que mostra não estar o carpinteiro nazareno muito em dia com as relações de trabalho do seu país, provavelmente por se considerar e realmente ser trabalhador por conta própria, portanto distraído das realidades do mundo obreiro, naquele tempo composto, quase exclusivamente, por tarefeiros. Mantinha-se atento à contagem dos dias que faltavam, vinte e quatro, vinte e três, vinte e dois, e, para não se enganar, improvisara um calendário numa das paredes da gruta, dezanove, com uns tantos riscos que ia sucessivamente cortando, dezasseis, perante o pasmo respeitoso de Maria, catorze, treze, que dava graças ao Senhor por lhe ter dado, nove, oito, sete, seis, marido em tudo tão capaz. José tinha-lhe dito, Partimos logo depois de irmos ao Templo, que já me tardam Nazaré e os fregueses que lá deixei, e ela, suavemente, para não parecer que o corrigia, Mas não podemos ir-nos daqui sem agradecer à dona da gruta e à escrava que me assistiu, que quase todos os dias cá vem, a saber como está o menino. José não respondeu, nunca confessaria que não se lembrara de um gesto tão elementar, a prova estava em que a sua primeira intenção fora levar o burro já carregado, pô-lo a guardar durante o tempo dos ritos, e ala para Nazaré, sem perder tempo com agradecimentos e adeuses. Maria tinha razão, seria uma grosseria irem-se dali sem uma palavra, mas a verdade, se em todas as coisas a pobrezinha prevalecesse, obrigá-lo-ia a confessar que em matéria de boa educação estava bastante falto. Durante uma hora, por causa do seu próprio erro, andou irritado com a mulher, sentimento que habitualmente lhe servia para abafar recriminações da consciência. Ficariam, pois, dois ou três dias mais, fariam as suas despedidas em boa e devida forma, com tais e tantas vénias que não ficariam dúvidas nem dívidas, e então, sim, poderiam partir, deixando nos habitantes de Belém a recordação feliz duma família de galileus piedosos, bem-educados e cumpridores do dever, exceção portanto assinalável, se tivermos em conta a fraca opinião que os habitantes de Jerusalém e arredores, no geral, fazem da gente de Galileia.

Chegou, enfim, o memorável dia em que o menino Jesus foi levado ao Templo ao colo de sua mãe, cavalgando ela o paciente asno que desde o princípio acompanha e ajuda esta família. José leva o burro pela arreata, tem pressa de chegar, pois não quer perder todo um dia de trabalho, apesar de estar em vésperas de partida. Por essa razão, também, é que tinham saído de casa tão cedo, quando a fresca madrugada ainda estava empurrando com as suas mãos aurorais a última sombra noturna. O túmulo de Raquel já ficou para trás, tocava-lhe a frontaria, quando por ele passaram, uma ardente cor de romã, nem parecia a mesma parede que a noite opaca torna lívida e a que a lua alta dá uma ameaçadora brancura de ossos ou cobre de sangue ao nascer. Às tantas, o infante Jesus acordou, mas agora a valer, que antes mal abrira os olhos quando sua mãe o enfaixara para a viagem, e pediu alimento com a sua voz de choro, única que ainda tem. Um dia, como qualquer de nós, outras vozes virá a aprender, graças às quais saberá exprimir outras fomes e experimentar outras lágrimas.

Já perto de Jerusalém, na íngreme ladeira, a família confundiu-se com a multidão de peregrinos e vendedores que afluíam à cidade, todos parecendo querer ser os primeiros a chegar, mas, por cautela, moderando a pressa e refreando a excitação à vista dos soldados romanos que, aos pares, vigiavam os ajuntamentos, e de um ou outro grupo da tropa mercenária de Herodes, onde se podia encontrar de tudo, recrutas judeus, evidentemente, mas também idumeus, gálatas e trácios, germanos e gauleses, e até babilónios, com a sua fama de habilíssimos arqueiros. José, carpinteiro e homem de paz, combatente dessas pacíficas armas que se chamam plaina e enxó, maço e martelo, ou pregos e cavilhas, tem, para com estes ferrabrases, um sentimento misto, muito de temor, algo de desprezo, que não o deixa ser natural, nem mesmo na simples maneira de olhar. Por isso vai passando de olhos baixos, e é Maria, aquela que sempre está metida em casa, e nestas semanas mais resguardada ainda, oculta numa cova, onde só é visitada por uma escrava, é Maria quem tudo vai olhando em redor, curiosa, com o queixinho levantado de compreensível orgulho, pois leva ali o seu primogénito, ela, uma fraca mulher, mas muito capaz, como se vê, de dar filhos a Deus e a seu marido. Tão irradiante vai em sua felicidade que uns toscos e brutos mercenários gauleses, louros, de grandes bigodes pendentes, armas postas, mas afinal, supõe-se, de tenro coração diante deste renovo do mundo que é uma jovem mãe com o seu primeiro filho, estes guerreiros endurecidos sorriram à passagem da família, com podres dentes sorriram, é certo, mas o que conta é a intenção.

Aí está o Templo. Visto assim de perto, do plano inferior em que estamos, é uma construção que dá vertigens, uma montanha de pedras sobre pedras, algumas que nenhum poder do mundo pareceria ser capaz de aparelhar, levantar, assentar e ajustar, e contudo estão ali, unidas pelo próprio peso, sem argamassa, tão simplesmente como se o mundo fosse todo ele uma construção de armar, até às altíssimas cimalhas que, olhadas de baixo, parecem roçar o céu, como outra e diferente torre de Babel que a proteção de Deus, contudo, não logrará salvar, pois um igual destino a espera, ruína, confusão, sangue derramado, vozes que mil vezes perguntarão, Porquê, imaginando que há uma resposta, e que mais cedo ou mais tarde acabam por calar-se, porque só o silêncio é certo. José foi deixar o asno a guardar num caravançarai de bestas que no tempo da Páscoa e outras festas não teria nem espaço para sacudir-se um camelo as moscas com o rabo, mas que nestes dias, passado o prazo do recenseamento e regressados os viajantes às suas terras, não tinha mais que a sua ocupação normal, neste momento, aliás, bastante diminuída em virtude da hora matutina. Porém, no Pátio dos Gentios, que rodeava, entre o grande quadrilátero das arcadas, o recinto do Templo propriamente dito, havia já uma multidão de gente, cambistas, passarinheiros, marchantes que vendiam borregos e cabritos, peregrinos que sempre vinham por um motivo ou outro, e também muitos estrangeiros aqui trazidos pela curiosidade de conhecer o templo mandado construir pelo rei Herodes, de que em todo o mundo se fala. Mas sendo o pátio o que era, aquela imensidão, alguém que se encontrasse do lado oposto não pareceria maior do que um minúsculo inseto, como se os arquitetos de Herodes, tomando para si o olhar de Deus, tivessem querido sublinhar a insignificância do homem perante o Todo-Poderoso, mormente em se tratando de gentios. Porque os judeus, se não vêm apenas a passear como ociosos, têm no centro do pátio o seu objetivo, o centro do mundo, o umbigo dos umbigos, o santo dos santos. Para lá vão caminhando o carpinteiro e sua mulher, para lá vai sendo levado Jesus, depois de ter seu pai comprado duas rolas a um comissário do Templo, se a designação é apropriada para quem serve o monopólio deste religioso negócio. As pobres avezinhas não sabem ao que vão, embora o cheiro de carne e de penas queimadas que paira no ar não devesse enganar ninguém, sem falar de cheiros muito mais fortes, como o do sangue, ou o da bosta dos bois arrastados para o sacrifício e que de premonitório medo se borram desgraçadamente. José é o que leva as rolas, aconchegadas no côncavo das suas grossas mãos de obreiro, e elas, iludidas, dão-lhe, de pura satisfação, umas bicadas suaves nos dedos, encurvados em forma de gaiola, como se quisessem dizer ao novo dono, Ainda bem que nos compraste, contigo queremos ficar. Maria não dá por nada, agora só para o filho tem olhos, e a pele de José é demasiado dura para sentir e decifrar o morse amoroso do casal de rolinhas.

Vão entrar pela Porta da Lenha, uma das treze passagens por onde se chega ao Templo, e que, como todas as outras, tem em proclama uma lápida insculpida em grego e latim, que assim reza, A nenhum gentio é permitido cruzar este limiar e a barreira que rodeia o Templo, aquele que se atrever pagará com a vida. José e Maria entram, entra Jesus levado por eles, e a seu tempo sairão a salvo, mas as rolas, já o sabíamos, vão morrer, é o que quer a lei para reconhecer e confirmar a purificação de Maria. A um espírito voltaireano, irónico e irrespeitoso, se bem que nada original, não escaparia o ensejo de observar que, vistas as coisas, parece ser condição para a manutenção da pureza no mundo existirem nele animais inocentes, rolas ou cordeiros sejam. Sobem José e Maria os catorze degraus por onde se acede, finalmente, à plataforma sobre a qual está levantado o Templo. Aqui é o Pátio das Mulheres, à esquerda está o armazém do azeite e do vinho usados na liturgia, à direita a câmara dos nazireus, que são uns sacerdotes que não pertencem à tribu de Levi e a quem se proíbe cortar o cabelo, beber vinho ou aproximar-se de um cadáver. Em frente, do outro lado, ladeando a porta fronteira a esta, e também à esquerda e à direita, respetivamente, a câmara onde os leprosos que se creem curados esperam que os sacerdotes vão observá-los e o armazém onde se guarda a lenha, todos os dias inspecionada porque ao fogo do altar não podem ser levadas madeiras apodrecidas ou bichosas. Maria já não tem muitos mais passos que dar. Ainda subirá os quinze degraus semicirculares que levam à Porta de Nicanor, também Preciosa chamada, mas aí se deterá, porque às mulheres não é permitido entrar no Pátio dos Israelitas, para onde dá a porta. À entrada estão os levitas à espera dos que vêm oferecer sacrifícios, porém neste lugar a atmosfera será tudo menos piedosa, salvo se a piedade era então compreendida doutra maneira, não é só o cheiro e o fumo das gorduras estorricadas, do sangue fresco, do incenso, é também o vozear dos homens, os berros, os balidos, os mugidos dos animais que esperam vez no matadouro, o último e áspero grasnido duma ave que antes soubera cantar. Maria diz ao levita que os atendeu que vem para a purificação e José entrega as rolas. Por um momento, Maria pousa as mãos sobre as avezinhas, será o seu único gesto, e logo o levita e o marido se afastam e desaparecem atrás da porta. Não se moverá Maria dali até que José regresse, apenas se aparta a um lado para não obstruir a passagem, e, com o filho nos braços, espera.

Lá dentro é uma forja, um talho e um matadouro. Em cima de duas grandes mesas de pedra preparam-se as vítimas de maiores dimensões, os bois e os vitelos, sobretudo, mas também carneiros e ovelhas, cabras e bodes. Perto das mesas encontram-se uns altos pilares onde se dependuram, em ganchos chumbados na pedra, as carcaças das reses, e vê-se a frenética atividade do arsenal dos açougues, as facas, os cutelos, os machados, os serrotes, a atmosfera está carregada dos fumos da lenha e dos coiratos queimados, de vapor de sangue e de suor, uma alma qualquer, que nem precisará ser santa, das vulgares, terá dificuldade em entender como poderá Deus sentir-se feliz em meio de tal carnificina, sendo, como diz que é, pai comum dos homens e das bestas. José tem de ficar do lado de fora da balaustrada que separa o Pátio dos Israelitas do Pátio dos Sacerdotes, mas pode olhar à vontade, donde está, o Grande Altar, com mais de quatro vezes a altura de um homem, e ao fundo o Templo, enfim falamos do autêntico, porque isto aqui é como aquelas caixas abissais que nesta época já se fabricam na China, umas dentro de outras, avistamos de longe e dizemos, O Templo, quando entramos no Pátio dos Gentios tornamos a dizer, O Templo, e agora o carpinteiro José, apoiado à balaustrada, olha e diz, O Templo, e é ele quem tem razão, ali está a larga fachada com as suas quatro colunas embebidas na parede, com os seus capitéis festoados de folhas de acanto, à moda grega, e o altíssimo vão de porta, sem porta material, porém, para chegar lá dentro, onde habita Deus, Templo dos Templos, seria preciso contrariar todas as proibições, passar o Lugar Santo, chamado Hereal, e, enfim, entrar no Debir, que é, final e derradeira caixa, o Santo dos Santos, essa terrível câmara de pedra, vazia como o universo, sem janelas, onde a luz do dia não entrou nunca nem entrará, salvo quando soar a hora da destruição e da ruína e todas as pedras se parecerem umas com as outras. Deus é tanto mais Deus quanto mais inacessível for, e José não passa de pai de um menino judeu entre os meninos judeus, que vai ver morrer duas rolas inocentes, o pai, não o filho, que esse, inocente também, ficou ao colo da mãe, imaginando, se tanto pode, que o mundo será sempre assim.

Junto ao altar, feito de grandes pedras em tosco, que nenhuma ferramenta metálica tocou desde que foram arrancadas da pedreira até virem ocupar o seu lugar na gigantesca construção, um sacerdote, descalço, vestido com uma túnica de linho, espera que o levita lhe entregue as rolas. Recebe a primeira, leva-a até uma esquina do altar e aí, de um só golpe, separa-lhe a cabeça do corpo. O sangue esguicha. O sacerdote esparge com ele a parte inferior do altar, e vai depois colocar a ave degolada num escoadouro onde acabará de dessangrar-se, e aonde, acabado o turno de serviço, irá buscá-la, pois passou a pertencer-lhe. A outra rola gozará da dignidade do sacrifício completo, o que significa que será queimada. O sacerdote sobe a rampa que leva ao cimo do altar, onde arde o fogo sagrado, e, sobre a cornija, na segunda esquina do mesmo lado, sudeste esta, sudoeste a primeira, descabeça a ave, rega com o sangue o chão da plataforma, em cujos cantos se erguem ornamentos como cornos de carneiro, e arranca-lhe as vísceras. Ninguém dá atenção ao que se passa, é apenas uma pequena morte. José, de cabeça levantada, quereria perceber, identificar, entre o fumo geral e os cheiros gerais, o fumo e o cheiro do seu sacrifício, quando o sacerdote, depois de salgar a cabeça e o corpo da ave, os atirar à fogueira. Mal pode ter a certeza. Ardendo entre as labaredas revoltas, atiçadas pela gordura, o corpinho esventrado e flácido da rola não enche a cova de um dente de Deus. E em baixo, onde a rampa começa, já estão três sacerdotes à espera. Um bezerro cai fulminado pela choupa, meu Deus, meu Deus, que frágeis nos fizeste e que fácil é morrer. José já não tem mais que fazer ali, deve retirar-se, levar a mulher e o filho. Maria está outra vez limpa, de verdadeira pureza não se fala, evidentemente, que a tanto não poderão aspirar os seres humanos em geral e as mulheres em particular, foi o caso que com o tempo e o recolhimento se lhe normalizaram os fluxos e os humores, tudo voltou ao que era antes, a diferença é haver duas rolas a menos no mundo e um menino mais que as fez morrer. Saíram do Templo pela porta por onde tinham entrado, José foi recolher o burro, e enquanto Maria, ajudando-se numa pedra, se acomodava em cima do animal, o pai segurou no filho, já algumas vezes acontecera, mas agora, talvez por causa daquela rola a que vira arrancar as entranhas, tardou em restituí-lo à mãe, como se pensasse que nenhuns braços poderiam defendê-lo melhor do que os seus. Acompanhou a família à porta da cidade e depois voltou para o Templo, para o trabalho. Virá ainda amanhã, a fim de perfazer a semana, mas depois, louvado seja por toda a eternidade o poder de Deus, que nem mais um instante se perca, regressarão a Nazaré.

Nessa mesma noite, o profeta Miqueias disse o que até então andara a calar. Quando o rei Herodes, nos seus agónicos mas já resignados sonhos, esperava que a aparição se fosse embora depois dos clamores costumados, tornados inócuos pela repetição, deixando no último instante à flor dos lábios, uma vez mais, a ameaça suspensa, cresceu de súbito o vulto formidável e palavras novas foram ouvidas, Mas tu, Belém, tão pequena entre as famílias de Judá, foi já de ti que me saiu aquele que governará Israel. Neste preciso momento, o rei acordou. Como o som da corda mais extensa da harpa, as palavras do profeta continuavam a ressoar no quarto. Herodes permaneceu de olhos abertos, procurando descobrir o sentido último da revelação, se o havia, a tal ponto absorto no pensamento que mal sentia as formigas que o roíam por baixo da pele e os vermes que se babavam sobre as suas últimas fibras íntimas e as apodreciam. A profecia não era novidade, conhecia-a como qualquer judeu, mas nunca perdera tempo a preocupar-se com anúncios de profetas, a ele bastavam-lhe as conspirações de portas adentro. O que o perturbava, agora, era uma Inquietação indefinida, uma sensação de angustiadora estranheza, como se as palavras ouvidas fossem, ao mesmo tempo, elas próprias e outras, e escondessem, numa breve sílaba, numa simples partícula, num rápido som, qualquer urgente e temível ameaça. Tentou afastar a obsessão, voltar a adormecer, mas o corpo recusava-se e abria-se às dores, retalhado até às entranhas, pensar era como uma proteção. De olhos fitos nas traves do teto, cujos ornamentos o clarão de duas tochas odoríferas, amortecido por guarda-fogos, parecia agitar, o rei Herodes procurava a resposta e não a achava. Então gritou pelo chefe dos eunucos que lhe guardavam o sono e a vigília e ordenou que viesse à sua presença, Sem tardar, disse, um sacerdote do Templo, e que trouxesse com ele o Livro de Miqueias.

Entre ir e voltar, do palácio ao Templo, do Templo ao palácio, passou quase uma hora. A madrugada principiava a clarear quando o sacerdote entrou na câmara. Lê, disse o rei, e ele começou, Palavra do Senhor, que foi dirigida a Miqueias de Moreset, nos dias de Joatão, de Acaz e de Ezequias, reis de Judá. Continuou a ler, até que Herodes disse, Adiante, e o sacerdote, confundido, sem compreender por que o tinham chamado, saltou para outra passagem, Ai dos que planeiam a iniquidade, dos que maquinam o mal em seus leitos, mas neste ponto interrompeu-se, aterrado com a involuntária imprudência, e, atropelando as palavras, como se pretendesse fazer esquecer o que dissera, prosseguiu, Acontecerá no fim dos tempos, o monte da casa do Senhor será estabelecido no cimo dos montes e se elevará sobre as colinas, Adiante, rosnou Herodes, impaciente pela demora em chegar à passagem que lhe interessava, e o sacerdote, enfim, Mas tu, Belém, tão pequena entre as famílias de Judá, é de ti que me há de sair aquele que governará em Israel. Herodes levantou a mão, Repete, disse, e o sacerdote obedeceu, Outra vez, e o sacerdote tornou a ler, Basta, disse o rei depois de um longo silêncio, retira-te. Tudo se explicava agora, o livro anunciava um nascimento futuro, só isso, ao passo que a aparição de Miqueias viera dizer-lhe que esse nascimento já ocorrera, De ti me saiu, palavras muito claras, como são todas as dos profetas, mesmo quando ainda as andamos interpretanto mal. Herodes pensou, tornou a pensar, foi-se-lhe tornando o semblante mais e mais carregado, por fim assustador, depois mandou chamar o comandante da guarda e deu-lhe uma ordem para executar imediatamente. Quando o comandante regressou, Missão cumprida, deu-lhe outra ordem, mas esta para o dia seguinte, daqui a poucas horas. Não será preciso, portanto, esperar muito tempo para sabermos de que se trata, sendo certo, porém, que o sacerdote não chegou a viver este pouco porque o mataram uns brutos soldados antes de chegar ao Templo. Sobram razões para crer que tenha sido essa, precisamente, a primeira das duas ordens, tão próximos se encontram a causa provável e o efeito necessário. Quanto ao Livro de Miqueias, desapareceu, imagine-se a perda que seria se se tratasse de exemplar único.

Carpinteiro entre os carpinteiros, José acabara de comer o seu farnel, ainda lhes ficava um tempo, a ele e aos companheiros, antes que o manajeiro desse sinal de repegar o trabalho, podia continuar sentado, ou mesmo deitar-se, fechar os olhos e entregar-se à comprazida contemplação de pensamentos bons, imaginar que ia estrada fora, no interior profundo dos montes de Samaria, ou melhor ainda, olhando de uma altura a sua aldeia de Nazaré, por que tanto suspirara. Rejubilava em sua alma, e a si mesmo dizia que este era, finalmente chegado, o derradeiro dia da longa separação, que amanhã, logo à primeira hora, quando, apagadas as últimas cintilações dos astros, apenas brilhar no céu a estrela Boieira, porá pés ao caminho, cantando louvores ao Senhor que nos guarda a casa e guia os passos. Abriu de repente os olhos, sobressaltado, crendo que se deixara adormecer e não ouvira o sinal, mas fora apenas uma breve sonolência, os companheiros estavam ali todos, uns conversando, dormitando outros, e o manajeiro tranquilo, como se tivesse resolvido dar feriado aos seus operários e não pensasse arrepender-se da generosidade. O sol está no zénite, um vento forte, de rajadas curtas, empurra para o outro lado a fumarada dos sacrifícios, e a este lugar, um rebaixo que dá para as obras do hipódromo, nem sequer chega o aranzel das vozes dos mercadores do Templo, é como se a máquina do tempo tivesse parado e ficado, também ela, à espera da ordem do grande manajeiro das eras e dos espaços universais. De súbito, José sentiu-se inquieto, ele que tão feliz estava um momento antes. Passeou os olhos em redor, e era a mesma e conhecida vista do estaleiro a que se tinha habituado nestas semanas, as pedras e as madeiras, a moinha branca e áspera das cantarias, a serradura que mesmo ao sol nunca chegava a secar por completo, e, imerso na confusão duma repentina e opressiva angústia, querendo encontrar uma explicação para tão decaído estado de ânimo, pensou que podia tratar-se do natural sentimento de quem vai ser obrigado a deixar obra em meio, mesmo não sendo ela sua e tendo para partir tão bons motivos. Levantou-se, deitando contas ao tempo de que poderia dispor, o manajeiro nem sequer virou a cabeça para ele, e decidiu dar uma rápida volta pela parte da construção em que tinha trabalhado, a despedir-se, por assim dizer, das tábuas que alisara, das traves que regulara, se tal identificação era possível, qual é a abelha que pode dizer, Este mel fi-lo eu.

No fim do breve passeio, quando já estava voltando ao dever, parou um momento a contemplar a cidade que se levantava na encosta fronteira, toda construída em degraus, com a sua cor de pedra tostada que era como a cor do pão, de certeza que o manajeiro já chamara, mas José agora não tinha pressa, olhava a cidade e esperava não sabia o quê. Passou tempo e nada aconteceu, José murmurou, no tom de quem desiste de algo, Bom, tenho de ir, e nesse momento ouviu vozes que vinham de um caminho abaixo do local onde se encontrava, e, inclinando-se sobre o muro de pedra que o separava dele, viu que eram três soldados. Decerto tinham vindo andando por aquele caminho, mas agora estavam parados, dois deles, com o coto da lança no chão, escutavam o terceiro, que era mais velho e provavelmente superior hierárquico deles, embora perceber a diferença não fosse fácil a quem não tivesse informação sobre o desenho, número e disposição das divisas, na sua forma habitual de estrelas, barras ou cantoneiras. As palavras cujo som chegara aos ouvidos de José de uma maneira confusa deviam ter sido qualquer pergunta, por exemplo, E a que horas vai ser isso, uma vez que o subalterno dizia, agora muito claramente e no tom de quem responde, Ao princípio da hora terça, quando já toda a gente está recolhida, e um dos dois perguntou, Quantos vamos, Ainda não sei, mas seremos os suficientes para cercar a aldeia, E então a ordem é matá-los a todos, A todos não, só aqueles que tiverem menos de três anos, Entre dois e quatro anos vai ser difícil saber à justa que idade têm, E isso vai dar quantos, quis saber o segundo soldado, Pelo censo, disse o chefe que devem ser aí uns vinte e cinco. José arregalava os olhos, como se a completa compreensão do que ouvia pudesse entrar por eles, mais do que pelos ouvidos, o corpo arrepiava-se-lhe todo, pelo menos era patente e claro que aqueles soldados falavam de ir matar pessoas, Pessoas, que pessoas, interrogava-se a si mesmo, desorientado, aflito, não, não eram pessoas, ou sim, pessoas eram, mas crianças, Os que tiverem menos de três anos, tinha dito o cabo, ou talvez fosse sargento ou furriel, e onde, onde vai isto ser, José não podia debruçar-se do muro e perguntar, A guerra é onde, ó rapazes, agora estava banhado em suor, tremiam-lhe as pernas, foi então que se tornou a ouvir a voz do subalterno e o tom era ao mesmo tempo sério e de alívio, Sorte dos nossos filhos e nossa, que não vivemos em Belém, E já se sabe por que nos mandam matar os meninos de Belém, perguntou um soldado, O chefe não me disse, cuido que ele próprio não sabe, é ordem do rei, e basta. O outro soldado, riscando o chão com o coto da lança, como o destino que parte e reparte, disse, Muito desgraçados somos nós, que não nos chega praticarmos a parte de mal que nos coube por natureza, e ainda temos de ser braço da maldade de outros e do seu poder. Estas palavras já não foram ouvidas por José, que se afastara do seu providencial palanque, primeiro de mansinho, pé ante pé, logo numa louca corrida, saltando as pedras como um cabrito, em ânsias, razão por que, faltando o seu testemunho, seja lícito duvidar da autenticidade da filosófica reflexão, quer quanto ao fundo quer quanto à forma, tendo em conta a mais do que óbvia contradição entre a notável propriedade dos conceitos e a ínfima condição social de quem os teria produzido.

Desvairado, atropelando agora quem lhe aparecesse por diante, derrubando tabuleiros de grutas e gaiolas de pássaros, até a mesa de um cambista, quase sem ouvir os gritos furiosos dos vendilhões do Templo, José não tem outro pensamento que irem matar-lhe o filho, e nem sabe porquê, dramática situação, este homem deu a vida a uma criança, outro lha quer tirar, e tanto vale uma vontade como a outra, fazer e desfazer, atar e desatar, criar e suprimir. De súbito para, apercebe-se do perigo se continuar nesta correria desabalada, aparecem por aí os guardas do Templo e prendem-no, sorte inexplicável foi ainda não terem dado pelo tumulto. Então, disfarçando o melhor que podia, como piolho que se acolhe à proteção da costura, insinuou-se pelo meio da multidão, e num instante tornou-se anónimo, a diferença era apenas que caminhava um pouco mais depressa, mas isso, no meio do labirinto de gente, mal se notava. Sabe que não deve correr enquanto não chegar à porta da cidade, mas angustia-o o pensamento de que os soldados poderão ir já a caminho, armados terrivelmente de lança, punhal e ódio sem causa, e se por desgraça é a cavalo que vão, trotando estrada abaixo como de passeio, então não há quem os alcance, quando chegar estará o meu filho morto, infeliz menino, Jesus da minha alma, ora é neste momento da mais sentida aflição que um pensamento estúpido entra como um insulto na cabeça de José, o salário, salário da semana que vai ser obrigado a perder, e é tanto o poder destas vis coisas materiais que o acelerado passo, não indo ao ponto de deter-se, um tudo-nada se lhe retarda, como a dar tempo ao espírito de ponderar as probabilidades de reunir ambos os proveitos, por assim dizer, a bolsa e a vida. Foi tão subtil a mesquinha ideia, como uma luz velocíssima que surgisse e desaparecesse sem deixar memória imperativa duma imagem definida, que José nem vergonha chegou a sentir, esse sentimento que é, quantas vezes, porém não as suficientes, nosso mais eficaz anjo da guarda.

José sai finalmente da cidade, a estrada em frente está livre de soldados até ao mais longe que a vista alcança, e não se notam sinais de agitação popular nesta saída, como certamente aconteceria se tivesse havido ali parada militar, mas o indício mais seguro ainda é o que lhe dão as crianças, jogando os seus jogos inocentes, sem mostra da excitação bélica que delas se apodera quando bandeira, tambor e clarim desfilam, e aquele ancestral costume de irem com a tropa, se os soldados tivessem passado não se veria aqui um só garoto, pelo menos escoltariam o destacamento até à primeira curva, acaso um deles, de mais forte vocação castrense, os decidiria acompanhar até ao objetivo da missão, e assim ficaria a conhecer o que o espera no futuro, matar e ser morto. Agora José já pode correr, e corre, corre, aproveita o declive tanto quanto lho permite a travação da túnica, apesar de a levar levantada até aos joelhos, mas, como num sonho, tem a sensação angustiante de que as pernas não são capazes de acompanhar o impulso da parte superior do corpo, coração, cabeça e olhos, mãos que querem proteger e tanto tardam. Há quem pare na estrada para olhar, escandalizado, a alucinada corrida, na verdade chocante, pois este povo cultiva, em geral, a dignidade da expressão e a compostura do porte, a única justificação que José tem não é ir a salvar o filho, mas ser galileu, dessa gente grosseira, sem educação, como por mais de uma vez foi dito. Já passa em frente do túmulo de Raquel, nunca esta mulher pensou vir a ter tantas razões para chorar os filhos, cobrir de gritos e clamores as pardas colinas ao redor, arranhar-se a cara, ou os ossos dela, arrancar-se os cabelos, ou ferir o desnudo crânio. Agora, José, antes mesmo das primeiras casas de Belém, deixa a estrada e mete-se campo adentro, a corta-mato, Vou pelo caminho mais curto, eis o que responderá se quisermos saber o motivo desta novidade, e realmente talvez o seja, mas não é de certeza o mais cómodo. Evitando encontros com gente que trabalhava no campo, cosendo-se com as pedras para que não o vissem os pastores, José teve de fazer um largo rodeio para chegar à cova onde a mulher o não espera a esta hora e o filho nem a esta nem a outra, porque está dormindo. A meio da encosta da última colina, tendo já diante de si a negra fenda da gruta, José é assaltado por um terrível pensamento, o de que a mulher está na aldeia e tem o filho consigo, é o mais natural, sendo as mulheres como são, aproveitou estar só para despedir-se com vagar da escrava Zelomi e de algumas mães de família com quem se dera mais durante estas semanas, a José competiria agradecer formalmente aos donos da cova. Por um instante, viu-se correr pelas ruas da aldeia, batendo às portas, Está cá a minha mulher, seria ridículo dizer, Está cá o meu filho, e perante a sua aflição alguém lhe perguntaria, por exemplo, uma mulher com o filho ao colo, Há alguma novidade, e ele, Que não, novidade nenhuma, é que partimos amanhã cedo e temos de fazer as malas. Vista daqui, a aldeia, com as suas casas iguais, as açoteias rasas, lembra o estaleiro do Templo, pedras dispersas à espera de que venham os operários colocá-las umas sobre as outras e com elas erguer uma torre para a vigia, um obelisco para o triunfo, um muro para as lamentações. Um cão ladrou longe, outros lhe responderam, mas o cálido silêncio da última hora da tarde ainda paira sobre a aldeia como uma bênção esquecida, quase a perder a sua virtude, o mesmo que um fiapo de nuvem que se esvai.

A paragem mal durou o tempo de dizê-la. Numa última corrida o carpinteiro chegou à entrada da gruta, chamou, Maria, estás aí, e ela respondeu-lhe de dentro, foi neste momento que José percebeu quanto lhe tremiam as pernas, do esforço feito, sem dúvida, mas também, agora, do choque de saber que o filho estava a salvo. Dentro, Maria cortava verduras para a ceia, o menino dormia na manjedoura. Sem forças, José ainda se deixou cair no chão, mas levantou-se logo, dizendo, Vamo-nos embora, vamo-nos embora, e Maria olhou-o sem perceber, Que nos vamos embora, perguntou, e ele, Sim, agora mesmo, Mas tu tinhas dito, Cala-te e enrola as coisas, enquanto arreio o burro, Não ceamos primeiro, Cearemos no caminho, Não tarda que seja noite, vamo-nos perder, então José deu um grito, Cala-

-te, já disse, e faz o que te mando. Saltaram as lágrimas a Maria, era a primeira vez que o marido lhe levantava a voz, e sem mais palavra começou a arrumar e embalar os poucos haveres, Depressa, depressa, repetia ele, ao tempo que punha a albarda no burro e apertava a cilha, depois, ao acaso, enchia os seirões com o que apanhava à mão, misturando tudo, perante o assombro de Maria, que não reconhecia o seu marido. Já estavam em pé de marcha, não faltava mais que cobrir de terra o lume e sair, quando José, tendo feito sinal à mulher para que não viesse com ele, se aproximou da entrada da gruta e espreitou para fora. Um crepúsculo cinzento confundia o céu com a terra. O sol ainda não se pusera, mas a névoa espessa, se estava bastante alta para não prejudicar a visão dos campos em redor, impedia que a luz se espalhasse. José apurou o ouvido, deu alguns passos, e de repente eriçaram-se-lhe de pavor os cabelos, alguém gritara na aldeia, um grito agudíssimo que nem parecera de uma voz humana, e logo depois, ainda os ecos pareciam ressoar de colina a colina, um clamor de novos gritos e prantos encheu a atmosfera, não eram os anjos chorando sobre a desgraça dos homens, eram os homens enlouquecendo debaixo de um céu vazio. Devagar, como se temesse que o ouvissem, José recuou para a entrada da cova, esbarrando com Maria que não acatara a ordem. Toda ela tremia, Que gritos são aqueles, perguntou, mas o marido não lhe respondeu, empurrou-a para dentro e, em movimentos rápidos, começou a lançar terra sobre a fogueira. Que gritos eram aqueles, tornou a perguntar Maria, invisível na escuridão, e José respondeu, depois de um silêncio, Estão a matar gente. Fez uma pausa e acrescentou, como em segredo, Crianças, por ordem de Herodes, a voz quebrou-se num soluço seco, Por isso quis que partíssemos. Ouviu-se um rumor de panos e de palha mexida, Maria levantava o filho da manjedoura e apertava-o ao peito, Jesus, que te querem matar, a última palavra afogaram-na as lágrimas, Cala-te, disse José, não faças rumor, pode ser que os soldados não venham aqui, a ordem é para matar as crianças de Belém com menos de três anos, Como soubeste, Ouvi dizer no Templo, por isso vim a correr para aqui, E agora, que fazemos, Estamos fora da aldeia, não é natural que os soldados venham passar revista a todas estas covas, a ordem deve ter sido só para ir às casas, que ninguém nos denuncie e salvamo-nos. Saiu outra vez a espreitar, assomando apenas, os gritos tinham cessado, não se ouvia mais que um coro choroso que ia diminuindo pouco a pouco, a matança dos inocentes terminara. O céu continuava tapado, a noite principiada e a névoa alta tinham feito desaparecer Belém do horizonte dos habitantes celestes. José disse para dentro, Não saias daqui, vou até à estrada ver se os soldados já se foram embora, Tem cuidado, disse Maria, e não se lembrou de que o marido não corria qualquer perigo, a morte era para crianças com menos de três anos, a não ser que alguém que tivesse ido à estrada com o mesmo fim o denunciasse, dizendo, Esse é o carpinteiro José, pai dum rapaz que ainda não tem dois meses, e chama-se Jesus, talvez seja ele o da profecia, que dos nossos filhos nunca lemos ou ouvimos que estivessem destinados a realezas, e agora ainda menos, que estão mortos.

No interior da cova o negrume podia-se palpar. Maria tinha medo da escuridão, habituara-se desde criança à presença contínua duma luz na casa, da fogueira ou da candeia, ou ambas, e a sensação, agora mais ameaçadora, por se encontrar no interior da terra, de que uns dedos de treva lhe vinham tocar a boca, apavorava-a. Não queria desobedecer ao marido nem expor o filho à possível morte, saindo da caverna, mas, segundo a segundo, o medo crescia dentro de si e não tardaria a rebentar as precárias defesas do bom senso, não servia de nada pensar, Se não havia coisas no ar antes de se apagar a fogueira, agora também não há, enfim, de algo serviu tê-lo pensado, às apalpadelas pousou o filho na manjedoura, e depois, rastejando com mil cuidados, procurou o sítio da fogueira, com uma acha afastou a terra que a cobria até fazer aparecer algumas brasas que ainda não tinham sido apagadas, e nesse momento todo o medo lhe desapareceu do espírito, viera-lhe à memória a terra luminosa, a mesma luz trémula e palpitante percorrida por rápidas fulgurações como um archote correndo sobre a crista de um monte. A imagem do mendigo surgiu e desapareceu logo, afastada pela urgência maior de fazer luz suficiente na cova aterradora. Maria, tenteando, foi à manjedoura buscar um punhado de palha, voltou guiada pelo pálido luzeiro do chão, e daí a um momento, resguardada num recanto que a escondia de quem de fora olhasse, a candeia iluminava as paredes próximas da caverna com uma desmaiada aura, evanescente, mas tranquilizadora. Maria chegou-se ao filho que continuava a dormir, indiferente a medos, agitações e mortes violentas, e, com ele ao colo, foi sentar-se ao pé da candeia, à espera. Decorreu algum tempo, o filho acordou, porém sem abrir de todo os olhos, fez uma súbita cara de choro que Maria, já madre sabedora, deteve com o simples gesto de abrir a túnica e oferecer o peito à boca sôfrega da criança. Assim estavam os dois quando se ouviram passos fora. No primeiro instante, pareceu a Maria que o coração se lhe parava, Serão os soldados, mas eram passos de uma só pessoa, se fossem soldados viriam juntos, pelo menos dois, como é tática e costume, e sendo caso de buscas com mais razão ainda, um cobrindo o outro por causa de surpresas inesperadas, É José, pensou, e temeu que ele lhe ralhasse por ter acendido a candeia. Os passos, lentos, aproximaram-se mais, José já vinha entrando mas de súbito um arrepio percorreu o corpo de Maria, estes não eram, pesados, duros, os passos de José, acaso será um maltês à procura de abrigo por uma noite, tinha acontecido antes duas vezes, e se nessas ocasiões Maria não sentira medo, por não ser imaginável que um homem, por mais amargo e infame de coração que fosse, pudesse atrever-se a fazer mal a uma mulher com o filho nos braços, não se lembrou Maria de que mesmo agora mataram os meninos de Belém, alguns, quem sabe, no próprio colo das mães, como no da sua se encontra Jesus, ainda os inocentes sugavam o leite da vida e já a lâmina do punhal lhes feria a delicada pele e penetrava na carne tenra, porém haviam sido os soldados esses assassinos, não uns vagabundos quaisquer, faz a sua diferença, e nada pequena. Não era José, não era soldado à procura de um feito de guerra que não tivesse de partilhar, não era maltês sem pouso nem trabalho, era, sim, novamente em figura de pastor, aquele que em figura de mendigo aparecera uma vez e outra, aquele que falando de si mesmo anunciara ser um anjo, contudo sem dizer de que céu ou inferno. Maria não pensara, primeiro, que pudesse ser ele, agora compreendia que não poderia ser outro.

Disse o anjo, A paz seja contigo, mulher de José, seja também a paz com o teu filho, ele e tu afortunados por nesta cova terdes casa, que, não sendo assim, agora estaria um de vós despedaçado e morto, enquanto o outro se acharia a si mesmo vivo mas despedaçado. Disse Maria, Ouvi os gritos. Disse o anjo, Sim, apenas os ouviste, mas um dia os gritos que não deste hão de gritar por ti, e ainda antes desse dia ouvirás gritar mil vezes a teu lado. Disse Maria, Meu marido foi à estrada ver se os soldados já se foram, não seria bom que ele aqui te encontrasse. Disse o anjo, Que isso não te dê cuidado, ir-me-ei antes que ele chegue, vim só para dizer-te que não voltarás a ver-me tão cedo, tudo o que era necessário que acontecesse aconteceu, faltavam estas mortes, faltava, antes delas, o crime de José. Disse Maria, O crime de José, meu marido não cometeu nenhum crime, é um homem bom. Disse o anjo, Um homem bom que cometeu um crime, não imaginas quantos antes dele os cometeram também, é que os crimes dos homens bons não têm conta, e, ao contrário do que se pensa, são os únicos que não podem ser perdoados. Disse Maria, Que crime cometeu meu marido. Disse o anjo, Tu o sabes, não queiras ser tão criminosa como ele. Disse Maria, Juro. Disse o anjo, Não jures, ou então jura, se quiseres, que um juramento feito diante de mim é como um sopro de vento que não sabe aonde vai. Disse Maria, Que fizemos nós. Disse o anjo, Foi a crueldade de Herodes que fez desembainhar os punhais, mas o vosso egoísmo e cobardia foram as cordas que ataram os pés e as mãos das vítimas. Disse Maria, Que podia eu ter feito. Disse o anjo, Tu, nada, que o soubeste tarde de mais, mas o carpinteiro podia ter feito tudo, avisar a aldeia de que vinham aí os soldados a matar as crianças, ainda havia tempo para que os pais delas as levassem e fugissem, podiam, por exemplo, ir esconder-se no deserto, fugir para o Egito, à espera de que morresse Herodes, que está por pouco. Disse Maria, Não pensou. Disse o anjo, Não, não pensou, e isso não o desculpa. Disse Maria, chorando, Tu, que és um anjo, perdoa-lhe. Disse o anjo, Não sou anjo de perdões. Disse Maria, Perdoa-lhe. Disse o anjo, Já te disse que não há perdão para este crime, mais depressa seria perdoado Herodes que o teu marido, mais depressa se perdoará a um traidor que a um renegado. Disse Maria, Que vamos fazer. Disse o anjo, Vivereis e sofrereis como toda a gente. Disse Maria, E o meu filho. Disse o anjo, Sobre a cabeça dos filhos há de sempre cair a culpa dos pais, a sombra da culpa de José já escurece a fronte do teu filho. Disse Maria, Infelizes de nós. Disse o anjo, Assim é, e não tereis remédio. Maria curvou a cabeça, apertou mais o filho contra si como para defendê-lo das prometidas desventuras, e quando tornou a olhar já o anjo ali não estava. Mas desta vez, e ao contrário do que antes tinha sucedido, quando ele se aproximara, não se ouviram passos, Foi-se embora voando, pensou Maria. Depois, levantou-se, foi até à entrada da caverna, se ainda haveria rasto aéreo do anjo, ou já vinha perto José. O nevoeiro dissipara-se, luziam metálicas as primeiras estrelas, da aldeia continuavam a ouvir-se os lamentos. E foi então que um pensamento de presunção desmedida, de talvez pecaminoso orgulho, sobrepondo-se às negras advertências do anjo, fez girar a cabeça de Maria, se a salvação de seu filho não teria sido um gesto de Deus, por força tem um significado escapar alguém à dura morte quando ali ao lado outros que tiveram de morrer já nada mais podem fazer que esperar uma ocasião para ao mesmo Deus perguntarem, Por que foi que nos mataste, e contentarem-se com a resposta, qualquer que seja. Não durou muito o delírio de Maria, no instante seguinte já imaginava que poderia estar embalando um filho morto, como agora certamente as mães de Belém, e, para benefício do seu espírito e salvação da sua alma, as lágrimas voltaram-lhe aos olhos, correndo como fontes. Ali estava quando José chegou, ouviu-o vir, mas deixou-se ficar, de nada se lhe dava que ele ralhasse, Maria estava agora chorando com as outras mulheres, todas sentadas em círculo, com os filhos no regaço, à espera da ressurreição. José viu-a chorar, compreendeu e calou-se.

Dentro da caverna, José não fez reparo na candeia acesa. As brasas, no chão, tinham-se coberto de uma fina camada de cinza, mas, no interior do lume, entre elas, palpitava ainda, buscando forças, a raiz duma chama. Enquanto ia descarregando o burro, José disse, Já não corremos perigo, foram-se embora os soldados, e nós o melhor que temos a fazer é passar a noite aqui, amanhã partimos antes de o sol nascer, iremos por um atalho, e, onde atalho não haja, por onde calhe. Maria murmurou, Tantos meninos mortos, e José, bruscamente, Como o sabes, foste contá-los, perguntou, e ela, Lembro-me deles, de alguns, Dá antes graças a Deus por teres o teu filho vivo, Darei, E não olhes para mim como se eu tivesse feito algum mal, Não estava a olhar-te, Nem me fales nesse tom que parece de juiz, Ficarei calada, se quiseres, Sim, é melhor que te cales. José atou o burro à manjedoura, ainda havia no fundo alguma palha, a fome do bicho não deve ser grande, de facto este burro tem vivido à tripa-forra, malga cheia e banhos de sol, mas vá-se preparando, que já pouco lhe falta para regressar às duras penas de carga e trabalho. Maria deitou o filho e disse, Vou espevitar o lume, Para quê, A ceia, Não quero aqui lumes que chamem gente, pode passar alguém da aldeia, comemos do que houver e como estiver. Assim fizeram. A candeia de azeite alumiava como um espectro os quatro habitantes da cova, o burro, imóvel como uma estátua, com os beiços sobre a palha mas sem lhe tocar, o menino apenas dormindo, enquanto o homem e a mulher enganavam a fome com uns poucos figos secos. Maria dispôs as esteiras no chão arenoso, lançou sobre elas o lençol e, como todos os dias, esperou que o marido se deitasse. Antes, José foi espreitar novamente a noite, tudo estava em paz na terra e no céu, e da aldeia não vinham outros gritos nem lamentos, agora as sucumbidas forças de Raquel não chegavam para mais que gemer e suspirar, dentro das casas, com a porta e a alma fechadas. José estendeu-se na sua esteira, de repente exausto como nunca estivera em sua vida, de tanto correr, de temer tanto, e nem podia dizer que graças ao seu esforço salvara a vida do filho, os soldados tinham cumprido rigorosamente as ordens recebidas, Matar os meninos de Belém, sem porem, contudo, de sua lavra, acréscimos de diligência na ação militar, como teria sido procurar nas covas ao redor se alguns fugidos aí se teriam escondido, ou então, falha que constituiu gravíssimo erro tático, se nelas viveriam habitualmente famílias completas. Em geral, a José não o incomodava o hábito de Maria de se deitar só quando ele já tinha adormecido, mas hoje não podia suportar a ideia de estar mergulhado no sono, de rosto nu, sabendo que a mulher velava e o olharia sem piedade. Disse, Não quero que fiques aí, deita-te. Maria obedeceu, foi primeiro verificar, como sempre fazia, se o burro estava bem preso, e depois, suspirando, deitou-se na esteira, fechou os olhos com força, viesse o sono quando pudesse, ela já renunciara a ver. A meio da noite, José teve um sonho. Cavalgava por uma estrada que descia em direção a uma aldeia de que já se avistavam as primeiras casas, ia de uniforme e com todos os petrechos militares em cima, armado de espada, lança e punhal, soldado entre soldados, e o comandante perguntava-lhe, Tu aonde vais, ó carpinteiro, ao que ele respondia, orgulhoso de conhecer tão bem a missão de que fora incumbido, Vou a Belém matar o meu filho, e quando o disse despertou com um ronco abominável, o corpo crispado, torcido de terror, Maria perguntando-lhe, Que tens, que aconteceu, e ele, tremendo todo, só sabia repetir, Não, não, não, de repente a aflição desatou-se em choro convulsivo, em arrancos que lhe despedaçavam o peito. Maria levantou-se, foi buscar a candeia, iluminou-lhe o rosto, Estás doente, perguntou, mas ele tapava a cara com as mãos, Leva-me isso daqui, mulher, no mesmo instante, ainda soluçando, levantou-se da esteira e correu à manjedoura a ver como estava o filho, Está bem, senhor José, não se preocupe, de facto é uma criança que não dá nenhum trabalho, um bom-serás, um paz de alma, um come e dorme, aqui repousa, tão tranquilamente como se não tivesse acabado de escapar por milagre à horrível morte, imagine-se, acabar às mãos do próprio pai que lhe deu o ser, já sabemos que esse é o tal destino de que ninguém se livra, mas há maneiras e maneiras. Com o pavor de que o sonho se repetisse, José não tornou à esteira, enrolou-se numa manta e foi sentar-se à entrada da cova, ao abrigo de um pendente rochoso que fazia uma espécie de alpendre natural e, indo agora alta a lua, lançava sobre a abertura uma sombra negríssima que a pálida luz da candeia, dentro, não tocava sequer. O próprio rei Herodes, se por ali passasse, às costas dos escravos, rodeado das suas legiões de bárbaros sedentos de sangue, diria tranquilamente, Não vos incomodeis a procurar, segui para diante, aquilo é pedra e sombra de pedra, nós buscamos carne fresca e vida apenas principiada. José estremeceu ao pensar no sonho, perguntou-se que sentido poderia ele ter, se a verdade, patente à face dos céus que tudo veem, é que viera correndo como um louco por essa estrada abaixo, via dolorosa só ele sabia quanto, saltando depois pedras e muros, como bom pai acudira a defender seu filho, e eis que o sonho o mostrara com figura e apetites de verdugo, é bem certo o provérbio que avisa não haver nos sonhos firmeza, Isto foi coisa do demónio, pensou, e fez um gesto de esconjuro. Como vindo da garganta duma ave invisível, um assobio passou no ar, também poderia ter sido um sinal de pastor, não fosse a hora ser esta, quando todos os gados estão dormindo e só os cães velam. Porém, a noite, calma e distante, alheada dos seres e das coisas, com essa suprema indiferença que imaginamos ser do universo, ou a outra, absoluta, do vazio que restar, se algo o vazio pode ser, quando estiver cumprido o último fim de tudo, a noite ignorava o sentido e a ordem razoável que parecem reger este mundo nas horas em que ainda acreditamos ter sido ele feito para receber-nos, e à nossa loucura. Na lembrança de José, aos poucos, o sonho terrível tornava-se irreal, absurdo, desmentiam-no esta noite e este luar, desmentia-o a criança a dormir na manjedoura, sobretudo desmentia-o o homem acordado que ele era, senhor de si e, tanto quanto é possível, dos seus pensamentos, agora caridosos e pacíficos, porém também capazes de engendrar um monstro, como a gratidão a Deus porque os soldados deixaram com vida o seu filho querido, por ignorância e desleixo, é certo, eles que a tantos mataram. A mesma noite cobre o carpinteiro José e as mães das crianças de Belém, dos pais não falamos, nem de Maria, que não são para aqui chamados, se bem que não discernamos os motivos duma tal exclusão. As horas passaram calmas e quando a madrugada deu o seu primeiro sinal José levantou-se, foi carregar o burro, e em pouco tempo, aproveitando o derradeiro ar de luar antes de aclarar-se o céu, a família completa, Jesus, Maria e José, pôs-se a caminho, de regresso a Galileia.

Deixando por uma hora a casa dos senhores, onde dois meninos haviam sido mortos, a escrava Zelomi foi de manhã à cova, certa de que o mesmo tinha sucedido ao menino que ajudara a nascer. Encontrou-a abandonada, só rastos de passos e de cascos do asno, sob a cinza brasas quase extintas, nenhum vestígio de sangue. Já não está aqui, disse, salvou-se desta primeira morte.

Oito meses tinham já passado sobre o feliz dia em que José chegou a Nazaré com a sua família, sanos e salvos os humanos, apesar dos muitos perigos, menos bem o burro que coxeava um pouco da mão direita, quando houve notícia de que o rei Herodes morrera em Jericó, num dos seus palácios, onde agonizante se tinha recolhido, caídas as primeiras chuvas, para fugir às crueldades do inverno, que em Jerusalém não poupa gente enferma e delicada. Diziam também os avisos que o reino, órfão de tão grande senhor, fora dividido por três dos filhos que lhe restaram depois das razias familiares, a saber, Herodes Filipe, que ficará a governar os territórios que estão a leste da Galileia, Herodes Ântipas, que terá a vara do mando em Galileia e Pereia, e Arquelau, a quem coube Judeia, Samaria e Idumeia. Um dia destes, um almocreve de passagem, desses com jeito para contar histórias, tanto das reais como das inventadas, fará, à gente de Nazaré, o relato do funeral de Herodes, de que tinha sido, jurava, presencial testemunha, Ia posto num sarcófago de ouro todo a brilhar de pedrarias, a carroça, que dois bois brancos puxavam, era também dourada, coberta por panos de púrpura, e de Herodes, também envolto em púrpura, não se distinguia mais que o vulto e uma coroa no lugar da cabeça, os músicos que iam atrás, tocando pífaros, e as carpideiras a seguir aos músicos, é que tinham de respirar o cheiro pestilento que lhes dava em cheio nos narizes, na beira da estrada estava eu e quase me saía o estômago pela boca, e depois vinham os guardas do rei, a cavalo, à frente da tropa, armada de lanças, espadas e punhais, como se fossem para a guerra, passavam e não acabavam de passar, tal uma serpente de que não vemos nem a cabeça nem o rabo e que ao mover-se é como se não tivesse fim, entra-nos no coração o medo, assim eram aquelas tropas marchando atrás de um morto, mas também em direção à sua própria morte, aquela de cada um, que mesmo quando parece demorar-se sempre acaba por bater-nos à porta, São horas, diz ela, pontual, sem diferença, tanto faz com reis ou com escravos, um que ia lá adiante, carne morta e corrupta, na cabeça do cortejo, outros no couce da procissão, comendo o pó de um exército inteiro, por enquanto vivos, mas já à procura, todos eles, do lugar onde ficarão para sempre. Este almocreve, pela amostra, mais bem estaria, peripatético, passeando sob os capitéis coríntios duma academia do que tocando burros pelos caminhos de Israel, dormindo em caravançarais fedorentos ou contando histórias a campónios, como estes de Nazaré.

Entre os assistentes, no largo em frente da sinagoga, estava José, calhou vir a passar por ali e deixou-se ficar a ouvir, em verdade não fora muita a atenção que começara por dar aos pormenores descritivos do cortejo fúnebre, ou sim, alguma lhes tinha dado, mas logo se lhe varreram quando o aedo passou abertamente ao estilo elegíaco, realmente o carpinteiro tinha fundadas e quotidianas razões para ser mais sensível a essa corda da harpa do que a qualquer outra. Aliás, bastava olhar para ele, esta cara não engana, uma coisa era a sua antiga compostura, a gravidade e ponderação com que buscava compensar os seus poucos anos, outra coisa, muito diferente, pior, é esta expressão de amargura que prematuramente lhe está cavando rugas a um lado e a outro da boca, fundas como talhos não cicatrizados. Mas o que há de realmente inquietante no rosto de José é a expressão do seu olhar, se não seria mais exato dizer a falta de expressão, pois os seus olhos dão ideia de estarem mortos, cobertos de uma poalha de cinza, debaixo da qual, como uma brasa inextinguível, brilhasse um fulgor inflamado de insónia. É verdade, José quase não dorme. O sono é o seu inimigo de todas as noites, com ele tem de lutar como pela própria vida, e é uma guerra que sempre perde, mesmo que alguns combates vença, pois infalivelmente chega um momento em que o corpo exausto se entrega e adormece, para, ato contínuo, ver surgir na estrada um destacamento de soldados, no meio dos quais vai cavalgando José, algumas vezes fazendo molinetes com a espada por cima da cabeça, e é então, quando já o pavor começa a enrolar-se nas defesas conscientes do desgraçado, que o comandante da expedição lhe pergunta, Tu, aonde vais, ó carpinteiro, o pobre não quer responder, resiste com as poucas forças que lhe restam, ainda as do espírito, que o corpo sucumbiu, mas o sonho é mais forte, abre-lhe com mãos de ferro a boca cerrada, e ele, já soluçando e à beira de despertar, tem de dar a horrível resposta, a mesma, Vou a Belém matar o meu filho. Não perguntemos a José se ele se lembra de quantos bois puxaram a carroça de Herodes morto, e se eram brancos ou malhados, agora, voltando a casa, só tem pensamentos para as últimas palavras do conto do almocreve, quando ele disse que aquele mar de gente que ia no funeral, escravos, soldados, guardas reais, carpideiras, tocadores de pífaro, governadores, príncipes, futuros reis, e todos nós, onde quer que estejamos e quem quer que sejamos, não fazemos mais na vida do que procurar o lugar onde iremos ficar para sempre. Nem sempre é assim, cismava José, com uma amargura tão funda que nela não entrara a resignação que dulcifica as maiores dores e apenas podia revestir-se do espírito de renúncia de quem deixou de contar com remédio, nem sempre é assim, repetia, muitos houve que nunca saíram do lugar onde nasceram e a morte foi lá buscá-los, com o que se prova que a única coisa realmente firme, certa e garantida é o destino, é tão fácil, santo Deus, basta ficar à espera de que todo o da vida se cumpra e já poderemos dizer, Era o destino, foi o destino de Herodes morrer em Jericó e ser levado de carroça para o seu palácio e fortaleza de Herodium, mas às crianças de Belém poupou-lhes a morte todas as viagens. E aquela de José, que ao princípio, vendo os factos pelo lado otimista, parecia fazer parte de um desígnio transcendente para salvar as inocentes criaturas, afinal não serviu de nada, pois o nosso carpinteiro ouviu e calou, foi a correr salvar o filho e deixou os dos outros entregues ao fatal destino, nunca palavra veio tão a propósito. Por isso José não dorme, ou sim dorme e em ânsias desperta, atirado para uma realidade que não o faz esquecer-se do sonho, a ponto de poder-se dizer que, acordado, sonha o sonho de quando dorme, e, dormindo, ao mesmo tempo que busca desesperadamente fugir-lhe, já sabe que é para tornar a encontrá-lo, outra vez e sempre, este sonho é uma presença sentada no limiar da porta que está entre o dormir e o velar, saindo e entrando José tem de enfrentar-se com ela. Entendido já foi que a palavra que define exatamente este novelo é remorso, mas a experiência e a prática da comunicação, ao longo das idades, têm vindo a demonstrar que a síntese não passa duma ilusão, é assim, salvo seja, como uma invalidez da linguagem, não é querer dizer amor e não chegar a língua, é ter língua e não chegar ao amor.

Maria está outra vez grávida. Nenhum anjo em figura de mendigo andrajoso lhe veio bater à porta a anunciar a vinda deste filho, nenhum súbito vento varreu as alturas de Nazaré, nenhuma terra luminosa foi a enterrar ao lado da outra, Maria apenas informou José com as palavras mais simples, Estou grávida, não lhe disse, por exemplo, Olha aqui os meus olhos e vê como brilha neles o nosso segundo filho, e ele não lhe respondeu, Não julgues que não tinha reparado, estava era à espera que tu mo anunciasses, ouviu e calou, apenas disse, Ah, e continuou a empurrar a plaina sobre a tábua, com uma força eficaz mas indiferente, que o pensamento sabemos nós onde está. Também Maria o sabe, desde que numa noite mais atormentada o marido deixou que o seu segredo, até aí bem guardado, saltasse cá para fora, e ela, afinal, não ficou nem sequer surpreendida, uma coisa assim era inevitável, lembremo-nos do que disse o anjo lá na cova, Ouvirás gritar mil vezes a teu lado. Uma boa mulher diria ao seu marido, Deixa lá, o que fizeste, feito está, e além disso o teu primeiro dever era salvar o teu filho, não tinhas outra obrigação, mas a verdade é que, neste sentido comum, Maria deixou de ser a boa mulher que antes havia demonstrado ser, talvez porque ouvira do anjo aquelas outras e severas palavras que, pelo tom, a ninguém pareceram querer excluir, Não sou anjo de perdões. Se Maria estivesse autorizada a falar com José acerca destas secretíssimas coisas, talvez que ele, sendo tão versado nas escrituras, pudesse meditar sobre a natureza de um anjo que, chegado não se sabe donde, vem dizer-nos que o não é de perdões, declaração ao parecer irrelevante, pois é sabido não serem as criaturas angélicas dotadas do poder de perdoar, que só a Deus pertence. Dizer um anjo que não é anjo de perdões, ou nada significa, ou significa demasiado, vamos por hipótese, que é anjo das condenações, é como se exclamasse, Perdoar, eu, que ideia estúpida, eu não perdoo, castigo. Mas os anjos, por definição, tirando aqueles querubins de espada flamejante que foram postos pelo Senhor a guardar o caminho da árvore da vida para que não voltassem pelos frutos dela os nossos primeiros pais, ou os seus descendentes, que somos nós, os anjos, íamos dizendo, não são polícias, não se encarregam das sujas mas socialmente necessárias tarefas de repressão, os anjos existem para tornar-nos a vida fácil, amparam-nos quando vamos a cair ao poço, guiam-nos no perigoso passo da ponte sobre o precipício, puxam-nos pelo braço quando estamos quase a ser atropelados por uma quadriga sem freio ou por um automóvel sem travões. Um anjo realmente merecedor desse nome até podia ter poupado o pobre José a estas agonias, bastava que aparecesse em sonho aos pais dos meninos de Belém, dizendo a cada um, Levanta-te, toma o menino e sua mãe, foge para o Egito e fica lá até que eu te avise, pois Herodes procurará o menino para o matar, e desta maneira salvavam-se os meninos todos, Jesus escondido na cova com os seus paizinhos, e os outros a caminho do Egito, donde só regressariam quando o mesmo anjo, tornando a aparecer aos pais deles, dissesse, Levanta-te, toma o menino e sua mãe e vai para a terra de Israel, porque morreram os que atentavam contra a vida do menino. Claro que, por meio deste aviso, na aparência benevolente e protetor, o anjo estaria a devolver as crianças a lugares, quaisquer que fossem, onde, no tempo próprio, se encontrariam com a morte final, mas os anjos, mesmo podendo muito, como se tem visto, levam consigo as suas limitações de nascença, nisso são como Deus, não podem evitar a morte. Pensando, pensando, José viria talvez a concluir que o anjo da cova era, afinal, um enviado dos poderes infernais, demónio desta vez em figura de pastor, com o que novamente ficaria demonstrada a fraqueza natural das mulheres e as suas viciosas e adquiridas facilitações quando sujeitas ao assalto de qualquer anjo caído. Se Maria falasse, se Maria não fosse esta arca fechada, se Maria não reservasse para si as peripécias mais extraordinárias da sua anunciação, outro galo cantaria a José, outros argumentos viriam reforçar a sua tese, sendo sem dúvida o mais importante de todos o facto de o presumível anjo não ter proclamado, Sou um anjo do Senhor, ou, Venho em nome do Senhor, apenas informou, Sou um anjo, acautelando-se logo, Mas não o digas a ninguém, como se tivesse medo de que se soubesse. Não faltará já por aí quem esteja protestando que semelhantes miudezas exegéticas em nada contribuem para a inteligência de uma história afinal arquiconhecida, mas ao narrador deste evangelho não parece que seja a mesma coisa, tanto no que toca ao passado como no que ao futuro há de tocar, ser-se anunciado por um anjo do céu ou por um anjo do inferno, as diferenças não são apenas de forma, são de essência, substância e conteúdo, é verdade que quem fez uns anjos fez os outros, mas depois emendou a mão.

Maria, tal como seu marido, mas já se sabe que não por idênticas razões, mostra, às vezes, um certo ar absorto, uma expressão de ausência, param-se-lhe as mãos em meio de um trabalho, o gesto interrompido, o olhar distante, de facto nada de estranhável numa mulher neste estado, se não fossem os pensamentos que a ocupam, resumíveis, todos eles, mas com infinitas variações, nesta pergunta, Por que me apareceu o anjo a anunciar o nascimento de Jesus, e agora deste filho não. Maria olha o seu primogénito, que por ali anda gatinhando como fazem todos os crios humanos na sua idade, olha-o e procura nele uma marca distintiva, um sinal, uma estrela na testa, um sexto dedo na mão, e não vê mais do que uma criança igual às outras, baba-se, suja-se e chora como elas, a única diferença é ser seu filho, os cabelos são pretos como os do pai e da mãe, as íris já vão perdendo aquele tom branquiço a que chamamos cor de leite não o sendo, tomam o seu próprio natural, o da herança genética direta, um castanho muito escuro que adquire, aos poucos, à medida que se vai afastando da pupila, uma tonalidade como de sombra verde, se assim podemos definir uma qualidade cromática, porém estas características não são únicas, só têm verdadeira importância quando o filho é nosso ou, porque dela estamos tratando, de Maria. Daqui por algumas semanas este menino fará as suas primeiras tentativas para pôr-se de pé e caminhar, irá de mãos ao chão vezes sem conta e ficará a olhar em frente, a cabeça dificilmente levantada, enquanto ouve a voz da mãe que lhe diz, Vem cá, vem cá, meu menino, e não muito tempo depois sentirá a primeira necessidade de falar, quando alguns sons novos começarem a formar-se na sua garganta, e ao princípio não saberá que fazer com eles, confundi-los-á com os outros que já conhecia e vinha praticando, os do grito e os do choro, porém não tardará a perceber que deve articulá-los de um modo muito diferente, mais compenetrado, imitando e ajudando-se com os movimentos dos lábios do pai e da mãe, até que consiga pronunciar a primeira palavra, qual ela tenha sido não sabemos, talvez papa, talvez papá, talvez mamã, o que sim sabemos é que a partir de agora nunca mais o menino Jesus terá de fazer aquele gesto do indicador da mão direita na palma da mão esquerda se a mãe e as vizinhas tornarem a perguntar-lhe, Onde é que a galinha põe o ovo, é uma indignidade a que se sujeita o ser humano, tratá-lo como um cãozito ensinado a reagir a um estímulo sonoro, voz, assobio ou estalo de chicote. Agora Jesus está capacitado para responder que a galinha pode ir pôr o ovo aonde quiser, desde que não o faça na palma da sua mão. Maria olha o filho, suspira, tem pena de que o anjo não vá voltar, Não voltarás a ver-me tão cedo, disse, se ele aqui estivesse agora não se deixaria intimidar como das outras vezes, apertá-lo-ia com perguntas até rendê-lo, uma mulher com um filho fora e outro à bica não tem nada de cordeiro inocente, aprendeu, à sua própria custa, o que são dores, perigos e aflições, e, com tais pesos colocados no prato do seu lado, pode fazer inclinar a seu favor qualquer fiel de balança. Ao anjo não bastaria ter-lhe dito, O Senhor permita que não vejas o teu filho como a mim me vês agora, que não tenho onde descansar a cabeça, em primeiro lugar teria de explicar quem era o Senhor em nome de quem parecia falar, em segundo lugar se era realmente verdade não ter onde descansar a cabeça, coisa difícil de perceber tratando-se de um anjo, ou se apenas o dizia por estar no seu papel de mendigo, em quarto lugar que futuro anunciavam para o seu filho as sombrias e ameaçadoras palavras que pronunciara, e finalmente que mistério era aquele da terra luminosa, enterrada ao lado da porta, e onde nascera, depois do regresso de Belém, uma estranha planta, só caule e folhas, que já tinham desistido de cortar, depois de inutilmente terem tentado arrancá-la pela raiz, porque de cada vez tornava a nascer, e com mais força. Dois dos anciãos da sinagoga, Zaquias e Dotaim, vieram observar o caso, e, embora pouco entendidos em ciências botânicas, puseram-se de acordo para opinar que aquilo devia ser de semente que viera com a terra e que, chegando o seu tempo, rebentara, Como é lei do Senhor da vida, sentenciara Zaquias. Maria habituara-se a ver a teimosa planta, achava até que lhe dava alegria à entrada da porta, enquanto José, inconformado e com novas e palpáveis razões para alimento das suspeitas antigas, transferira a sua bancada de carpinteiro para outro local do pátio e fingia não dar pela detestada presença. Depois de usar o machado e o serrote, experimentara a água a ferver e chegara mesmo a pôr ao redor do caule um colar de carvões ardentes, só não se atrevera, por uma espécie de respeito supersticioso, a meter a enxada à terra e cavar até onde devia encontrar-se a origem do mal, a tigela com a terra luminosa. E nisto estavam quando nasceu o segundo filho, a quem deram o nome de Tiago.

Durante uns poucos de anos não houve mais mudanças na família que nascerem novos filhos, além de duas filhas, e terem perdido os pais deles o último viço que lhes ficara da juventude. Em Maria não havia que estranhar, pois sabe-se como as prenhezes, e de mais sendo tantas, acabam por dar cabo duma mulher, vai-se-lhes aos poucos a beleza e a frescura, se as tinham, emurchecem tristemente a cara e o corpo, basta ver que depois de Tiago nasceu Lísia, depois de Lísia nasceu José, depois de José nasceu Judas, depois de Judas nasceu Simão, depois Lídia, depois Justo, depois Samuel, e se mais algum veio, logo se finou, sem tempo de deixar registo. Os filhos são a alegria dos pais, diz-se, e Maria fazia tudo para parecer contente, mas, tendo de carregar meses e meses no seu cansado corpo tantos frutos gulosos das suas forças, às vezes entrava-lhe na alma uma impaciência, uma indignação à procura da sua causa, mas, sendo o tempo o que era, não pensou em pôr culpas a José, e menos ainda àquele Deus supremo que decide da vida e da morte das suas criaturas, a prova é que mesmo um cabelo da nossa cabeça não cai se não for de sua vontade. José entendia pouco dos comos e porquês de se fazerem filhos, isto é, tinha os rudimentos do prático, empíricos, por assim dizer, mas era a própria lição social, o espetáculo do mundo, que reduzia todos os enigmas a uma evidência só, a de que juntando-se macho e fêmea, conhecendo-a portanto ele a ela, resultavam bastante altas as probabilidades de gerar o homem dentro da mulher um filho, que ao cabo de nove meses, raramente sete, nascia completo. A semente do varão, lançada para dentro do ventre da mulher, levava consigo, miniatural e invisível, o novo ser que Deus tinha escolhido para prosseguir o povoamento do mundo que criara, porém isto não acontecia sempre, a impenetrabilidade dos desígnios de Deus, se precisasse de demonstração, encontrava-a no facto de não ser condição suficiente para gerar um filho, embora necessária absolutamente, derramar-se a semente do varão no interior natural da mulher. Deixando-a correr para o chão, como fizera o infeliz Onan, castigado de morte pelo Senhor por não querer fazer filhos na viúva de seu irmão, era certo e garantido que a mulher não engravidaria, mas quantas e quantas ocasiões, como dizia o outro, vai a fonte ao cântaro, e o resultado três vezes nove vinte e sete. Está provado, pois, que foi Deus quem pôs Isaac na escassa linfa que Abraão ainda estava capaz de produzir, e o empurrou para dentro do ventre de Sara, que já nem regras tinha. Vista a questão deste ângulo, digamos, teogenético, pode-se concluir, sem abusar da lógica que a tudo deve presidir neste mundo e nos outros, que o mesmo Deus era quem com tanta assiduidade incitava e estimulava José a frequentar Maria, por essa maneira o tornando em seu instrumento para apagar, por compensação numérica, os remorsos que andava sentindo desde que permitira, ou quisera, sem se dar ao trabalho de pensar nas consequências, a morte dos inocentes meninos de Belém. Mas o mais curioso, e que mostra quanto os desígnios do Senhor, além de obviamente inescrutáveis, são também desconcertantes, é que José, ainda que de um modo difuso, que mal lhe passava ao nível da consciência, supunha agir por conta própria e, acredite quem puder, com a mesma tenção de Deus, isto é, restituir ao mundo, por um afincado esforço de procriação, se não, em sentido literal, as crianças mortas, tal qual tinham sido, ao menos a contagem certa, de maneira a não se encontrar diferença no próximo recenseamento. O remorso de Deus e o remorso de José eram um só remorso, e se naqueles antigos tempos já se dizia, Deus não dorme, hoje estamos em boas condições de saber porquê, Não dorme porque cometeu uma falta que nem a homem é perdoável. A cada filho que José ia fazendo, Deus levantava um pouco mais a cabeça, mas nunca virá a levantá-la por completo, porque as crianças que morreram em Belém foram vinte e cinco e José não viverá anos suficientes para gerar tão grande quantidade de filhos numa só mulher, nem Maria, já tão cansada, já de alma e corpo tão dorida, poderia suportar tanto. O pátio e a casa do carpinteiro estavam cheios de crianças e era como se estivessem vazios.

Quando chegou aos cinco anos, o filho de José começou a ir à escola. Todas as manhãs, logo ao nascer do dia, a mãe levava-o ao encarregado da sinagoga, que, sendo os estudos do nível elementar, bastava para o efeito, e era ali, na própria sinagoga, feita sala de aula, que ele e os outros rapazinhos de Nazaré, até aos dez anos, realizavam a sentença do sábio, A criança deve criar-se na Tora como o boi se cria no curral. A lição acabava pela hora sexta, que era o nosso meio-dia de agora, Maria já estava à espera do filho, e, coitada, não podia perguntar-lhe como ia nos aproveitamentos, nem esse simples direito ela tem, pois lá diz a máxima terminante do sábio, Melhor fora que a Lei perecesse nas chamas do que entregarem-na às mulheres, também não devendo ser esquecida a probabilidade de que o filho, já razoavelmente informado sobre o verdadeiro lugar das mulheres no mundo, incluindo as mães, lhe desse uma resposta torta, daquelas capazes de reduzir uma pessoa à insignificância, que tem cada qual a sua, veja-se o caso de Herodes, tanto poder, tanto poder, e se agora formos lá vê-lo nem sequer podemos recitar, Jaz morto e apodrece, agora tudo é bafio, pó, ossos sem conserto e trapos sujos. Quando Jesus entrava em casa, o pai perguntava-lhe, Que foi que aprendeste hoje, e o menino, que tivera a sorte de nascer com uma excelente memória, repetia tintim por tintim, sem falhas, a lição do mestre, foram primeiro os nomes das letras do alfabeto, depois as palavras principais e, mais para diante, frases completas da Tora, passagens inteiras, que José acompanhava com movimentos rítmicos da mão direita, ao mesmo tempo que acenava lentamente a cabeça. Posta de lado, era por esta maneira que Maria ia tomando conhecimento do que não podia perguntar, trata-se de um método antigo das mulheres, aperfeiçoado em séculos e milénios de prática, quando não as autorizam a averiguar por sua conta põem-se a ouvir, e em pouco tempo sabem tudo, chegando até, o que é o cúmulo da sabedoria, a separar o falso do verdadeiro. No entanto, o que Maria não conhecia, ou não conhecia bastante, era o estranho laço que unia o marido àquele filho, ainda que mesmo a um estranho não passasse despercebida a expressão, misto de doçura e mágoa, que tocava o rosto de José quando falava ao seu primogénito, como se estivesse a pensar, Este filho que eu amo é a minha dor. Maria apenas sabia que os pesadelos de José, como uma sarna da alma, não o largavam, mas essas aflições noturnas, de tão repetidas, tinham-se já tornado num hábito, como dormir voltado para o lado direito ou acordar com sede a meio da noite. E se Maria, como boa e digna esposa, não deixara de preocupar-se com o seu marido, o mais importante de tudo para ela era ver o filho vivo e são, sinal de que a culpa não fora assim tão grande, ou o Senhor já teria mandado castigo, sem pau nem pedra, como é seu costume, haja vista o caso de Job, arruinado, leproso, e mais sempre havia sido varão íntegro e reto, temente a Deus, a sua pouca sorte foi ter-se tornado em involuntário objeto de uma disputa entre Satanás e o mesmo Deus, cada qual agarrado às suas ideias e prerrogativas. E depois admiram-se que um homem desespere e grite, Pereçam o dia em que nasci e a noite em que fui concebido, converta-se ele em trevas, não seja mencionado entre os dias do ano nem se conte entre os meses, e que a noite seja estéril e não se ouça nela nenhum grito de alegria, é verdade que a Job o compensou Deus restituindo-lhe em dobro o que em singelo lhe tirara, mas aos outros homens, aqueles em nome de quem nunca se escreveu nenhum livro, tudo é tirar e não dar, prometer e não cumprir. Nesta casa do carpinteiro, a vida, apesar de tudo, era tranquila, e na mesa, ainda que sem farturas de prosperidade, não faltara nunca o pão de cada dia e o mais de conduto que ajuda a alma a manter-se agarrada ao corpo. Entre os bens de José e os bens de Job, a única semelhança que ainda assim podia encontrar-se era no número de filhos, sete filhos e três filhas tivera Job, sete filhos e duas filhas tinha José, levando o carpinteiro a vantagem de ter posto menos uma mulher no mundo. Mas Job, antes de Deus lhe ter duplicado os bens, já era proprietário de sete mil ovelhas, três mil camelos, quinhentas juntas de bois e quinhentas jumentas, sem contar os escravos, em quantidade, e José tem aquele burro que conhecemos e nada mais. Na verdade, uma coisa é trabalhar para sustentar duas pessoas apenas, depois uma terceira, mas essa, no primeiro ano, por via indireta, outra é ver-se à perna com uma ranchada de filhos, que, crescendo o corpo e a necessidade, reclamam alimentos sólidos e a tempo. E como os ganhos de José não davam para admitir pessoal ao seu serviço, o recurso natural estava nos filhos, por assim dizer, à mão de semear, aliás, também por uma simples obrigação de pai, pois já lá diz o Talmude, Do mesmo modo que é obrigatório alimentar os filhos, também é obrigatório ensinar-lhes uma profissão manual, porque não o fazer será o mesmo que tornar o filho num bandido. E se recordarmos o que ensinavam os rabis, O artesão no seu trabalho não deve levantar-se ante o maior doutor, podemos imaginar com que orgulho profissional começava José a instruir os seus filhos mais velhos, um após outro, à medida que chegavam à idade, primeiro Jesus, depois Tiago, depois José, depois Judas, nos segredos e tradições da arte carpinteira, atento ele, também, à antiga sentença popular que assim reza, O trabalho do menino é pouco, mas quem o desdenha é louco, foi o que depois veio a chamar-se trabalho infantil. A José pai, quando ao trabalho voltava depois da comida da tarde, ajudavam-no os seus próprios filhos, exemplo verdadeiro duma economia familiar que poderia vir a dar excelentes frutos até aos dias de hoje, porventura mesmo uma dinastia de carpinteiros, se Deus, que sabe o que quer, não tivesse querido outra coisa.

Como se à ímpia soberba do Império não lhe chegasse o vexame a que vinha sujeitando o povo hebreu desde há mais de setenta anos, decidiu Roma, dando como pretexto a divisão do antigo reino de Herodes, pôr em dia o último recenseamento, ficando porém os varões, desta vez, dispensados de irem à apresentação nas suas terras de origem, com os conhecidos transtornos de agricultura e comércio, e algumas consequências laterais, como foi o caso do carpinteiro José e sua família. Pelo método novo, vão os recenseadores de povoado em povoado, de aldeia em aldeia, de cidade em cidade, convocam para a praça maior ou para o aberto os homens do lugar, chefes de família ou não, e, sob a proteção da guarda, vão registando, de cálamo em punho, nos rolos das finanças, nomes, cargos e bens coletáveis. Ora, convém dizer que procedimentos destes não são vistos com bons olhos nesta parte do mundo, e não é só de agora, basta lembrar o que na Escritura se conta sobre a desafortunada ideia que teve o rei David quando ordenou a Joab, chefe do seu exército, que fosse fazer o recenseamento de Israel e Judá, palavras suas foram que as disse como segue, Percorre todas as tribus de Israel, desde Dan até Bersabea, e faz o recenseamento do povo, de maneira que eu saiba o seu número, e como palavra de rei é real, calou Joab as suas dúvidas, chamou o exército, e puseram pés ao caminho e mãos ao trabalho. Quando voltaram a Jerusalém tinham passado nove meses e vinte dias, mas Joab trazia as contas do recenseamento feitas e conferidas, havia em Israel oitocentos mil homens de guerra, que manejavam a espada, e em Judá quinhentos mil. Ora, é sabido que Deus não gosta que ninguém conte em seu lugar, e em especial a este povo, que, sendo seu por eleição sua, não poderá nunca ter outro senhor e dono, e muito menos Roma, regida, como sabemos, por falsos deuses e por falsos homens, em primeiro lugar, porque tais deuses de facto não existem, e em segundo lugar porque, tendo, apesar de tudo, alguma existência enquanto alvos de um culto sem efetivo objeto, é a própria vanidade do culto que demonstrará a falsidade dos homens. Deixemos, porém, Roma, por agora, e voltemos ao rei David, a quem, no preciso instante em que o chefe do exército fez leitura da parte, lhe deu o coração um baque, tarde foi, que não lhe serviu de nada o remorso e ter dito, Cometi um grande pecado ao fazer isto, mas perdoa, Senhor, a culpa do teu servo, porque procedi nesciamente, foi o caso que um profeta chamado Gad, que era vidente do rei e, por assim dizer, seu intermediário para chegar ao Altíssimo, apareceu-lhe na manhã seguinte, ao levantar da cama, e disse, O Senhor manda perguntar que é que preferes, três anos de fome sobre a terra, três meses de derrotas diante dos inimigos que te perseguem, ou três dias de peste em toda a terra. David não perguntou quanta gente iria ter de morrer caso por caso, calculou que em três dias, mesmo de peste, sempre hão de morrer menos pessoas do que em três meses de guerra ou três anos de fome, Seja feita a tua vontade, Senhor, venha a peste, disse. E Deus deu ordem à peste e morreram setenta mil homens do povo, não contando mulheres e crianças que, como de costume, não foram ao registo. Lá para o fim, o Senhor concordou em retirar a peste em troca de um altar, mas os mortos estavam mortos, ou foi Deus que não pensou neles, ou era inconveniente a ressurreição, se, como é de supor, muitas heranças já se estavam discutindo e muitas partilhas debatendo, que não é por certificar-se um povo pertença direta de Deus que assim vai renunciar aos bens do mundo, ainda por cima legítimos bens, ganhos com o suor do trabalho ou das batalhas, tanto faz, o que conta, no fim, é o resultado.

Mas o que deve também entrar na conta, para acerto dos juízos que sempre haveremos de produzir sobre as ações humanas e divinas, é que Deus, que com prontidão expedita e mão pesada se pagara do erro de David, parece agora que assiste alheado à vexação exercida por Roma sobre os seus filhos mais diletos e, suprema perplexidade, mostra-se indiferente ao desacato cometido contra o seu nome e poder. Ora, quando tal sucede, isto é, quando se tornou patente que Deus não vem nem dá sinal de chegar tão cedo, o homem não tem mais remédio que fazer-lhe as vezes e sair de sua casa para ir pôr ordem no mundo ofendido, a casa que é dele e o mundo que a Deus pertence. Andavam, pois, por aí os recenseadores, como já foi dito, passeando a insolência própria de quem todo lo manda, ainda por cima com as costas quentes pela companhia dos soldados, expressiva se bem que equívoca metáfora, que apenas quer dizer que os soldados iam a protegê-los de insultos e sevícias, quando começou a crescer o protesto na Galileia e na Judeia, primeiro abafado, como quem por enquanto só quer excitar a sua própria força, avaliá-la, tomar-lhe o peso, e depois, aos poucos, em manifestações individuais desesperadas, um artesão que se chega à mesa do recenseador e diz, em alta voz, que de si nem o nome lhe arrancarão, um comerciante que se fecha na sua tenda, com a família, e ameaça quebrar todos os vasos e rasgar todos os panos, um agricultor que deita fogo à seara e traz um cesto de cinzas, dizendo, Esta é a moeda com que Israel paga a quem o ofende. Todos eles eram presos ato contínuo, metidos nos cárceres, espancados e humilhados, e porque a resistência humana tem limites breves, assim débeis foi que nos fizeram, todos nervos e fragilidade, às tantas desmoronava-se a valentia, o artesão revelava sem vergonha os seus segredos mais íntimos, o comerciante propunha uma filha ou duas como adicional do imposto, o agricultor cobria-se a si mesmo de cinzas e oferecia-se como escravo. Havia os que não cediam, poucos, e por isso morriam, e outros que, tendo aprendido a melhor lição, de que o ocupante bom é, justamente, e também, o ocupante morto, tomaram armas e foram para as montanhas. Diz-se armas, e elas eram pedras, fundas, paus, cacetes e cachaporras, alguns arcos e flechas, apenas o suficiente para começar uma intifada, e, lá mais para a frente, umas tantas espadas e lanças apanhadas em rápidas escaramuças, mas que, chegada a hora, de pouco lhes podiam servir, tão habituados andavam, desde David, à impedimenta rústica, de benévolos pastores e não de guerreiros convictos. Porém, um homem, seja ou não judeu, habitua-se à guerra como dificilmente é capaz de habituar-se à paz, mormente se encontrou um chefe e, mais importante do que acreditar nele, acredita no que ele acredita. Este chefe, o chefe da revolta contra os romanos, principiada quando o primogénito de José ia nos seus onze anos, tinha por nome Judas e nascera na Galileia, daí que lhe chamassem, segundo o costume do tempo, Judas Galileu ou Judas de Galileia. Realmente, não devemos estranhar identificações tão primitivas, aliás muito comuns, é fácil encontrar, por exemplo, um José de Arimateia, um Simão de Cirene ou Cireneu, uma Maria Madalena ou de Magdala, e, se o filho de José viver e prosperar, não tenhamos dúvidas de que lhe chamarão, simplesmente, Jesus de Nazaré, ou Jesus Nazareno, ou até, mais simplesmente ainda, pois nunca se sabe aonde pode chegar a identificação duma pessoa com o lugar onde nasceu ou, neste caso, onde se fez homem ou mulher, Nazareno. Porém, isto são futurações, o destino, quantas vezes será preciso dizê-lo, é um cofre como não existe outro, que ao mesmo tempo está aberto e fechado, olhamos dentro dele, podemos ver o que já aconteceu, a vida passada, tornada destino cumprido, mas do que está para suceder não alcançamos mais do que uns pressentimentos, umas intuições, como no caso deste evangelho, que não estaria a ser escrito se não fossem aqueles avisos extraordinários, indiciadores, talvez, de um destino maior que simples vida. Retomando o fio à meada, a rebelião, como íamos dizendo, estava na massa do sangue da família de Judas Galileu, já o pai dele, o velho Ezequias, andara na peleja, com tropa sua, quando das revoltas populares que, depois da morte de Herodes, eclodiram contra os presumíveis herdeiros, antes que Roma tivesse confirmado a legitimidade da partilha do reino e a autoridade dos novos tetrarcas. São coisas que não se sabem explicar, como, sendo as pessoas feitas das mesmas humaníssimas matérias, esta carne, estes ossos, este sangue, esta pele e este riso, este suor e esta lágrima, vemos que saem uns cobardes e outros sem medo, uns de guerra e outros de paz, por exemplo, o mesmo que serviu para fazer um José serviu para fazer um Judas, e enquanto este, filho do seu pai e pai de seus filhos, seguindo o exemplo de um e dando o exemplo aos outros, se tirou da sua tranquilidade para ir defender em batalha os direitos de Deus, o carpinteiro José ficou em casa, com os seus nove filhos pequenos e a mãe deles, agarrado à bancada e à necessidade de ganhar o pão para hoje, que o dia de amanhã não se sabe a quem pertence, há quem diga que a Deus, é uma hipótese tão boa como a outra, a de não pertencer a ninguém, e tudo isso, ontem, hoje e amanhã, não serem mais do que diferentes nomes da ilusão.

Mas desta aldeia de Nazaré, alguns homens, sobretudo dos mais novos, foram juntar-se à guerrilha de Judas o Galileu, em geral desapareciam sem prevenir, sumiam-se, por assim dizer, de uma hora para outra, tudo ficava no íntimo segredo das famílias, e a regra do sigilo, tácita, era a tal ponto imperiosa que ninguém se lembraria de fazer perguntas, Onde está Natanael, há dias que não o vejo, se Natanael deixara de comparecer na sinagoga ou a fila dos ceifeiros, no campo, ficara mais curta de um homem, os demais procediam como se Natanael nunca tivesse existido, não era bem assim, algumas vezes sabia-se que Natanael entrara na aldeia, sozinho pela noite escura, e que voltara a sair ao primeiro sinal de madrugada, não havia outro indício desta entrada e saída do que o sorriso da mulher de Natanael, mas em verdade há sorrisos que dizem tudo, uma mulher está parada, com os olhos perdidos no vago, o horizonte, ou apenas a parede na sua frente, e de súbito começa a sorrir, um sorriso lento, reflexivo, como uma imagem emergindo da água e oscilando na superfície inquieta, só um cego, por não poder vê-lo, pensaria que a mulher de Natanael dormiu outra noite sem o seu marido. E o coração humano é de tal maneira estranho, que algumas mulheres que beneficiavam da contínua presença dos seus homens, punham-se a suspirar ao imaginar aqueles encontros e, alvoroçadas, rodeavam a mulher de Natanael como fazem as abelhas a uma flor transbordante de pólen. Não era este o caso de Maria, com aqueles nove filhos, e um marido que quase todas as noites gemia e gritava de angústia e pavor, ao ponto de fazer acordar as crianças, que por sua vez desatavam a chorar. Com o passar do tempo, melhor ou não tanto, chegaram a habituar-se, mas o mais velho, porque alguma coisa, mas não ainda um sonho, o assustava no meio do seu próprio sono, acordava sempre, ao princípio ainda perguntava à mãe, Que tem o pai, e ela respondia como quem não dá importância, São sonhos maus, não podia dizer ao filho, Teu pai estava a sonhar que ia com os soldados de Herodes na estrada de Belém, Qual Herodes, O pai deste que nos governa, E era por isso que gemia e gritava, Por isso era, Não compreendo que ser soldado de um rei que já morreu traga sonhos ruins, Teu pai nunca foi soldado de Herodes, o seu ofício sempre foi de carpinteiro, Então por que sonha, As pessoas não escolhem os sonhos que têm, São, pois, os sonhos que escolhem as pessoas, Nunca o ouvi dizer a ninguém, mas assim deve ser, Porquê os gritos, minha mãe, porquê os gemidos, É que teu pai todas as noites sonha que te vai matar, está visto que Maria não podia chegar a tais extremos, revelar a causa do pesadelo do marido justamente a quem tinha, nesse pesadelo, como Isaac, filho de Abraão, o papel de vítima nunca consumada, mas condenada inexoravelmente. Um dia, Jesus, numa ocasião em que ajudava o pai a juntar as partes duma porta, cobrou-se de ânimo e fez-lhe a pergunta, e ele, depois de um silêncio demorado, sem levantar os olhos, disse isto apenas, Meu filho, já conheces os teus deveres e obrigações, cumpre-os a todos e encontrarás justificação diante de Deus, mas cuida também de procurar na tua alma que deveres e obrigações haverá mais, que não te tenham sido ensinados, Esse é o teu sonho, pai, Não, é só o motivo dele, ter um dia esquecido um dever, ou ainda pior, Pior, como, Não pensei, E o sonho, O sonho é o pensamento que não foi pensado quando devia, agora tenho-o comigo todas as noites, não posso esquecê-lo, E que era o que devias ter pensado, Nem tu podes fazer-me todas as perguntas, nem eu posso dar-te todas as respostas. Trabalhavam no pátio, a uma sombra, porque o tempo era de verão e o sol queimava. Por ali perto brincavam os irmãos de Jesus, exceto o mais novinho, que estava dentro de casa, ao colo da mãe a mamar. Tiago também estivera ajudando, mas cansara-se, ou aborrecera-se, não admira, nestas idades um ano faz muita diferença, a Jesus já pouco falta para entrar na maturidade do conhecimento religioso, terminou a sua instrução elementar, agora, além de prosseguir o estudo da Tora, ou lei escrita, inicia-se na lei oral, bem mais árdua e complexa. Assim se entenderá melhor que, tão jovem, possa ter mantido com o pai esta séria conversação, usando as palavras com propriedade e argumentando com ponderação e lógica. Jesus está quase a fazer doze anos, dentro de pouco tempo será um homem, e então talvez possa voltar ao assunto agora deixado em suspenso, se José estiver disposto a reconhecer-se culpado diante do próprio filho, como Abraão também não fez com seu filho Isaac, nesse dia tudo foi reconhecer e louvar o poder de Deus. Mas é bem verdade que a reta escrita de Deus só em pouco coincide com as tortas linhas dos homens, veja-se o dito caso de Abraão, a quem apareceu o anjo a dizer, no último momento, Não levantes a mão sobre o menino, e veja-se o caso de José, que tendo Deus, em lugar do anjo, posto no seu caminho um cabo e três soldados faladores, não aproveitou o tempo que tinha para salvar da morte os meninos de Belém. Porém, se os bons começos de Jesus não se perderem na mudança da idade, talvez que ele venha a querer saber por que salvou Deus a Isaac e nada fez para salvar os tristes infantes que, inocentes de pecado como o filho de Abraão, não encontraram piedade perante o trono do Senhor. E, assim sendo, Jesus poderá dizer ao seu progenitor, Pai, não tens de levar contigo toda a culpa, e, no segredo do seu coração, quiçá ouse perguntar, Quando chegará, Senhor, o dia em que virás a nós para reconheceres os teus erros perante os homens.

Enquanto, de portas adentro, as da casa e as da alma, o carpinteiro José e seu filho Jesus debatiam, entre o que diziam e o que calavam, estas altas questões, a guerra contra os romanos continuava. Durava há mais de dois anos, e às vezes chegavam a Nazaré fúnebres notícias, morreu Efraim, morreu Abiezer, morreu Neftali, morreu Eleazar, porém não se sabia com segurança onde estavam os seus corpos, entre duas pedras da montanha, no fundo dum desfiladeiro, levado na corrente do rio, à sombra inútil duma árvore. Bem podem os que ficaram em Nazaré lavar-se as mãos e dizer, mesmo não podendo celebrar o funeral dos que morreram, As nossas mãos não derramaram este sangue e os nossos olhos não o viram. Mas também chegavam notícias de grandes vitórias, os romanos expulsos da cidade de Séforis, ali perto, apenas a duas horas de

Nazaré, andando, extensas partes da Judeia e da Galileia onde o exército inimigo não ousava entrar, e na própria aldeia de José, há mais de um ano que não se vê um soldado de Roma. Quem sabe, mesmo, se não terá sido esta a causa de o vizinho do carpinteiro, o curioso e prestável Ananias de quem não tínhamos precisado de voltar a falar, ter, por estes dias, entrado aqui no pátio com ar misterioso, dizendo, Vem comigo fora, e com bons motivos o pede, que nas casas deste povo, por tão pequenas serem, não é possível a privacidade, onde está um estão todos, à noite quando dormem, de dia seja qual for a circunstância e a ocasião, é uma vantagem para o Senhor Deus, que assim com mais facilidade poderá reconhecer os que são seus no dia do Juízo Final. Não estranhou José o pedido, mesmo quando Ananias acrescentou sigiloso, Vamos ao deserto, ora nós já sabemos que o deserto não é só aquilo que a nossa mente se acostumou a mostrar-nos quando lemos ou ouvimos a palavra, uma extensão enorme de areia, um mar de dunas ardentes, desertos, como aqui também são entendidos, há-os até na verde Galileia, são os campos sem cultivo, os lugares onde não habitam homens nem se veem sinais assíduos do seu trabalho, dizer deserto é dizer, Deixará de o ser quando lá estivermos. Porém, neste caso, sendo apenas dois os homens que vão caminhando através do mato, ainda à vista de Nazaré, em direção a três grandes pedras que se levantam no alto da colina, está claro que não se pode falar de povoamento, o deserto voltará a ser deserto quando estes se forem. Sentou-se Ananias no chão, José ao lado dele, têm a diferença de anos que sempre tiveram, claro está, que o tempo passa igual para todos, mas não assim os seus efeitos, por isso é que Ananias, que nem estava muito mal para a idade quando o conhecemos, hoje mais parece um velho, e isto apesar de o tempo também não ter poupado José. Ananias está como hesitante, o ar decidido com que entrara em casa do carpinteiro veio-se apagando pelo caminho, e agora vai ser preciso que José o anime com uma pequena frase que não deverá parecer uma pergunta, por exemplo, Viemos longe, é uma boa deixa para Ananias, que lhe irá permitir dizer, Não era assunto para ser tratado na tua casa ou na minha. A partir daqui a conversa já poderá seguir os caminhos normais, por muito melindroso que seja o motivo que os trouxe a este lugar retirado, como agora se verá. Disse Ananias, Um dia pediste-me que olhasse pela tua casa durante a tua ausência, e eu assim fiz, Sempre te fiquei grato por esse favor, disse José, e Ananias continuou, Agora chegou a ocasião de te pedir que me olhes tu pela casa durante o tempo da minha ausência, Partes com tua mulher, Não, vou sozinho, Mas, se ela fica, Chua vai para casa dos parentes pescadores, Queres dizer-me que entregaste à tua mulher a carta de divórcio, Não me divorciei dela, se não o fiz quando soube que não podia dar-me filhos, também não o iria fazer agora, o que sucede é que tenho de estar longe de casa uma temporada, o melhor para Chua é que fique com os seus, Vais estar fora muito tempo, Não sei, depende do que durar a guerra, Que tem a guerra que ver com a tua ausência, disse José, surpreendido, Vou à procura de Judas Galileu, E que é o que lhe queres, Quero--lhe perguntar se aceita receber-me no seu exército, Mas tu, Ananias, que sempre foste homem de paz, vais-te agora meter em guerras contra os romanos, lembra-te do que aconteceu a Efraim e a Abiezer, E também a Neftali e a Eleazar, Escuta então a voz do bom senso, Escuta-me tu, José, seja qual for a voz que fale pela minha boca, tenho hoje a idade do meu pai quando morreu, e ele fez muito mais na vida do que este seu filho que nem filhos pôde ter, não sou sábio como tu para vir a ser um ancião na sinagoga, daqui para diante não terei nada mais para fazer que esperar todos os dias a morte, ao lado duma mulher que já não quero, Divorcia-te, então, A questão não está em divorciar-me dela, a questão estaria em divorciar-me de mim, e isso não é coisa que se possa, E tu, que vais poder tu na guerra, com essas poucas forças, Vou para a guerra como se pensasse ir fazer um filho, Nunca tal ouvi dizer, Eu também não, mas esta foi a ideia que me veio agora, Cuidarei da tua casa até voltares, Se eu não voltar, se te disserem que morri, promete-me que mandarás avisar Chua para que ela tome posse do que lhe pertence, Prometo, Vamos embora, agora estou em paz, Em paz quando decides ir para a guerra, em verdade, não compreendo, Ai, José, José, por quantos séculos ainda teremos de ir acrescentando a ciência do Talmude até podermos chegar à compreensão das coisas mais simples, Por que foi que viemos aqui, não era preciso afastarmo-nos tanto, Queria falar-te diante de testemunhas, Bastaria a testemunha absoluta que Deus é, este céu que nos cobre para onde quer que vamos, Estas pedras, As pedras são surdas e mudas, não podem testemunhar, É verdade que o são, mas, amanhã, se tu e eu decidíssemos mentir sobre o que aqui foi dito, acusar-nos-iam e continuariam a acusar-nos até se transformarem elas em pó e nós em coisa nenhuma, Vamo-nos, Vamos. Durante o caminho, Ananias voltou-se algumas vezes para trás para olhar as pedras, por fim desapareceram da vista delas por trás de um cerro, foi nessa altura que José perguntou, Chua já sabe, Sim, disse-lho, E ela, Ficou calada, depois disse-me que mais valia que eu a repudiasse, agora anda lá a chorar pelos cantos, Coitada, Quando estiver com a família esquece-se de mim, se eu morrer tornará a esquecer-me, é a lei da vida, o esquecimento. Entraram na aldeia, e quando chegaram a casa do carpinteiro, que era a primeira das duas para quem ia deste lado, Jesus, que brincava na rua com Tiago e Judas, disse que a mãe estava em casa do vizinho. Quando os dois homens se afastavam, ouviu-se a voz de Judas, que dizia em tom de autoridade, Eu sou Judas o Galileu, então Ananias virou-se para o olhar e disse a José, sorrindo, Vês ali o meu capitão, não teve o carpinteiro tempo para responder porque outra voz soou, a de Jesus, dizendo, Então o teu lugar não é aqui. José sentiu como uma picada no coração, era como se tais palavras lhe estivessem a ser dirigidas, como se o jogo infantil fosse instrumento doutra verdade, lembrou-se então das três pedras e tentou, mas sem saber por que o fazia, imaginar a sua vida como se diante delas é que devesse, doravante, pronunciar todas as palavras e cometer todos os atos, porém, no instante seguinte entrou-lhe no coração um sentimento de puro terror porque compreendera que se havia esquecido de Deus. Em casa de Ananias foram encontrar Maria que tentava consolar a lacrimosa Chua, mas o choro parou assim que os homens entraram, não que Chua tivesse deixado de chorar, a questão é que as mulheres aprenderam com a dura experiência a engolir as lágrimas, por isso é que dizemos, Tanto choram como riem, e não é verdade, em geral estão a chorar para dentro. Não para dentro, mas com todas as ânsias da alma e todas as lágrimas dos olhos, chorou a mulher de Ananias no dia em que ele partiu. Uma semana depois vieram buscá-la aqueles seus parentes que viviam na borda do mar. Maria acompanhou-a até à saída da aldeia, e aí se despediram. Chua, então, já não chorava, mas os seus olhos nunca mais voltarão a estar secos, que esse é o choro que não tem remédio, aquele lume contínuo que queima as lágrimas antes que elas possam surgir e rolar pelas faces.

Assim foram passando os meses, as notícias da guerra continuavam a chegar, ora boas, ora más, mas enquanto as notícias boas nunca iam além dumas vagas alusões a vitórias que sempre resultavam pequenas, as más notícias, essas, já começavam a falar de pesadas e sangrentas derrotas do exército guerrilheiro de Judas o Galileu. Um dia trouxeram notícia de que morrera Baldad numa emboscada de guerrilha que os romanos tinham surpreendido, assim se virando o feitiço contra o feiticeiro, tinha havido muitos mortos, mas de Nazaré só aquele. E outro dia alguém veio dizer que ouvira dizer a quem tinha ouvido dizer que Varo, o governador romano da Síria, vinha aí com duas legiões de tropas para acabar de uma vez com a intolerável insurreição, que levava já três anos. Esta mesma maneira vaga de anunciar, Vem aí, pela sua imprecisão, difundia entre a gente um sentimento insidioso de temor, como se a qualquer momento fossem aparecer na volta do caminho, alçadas à cabeça da coluna punitiva, as temíveis insígnias da guerra e a sigla com que aqui se homologam e selam todas as ações, SPQR, o senado e o povo de Roma, em nome de coisas tais, letras, livros e bandeiras, é que as pessoas se andam a matar umas às outras, como será também o caso doutra conhecida sigla, INRI, Jesus de Nazaré

Rei dos Judeus, e suas sequelas, porém não nos ponhamos já a antecipar, deixemos que o preciso tempo passe, por agora, e causa uma impressão de estranheza sabê-lo e poder dizê-lo, como se doutro mundo estivéssemos a falar, ainda não morreu ninguém por causa dela. Por toda a parte se anunciam grandes batalhas, prometendo os de mais robusta fé que não passará este ano sem que os romanos sejam expulsos da santa terra de Israel, mas também não faltam outros que, ouvindo estas abondanças, abanam tristemente a cabeça e começam a deitar contas ao desastre que se aproxima. E assim foi. Durante algumas semanas depois de ter corrido a notícia do avanço das legiões de Varo, nada aconteceu, com o que lucraram os guerrilheiros para redobrar as ações de flagelação da dispersa tropa com que vinham lutando, mas a razão estratégica dessa aparente inatividade não tardou a ser conhecida, quando os esculcas do Galileu passaram palavra de que uma das legiões havia seguido para o sul, em manobra de envolvimento, ao longo do rio Jordão, rodando depois sobre a direita à altura de Jericó, para, tal uma rede lançada à água e puxada por mão sábia, recomeçar o movimento em direção ao norte, como uma espécie de laçadeira colhendo aqui e além, enquanto a outra legião, seguindo um método semelhante, se movia para o sul. Poderíamos chamar-lhe a tática da tenaz se não fosse mais o movimento concertado de duas paredes que se vão aproximando e atropelando aqueles que não podem escapar, mas que guardam para o instante final o efeito maior, o esmagamento. Nos caminhos, vales e cabeços da Judeia e da Galileia, o avanço das legiões ia ficando marcado pelas cruzes onde morriam, cravados de pés e mãos, os combatentes de Judas, aos quais, para mais depressa os rematarem, se partiam, a golpes de malho, as tíbias. Os soldados entravam nas aldeias, revistavam casa por casa procurando suspeitos, que para levar estes homens ao crucifixo não eram precisas mais certezas do que as que pode oferecer, querendo, a simples suspeita. Esses infelizes, com perdão da triste ironia, ainda tinham sorte, porque, sendo crucificados por assim dizer à porta de casa, logo acudiam os parentes a retirá-los depois de haverem expirado, e então era um espetáculo lastimoso de ver e ouvir, os choros das mães, das esposas e das noivas, os gritos das pobres crianças que ficavam sem pai, enquanto o martirizado homem era descido da cruz com mil cautelas, pois não há nada mais pungente que a queda desamparada dum corpo morto, tanto que até aos próprios vivos parece doer o choque. Depois o crucificado era levado ao túmulo, onde ficava esperando o seu dia de ressurreição. Mas outros havia que, tendo sido apanhados em combate travado nas montanhas ou outros sítios desabitados, eram deixados ainda vivos pelos soldados e, agora sim, no mais absoluto de todos os desertos, o da morte solitária, ali ficavam, cozidos lentamente pelo sol, expostos às aves carniceiras, e, passando o tempo, desgarravam-se-lhes as carnes e os ossos, reduzidos a um mísero despojo sem forma que à própria alma repugna. Pessoas curiosas, senão céticas, já noutras ocasiões convocadas a contrariar o sentimento de resignação com que em geral são recebidas as informações constantes de evangelhos como este, gostariam de saber como foi possível aos romanos crucificarem tão grande quantidade de judeus, mormente nas enormes áreas desarborizadas e desérticas que por aqui abundam, onde, e é quando é, não se consegue encontrar mais do que umas raquíticas e ralas vegetações, que decididamente não aguentariam nem a crucificação de um espírito. Esquecem essas pessoas que o exército romano é um exército moderno, para o qual logística e intendência não são palavras vãs, o abastecimento de cruzes, ao longo desta campanha, tem sido amplamente assegurado, veja-se a extensa récua de burros e mulas que segue no couce da legião, transportando as peças soltas, a crux e o patibulum, o pau vertical e a travessa, que, chegando ao sítio, é só pregar os braços abertos do condenado à travessa, içá-lo até ao alto do pau espetado no chão, e depois, tendo-o feito primeiro encolher as pernas para um lado, fixar com um único cravo de palmo, à crux, os dois calcanhares sobrepostos. Qualquer carrasco da legião dirá que esta operação, só aparentemente complexa, é afinal mais difícil de explicar que de executar.

A hora é de desastre, tinham razão os pessimistas. Do norte para o sul e do sul para o norte, há gente em pânico que vem fugindo à frente das legiões, alguns sobre quem poderiam recair suspeitas de terem ajudado os guerrilheiros, outros movidos pelo puro medo, já que, como sabemos, não é preciso ter culpa para ser-se culpado. Ora, um desses fugitivos, detendo por instantes a retirada, vai bater à porta do carpinteiro José para lhe dizer que o seu vizinho Ananias se encontrava em Séforis, maltratado de golpes de espada, e que, este era o recado, Está a guerra perdida e eu não escapo, já podes mandar avisar minha mulher para que venha tomar conta do que lhe pertence, Nada mais, perguntou José, Outra palavra não disse, respondeu o mensageiro, E tu, por que não o trouxeste contigo, se por aqui tinhas de passar, No estado em que ele está atrasar-me-ia o passo, e eu tenho a minha própria família, que devo proteger em primeiro lugar, Em primeiro lugar, sim, mas não apenas, Que queres dizer, vejo-te aí rodeado de filhos, se não foges com eles é porque não estás em perigo, Não te demores, vai, e que o Senhor te acompanhe, o perigo é onde o Senhor não estiver, Homem sem fé, o Senhor está em toda a parte, Sim, mas às vezes não olha para nós, e tu não fales de fé, porque a ela faltaste ao abandonares o meu vizinho, Por que não vais tu buscá-lo, então, Irei. Foi isto pelo meio da tarde, o dia estava bonito, de sol, com umas nuvens muito brancas, esparsas, que vogavam pelo céu fora como barcas que não precisassem de governo. José foi desprender o burro, chamou a mulher e disse-lhe, sem outras explicações, Vou a Séforis buscar o vizinho Ananias, que não pode andar por seu pé. Maria apenas fez um gesto de assentimento com a cabeça, mas Jesus foi-se para o pai, Posso ir contigo, perguntou. José olhou o filho, pôs-lhe a mão direita sobre a cabeça e disse, Fica em casa, eu vou e não tardo, andando lesto para lá talvez ainda regresse a casa com luz de dia, e bem poderia ser, pois, como sabemos, a distância de Nazaré a Séforis não vai além de uns oito quilómetros, o mesmo que de Jerusalém a Belém, em verdade, digamo-lo uma vez mais, o mundo está cheio de coincidências. José não montou no burro, queria que o animal estivesse fresco para a volta, rijo de canelas e firme de mãos, suave de lombo, como convém a quem terá de transportar um enfermo, ou, melhor dizendo, um ferido da guerra, que é diferente patologia. Ao passar pelo sopé da colina onde, há quase um ano, Ananias lhe comunicara a sua decisão de juntar-se aos rebeldes de Judas da Galileia, o carpinteiro levantou os olhos para as três grandes pedras que, lá no alto, juntas como gomos de um fruto, pareciam estar esperando que do céu e da terra lhes chegasse a resposta às perguntas que fazem todos os seres e coisas, apenas por existirem, ainda que as não pronunciem, Por que estou aqui, Que razão conhecida ou ignorada me explica, Como será o mundo em que eu não estiver, sendo este o que é. A Ananias, se fosse ele a perguntar, poderíamos responder que as pedras, ao menos, continuam como dantes, se o vento, a chuva e o calor as morderam e desgastaram foi quase nada, e que passados vinte séculos provavelmente ainda lá estarão, e outros vinte séculos depois desses vinte, o mundo transformando-se ao redor, mas para as duas perguntas primeiras é que continua a não haver resposta. Pela estrada vinham bandos de pessoas fugidas, com aquele mesmo ar de susto que tinha o mensageiro de Ananias, olhavam José com surpresa, e um dos homens reteve-o por um braço e disse, Aonde vais, e o carpinteiro respondeu, A Séforis, por um amigo, Se és amigo de ti mesmo, não vás, Porquê, Os romanos estão-se a aproximar, a cidade não tem salvação, Devo ir, o meu vizinho é o meu irmão, não há mais ninguém para ir buscá-lo, Pensa bem, e o prudente conselheiro seguiu o seu caminho, deixando José parado no meio da estrada, às voltas com o pensamento, se de facto seria amigo de si mesmo ou se, de mais havendo razões para tal, se detestava ou desprezava, e, tendo pensado um pouco, concluiu que nem uma coisa nem outra, olhava para si mesmo com um sentimento de indiferença, como se olha o vazio, no vazio não há perto nem longe onde parar os olhos, em verdade, não é possível fixar uma ausência. Depois pensou que a sua obrigação de pai era voltar para trás, afinal ele tinha os seus próprios filhos para proteger, para quê ir-se à procura de alguém que não era mais que um vizinho, e agora nem tanto, pois tinha deixado a casa e mandado a mulher para outra terra. Porém, os filhos estavam seguros, os romanos não lhes iriam fazer mal, andavam, sim, à procura de rebeldes. Quando o fio do pensamento o levou a esta conclusão, José achou-se a dizer em voz alta, como se respondesse a uma preocupação escondida, E eu também não sou rebelde. Ato contínuo, deu uma palmada na anca do animal, exclamou, Xó, burro, e continuou o seu caminho.

Quando entrou em Séforis, a tarde declinava. As longas sombras das casas e das árvores, primeiro estendidas no chão e ainda reconhecíveis, iam-se perdendo aos poucos, como se tivessem chegado ao horizonte e aí se sumissem, iguais a uma água escura caindo em cascata. Havia pouca gente nas ruas da cidade, nenhuma mulher, nenhuma criança, apenas homens cansados que pousavam as frágeis armas e se deitavam, arquejantes, não se sabia se do combate de que vinham ou de terem fugido dele. A um desses homens José perguntou, Os romanos vêm perto. O homem fechou os olhos, depois lentamente abriu-os e disse, Estarão aqui amanhã, e desviando o olhar, Vai-te embora, leva o teu burro e vai-te embora, Ando à procura de um amigo que foi ferido, Se os teus amigos são todos os que se encontram feridos, és o homem mais rico do mundo, Onde é que estão, Por aí, em toda a parte, aqui mesmo, Mas há algum lugar na cidade, Há, sim, por trás dessas casas, um armazém, aí está uma quantidade de feridos, talvez lá encontres o teu amigo, mas depressa, que já são mais os que são tirados mortos do que os que ainda entram vivos. José conhecia a cidade, estivera aqui não poucas vezes, tanto por razões de ofício, quando viera trabalhar em obras vultosas, muito comuns na rica e próspera Séforis, como também por ocasião de certas festas religiosas menos importantes, que em verdade não teria sentido andar sempre a caminho de Jerusalém, com o longe que está e o custoso que é lá chegar. Descobrir o armazém foi portanto fácil, aliás bastava seguir um cheiro de sangue e corpos sofredores que pairava, podia-se até imaginar um jogo como o do Quente, quente, Frio, frio, consoante se aproximasse ou afastasse o buscador, Dói, Não dói, agora as dores já eram insuportáveis. José atou o burro a uma comprida trízia que ali havia e entrou na escura camarata em que o armazém fora transformado. No chão, entre as esteiras, havia umas lamparinas acesas que pouco iluminavam, eram como pequenas estrelas no céu negro, sem mais luz que a suficiente para assinalarem o seu lugar, se de tão longe as vemos. José percorreu devagar as filas de homens deitados, à procura de Ananias, no ar havia outros cheiros fortes, o do azeite e do vinho com que se curavam as feridas, o do suor, o das fezes e da urina, que alguns destes desgraçados nem mover-se podiam e ali mesmo onde estavam deixavam sair o que o corpo, mais forte que a vontade, deixara de querer guardar. Não está aqui, disse consigo mesmo José quando chegou ao final da correnteza. Recomeçou a andar em sentido contrário, mais lentamente, perscrutando, procurando sinais de semelhança, e em verdade eram todos parecidos uns com os outros, as barbas, os rostos cavados, as órbitas fundas, o brilho baço e pegajoso do suor. Alguns dos feridos seguiam-no com um olhar ansioso, tinham querido acreditar que este homem são viera por eles, mas depois extinguia-se o breve clarão que animara os seus olhos, e a espera, de quem, para quê, continuava. Diante de um homem idoso, de barba e cabelo todos brancos, José parou, É ele, disse, e contudo não estava assim quando o vira pela última vez, brancas, sim, tinha-as, e muitas, mas não esta espécie de neve suja, no meio da qual as sobrancelhas, como tições, conservavam o negrume de antes. O homem tinha os olhos fechados e respirava pesadamente. Em voz baixa, José chamou, Ananias, depois mais alto e mais perto, Ananias, e, aos poucos, como se se erguesse já das profundas da terra, o homem foi levantando as pálpebras e quando as abriu de todo viu-se que era mesmo Ananias, o vizinho que deixara a casa e a mulher para ir combater contra os romanos e agora aqui está, com feridas abertas no ventre e um cheiro de carne que começa a apodrecer. Ananias, primeiro, não reconheceu José, a luz da enfermaria não ajuda, a dos seus olhos ainda menos, mas sabe definitivamente que é ele quando o carpinteiro repete, agora num tom diferente, talvez de amor, Ananias, os olhos do velho inundam-se de lágrimas, diz uma vez, diz duas vezes, És tu, és tu, que vieste cá fazer, que vieste cá fazer, e quer levantar-se sobre um cotovelo, estender o braço, mas as forças faltam-lhe, o corpo descai, toda a cara se lhe contorce de dor. Venho buscar-te, disse o carpinteiro, tenho o burro lá fora, estaremos em Nazaré num abrir e fechar de olhos, Não devias ter vindo, os romanos não tardam, e eu não posso sair daqui, esta é a minha última cama de vivo, e com as mãos trémulas abriu a túnica rasgada. Por baixo de uns panos ensopados em vinho e azeite percebiam-se os ferozes lábios de duas feridas longas e fundas, no mesmo instante um odor adocicado e nauseabundo de podridão fez estremecer as narinas de José, que desviou os olhos. O velho tapou-se, deixou cair os braços ao lado como se o esforço o tivesse esgotado, Já vês que não me podes levar, caíam-se-me as tripas da barriga se me levantasses daqui, Com uma faixa apertada à volta do corpo e indo devagar, insistiu José, porém já sem nenhuma convicção, era evidente que o velho, supondo que seria capaz de subir para o burro, iria ficar-se pelo caminho. Ananias fechara outra vez os olhos e foi sem os abrir que disse, Vai-te embora, José, vai para casa, olha que os romanos não tardam aí, Os romanos não virão atacar de noite, descansa, Vai para casa, vai para casa, suspirou Ananias, e José disse, Dorme.

Toda a noite José velou. Alguma vez, com o espírito flutuando nas primeiras névoas de um sono que temia e a que por esta razão de agora igualmente resistia, José perguntou a si mesmo por que viera a este sítio, se era verdade que nunca tinha havido entre ele e o vizinho verdadeira amizade, pela diferença das idades, em primeiro lugar, mas também por uma certa maneira mesquinha de ser de Ananias e da mulher, curiosos, metediços, por um lado prestáveis, mas logo dando a ideia de ficarem à espera duma compensação cujo valor só a eles competiria fixar. É o meu vizinho, pensou José, e não encontrava melhor resposta para as suas dúvidas, é o meu próximo, um homem que está a morrer, fechou os olhos, não é que não queira ver-me, o que não quer é perder nenhum movimento da morte que se aproxima, e eu não posso deixá-lo sozinho. Tinha-se sentado no estreito espaço entre a esteira onde jazia Ananias e outra onde estava um rapaz novo, pouco mais velho que seu filho Jesus, o pobre moço gemia baixinho, murmurava palavras incompreensíveis, a febre rebentara-lhe os lábios. José segurou-lhe na mão para acalmá-lo, no mesmo momento em que também a mão de Ananias, tateando cega, parecia procurar algo, uma arma para se defender, outra mão para apertar, e foi assim que ficaram os três, um vivo entre dois moribundos, uma vida entre duas mortes, enquanto o tranquilo céu noturno ia fazendo rodar as estrelas e os planetas, lá para diante trazendo do outro lado do mundo uma lua branca, refulgente, que boiava no espaço e cobria de inocência toda a terra de Galileia. Muito tarde, José saiu do torpor em que, sem querer, caíra, despertou com um sentimento de alívio porque desta vez não tinha sonhado com a estrada de Belém, abriu os olhos e viu, Ananias estava morto, de olhos abertos também, no último instante não suportara a visão da morte, a mão dele apertava a sua com tanta força que lhe comprimia os ossos, então, para poder libertar-se da angustiadora sensação, soltou a mão que segurava a do rapaz, e, ainda num estado de meia consciência, percebeu que a febre deste baixara. José olhou para fora, pela porta aberta, a lua já se pusera, agora a luz era a da madrugada, imprecisa e pardacenta. No armazém moviam-se vagos vultos, eram os feridos que podiam levantar-se, iam olhar o primeiro anúncio do dia, podiam ter perguntado uns aos outros ou diretamente ao céu, Que verá este sol que vai nascer, alguma vez aprenderemos a não fazer perguntas inúteis, mas enquanto esse tempo não chega aproveitemos para perguntar-nos, Que verá este sol que vai nascer. José pensou, Vou-me embora, aqui já não posso nada, havia também nas suas palavras um tom interrogativo, tanto assim que prosseguiu, Posso levá-lo para Nazaré, e a lembrança pareceu-lhe de tal maneira óbvia que acreditou que para isso mesmo é que viera, encontrar Ananias vivo e transportá-lo morto. O rapaz pediu água. José chegou-lhe um púcaro de barro à boca, Como te sentes, perguntou, Menos mal, Pelo menos, parece que se te baixou a febre, Vou ver se consigo levantar-me, disse o rapaz, Tem cuidado, e José reteve-o, ocorrera-lhe de súbito outra ideia, a Ananias não podia fazer-lhe nada mais que o enterro em Nazaré, mas, ao rapaz, donde quer que ele fosse, ainda podia salvar-lhe a vida, tirá-lo do fúnebre depósito, um vizinho, por assim dizer, tomava o lugar doutro vizinho. Já não sentia pena de Ananias, apenas um corpo vazio, a alma mais e mais distante de cada vez que o olhava. O rapaz parecia perceber que algo bom para si estaria talvez a acontecer, os olhos brilharam-lhe, mas não chegou a fazer nenhuma pergunta porque José já saíra, ia buscar o burro, trazê-lo para dentro, abençoado seja o Senhor que sabe pôr na cabeça dos homens tão excelentes ideias. O burro não estava lá. Da sua presença não ficara mais que uma ponta de corda atada ao barrote, o ladrão não perdera tempo a desatar o simples nó, uma faca afiada fez o trabalho mais depressa.

As forças de José cederam de golpe diante do desastre. Como um vitelo fulminado, daqueles que vira sacrificar no Templo, caiu de joelhos e, com as mãos contra o rosto, soltaram-se-lhe de uma vez as lágrimas, todas aquelas lágrimas que há treze anos vinha acumulando, à espera do dia em que pudesse perdoar-se a si mesmo ou tivesse de enfrentar a sua definitiva condenação. Deus não perdoa os pecados que manda cometer. José não voltou ao armazém, compreendera que o sentido das suas ações se perdera para sempre, nem o mundo, o próprio mundo, tinha já sentido, o sol estava a nascer, e para quê, Senhor, no céu havia mil pequenas nuvens, espalhadas em todas as direções como as pedras do deserto. Vendo-o ali, a enxugar as lágrimas na manga da túnica, qualquer pessoa pensaria que lhe tinha morrido um parente entre os feridos recolhidos no armazém, quando o certo era que José acabara de chorar as suas últimas lágrimas naturais, as da dor da vida. Quando, depois de ter vagueado pela cidade durante mais de uma hora, ainda com uma última esperança de encontrar o animal roubado, se dispunha a regressar a Nazaré, prenderam-no os soldados romanos que tinham cercado Séforis. Perguntaram-lhe quem era, Sou José filho de Heli, donde vinha, De Nazaré, ia para onde, Para Nazaré, que fazia em Séforis neste dia, Alguém me disse que um vizinho meu estava aqui, quem era esse vizinho, Ananias, se o tinha encontrado, Sim, onde o encontrara, Num armazém com outros, outros quê, Feridos, em que parte da cidade, Além. Levaram-no para uma praça onde já estavam uns quantos homens, doze, quinze, sentados no chão, alguns deles com ferimentos visíveis, e disseram-lhe, Senta-te com esses. José, percebendo que os homens que ali estavam eram rebeldes, protestou, Sou carpinteiro e gente de paz, e um dos que estavam sentados disse, Não conhecemos este homem, mas o sargento que comandava a guarda dos prisioneiros não quis saber, com um empurrão fez cair José no meio dos outros, Daí só sais para ires morrer. No primeiro instante, o duplo choque, da queda e da sentença, deixou José sem pensamentos. Depois, quando se recompôs, viu que dentro de si havia uma grande tranquilidade, como se tudo isto fosse um sonho mau do qual tivesse a certeza de que viria a acordar e portanto não valia a pena atormentar-se com as ameaças, pois elas se dissipariam assim que abrisse os olhos. Então lembrou-se de que quando sonhava com a estrada de Belém também tinha a certeza de acordar, e no entanto, de repente começou a tremer, a brutal evidência do seu destino tornara-se-lhe enfim clara, Vou morrer, e vou morrer inocente. Sentiu que uma mão se pousava no seu ombro, era o vizinho, Quando vier o comandante da coorte dizemos-lhe que não tens nada que ver connosco, e ele manda-te em paz, E vocês, Os romanos têm-nos crucificado a todos, quando nos apanham, com certeza não será diferente desta vez, Deus vos salvará, Deus salva as almas, não salva os corpos. Trouxeram mais homens, dois, três, a seguir um grupo numeroso, de uns vinte. À volta da praça tinham-se juntado habitantes de Séforis, mulheres e crianças de mistura com os varões, ouvia-se-lhes o murmúrio inquieto, mas dali não podiam sair enquanto os romanos não autorizassem, já muita sorte tinham por não serem suspeitos de andar com os rebeldes. Ao cabo de algum tempo foi trazido outro homem, os soldados que o traziam disseram, Não há mais por agora, e o sargento gritou, De pé, todos. Julgaram os presos que era o comandante da coorte que se aproximava, o vizinho de José disse, Prepara-te, queria ele dizer, Prepara-te para ficares livre, como se para a liberdade fosse preciso preparação, mas se alguém vinha não era o comandante da coorte, nem chegou a saber-se quem fosse, pois que o sargento, sem pausa, dera em latim uma ordem aos soldados, faltou dizer que tudo quanto até agora tem sido dito por romanos em latim o foi sempre, que não se rebaixam os filhos da Loba a aprender línguas bárbaras, para isso lá estão os intérpretes, porém, neste caso, sendo a conversa dos militares uns com os outros, não se necessitava tradução, rapidamente os soldados rodearam os prisioneiros, Marche, e o cortejo, levando os condenados à frente, seguidos pela população, encaminhou-se para fora da cidade. Ao ver-se levado assim, sem ter a quem pedir mercê, José ergueu os braços e deu um grito, Salvai-me que eu não sou destes, salvai-me que estou inocente, mas veio um soldado e com o coto da lança deu-lhe uma estocada nas costas que quase o atirou ao chão. Estava perdido. Desesperado, odiou Ananias, por culpa de quem ia morrer, mas este mesmo sentimento, depois de o ter queimado todo por dentro, desapareceu como viera, deixando o seu ser como um deserto, agora era como se pensasse, Não há mais para onde ir, engano seu, que já falta pouco para lá chegar. Ainda que custe a crer, a certeza da morte próxima acalmou-o. Olhou à sua volta os companheiros de martírio, caminhavam serenos, alguns, sim, sucumbidos, mas os outros de cabeça levantada. Eram, na sua maioria, fariseus. Então, pela primeira vez, José lembrou-se dos filhos, também teve um pensamento, fugaz, para a mulher, mas eram tantos aqueles rostos e nomes que a sua esvaída cabeça, sem dormir, sem comer, foi deixando pelo caminho uns atrás de outros, até não lhe restar mais que Jesus, seu filho primeiro nascido, seu castigo derradeiro. Lembrou-se de como tinham conversado sobre o seu sonho, de como lhe tinha dito, Nem tu podes fazer-me todas as perguntas, nem eu posso dar-te todas as respostas, agora chegava ao fim o tempo de responder e perguntar.

Fora da cidade, numa pequena elevação de terreno que a dominava, estavam cravados verticalmente, em filas de oito, quarenta grossos paus, robustos quanto bastava para aguentar um homem. Ao pé de cada um deles, no chão, havia um barrote comprido, o suficiente para receber um homem de braços abertos. À vista dos instrumentos do suplício, alguns dos condenados tentaram escapar-se, mas os soldados sabiam do seu ofício, de gládio em punho cortaram-lhes a fuga, um dos rebeldes tentou espetar-se na arma, porém sem resultado, que logo foi arrastado para a primeira crux. Começou então o vagaroso trabalho de cravar os condenados cada um ao seu barrote e içá-los sobre a grande estaca vertical. Ouviam-se por todo o campo gritos e gemidos, a gente de Séforis chorava perante o triste espetáculo a que, para escarmento, era obrigada a assistir. Aos poucos foram-se formando as cruzes, cada uma com seu homem pendurado, de pernas encolhidas, como antes já foi dito, perguntamo-nos porquê, talvez por uma ordem de Roma visando a racionalização do trabalho e a economia do material, qualquer pessoa pode observar, mesmo sem experiência de crucificações, que a crux, sendo para homem completo, não reduzido, teria de ser alta, logo maior dispêndio de madeira, maior peso a transportar, maiores dificuldades de manejo, ainda se acrescentando a circunstância, proveitosa aos condenados, de que, ficando-lhes os pés mesmo ao rasinho do chão, facilmente podiam ser despregados, sem necessidade de escadas de mão, passando por assim dizer diretamente dos braços da cruz para os braços da família, se a tinham, ou dos coveiros de ofício, que os não deixariam ali ao abandono. José foi o último a ser crucificado, calhou assim, por isso teve de assistir, um por um, ao tormento dos seus trinta e nove companheiros desconhecidos, e, quando a sua vez chegou, perdida já de todo a esperança, não teve força nem para repetir os protestos da sua inocência, falhou talvez a oportunidade de salvar-se quando o soldado que tinha o martelo disse ao sargento, Este é o que se dizia sem culpa, o sargento hesitou um instante, exatamente o instante em que José deveria ter gritado, Estou inocente, mas não, calou-se, desistiu, então o sargento olhou, terá pensado que a precisão simétrica sofreria se a última crux não fosse usada, que quarenta é uma conta redonda e perfeita, fez um gesto, os cravos foram espetados, José gritou e continuou a gritar, depois levantaram-no em peso, suspenso dos pulsos atravessados pelos ferros, e depois mais gritos, o prego comprido que lhe furava os calcanhares, oh meu Deus, este é o homem que criaste, louvado sejas, já que não é lícito maldizer-te. De repente, como se alguém tivesse dado sinal, os habitantes de Séforis romperam num clamor aflito, mas não foi o dó dos condenados, por toda a cidade estavam a rebentar incêndios, as chamas, rugindo, como um rastilho de fogo grego, devoravam as casas dos moradores, os edifícios públicos, as árvores dos pátios interiores. Indiferentes ao fogo que outros soldados andavam ateando, quatro soldados do pelotão de execução percorriam as filas dos supliciados, partindo-lhes metodicamente as tíbias, estes usavam barras de ferro. Séforis ardeu toda, de ponta a ponta, enquanto, um após outro, os crucificados iam morrendo. O carpinteiro, chamado José filho de Heli, era um homem novo, na flor da vida, fizera há poucos dias trinta e três anos.

Quando esta guerra acabar, e não tarda, que já a estamos vendo em seus derradeiros e fatais estertores, far-se-á a contagem final dos que nela perderam a vida, uns tantos aqui, uns tantos além, uns mais perto, outros mais longe, e, se é certo que, com o correr do tempo, o número daqueles que foram mortos em emboscadas ou batalhas campais acabou por perder importância ou esquecer de todo, já os crucificados, à roda de uns dois mil, segundo as estatísticas mais merecedoras de fé, permanecerão na memória das gentes da Judeia e da Galileia, a ponto de ainda deles se falar bastantes anos depois, quando um novo sangue for derramado em nova guerra. Dois mil crucificados é muito homem morto, mas mais haveriam de parecer-nos se os imaginássemos plantados a intervalos de um quilómetro ao longo duma estrada, ou rodeando, é um exemplo, o país que há de chamar-se Portugal, cuja dimensão, na sua periferia, anda mais ou menos por aí. Entre o rio Jordão e o mar, choram as viúvas e os órfãos, é um antigo costume seu, para isso mesmo é que são viúvas e órfãos, para chorarem, depois é só esperarmos o tempo de os meninos crescerem e irem à guerra nova, outras viúvas e outros órfãos virão tomar-lhes a vez, e se entretanto mudaram as modas, se o luto, de branco, passou a ser negro, ou vice-versa, se sobre os cabelos, que antes eram arrancados, se põe agora uma mantilha bordada, as lágrimas, quando sentidas, são as mesmas.

Maria ainda não chora, mas na sua alma já leva um pressentimento de morte, pois o marido não voltou a casa e em Nazaré diz-se que Séforis foi queimada e há homens crucificados. Acompanhada do filho primogénito, Maria repete o caminho que José fez ontem, com toda a probabilidade, num ponto ou noutro, pousa os pés nas marcas das sandálias do marido, não é estação de chuva, o vento não passa duma brisa suave que mal toca o solo, mas já as pegadas de José são como vestígios de um antigo animal que tivesse habitado estas paragens numa extinta era, dizemos, Foi ontem, e é o mesmo que dizermos, Foi há mil anos, o tempo não é uma corda que se possa medir nó a nó, o tempo é uma superfície oblíqua e ondulante que só a memória é capaz de fazer mover e aproximar. Com Maria e Jesus vão moradores de Nazaré, alguns impelidos pela caridade, outros só curiosos, e há também uns vagos outros parentes de Ananias, mas esses regressarão às suas casas com as dúvidas com que saíram delas, como não o encontraram morto, bem pode ser que esteja vivo, não se lembraram de ir procurar nos escombros do armazém, e, se se lembrassem, quem sabe se reconheceriam o seu morto entre os mortos, todos o mesmo carvão. Quando, a meio do caminho, estes nazarenos se cruzaram com uma companhia de soldados enviada à sua aldeia para buscas, alguns voltarão para trás, preocupados com a sorte dos seus haveres, que nunca se pode prever o que farão soldados a quem, tendo batido eles à porta duma casa, de dentro ninguém lhes respondeu. Quis saber o comandante da força o que ia fazer aquela caterva de rústicos a Séforis, responderam-lhe, A ver o fogo, explicação que satisfez o militar, pois desde a aurora do mundo sempre os incêndios atraíram os homens, há mesmo quem diga que se trata de uma espécie de chamamento interior, inconsciente, uma reminiscência do fogo original, como se as cinzas pudessem ter memória do que queimaram, assim se justificando, segundo a tese, a expressão fascinada com que contemplamos até a simples fogueira a que nos aquecemos ou a luz duma vela na escuridão do quarto. Fôssemos nós tão imprudentes, ou tão ousados, como as borboletas, falenas e outras mariposas, e ao fogo nos lançaríamos, nós todos, a espécie humana em peso, talvez uma combustão assim imensa, um tal clarão, atravessando as pálpebras cerradas de Deus, o despertasse do seu letárgico sono, demasiado tarde para conhecer-nos, é certo, porém a tempo de ver o princípio do nada, agora que tínhamos desaparecido. Maria, embora com uma casa cheia de filhos deixados sem proteção, não voltou atrás, mas vai, ainda assim, relativamente descansada, pois não é todos os dias que numa aldeia entram soldados de peito feito a matar crianças, sem contar que estes nossos romanos, no geral, não só lhes permitem como até as animam a crescer quanto possam, e então logo se vê, depende de terem dócil o coração e em dia os impostos. Já vão sozinhos na estrada a mãe e o filho, os da família de Ananias, por serem uma meia dúzia e virem de conversa, foram-se ficando para trás, e como Maria e Jesus nada mais teriam para dizer-se que palavras de inquietação, o resultado é ir cada um deles calado para não afligir o outro, e o estranho silêncio que parece cobrir tudo, não se ouvem cantar aves, o vento parou de todo, apenas o rumor dos passos, e até este se retrai, intimidado, como um intruso de boa-fé que entra numa casa deserta. Séforis apareceu de repente na última volta da estrada, algumas casas ainda a arder, ténues colunas de fumo aqui e além, paredes enegrecidas, árvores de alto a baixo queimadas mas conservando a folhagem, agora cor de ferrugem. Deste lado, à nossa mão direita, as cruzes.

Maria largou a correr, mas a distância é demasiada para que possa vencê-la de um fôlego, não tarda que abrande a carreira, com tantos e tão seguidos partos o coração desta mulher facilmente desfalece. Jesus, como filho respeitador, quereria acompanhar sua mãe, estar ao lado dela, agora e lá adiante, para gozarem juntos a mesma alegria ou juntos sofrerem o mesmo desgosto, mas ela avança tão devagar, custa-lhe tanto mexer as pernas, Assim nunca mais chegamos, minha mãe, ela faz um gesto que significa, Se queres, vai tu, e ele, cortando através do campo, para atalhar caminho, lança-se numa corrida louca, Pai, pai, di-lo com a esperança de que ele ali não esteja, di-lo com a dor de quem já o encontrou. Chegou às primeiras filas, alguns crucificados ainda estão dependurados, a outros retiraram-nos, estão no chão, à espera, são poucos os que têm família a rodeá-los, é que estes rebeldes, na sua maior parte, vieram de longe, pertencem a uma tropa diversa que neste lugar travou a sua última e unida batalha, neste momento estão definitivamente dispersos, cada um por si, na inexprimível solidão da morte. Jesus não vê o pai, o coração quer encher-se-lhe de alegria, mas a razão diz, Espera, ainda não chegamos ao fim, e realmente o fim é agora, deitado no chão está o pai que eu procurava, quase não sangrou, só as grandes bocas das chagas nos pulsos e nos pés, Parece que dormes, meu pai, mas não, não dormes, não poderias, com as pernas assim torcidas, já foi caridade terem-te descido da cruz, mas os mortos são tantos que as boas almas que de ti cuidaram não tiveram tempo para endireitar-te os ossos partidos. O rapazinho chamado Jesus está ajoelhado ao lado do cadáver, chorando, quer tocar-lhe, mas não se atreve, porém chega o momento em que a dor é mais forte que o temor da morte, então abraça-se ao corpo inerte, Meu pai, meu pai, diz, e outro grito se junta ao dele, Ai José, ai meu marido, é Maria que enfim chegou, exausta, vinha chorando já de longe porque já de longe, vendo parar-se o filho, sabia o que a esperava. O choro de Maria redobra quando ela repara na cruel torção das pernas do marido, na verdade não se sabe, depois de morrer, o que acontece às dores sentidas em vida, principalmente as últimas, é possível que com a morte se acabe realmente tudo, mas também nada nos garante que, ao menos durante umas horas, uma memória de sofrimento não se mantenha num corpo que dizemos morto, não sendo mesmo de excluir ser a putrefação o último recurso que resta à matéria para, definitivamente, se libertar da dor. Com uma doçura, com uma suavidade que em vida do marido não se atreveria a usar, Maria tentou reduzir os lastimáveis ângulos das pernas de José, que, tendo-lhe ficado a túnica, ao descerem-no da cruz, um pouco arregaçada, lhe davam o aspeto grotesco de um fantoche partido nos engonços. Jesus não tocou no pai, ajudou apenas a mãe a puxar-lhe a túnica para baixo, mesmo assim ficaram à vista as magras canelas do homem, talvez, no corpo humano, a parte que mais pungente impressão de fragilidade nos dá. Os pés, por estarem as tíbias rotas, descaíam lateralmente, mostrando as feridas dos calcanhares, donde era preciso enxotar constantemente as moscas vindas ao cheiro do sangue. As sandálias de José tinham caído ao lado do grosso tronco de que fora o fruto final. Gastas, cobertas de pó, ali poderiam ter ficado ao abandono se Jesus as não tivesse recolhido, fê-lo sem pensar, como se tivesse recebido uma ordem estendeu o braço, Maria nem deu pelo movimento, e prendeu-as no cinto, acaso deveria ser esta a herança simbólica mais perfeita dos primogénitos, há coisas que começam de uma maneira tão simples como esta, por isso se diz ainda hoje, Com as botas do meu pai também eu sou homem, ou, segundo versão mais radical, Com as botas do meu pai é que eu sou homem.

Um pouco afastados, estavam soldados romanos vigiando, prontos a intervir no caso de haver atitudes ou gritos sediciosos por parte daqueles que, chorando e lamentando, cuidavam dos supliciados. Mas esta gente não era de febra guerreira, ou não o demonstravam agora, o que faziam era dizer as suas preces fúnebres, iam de crucificado em crucificado, e nisto tardaram mais de duas horas das nossas, nenhum destes mortos ficou sem o bento viático das orações e das rasgaduras de vestes, do lado esquerdo sendo parentes, do lado direito não o sendo, na tranquilidade da tarde ouviam-se as vozes entoando os versículos, Senhor, que é o homem para que te interesses por ele, que é o filho do homem para que com ele te preocupes, o homem é semelhante a um sopro, os seus dias passam como a sombra, qual é o homem que vive e que não vê a morte, ou poupa a sua alma escapando à sepultura, o homem nascido de mulher é escasso de dias e farto de inquietação, aparece como a flor e como ela é cortada, vai como vai a sombra e não permanece, que é o homem para que te lembres dele, e o filho do homem para que o visites. Contudo, depois deste reconhecimento da irremediável insignificância do homem perante o seu Deus, proferido num tom tão profundo que mais parecia vir da própria consciência do que da voz que serve as palavras, o coro subia e atingia uma espécie de exultação, para proclamar à face do mesmo Deus uma inesperada grandeza, Porém, lembra-te de que pouco menor fizeste o homem do que os anjos, e de glória e honra o coroaste. Quando chegaram a José, a quem não conheciam, e porque era o último dos quarenta, não foram tão demorados, no entanto o carpinteiro levou para o outro mundo tudo quanto precisava, e a pressa justificava-se porque a lei não permite que os crucificados fiquem até ao dia seguinte sem sepultura, e o sol já lá vai descaindo, daqui ao crepúsculo não tarda. Sendo ainda tão novo, Jesus não tinha de rasgar a túnica, estava dispensado dessa demonstração de luto, mas a sua voz, fina, vibrante, ouviu-se por cima das outras quando entoou, Bendito sejas tu, Senhor, nosso Deus, rei do universo, que com justiça te criou, que com justiça te manteve a vida, que com justiça te alimentou, que com justiça te fez conhecer o mundo, que com justiça te há de fazer ressurgir, bendito sejas tu, Senhor, que os mortos ressuscitas. Deitado no chão, José, se ainda sente as dores dos cravos, talvez possa também ouvir estas palavras, ele saberá que lugar ocupou verdadeiramente a justiça de Deus na sua vida, agora que nem de uma nem de outra pode esperar mais nada. Terminadas as preces, era preciso sepultar os mortos, mas, sendo tantos e vindo tão próxima a noite, não é possível procurar para cada um o seu próprio lugar, túmulos a sério, que se pudessem tapar com uma pedra rodada, e quanto a envolver os corpos com as faixas mortuárias, ou mesmo a simples mortalha, nem pensar. Deliberaram pois cavar uma vala comprida onde todos coubessem, não foi esta a primeira vez nem há de ser a última, os corpos descerão à terra vestidos como se encontram, a Jesus deram também uma enxada e ele trabalhou valentemente a terra ao lado dos homens adultos, quis até o destino, que em tudo é mais sábio, que no terreno por ele cavado fosse sepultado o pai, assim se cumprindo a profecia, O filho do homem enterrará o homem, mas ele próprio ficará insepulto. Que estas palavras, à primeira vista enigmáticas, não vos levem a pensamentos superiores, o que aí fica pertence à escala do óbvio, quis apenas dizer que o último homem, por último ser, não terá quem lhe dê sepultura. Ora, não será tal o caso deste rapaz que acaba de enterrar o pai, com ele não se vai acabar o mundo, ainda cá ficaremos milénios e milénios em constante nascer e morrer, e se o homem tem sido, com igual constância, lobo e carrasco do homem, com mais razões ainda continuará a ser o seu coveiro.

O sol já passou para o outro lado da montanha. Há grandes nuvens escuras levantadas sobre o vale do Jordão, movendo-se devagar na direção do poente, como atraídas por essa última luz que lhes tinge de vermelho o nítido bordo superior. O ar refrescou de repente, é bem possível que esta noite chova, mesmo não sendo o próprio da estação. Os soldados já se retiraram, aproveitam a última luz do dia para regressar ao acampamento que está por aí algures e onde provavelmente já chegaram os seus camaradas de armas que a Nazaré foram de investigadores, uma guerra moderna assim é que se faz, com muita coordenação, não como tem andado a fazê-la o Galileu, o resultado está à vista, trinta e nove guerrilheiros crucificados, o quadragésimo era um pobre inocente, vinha por bem e mal lhe saiu. A gente de Séforis irá procurar ainda na cidade queimada um lugar onde ficar de noite, e amanhã cedo cada família passará revista ao que restar da sua casa, se alguns bens escaparam ao incêndio, e depois ala a buscar vida, que Séforis não foi apenas queimada, tão cedo não vai Roma permitir que a cidade seja reconstruída. Maria e Jesus são duas sombras no meio duma floresta só feita de troncos, a mãe puxa o filho para si, dois medos à procura duma coragem, o céu negro não ajuda, e os mortos debaixo do chão parece quererem reter os pés dos vivos. Jesus disse à mãe, Dormimos na cidade, e Maria respondeu, Não podemos, teus irmãos estão sozinhos e têm fome. Mal viam o chão que pisavam. Finalmente, depois de muito tropeçar e uma vez cair, alcançaram a estrada, que era como o leito seco de um rio abrindo um pálido rasto na noite. Quando já tinham deixado Séforis para trás, começou a chover, primeiro umas gotas pesadas que faziam na poeira espessa do caminho um ruído macio, se tais palavras, emparelhadas, fazem sentido. Depois a chuva carregou, contínua, insistente, em pouco tempo a poeira tornou-se lama, Maria e o filho tiveram de descalçar-se para não perderem as sandálias nesta jornada. Vão calados, a mãe cobrindo a cabeça do filho com o seu manto, não têm nada para dizer um ao outro, talvez até pensem, confusamente, que não é certo estar José morto, que em chegando a casa o irão encontrar atendendo aos filhos o melhor que pode, e que perguntará à mulher, Que ideia foi a vossa de irem à cidade sem que eu vos desse licença, porém já voltaram aos olhos de Maria as lágrimas, e não foi apenas por causa do desgosto e do luto, é também esta infinita canseira, este castigo da chuva, impiedoso, esta noite sem remédio, tudo triste e negro de mais para que José possa estar vivo. Um dia, alguém irá dizer à viúva que um prodígio se deu às portas de Séforis, terem ganho raízes novas e folhas os troncos que serviram ao suplício, e dizer prodígio não é abusar da palavra, em primeiro lugar porque, contra o costume, os romanos não os levaram consigo quando se foram, em segundo lugar por ser impossível que troncos assim cortados, no pé e na cabeça, ainda tivessem dentro seiva e rebentos capazes de tornar paus grosseiros e ensanguentados em árvores vivas. Foi o sangue dos mártires, diziam os crédulos, foi a chuva, rebatiam os céticos, mas nem o sangue derramado nem a água caída do céu haviam podido fazer verdejar, antes, tantas cruzes abandonadas nos cerros das montanhas ou nas chapadas do deserto. O que ninguém ousou foi dizer que havia sido a vontade de Deus, não só por ser essa vontade, qualquer que ela seja, inescrutável, mas também por não se reconhecerem razões e méritos particulares aos crucificados de Séforis para serem beneficiários de tão singular manifestação da graça divina, muito mais própria de deuses pagãos. Por muito tempo aqui ficarão estas árvores, e o dia chegará em que se terá perdido a memória do que aconteceu, então, dado que os homens para tudo querem explicação, falsa ou verdadeira, inventar-se-ão umas quantas histórias e lendas, ao princípio ainda conservando alguma relação com os factos, depois mais tenuemente, até tudo se transformar em pura fábula. E outro dia chegará em que as árvores morrerão de velhice e serão cortadas, e outro ainda em que, por causa duma autoestrada, ou duma escola, ou duma casa de morar, ou dum centro comercial, ou dum fortim de guerra, as escavadoras revolverão o terreno e farão sair à luz do dia, assim outra vez nascidos, os esqueletos que por dois mil anos ali jazeram. Virão então os antropólogos e um professor de anatomia examinará os restos, para mais tarde anunciar ao mundo escandalizado que, naquele tempo, os homens, afinal, eram crucificados com as pernas encolhidas. E porque o mundo não podia exautorá-lo em nome da ciência, aborreceu-o em nome da estética.

Quando Maria e Jesus chegaram a casa, sem um fio de roupa enxuto em cima do corpo, emporcalhados de lama e tiritando de frio, as crianças estavam mais sossegadas do que se podia ter imaginado, graças ao desembaraço e iniciativa dos mais velhos, Tiago e Lísia, que, percebendo que a noite arrefecera, se lembraram de acender o forno, e assim se aconchegaram todos, tentando compensar os apertos da fome de dentro pelo conforto do calor de fora. Ouvindo o bater da cancela no pátio, Tiago foi abrir a porta, a chuva tornara-se num dilúvio donde vinham fugindo a mãe e o irmão, e quando eles entraram foi como se a casa tivesse ficado de repente inundada. As crianças olharam, souberam que o pai não viria quando a porta voltou a fechar-se, mas calaram, e foi Tiago quem fez a pergunta, O pai. O barro do chão absorvia lentamente a água que pingava das túnicas encharcadas, ouvia-se no silêncio o estalar da lenha húmida que ardia na entrada do forno, as crianças olhavam a mãe. E Tiago tornou a perguntar, O pai. Maria abriu a boca para responder, mas a palavra fatal, como o baraço da forca, apertou-lhe a garganta, e foi Jesus quem teve de dizer, O pai morreu, e, sem saber bem por que o fazia, ou por ser essa a prova insofismável da definitiva ausência, retirou do cinto as sandálias molhadas e mostrou-as aos irmãos, Aqui estão. Já as primeiras lágrimas tinham saltado dos olhos dos mais crescidos, mas foi a vista das sandálias vazias que fez alastrar o choro, agora estavam chorando todos, a viúva e os seus nove filhos, e ela não sabia a qual acudir, ajoelhou-se enfim no chão, exaurida de forças, e as crianças vieram para ela e rodearam-na, um cacho vivo que não precisava ser pisado para verter esse branco sangue que é a lágrima. Apenas Jesus se mantivera de pé, apertando as sandálias contra o peito, vagamente pensando que um dia as calçará, neste instante mesmo, se fosse capaz de ousar. Aos poucos, as crianças foram deixando a mãe, os mais crescidos, por essa espécie de pudor que quer que soframos sozinhos, os mais pequenos, porque os irmãos se tinham ido e porque eles próprios não podiam atingir um real sentimento de desgosto, choravam apenas, nisto são as crianças como os velhos, que choram por coisa nenhuma, mesmo quando já deixaram de sentir, ou porque deixaram de sentir. Durante algum tempo ali ficou Maria, de joelhos no meio da casa, como se esperasse uma decisão ou uma sentença, deu-lhe o sinal um longo arrepio, a roupa molhada no corpo, então levantou-se, abriu a arca e tirou uma túnica velha e remendada que fora do marido, entregou-a a Jesus, dizendo, Despe o que tens vestido, põe isto e vai sentar-te ao pé do lume. Depois chamou as duas filhas, Lísia e Lídia, fê-las levantar e segurar uma esteira, a fazer de biombo, e por trás dela mudou também de roupa, após o que, com o pouco de comer que havia em casa, começou a preparar a ceia. Jesus, junto ao forno, aquecia-se com a túnica do pai, que lhe ficava comprida de mangas e de fralda, já se sabe que noutra ocasião os irmãos se teriam rido dele, espantalho que devia parecer, mas hoje não se atreveriam, não só em virtude do grande desgosto, mas também por aquele ar de adulta majestade que se desprendia do rapaz, como se de uma hora para outra tivesse crescido até à sua máxima altura, e esta impressão tornou-se ainda mais forte quando ele, em movimentos lentos e medidos, colocou as húmidas sandálias do pai a jeito de receberem o calor da boca do forno, gesto que não serviria a qualquer fim prático, se já não era deste mundo o dono delas. Tiago, o irmão que vinha a seguir, foi sentar-se ao lado dele, e perguntou em voz baixa, Que foi que aconteceu ao nosso pai, Crucificaram-no com os guerrilheiros, respondeu Jesus também sussurrando, Porquê, Não sei, estavam lá quarenta, e o pai era um deles, Talvez fosse um guerrilheiro, Quem, O pai, Não era, sempre estava aqui, entregue ao seu trabalho, E o burro, encontraram-no, Nem vivo, nem morto. A mãe tinha acabado de preparar a ceia, sentaram-se todos à volta da malga comum e comeram do que havia. No fim, os mais novinhos já cabeceavam de sono, é certo que o espírito ainda estava agitado, mas o corpo cansado reclamava descanso. As esteiras dos rapazes foram estendidas ao longo da parede do fundo, Maria dissera às filhas, Deitem-se aqui comigo, ficou cada uma de seu lado para não haver ciúmes. Pela frincha da porta entrava um ar frio, mas a casa mantinha-se aquecida, havia o calor remanescente do forno, o dos corpos próximos, a família, aos poucos, apesar da tristeza e dos suspiros, ia caindo no sono, Maria dava o exemplo, segurava as lágrimas, queria que os filhos adormecessem depressa, por eles próprios, mas também para poder ficar sozinha com o seu desgosto, de olhos bem abertos para a sua futura vida sem marido e nove filhos para criar. Mas também a ela, em meio de um pensamento, se lhe foi a dor da alma, o corpo indiferente recebeu o sono sem resistir, e agora todos dormem.

A meio da noite, um gemido fez despertar Maria. Pensou que havia sido ela própria, a sonhar, mas não estivera sonhando, e o gemido repetira-se agora, mais forte. Endireitou-se, com cuidado para não acordar as filhas, olhou em redor, mas a luz da candeia não alcançava o fundo da casa, Qual deles será, pensou, mas em seu coração sabia que era Jesus que estava gemendo. Ergueu-se sem ruído, foi buscar a candeia ao prego da porta e, levantando-a acima da cabeça para alumiar melhor, passou em revista os filhos adormecidos, Jesus, é ele que se mexe e murmura, como se estivesse lutando num pesadelo, de certeza que sonha com o pai, um menino desta idade ter visto o que viu, morte, sangue e tortura. Pensou Maria que devia acordá-lo, interromper esta outra forma de agonia, mas não o fez, não queria ouvir o filho contar-lhe o que sonhava, mas esta razão mesma lhe esqueceu quando reparou que Jesus tinha calçadas as sandálias do pai. O insólito do caso desconcertou-a, que estúpida ideia, sem justificação, e também que falta de respeito, usar as sandálias do próprio pai no próprio dia da sua morte. Voltou para a esteira, sem saber já o que pensar, talvez o filho estivesse a repetir em sonho, por obra das sandálias e da túnica, a mortal aventura do pai desde que de casa saiu, e, sendo assim, passara ao mundo dos homens, a que já pertencia pela lei de Deus, mas onde agora se instalava por um novo direito, o de suceder ao pai nos bens, fossem eles somente uma túnica velha e umas sandálias cambadas, e nos sonhos, mesmo para apenas reviver os últimos passos dele na terra. Não pensou Maria que o sonho pudesse ser outro.

O dia amanheceu límpido, sem nuvens, o sol veio quente e luminoso, não havia que temer um retorno da chuva. Maria saiu de casa cedo, com todos os seus filhos varões em idade de ir à escola, e também Jesus, que, como foi dito na altura, já acabou a sua instrução. Ia à sinagoga dizer da morte de José e das presumíveis circunstâncias que para ela teriam concorrido, acrescentando que, apesar de tudo, a ele como aos outros infelizes, ponto não despiciendo, tinham sido feitas as encomendações fúnebres que a pressa e o lugar permitiam, em todo o caso bastantes, em teor e em número, para poder afirmar-se que, no geral, o ritual fora cumprido. No regresso a casa, enfim a sós com o filho mais velho, pensou Maria que era uma boa ocasião para perguntar-lhe por que havia calçado ele as sandálias do pai, mas no último momento um escrúpulo a reteve, o mais provável seria não saber Jesus que explicação dar-lhe e, assim humilhado, ver, pelos olhos da mãe, confundido o seu ato, sem dúvida excessivo, com a falta trivialíssima que é levantar-se de noite uma criança para ir, às escondidas, comer um bolo, podendo sempre, se apanhada, alegar a fome como desculpa, o que do episódio das sandálias não poderá ser dito, salvo tratando-se duma outra espécie de fome, que não saberíamos, nós, explicar. Na cabeça de Maria surgiu depois outra ideia, que o filho era agora o chefe da casa e da família, e, sendo assim, estava bem que ela, sua mãe e sua dependente, se empenhasse em mostrar-lhe respeito e atenção condizentes, como fosse, por exemplo, interessar-se por aquele mal de espírito que lhe afligira o sono, Sonhaste com teu pai, perguntou, e Jesus fez que não ouvira, virou a cara para o outro lado, mas a mãe, firme no propósito, insistiu, Sonhaste, não esperava que o filho lhe respondesse primeiro, Sim, logo a seguir, Não, e que se lhe carregasse a expressão daquela maneira, que parecia que tinha outra vez diante dos olhos o pai morto. Prosseguiram calados o caminho, e em chegando a casa foi-se Maria a cardar uma lã, pensando já que por necessidade do sustento da família deveria começar a fazê-lo mais para fora, aproveitando a boa mão que continuava a ter para o mester. Por sua vez, Jesus, que olhara o céu, a confirmar as boas disposições do tempo, chegou-se ao banco de carpinteiro que fora de seu pai e que estava no alpendre, começando por verificar, uma por uma, as obras interrompidas, e depois o estado das ferramentas, com o que Maria se alegrou muito em seu coração, ao ver que o filho tomava tão a sério, desde este primeiro dia, as suas novas responsabilidades. Quando os mais novos voltaram da sinagoga e todos se juntaram para comer, só um observador atentíssimo notaria que esta família sofrera há poucas horas a perda do seu chefe natural, marido e pai, e, a não ser Jesus, cujas negras sobrancelhas, crispadas, seguem um pensamento escondido, os mais, incluindo Maria, parecem tranquilos, de uma serenidade composta, porque está escrito, Chora amargamente e irrompe em gritos de dor, observa o luto segundo a dignidade do morto, um dia ou dois por causa da opinião pública, depois consola-te da tua tristeza, e escrito está também, Não entregues o teu coração à tristeza, mas afasta-a e lembra-te do teu fim, não te esqueças dele porque não haverá retorno, em nada aproveitarás ao morto e só causarás dano a ti mesmo. Ainda é cedo para o riso, que a seu tempo virá, como os dias vêm após os dias e as estações após as estações, mas a melhor lição é a do Eclesiastes, que disse, Por isso louvei a alegria, visto não haver nada de melhor para o homem, debaixo do sol, do que comer, beber e divertir-se, é isto que o acompanha no seu trabalho, durante os dias que Deus lhe outorgar debaixo do sol. À tarde, Jesus e Tiago subiram à açoteia da casa para tapar com palha amassada em barro as fendas do teto, pelas quais, durante a noite inteira, a água gotejara, a ninguém há de surpreender que então não se tenha falado de tão humildes pormenores da nossa vida quotidiana, a morte de um homem, inocente ou não, sempre deverá prevalecer sobre todas as coisas.

Outra noite chegou, outro dia começava, ceou a família como pôde e foi-se deitar nas esteiras. Lá pela madrugada, Maria acordou espavorida, não era ela quem sonhava, não, mas o filho, e agora com choros e gemidos de cortar o coração, de tal modo que acordaram também os irmãos mais velhos, aos outros seria preciso muito mais para os arrancar do sono profundo que é o da inocência nestas idades. Maria correu a acudir ao filho que se debatia, com os braços levantados, como se tentasse defender-se de golpes de espada ou de lança, aos poucos esmoreceu, ou por se terem retirado os salteadores ou por se lhe estar acabando a vida. Jesus abriu os olhos, agarrou-se com força à mãe como se não fosse o homenzinho que é, patrão da sua família, até um homem adulto, se chora, se transforma em criancinha, não o querem confessar, pobres tontos, mas o dorido coração embala-se nas lágrimas. Que tens, meu filho, que tens, perguntou Maria, inquieta, e Jesus não podia responder, ou não queria, uma crispação em que já não havia nada da criança selava-lhe os lábios, Diz-me o que sonhaste, insistiu Maria, e, como tentando abrir-lhe um caminho, Viste o pai, o rapaz fez um brusco gesto negativo, depois soltou-se-lhe dos braços e deixou-se recair na esteira, Vai dormir, disse, e, dirigindo-se aos irmãos, Não é nada, durmam, eu estou bem. Maria voltou para junto das filhas, mas ficou, quase até ao amanhecer, de olhos abertos, atenta, esperando a cada momento que o sonho de Jesus se repetisse, que sonho teria sido esse para tão grande aflição, porém nada veio a acontecer. Não pensou Maria que o filho poderia estar acordado só para impedir-se de voltar a sonhar, o que sim pensou foi na coincidência, em verdade singular, de Jesus, que sempre gozara de sonos tranquilos, ter começado com os pesadelos a seguir à morte do pai,

Senhor meu Deus, que não seja o mesmo sonho, implorou, o senso comum dizia-lhe, para sua tranquilidade, que os sonhos não se legam nem se herdam, bem enganada está, que não têm precisado os homens de comunicar uns aos outros os sonhos que sonham para que os andem sonhando iguais de pais em filhos e às mesmas horas. Enfim, amanheceu, iluminou-se a frincha da porta. Quando acordou, Maria viu que o lugar do filho mais velho estava vazio, Aonde terá ido, pensou, levantou-se rapidamente, abriu a porta e espreitou para fora, Jesus estava sentado debaixo do alpendre, na palha do chão, com a cabeça sobre os braços e os braços sobre os joelhos, imóvel. Arrepiada pelo ar frio da manhã, mas também, embora disso mal tivesse consciência, pela visão da solidão do filho, a mãe aproximou-se, Sentes-te doente, perguntou, o rapaz levantou a cabeça, Não, doente não estou, Então, que se passa contigo, São estes meus sonhos, Sonhos, dizes, Um sonho só, o mesmo esta noite e a outra, Sonhaste com o pai na cruz, Já te tinha dito que não, sonho com o pai mas não o vejo, Havias-me dito que não sonhaste com ele, Porque não o vejo, mas tenho a certeza de que está no sonho, E que sonho é esse que te anda a atormentar. Jesus não respondeu logo, olhou a mãe com uma expressão desamparada, e Maria sentiu como se um dedo lhe tocasse o coração, ali estava o seu filho, com aquela cara ainda de menino, o olhar mortiço de não haver dormido, e o primeiro buço de homem, ternamente ridículo, era o seu filho primogénito, a ele se confiava e entregava para o resto dos seus dias, Conta-me tudo, pediu, e Jesus disse, enfim, Sonho que estou numa aldeia que não é Nazaré e que tu estás comigo, mas não és tu porque a mulher que no sonho é minha mãe tem uma cara diferente, e há outros rapazes da minha idade, não sei quantos, e mulheres que são as mães, não sei se as verdadeiras, houve alguém que nos reuniu a todos na praça, e estamos à espera de uns soldados que nos vêm matar, ouvimo-los na estrada, aproximam-se mas não os vemos, nessa altura ainda não estou com medo, sei que é um sonho ruim, nada mais, mas de repente tenho a certeza de que o pai vem lá com os soldados, viro-me para ti, para que me defendas, embora não esteja seguro de que sejas tu, mas tu foste-te embora, e as mães todas foram-se embora, apenas ficamos nós, que então já não somos rapazes, mas meninos muito pequenos, eu estou deitado no chão e começo a chorar, e os outros choram todos, mas eu sou o único cujo pai vem com os soldados, olhamos para a entrada da praça, sabemos que entrarão por ali, e não entram, estamos à espera de que entrem mas não entram, e é ainda pior, os passos aproximam-se, é agora, e não é, não chega a ser, então vejo-me a mim mesmo, como sou agora, dentro da criancinha que também sou, e começo a fazer um grande esforço para sair dela, é como se estivesse atado de pés e mãos, chamo por ti, que te foste, chamo pelo pai, que me vem matar, e assim foi que acordei, esta noite e a outra. Maria arrepiava-se de horror, logo às primeiras palavras, mal percebeu o sentido do sonho, baixara os olhos aflitos, afinal, estava a acontecer o que tanto temera, contra todo o senso comum e a razão Jesus herdara o sonho do pai, não exatamente da mesma maneira, mas como se o pai e o filho, cada um em seu lugar, o estivessem, ao mesmo tempo, sonhando. E tremeu de verdadeiro pavor quando ouviu o filho perguntar-lhe, Que sonho era aquele que o pai tinha todas as noites, Ora, um sonho mau, como qualquer pessoa, Mas esse sonho, que era, Não sei, nunca mo contou, Mãe, não deves esconder a verdade ao teu filho, Não seria bom para ti sabê-lo, Que podes tu saber do que é bom ou mau para mim, Respeita a tua mãe, Sou teu filho, tens o meu respeito, mas agora estás a ocultar de mim o que é da minha vida, Não me obrigues a falar, Um dia perguntei ao pai qual a razão do seu sonho, e ele disse-me que nem eu podia fazer-lhe todas as perguntas, nem ele podia dar-me todas as respostas, Aí tens, aceita as palavras de teu pai, Aceitei-as enquanto viveu, mas agora sou o chefe da família, herdei dele uma túnica, umas sandálias e um sonho, com isto já poderia ir-me ao mundo, porém preciso saber que sonho levaria comigo, Meu filho, talvez não tornes a sonhá-lo. Jesus olhou a mãe de frente, forçou-a a olhá-lo também, e disse, Renunciarei a sabê-lo se na próxima noite o sonho não voltar, se não voltar nunca mais, mas, se ele se repetir, jura-me tu que me dirás tudo, Juro, respondeu Maria, que não sabia já como defender-se da insistência e da autoridade do filho. No silêncio do seu angustiado coração, um apelo subiu para Deus, sem palavras, ou, se as tivesse, poderiam ser, Passa-me, Senhor, a mim, este sonho, que até ao dia da minha morte tenha eu de sofrê-lo em todos os instantes, mas o meu filho, não, o meu filho, não. Disse Jesus, Lembrar-te-ás do que prometeste, Lembrar-me-ei, respondeu Maria, mas consigo mesma ia repetindo, O meu filho, não, o meu filho, não.

O meu filho, sim. Veio a noite, de madrugada um galo preto cantou, e o sonho repetiu-se, o focinho do primeiro cavalo apareceu na esquina. Maria ouviu os gemidos do filho, mas não foi consolá-lo. E Jesus, a tremer, banhado no suor do medo, não precisou perguntar para saber que a mãe também acordara, Que irá ela contar-me, pensou, enquanto Maria, por seu lado, cismava, Como lho contarei, e buscava maneiras de não dizer tudo. De manhã, quando se levantaram, Jesus disse à mãe,

Vou contigo levar os meus irmãos à sinagoga, depois virás tu comigo ao deserto, pois temos de falar. A pobre Maria, enquanto preparava a comida dos filhos, caíam-lhe as coisas das mãos, mas o vinho da agonia fora servido, agora havia que bebê-lo. Deixados os mais novos na escola, mãe e filho saíram da aldeia, e ali, no descampado, sentaram-se debaixo duma oliveira, ninguém, a não ser Deus, se por estes lados andar, poderá ouvir o que disserem, as pedras sabemos que não falam, mesmo se as batemos umas contra as outras, e quanto à terra profunda, ela é o lugar onde todas as palavras se tornam em silêncio. Jesus disse, Cumpre o que juraste, e Maria respondeu sem rodear, Teu pai sonhava que ia de soldado, com outros soldados, a matar-te, A matar-me, Sim, Esse é o meu sonho, Sim, confirmou ela, aliviada, Afinal foi simples, pensou, e em voz alta, Agora já sabes, voltemos para casa, os sonhos são como as nuvens, vêm e vão, foi só por muito quereres a teu pai que lhe herdaste o sonho, mas ele não te matou, nem nunca te mataria, e ainda que tivesse sido por uma ordem do Senhor, no último momento o anjo lhe deteria a mão, como fez a Abraão quando ia sacrificar seu filho Isaac, Não fales do que não sabes, cortou secamente Jesus, e Maria viu que o vinho amargo teria de ser bebido até ao fim, Consente, meu filho, que ao menos eu saiba que nada se pode opor à vontade do Senhor, qualquer que seja, e que se o Senhor teve agora uma vontade e logo a seguir vai ter outra, contrária, nem tu nem eu somos parte na contradição, respondeu Maria, e, cruzando as mãos no regaço, ficou à espera. Jesus disse, Responderás a todas as perguntas que eu te fizer, Responderei, disse Maria, Desde quando começou meu pai a ter o sonho, Há muitos anos, Quantos, Desde que nasceste, Todas as noites o sonhou, Sim, creio que todas as noites, nos últimos tempos já não me fazia acordar, uma pessoa acostuma-se, Nasci em Belém de Judeia, Assim é, Que foi que aconteceu no meu nascimento para que meu pai sonhasse que me ia matar, Não foi no teu nascimento, Mas tu disseste, O sonho apareceu umas semanas depois, Que foi que se passou nessa altura, Herodes mandou matar os meninos de Belém com menos de três anos, Porquê, Não sei, O pai sabia, Não, Mas a mim não me mataram, Vivíamos numa cova fora da aldeia, Queres dizer que os soldados não me mataram porque não chegaram a ver-me, Sim, Meu pai era soldado, Nunca foi soldado, Que fazia então, Trabalhava nas obras do Templo, Não compreendo, Estou a responder às tuas perguntas, Se os soldados não chegaram a ver-me, se vivíamos fora da aldeia, se o pai não era soldado, se não tinha responsabilidade, se nem sequer sabia por que motivo mandou Herodes matar os meninos, Sim, teu pai não soube por que motivo Herodes mandou matar os meninos, Então, Nada, se não tens mais perguntas a fazer-me, eu não tenho mais respostas a dar--te, Ocultas-me qualquer coisa, Ou és tu que não és capaz de ver. Jesus ficou calado, sentia sumir-se, como água num chão seco, a autoridade com que falara à mãe, ao mesmo tempo que, num canto qualquer da sua alma, lhe parecia ver desenroscar-se uma ideia ignóbil, de linhas que se moviam ainda, mas monstruosa logo ao nascer. Na encosta duma colina em frente passava um rebanho de ovelhas, tanto elas como o pastor tinham a cor da terra, eram terra movendo-se sobre terra. O rosto tenso de Maria descobriu-se numa expressão de surpresa, aquele pastor alto, aquele modo de caminhar, tantos anos depois e neste justo momento, que sinal será, afirmou melhor os olhos e duvidou, que agora era um vulgar vizinho de Nazaré levando as suas poucas ovelhas ao pasto, tão enfezadas elas como ele. No espírito de Jesus a ideia acabou de formar-se, quis sair para fora do corpo mas a língua travou-lhe a passagem, enfim, com uma voz temerosa de si mesma disse, O pai sabia que os meninos iam ser mortos. Não perguntou, por isso Maria não teve de responder. Como soube ele, agora sim que era uma pergunta, Estava a trabalhar nas obras do Templo, em Jerusalém, quando ouviu uns soldados que falavam do que iam fazer, E depois, Veio a correr para te salvar, E depois, Pensou que não seria preciso fugirmos e deixamo-nos ficar na cova, E depois, Mais nada, os soldados fizeram o que lhes tinham mandado e foram-se embora, E depois, Depois voltamos para Nazaré, E o sonho começou, A primeira vez foi na cova. As mãos de Jesus subiram de repente até ao rosto como se o quisessem rasgar, a voz soltou-se num grito irremediável, O meu pai matou os meninos de Belém, Que loucura estás dizendo, mataram-nos os soldados de Herodes, Não, mulher, matou-os o meu pai, matou-os José filho de Heli, que sabendo que os meninos iam ser mortos não avisou os pais deles, e quando estas palavras ficaram todas ditas ficou também perdida a esperança de consolação. Jesus lançou-se para o chão, a chorar, Os inocentes, os inocentes, dizia ele, parece incrível que um simples rapaz de treze anos, idade em que o egoísmo facilmente se explica e desculpa, possa ter sofrido tão forte abalo por causa duma notícia que, se tivermos em conta o que sabemos do nosso mundo contemporâneo, deixaria indiferente a maior parte da gente. Mas as pessoas não são todas iguais, exceções há-as para o bem e para o mal, e esta é sem dúvida das melhores, um rapazito a chorar por um antigo erro cometido por seu pai, e que talvez esteja chorando também por si próprio, se, como tem parecido, amava a esse pai duas vezes culpado. Maria estendeu a mão para o filho, quis tocar-lhe, mas ele furtou o corpo, Não me toques, a minha alma tem uma ferida, Jesus, meu filho, Não me chames teu filho, tu também tens culpa. São assim os juízos da adolescência, radicais, na verdade Maria estava tão inocente como os meninos assassinados, os homens, minha irmã, é que decidem de tudo, chegou aqui o meu marido e disse, Vamo-nos embora, depois emendou, Afinal não vamos, e sem mais explicações, foi preciso eu perguntar-lhe, Que gritos são aqueles. Maria não respondeu ao filho, seria tão fácil demonstrar-lhe que não era culpada, mas pensou no marido crucificado, também ele morto inocente, e sentiu, com lágrimas e vergonha, que o amava agora, mais do que quando fora vivo, por isso calou-se, a culpa que um levou pode levá-la outro. Disse Maria, Vamos para casa, não temos mais nada a dizer aqui, e o filho respondeu-lhe, Vai tu, eu fico. Parecia que se perdera o rasto de ovelha ou pastor, o deserto era de facto um deserto, e até as casas além, soltas ao acaso pela encosta abaixo, pareciam grandes pedras talhadas, de um estaleiro abandonado, que aos poucos se fossem enterrando no chão. Quando Maria desapareceu na fundura cinzenta de um vale, Jesus, de joelhos, gritou, e todo o seu corpo lhe ardia como se estivesse a suar sangue, Pai, meu pai, por que me abandonaste, que isto era o que o pobre rapaz sentia, abandono, desespero, a solidão infinda de um outro deserto, nem pai, nem mãe, nem irmãos, um caminho de mortos principiado. De longe, sentado no meio das ovelhas e confundido com elas, o pastor olhava-o.

Passados dois dias, Jesus foi-se embora de casa. Durante esse tempo foram contadas as palavras que pronunciou e as noites passou-as em claro, apenas porque não podia dormir. Imaginava a horrível matança, os soldados entrando nas casas e rebuscando os berços, as espadas golpeando ou cravando-se nos tenros corpinhos descobertos, as mães em loucos gritos, os pais bramindo como touros acorrentados, e imaginava-se a si próprio também, numa cova que nunca vira, e nesses momentos, a espaços, como densas e lentas vagas que o submergissem, sentia o desejo inexplicável de estar morto, de não estar vivo, ao menos. Obsidiava-o uma pergunta que não fizera à mãe, quantas haviam sido as crianças mortas, na sua ideia tinham sido muitas, umas sobre as outras amontoadas, como cordeiros degolados e atirados a monte, à espera da grande fogueira que os iria consumir e levar ao céu feitos em fumo. Porém, não tendo perguntado na altura da revelação, parecia-lhe agora feia ação de mau gosto, se então a expressão já se usasse, ir-se à mãe e dizer, Ó mãe, esqueci-me de perguntar-te no outro dia quantos tinham sido os putos que passaram desta a melhor vida lá em Belém, e ela responderia, Ai filho, não penses nisso, que nem a trinta chegaram, e se eles morreram foi porque o Senhor assim quis, que estava no seu poder evitá-lo se conviesse. A si mesmo, incessantemente, Jesus perguntava, Quantos, olhava os irmãos e perguntava, Quantos, queria saber que quantidade de corpos mortos fora preciso pôr no outro prato para que o fiel da balança declarasse equilibrada a sua vida salva. Na manhã do segundo dia, Jesus disse à mãe, Não tenho paz nem descanso nesta casa, fica com os meus irmãos, que eu vou partir. Maria levantou as mãos ao céu, chorosa e escandalizada, Que é isto, que é isto, abandonar um filho primogénito a sua mãe viúva, onde é que já se viu, adeus mundo cada vez a pior, e porquê, porquê, se esta é a tua casa e a tua família, como vamos nós viver se aqui não estás, Tiago tem só menos um ano que eu, ele proverá, como eu teria de prover faltando o teu marido, O meu marido era teu pai, Não quero falar dele, não quero falar de mais nada, dá-me a tua bênção para a viagem, se quiseres, eu vou de qualquer maneira, E para onde queres tu ir, filho meu, Não sei, talvez a Jerusalém, talvez a Belém, para ver a terra onde nasci, Mas lá ninguém te conhece, Ainda bem para mim, diz-me, mãe, o que achas que me fariam se soubessem quem eu sou, Cala-te, que te ouvem os teus irmãos, Um dia também eles saberão a verdade, E agora, por esses caminhos, com os romanos que andam à procura dos guerrilheiros de Judas, vais ao encontro dos perigos, Os romanos não são piores que os soldados do outro Herodes, decerto não virão sobre mim de espada em punho para me matarem nem me espetarão numa cruz, não fiz nada, sou inocente, Teu pai também o era, e vê lá o que sucedeu, Teu marido morreu inocente, mas não viveu inocente, Jesus, o demónio fala pela tua boca, Como podes tu saber que não é Deus o que pela minha boca fala, Não pronunciarás o nome do Senhor em vão, Ninguém pode saber quando o nome de Deus é pronunciado em vão, não o sabes tu, não o sei eu, só o Senhor fará a distinção e nós não compreenderemos as suas razões, Meu filho, Diz, Não sei onde foste, tão novo, buscar essas ideias, essa ciência, E eu não saberia dizer-to, talvez os homens nasçam com a verdade dentro de si e só não a digam porque não acreditam que ela seja a verdade, É verdade que te queres ir embora, É, E voltas, Não sei, Se quiseres, se isso te atormenta, vai a Belém, vai a Jerusalém, ao Templo, fala com os doutores, pergunta-lhes, eles te iluminarão, e tu voltarás para a tua mãe e para os teus irmãos que precisam de ti, Não prometo voltar, E de que viverás, teu pai não durou o bastante para ensinar-te o ofício todo, Trabalharei no campo, farei de pastor, pedirei aos pescadores que me deixem ir com eles ao mar, Não queiras ser pastor, Porquê, Não sei, é um sentir meu, O que tiver de ser, serei, e agora, minha mãe, Não podes ir assim, tenho de preparar-te comida para o caminho, dinheiro há pouco, mas algum se arranjará, levas o alforge do teu pai, felizmente que ele o deixou ficar, Levarei a comida, mas o alforge não, É o único que temos em casa, teu pai não tinha lepra nem sarna que se te peguem, Não posso, Um dia hás de chorar por teu pai e não o terás, Já chorei, Chorarás mais, e então não quererás saber que culpas ele teve, a estas palavras da mãe Jesus já não respondeu. Os irmãos mais velhos aproximaram-se dele, perguntaram, Vais-te mesmo embora, nada sabiam das razões secretas da conversa entre a mãe e ele, e Tiago disse, Gostava bem de ir contigo, a este apetecia-lhe a aventura, a viagem, o risco, um horizonte diferente, Tens de ficar, respondeu Jesus, alguém deverá cuidar da nossa mãe viúva, saiu-lhe a palavra sem querer, ainda mordeu o lábio como para retê-la, mas o que não pôde reter foram as lágrimas, a lembrança viva do pai, inesperada, atingira-o como um jorro de luz insuportável.

Foi depois de terem comido, toda a família reunida, que Jesus partiu. Despediu-se dos irmãos, um por um, despediu-se da mãe que chorava, disse-lhe, sem compreender porquê, Duma maneira ou doutra, sempre voltarei, e, acomodando o alforge ao ombro, atravessou o pátio e abriu a cancela que dava para a rua. Ali parou, como se refletisse no que estava a ponto de fazer, deixar a casa, a mãe, os irmãos, quantas e quantas vezes, no limiar duma porta ou duma decisão, um súbito e novo argumento, ou que a ansiedade do momento como tal configurou, nos faz emendar a mão, dar o dito por não dito. Assim o pensou também Maria, e já uma jubilosa surpresa se lhe vinha espelhando na cara, mas foi sol de pouca dura, porque o filho, antes de voltar atrás, pousou o alforge no chão, ao cabo duma longa pausa durante a qual parecera debater no seu íntimo um problema de resolução difícil. Jesus passou entre os seus sem os olhar e entrou em casa. Quando tornou a sair, instantes depois, trazia na mão as sandálias do pai. Calado, mantendo os olhos baixos, como se o pudor ou uma escondida vergonha não o deixassem enfrentar-se com outro olhar, meteu as sandálias no alforge e, sem mais palavra ou gesto, saiu. Maria correu para a porta, foram com ela todos os filhos, os mais velhos dando-se o ar de não dar muita importância ao caso, mas não houve acenos de despedida porque Jesus nem uma só vez se voltou para trás. Uma vizinha que, passando, presenciou a cena, perguntou, Aonde vai o teu filho, Maria, e Maria respondeu, Arranjou trabalho em Jerusalém, vai lá ficar uns tempos, descarada mentira é ela, como sabemos, mas isto de mentir e dizer a verdade tem muito que se lhe diga, o melhor é não arriscar juízos morais perentórios porque, se ao tempo dermos tempo bastante, sempre o dia chega em que a verdade se tornará mentira e a mentira se fará verdade. Nessa noite, quando todos na casa dormiam, menos Maria que cismava em como e onde estaria àquela hora o filho, se a salvo num caravançarai, se a coberto duma árvore, se entre as pedras dum barrocal tenebroso, se em poder dos romanos, que o Senhor o não permita, ouviu ela ranger a cancela da rua, e o coração deu-lhe um salto à boca, É Jesus que volta, pensou, a alegria deixou-a, no primeiro momento, paralisada e confusa, Que devo fazer, não queria ir abrir-lhe a porta assim com modos como de triunfadora, Afinal, tanta crueza contra a tua mãe e nem ao menos uma noite aguentaste fora, seria uma humilhação para ele, o mais próprio era ficar quieta e calada, fingir que dormia, deixá-lo entrar, e se ele quiser deitar-se de mansinho na esteira sem dizer, Aqui estou, fingirei amanhã assombro perante o regresso do filho pródigo, que não é por serem breves as ausências que a alegria será menor, afinal a ausência é também uma morte, a única e importante diferença é a esperança. Mas ele tarda tanto a chegar à porta, quem sabe se nos derradeiros passos se deteve e hesitou, ora este pensamento não o pôde Maria suportar, ali está a frincha da porta por onde poderá ver sem ser vista, terá tempo de voltar à esteira se o filho se decidir a entrar, irá a tempo de retê-lo se ele se arrepende e volta para trás. Nos bicos dos pés, descalça, Maria aproximou-se e espreitou. A noite estava de lua, o chão do pátio refulgia como água. Um vulto alto e negro movia-se lentamente, avançava em direção à porta, e Maria, mal o viu, levou as mãos à boca para não gritar. Não era o filho, era, enorme, gigantesco, imenso, o mendigo, coberto de farrapos como da primeira vez e também como da primeira vez, agora quiçá por efeito do luar, subitamente vestido de trajes sumptuosos que um sopro poderoso agitava. Maria, apavorada, segurava a porta, Que quer ele, que quer ele, murmuravam os lábios trémulos, e de repente não soube o que pensar, o homem que dissera ser um anjo desviou-se para um lado, estava rente à porta mas não entrava, apenas o que se ouviu foi a sua respiração e logo um ruído como de rasgamento, como se uma ferida inicial da terra estivesse a ser repuxada cruelmente até se tornar em boca abissal. Maria não precisava abrir nem perguntar para saber o que acontecia por trás da sua porta. O vulto maciço do anjo tornou a aparecer, durante um rápido instante tapou com o seu grande corpo todo o campo de visão de Maria, e depois, sem um olhar para a casa, afastou-se em direção à cancela, levando consigo, inteira da raiz à folha mais extrema, a planta enigmática que havia nascido, treze anos antes, no sítio onde a tigela fora enterrada. A cancela abriu-se e fechou-se, entre um movimento e outro o anjo transformou-se e apareceu o mendigo, sumiu-se, quem quer que fosse, do outro lado do muro, as longas folhagens arrastando atrás de si como uma serpente emplumada, agora sem sombra de ruído, como se o que sucedera não tivesse sido mais que sonho e imaginação. Maria abriu a porta devagar e, receosa, assomou. O mundo, desde o alto e inacessível céu, era todo claridade. Ali perto, rente à parede da casa, estava o negro buraco donde a planta fora arrancada, e, a partir do bordo, em direção à cancela, um rasto de luz maior cintilava como uma via láctea, se esse nome tinha então, que o de Estrada de Santiago é que não pode ser, pois quem o nome lhe há de vir a dar é por enquanto apenas um rapazito da Galileia, mais ou menos da idade de Jesus, sabe Deus onde estarão, um e outro, a estas horas. Maria pensou no filho, mas sem que o coração desta vez se lhe apertasse de medo, nada de mal poderia acontecer-lhe sob um céu assim, belo, sereno, insondável, e esta lua, como um pão só feito de luz, alimentando as fontes e as seivas da terra. Com a alma tranquila, Maria atravessou o pátio, pisando sem temor as estrelas do chão, e abriu a cancela. Olhou para fora, viu que o rasto acabava logo adiante, como se a potência iridescente das folhas se houvesse extinguido ou, delírio novo da fantasia desta mulher que já não poderá invocar a desculpa de estar grávida, como se o mendigo tivesse retomado a figura do anjo, usando enfim, por se tratar duma ocasião especial, as suas asas. Maria ponderou em seu íntimo estes raros sucessos e achou-os simples, naturais e justificados, tanto como estar vendo as suas próprias mãos ao luar. Voltou então para casa, tomou do gancho da parede a candeia e foi alumiar a larga cova deixada pela planta arrancada. No fundo estava a tigela vazia. Meteu a mão no buraco e tirou-a para fora, era apenas a tigela comum de que se lembrava, só com um pouquinho de terra dentro, mas apagados os seus lumes, um prosaico utensílio doméstico regressado às suas funções originais, de agora em diante tornará a servir ao leite, à água ou ao vinho, consoante o apetite e as posses, bem certo é o que se tem dito, que cada pessoa tem a sua hora e cada coisa o seu tempo.

Jesus gozou do abrigo de um teto nesta sua primeira noite de viajante. O crepúsculo saiu-lhe ao caminho à vista dum pequeno povoado que está logo antes da cidade de Jenin, e a sua sorte, que tão maus anúncios lhe tem andado a prometer e cumprir desde que nasceu, quis, por esta vez, que os moradores da casa onde, sem muita esperança, se apresentou a pedir pousada, fossem de gente compassiva, daquela que levaria o resto da vida com remorsos se deixasse um rapazito como este ao sereno da noite, demais em época tão perturbada de guerras e assaltos, quando por um nada se crucificam almas e se acutilam crianças inocentes. Jesus declarou aos seus bondosos hospedeiros que vinha de Nazaré e ia a Jerusalém, porém não repetiu a mentira envergonhada que ainda ouvira da boca da mãe, de ir trabalhar num ofício, apenas disse que levava recado de interrogar os doutores do Templo sobre um ponto da Lei que à sua família muito interessava. Admirou-se o dono da casa de missão de tal responsabilidade ter sido entregue a mancebo tão jovem, se bem que, como claramente se percebia, já entrado na maturidade religiosa, e Jesus explicou que assim tivera de ser, uma vez que era ele o mais velho varão da família, porém sobre o pai não disse uma só palavra. Ceou com os da casa e depois foi dormir debaixo do alpendre do pátio, porque não havia ali melhores cómodos para hóspedes de passagem. A meio da noite o sonho voltou a acometê-lo, mas com diferença em relação ao que vinha sonhando, e foi que o pai e os soldados não se aproximaram tanto, nem sequer o focinho do cavalo apareceu por trás da esquina, mas que não se iluda quem julgar que por isto foram menores a agonia e o pavor, ponhamo-nos no lugar de Jesus, sonhar que o nosso próprio pai, aquele que nos deu o ser, vem aí de espada nua para nos matar. Ninguém na casa deu pela paixão que a poucos passos se representava, Jesus, mesmo dormindo, já aprendia a governar o medo, a consciência acossada punha-lhe, em último recurso, a mão na boca, e os gritos vibravam terrivelmente, mas em silêncio, dentro da cabeça apenas. Na manhã seguinte, Jesus partilhou da primeira refeição do dia, agradecendo e louvando depois os seus benfeitores com uma compostura tão séria e palavras tão apropriadas que toda a família, sem exceção, se sentiu, por momentos, como participando da inefável paz do Senhor, não obstante não passarem todos eles de uns desconsiderados samaritanos. Despediu-se Jesus e partiu, levando nos ouvidos a última palavra proferida pelo dono da casa, foi ela, Bendito sejas tu, Senhor nosso Deus, rei do universo, que diriges os passos do homem, ao que ele respondera abençoando aquele mesmo Senhor, Deus e Rei que provê a todas as necessidades, demonstração que a experiência da vida vem fazendo todos os dias persuasivamente, conforme a justíssima regra da proporção direta que manda dar mais a quem mais tiver.

O que faltava do caminho para chegar a Jerusalém não foi tão fácil. Em primeiro lugar, há samaritanos e samaritanos, o que quer dizer que já neste tempo uma andorinha não chegava para fazer uma primavera, precisando-se, quando menos, duas, das andorinhas falamos, não das primaveras, com a condição de serem macho e fêmea férteis e terem descendência. As portas a que Jesus foi bater não voltaram a abrir-se e o remédio do viajante foi dormir por aí, sozinho, uma vez, debaixo duma figueira, dessas largas e rasteirinhas como uma saia rodada, outra vez protegido por uma caravana a que se juntara e que, estando cheio o caravançarai próximo, tivera, felizmente para Jesus, de assentar o arraial em campo aberto. Dissemos felizmente porque, neste meio-tempo, quando escoteiro atravessava uns desertos montes, foi o pobre pequeno assaltado por dois maleantes, cobardes e sem perdão, que lhe roubaram o pouco dinheiro que tinha, sendo portanto causa de não poder acolher-se Jesus à segurança das estalagens, as quais, segundo as leis de um são comércio, não dão ponto sem nó nem teto sem pago. Lástima foi, se lá estivesse alguém para apiedar-se, olhar o desamparo do pobrezinho quando os ladrões se foram, ainda a rir-se dele, com todo aquele céu por cima e as montanhas cercando, o infinito universo desprovido de significação moral, povoado de estrelas, ladrões e crucificadores. E que não nos contraponham, por favor, o argumento de que um mocinho de treze anos nunca teria a sabença científica ou a costela filosófica, sequer a mera experiência de vida, que tais reflexões pressuporiam, e que este, em especial, apesar de informado nos estudos da sinagoga e de alguma declarada agilidade mental, sobretudo nos diálogos em que foi parte, não terá justificado, em ditos e em feitos, a particular atenção de que o fizemos objeto. Filhos de carpinteiros é o que não falta nestas terras, tão-pouco faltam filhos de crucificados, mas, supondo que outro deles tivesse sido o escolhido, não duvidemos que, qualquer que fosse ele, tanta abundância de matérias aproveitáveis nos teria dado esse como nos está este dando. Em primeiro lugar porque, como já não é segredo para ninguém, todo o homem é um mundo, quer pelas vias do transcendente, quer pelos caminhos do imanente, e em segundo lugar porque esta terra sempre foi distinta das outras, basta ver a quantidade de gente de alta, média ou baixa condição que aqui andou pregando e profetizando, a principiar em Isaías e a acabar em Malaquias, nobres, sacerdotes, pastores, de tudo tem havido um pouco, por isso convém que sejamos prudentes em nossas opiniões, os humildes começos do filho de um carpinteiro não nos dão o direito de proferir juízos prematuros, que, ao parecerem definitivos, podem comprometer, desde logo, uma carreira. Este rapaz que vai a caminho de Jerusalém, quando a maioria dos da sua idade ainda não arriscam um pé fora da porta, talvez não seja exatamente uma águia de perspicácia, um portento de inteligência, mas é merecedor do nosso respeito, tem, como ele próprio declarou, uma ferida na alma, e, não lhe consentindo a sua natureza esperar que lha sarasse o simples hábito de viver com ela, até chegar a fechá-la essa cicatriz benévola que é não pensar, foi à procura do mundo, quem sabe se para multiplicar as feridas e fazer, com todas elas juntas, uma única e definitória dor. Porventura parecem tais suposições inadequadas, não só à pessoa, mas também ao tempo e ao lugar, ousando imaginar sentimentos modernos e complexos na cabeça de um aldeão palestino nascido tantos anos antes de Freud, Jüng, Groddeck e Lacan terem vindo ao mundo, mas o nosso erro, permita-se-nos a presunção, não é nem crasso nem escandaloso, se tivermos em conta o facto de abundarem, nos escritos de que estes judeus fazem alimento espiritual, exemplos tais e tantos que nos autorizam a pensar que um homem, seja qual for a época em que viva ou tenha vivido, é mentalmente contemporâneo doutro homem duma outra época qualquer. As únicas e indubitáveis exceções conhecidas foram Adão e Eva, não por terem sido o primeiro homem e a primeira mulher, mas porque não tiveram infância. E não venham cá a biologia e a psicologia protestar que na mentalidade de um homem de Cromagnon, para nós inimaginável, já estavam principiados os caminhos que tinham de levar à cabeça que hoje carregamos sobre os ombros, é um debate que aqui nunca poderia caber, porquanto daquele mesmo homem de Cromagnon não se fala no livro do Génesis, que é a única lição sobre os começos do mundo por onde Jesus aprendeu.

Distraídos por estas reflexões, não de todo despiciendas em relação às essencialidades do evangelho que vimos explicando, esquecemo-nos de acompanhar, como seria nosso dever, o que ainda faltava da viagem do filho de José a Jerusalém, à vista da qual agora mesmo acaba de chegar, sem dinheiro, mas a salvo, com os pés castigados da longa jornada, mas tão firme de coração como quando saiu a porta de sua casa, há três dias. Não é esta a primeira vez que aqui vem, por isso não se lhe exalta o coração mais do que a conta que se espera de um devoto para quem o seu deus já se tornou familiar ou disso vai a caminho. Deste monte, chamado Gethsemane, que é o mesmo que dizer das Oliveiras, avista-se, desdobrado magnificamente, o discurso arquitetónico de Jerusalém, templo, torres, palácios, casas de viver, e tão próxima a cidade parece estar de nós que temos a impressão de lhe chegar com os dedos, sob condição de haver subido a febre mística tão alto que o crente e padecente dela acabe por confundir as fracas forças do seu corpo com a potência inexaurível do espírito universal. A tarde vai no fim, o sol descai para o lado do mar distante. Jesus começou a descer para o vale, a si mesmo perguntando onde dormirá esta noite, se dentro, se fora da cidade, das outras vezes que veio com o pai e a mãe, no tempo da Páscoa, ficou a família em tendas fora dos muros, mandadas armar benevolamente pelas autoridades civis e militares para acolhimento dos peregrinos, separados todos, nem seria preciso dizê-lo, os homens com os homens, as mulheres com as mulheres, os menores igualmente divididos por sexos. Quando Jesus chegou às muralhas, já com o primeiro ar de noite, estavam as portas a ser fechadas, ainda lhe permitiram os guardiões que entrasse, atrás de si retumbaram as trancas nos grossos madeiros, tivesse Jesus alguma aflita culpa na consciência, daquelas que em tudo vão encontrando indiretas alusões aos erros cometidos, e talvez lhe viesse à ideia uma armadilha no momento de fechar-se, uns dentes de ferro filando a canela da presa, um casulo de baba envolvendo a mosca. Porém, aos treze anos, os pecados não podem ser muitos nem terríveis, ainda não é a altura de matar ou roubar, de levantar falso testemunho, de desejar a mulher do próximo, nem a sua casa, nem o seu campo, nem o seu escravo, nem a sua escrava, nem o seu boi, nem o seu jumento, nem nada que lhe pertença, e, assim sendo, este moço vai puro e sem mancha de erro próprio, embora leve já perdida a inocência, que não é possível ver a morte e continuar como antes. As ruas vão ficando desertas, é a hora da ceia das famílias, só quedam ainda fora os pedintes e vagabundos, mas mesmo esses já se vão recolhendo, têm lá as suas guildas, os seus fojos corporativos, daqui a pouco começarão a percorrer a cidade as patrulhas de soldados romanos, à procura dos fautores de desordem que até à própria capital do reino de Herodes Ântipas vêm cometer os seus malefícios e iniquidades, apesar dos suplícios que os esperam se são apanhados, como em Séforis se viu. Ao fundo da rua, aparece uma dessas rondas da noite alumiando-se com archotes, desfilando entre um tinir de espadas e de escudos, a compasso dos pés calçados de sandálias de guerra. Oculto num desvão, o rapaz esperou que a tropa desaparecesse, depois foi à procura de um sítio para dormir. Veio a encontrá-lo, como calculava, nas sempiternas obras do Templo, um espaço entre duas grandes pedras já aparelhadas, por cima das quais uma grande laje estava a fazer as vezes de teto. Ali comeu o último bocado de pão duro e bafiento que lhe restava, acompanhando-o com uns poucos figos secos que desencantou no fundo do alforge. Tinha sede, mas resignou-se a passar sem beber. Enfim, estendeu a esteira, tapou-se com a pequena manta que fazia parte da sua bagagem de viajante, e, todo enroscado para proteger-se do frio que entrava de um lado e do outro do precário abrigo, pôde adormecer. Estar em Jerusalém não o impediu de sonhar, mas não foi benesse de pouca monta que, talvez por causa da tão próxima presença de Deus, o sonho se tivesse limitado à repetição das conhecidas cenas, confundidas com o desfile da rolda que tinha encontrado. Acordou quando o sol mal tinha acabado de nascer. Arrastou-se para fora do buraco, frio como um túmulo, e, enrolado na manta, olhou na sua frente o casario de Jerusalém, as casas baixinhas, de pedra, tocadas pela luz rosada. Então, com uma solenidade maior, por serem proferidas, afinal, pela boca da criança que ainda é, disse as palavras da bênção, Graças te dou, Senhor, nosso Deus, rei do universo, que, pelo poder da tua misericórdia, assim me restituíste, viva e constante, a minha alma. Certos momentos há da vida que deviam ficar fixados, protegidos do tempo, não apenas consignados, por exemplo, neste evangelho, ou em pintura, ou modernamente em foto, cine e vídeo, o que interessava mesmo era que o próprio que os viveu ou tinha feito viver pudesse permanecer para todo o sempre à vista dos seus vindouros, como seria, neste dia de hoje, irmos daqui até Jerusalém para vermos, com os nossos olhos visto, este rapazito, Jesus filho de José, enroladinho na curta manta de pobre, a olhar as casas de Jerusalém e a dar graças ao Senhor por não ter sido ainda desta vez que perdeu a alma. Estando a sua vida no princípio, que são treze anos, é de prever que o futuro lhe haja reservado horas mais alegres ou tristes que esta, mais felizes ou desgraçadas, mais amenas ou trágicas, mas este é o instante que escolheríamos para nós, a cidade adormecida, o sol parado, a luz intangível, um rapazinho a olhar as casas, enrolado numa manta e com um alforge aos pés, e o mundo todo, o de perto e o de longe, suspenso, à espera. Não é possível, ele próprio já se moveu, o instante veio e passou, o tempo leva-nos até onde uma memória se inventa, foi assim, não foi assim, tudo é o que dissermos que foi. Jesus caminha agora pelas estreitas ruas que se vão enchendo de gente, por enquanto é cedo para ir ao Templo, os doutores, como em todas as épocas e lugares, só começam a aparecer mais tarde. Já não sente frio, mas o estômago dá sinais, dois figos que ainda tinha só serviram para abrir-lhe os fluxos da saliva, o filho de José tem fome. Agora, sim, faz-lhe falta o dinheiro que lhe roubaram os malvados, pois a vida de cidade não é como a boa vai ela de andar assobiando pelos campos à mira do que neles teriam deixado os lavradores que cumprem as leis do Senhor, verbi gratia, Quando procederes à ceifa do teu campo, e te esqueceres de algum feixe, não voltes atrás para o levar, quando varejares as tuas oliveiras, não voltes a colher o resto que ficou nos galhos, quando vindimares a tua vinha, não rabisques o que ficou, a tudo isto deverás deixar para que o recolham o estrangeiro, o órfão e a viúva, lembra-te de que foste escravo na terra do Egito. Ora, por ser cidade maior, e apesar de ter sido nela que Deus mandou edificar a sua morada terrestre, a Jerusalém não chegam estes humanitários regulamentos, razão por que, para quem não traga dinheiros na bolsa, nem trinta, nem três, o remédio sempre será pedir, com o provável risco de se ver repelido, por importuno, ou então roubar, com o certíssimo perigo de vir a sofrer castigo de flagelação e cárcere, senão punição pior. Roubar, este rapaz não pode, pedir, este rapaz não quer, vai pousando apenas os olhos aguados nas pilhas de pães, nas pirâmides de frutos, nas comidas cozinhadas expostas em bancas ao longo das ruas, e quase desmaia, como se todas as insuficiências nutritivas destes três dias, descontando a mesa do samaritano, se tivessem reunido nesta hora dolorosa, é verdade que o seu destino é o Templo, mas o corpo, ainda que defendam o contrário os partidários do jejum místico, receberá melhor a palavra de Deus se o alimento tiver fortalecido nele as faculdades do entendimento. Felizmente, um fariseu que vinha passando deu pelo desfalecido moço e dele se apiedou, o injusto futuro encarregar-se-á de criar uma péssima reputação a esta gente, mas no fundo eram boas pessoas, como neste caso ficou provado, Tu quem és, perguntou ele, e Jesus respondeu, Sou de Nazaré de Galileia, Tens fome, o rapaz baixou os olhos, não precisava falar, lia-se-lhe na cara, Não tens família, Sim, mas vim sozinho, Fugiste de casa, Não, e realmente não tinha fugido, recordemos que a mãe e os irmãos vieram despedir-se dele, com muito amor, à porta da casa, o não se ter voltado ele para trás uma única vez não era sinal de ir fugido, assim são as nossas palavras, dizer um Sim ou um Não é, de tudo, o mais simples e, em princípio, o mais convincente, mas a pura verdade mandaria que se começasse por dar uma resposta assim meio dubitativa, Bom, fugir, fugir, o que se chama fugir, não fugi, contudo, e neste ponto teríamos de voltar a ouvir toda a história, o que, tranquilizemo-nos, não sucederá, em primeiro lugar porque o fariseu, não tendo de voltar a aparecer, não precisa conhecê-la, em segundo lugar porque a conhecemos melhor nós do que ninguém, basta pensar no pouco que sabem umas das outras as personagens mais importantes deste evangelho, veja-se que Jesus não sabe tudo da mãe e do pai, Maria não sabe tudo do marido e do filho, e José, estando morto, não sabe nada de nada. Nós, pelo contrário, conhecemos tudo quanto até hoje foi feito, dito e pensado, quer por eles quer pelos outros, embora tenhamos de proceder como se o ignorássemos, de certa maneira somos o fariseu que perguntou, Tens fome, quando a pálida e emagrecida cara de Jesus, só por si, significava, Não me perguntes, dá-me de comer. Foi o que fez, por fim, o compadecido homem, comprou dois pães, que ainda vinham quentes do forno, e uma tigela de leite, e sem dizer palavra entregou-os a Jesus, acontecendo que na passagem de um para o outro um pouco do líquido se lhes derramou sobre as mãos, então, num gesto igual e simultâneo, vindo certamente da distância dos tempos naturais, ambos levaram a mão molhada à boca para sorver o leite, gesto como o de beijar o pão quando caiu ao chão, é pena não voltarem a encontrar-se nunca mais estes dois, se tão formoso e simbólico pacto parecia haverem firmado. Foi-se o fariseu à sua vida, mas antes tirou de dentro da bolsa duas moedas, dizendo, Toma este dinheiro e volta para casa, o mundo ainda é grande de mais para ti. O filho do carpinteiro segurava nas mãos a tigela e o pão, de súbito deixara de ter fome, ou tinha-a, mas não a sentia, olhava o fariseu que se afastava e só então é que agradeceu, porém em voz tão baixa que o outro não o poderia ter ouvido, fosse ele homem de esperar agradecimentos e pensaria que tinha feito o bem a um garoto ingrato e sem educação. Ali mesmo, no meio da rua, Jesus, cujo apetite regressara de um salto, comeu o seu pão e bebeu o seu leite, depois foi-se a entregar a tigela vazia ao vendedor, que lhe disse, Está paga, fica com ela, É costume em Jerusalém comprar o leite com as tigelas, Não, mas esse fariseu quis assim, nunca se sabe o que um fariseu tem na cabeça, Então posso levá-la, Já te disse, está paga. Jesus envolveu a tigela na manta e meteu-a no alforge enquanto pensava que tinha de dar atenção, a partir de agora, à maneira de lidar com ela, estes barros são frágeis, quebradiços, não passam de uma pouca de terra a que a fortuna deu, precariamente, consistência, como ao homem, afinal. Alimentado o corpo, despertado o espírito, Jesus orientou para o Templo os seus passos.

Havia já muita gente na esplanada que entestava com a íngreme escadaria de acesso. Dos dois lados, ao longo dos muros, encontravam-se as tendas dos bufarinheiros, outras onde se vendiam os animais para o sacrifício, aqui e além, dispersos, os cambistas com as suas bancas, grupos que conversavam, gesticulantes mercadores, guardas romanos a pé e a cavalo vigiando, liteiras a ombros de escravos, e também os dromedários, os jumentos ajoujados de carga, por toda a parte um vozear frenético, agora logo débeis balidos de cordeiros e cabritos, alguns que iam transportados ao colo ou às costas, como crianças cansadas, outros, arrastados, de corda ao pescoço, mas todos a caminho da morte no cutelo e da consumição do fogo. Jesus passou pelo balneário para purificar-se, depois subiu a escadaria e, sem parar, atravessou o Átrio dos Gentios. Entrou no Átrio das Mulheres pela porta entre a Sala dos Óleos e a Sala dos Nazarenos, e encontrou o que tinha vindo buscar, os anciãos e os escribas que, segundo o antigo costume, ali dissertavam sobre a Lei, respondiam a questões e davam conselhos. Havia alguns grupos, o rapaz aproximou-se do menos numeroso no preciso momento em que um homem levantava a mão para fazer uma pergunta. O escriba assentiu com um sinal e o homem disse, Explica-me, peço-te, se devemos entender, palavra por palavra, sentido por sentido, como está escrito, as leis que o Senhor deu a Moisés no Monte Sinai, quando prometeu fazer reinar a paz na nossa terra e que ninguém perturbaria o nosso sono, quando anunciou que faria desaparecer de entre nós os animais nocivos e que a espada não passaria pela nossa terra, e também que, perseguindo nós os nossos inimigos eles cairiam sob a nossa espada, cinco dos vossos perseguirão um cento, e cem dos vossos perseguirão dez mil, disse o Senhor, e os vossos inimigos cairão diante da vossa espada. O escriba olhou com expressão desconfiada o perguntador, se seria um intrometido rebelde aqui mandado por Judas Galileu para alvoroçar os espíritos com malévolas insinuações sobre a passividade do Templo perante o poder de Roma, e respondeu, brusco e breve, Essa palavra disse-a o Senhor quando os nossos pais estavam no deserto e eram perseguidos pelos egípcios. O homem tornou a levantar a mão, sinal doutra pergunta, Devo entender que as palavras do Senhor ditas no Monte Sinai só valeram para aqueles tempos, quando os nossos pais buscavam a terra da promissão, Se assim o entendeste, não és um bom israelita, a palavra do Senhor valeu, vale e valerá por todos os tempos passados e futuros, a palavra do Senhor estava na mente do Senhor antes que ele falasse e nela continua depois que ele se calou, Tu foste quem disse o que a mim me proíbes de pensar, Que pensas tu, Que o Senhor consente que as nossas espadas não se levantem contra a força que nos está oprimindo, que cem dos nossos não ousem atrever-se contra cinco deles, que dez mil judeus tenham de encolher-se diante de cem romanos, Estás no Templo do Senhor e não num campo de batalha, O Senhor é o deus dos exércitos, Mas, lembra-te, o Senhor impôs as suas condições, Quais, Se cumprirdes as minhas leis, se guardardes os meus preceitos, disse o Senhor, Que leis não cumprimos e que preceitos não guardamos para que tenhamos de aceitar por justa e necessária, como castigo de pecados, a dominação de Roma, O Senhor o saberá, Sim, o Senhor o saberá, quantas vezes o homem peca sem saber, mas explica-me por que se serve o Senhor do poder de Roma para castigar-nos, em vez de o fazer diretamente, cara a cara com aqueles a quem elegeu para seu povo, O Senhor conhece os seus fins, o Senhor escolhe os seus meios, Queres estão dizer que é vontade do Senhor que os romanos mandem em Israel, Sim, Se é como dizes, temos de concluir que os rebeldes que andam a lutar contra os romanos estão também a lutar contra o Senhor e a sua vontade, Concluis mal, E tu contradizes-te, escriba, O querer de Deus pode ser um não querer, o seu não querer a sua vontade, Só o querer do homem é verdadeiro querer, e não tem importância perante Deus, Assim é, Então, o homem é livre, Sim, para poder ser castigado. Correu um murmúrio entre os circunstantes, alguns olharam o que fizera as perguntas, sem dúvida pertinentes à pura luz dos textos, mas politicamente inconvenientes, olharam-no como se ele, justamente, é que devesse assumir os pecados todos de Israel e por eles pagar, aliviados os suspeitosos, de qualquer modo, pelo triunfo do escriba, que recebia, com um sorriso complacente, os cumprimentos e os louvores. Seguro de si, o mestre olhou em redor, solicitando outra interpelação, como o gladiador que, tendo-lhe calhado um adversário fraco, reclama outro de maior porte que lhe dê maior glória. Mais um homem levantou a mão, outra pergunta se apresentava, O Senhor falou a Moisés e disse-lhe, O estrangeiro que reside convosco será tratado como um dos vossos compatriotas e amá-lo-ás como a ti mesmo, porque fostes estrangeiros nas terras do Egito, isto disse o Senhor a Moisés. Não acabou, porque o escriba, quente ainda da primeira vitória, interrompeu com ironia, Presumo que não é tua ideia perguntar-me por que não tratamos nós os romanos como nossos compatriotas, uma vez que são estrangeiros, Perguntar-to-ia se os romanos nos tratassem a nós como compatriotas seus, sem cuidarmos, nós e eles, doutras leis e outros deuses, Também tu vens aqui provocar a ira do Senhor com interpretações diabólicas da sua palavra, interrompeu o escriba, Não, quero apenas que me digas se em verdade pensas que cumprimos a palavra santa quando os estrangeiros o forem, não à terra onde vivemos, mas à religião que professamos, A quem te referes, em particular, A alguns hoje, a muitos no passado, talvez a muitos mais amanhã, Sê claro, por favor, que não posso perder tempo com enigmas nem parábolas, Quando viemos do Egito, viviam na terra a que chamamos de Israel outras nações que tivemos de combater, naqueles dias os estrangeiros éramos nós e o Senhor deu-nos ordem para que matássemos e aniquilássemos os que se opunham à sua vontade, A terra foi-nos prometida, mas tinha de ser conquistada, não a compramos nem nos foi oferecida, E hoje é sob um domínio estrangeiro que estamos vivendo, a terra que havíamos tornado nossa deixou de o ser, A ideia de Israel mora eternamente no espírito do Senhor, por isso, onde quer que esteja o seu povo, reunido ou disperso, aí estará o Israel terrestre, Daí se deduz, suponho, que em toda a parte onde nós, judeus, estivermos, sempre os outros homens serão estrangeiros, Aos olhos do Senhor, sem dúvida, Mas o estrangeiro que viva connosco será, segundo a palavra do Senhor, nosso compatriota e a ele devemos amar como a nós mesmos porque fomos estrangeiros no Egito, O Senhor o disse, Concluo, então, que o estrangeiro que devemos amar é aquele que, vivendo connosco, não seja tão poderoso que nos oprima, como é, nos tempos de hoje, o caso dos romanos, Concluis bem, Agora vais dizer-me, segundo o que te aconselhem as tuas luzes, se, chegando nós um dia a ser poderosos, permitirá o Senhor que oprimamos os estrangeiros que o mesmo Senhor mandou amar, Israel não poderá querer senão o que o Senhor quer, e o Senhor, porque escolheu este povo, quererá tudo quanto for bom para Israel, Mesmo que seja não amar a quem se devia, Sim, se essa for, finalmente, a sua vontade, De Israel ou do Senhor, De ambos, porque são um, Não violarás o direito do estrangeiro, palavra do Senhor, Quando o estrangeiro o tiver e lho reconheçamos, disse o escriba. Novamente se ouviram murmúrios de aprovação que fizeram brilhar os olhos do escriba como os de um vencedor de pancrácio, um discóbolo, um retiário, um condutor de carros. A mão de Jesus levantou-se. Nenhum dos presentes estranhou que um rapaz desta idade se apresentasse a interrogar um escriba ou um doutor do Templo, adolescente com dúvidas sempre os houve, desde Caim e Abel, em geral fazem perguntas que os adultos recebem com um sorriso de condescendência e uma palmadinha nas costas, Cresce, cresce, e vais ver como isso não tem importância, os mais compreensivos dirão, Quando eu tinha a tua idade também pensava assim. Uns tantos dos presentes afastaram-se, outros preparavam-se já para o fazer também, perante a mal encoberta contrariedade do escriba que via escapar-se-lhe um público até aí atento, mas a pergunta de Jesus fez voltar atrás alguns que ainda a ouviram,

O que quero saber é sobre a culpa, Falas de uma culpa tua, Falo de culpa em geral, mas também da culpa que eu tenha mesmo não tendo pecado diretamente, Explica-te melhor, Disse o Senhor que os pais não morrerão pelos filhos nem os filhos pelos pais, e que cada um será condenado à morte pelo seu próprio delito, Assim é, mas deves saber que se tratava de um preceito para aqueles antigos tempos em que a culpa de um membro duma família era paga pela família toda, incluindo os inocentes, Porém, sendo a palavra do Senhor eterna e não estando à vista o fim das culpas, lembra-te do que tu próprio disseste há pouco, que o homem é livre para poder ser castigado, creio ser legítimo pensar que o delito do pai, mesmo tendo sido punido, não fica extinto com a punição e faz parte da herança que lega ao filho, como os viventes de hoje herdaram a culpa de Adão e Eva, nossos primeiros pais, Assombrado estou que um rapaz da tua idade e da tua condição pareça saber tanto das Escrituras e seja capaz de discorrer sobre elas com tanta fluência, Sei apenas o que aprendi, Donde vens, De Nazaré de Galileia, Já me parecia, pela maneira como falas, Responde ao que te perguntei, por favor, Podemos admitir que a principal culpa de Adão e Eva, quando ao Senhor desobedeceram, não tenha sido tanto haverem provado do fruto da árvore do conhecimento do bem e do mal, mas a consequência que daí fatalmente teria de resultar, impedirem, com o seu pecado, que o Senhor viesse a cumprir o plano que tinha em mente ao criar o homem e depois a mulher, Queres tu dizer que todo o ato humano, a desobediência no paraíso ou qualquer outro, sempre interfere com a vontade de Deus, e que, finalmente, poderíamos comparar a vontade de Deus a uma ilha no mar, cercada e assaltada pelas revoltas águas das vontades dos homens, esta pergunta lançou-a o segundo dos questionadores, a tal ousadia não se atreveria o filho do carpinteiro, Não será tanto assim, respondeu cautelosamente o escriba, a vontade do Senhor não se contenta com prevalecer sobre todas as coisas, ela é o que faz que tudo seja o que é, Mas tu próprio disseste que a desobediência de Adão é causa de que não conheçamos o projeto que Deus tinha concebido para ele, Assim é, segundo a razão, mas na vontade de Deus, criador e regedor do universo, estão contidas todas as vontades possíveis, a sua, mas também a de todos os homens nascidos e por nascer, Se isso fosse como dizes, interveio Jesus, numa súbita iluminação, cada um dos homens seria uma parte de Deus, Provavelmente, mas a parte representada por todos os homens juntos seria como um grão de areia no deserto infinito que Deus é. O homem presunçoso que até aí o escriba havia sido desapareceu. Está sentado no chão, como antes, na sua frente, em redor, os assistentes olham-no com um sentimento em que há tanto de respeito quanto de temor, como diante de um mago que, involuntariamente, tivesse convocado e feito aparecer forças de que, a partir deste momento, só poderia ser súbdito. Descaídos os ombros, estiradas as feições, as mãos abandonadas sobre os joelhos, todo o corpo dele parecia pedir que o deixassem entregue à sua angústia. Os circunstantes começaram a levantar-se, alguns encaminharam-se para o Átrio dos Israelitas, outros chegavam-se aos grupos onde prosseguiam debates. Jesus disse, Não respondeste à minha pergunta. O escriba endireitou lentamente a cabeça, olhou-o com a expressão de quem acabasse de sair de um sonho, e, após um longo, quase insuportável silêncio, disse, A culpa é um lobo que come o filho depois de ter devorado o pai, Esse lobo de que falas já comeu o meu pai, Então só falta que te devore a ti, E tu, na tua vida, foste comido ou devorado, Não apenas comido e devorado, mas vomitado.

Jesus ergueu-se e saiu. A caminho da porta por onde tinha entrado, parou e olhou para trás. A coluna de fumo dos sacrifícios subia a direito para o céu e ia dissipar-se e desaparecer nas alturas, como se a aspirassem os gigantescos foles do pulmão de Deus. A manhã estava em meio, a multidão crescia, e no interior do Templo ficava um homem roto e dilacerado pelo vazio, à espera de sentir que se lhe reconstituía o osso do costume, a pele do hábito, para poder responder, daqui a pouco ou amanhã, tranquilamente, a alguém que venha com a ideia de querer saber, por exemplo, se o sal em que a mulher de Lot se transformou tinha sido o sal-gema ou o sal marinho, ou se a embriaguez de Noé foi de vinho branco ou de vinho tinto. Já fora do Templo, Jesus perguntou qual era o caminho para Belém, seu segundo destino, por duas vezes se perdeu na confusão das ruas e da gente, até que encontrou a porta por onde, transportado na barriga da mãe, tinha saído treze anos antes, já prestes a vir ao mundo. Não se suponha, porém, que Jesus pensa este pensamento, é por de mais conhecido que as evidências da obviedade cortam as asas ao pássaro inquieto da imaginação, um exemplo daremos, e basta, olhe o leitor deste evangelho um retrato da sua mãe, que a represente grávida dele, e diga-nos se é capaz de se imaginar ali dentro. Jesus desce em direção a Belém, poderia agora refletir nas respostas dadas pelo escriba, não apenas à sua pergunta, às outras antes da sua também, mas o que o perturba é a embaraçosa impressão de que todas as perguntas eram, afinal, uma só, e que a resposta dada a cada uma a todas servia, principalmente a última, que resumia tudo, a fome eterna do lobo da culpa, que eternamente come, devora e vomita. Muitas vezes, graças às debilidades da memória, não sabemos, ou sabemos como quem desejasse esquecê-lo, a causa, o motivo, a raiz da culpa, ou, para falar figuradamente, à maneira do escriba, o fojo donde o lobo saiu para caçar-nos. Jesus sabe-o e é para lá que caminha. Não tem nenhuma ideia do que cá vem fazer, mas ter vindo é como ir avisando para um lado e outro da estrada, Aqui estou, à espera de que alguém lhe saia ao caminho, que queres, castigo, perdão, esquecimento. Como o pai e a mãe haviam feito em seu tempo, parou diante do túmulo de Raquel para orar. Depois, sentindo que se lhe aceleravam as pancadas do coração, seguiu para diante. As primeiras casas de Belém estavam ali, esta era a entrada da aldeia por onde todas as noites irrompiam, no sonho, o pai assassino e os soldados da companhia, em verdade não parece sítio para tais horrores, já não é apenas o céu que o nega, este céu onde passam nuvens brancas e tranquilas como benévolos acenos de Deus, a própria terra parece dormir ao sol, talvez o melhor fosse dizer, Deixemos as coisas como estão, não removamos os ossos do passado, e, antes que uma mulher, com uma criança ao colo, aparecesse num destes postigos perguntando, A quem procuras, tornar atrás, apagar o rasto dos passos que aqui nos trouxeram e rogar que o movimento perpétuo da peneira do tempo cubra de uma rápida e insondável poeira até a mais ténue memória destes acontecimentos. Demasiado tarde. Há um momento, quase a roçar a teia, em que a mosca ainda estaria a tempo de escapar à armadilha, mas, se chegou a tocar-lhe, se o visco filou a asa doravante inútil, qualquer movimento apenas servirá para que o inseto mais se enrede e paralise, irremediavelmente condenado, mesmo que a aranha desprezasse, por insignificante, esta peça de caça. Para Jesus, o momento já passou. No centro de um largo, onde, a um canto, há uma figueira ramalhuda, vê-se uma pequena construção cúbica que não precisa ser olhada segunda vez para se perceber que é um túmulo. Aproximou-se dela Jesus, deu-lhe uma vagarosa volta, deteve-se a ler as inscrições meio apagadas que havia numa das faces, e, feito tudo isto, compreendeu que tinha encontrado o que viera procurar. Uma mulher que atravessava o largo, trazendo uma criança de uns cinco anos pela mão, parou, olhou com curiosidade o forasteiro e perguntou, Donde vens, e como se achasse necessário justificar a pergunta, Não és daqui, Sou de Nazaré de Galileia, Tens família nestes lugares, Não, vim a Jerusalém e, como estava perto, decidi ver como é Belém, Estás de passagem, Sim, volto para Jerusalém quando a tarde principiar a refrescar. A mulher levantou a criança, sentou-a no braço esquerdo, disse, Que o Senhor fique contigo, e fez um movimento para retirar-se, mas Jesus reteve-a perguntando, Este túmulo, de quem é. A mulher apertou a criança contra o peito, como se a quisesse proteger de alguma ameaça, e respondeu, São vinte e cinco meninos que foram mortos há muitos anos, Quantos, Vinte e cinco, já te disse, Falo dos anos, Ah, vai para catorze, São muitos, Devem ser, calculo, mais ou menos os que tu tens, Assim é, mas eu estava a falar dos meninos, Ah, um deles era meu irmão, Um irmão teu está ali dentro, Sim, E esse que levas ao colo, é teu filho, É o meu primogénito, Por que é que os meninos foram mortos, Não se sabe, nessa altura eu tinha só sete anos, Mas com certeza ouviste contar aos teus pais e às outras pessoas crescidas, Não era preciso, eu mesma vi serem mortos alguns, O teu irmão, também, Também o meu irmão, E quem foi que os matou, Apareceram uns soldados do rei à procura de meninos varões até aos três anos e mataram-nos a todos, E dizes que não se sabe porquê, Nunca se soube, até hoje, E depois da morte de Herodes, não tentaram averiguar, não foram ao Templo pedir aos sacerdotes que indagassem, Isso não sei, Se os soldados fossem romanos, ainda se percebia, mas assim, o nosso próprio rei a mandar matar os seus súbditos, meninos de três anos, alguma razão há de ter havido, A vontade dos reis não é para o nosso entendimento, fique o Senhor contigo e te proteja, Já não tenho três anos, À hora da morte os homens têm sempre três anos, disse a mulher, e afastou-se. Quando ficou sozinho, Jesus ajoelhou-se no chão, ao lado da pedra que fechava a entrada do túmulo, tirou do alforge um resto de pão que lhe ficara, já endurecido, esfarelou um bocado nas palmas das mãos e espalhou-o ao longo da porta, como uma oferenda às invisíveis bocas dos inocentes. No instante em que o fazia, apareceu, saída da esquina mais próxima, uma outra mulher, mas esta era muito velha, curvada, que caminhava ajudando-se com um bastão. Confusamente, porque a vista não lhe dava maiores alcances, percebera o gesto do rapaz. Parou, atenta, depois viu-o levantar-se, inclinar a cabeça, como se recitasse uma prece pelo descanso dos infortunados infantes, que, embora seja esse o costume, não nos atreveremos a desejar eterno, por ter-nos falhado a imaginação quando, uma única vez, tentamos representar-nos o que poderia ser isso de descansar eternamente. Jesus acabou o seu responsório e olhou em redor, muros cegos, portas fechadas, apenas, ali parada, uma velha muito velha, vestida com uma túnica de escrava, e demonstração viva, apoiada ao seu bastão, da terceira parte do famoso enigma da esfinge, qual é o animal que anda sobre quatro patas de manhã, duas à tarde e três ao anoitecer, é o homem, respondeu o espertíssimo Édipo, não se lembrou, então, que alguns nem ao meio-dia conseguem chegar, só em Belém, de uma assentada, foram vinte e cinco. A velha veio vindo, veio vindo, e agora está diante de Jesus, torce o pescoço para poder olhá-lo melhor, e pergunta, Procuras alguém. O rapaz não respondeu logo, em boa verdade não andava à procura de pessoas, as que tinha encontrado estão mortas, aqui a dois passos, e nem se podia dizer delas que eram pessoas, uns tantos putos de fraldas e chupeta, chorões e ranhosos, subitamente a morte viera e tornara-os em gigantescas presenças que não cabem em ossários e gavetas, e todas as noites, se há justiça, saem para o mundo a mostrar as feridas mortais, as portas por onde lhes saiu a vida, abertas à ponta de espada, Não, disse Jesus, não ando à procura de ninguém. A velha não se retirou, parecia esperar que ele continuasse, e essa atitude foi o que tirou da boca de Jesus palavras que não tinha pensado dizer, Nasci nesta aldeia, numa cova, e gostava de ver o sítio. A velha recuou um difícil passo, afirmou o olhar tanto quanto podia, e, tremendo-lhe a voz, perguntou, Tu, como te chamas, donde vens, quem são os teus pais. A uma escrava só terá de responder quem quiser, mas o prestígio da última idade, mesmo em inferior condição, tem muita força, aos velhos, todos eles, deve-se responder-lhes sempre, porque, sendo já tão pouco o tempo que têm para fazer perguntas, extrema crueldade seria deixá-los privados de respostas, lembremo-nos de que uma delas bem pode ser a que esperavam. Chamo-me Jesus e venho de Nazaré de Galileia, disse o rapaz, e outra coisa não anda dizendo desde que saiu de casa. A velha avançou o passo que recuara, E os teus pais, como se chamam, Meu pai chamava-se José, minha mãe é Maria, Quantos anos tens, Vou nos catorze. A mulher olhou em redor, como se buscasse onde sentar-se, mas uma praça em Belém de Judeia não é o mesmo que o jardim de São Pedro de Alcântara, com bancos e vista aprazível para o castelo, aqui sentamo-nos na poeira do chão, quando muito nas soleiras das portas, ou, se há um túmulo, na pedra que se deixa ao lado da entrada para repouso e desafogo dos vivos que vêm chorar os entes queridos, ou ainda, sabe-se lá, dos fantasmas que dos seus próprios túmulos saem para chorar as lágrimas que sobejaram da vida, como é o caso de Raquel, aqui tão perto, em verdade está escrito, É Raquel que chora os seus filhos e não quer ser consolada, porque já não existem, não é preciso ter a argúcia de Édipo para ver que o sítio condiz com a situação e o choro com a causa. A velha sentou-se custosamente na pedra, o rapaz ainda fez um gesto para ajudá-la, mas não foi a tempo, os gestos não totalmente sinceros vão sempre atrasados. Eu conheço-te, disse a velha, Deves estar enganada, respondeu Jesus, eu nunca estive aqui e a ti nunca te vi em Nazaré, As primeiras mãos que te tocaram não foram as de tua mãe, mas as minhas, Como pode isso ser, mulher, O meu nome é Zelomi e fui a tua parteira. No impulso de um instante, assim se demonstrando a autenticidade caracterológica dos movimentos feitos a tempo, Jesus foi ajoelhar-se aos pés da escrava, inconscientemente hesitando entre uma curiosidade que parecia à beira de receber satisfação e um simples dever de polidez social, o dever de manifestar reconhecimento a alguém que, sem mais responsabilidade que ter estado presente na ocasião, nos extraiu de um limbo sem memória para largar-nos numa vida que seria nada sem ela. Minha mãe nunca me falou de ti, disse Jesus, Não tinha de falar, teus pais apareceram em casa de meu amo a pedir ajuda, e como eu tinha experiência, Foi no tempo da matança dos inocentes que estão neste túmulo, Foi, tu tiveste sorte, não te encontraram, Porque morávamos na cova, Sim, ou então porque havíeis partido antes, isso não o cheguei a saber, quando fui para ver o que vos teria sucedido, achei a cova vazia, Lembras-te do meu pai, Sim, lembro-me, nessa altura era um homem novo, boa figura, e uma boa pessoa, Já morreu, Pobre dele, que curta lhe saiu a vida, e tu, sendo o primogénito, por que deixaste a tua mãe, suponho que ainda estará viva, Vim para conhecer este lugar onde nasci, e também para saber dos meninos que foram mortos, Só Deus saberá por que morreram, o anjo da morte, tomando a figura de uns soldados de Herodes, desceu em Belém e condenou-os, Crês então que foi vontade de Deus, Não sou mais do que uma escrava velha, mas, desde que nasci, ouço dizer que tudo quanto tem acontecido no mundo, mesmo o sofrimento e a morte, só pôde acontecer porque Deus, antes, o quis, Assim é que está escrito, Compreendo que Deus queira, um destes dias, a minha morte, mas não a de crianças inocentes, A tua morte decidi-la-á Deus, a seu tempo, a morte dos meninos decidiu-a a vontade de um homem, Pode bem pouco, afinal, a mão de Deus, se não chega para interpor-se entre o cutelo e o sentenciado, Não ofendas ao Senhor, mulher, Quem, como eu, nada sabe, não pode ofender, Hoje, no Templo, ouvi dizer que todo o ato humano, por mais insignificante que seja, interfere com a vontade de Deus, e que o homem só é livre para poder ser castigado, Não é de ser livre que o meu castigo vem, mas de ser escrava, disse a mulher. Jesus calou-se. Mal tinha ouvido as palavras de Zelomi porque o pensamento, como uma súbita fresta, abriu-se para a ofuscante evidência de ser o homem um simples joguete nas mãos de Deus, eternamente sujeito a só fazer o que a Deus aprouver, quer quando julga obedecer-lhe em tudo, quer quando em tudo supõe contrariá-lo.

O sol descaía, a sombra maléfica da figueira aproximava-se. Jesus recuou um pouco e chamou a mulher, Zelomi, ela ergueu a custo a cabeça, Que queres, perguntou, Leva-me à cova onde nasci, ou diz-me onde é, se não podes andar, Custa-me caminhar, sim, mas tu não a encontrarias se eu não te levasse lá, É longe, Não, há outras covas, parecem todas iguais, Vamos, Pois sim, vamos, disse a mulher. Em Belém, as pessoas que neste dia viram passar Zelomi e o rapaz desconhecido perguntavam-se umas às outras donde se conheceriam eles. Nunca chegariam a sabê-lo porque a escrava guardou silêncio durante os dois anos que ainda teve de vida, e Jesus não mais voltará à terra em que nasceu. No dia seguinte Zelomi foi à cova onde deixara ficar o rapaz. Não o encontrou. No seu íntimo, ia a contar que assim fosse. Não teriam nada para dizer um ao outro se ele ainda lá estivesse.

Muito se tem falado das coincidências de que a vida é feita, tecida e composta, mas quase nada dos encontros que, dia por dia, vão acontecendo nela, e isso não obstante serem os ditos encontros, quase sempre, os que a mesma vida orientam e determinam, embora, em defesa daquela perceção parcial das contingências vitais, fosse possível argumentar que um encontro é, no seu mais rigoroso sentido, uma coincidência, o que não significa, claro está, que todas as coincidências tenham de ser encontros. No geral dos casos deste evangelho tem havido coincidências avonde, e, quanto aos particulares da vida de Jesus propriamente dita, sobretudo desde que, tendo ele saído de casa, passamos a prestar-lhe uma atenção exclusiva, pode-se observar que não lhe têm faltado os encontros. Deixando de lado a infortunada peripécia com os ladrões de estrada, por não serem ainda futuráveis os efeitos que em futuro próximo e distante ela possa vir a ter, esta primeira viagem independente de Jesus tem-se mostrado assaz rica de encontros, como foi o aparecimento providencial do fariseu filantropo, graças ao qual, não só o por fim fortunoso rapaz logrou tirar a barriga de misérias, como, por ter levado a comer nem mais nem menos que o tempo que levou, chegou ao Templo a boas horas de ouvir as perguntas e escutar as respostas que, por assim dizer, iriam fazer cama à questão que de Nazaré trouxera, sob responsabilidades e culpas, se ainda estamos lembrados. Dizem os entendidos nas regras de bem contar contos que os encontros decisivos, tal como sucede na vida, deverão vir entremeados e entrecruzar-se com mil outros de pouca ou nula importância, a fim de que o herói da história não se veja transformado em um ser de exceção a quem tudo poderá acontecer na vida, salvo vulgaridades. E também dizem que é esse o processo narrativo que melhor serve o sempre desejado efeito de verosimilhança, pois se o episódio imaginado e descrito não é nem poderá tornar-se nunca em facto, em dado da realidade, e nela tomar lugar, ao menos que seja capaz de o parecer, não como no relato presente, em que de modo tão manifesto se abusou da confiança do leitor, levando-se Jesus a Belém para, sem tir-te nem guar-te, dar de caras, mal chegou, com a mulher que esteve de aparadeira no seu nascimento, como se já não tivessem passado das marcas o encontro e os lamirés adiantados pela outra que vinha de filho ao colo, ali de propósito colocada para as primeiras informações. Porém, o mais difícil de acreditar ainda está para vir, depois que a escrava Zelomi tiver acompanhado Jesus até à cova e o deixar lá, que assim o pediu ele, sem contemplações, Deixa-me só, entre estas escuras paredes, quero, neste grande silêncio, escutar o meu primeiro grito, se os ecos podem durar tanto, estas foram as palavras que a mulher julgou ter ouvido e por isso aqui se registam, embora sejam, em tudo, uma ofensa mais à verosimilhança, devendo nós imputá-las, por precaução lógica, à evidente senilidade da anciã. Foi-se embora Zelomi no seu vacilante andar de velha, passo a passo palpando a firmeza do chão com o cajado seguro a mãos ambas, ora, mais bonita ação teria sido a do rapaz se tivesse ajudado a pobre e sacrificada criatura a regressar a casa, mas a juventude é assim, egoísta, presunçosa, e Jesus, que ele saiba, não tem motivos para ser diferente dos da sua idade.

Está sentado numa pedra, ao lado, em cima doutra pedra, a candeia acesa alumia debilmente as paredes rugosas, a mancha mais escura dos carvões no sítio da fogueira, as mãos caídas, frouxas, o rosto sério, Nasci aqui, pensava, dormi naquela manjedoura, nesta pedra em que me sento sentaram-se meu pai e minha mãe, aqui estivemos escondidos enquanto na aldeia os soldados de Herodes andavam a matar as crianças, por mais que faça não conseguirei ouvir o grito de vida que dei ao nascer, tão-pouco ouço os gritos de morte dos meninos e dos pais que os viam morrer, nada vem romper o silêncio desta cova onde se juntaram um princípio e um fim, pagam os pais pelas culpas que tiverem, os filhos pelas que vierem a ter, assim me foi explicado no Templo, mas se a vida é uma sentença e a morte uma justiça, então nunca houve no mundo gente mais inocente que aquela de Belém, os meninos que morreram sem culpa e os pais que essa culpa não tiveram, nem gente mais culpada terá havido que meu pai, que se calou quando deveria ter falado, e agora este que sou, a quem a vida foi salva para que conhecesse o crime que lhe salvou a vida, mesmo que outra culpa não venha a ter, esta me matará. Na meia escuridão da caverna, Jesus levantou-se, parecia que queria fugir, mas não deu mais que dois incertos passos, foram-se-lhe abaixo de repente as pernas, as mãos acudiram-lhe aos olhos para suster as lágrimas que rebentavam, pobre rapaz, ali enroscado e torcendo-se no pó como se sentisse uma infinita dor, eis que o vemos sofrendo o remorso daquilo que não fez, mas de que há de ser, enquanto viva, ó insanável contradição, o primeiro culpado. Este rio de agónicas lágrimas, digamo-lo já, irá deixar para sempre nos olhos de Jesus uma marca de tristeza, um contínuo, húmido e desolado brilho, como se, em cada momento, tivesse acabado de chorar. Passou o tempo, lá fora o sol foi descaindo, tornaram-se mais longas as sombras da terra, prenunciando a grande sombra que do alto descerá com a noite, e a mudança do céu até no interior da caverna podia ser notada, as trevas já cercam e sufocam a pequeníssima amêndoa luminosa da candeia, é certo que se lhe está acabando o azeite, assim também será quando o sol estiver para apagar-se, então os homens dirão uns para os outros, Estamos a perder a vista, e não sabem que os olhos já não lhes servem de nada. Jesus dorme agora, rendeu-o o misericordioso cansaço destes dias, a morte terrível do pai, a herança do pesadelo, a confirmação resignada da mãe, e depois a penosa viagem até Jerusalém, o Templo assustador, as palavras sem consolação proferidas pelo escriba, a descida para Belém, o destino, a escrava Zelomi vinda do fundo do tempo para lhe trazer o conhecimento final, não admira que o corpo extenuado tivesse feito tombar consigo o mísero espírito, ambos pareciam repousar, mas já o espírito se move e em sonho faz levantar-se o corpo para que vão ambos a Belém, e ali, no meio da praça, confessem a tremenda culpa, Eu sou, dirá o espírito pela voz do corpo, aquele que trouxe a morte aos vossos filhos, julgai-me, condenai este corpo que aqui vos trago, o corpo de que sou o ânimo e a alma, para que o possais atormentar e torturar, pois sabido é que só pelo castigo e pelo sacrifício da carne se poderá alcançar a absolvição e o prémio do espírito. No sonho estão as mães de Belém com os filhos mortos nos braços, só um deles está vivo e a mãe é aquela mulher que apareceu a Jesus com o filho ao colo, é ela quem responde, Se não podes restituir-lhes a vida, cala-te, diante da morte não se querem palavras. O espírito, humilhando-se, recolheu-se em si mesmo como uma túnica dobrada três vezes, entregando o corpo inerme à justiça das mães de Belém, mas Jesus não virá a saber que poderia levar dali o corpo salvo, era o que a mulher que ainda tinha ao colo o filho vivo se preparava para anunciar-lhe, Tu não tens culpa, vai-te, quando o que a ele pareceu um repentino e ofuscante clarão inundou a caverna e o despertou de golpe, Onde estou, foi o seu primeiro pensamento, e erguendo a custo, do chão pulverulento, os olhos lacrimosos, viu um homem alto, gigantesco, com uma cabeça de fogo, mas logo percebeu que o que julgara ser cabeça era um archote levantado na mão direita quase até ao teto da cova, a cabeça verdadeira estava um pouco mais abaixo, pelo tamanho podia ser a de Golias, porém a expressão do rosto não tinha nada de furor guerreiro, antes era o sorriso comprazido de quem, tendo procurado, achou. Jesus levantou-se e recuou até à parede da caverna, agora podia ver melhor a cara do gigante, que afinal não o era assim tanto, apenas um palmo mais alto que os homens mais altos de Nazaré, as ilusões de ótica, sem as quais não há prodígios nem milagres, não são uma descoberta da nossa época, basta ver que o próprio Golias só não foi para jogador de basquetebol por ter nascido antes do tempo. Tu quem és, perguntou o homem, mas percebia-se que era só para meter conversa. Entalou o archote numa fenda da rocha, encostou à parede dois paus que trazia consigo, um polido pelo uso, de grossos nós, outro que parecia ter sido acabado de cortar da árvore, ainda com a casca, e depois foi sentar-se na pedra maior, compondo sobre os ombros o vasto manto em que se envolvia. Sou Jesus de Nazaré, respondeu o rapaz, Que vieste aqui fazer, se és de Nazaré, Sou de Nazaré, mas nasci nesta cova, vim cá para ver o sítio onde nasci, Onde tu nasceste mesmo foi na barriga da tua mãe, e aí não poderás ir jamais. Por não ouvidas antes, assim cruas, as palavras fizeram corar Jesus, que se calou. Fugiste de casa, perguntou o homem. O rapaz hesitou, como se estivesse a procurar no seu íntimo se poderia realmente chamar-se fuga a sua saída, e acabou por responder, Sim, Não te entendias com os teus pais, Meu pai já morreu, Ah, fez o homem, mas Jesus experimentou uma estranha e indefinível impressão, a de que ele já o saberia, e não só isto, mas todo o mais, o que fora já dito e o que ainda estava por dizer. Não respondeste à pergunta, tornou o homem, Qual, Se não te entendias com os teus pais, É assunto da minha vida, Fala-me com respeito, rapaz, ou tomo o lugar do teu pai para castigar-te, aqui, não te ouviria nem Deus, Deus é olho, orelha e língua, vê tudo, ouve tudo, e só por não querer é que não diz tudo, Que sabes tu de Deus, moço, O que aprendi na sinagoga, Na sinagoga nunca ouviste dizer que Deus é um olho, uma orelha e uma língua, A conclusão foi minha, se Deus isso não fosse não seria Deus, E por que achas tu que Deus é um olho e uma orelha e não dois olhos e duas orelhas como os temos tu e eu, Para que um olho não pudesse enganar o outro olho, e uma orelha a outra orelha, para a língua não é preciso, é uma só, A língua dos homens também é dúplice, tanto serve para a verdade como para a mentira, A Deus não é permitido mentir, Quem lho impede, O mesmo Deus, ou então negar-se-ia a si mesmo, Já o viste, A quem, A Deus, Alguns o viram e anunciaram. O homem esteve calado a olhar o rapaz como se nele buscasse umas feições conhecidas, e depois disse, Sim, é certo, alguns julgaram vê-lo. Fez uma pausa, e prosseguiu, agora com um sorriso de malícia, Não chegaste a responder-me, A quê, Se te davas mal com os teus pais, Saí de casa porque quis conhecer mundo, A tua língua conhece a arte de mentir, moço, mas eu sei bem quem és, nasceste filho de um carpinteiro de obra grossa chamado José e de uma cardadora de lã chamada Maria, Como o sabes, Um dia soube-o e não o esqueci, Explica-te melhor, Sou pastor, há muitos anos que ando por aí com as minhas ovelhas e cabras, e o bode e o carneiro da cobrição, calhou estar nestes sítios quando vieste ao mundo, e ainda por cá andava quando vieram matar os meninos de Belém, conheço-te desde sempre, como vês. Jesus olhou o homem com temor e perguntou, Que nome é o teu, Para as minhas ovelhas não tenho nome, Não sou uma ovelha tua, Quem sabe, Diz-me como te chamas, Se fazes tanta questão de dar-me um nome, chama-me Pastor, é o suficiente para que me tenhas, se me chamares, Queres levar-me contigo, de ajudante, Estava à espera de que mo pedisses, E então, Recebo-te no meu rebanho. O homem levantou-se, tomou o archote e saiu para o ar livre. Jesus seguiu-o. Era noite fechada, a lua ainda não nascera. Juntas à entrada da caverna, sem mais ruído que o leve tilintar das campainhas de algumas, as ovelhas e as cabras, tranquilas, pareciam ter estado à espera da conclusão da conversa entre o seu pastor e o ajuda novo. O homem levantou o archote para mostrar as cabeças negras das cabras, os focinhos alvacentos das ovelhas, os lombos secos e escorridos dumas, as redondas e felpudas garupas doutras, e disse, Este é o meu rebanho, cuida tu de não vires a perder um só destes animais. Sentados à boca da caverna, sob a luz instável do archote, Jesus e o pastor comeram do queijo e do pão duro dos alforges. Depois o pastor foi dentro e trouxe o pau novo, o que ainda estava encascado. Acendeu uma fogueira e, aos poucos, movendo habilmente o pau entre as chamas, foi-lhe queimando a casca até fazê-la sair em longas tiras, depois alisou-lhe toscamente os nós. Deixou-o a arrefecer por um bocado e tornou a metê-lo no lume, agora movendo-o mais depressa, sem dar tempo a que as labaredas o queimassem, desta maneira escurecendo e enrijecendo a epiderme da madeira, como se sobre a jovem vergôntea se tivessem antecipado os anos. Quando chegou ao fim do trabalho, disse, Aqui tens, forte e direito, o teu cajado de pastor, é o teu terceiro braço. Apesar de não ser de mãos delicadas, Jesus teve de largar o pau para o chão, tão quente estava. Como pôde ele aguentar, pensou, e não encontrava a resposta. Quando, finalmente, a lua nasceu, entraram na cova para dormir. Umas poucas ovelhas e cabras entraram também e deitaram-se ao lado deles. Alvorecia o primeiro luzeiro da manhã, quando o pastor sacudiu Jesus, dizendo-lhe, Levanta-te, rapaz, chega de dormir, o meu gado tem fome, daqui em diante o teu trabalho vai ser levá-lo ao pasto, nunca em tua vida farás coisa mais importante. Lentamente, porque o que regulava a marcha era o passo miudinho e travado do rebanho, posto o pastor lá adiante, o ajuda atrás, foram-se dali todos, os humanos e os animais, numa fresca e transparente madrugada que parecia não ter pressa de fazer nascer o sol, ciosa de uma claridade que era como a de um mundo apenas começado. Bem mais tarde, uma mulher idosa, que a custo caminhava ajudando-se com um bordão como uma terceira perna, veio das escondidas casas de Belém e entrou na caverna. Não ficou muito admirada por não estar ali Jesus, provavelmente já nada teriam para dizer um ao outro. Na meia escuridão habitual da cova brilhava a amêndoa luminosa da candeia, que o pastor reabastecera de azeite.

Daqui a quatro anos Jesus encontrará Deus. Ao fazer esta inesperada revelação, quiçá prematura à luz das regras do bem narrar antes mencionadas, o que se pretende é tão-só bem dispor o leitor deste evangelho a deixar-se entreter com alguns vulgares episódios de vida pastoril, embora estes, adianta-se desde já para que tenha desculpa quem for tentado a passar à frente, nada de substancioso venham trazer ao principal da matéria. No entanto, quatro anos sempre são quatro anos, mormente numa idade de tão grandes mudanças físicas e mentais, ele é o corpo que cresce desta desatinada maneira, ele é a barba que começa a sombrear uma pele já de si morena, ele é a voz que se torna funda e grossa como uma pedra rolando pela aba da montanha, ele é a tendência para o devaneio e o sonhar acordado, sempre censuráveis, mormente quando há deveres de vigilância a cumprir, é o caso das sentinelas nos quartéis, castelos e acampamentos, por exemplo, ou, para não sairmos da história, deste novel ajudante de pastor a quem foi dito que não pode largar de vista as cabras e as ovelhas do patrão. Que, a bem dizer, não se sabe quem seja. Pastorear, neste tempo e nestes lugares, é trabalho para servo ou escravo bruto, obrigado, sob pena de castigo, a dar constantes e pontuais contas do leite, do queijo e da lã, sem falar do número de cabeças de gado, o qual sempre deverá estar em aumento, para que possam dizer os vizinhos que os olhos do Senhor contemplam com benignidade o piedoso proprietário de bens tão profusos, o qual, se quer estar conforme com as regras do mundo, mais deverá fiar-se da benevolência do Senhor do que da força genesíaca dos cobridores do seu rebanho. Estranho, porém, é que Pastor, que assim quis ele que lhe chamássemos, não pareça ter um amo que o governe, pois nestes quatro anos não virá ninguém ao deserto a recolher a lã, o leite ou o queijo, nem o maioral deixará o gado para ir dar contas do seu múnus. Tudo estaria certo se o pastor fosse, no sentido conhecido e costumado da palavra, o dono destas cabras e destas ovelhas, mas é muito difícil acreditar que o seja, realmente, quem, como ele, deita a perder quantidades de lã que excedem toda a imaginação, quem, pelos vistos, só tosquia para que não se sufoquem de calor as ovelhas, quem aproveita o leite, se o aproveita, apenas para fabricar o queijo de cada dia e trocar o que sobra por figos, tâmaras e pão, quem, finalmente, e enigma dos enigmas, não vende cordeiro ou cabrito do seu rebanho, nem mesmo na altura da Páscoa, quando, por via da procura, alcançam tão bom preço. Não admira, portanto, que o rebanho cresça sem parar, como se, afincadamente, e com o entusiasmo de quem sabe garantida uma duração justa de vida, cumprisse aquela famosa ordem que o Senhor deu, talvez pouco confiante na eficácia dos doces instintos naturais, Crescei e multiplicai-vos. Nesta grei insólita e vagabunda morre-se de velhice, e é o próprio Pastor, em pessoa, quem, serenamente, ajuda a morrer, matando-os, os animais que, por doença ou senilidade, já não podem acompanhar o rebanho. Jesus, a primeira vez que tal aconteceu depois que começara a trabalhar para o pastor, protestou contra a fria crueldade, mas ele respondeu-lhe simplesmente, Ou os mato, como sempre tenho feito, ou os deixo abandonados para morrerem sozinhos nesses desertos, ou detenho o rebanho e fico aqui à espera de que morram, sabendo que, se levarem dias a morrer, acabará o pasto por não chegar para os que ainda estão vivos, diz-me tu como procederias se estivesses no meu lugar, se, como eu, fosses senhor da vida e da morte do teu rebanho. Jesus não soube que responder e, para mudar de assunto, perguntou, Se não vendes a lã, se temos mais leite e mais queijo do que precisamos para viver, se não fazes comércio dos anhos e dos cabritos, para que queres tu o rebanho, e o deixas viver e fazes crescer assim, a ponto de um dia, se continuas, ele cobrir todos estes montes e encher a terra inteira, e Pastor respondeu, O rebanho estava aqui, alguém tinha de cuidar dele, defendê-lo das cobiças, calhou ser eu, Aqui, onde, Aqui, além, em toda a parte, Quererás dizer, se não me engano, que o rebanho sempre esteve, sempre foi, Mais ou menos, Foste tu que compraste a primeira ovelha e a primeira cabra, Não, Quem foi, então, Encontrei-as, não sei se foram compradas, e já eram rebanho quando as encontrei, Deram-tas, Ninguém mas deu, eu encontrei-as, elas encontraram-me, Então, és o dono, Não sou o dono, nada do que existe no mundo me pertence, Porque tudo pertence ao Senhor, devias sabê-lo, Tu o dizes, Há quanto tempo és pastor, Já o era quando nasceste, Desde quando, Não sei, talvez cinquenta vezes a idade que tens, Só os patriarcas de antes do dilúvio viveram tantos ou mais anos, nenhum homem dos de agora pode esperar ter tão longa vida, Bem o sei, Se o sabes, mas insistes que viveste todo esse tempo, admitirás que eu pense que não és homem, Admito. Ora, se Jesus, que tão bem encaminhado vinha na ordem e sequência do interrogatório, como se na cartilha socrática tivesse aprendido as artes da maiêutica analítica, se Jesus perguntasse, Que és então, já que homem não és, era muito provável que Pastor condescendesse em responder-lhe com um ar de quem não quer dar extrema importância ao assunto, Sou um anjo, mas não o digas a ninguém. Acontece isto muitas vezes, não fazemos as perguntas porque ainda não estávamos preparados para ouvir as respostas, ou por termos, simplesmente, medo delas. E, quando encontramos coragem para as lançar, não é raro que não nos respondam, como virá a fazer Jesus quando um dia lhe perguntarem, Que é a verdade. Então se calará até hoje.

Como quer que seja, o que Jesus já sabe, sem precisar de perguntar, é que o seu enigmático companheiro não é um anjo do Senhor, pois os anjos do Senhor cantam em todos os momentos do dia e da noite as glórias do Senhor, não são como os homens, que só o fazem por obrigação e nas ocasiões regulamentares, também é certo que os anjos têm razões mais próximas e justificadas para cantarem tanto, pois que com o dito Senhor vivem eles no céu, por assim dizer de casa e pucarinho. O que primeiro Jesus estranhou de todo foi que, saídos da caverna para a madrugada, não tivesse Pastor procedido como ele procedera, bendizendo a Deus por aquelas coisas que sabemos, haver-lhe restituído a alma, haver dado inteligência ao galo, e, porque tivera precisão de ir atrás daquela fraga a mijar e dar de corpo, agradecer-lhe os orifícios e vasos existentes no organismo humano, providenciais no sentido absoluto da palavra, pois que sem eles. Pastor olhou o céu e a terra como faz qualquer um depois de sair da cama, murmurou algumas palavras sobre o bom tempo que os ares prometiam e, levando dois dedos à boca, soltou um assobio estridente que pôs todo o rebanho de pé como um só homem. Nada mais. Pensou Jesus que teria sido um caso de esquecimento, sempre possível quando uma pessoa anda com o espírito ocupado, por exemplo, estar Pastor a pensar na melhor maneira de ensinar o rude ofício a um moço habituado aos confortos duma oficina de carpinteiro. Ora, nós sabemos que, numa situação normal, entre gente comum, Jesus não iria ter de esperar muito para se inteirar do grau efetivo de religiosidade do seu maioral, uma vez que os judeus do tempo emitiam bênçãos aí umas trinta vezes ao dia, por dá cá aquela palha, como bastantemente ao longo deste evangelho se viu, sem necessidade de melhor demonstração agora. Passou-se o dia e nada de bênçãos, veio a noite, dormida ao relento, num descampado, e nem a majestade do céu de Deus foi capaz de acordar na alma e na boca de Pastor uma só palavrinha de louvor e gratidão, afinal o tempo podia estar de chuva e não estava, o que era, a todos os títulos, tanto os humanos como os divinos, sinal indubitável de que o Senhor velava pelas suas criaturas. Na manhã seguinte, depois de comer, e quando o maioral se preparava para dar uma volta ao rebanho em jeito de reconhecimento, a ver se alguma irrequieta cabra não resolvera ir de aventura pelos arredores, Jesus anunciou numa voz firme, Vou-me embora. Pastor parou, olhou-o sem mudar de expressão, apenas disse, Boa viagem, não preciso dizer-te que não és meu escravo nem há contrato legal entre nós, podes partir quando entenderes, Não queres saber por que me vou, A minha curiosidade não é tão forte que me obrigue a perguntar-to, Parto porque não devo viver ao lado duma pessoa que não cumpre as suas obrigações para com o Senhor, Que obrigações, As mais elementares, as que se exprimem pelas bênçãos e pelas graças. Pastor ficou calado, com um meio sorriso que se revelava mais nos olhos que na boca, depois disse, Não sou judeu, não tenho de cumprir obrigações que não são minhas. Jesus recuou um passo, escandalizado. Que a terra de Israel fervilhasse de estrangeiros e seguidores de deuses falsos, por de mais o sabia, mas nunca lhe sucedera dormir ao lado de um deles, comer do seu pão e beber do seu leite. Por isso, como se segurasse diante de si uma lança e um escudo protetor, exclamou, Só o Senhor é Deus. O sorriso de Pastor apagou-se, a boca ganhou de súbito um vinco amargo, Sim, se existe Deus terá de ser um único Senhor, mas era melhor que fossem dois, assim haveria um deus para o lobo e um deus para a ovelha, um para o que morre e outro para o que mata, um deus para o condenado, um deus para o carrasco, Deus é uno, completo e indivisível, clamou Jesus, e quase chorava de piedosa indignação, ao que o outro respondeu, Não sei como pode Deus viver, a frase não passou daqui porque Jesus, com a autoridade de um mestre de sinagoga, cortou, Deus não vive, é, Nessas diferenças não sou entendido, mas o que te posso dizer é que não gostaria de me ver na pele de um deus que ao mesmo tempo guia a mão do punhal assassino e oferece a garganta que vai ser cortada, Ofendes a Deus com esses pensamentos ímpios, Não valho tanto, Deus não dorme, um dia te punirá, Ainda bem que não dorme, dessa maneira evita os pesadelos do remorso, Por que me falas tu de pesadelos e remorso, Porque estamos a falar do teu deus, E o teu, quem é, Não tenho deus, sou como uma das minhas ovelhas, Ao menos dão filhos para os altares do Senhor, E eu digo-te que como lobos uivariam essas mães se o soubessem. Jesus ficou pálido, sem resposta.

Agora o rebanho rodeava-os, atento, num grande silêncio. O sol já nascera e a sua luz toucava de vermelho--rubi o velo das ovelhas e os cornos das cabras. Jesus disse, Vou-me embora, mas não se moveu. Apoiado ao cajado, tão calmo como se soubesse ter todo o tempo futuro à sua disposição, Pastor esperava. Enfim, Jesus deu alguns passos, abrindo caminho entre as ovelhas, mas parou de repente e perguntou, Que sabes tu de remorso e pesadelos, Que és o herdeiro de teu pai. Estas palavras não as pôde suportar Jesus. No mesmo instante dobraram-se-lhe os joelhos, escorregou-lhe do ombro o alforge, donde, por obra de acaso ou de necessidade, lhe saltaram as sandálias do pai, ao mesmo tempo que se ouvia o ruído da tigela do fariseu ao partir-se. Jesus começou a chorar como uma criança abandonada, porém Pastor não se aproximou, apenas disse lá donde estava, Lembrar-te-ás sempre de que conheço tudo a teu respeito desde que foste concebido, e agora decide-te de uma vez, ou partes, ou ficas, Diz-me primeiro quem és, Ainda não é tempo de o saberes, E quando o souber, Se ficares, arrepender-te-ás de não teres partido, se partires, arrepender-te-ás de não ter ficado, Mas se eu me fosse embora não viria a saber quem és, Enganas-te, a tua hora há de chegar e nessa altura estarei presente para to dizer, posto isto basta já de conversa, o rebanho não pode ficar aqui o dia todo à espera de que tu te resolvas. Jesus recolheu os cacos da tigela, olhou-os como se lhe custasse separar-se deles, em verdade não havia motivo para isso, ontem, a esta hora, ainda nem tinha encontrado o fariseu, além disso as tigelas de barro são assim, partem-se com grande facilidade. Largou os fragmentos para o chão como se os semeasse, e foi então que Pastor disse, Terás uma outra tigela, mas essa não se quebrará enquanto vivas. Jesus não o ouviu, tinha as sandálias de José na mão e pensava se não deveria calçá-las, é certo que, tão pouco tempo passado, os pés não podiam ter-lhe crescido à medida, mas o tempo, bem o sabemos, é consoante, parecia a Jesus que andara com as sandálias do pai no alforge durante uma eternidade, forte surpresa era se ainda lhe estivessem largas. Calçou-as e, sem saber por que o fazia, guardou as suas. Disse Pastor, Pés que cresceram não voltam a encolher, e tu não terás filhos que de ti herdem a túnica, o manto e as sandálias, mas Jesus não as lançou fora, o peso delas ajudava o alforje quase vazio a segurar-se no ombro. A resposta que Pastor pedira não precisou ser dada, Jesus tomou o seu lugar atrás do rebanho, divididos os sentimentos entre uma indefinível impressão de terror, como se a sua alma estivesse em perigo, e outra, ainda mais indefinível, de sombria fascinação. Hei de saber quem tu és, murmurava Jesus enquanto, em meio do pó levantado pelo rebanho, fazia avançar uma ovelha retardatária, e desta maneira se explicava, cria ele, o motivo por que finalmente resolvera ficar com o enigmático pastor.

Este foi o primeiro dia. De assuntos de crença e impiedade, de vida, morte e propriedade, não se voltou a falar, mas Jesus, que passara a observar mesmo os mais simples movimentos e atitudes de Pastor, notou que, coincidindo quase sempre com as vezes em que ele próprio bendizia o Senhor, o seu companheiro baixava-se e assentava suavemente as palmas das duas mãos na terra, curvando a cabeça e fechando os olhos, sem dizer uma palavra. Um dia, quando era ainda menino pequeno, Jesus ouvira contar a uns velhos viajantes que passaram por Nazaré que no interior do mundo existiam enormíssimas cavernas onde se encontravam, como à superfície, cidades, campos, rios, bosques e desertos, e que esse mundo inferior, em tudo cópia e reflexo deste em que vivemos, tinha sido criado pelo Diabo depois de o ter precipitado Deus das alturas do céu, em castigo da sua revolta. E como o Diabo, de quem Deus ao princípio fora amigo, e ele favorito de Deus, comentando-se mesmo no universo que desde os tempos infinitos nunca se vira uma amizade igual àquela, como o Diabo, diziam os velhos, estivera presente no ato do nascimento de Adão e Eva, e tinha podido aprender como se fazia, então repetiu no seu mundo subterrâneo a criação de um homem e de uma mulher, com a diferença, ao contrário de Deus, de não lhes ter proibido nada, razão por que não teria havido, no mundo do Diabo, pecado original. Um dos velhos atreveu-se mesmo a dizer, E como não houve pecado original, também não houve nenhum outro. Depois de os velhos se terem ido embora, expulsos, com a ajuda de algumas pedradas persuasivas, por nazarenos furiosos que enfim tinham percebido aonde queriam os ímpios chegar com a insidiosa conversa, houve um rápido abalo sísmico, coisa ligeira, nada mais que um sinal confirmador vindo das entranhas profundíssimas da terra, foi o que então ocorreu a Jesus pensar, já muito capaz, este pequeno, de ligar um efeito à sua causa, apesar da pouca idade. E agora, perante o pastor ajoelhado, de cabeça baixa, as mãos assim pousadas no chão, de leve, como para tornar mais sensível o contacto de cada grão de areia, de cada pequena pedra, de cada radícula subida à superfície, a lembrança da antiga história despertou na memória de Jesus, e ele acreditou, por momentos, ser este homem um habitante do oculto mundo criado pelo Diabo à semelhança do mundo visível, Que terá vindo cá fazer, pensou, mas a sua imaginação não teve ânimos para ir mais longe. Então, quando Pastor se levantou, perguntou-lhe, Por que fazes isso, Certifico-me de que a terra continua por baixo de mim, Não te chegam os pés para teres a certeza, Os pés não percebem nada, o conhecimento é próprio das mãos, quando tu adoras o teu Deus não é os pés que levantas para ele, mas as mãos, e contudo podias levantar qualquer parte do corpo, até o que tens entre as pernas, se não és um eunuco. Jesus corou violentamente, a vergonha e uma espécie de susto sufocaram-no, Não ofendas o Deus que não conheces, exclamou por fim, e Pastor, ato contínuo, Quem criou o teu corpo, Deus foi quem me criou, Tal como é e com tudo o que tem, Sim, Há alguma parte do teu corpo que tenha sido criada pelo Diabo, Não, não, o corpo é obra de Deus, Então todas as partes do teu corpo são iguais perante Deus, Sim, Poderia Deus rejeitar como obra não sua, por exemplo, o que tens entre as pernas, Suponho que não, mas o Senhor, que criou Adão, expulsou-o do paraíso, e Adão era obra sua, Responde-me direito, rapaz, não me fales como um doutor da sinagoga, Queres obrigar-me a dar-te as respostas que te convêm, e eu recito-te, se for preciso, todos os casos em que o homem, porque assim o ordenou o Senhor, não poderá, sob pena de contaminação e morte, descobrir uma nudez alheia ou a sua própria, prova de que essa parte do corpo é, por si mesma, maldita, Não mais maldita do que a boca quando mente e calunia, e ela serve-te para louvares o teu Deus antes da mentira e depois da calúnia, Não te quero ouvir, Tens de ouvir-me, que mais não seja para atenderes à pergunta que te fiz, Que pergunta, Se Deus poderá rejeitar como obra não sua o que levas entre as pernas, diz sim ou não, Não pode, Porquê, Porque o Senhor não pode não querer o que antes quis. Pastor acenou a cabeça lentamente e disse, Por outras palavras, o teu Deus é o único guarda duma prisão onde o único preso é o teu Deus. Ainda o último eco da tremenda afirmação vibrava nos ouvidos de Jesus quando Pastor, agora num tom de falsa naturalidade, voltou a falar, Escolhe uma ovelha, disse, Quê, perguntou Jesus desnorteado, Digo-te que escolhas uma ovelha, a não ser que prefiras uma cabra, Para quê, Vais precisar dela, se realmente não és um eunuco. A compreensão atingiu o rapaz com a força de um murro. Porém, pior que tudo foi a vertigem de uma horrível voluptuosidade que do afogamento da vergonha e da repugnância num rápido instante emergiu e prevaleceu. Tapou a cara com as mãos e disse numa voz rouca, Esta é a palavra do Senhor Se um homem se ajuntar com um animal, será punido com a morte, e matareis o animal, e também disse Maldito o que peca com um animal qualquer, Disse isso tudo o teu Senhor, Sim, e eu digo-te que te afastes de mim, abominação, criatura que não és de Deus, mas do Diabo. Pastor ouviu e não se moveu, como se estivesse a dar tempo a que as iradas palavras de Jesus produzissem todo o seu efeito, fosse ele qual fosse, assombração de raio, corrosão de lepra, morte súbita do corpo e da alma. Nada aconteceu. Um vento veio correndo entre as pedras, levantou uma nuvem de poeira que atravessou o deserto, e depois nada, o silêncio, o universo calado contemplando os homens e os animais, à espera, talvez, ele próprio, de saber que sentido lhe atribuem, ou encontram, ou reconhecem, uns e outros, e nessa espera se consumindo, já rodeado de cinzas o fogo primordial, enquanto a resposta se busca e tarda. De súbito, Pastor levantou os braços e clamou, em estentórea voz, virado para o rebanho, Ouvide, ouvide, ovelhas que aí estais, ouvide o que nos vem ensinar este sábio rapaz, que não é licito fornicar-vos, Deus não o permite, podeis estar tranquilas, mas tosquiar-vos, sim, maltratar-vos, sim, matar-vos, sim, e comer-vos, pois para isso vos criou a sua lei e vos mantém a sua providência. Depois deu três longos assobios, agitou por sobre a cabeça o cajado, Andai, andai, gritou, e o rebanho pôs-se em movimento, na direção por onde tinha desaparecido a coluna de poeira. Jesus ficou ali, parado, a olhar, até quase se perder na distância a alta figura de Pastor e se confundirem com a cor da terra os dorsos resignados dos animais. Não vou com ele, dissera, mas foi. Acomodou o alforge ao ombro, ajustou as correias das sandálias que tinham sido do pai e seguiu de longe o rebanho. Juntou-se a ele quando a noite caiu, apareceu da escuridão para a luz da fogueira, e disse, Aqui estou.

Atrás de tempo, tempo vem, é sentença conhecida e de muita aplicação, porém não tão óbvia quanto pode parecer a quem se satisfaça com o significado próximo das palavras, quer soltas, uma por uma, quer juntas e articuladas, pois tudo vai é da maneira de dizer, e esta varia com o sentimento de quem as expresse, não é o mesmo pronunciá-las alguém que, correndo-lhe mal a vida, espere dias melhores, ou atirá-las como ameaça, como prometida vingança que o futuro haverá de cumprir. O caso mais extremo seria o de uma pessoa que, sem fortes e objetivas razões de queixa quanto à sua saúde e bem-estar, suspirasse melancolicamente, Atrás de tempo, tempo vem, só por ser de natureza pessimista e atreita a prever o pior. Não seria de todo crível que Jesus, na sua idade, andasse com estas palavras na boca, qualquer que fosse o sentido em que as usasse, mas nós, sim, que, como Deus, tudo sabemos do tempo que foi, é e há de ser, nós podemos pronunciá-las, murmurá-las ou suspirá-las enquanto o vamos vendo entregue à sua faina de pastor, por essas montanhas de Judá, ou descendo, no tempo próprio, ao vale do Jordão. E não tanto por de Jesus se tratar, mas porque todo o ser humano tem por diante, em cada momento da sua vida, coisas boas e coisas más, atrás de umas, outras, atrás de tempo, tempo. Sendo Jesus o evidente herói deste evangelho, que nunca teve o propósito desconsiderado de contrariar o que escreveram outros e portanto não ousará dizer que não aconteceu o que aconteceu, pondo no lugar de um Sim um Não, sendo Jesus esse herói e conhecidas as suas façanhas, ser-nos-ia muito fácil chegar ao pé dele e anunciar-lhe o futuro, o bom e maravilhoso que será a sua vida, milagres que darão de comer, outros que restituirão a saúde, um que vencerá a morte, mas não seria sensato fazê-lo, porque o moço, ainda que dotado para a religião e entendido em patriarcas e profetas, goza do robusto ceticismo próprio da sua idade e mandar-nos-ia passear. Mudará de ideias, claro está, quando se encontrar com Deus, mas esse decisivo acontecimento não é para amanhã, daqui até lá ainda Jesus vai ter de subir e descer muito monte, mungir muita cabra e muita ovelha, ajudar a fabricar o queijo, ir à troca de produtos às aldeias. Também matará animais doentes ou estropiados, e chorará por eles. Mas o que nunca lhe irá acontecer, sosseguem os espíritos sensíveis, é cair na horrível tentação de usar, como lhe propôs o malicioso e pervertido Pastor, uma cabra ou uma ovelha, ou as duas, para descarga e satisfação do sujo corpo com que a límpida alma tem de viver. Esqueçamo-nos, por não ser aqui lugar de análises íntimas, só possíveis em tempos a este futuros, de que, quantas e quantas vezes, para poder exibir e gabar-se de um corpo limpo, a alma a si mesma se carregou de tristeza, inveja e imundície.

Pastor e Jesus, passados aqueles enfrentamentos éticos e teológicos dos primeiros dias, contudo ainda por algum tempo recidivantes, levaram sempre, enquanto juntos, uma boa vida, o homem ensinando sem impaciências de mais velho as artes da pastorícia, o rapaz aprendendo-as como se a sua vida fosse depender maximamente delas. Jesus aprendeu a lançar o cajado, rodopiando e zumbindo pelo ar até ir cair nos lombos dumas ovelhas que, por distração ou atrevimento, se afastavam do rebanho, mas essa foi uma dorida aprendizagem, porque um dia, não estando ainda seguro da técnica, atirou o pau demasiado por baixo, com o trágico resultado de, na trajetória, apanhar em cheio o tenro pescocinho de um cabrito de poucos dias, que no mesmo instante ali morreu. Acidentes destes podem ocorrer a qualquer pessoa, até um pastor veterano e diplomado não está livre de lhe acontecer um azar, mas o pobre Jesus, que já tantas dores transporta consigo, parecia uma estátua da amargura quando levantou do chão, ainda quente, o cabritinho. Não havia nada a fazer, a própria cabra mãe, depois de farejar por um momento o filho, afastou-se e continuou a pastar, rapando a erva rasa e dura, que repuxava com secos movimentos da cabeça, aqui devemos citar o conhecido refrão, Cabra que berra, bocada que erra, que é outra maneira de dizer o mesmo, Chorar e comer não faz bom viver. Pastor veio ver o que sucedera, O mal é dele, que morreu, tu não fiques triste, Matei-o, lamentou-se Jesus, e era tão pequeno, Sim, se fosse um bode feio e fedorento não terias pena, ou não terias tanta, põe-no no chão, que eu trato dele, e tu vai-te além, está lá uma ovelha em jeito de parir, Que vais fazer, Esfolá-lo, que é que julgas, vida não posso dar-lha, não sou competente em obras milagrosas, Faço jura de não comer dessa carne, Comer o animal que matamos é a única maneira de respeitá-lo, mau é comerem uns o que outros tiveram de matar, Não o comerei, Pois não comas, mais fica para mim, Pastor tirou a faca da cinta, olhou Jesus e disse, Mais tarde ou mais cedo, também isto terás de aprender, ver como são feitos por dentro aqueles que foram criados para nos servir e alimentar. Jesus virou a cara para o lado e deu um passo para retirar-se, mas Pastor, que detivera o movimento da faca, ainda disse, Os escravos vivem para servir-nos, talvez devêssemos abri-los para sabermos se levam escravos dentro, e depois abrir um rei para ver se tem outro rei na barriga, e olha que se encontrássemos o Diabo e ele deixasse que o abríssemos, talvez tivéssemos a surpresa de ver saltar Deus lá de dentro. Falamos, antes, de recidivas dos choques de ideias e convicções entre Jesus e Pastor, e este é um exemplo. Mas Jesus, com o tempo, aprendera que a melhor resposta seria calar, não se dar por achado perante as provocações, mesmo brutais, como esta, e ainda assim vai com sorte, podia ter sido bem pior, imagine-se o escândalo se Pastor se lembrava de abrir Deus para ver se o Diabo lá estava dentro. Jesus foi à procura da ovelha que estava a parir, ao menos ali não o esperavam surpresas, apareceria um cordeiro igual a todos, verdadeiramente à imagem e semelhança da mãe, por sua vez retrato fiel das suas irmãs, há seres assim, não levam dentro de si senão isso, a certeza de uma pacífica e não interrogativa continuidade. A ovelha já parira, no chão o anho parecia feito só de pernas, e a mãe tentava ajudá-lo a erguer-se dando-lhe leves empurrões com o focinho, mas o pobre, estonteado, apenas sabia fazer movimentos bruscos com a cabeça como se procurasse o melhor ângulo de visão para entender o mundo em que nascera. Jesus ajudou-o a firmar-se nas patas, ficaram-lhe as mãos húmidas dos humores da matriz da ovelha, mas ele não se importou nada, é o que faz viver no campo com animais, cuspo e baba é tudo o mesmo, este cordeiro vem em boa altura, tão bonito, com o pelo frisado, já a sua boca rósea e frenética buscava o leite onde o havia, naquelas tetas que ele nunca vira antes, com as quais não podia ter sonhado no útero da mãe, em verdade nenhuma criatura pode queixar-se de Deus, se logo ao nascer já vem a saber tantas coisas úteis. Lá adiante Pastor levantava a pele do cabrito esticada numa armação de paus em forma de estrela, o corpo esfolado, agora dentro do alforge, embrulhado num pano, será salgado quando o rebanho parar para passar a noite, menos a parte de que Pastor entender fazer a sua ceia, que Jesus já disse que não comerá duma carne a que, sem querer, tirou a vida. Para a religião que cultiva e os costumes a que obedece, estes escrúpulos de Jesus são subversivos, haja vista a matança desses outros inocentes todos os dias sacrificados nos altares do Senhor, maiormente em Jerusalém, onde as vítimas se contam por hecatombes. No fundo, talvez que o caso de Jesus, à primeira vista incompreensível nas circunstâncias de tempo e de lugar, seja apenas uma questão de sensibilidade, por assim dizer, em carne viva, recordemos quão próxima está ainda a trágica morte de José, quão próximas as revelações insuportáveis do que aconteceu em Belém vai fazer quinze anos, caso para admirar é que este rapaz mantenha o seu juízo inteiro, que não tenha sido tocado nas polias e roldanas do miolo, apesar daqueles sonhos que não o largam, ultimamente não temos falado deles, mas continuam. Quando o sofrimento passa a mais, indo ao ponto de transmitir-se ao próprio rebanho que acorda, noite alta, julgando que o vêm matar, Pastor acorda-o suavemente, Que é isso, que é isso, diz, e Jesus sai do pesadelo para os braços dele, como se do seu desgraçado pai se tratasse. Um dia, logo ao princípio, Jesus contou a

Pastor o que sonhava; tentando, porém, disfarçar as raízes e as causas da sua noturna e quotidiana agonia, mas Pastor disse, Deixa, não vale a pena contares-mo, sei tudo, até aquilo que estás a tentar esconder-me. Foi isto naqueles dias em que Jesus recriminava Pastor pela sua falta de fé e pelos defeitos e maldades que se deduziam e reconheciam no seu comportamento, incluindo, perdoe-se-nos que voltemos ao assunto, o sexual. Mas Jesus, vendo bem, não tinha ninguém no mundo, se excetuarmos a família, de que se afastou e de que quase anda esquecido, salvo a mãe, que sempre é a mãe, aquela que nos deu o ser, e a quem algumas vezes na vida apeteceu dizer, Antes não tivesses dado, além da mãe, só a irmã Lísia, não se sabe porquê, a memória tem destas coisas, razões suas próprias para lembrar-se e esquecer-se. Sendo estas coisas o que são, Jesus acabou por sentir-se bem na companhia de Pastor, imaginemo-lo por nós, a consolação que será não vivermos sozinhos com a nossa culpa, ter ao lado alguém que a conhecesse e que, não tendo de fingir perdoar o que perdão não possa ter, supondo que estaria em seu poder fazê-lo, procedesse connosco com retidão, usando de bondade e de severidade segundo a justiça de que seja merecedora aquela parte de nós que, cercada de culpas, conservou uma inocência. Isto nos ocorreu explicar agora, aproveitando o a-propósito, para que com mais facilidade se pudessem entender as razões, e recebê-las por boas, por que Jesus, em tudo tão diferente e contrário ao seu rude hospedeiro, virá afinal a ficar com ele até ao anunciado encontro com Deus, de que tanto há a esperar, pois Deus não iria aparecer a um simples mortal sem ter para isso fortes razões.

Antes, porém, vão querer as circunstâncias, os acasos e as coincidências de que tanto se tem falado, que

Jesus encontre sua mãe e alguns dos seus irmãos em Jerusalém, por ocasião desta primeira Páscoa que ele julgava ir viver longe da família. Que Jesus quisesse celebrar a Páscoa em Jerusalém, poderia ter sido, para o pastor, causa de estranheza e motivo de liminar recusa, estando eles no deserto e precisando o rebanho de tanta cópia de assistência e cuidados, sem contar, claro está, que não sendo Pastor judeu nem tendo outro deus para honrar, podia, que mais não fosse por antipática embirração, dizer, Pois não vai, não senhor, aqui é que é o seu lugar, patrão sou eu e não vou de férias. Ora, há que reconhecer que não foi assim, Pastor apenas perguntou, Voltas, se bem que, pelo tom de voz, parecia estar seguro de que Jesus voltaria, e foi o que o rapaz respondeu, sem hesitação, mas surpreendido, ele sim, por lhe ter saído tão pronta a palavra, Volto, Escolhe então aí um cordeiro limpo e são e leva-o para o sacrifício, já que vocês são dados a esses usos e costumes, mas isto disse-o Pastor a experimentar, queria ver se Jesus era capaz de conduzir à morte um cordeiro daquele rebanho que tanto trabalho lhes dava a guardar e defender. A Jesus ninguém o avisou, não se lhe chegou de mansinho um anjo, dos outros pequenos e quase invisíveis, a sussurrar-lhe ao ouvido, Cuidado, olha que é uma armadilha, não te fies, esse sujeito é capaz de tudo. A sua simples sensibilidade é que lhe encontrou a boa resposta, ou teria sido, quem sabe, a lembrança do cabrito morto e do anho nascido, Não quero cordeiro deste rebanho, disse, Porquê, Não levaria à morte o que ajudei a criar, A mim parece-me isso muito bem, mas já pensaste, creio, que em outro rebanho o haverás de buscar, Não posso evitá-lo, os cordeiros não descem do céu, Quando queres partir, Amanhã cedo, E voltas, Volto. Sobre este assunto não disseram mais palavra, apesar de nos ficarem dúvidas de como irá Jesus, que não é rico e trabalha pela comida, comprar o cordeiro pascal. Estando ele tão livre de tentações que custem dinheiro, é de presumir que ainda traga consigo aquelas poucas moedas que o fariseu lhe deu há quase um ano, mas esse pouco é pouco mesmo, sabido, como, foi dito já, que nesta época do ano os preços do gado em geral, e especialmente dos cordeiros, disparam para alturas tão especulativas que é, verdadeiramente, um Deus nos acuda. Apesar do que de mau lhe tem sucedido, apeteceria dizer que a este rapaz uma boa estrela o cuida e defende, se não fosse suspeitosíssima debilidade, sobretudo em boca de evangelista, este ou outro qualquer, acreditar que corpos celestes tão afastados do nosso planeta possam produzir efeitos decisivos na existência de um ser humano, por muito que a esses astros tenham invocado, estudado e relacionado os solenes magos que, se é verdade o que se diz, teriam andado por estes páramos aqui há uns anos, sem mais consequência que ver o que viram e ir à vida. O que este discurso longo e trabalhoso pretende afinal dizer é que o nosso Jesus há de encontrar, de certeza, maneira de apresentar-se dignamente no Templo com o seu borreguito, cumprindo o que se espera do bom judeu que tem provado ser, em tão difíceis condições como foram os valentes enfrentamentos que sustentou com Pastor.

Por este tempo gozava o rebanho dos abundantes pastos do vale de Ayalon, que está entre as cidades de Gezer e Emaús. Em Emaús tentou Jesus ganhar algum dinheiro com que pudesse comprar o cordeiro de que precisava, mas rapidamente chegou à conclusão de que um ano de pastor o especializara de tal maneira que o tornara inapto para outros ofícios, incluindo o de carpinteiro, em que, aliás, não chegara a progredir coisa que se visse, por falta de tempo. Meteu-se por isso ao caminho que sobe de Emaús para Jerusalém, deitando contas à sua difícil vida, comprar já sabemos que não pode, roubar já sabíamos que não quer, e mais milagre seria do que sorte achar ele um cordeiro que na estrada de Emaús se tivesse perdido. Não faltam aqui os inocentes, vão com uma corda ao pescoço atrás das famílias, ou ao colo se lhes calhou o conforto de um dono piedoso, mas, como meteram nas suas juvenis cabeças que saíram a passeio, vão excitados, nervosos, querem saber tudo, e, porque não podem fazer perguntas, usam os olhos, como se eles bastassem para entender um mundo feito de palavras. Jesus sentou-se numa pedra, à beira do caminho, a pensar na maneira de resolver o problema material que o está impedindo de cumprir um dever espiritual, vã esperança, por exemplo, seria aparecer-lhe aí outro fariseu, ou o mesmo, se de tais atos faz prática quotidiana, a perguntar, ele sim, com palavras, Precisas de um cordeiro, como antes lhe tinha perguntado, Tens fome. Da primeira vez, Jesus não precisou esmolar para que lhe fosse dado, agora, sem a certeza de que lhe darão, vai ser obrigado a pedir. Já tem a mão estendida, postura que de tão eloquente dispensa explicações, e tão forte em expressão que o mais comum é desviarmos dela os olhos como os desviamos duma chaga ou duma obscenidade. Algumas moedas foram deixadas cair por viandantes menos distraídos na concha da mão de Jesus, mas tão poucas que não vai ser por este andar que o caminho de Emaús chegará às portas de Jerusalém. Somados o dinheiro que já tinha e o que lhe deram, não dá nem para metade de um cordeiro, e é por de mais sabido que o Senhor não aceita nos seus altares nada que não esteja perfeito e completo, por isso é que rejeita o animal cego, aleijado ou mutilado, sarnento ou com verrugas, imagine-se o escândalo no Templo se nos apresentássemos ao sacrifício com os quartos traseiros de um animal, e ainda assim sob condição de que os testículos dele não estivessem pisados, esmagados, quebrantados ou cortados, caso em que a exclusão estaria igualmente certa. Ninguém se lembra de perguntar a este rapaz para que quer ele o dinheiro, isto se começou a escrever no exato instante em que um homem de muita idade, com uma comprida barba branca, se aproximava de Jesus, deixando a sua numerosa família, que, por deferência para com o patriarca, parou no meio da estrada, à espera. Pensou Jesus que vinha ali outra moeda, mas enganou-se. O velho perguntou-lhe, Quem és tu, e o rapaz levantou-se para responder, Sou Jesus de Nazaré, Não tens família, Tenho, Por que não estás então com ela, Vim trabalhar de pastor para a Judeia, e esta foi uma maneira mentirosa de dizer a verdade ou de pôr a verdade a servir a mentira. O velho olhou-o com uma expressão de curiosidade insatisfeita e perguntou, enfim, Por que pedes tu esmola, se tens um ofício, Trabalho pela comida, e não tenho dinheiro que chegue para comprar o cordeiro da Páscoa, Por isso pedes, Sim. O velho fez sinal a um dos homens do grupo, Dá um cordeiro a este rapaz, compramos outro em chegando ao Templo. Os anhos eram seis, atados a uma mesma corda, o homem soltou o último e foi levá-lo ao velho, que disse, Aqui tens o teu cordeiro, assim não achará o Senhor falta nos sacrifícios desta Páscoa, e sem esperar pelos agradecimentos foi juntar-se à família que o recebeu sorridente e com aplauso. Jesus deu-lhes as graças quando já não podem ouvi-las, e não se sabe como nem porquê a estrada ficou deserta nesse instante, entre uma curva e outra curva não havia mais que estes dois, o rapaz e o cordeiro, encontrados finalmente no caminho de Emaús por obra da bondade de um judeu velho. Jesus segura a ponta do baraço que prendera o anho à corda, o animal olhou o seu novo dono e baliu, fez mé-é-é-é naquele jeito tímido e trémulo dos cordeiros que vão morrer jovens por os amarem tanto os deuses. Este som, quantas mil vezes ouvido durante a sua novel atividade de pastor, tocou o coração de Jesus em ponto de sentir que se lhe dissolviam de pena os membros, ali estava, como nunca antes desta maneira absoluta, senhor da vida e da morte de outro ser, este cordeiro branco, imaculado, sem vontade nem desejos, que levantava para ele um focinho interrogativo e confiante, via-se-lhe a língua rósea quando balia, e era róseo, por baixo da penugem, o interior das orelhas, e róseas ainda as unhas, que nunca hão de vir a endurecer e a mudar para cascos um nome por enquanto comum aos homens. Jesus acariciou a cabeça do cordeiro, que correspondeu levantando-a e roçando-lhe a palma da mão com o nariz húmido, fazendo-o estremecer. O encantamento desfez-se como principiara, ao fundo da estrada, do lado de Emaús, apareciam já outros peregrinos num tropel esvoaçante de túnicas, alforges e bordões, com outros cordeiros e outros louvores ao Senhor. Jesus pegou no seu anho ao colo, como uma criança, e começou a caminhar.

Não voltara a Jerusalém desde aquele distante dia em que aqui o trouxera a necessidade de saber quanto valem culpas e remorsos, e como se hão de eles suportar na vida, se partilhados, como os bens da herança, ou por inteiro guardados, como cada um a sua própria morte. A multidão nas ruas parecia um rio de lama pardacenta que ia desaguar na grande esplanada fronteira à escadaria do Templo. Com o cordeiro nos braços, Jesus assistia ao desfilar da gente, uns que iam, outros que vinham, aqueles levando os animais ao sacrifício, estes já sem eles, de rosto alegre, gritando Aleluia, Hosana, Ámen, ou não o dizendo por não ser o próprio da ocasião, como próprio também não seria sair-se alguém a exclamar Evoé ou berrando Hip hip hurrah, ainda que, no fundo, as diferenças entre estas expressões não sejam tão grandes quanto parecem, empregamo-las como se fossem quintessências do sublime, e depois, com a continuação do tempo e do uso, ao repeti-las, perguntamo-nos, Para que serve isto, afinal, e já não sabemos responder. Por cima do Templo, a alta coluna de fumo, enovelada, contínua, mostrava a toda a terra em redor que quantos ali tinham ido a sacrificar eram diretos e legítimos descendentes de Abel, aquele filho de Adão e Eva que ao Senhor, naquele tempo, oferecera primogénitos do seu rebanho e as gorduras deles, favoravelmente recebidos, enquanto seu irmão Caim, não tendo para apresentar mais do que simples frutos da terra, viu que o Senhor, sem que se soubesse até hoje porquê, deles desviou os olhos e para ele não olhou. Se esta foi a causa de matar Caim a Abel, hoje podemos viver descansados, que não se matarão estes homens uns aos outros, pois todos sacrificam, por igual, o mesmo, é ver como as gorduras crepitam, como as carnes rechinam, Deus, nas empíreas alturas, respira, comprazido, os odores da carnagem. Jesus apertou o cordeiro contra o peito, não compreende por que não aceita Deus que no seu altar se derrame uma concha de leite, sumo da existência que passa de um ser a outro ser, ou nele se espalhe, com um gesto de semeador, um punhado de trigo, matéria entre todas substantiva do pão imortal. O seu cordeiro, que ainda há pouco foi oferta admirável de um velho a um rapaz, não verá pôr-se o sol deste dia, é tempo de subir a escada do Templo, tempo de levá-lo ao cutelo e ao fogo, como se não fosse merecedor de viver ou tivesse cometido, contra o eterno guardião dos pastos e das fábulas, o crime de beber do rio da vida. Então Jesus, como se uma luz houvesse nascido dentro dele, decidiu, contra o respeito e a obediência, contra a lei da sinagoga e a palavra de Deus, que este cordeiro não morrerá, que o que lhe tinha sido dado para morrer continuará vivo, e que, tendo vindo a Jerusalém para sacrificar, de Jerusalém partirá mais pecador do que quando cá entrou, já não lhe bastavam as faltas antigas, agora caiu em mais esta, o dia chegará, porque Deus não esquece, em que terá de pagar por todas elas. Durante um momento, o temor do castigo fê-lo hesitar, mas a mente, numa rapidíssima imagem, representou-lhe a visão aterradora de um mar de sangue infinito, o sangue dos inumeráveis cordeiros e outros animais sacrificados desde a criação do homem, que para isso mesmo é que a humanidade foi posta neste mundo, para adorar e sacrificar. A tal ponto o perturbaram estas imaginações que lhe pareceu ver a escadaria do Templo alagada de vermelho, escorrendo em toalhas de degrau em degrau, e ele próprio ali, com os pés no sangue, levantando ao céu, degolado, morto, o seu cordeiro. Abstraído, Jesus era como se estivesse no interior duma bolha de silêncio, mas de repente a bolha estalou, rompeu-se em pedaços, e ele achou-se outra vez mergulhado no meio da algazarra das palavras, das bênçãos, dos apelos, dos gritos, dos cânticos, das vozes patéticas dos cordeiros, e, num instante que fez calar tudo isto, o mugido profundo, três vezes repetido, do chofar, o longo e espiralado chifre do carneiro, feito trombeta. Envolvendo o anho no alforge, como para o defender duma ameaça agora iminente, Jesus correu para fora da esplanada, perdeu-se nas ruas mais estreitas, sem se preocupar com a direção em que ia. Quando deu por si, estava no campo, saíra da cidade pela porta do norte: a de Ramalá, a mesma por onde entrara quando viera de Nazaré. Sentou-se debaixo duma oliveira, à beira da estrada, e retirou o cordeiro do alforge, ninguém se estranharia de o ver ali, pensariam, Está a descansar da caminhada, a ganhar forças para ir ao Templo levar o cordeiro, bonito é ele, não saberemos, nós, se, na ideia de quem o pensou, o bonito é o anho, ou é Jesus. Temos cá a nossa opinião, que os dois o são, mas, se tivéssemos de votar, assim à primeira vista, daríamos a maçã ao cordeiro, porém com uma condição, não crescer. Jesus está deitado de costas, segura a ponta do baraço para que o cordeiro não fuja, mas nem seria precisa a precaução, que as forças do pobrezinho estão por um fio, não é só a pouca idade, é também a agitação, esta correria, este contínuo levar e trazer, sem falar do pouco alimento que lhe foi deixado hoje pela manhã, que não convém nem é decente ir-se alguém, borrego seja ou mártir, a morrer de barriga cheia. Deitado está pois Jesus, aos poucos calmou-se-lhe a respiração, e olha o céu por entre as ramagens da oliveira que o vento move suavemente, fazendo dançar sobre os seus olhos os raios de sol que passam pelos interstícios das folhas, deve ser mais ou menos a hora sexta, a luz zenital reduz as sombras, ninguém diria que a noite virá apagar, com o seu lento sopro, este deslumbramento de agora. Jesus já descansou, agora fala ao cordeiro, Vou-te levar para o rebanho, diz, e começa a levantar-se. Na estrada passam algumas pessoas, outras vêm atrás; e quando Jesus põe os olhos nestas leva um sobressalto, o seu primeiro movimento é para fugir, mas claro que não o fará, como se atreveria, se quem ali vem é sua mãe com alguns dos seus irmãos, os mais velhos, Tiago, José e Judas, também vem Lísia, mas essa é mulher, leva menção à parte, não a que lhe caberia naturalmente se seguíssemos a ordem dos nascimentos, entre Tiago e José. Ainda não o viram. Jesus desce à estrada, tem outra vez o cordeiro ao colo, mas agora suspeita-se que o faz para ter os braços ocupados. O primeiro que dá por ele é Tiago, levanta um braço, depois fala precipitadamente para a mãe, e Maria olha, agora apressam todos o passo, por isso Jesus sente-se obrigado a fazer também a sua parte de caminho, porém, tendo o cordeiro ao colo, não pode correr, tanto tempo isto leva a explicar que parece que não queremos que estes se encontrem, mas não é isso, o amor maternal, fraternal e filial dar-lhes-ia asas, mas há reservas, certos constrangimentos, sabemos como se separaram, não sabemos que efeitos causaram tantos meses de afastamento e falta de notícias. Andando, sempre se acaba por chegar, aí estão eles, frente a frente, Jesus diz, A tua bênção, mãe, e a mãe diz, O Senhor te abençoe, meu filho. Abraçaram-se, depois foi a vez dos irmãos, Lísia veio no fim, posto o que, bem o tínhamos previsto, ninguém soube o que havia de dizer, Maria não ia perguntar ao filho, Que surpresa, por aqui, nem ele à mãe, Estava longe de te encontrar, por que vieste à cidade, o cordeiro de um e o cordeiro dos outros, que o traziam, falavam por si, é a Páscoa do Senhor, a diferença é que um vai morrer e o outro já se salvou. Nunca mais deste notícia de ti, disse Maria enfim, e neste momento soltaram-se-lhe as fontes dos olhos, era o seu primogénito que ali estava, tão alto, a cara já de homem, com uns começos de barba, e a pele escura de quem leva a vida debaixo do sol, de frente para o vento e a poeira do deserto. Não chores, Mãe, tenho o meu trabalho, sou pastor, Pastor, Sim, Cuidava eu que terias seguido o ofício que teu pai te ensinou, Calhou ser pastor, é o que sou, Quando voltas para casa, Ah, isso não sei, um dia, Ao menos, vem com a tua mãe e os teus irmãos, vamos juntos ao Templo, Não vou ao Templo, mãe, Porquê, ainda tens aí o teu cordeiro, Este cordeiro não vai ao Templo, Tem defeito, Nenhum defeito, este cordeiro só morrerá quando chegar a sua hora natural, Não te compreendo, Não precisas compreender, se salvo este cordeiro é para que alguém me salve a mim, Então, não vens com a tua família, Já ia de partida, Para onde vais, Vou para onde pertenço, para o rebanho, E onde anda ele, Agora está no vale de Ayalon, Onde fica esse vale de Ayalon, Do outro lado, Do outro lado de quê, De Belém. Maria recuou um passo, tornou-se pálida, podia-se ver como envelhecera, apesar de ter apenas trinta anos, Por que falas de Belém, perguntou, Porque foi lá que encontrei o pastor que me governa, Quem é ele, e antes que o filho tivesse tempo de responder disse para os outros, Sigam, esperem por mim na porta, depois agarrou Jesus pela mão, puxou-o para a beira da estrada, Quem é ele, repetiu, Não sei, respondeu Jesus, Tem nome, Se o tem, não mo disse, chamo-lhe Pastor, nada mais, Como é, Grande, Onde estavas quando o encontraste, Na cova onde nasci, Quem te lá levou, Uma escrava chamada Zelomi que esteve no meu nascimento, E ele, Ele, quê, Que te disse, Nada que tu não saibas. Maria deixou-se cair no chão como se uma mão poderosa a tivesse empurrado,

Esse homem é um demónio, Como sabes, disse-to ele, Não, a primeira vez que o vi disse-me que era um anjo, mas que o não dissesse eu a ninguém, Quando foi que o viste, No dia em que teu pai soube que eu estava grávida de ti, apareceu-nos à porta como um mendigo e disse que era um anjo, Viste-o outras vezes, Na estrada, quando fomos, teu pai e eu, a Belém, para o recenseamento, na cova onde nasceste, e na noite depois do dia em que te foste de casa, entrou no pátio, eu pensei que fosses tu, mas era ele, vi-o pela frincha da porta arrancar a árvore que estava ao lado da entrada, lembras-te, a árvore que tinha nascido no sítio onde se enterrou a tigela com a terra que brilhava, Que tigela, que terra, Nunca soubeste, foi o que o mendigo me deu antes de se ir embora, uma terra que brilhava dentro da tigela onde tinha comido o que lhe dei, Para da terra ter feito luz, seria realmente um anjo, Ao princípio acreditei que o fosse, mas o diabo também tem as suas artes. Jesus tinha-se sentado ao lado da mãe e deixara o cordeiro à vontade, Sim, já compreendi que, quando um e outro estão de acordo, não se pode distinguir um anjo do Senhor de um anjo de Satã, disse, Fica connosco, não voltes para esse homem, pede-to a tua mãe, Prometi que voltaria, cumprirei a minha palavra, Promessas ao diabo, só se for para enganá-lo, Este homem, que não é homem, bem o sei, este anjo ou este demónio acompanha-me desde que nasci e eu quero saber porquê, Jesus, meu filho, vem ao Templo com a tua mãe e com os teus irmãos, leva esse cordeiro ao altar como é teu dever e destino dele, e pede ao Senhor que te livre de possessões e maus pensamentos, Este cordeiro morrerá no seu dia, Este é o seu dia de morrer, Mãe, os cordeiros que de ti nasceram terão de morrer, mas tu não hás de querer que morram antes do seu tempo, Cordeiros não são homens, muito menos se esses homens são filhos, Quando o Senhor mandou a Abraão que matasse seu filho Isaac, não se percebia então a diferença, Sou uma simples mulher, não te sei responder, só te peço que abandones esses maus pensamentos, Ó minha mãe, os pensamentos são o que são, sombras que passam, e não são bons nem maus em si mesmos, só as ações é que contam, Louvado seja o Senhor que me deu um filho sábio, a mim que sou uma pobre ignorante, mas sempre te digo que essa não é ciência de Deus, Também se aprende com o Diabo, E tu estás em poder dele, Se foi pelo poder dele que este cordeiro teve a sua vida salva, alguma coisa se ganhou hoje no mundo. Maria não respondeu. Vindo da porta da cidade, Tiago aproximava-se. Então Maria levantou-se, Encontrei o meu filho e tornei a perdê-lo, disse, e Jesus respondeu, Se não o tinhas perdido já, não foi agora que o perdeste. Meteu a mão no alforge, tirou o dinheiro que juntara, de esmolas todo, É quanto tenho, Tantos meses para tão pouco, Trabalho pela comida, Muito deves tu querer a esse homem que te governa, para que com tão pouco te contentes, O Senhor é o meu pastor, Não ofendas a Deus, tu que vives com um demónio, Quem sabe, minha mãe, quem sabe, pode ser que ele seja um anjo servidor doutro deus e morando noutro céu, O Senhor disse Eu sou o Senhor, não terás outro deus além de mim, Ámen, rematou Jesus. Tomou o anho nos braços e disse, Já aí vem Tiago, adeus, minha mãe, e Maria disse, Parece até que tens mais amor a esse cordeiro que à tua família, Neste momento, sim, respondeu Jesus. Sufocada de dor e indignação, Maria deixou-o e correu ao encontro do outro filho. Não se voltou nunca para trás.

Pelo lado de fora das muralhas, agora por outro caminho, atravessando os campos, Jesus começou a longa descida para o vale de Ayalon. Parou numa aldeia, comprou, com o dinheiro que a mãe não tinha querido aceitar, algum alimento, pão e figos, leite para si e para o cordeiro, era leite de ovelha, diferenças, se as havia, não se notavam, ao menos neste caso é possível aceitar que uma mãe valha a outra. A quem estranhasse vê-lo por ali àquela hora, gastando dinheiro com um cordeiro que já devia estar morto, poderíamos responder que este rapaz, antes, fora dono de dois cordeiros, que um deles foi sacrificado e está na glória do Senhor, e que a este o rejeitou o mesmo Senhor por sofrer de defeito, uma orelha rasgada, Veja, Mas a orelha está inteira, disseram, Pois se está, eu mesmo a rasgo, diria Jesus, e, pondo o cordeiro sobre os ombros, seguiu o seu caminho. Avistou o rebanho quando já a última luz da tarde declinava, mais depressa ainda porque o céu se ensombrecera de escuras nuvens baixas. Respirava-se na atmosfera a tensão que prenuncia as trovoadas, e, para confirmá-lo, o primeiro relâmpago rasgou os ares no momento preciso em que o rebanho apareceu aos olhos de Jesus. Não choveu, era uma daquelas trovoadas que denominamos secas, que assustam mais do que as outras, porque perante elas nos sentimos realmente sem defesa, sem a cortina, para lhe chamarmos assim, e que nunca imaginaríamos protetora, da chuva e do vento, em verdade esta batalha é um enfrentamento direto, entre um céu que se rasga e atroa e uma terra que estremece e se crispa, impotente para responder aos golpes. A cem passos de Jesus, uma luz deslumbrante, insuportável, fendeu de alto a baixo uma oliveira, que ato contínuo pegou fogo, ardendo com força, tal um archote de nafta. O choque e o estrondo do trovão, como se o céu se tivesse rasgado, de uma vez, entre horizonte e horizonte, atiraram Jesus ao chão, sem conhecimento. Outros dois raios caíram, um aqui, outro além, como duas decisivas palavras, e depois, aos poucos, os trovões começaram a ouvir-se mais distantes, até se perderem num murmúrio amável, uma conversa de amigos entre o céu e a terra. O cordeiro, que saíra ileso da queda, aproximou-se, passado o susto, e veio tocar com a boca a boca de Jesus, não fungou, não farejou, foi apenas um toque, e foi, quem somos nós para duvidar, o suficiente. Jesus abriu os olhos, viu o cordeiro, depois o céu escuríssimo, como uma mão negra que sufocasse o que restava do dia. A oliveira ardia ainda. Ao mover-se, Jesus sentiu dores, mas percebeu que era senhor do seu corpo, se tal se pode dizer do que, com tanta facilidade, pode ser destruído e lançado por terra. Dificilmente, conseguiu sentar-se, e, mais pelo pressentimento do tato do que pela certificação dos olhos, comprovou que não estava queimado nem tolhido, que não tinha qualquer membro partido, e que, excetuando uma fortíssima zoeira na cabeça, que parecia, porém, interminável, um ronco de chofar, estava vivo e são. Puxou o cordeiro para si e, indo buscar as palavras aonde não sabia que as tinha, disse, Não tenhas medo, ele só quis mostrar-te que te poderia ter morto, se quisesse, e a mim veio dizer-me que não fui eu quem te salvou a vida, mas ele. Um lento e último trovão alastrou no espaço como um suspiro, lá em baixo a mancha alvacenta do rebanho era um oásis à espera. Lutando ainda contra os membros entorpecidos, Jesus começou a descer a encosta. O cordeiro, só por cautela preso pelo baraço, trotava ao seu lado como um cãozito. Atrás deles, a oliveira ardia. E foi à luz que ela projetava, mais que à do crepúsculo que se extinguia, que Jesus viu levantar-se na sua frente, como uma aparição, a alta figura de Pastor, envolto naquele manto que parecia não ter fim, segurando o cajado com que poderia, se o levantasse, tocar as nuvens. Disse Pastor, Sabia que a trovoada estava à tua espera, E eu devia sabê-lo, disse Jesus, Que cordeiro é esse, O dinheiro que tinha não chegava para comprar o cordeiro da Páscoa, por isso pus-me à beira da estrada a pedir, mas veio um velho e deu-me este que aqui vês, Por que não o sacrificaste, Não pude, não fui capaz. Pastor sorriu, Percebo melhor agora, esperou por ti, deixou-te vir em paz até ao rebanho para mostrar, à minha vista, a sua força. Jesus não respondeu, tinha dito ao cordeiro mais ou menos o mesmo, mas não queria, ainda mal chegara, alimentar uma conversa mais sobre as razões de Deus e os seus atos. E agora, esse cordeiro, que queres fazer com ele, Nada, trouxe-o para que ficasse com o rebanho, Os cordeiros brancos são todos iguais, amanhã já não o reconhecerás no meio dos outros, Ele conhece-me, Chegará o dia em que começará a esquecer-te, além disso vai-se cansar de ser ele sempre a procurar-te, o remédio seria marcá-lo, dar-lhe um golpe numa orelha, por exemplo, Pobre bichinho, Não sei porquê, tu também estás marcado, cortaram-te o prepúcio para se saber a quem pertences, Não é o mesmo, Não devia ser, mas é. Enquanto falavam, Pastor tinha juntado alguma lenha e agora ocupava-se a acender uma fogueira, petiscando lume. Disse Jesus, Era mais fácil ir buscar ali um ramo à oliveira que está a arder, e Pastor respondeu, Ao fogo do céu há que deixá-lo consumir-se por si mesmo. O tronco da oliveira era agora uma inteira brasa, refulgindo na escuridão, o vento arrancava-lhe faúlhas, pedaços incandescentes da casca, gravetos que voavam ardendo e logo se apagavam. O céu mantinha-

-se pesado, insolitamente presente. Do que era seu habitual passadio fizeram Pastor e Jesus ceia, o que levou Pastor a comentar, irónico, Este ano não comes o cordeiro pascal. Jesus ouviu e calou, mas no seu íntimo não ficou contente, o seu problema, a partir de agora, iria ser a insolúvel contradição entre comer os cordeiros e não matar os cordeiros. Então, que lhe fazemos, perguntou Pastor, e continuou, O cordeiro, marca-se, ou não se marca, Não sou capaz, disse Jesus, Dá-mo cá, eu trato disso. Com um movimento rápido e firme da faca, Pastor seccionou a ponta de uma das orelhas, depois, segurando o pequeno pedaço cortado, perguntou, Que queres que lhe faça, enterro-o, deito-o fora, e Jesus, sem pensar, respondeu, Dá-mo, e deixou-o cair no fogo. Como fizeram ao teu prepúcio, disse Pastor. Da orelha do cordeiro gotejava um sangue lento, pálido, que em pouco tempo se estancaria. Das chamas, com o fumo, espalhava-se o cheiro inebriante da tenra carne queimada. Assim, ao cabo do longo dia, depois de tantas horas passadas em demonstrações pueris e presunçosas de um querer contrário, o Senhor recebia, finalmente, o que lhe era devido, quem sabe se graças àquele majestoso e atroador aviso dos trovões e coriscos, que, pela via irresistível das causalidades profundas, teria encontrado o caminho para fazer-se obedecer pelos renitentes pastores. Caiu a última gota de sangue do cordeiro, e a terra logo a bebeu, porque não estaria bem, de tão disputado sacrifício, perder-se o mais precioso.

Ora, foi este, precisamente, o animal, já transformado pelo tempo numa vulgaríssima ovelha, apenas distinta das outras em faltar-lhe a ponta duma orelha, que, passados uns três anos, veio a perder-se em umas agrestes paragens ao sul de Jericó, lindando com o deserto. Num tão grande rebanho como este; uma ovelha a mais ou a menos parece que tanto faz, mas este gado, se ainda precisamos lembrá-lo, não é como os outros, tão-pouco os pastores têm semelhanças com os que conhecemos de ver ou ouvir dizer, pelo que não se deve estranhar que Pastor, olhando de um cômoro sobranceiro, desse pela falta duma cabeça de gado sem que, para isso, tivesse tido que contá-las todas. Chamou Jesus e disse-lhe, A tua ovelha não está no rebanho, vai procurá-la, e como Jesus, em resposta, não perguntou, E como sabes tu que a ovelha é a minha, não o perguntaremos nós também. O que, sim, agora importa é vermos como, apenas entregue à sua pouca ciência dos lugares e à falível intuição de caminhos onde ninguém os tinha traçado antes, vai Jesus orientar-se neste redondo completo do horizonte. Vindo eles das bandas férteis de Jericó, onde não quiseram demorar-se por mais estimarem a tranquilidade de um contínuo vaguear do que o fácil comércio das gentes, o mais provável seria perder-se a pessoa, ou a ovelha, sobretudo se de caso pensado o tinham feito, em sítios onde a canseira de buscar alimento, por excessiva, não fosse agravante da procurada solidão. Por esta lógica, estava claro que a ovelha de Jesus, de modo dissimulado, como quem não quer a coisa, se tinha deixado ficar para trás, devendo estar agora a retouçar nos verdes da fresca margem do Jordão, à vista de Jericó, por maior segurança. Porém, a lógica não é tudo na vida, e não é raro que justamente o previsível, que o é por ser o remate mais plausível duma sequência, ou porque, simplesmente, havia sido já anunciado antes, não é raro, dizíamos, que o previsível, levado por razões que só ele conhece, acabe por escolher, para enfim revelar-se, uma conclusão por assim dizer aberrante, quer quanto ao lugar, quer quanto à circunstância. Se este é o caso, então deverá o nosso Jesus procurar a sua extraviada ovelha, não naqueles viçosos prados da retaguarda, mas na árida e requeimada secura do deserto que tem pela frente, de nada servindo aqui a fácil objeção de que a ovelha não teria decidido perder-se para ir morrer de fome e de sede, primeiro, porque ninguém sabe o que se passa realmente no cérebro duma ovelha, segundo, considerando a já referida imprevisibilidade a que o previsível recorre algumas vezes. Ao deserto irá pois Jesus, para lá se encaminha já, sem que Pastor se tenha surpreendido com a resolução, antes, calado, a aprovou, num lento e solene movimento da cabeça que, estranha ideia, podia ser também tomado como um aceno de despedida.

Este deserto de aqui não é uma daquelas largas, longas e conhecidas extensões de areia que o mesmo nome usam. Este deserto de aqui é mais um mar de secas e duras colinas arenosas, encavaladas umas nas outras, criando um labirinto inextricável de vales, no fundo dos quais mal sobrevivem umas raras plantas que parecem só feitas de espinhos e cerdas, e a que talvez pudessem atrever-se as sólidas gengivas duma cabra, mas que rasgariam, ao primeiro contacto, os beiços sensíveis duma ovelha. Este deserto de aqui é mais assustador do que os formados apenas de lisas areias ou daquelas dunas instáveis que mudam constantemente de forma e de feitio, neste deserto cada colina oculta e anuncia a ameaça que nos espera na colina seguinte, e, quando a esta chegamos, tremendo, logo sentimos que a ameaça, a mesma, passou para trás das nossas costas. Aqui, o grito que dermos não responderá, pelo eco, à voz que o atirou, o que ouviremos, sim, em resposta, é as próprias colinas gritando, ou o desconhecido, o não sabido, que nelas teima em esconder-se. Eis que, pois, munido somente do seu cajado e do alforge, Jesus entrou no deserto. Poucos passos adiante, mal acabara de cruzar o limiar do mundo, percebeu, subitamente, que as velhas sandálias que haviam sido de seu pai se lhe estavam desfazendo debaixo dos pés. Muito tinham durado, ainda assim, pela virtude remendeira das tombas nelas lançadas assiduamente, às vezes in extremis, mas agora as artes cordoeiras e sapateiras de Jesus já não podiam acudir a sandálias que tantos e tantos caminhos tinham andado e tanto suor amassado em pó. Como se estivessem obedecendo a uma ordem, esgarçavam-se os últimos fios, soltavam-se, frouxas, as tiras, partiam-se sem remédio os atilhos, em menos tempo do que o que levou a contar ficaram descalços os pés de Jesus, sobre os restos. Lembrou-se o rapaz, chamamos-lhe assim por hábito adquirido, que aos dezoito anos, sendo judeu, mais é homem feito e refeito do que mocinho adolescente, lembrou-se Jesus das suas antigas sandálias, transportadas todo este tempo no alforge como uma relíquia sentimental do passado, e, movido por uma vã esperança, tentou calçá-las. Razão tivera Pastor quando lhe disse, Pés que crescem não voltam a encolher, a Jesus custava-lhe a entender que alguma vez os seus pés tivessem podido caber nestas sandálias minúsculas. Estava descalço frente ao deserto, como Adão quando o expulsaram do paraíso, e, tal como ele, hesitou antes de dar o primeiro doloroso passo sobre o torturado chão que o chamava. Mas depois, sem ter-se perguntado por que o ia fazer, talvez só porque de Adão se lembrara, deixou cair o alforge e o cajado, e, levantando a túnica pela fímbria, fê-la sair por cima da cabeça num só gesto, ficando, como Adão, nu. Aqui, onde está, já não o vê Pastor, nenhum borrego curioso o seguiu, do ar veem-no apenas os poucos pássaros que por esta fronteira ainda se atrevem, e os bichos da terra, que são formigas, alguma escolopendra, um lacrau que, de susto, levanta o aguilhão venenoso, estes não têm memória de homem nu nestes sítios, nem sabem para que serve. Se o perguntassem a Jesus, Por que te desnudaste, talvez ele respondesse de uma maneira incompreensível para o entendimento de himenópteros, miriápodes e aracnídeos, Ao deserto só é possível ir nu. Nu, dizemos nós, apesar dos espinhos que rasgam a pele e arrepelam os pelos do púbis, nu apesar das arestas que cortam e das areias que esfolam, nu apesar do sol que queima, reverbera e deslumbra, nu, enfim, para procurar a ovelha perdida, aquela que nos pertence porque com a nossa marca a marcamos. O deserto abre-se aos passos de Jesus, para logo se fechar, como se lhe cortasse o caminho de retirada. O silêncio ressoa nos ouvidos com o som de um búzio, daqueles que vêm mortos e vazios à praia e ali se deixam ficar, a encherem-se do vasto rumor das ondas, até que alguém passa e os encontra e, levando-os devagar ao ouvido, põe-se à escuta e diz, O deserto. Os pés de Jesus sangram, o sol afasta as nuvens para feri-lo de espada nos ombros, os espinhos cortam-lhe a pele das pernas como unhas sôfregas, as cerdas chicoteiam-no, Ovelha, onde estás, grita ele, e as colinas passam palavra, Onde estás, onde estás, dissessem elas isto apenas e saberíamos, enfim, o que é o eco perfeito, mas o longo e remoto som do búzio sobrepõe-se, murmurando, Deeeeeeuuus, Deeeeeeuuus, Deeeeeeuuus. Então, como se de súbito as colinas se tivessem arredado do seu caminho, Jesus saiu do labirinto dos vales para um espaço circular liso e arenoso onde, no centro exato, viu a ovelha. Correu para ela, tanto quanto lho permitiam os pés feridos, mas uma voz deteve-o, Espera. Uma nuvem da altura de dois homens, que era como uma coluna de fumo girando lentamente sobre si mesma, estava diante dele, e a voz viera da nuvem. Quem me fala, perguntou Jesus, arrepiado, mas adivinhando já a resposta. A voz disse, Eu sou o Senhor, e Jesus soube por que tivera de despir-se no limiar do deserto. Trouxeste-me aqui, que queres de mim, perguntou, Por enquanto nada, mas um dia hei de querer tudo, Que é tudo, A vida, Tu és o Senhor, sempre vais levando de nós as vidas que nos dás, Não tenho outro remédio, não podia deixar atravancar-se o mundo, E a minha vida, quere-la para quê, Não é ainda tempo de o saberes, ainda tens muito que viver, mas venho anunciar-te, para que vás bem dispondo o espírito e o corpo, que é de ventura suprema o destino que estou a preparar para ti, Senhor, meu Senhor, não compreendo nem o que dizes nem o que queres de mim, Terás o poder e a glória, Que poder, que glória, Sabê-lo-ás quando chegar a hora de te chamar outra vez, Quando será, Não tenhas pressa, vive a tua vida como puderes, Senhor, eis-me aqui, se nu me trouxeste diante de ti, não demores, dá-me hoje o que tens guardado para dar-me amanhã, Quem te disse que tenciono dar-te alguma coisa, Prometeste, Uma troca, nada mais que uma troca, A minha vida por não sei que pago, O poder, E a glória, não me esqueci, mas se não me dizes que poder, e sobre quê, que glória, e perante quem, será como uma promessa que veio cedo de mais, Tornarás a encontrar-me quando estiveres preparado, mas os meus sinais acompanhar-te-ão desde agora, Senhor, diz-me, Cala-te, não perguntes mais, a hora chegará, nem antes nem depois, e então saberás o que quero de ti, Ouvir-te, meu Senhor, é obedecer, mas tenho de fazer-te ainda uma pergunta, Não me aborreças, Senhor, é preciso, Fala, Posso levar a minha ovelha, Ah, era isso, Sim, era só isso, posso, Não, Porquê, Porque ma vais sacrificar como penhor da aliança que acabo de celebrar contigo, Esta ovelha, Sim, Sacrifico-te outra, vou ali ao rebanho e volto já, Não me contraries, quero esta, Mas repara, Senhor, que tem defeito, a orelha cortada, Enganas-te, a orelha está intacta, repara, Como é possível, Eu sou o Senhor, e ao Senhor nada é impossível, Mas esta é a minha ovelha, Outra vez te enganas, o cordeiro era meu e tu tiraste-mo, agora a ovelha paga a dívida, Seja como queres, o mundo todo pertence-te e eu sou o teu servo, Sacrifica então, ou não haverá aliança, Mas vê, Senhor, que estou nu, não tenho cutelo nem faca, estas palavras disse-as Jesus cheio de esperança de poder ainda salvar a vida da ovelha, e Deus respondeu-lhe, Não seria eu o Senhor se não pudesse resolver-te essa dificuldade, aí tens. Palavras não eram ditas, apareceu aos pés de Jesus um cutelo novo, Vá, despacha-te, tenho mais que fazer, disse Deus, não posso ficar aqui eternamente. Jesus empunhou o cutelo, avançou para a ovelha que levantava a cabeça, hesitante em reconhecê-lo, pois nunca o tinha visto nu, e, como é por de mais sabido, o olfato destes animais não vale grande coisa. Estás a chorar, perguntou Deus, Tenho os olhos sempre assim, disse Jesus. O cutelo subiu, tomou o ângulo do golpe, e caiu velozmente como o machado das execuções ou a guilhotina que ainda falta inventar. A ovelha não soltou um som, apenas se ouviu, Aaaah, era Deus suspirando de satisfação. Jesus perguntou, E agora, posso-me ir embora, Podes, e não te esqueças, a partir de hoje pertences-me, pelo sangue, Como devo ir-me de ti, Em princípio, tanto faz, para mim não há frente nem costas, mas o costume é ir recuando e fazendo vénias, Senhor, Que enfadonho és, homem, que temos mais agora, O pastor do rebanho, Que pastor, O que anda comigo, Quê, É um anjo, ou um demónio, É alguém que eu conheço, Mas diz-me, é anjo, é demónio, Já to disse, para Deus não há frente nem costas, passa bem. A coluna de fumo estava e deixou de estar, a ovelha desaparecera, só o sangue ainda se percebia, e esse procurava esconder-se na terra.

Quando Jesus chegou ao campo, Pastor olhou-o fixamente e perguntou, A ovelha, e ele respondeu, Encontrei Deus, Não te perguntei se encontraste Deus, perguntei-te se achaste a ovelha, Sacrifiquei-a, Porquê, Deus estava lá, teve de ser. Com a ponta do cajado, Pastor fez um risco no chão, fundo como rego de arado, intransponível como uma vala de fogo, depois disse, Não aprendeste nada, vai.

Como posso ir-me, se tenho os pés neste estado, pensou Jesus vendo afastar-se Pastor para o outro lado do rebanho. Deus, que tão limpamente fizera desaparecer a ovelha, não o beneficiara, de dentro da nuvem, com a graça do seu divino cuspo, para que o mortificado Jesus pudesse, com ele, untar e sarar as feridas por onde o sangue continuava a manar, brilhando sobre as pedras. Pastor não o ajudará, lançou as palavras cominatórias e retirou-se, como quem espera que a sentença seja cumprida e não tenciona estar presente nos preparativos da partida, e muito menos despedir-se. A custo, arrastando-se sobre os joelhos e as mãos, Jesus alcançou o bivaque, onde, a cada paragem, se arrumavam os utensílios do governo do rebanho, os tarros para o leite, as tábuas da espremedura, e também as peles de ovelha e de cabra que iam curtindo, e com que, por troca, adquiriam os bens de que precisavam, uma túnica, um manto, alimentos mais variados. Pensou Jesus que não poderiam culpá-lo se se pagasse do seu salário por suas próprias mãos, talhando das peles de ovelha umas formas de sandálias ou coturnos para envolver os pés, servindo depois para os atilhos umas tiras de pele de cabra, mais manejáveis por terem menos pelo. Ao ajeitá-las, duvidou se a lã deveria ficar do lado de dentro ou do lado de fora, acabando por usá-la como forro, por dentro, visto o mísero estado em que tinha os pés. O mal vai ser colarem-se-lhe as feridas aos pelos, mas, como já decidiu que o seu caminho será pela margem do Jordão, bastará que meta os pés calçados na água e aos poucos se lhe dissolverá a goma seca do sangue. O próprio peso das botifarras, que é o que mais parecem, metidas na água e ensopadas, ajudará suavemente a despegarem-se os pés do lanoso chumaço, sem levar consigo as protetoras e benfazejas crostas que aos poucos se vêm formando. Um pouco de sangue levado na corrente era sinal, pela boa cor dele, de que as feridas ainda se não haviam infetado, por muito que custe a acreditar. Jesus, na sua vagarosa caminhada para o norte, fazia pois longos descansos, deixava-se ficar sentado na margem do rio, com os pés suspensos dentro de água, a gozar da frescura e da medicina. Doía-lhe ter sido expulso daquela maneira, depois de haver-se encontrado com Deus, acontecimento inaudito no sentido pleno da palavra, pois, que ele o soubesse, não havia hoje um único homem em todo Israel que pudesse gabar-se de ter visto Deus e sobrevivido. É certo que, aquilo que se chama ver, ele não vira, mas se uma nuvem se nos apresenta no deserto, com a forma de uma coluna de fumo, e diz, Eu sou o Senhor, mantendo depois uma conversação, não apenas lógica e sensata, mas com uma expressão de autoridade sem réplica que só divina podia ser, qualquer dúvida, pequena que fosse, seria ofensa. Que o Senhor era o Senhor demonstrara-o a resposta que dera quando lhe perguntara acerca de Pastor, aquelas palavras despreocupadas, em que era patente haver um pouco de desprezo mas também de intimidade, o que fora reforçado pela recusa de responder se anjo era, ou demónio. Mas o mais interessante era que as palavras de Pastor, duras e aparentemente alheadas da questão central, não faziam mais que confirmar a verdade sobrenatural do encontro, Não te perguntei se encontraste Deus, como se estivesse a dizer, Até aí já eu sei, como se o anúncio o não tivesse surpreendido, como se o soubesse de antemão. Mas o que parecia ser certo era não lhe ter perdoado a morte da ovelha, outro sentido não podiam ter aquelas palavras finais, Não aprendeste nada, vai, e depois retirou-se ostensivamente para o outro extremo do rebanho, mantendo-se ali, de costas voltadas, até ele ter-se ido embora. Ora, numa destas ocasiões, quando Jesus deixava espraiar-se a imaginação em previsões do que viria o Senhor a querer dele quando voltassem a encontrar-se, as palavras de Pastor soaram-lhe repentinamente aos ouvidos, tão claras e distintas como se estivesse mesmo ali ao lado, Não aprendeste nada, e nesse instante o sentimento de ausência, de falta, de solidão, foi tão forte que o seu coração gemeu, ali estava ele, sozinho, sentado na margem do Jordão, olhando os pés na transparência do rio e vendo manar de um dos calcanhares um leve fio de sangue, e lentamente mover-se entre duas águas, de súbito não lhe pertenciam o sangue nem os pés, era seu pai que ali tinha vindo, coxeando com os seus calcanhares furados, a gozar do fresco do Jordão, e dizia-lhe igual que Pastor, Tens de voltar ao princípio, não aprendeste nada. Jesus, como se erguesse do chão uma pesada e longa cadeia de ferro, recordava a sua vida, elo por elo, o anúncio misterioso da sua conceção, a terra iluminada, o nascimento na cova, as crianças mortas de Belém, a crucifixão do pai, a herança dos pesadelos, a fuga de casa, o debate no Templo, a revelação de Zelomi, o aparecimento de Pastor, a vida com o rebanho, o cordeiro salvo, o deserto, a ovelha morta, Deus. E como esta última palavra era demasiada para que o seu espírito pudesse ocupar-se dela, fixou-se obsessivamente num pensamento, por que é que um cordeiro que tinha sido salvo da morte veio a morrer ovelha, questão tão estúpida quanto se vê, mas que se compreenderá melhor se for assim traduzida, Nenhuma salvação é suficiente, qualquer condenação é definitiva. O último elo da corrente é este agora, estar na margem do rio Jordão, ouvindo o dolente canto de uma mulher que dali não se pode ver, escondida entre a junça, talvez lavando roupa, talvez banhando-se, e Jesus quer perceber como isto é tudo o mesmo, o cordeiro vivo que se transformou em ovelha morta, os seus pés sangrando do sangue de seu pai, e a mulher que canta, nua, deitada de costas sobre a água, os peitos duros levantados fora dela, o púbis negro soerguendo-se na ondulação da aragem, não é verdade que Jesus alguma vez tivesse visto, até hoje, uma mulher nua, mas se um homem, apenas partindo duma simples coluna de fumo, pode pôr-se a futurar o que será estar com Deus em o dia chegando a um e a outro, não se compreenderia que as minúcias de uma mulher nua, supondo que a palavra é própria, não pudessem ser imaginadas e criadas duma música que se lhe ouve cantar, mesmo sem sabermos se as palavras nos são dirigidas. José já não está aqui, regressou à vala comum de Séforis, de Pastor não assoma nem a ponta do cajado, e Deus, se está em toda a parte, como se diz, não escolheu uma coluna de fumo para mostrar-se, talvez esteja naquela água que corre, a mesma onde se banha a mulher. O corpo de Jesus deu um sinal, inchou no que tinha entre as pernas, como acontece a todos os homens e a todos os animais, o sangue correu veloz a um mesmo sítio, a ponto de se lhe secarem subitamente as feridas, Senhor, que forte é este corpo, mas Jesus não foi dali à procura da mulher, e as suas mãos repeliram as mãos da tentação violenta da carne, Não és ninguém se não te quiseres a ti mesmo, não chegas a Deus se não chegares primeiro ao teu corpo. Quem disse estas palavras, não se sabe, porém Deus não as diria, não são contas do seu rosário, de Pastor, sim, poderiam ser, se não estivesse tão longe daqui, talvez, no fim das contas, fossem as palavras da canção que a mulher cantava, nesse momento pensou como podia ser agradável ir lá pedir-lhe que lhas explicasse, mas a voz já se não ouvia, porventura a tinha levado consigo a corrente, ou a mulher, simplesmente, saíra da água para enxugar-se e vestir-se, assim calando o seu corpo. Jesus enfiou as pantufas ensopadas e pôs-se de pé, fazendo esparrinhar a água para os lados, como uma esponja. Muito irá rir a mulher, se para estes lados está vindo, ao encontrar-se com as grotescas patorras, mas pode bem ser que esse riso de troça não dure muito, quando os olhos dela subirem pelo corpo de Jesus acima, adivinhando as formas que a túnica esconde, e se detiverem a olhar os olhos dele, doridos por causas antigas e agora, por uma razão nova, ansiosos. Com poucas ou nenhumas palavras, o corpo dela tornará a despir-se, e quando tiver acontecido o que destes casos sempre se deverá esperar, ela retirar-lhe-á as sandálias com grande cuidado, curará as feridas pondo em cada pé um beijo e envolvendo-os depois, como um ovo ou um casulo, nos seus próprios cabelos húmidos. Pelo caminho não vem ninguém, Jesus olha em redor, suspira, busca um recanto escondido e para lá se encaminha, mas de súbito para, lembrou-se a tempo de que o Senhor tirou a vida a Onan por derramar o seu sémen no chão. Ora, tivesse Jesus dado outra mais analítica volta ao episódio clássico, o que aliás concordaria com os seus processos mentais, e talvez o não detivesse a impiedosa severidade do Senhor, e isto por duas razões, sendo a primeira razão não haver ali cunhada com quem devesse, pela lei, dar posteridade a um irmão morto, e sendo a segunda razão, acaso mais forte que a outra, ter o Senhor, segundo lho fizera saber no deserto, algumas firmes ainda que não reveladas ideias quanto ao seu futuro, e não ser portanto crível nem lógico que se esquecesse das promessas feitas, deitando tudo a perder só porque uma mão sem governo tinha ousado chegar-se aonde não devia, sabendo o Senhor o que são as necessidades do corpo, não é só o trivial do comer e do beber, trivial, havendo, dizemos, outros jejuns existem que não são menos custosos de aturar. Estas e outras semelhantes reflexões, que deveriam ajudar Jesus a levar por diante o humaníssimo movimento de procurar, para certo fim, um refúgio longe das vistas, acabaram por ter efeito contraproducente, distraiu-se o pensamento do que tinha em mente, achou-se envolvido nos meandros do seu próprio pensar, o resultado foi ir-se-lhe a vontade do que queria, de desejo nem falemos, que, sendo pecaminoso, um simples nada o faz hesitar e esmorecer. Resignado com a sua própria virtude, Jesus pôs o alforge ao ombro, empunhou o cajado e meteu pés ao caminho.

No primeiro dia desta viagem ao longo da margem do Jordão, o hábito de quatro anos de isolamento levara Jesus a apartar-se dos raros lugares povoados que por ali havia. Porém, à medida que se aproximava do lago de Genesaré, tornou-se cada vez mais difícil, para ele, rodear as aldeias, tanto mais que as cercavam campos cultivados, nem sempre cómodos de atravessar, tanto pelos desvios que era obrigado a fazer como pelas desconfianças que o seu ar de vagabundo despertava nos lavradores. Decidiu-se pois Jesus a ir ao mundo, e a verdade é que não desgostou do que viu, só o importunava muito o ruído, de que quase se esquecera. Na primeira destas aldeias em que entrou, um bando estúrdio de rapazes fez-lhe uma assuada tremenda às botas, boa coisa foi, afinal, porque Jesus tinha dinheiro suficiente para comprar umas sandálias novas, recordemos que não toca no dinheiro que traz, desde aquele que lhe foi dado pelo fariseu, viver quatro anos com tão pouco e não ter precisado de o gastar, foi máxima riqueza, não há que rogar mais ao Senhor. Agora, compradas as sandálias, ficou-lhe o tesouro reduzido a duas moedas de pouco valor, mas a penúria não o aflige, já pouco lhe falta para chegar ao seu destino, Nazaré, a casa, aonde é certo que vai regressar porque um dia, ao deixá-la, e parecia que para sempre a deixava, dissera, Duma maneira ou doutra, sempre voltarei. Vem sem pressa, bordejando as mil curvas do Jordão, também é verdade que o estado em que tinha os pés não lhe permitiria grandes façanhas andarilhas, mas a razão principal do vagar residia na sua própria certeza de chegar, como se pensasse, É como se já lá estivesse, mas um outro sentimento, esse menos consciente, lhe retardava ainda os passos, qualquer coisa que se poderia exprimir por palavras como estas, Quanto mais depressa chegar, mais depressa torno a partir. Subia ao longo da margem do lago, em direção ao norte, já está à altura de Nazaré, se quisesse chegar rapidamente a casa não teria mais que rodar os calcanhares no sentido do sol-poente, mas as águas do lago retêm-no, azuis, largas, tranquilas. Gosta de sentar-se na margem a olhar a manobra dos pescadores, alguma vez, em pequeno, veio a estas paragens, acompanhando os pais, mas nunca se detivera a olhar com atenção a faina destes homens que deixam atrás de si todos os cheiros do peixe, como se eles próprios fossem habitantes do mar. Enquanto por aqui andou, Jesus ganhou o sustento ajudando no que sabia, que era nada, e no que podia, que era pouco, puxar um barco para terra ou empurrá-lo para a água, dar uma mão a uma rede que transbordava, os pescadores viam-lhe a cara de necessidade e davam-lhe dois ou três peixes espinhosos, chamados tilápias, como salário. Ao princípio, tímido, Jesus ia assá-los e comê-los à parte, mas, tendo-se demorado por ali três dias, logo ao segundo o quiseram chamar os pescadores para que com eles arranchasse. E no último dia já Jesus foi ao mar, na barca de dois irmãos que se chamavam Simão e André, mais velhos do que ele, nenhum dos dois tinha menos de trinta anos. No meio das águas, Jesus, sem experiência do ofício, ele próprio rindo da sua falta de habilidade, atreveu-se, incitado pelos seus novos amigos, a lançar a rede, naquele largo gesto que, olhado de longe, se parece com uma bênção ou um desafio, sem outro resultado que quase ter caído à água de uma das vezes em que o tentou. Simão e André riram muito, já sabiam que Jesus só percebia de cabras e ovelhas, e Simão disse, Melhor vida seria a nossa se este outro gado se deixasse levar e trazer, e Jesus respondeu, Pelo menos não se perdem, não se tresmalham, estão aqui todos na concha do mar, todos os dias a fugir da rede, todos os dias a cair nela. A pesca não tinha sido frutuosa, o fundo do barco estava pouco menos que vazio, e André disse, Mano, vamos para casa, que este dia já deu o que tinha a dar. Simão assentiu, Tens razão, mano, vamos lá. Enfiou os remos nos toletes e ia dar a primeira das remadas que os levariam à margem, quando Jesus, não creiamos que por inspiração ou pressentimento de marca maior, foi um modo, apenas, ainda que inexplicável, de demonstrar a sua gratidão, propôs que se fizessem três últimas tentativas, Quem sabe se o rebanho dos peixes, conduzido pelo seu pastor, terá vindo cá para o nosso lado. Simão riu, Essa é outra vantagem que têm as ovelhas, poderem ser vistas, e para André, Lança lá a rede, se não se ganha, também não se perde, e André lançou a rede e a rede veio cheia. Arregalaram-se de espanto os olhos dos dois pescadores, mas o assombro transformou-se em portento e maravilha quando a rede, lançada mais uma vez e outra ainda, voltou cheia duas vezes. De um mar que tão deserto de pescado antes parecera, como a água duma infusa posta à boca da fonte límpida, saíam, com nunca vista profusão, torrentes luzidias de guelras, dorsos e barbatanas em que a vista se confundia. Perguntaram Simão e André como soubera ele que o peixe ali chegara de um momento para o outro, que olhar de lince se apercebera do movimento profundo das águas, e Jesus respondeu que não, que não sabia, fora apenas uma ideia, experimentar a sorte uma última vez antes de regressarem. Não tinham os dois irmãos motivos para duvidar, o acaso faz destes e outros milagres, mas Jesus, dentro de si, estremeceu, e no silêncio da sua alma perguntou, Quem fez isto. Disse Simão, Ajuda aqui a escolher, ora, a oportunidade é boa para explicar que não foi neste mar de Genesaré que nasceu a ecuménica sentença, Tudo o que vem à rede é peixe, aqui os critérios são diferentes, peixe será o que a rede trouxe, mas a lei é claríssima neste ponto, como em todos, Eis aquilo que podereis comer dos diversos animais aquáticos, podeis comer tudo o que, nas águas, mares ou rios, tem barbatanas e escamas, mas tudo o que não tem barbatanas e escamas, nos mares ou nos rios, quer o que pulula na água, quer os animais que nela vivem, são abomináveis para vós, e abomináveis continuarão a ser, não comeis a sua carne e considerai os seus cadáveres como abomináveis, tudo o que, nas águas, não tem barbatanas e escamas, será para vós abominável. Os peixes réprobos, de pele lisa, aqueles que não podem ir à mesa do povo do Senhor, foram assim restituídos ao mar, muitos deles, mesmo, já tinham ganho o costume e não se preocupavam quando os levava a rede, sabiam que pronto tornariam à água, sem risco de morrerem sufocados. Em sua cabeça de peixes criam beneficiar duma benevolência especial do Criador, senão mesmo de um amor particular, o que os levou, ao cabo do tempo, a considerarem-se superiores aos outros peixes, os que ficavam nas barcas, que muitas e graves faltas esses deviam ter cometido a coberto das escuras águas para que Deus, assim, sem piedade, os deixasse morrer.

Quando enfim chegaram à margem, com mil artes e cuidados para não irem a pique, pois a superfície do lago lambia a borda do barco como se o quisesse engolir, a surpresa das gentes não teve explicação. Quiseram saber como aquilo acontecera, sabendo-se que os outros pescadores tinham regressado com o fundo seco, mas, de tácito e comum acordo, nenhum dos três afortunados falou das circunstâncias da pescaria prodigiosa, Simão e André para não verem publicamente diminuídos os seus méritos de práticos, Jesus por não querer que os outros pescadores o metessem, como um chamariz, nas respetivas companhas, o que, dizemos nós, seria de inteira justiça, para se acabar, de vez, com as diferenças entre filhos e enteados que tanto mal têm trazido ao mundo. Por este pensar é que Jesus anunciou, nessa noite, que na manhã seguinte partiria para Nazaré, onde o esperava a família, depois de quatro anos de ausências e de andanças que podiam dizer-se do demónio, tão afadigadas foram. Lamentaram muito Simão e André uma decisão que os privava do melhor olheiro de gado aquático de que havia memória nos anais de Genesaré, lamentaram-na também dois outros pescadores, Tiago e João, filhos de Zebedeu, moços um pouco simples, a quem, por brincadeira, costumavam perguntar, Quem é o pai dos filhos de Zebedeu, os pobres ficavam interditos, perdidos de si mesmos, e nem o facto de saberem a resposta, como está claro que sabiam, sendo eles os filhos, nem isto os poupava a um instante de perplexidade e de angústia. A pena que sentiam da saída de Jesus não era só por assim se lhes escapar a oportunidade duma famosa pescaria, mas porque, sendo novos, João era mesmo mais novo que Jesus, teriam gostado de formar com ele uma tripulação de juvenis para disputar com a geração mais velha. A sua simplicidade de espírito não era necedade nem retraso mental, iam era pela vida como se sempre estivessem a pensar noutra coisa, por isso começavam por hesitar quando se lhes perguntava como se chamava o pai dos filhos de Zebedeu e não percebiam por que se ria a gente com tanto gosto quando, triunfalmente, respondiam, Zebedeu. João ainda foi fazer uma tentativa, chegou-se a Jesus e disse-lhe, Fica connosco, a nossa barca é maior que a de Simão, apanharemos mais peixe, e Jesus, sábio e piedoso, respondeu-lhe, A medida do Senhor não é a medida do homem, mas a da sua justiça. Embatucou João, foi-se embora de cabeça baixa, e sem diligências doutros interessados se passou o serão. No dia seguinte, Jesus despediu-se dos primeiros amigos que criara nos seus dezoito anos de vida, e, de farnel aviado, virando costas a este mar de Genesaré, onde, ou muito se enganava, ou lhe fizera Deus um sinal, orientou enfim os passos para as montanhas, caminho de Nazaré. Quis, porém, o destino que, passando ele pela cidade de Magdala, se lhe rebentasse ali, do pé, uma ferida que andava renitente em sarar, e em tal jeito que parecia o sangue não querer estancar-se. Também quis o destino que o perigoso acidente tivesse ocorrido à saída de Magdala, mesmo em frente, por assim dizer à porta, de uma casa que ali havia, afastada das outras, como se não quisesse aproximar-se delas, ou elas a repelissem. Vendo que o sangue não dava mostras de querer parar, Jesus chamou, Ó de dentro, disse, e, ato contínuo, uma mulher apareceu à porta, como se justamente estivesse à espera de que a chamassem, embora, por um leve ar de surpresa que começou por aparecer-lhe na cara, pudéssemos ser levados a pensar que estaria antes habituada a que lhe entrassem pela casa dentro, sem bater, o que, se bem considerarmos as coisas, teria menos razão de ser que em outro qualquer caso, pois esta mulher é uma prostituta e o respeito que deve à sua profissão manda-lhe que feche a porta de casa quando recebe um cliente. Jesus, que estava sentado no chão, comprimindo a desatada ferida, olhou de relance a mulher que se lhe acercava, Ajuda-me, disse, e, tendo segurado a mão que ela lhe estendia, conseguiu pôr-se de pé e dar uns passos, coxeando. Não estás em estado de andar, disse ela, entra, que eu trato-te dessa ferida. Jesus não disse nem sim nem não, o odor da mulher entontecia-o, a ponto de ter-lhe desaparecido, de um momento para o outro, a dor que lhe dera ao abrir-se a chaga, e agora, com um braço por cima dos ombros dela e sentindo a sua própria cintura cingida por outro que evidentemente não podia ser seu, apercebeu-se do tumulto que lhe trespassava o corpo em todas as direções, se não fosse mais exato dizer sentidos, porque neles, ou em um que tem esse nome, mas que não é o ver nem o ouvir nem o cheirar nem o gostar nem o tocar, podendo no entanto levar de cada um deles uma parte, aí é que ia bater tudo, salvo seja. A mulher ajudou-o a entrar para o pátio, trancou a porta e fê-lo sentar-se, Espera, disse. Foi dentro e voltou com uma bacia de barro e um pano branco. Encheu de água a bacia, molhou o pano e, ajoelhando-se aos pés de Jesus, sustendo na palma da mão esquerda o pé ferido, lavou-o cuidadosamente, limpando-o da terra, amaciando a crosta estalada através da qual surdia, com o sangue, uma matéria amarela, purulenta, de mau aspeto. Disse a mulher, Não vai ser com água que te curarás, e Jesus disse, Só te peço que me ates a ferida de modo a poder chegar a Nazaré, depois lá me trato, ia a dizer, Minha mãe trata-me, mas emendou porque não queria parecer aos olhos desta mulher como um rapazinho que, por dar uma topada numa pedra, vai a chorar, Mãezinha, mãezinha, à espera do afago, um sopro suave no dedo ofendido, um toque dulcificante dos dedos, Não é nada, meu menino, já passou. Daqui a Nazaré ainda tens muito que andar, mas se é assim que queres, espera só que te ponha um unguento, disse a mulher, e entrou em casa, onde iria demorar-se um pouco mais que antes. Jesus olhou em redor o pátio, surpreendido porque em sua vida nunca vira nada tão limpo e arrumado. Está desconfiado de que a mulher é uma prostituta, não por particular habilidade sua em adivinhar profissões à primeira vista, ainda não há muitos dias ele próprio poderia ter sido identificado pelo cheiro a gado cabrum que tresandava, e agora todos dirão, É pescador, foi-se aquele cheiro, outro veio, que não tresanda menos. A mulher cheira a perfume, mas Jesus, apesar da sua inocência, que não é ignorância, pois não lhe faltaram ocasiões de ver como procediam bodes e carneiros, tem bom senso que chegue para considerar que cheirar bem do corpo não é razão suficiente para afirmar que uma mulher é prostituta. Na verdade, uma prostituta deveria era cheirar ao que frequenta, a homem, como o cabreiro cheira a cabra e o pescador a peixe, mas talvez, sabe-se lá, essas mulheres se perfumem tanto justamente por quererem esconder, disfarçar ou, mesmo, esquecer o cheiro do homem. A mulher reapareceu com um pequeno boião e vinha a sorrir como se alguém, dentro de casa, lhe tivesse contado uma história divertida. Jesus via-a aproximar-se, mas, se os olhos o não estavam enganando, ela vinha muito devagar, como acontece às vezes nos sonhos, a túnica movia-se, ondulava, modelando ao andar o balanço rítmico das coxas, e os cabelos pretos da mulher, soltos, dançavam-lhe sobre os ombros como o vento faz às espigas da seara. Não havia dúvida, a túnica, mesmo para um leigo, era de prostituta, o corpo de bailarina, o riso de mulher leviana. Jesus, em aflição, pediu à sua memória que o socorresse com algumas apropriadas máximas do seu célebre homónimo e autor, Jesus, filho de Sira, e a memória serviu-o bem, murmurando-lhe discretamente, do lado de dentro do ouvido, Foge do encontro duma mulher leviana, para não caíres nas suas ciladas, e logo, Não andes muito com uma bailarina, não suceda que pereças por causa dos seus encantos, e finalmente, Nunca te entregues às prostitutas, para que não te percas a ti e aos teus haveres, perder-se este Jesus de agora bem poderá acontecer, sendo homem e tão novo, mas, quanto aos haveres, esses já sabemos que não correm perigo porque os não tem, pelo que ele próprio se achará salvo, em chegando a hora, quando a mulher, antes de fechar o contrato, lhe perguntar, Quanto tens. Preparado para tudo está, portanto, Jesus, e por isso não o apanha de surpresa a pergunta que ela lhe fez enquanto, agora posto o pé dele sobre o joelho dela, lhe cobria de unguento a ferida, Como te chamas, Jesus, foi o que respondeu, e não disse de Nazaré, porque já antes o tinha declarado, como ela, por ser aqui que vivia, não disse de Magdala, quando, ao perguntar-lhe ele por sua vez o nome, respondeu que Maria. Com tantos movimentos e observações, acabou Maria de Magdala de fazer o penso ao dorido pé de Jesus, rematando-o com uma sólida e pertinente atadura, Aí tens, disse ela, Como te devo agradecer, perguntou Jesus, e pela primeira vez os seus olhos tocaram os olhos dela, negros, brilhantes como carvões de pedra, mas onde perpassava, como uma água que sobre água corresse, uma espécie de voluptuosa velatura que atingiu em cheio o corpo secreto de Jesus. A mulher não respondeu logo, olhava-o, por sua vez, como se o avaliasse, a pessoa que era, que de dinheiros bem se via que não estava provido o pobre moço, e por fim disse, Guarda-me na tua lembrança, nada mais, e Jesus, Não esquecerei a tua bondade, e depois, enchendo-se de ânimo, Nem te esquecerei a ti, Porquê, sorriu a mulher, Porque és bela, Não me conheceste no tempo da minha beleza, Conheço-te na beleza desta hora. O sorriso dela esmoreceu, extinguiu-se, Sabes quem sou, o que faço, de que vivo, Sei, Não tiveste mais que olhar para mim e ficaste a saber tudo, Não sei nada, Que sou prostituta, Isso sei, Que me deito com homens por dinheiro, Sim, Então é o que eu digo, sabes tudo de mim, Sei só isso. A mulher sentou-se junto dele, passou-lhe suavemente a mão pela cabeça, tocou-lhe na boca com a ponta dos dedos, Se queres agradecer-me, fica este dia comigo, Não posso, Porquê, Não tenho com que pagar-te, Grande novidade, Não te rias de mim, Talvez não creias, mas olha que mais facilmente me riria de um homem com a bolsa cheia, Não é só a questão do dinheiro, Que é, então. Jesus calou-se e voltou a cara para o lado. Ela não o ajudou, podia ter-lhe perguntado, És virgem, mas deixou-se ficar calada, à espera. Fez-se silêncio, tão denso e profundo que parecia que apenas os dois corações soavam, mais forte e rápido o dele, o dela inquieto com a sua própria agitação. Jesus disse, Os teus cabelos são como um rebanho de cabras descendo das vertentes pelas montanhas de Galaad. A mulher sorriu e ficou calada. Depois Jesus disse, Os teus olhos são como as fontes de Hesebon, junto à porta de Bat-Rabim. A mulher sorriu de novo, mas não falou. Então Jesus voltou lentamente o rosto para ela e disse, Não conheço mulher. Maria segurou-lhe as mãos, Assim temos de começar todos, homens que não conheciam mulher, mulheres que não conheciam homem, um dia o que sabia ensinou, o que não sabia aprendeu, Queres tu ensinar-me, Para que tenhas de agradecer-me outra vez, Dessa maneira, nunca acabarei de agradecer-te, E eu nunca acabarei de ensinar-te. Maria levantou-se, foi trancar a porta do pátio, mas primeiro dependurou qualquer coisa do lado de fora, sinal que seria de entendimento, para os clientes que viessem por ela, de que se havia cerrado a sua fresta porque chegara a hora de cantar, Levanta-te, vento do norte, vem tu, vento do meio-dia, sopra no meu jardim para que se espalhem os seus aromas, entre o meu amado no seu jardim e coma dos seus deliciosos frutos. Depois, juntos, Jesus amparado, como fizera antes, ao ombro de Maria, esta prostituta de Magdala que o curou e o vai receber na sua cama, entraram em casa, na penumbra propícia de um quarto fresco e limpo. A cama não é aquela rústica esteira estendida no chão, com um lençol pardo lançado por cima, que Jesus viu sempre em casa dos pais enquanto lá viveu, esta é um verdadeiro leito como o outro de que alguém disse, Adornei a minha cama com cobertas, com colchas bordadas de linho do Egito, perfumei o meu leito com mirra, aloés e cinamomo. Maria de Magdala conduziu Jesus até junto do forno, onde o chão era de ladrilhos de tijolo, e ali, recusando o auxílio dele, por suas mãos o despiu e lavou, às vezes tocando-lhe o corpo, aqui e aqui, e aqui, com as pontas dos dedos, beijando-o de leve no peito e nas ancas, de um lado e do outro. Estes roces delicados faziam estremecer Jesus, as unhas da mulher arrepiavam-no quando lhe percorriam a pele, Não tenhas medo, disse Maria de Magdala. Enxugou-o e levou-o pela mão até à cama, Deita-te, eu volto já. Fez correr um pano numa corda, novos rumores de águas se ouviram, depois uma pausa, o ar de repente tornou-se perfumado e Maria de Magdala apareceu, nua. Nu estava também Jesus, como ela o deixara, o rapaz pensou que assim é que devia estar certo, tapar o corpo que ela descobrira teria sido como uma ofensa. Maria parou ao lado da cama, olhou-o com uma expressão que era, ao mesmo tempo, ardente e suave, e disse, És belo, mas para seres perfeito, tens de abrir os olhos. Hesitando, Jesus abriu-os, imediatamente os fechou, deslumbrado, tornou a abri-los e nesse instante soube o que em verdade queriam dizer aquelas palavras do rei Salomão, As curvas dos teus quadris são como joias, o teu umbigo é uma taça arredondada, cheia de vinho perfumado, o teu ventre é um monte de trigo cercado de lírios, os teus dois seios são como dois filhinhos gémeos de uma gazela, mas soube-o ainda melhor, e definitivamente, quando Maria se deitou ao lado dele, e, tomando-lhe as mãos, puxando-as para si, as fez passar, lentamente, por todo o seu corpo, os cabelos e o rosto, o pescoço, os ombros, os seios, que docemente comprimiu, o ventre, o umbigo, o púbis, onde se demorou, a enredar e a desenredar os dedos, o redondo das coxas macias, e, enquanto isto fazia, ia dizendo em voz baixa, quase num sussurro, Aprende, aprende o meu corpo. Jesus olhava as suas próprias mãos, que Maria segurava, e desejava tê-las soltas para que pudessem ir buscar, livres, cada uma daquelas partes, mas ela continuava, uma vez mais, outra ainda, e dizia, Aprende o meu corpo, aprende o meu corpo. Jesus respirava precipitadamente, mas houve um momento em que pareceu sufocar, e isso foi quando as mãos dela, a esquerda colocada sobre a testa, a direita sobre os tornozelos, principiaram uma lenta carícia, na direção uma da outra, ambas atraídas ao mesmo ponto central, onde, quando chegadas, não se detiveram mais do que um instante, para regressarem com a mesma lentidão ao ponto de partida, donde recomeçaram o movimento. Não aprendeste nada, vai-te, dissera Pastor, e quiçá quisesse dizer que ele não aprendera a defender a vida. Agora Maria de Magdala ensinara-lhe, Aprende o meu corpo, e repetia, mas doutra maneira, mudando-lhe uma palavra, Aprende o teu corpo, e ele aí o tinha, o seu corpo, tenso, duro, ereto, e sobre ele estava, nua e magnífica, Maria de Magdala, que dizia, Calma, não te preocupes, não te movas, deixa que eu trate de ti, então sentiu que uma parte do seu corpo, essa, se sumira no corpo dela, que um anel de fogo o rodeava, indo e vindo, que um estremecimento o sacudia por dentro, como um peixe agitando-se, e que de súbito se escapava gritando, impossível, não pode ser, os peixes não gritam, ele, sim, era ele quem gritava, ao mesmo tempo que Maria, gemendo, deixava descair o seu corpo sobre o dele, indo beber-lhe da boca o grito, num sôfrego e ansioso beijo que desencadeou no corpo de Jesus um segundo e interminável frémito.

Durante todo o dia, ninguém veio bater à porta de Maria de Magdala. Durante todo o dia, Maria de Magdala serviu e ensinou o rapaz de Nazaré que, não a conhecendo nem de bem nem de mal, lhe viera pedir que o aliviasse das dores e curasse das chagas que, mas isso não o sabia ela, tinham nascido doutro encontro, no deserto, com Deus. Deus dissera a Jesus, A partir de hoje pertences-me pelo sangue, o Demónio, se o era, desprezara-o, Não aprendeste nada, vai-te, e Maria de Magdala, com os seios escorrendo suor, os cabelos soltos que parecem deitar fumo, a boca túmida, olhos como de água negra, Não te prenderás a mim pelo que te ensinei, mas fica comigo esta noite. E Jesus, sobre ela, respondeu, O que me ensinas, não é prisão, é liberdade. Dormiram juntos, mas não apenas nessa noite. Quando acordaram, já manhã alta, e depois de uma vez mais os seus corpos se terem buscado e achado, Maria foi ver como estava a ferida do pé de Jesus, Tem melhor ar, mas não devias ir ainda para a tua terra, vai-te fazer mal o caminho, com esse pó, Não posso ficar, e se tu mesma dizes que estou melhor, Ficar, podes, a questão é que tenhas a vontade, quanto à porta do pátio, estará fechada por todo o tempo que quisermos, A tua vida, A minha vida, nesta hora, és tu, Porquê, Respondo-te com as palavras do rei Salomão, o meu amado meteu a mão pela abertura da porta e o meu coração estremeceu, E como posso ser o teu amado se não me conheces, se sou apenas alguém que te veio pedir ajuda e de quem tiveste pena, pena das minhas dores e da minha ignorância, Por isso te amo, porque te ajudei e te ensinei, mas tu a mim é que não poderás amar-me, pois não me ensinaste nem ajudaste, Não tens nenhuma ferida, Encontrá-la-ás, se a procurares, Que ferida é, Essa porta aberta por onde entravam outros e o meu amado não, Disseste que sou o teu amado, Por isso a porta se fechou depois de entrares, Não sei nada que possa ensinar-te, só o que de ti aprendi, Ensina-me também isso, para saber como é aprendê-lo de ti, Não podemos viver juntos, Queres dizer que não podes viver com uma prostituta, Sim, Por todo o tempo que estiveres comigo, não serei uma prostituta, não sou prostituta desde que aqui entraste, está nas tuas mãos que continue a não o ser, Pedes-me demasiado, Nada que não possas dar-me por um dia, por dois dias, pelo tempo que o teu pé leve a sarar, para que depois se abra outra vez a minha ferida, Levei dezoito anos para chegar aqui, Alguns dias mais, não te farão diferença, ainda és novo, Tu também és nova, Mais velha do que tu, mais nova do que a tua mãe, Conheces a minha mãe, Não, Então por que disseste, Porque eu nunca poderia ter um filho que tivesse hoje a tua idade, Que estúpido sou, Não és estúpido, apenas inocente, Já não sou inocente, Por teres conhecido mulher, Não o era já quando me deitei contigo, Fala-me da tua vida, mas agora não, agora só quero que a tua mão esquerda descanse sobre a minha cabeça e a tua direita me abrace.

Jesus ficou uma semana em casa de Maria de Magdala, o tempo necessário para que debaixo da crosta da ferida se formasse a nova pele. A porta do pátio esteve sempre fechada. Alguns homens impacientes, picados de cio ou de despeito, vieram bater, ignorando deliberadamente o sinal que devia mantê-los afastados. Queriam saber quem era esse que se demorava tanto, e algum mais gracioso atirou por cima dos muros um dichote, Ou será porque não pode, ou será porque não sabe, abre-me a porta, Maria, que eu explico-lhe como se faz, e Maria de Magdala veio ao pátio para responder, Quem quer que sejas, o que pudeste não voltarás a poder, o que fizeste não o farás mais, Maldita mulher, Vai-te, que bem enganado vais, não encontrarás no mundo mulher mais bendita do que eu sou. Fosse por este incidente ou porque assim tinha de ser, ninguém mais veio bater-lhes à porta, em todo o caso o mais provável foi que nenhum daqueles homens, moradores de Magdala ou passantes informados, tivesse querido arriscar-se a ouvir a praga que os condenaria à impotência, pois é geral convicção que as prostitutas, sobretudo as de alto coturno, diplomadas ou de largo currículo, sabendo tudo sobre as artes de alegrar o sexo de um homem, também são muito competentes para reduzi-lo a uma soturnidade irremediável, cabisbaixo, sem ânimo nem apetites. Gozaram, pois, Maria e Jesus de tranquilidade durante aqueles oito dias, durante os quais as lições dadas e recebidas acabaram por passar a um discurso só, composto de gestos, descobertas, surpresas, murmúrios, invenções, como um mosaico de tésseras que não são nada uma por uma e tudo acabam por ser depois de juntas e postas nos seus lugares. Mais de uma vez, Maria de Magdala quis voltar àquela curiosidade de saber da vida do amado, mas Jesus mudava de conversa, respondia, por exemplo, Entro no meu jardim, minha irmã, minha esposa, colho a minha mirra e o meu bálsamo, como o favo com o meu mel e bebo o meu vinho com o meu leite, e, tendo-o dito tão apaixonadamente, logo passava da recitação do versículo ao ato poético, em verdade, em verdade te digo, querido Jesus, assim não se pode conversar. Mas um dia Jesus resolveu falar do seu pai carpinteiro e da sua mãe cardadora de lã, dos seus oito irmãos, e que segundo o costume, tinha começado por aprender o ofício paterno, mas depois fora pastor durante quatro anos, que estava ali de regresso a casa, andara uns dias com pescadores, mas não chegara o tempo para aprender deles a arte. Quando Jesus isto contou, era um fim de tarde, estavam no pátio a comer, e de vez em quando levantavam a cabeça para ver o rápido voo das andorinhas que passavam soltando os seus gritos estrídulos, pelo silêncio que se fez entre os dois pareceu que ficara tudo dito, o homem confessara-se à mulher, porém, a mulher, como se nada fosse, perguntou, Só isso, ele fez um sinal afirmativo, Sim, só isto. O silêncio tornou-se completo, os círculos das andorinhas rodavam sobre outras paragens, e Jesus disse, Meu pai foi crucificado há quatro anos em Séforis, chamava-se José, Se não estou enganada, és o primogénito, Sim, sou o primogénito, Então não compreendo por que não ficaste com a tua família, era o teu dever, Houve umas diferenças entre nós, e não me perguntes mais nada, Nada que sobre a tua família seja, mas esses anos de pastor, fala-me desse tempo, Não há nada a dizer, é sempre o mesmo, são as cabras, são as ovelhas, são os cabritos, são os borregos, e leite, muito leite, leite por todos os lados, Gostaste de ser pastor, Gostei, Por que te vieste embora, Aborreci-me, tinha saudades da família,

Saudade, que é isso, Pena de estar longe, Estás a mentir, Por que dizes que estou a mentir, Porque vi medo e remorso nos teus olhos. Jesus não respondeu. Levantou-se, deu uma volta pelo pátio, depois parou diante de Maria, Um dia, voltando nós a encontrar-nos, talvez te conte o resto, se então me prometeres que não dirás a ninguém, Poupavas-nos tempo se fosse já, Direi, sim, mas só se nos voltarmos a encontrar, Esperas que nessa altura eu já não seja prostituta, por agora não podes ter confiança nesta, pensas que seria capaz de vender os teus segredos por dinheiro ou dá-los a um qualquer que aí viesse, por divertimento, em troca duma noite de amor mais gloriosa do que as que eu te dei e tu me deste, Não é essa a razão por que prefiro calar-me, Pois eu digo-te que Maria de Magdala estará ao pé de ti, prostituta ou não, quando precisares dela, Quem sou eu para merecer isso, Tu não sabes quem és. Nessa noite, o antigo pesadelo voltou, depois de ter sido, apenas, nos últimos tempos, como uma angústia vaga que se infiltrava nos interstícios dos sonhos comuns, por fim habitual e suportável. Mas esta noite, talvez por ser a última que Jesus dormia naquela cama, talvez porque ele falou de Séforis e dos crucificados, o pesadelo, como uma serpente gigantesca que estivesse a acordar da hibernação, começou a desenrolar lentamente os anéis, a levantar a horrível cabeça, e Jesus acordou aos gritos, coberto de suores frios, Que tens, que tens, perguntava-lhe Maria, aflita, Um sonho, nada mais que um sonho, defendeu-se ele, Conta-mo, e esta palavra simples foi dita com tanto amor, com tanta ternura, que Jesus não pôde segurar as lágrimas e, depois das lágrimas, as palavras que quisera esconder, Sonho que meu pai me vem matar, É teu pai que está morto, tu estás aqui, vivo, Eu sou uma criança, estou em Belém da Judeia e meu pai vem matar-me, Porquê em Belém, Foi lá que nasci, Talvez penses que teu pai não queria que tivesses nascido, é o que o sonho está a dizer, Tu não sabes nada, Não, não sei, Houve crianças em Belém que morreram por causa de meu pai, Matou-as ele, Matou-as porque não as salvou, não foi a mão dele que usou o punhal, E no teu sonho és uma dessas crianças, Tenho morrido mil mortes, Pobre de ti, pobre Jesus, Foi por causa disto que saí de casa, Compreendo, enfim, Julgas que compreendes, Que mais falta, O que ainda não te posso dizer, O que me dirás se nos voltarmos a encontrar, Sim. Jesus adormeceu com a cabeça no ombro de Maria, respirando sobre o seu seio. Ela ficou acordada em todo o resto da noite. Doía-lhe o coração porque a manhã não tardaria a separá-los, mas a sua alma estava serena. O homem que repousava a seu lado era, sabia-o, aquele por quem tinha esperado toda a vida, o corpo que lhe pertencia e a quem o seu corpo pertencia, virgem o dele, usado e sujado o dela, mas há que ver que o mundo tinha começado, o que se chama começar, faz apenas oito dias, e só esta noite é que se achou confirmado, oito dias é nada se os compararmos a um futuro por assim dizer intacto, de mais sendo tão novo este Jesus que me apareceu, e eu, Maria de Magdala, eu aqui estou, deitada com um homem, como tantas vezes, mas agora perdida de amor e sem idade.

A manhã gastaram-na a preparar a viagem, que parecia que ia o rapaz para o cabo do mundo, quando não chega a duzentos estádios o que vai ter de andar, nada que um homem de normal constituição não possa fazer entre o sol do meio-dia e o crepúsculo da tarde, mesmo levando em conta que de Magdala a Nazaré nem tudo é caminho chão, por ali não faltam encostas escarpadas e pedregosos descampados. E toma tu cuidado, que andam nesses sítios bandos da guerra contra os romanos, dizia Maria, Ainda, perguntou Jesus, Tens vivido longe, isto aqui é a Galileia, E eu sou galileu, não me farão mal, Galileu não és, se foste nascer a Belém de Judeia, Meus pais conceberam-me em Nazaré, e eu, verdadeiramente, nem em Belém nasci, nasci foi numa cova, no interior da terra, e agora até me chega a parecer que voltei a nascer, aqui, em Magdala, De uma prostituta, Para mim, não és prostituta, disse Jesus, com violência, É o que tenho sido. Ficou um largo silêncio depois destas palavras, Maria à espera de que Jesus falasse, Jesus dando voltas a uma inquietação que não conseguia dominar. Por fim, perguntou, Aquilo que penduraste na porta para que nenhum homem entrasse, vais retirá-lo. Maria de Magdala olhou-o com uma expressão séria, logo sorriu, com malícia, Não poderia ter dentro de casa dois homens ao mesmo tempo, Isso que quer dizer, Que tu te vais, mas que continuas aqui. Fez uma pausa e rematou, O sinal que está dependurado na porta, continuará lá, Pensarão que estás com um homem, Se o pensarem, pensarão bem, porque estarei contigo, Ninguém mais aqui entrará, Tu disseste-o, esta mulher a quem chamam Maria de Magdala deixou de ser prostituta quando aqui entraste, De que vais viver, Só os lírios do campo crescem sem trabalhar nem fiar. Jesus tomou-lhe as mãos e disse, Nazaré não é longe de Magdala, um destes dias virei visitar-te, Se me procurares, aqui me encontrarás, O meu desejo será encontrar-te sempre, Encontrar-me-ias mesmo depois de morreres, Queres dizer que vou morrer antes de ti, Sou mais velha, de certeza morrerei primeiro, mas, se acontecesse morreres tu antes de mim, eu continuaria a viver, só para que me pudesses encontrar, E se fores tu a primeira a morrer, Bendito seja quem te trouxe a este mundo quando eu ainda estava nele. Depois disto, Maria de Magdala serviu de comer a Jesus, e ele não precisou dizer-lhe, Senta-te comigo, porque desde o primeiro dia, na casa fechada, este homem e esta mulher tinham dividido e multiplicado entre si os sentimentos e os gestos, os espaços e as sensações, sem excessivos respeitos de regra, norma ou lei. Com certeza, não saberiam como responder-nos se agora lhes perguntássemos de que modo se comportariam se não se achassem protegidos e à solta nestas quatro paredes, entre as quais puderam, por uns poucos dias, talhar um mundo à simples imagem e semelhança de homem e mulher, bem mais dela do que dele, diga-se de passagem, mas, tendo sido ambos tão perentórios quanto aos seus futuros encontros, basta que tenhamos a paciência de esperar o lugar e a hora em que, juntos, se enfrentarão com o mundo de fora da porta, este dos que já se perguntam com inquietação, Que se passa ali dentro, e não é nas conhecidas folestrias de quarto e cama que estão a pensar. Depois de terem comido, Maria calçou as sandálias a Jesus e disse-lhe, Tens de ir, se queres chegar a Nazaré antes da noite, Adeus, disse Jesus, e, tomando o alforge e o cajado, saiu para o pátio. O céu estava nublado por igual, como um forro de lã suja, ao Senhor não devia ser fácil perceber, do alto, o que andavam a fazer as suas ovelhas. Jesus e Maria de Magdala despediram-se com um abraço que parecia não ter fim, também se beijaram, mas com menos demora, não admira, o costume do tempo não era tanto esse.

Acabara de pôr-se o sol quando Jesus tornou a pisar o chão de Nazaré, quatro longos anos contados, mais semana menos semana, sobre aquele dia em que daqui fugiu, criança ainda, afligido por um mortal desespero, para ir pelo mundo à procura de alguém que o ajudasse a entender a primeira verdade insuportável da sua vida. Quatro anos, mesmo arrastados, podem não ser bastantes para sarar uma dor, mas, no geral, adormecem-na. Perguntara no Templo, refizera os caminhos da montanha com o rebanho do Diabo, encontrara Deus, dormira com Maria de Magdala, este homem que para cá vem não parece já sofrer, tirando aquela humidade dos olhos de que temos falado, mas que, se bem ponderarmos as causas possíveis, também poderia ser um efeito tardio do fumo dos sacrifícios, ou um arrebato da alma produzido pelos horizontes das altas pastagens, ou o medo de quem sozinho no deserto ouviu dizer Eu sou o Senhor, ou, enfim, quiçá o mais provável por mais próximo estar, a ânsia e a lembrança de um corpo ainda há poucas horas deixado, Confortai-me com uvas-passas, fortalecei-me com maçãs, porque desfaleço de amor, esta doce verdade poderia vir dizê-la Jesus a sua mãe e seus irmãos, mas o passo suspendeu-se-lhe no limiar da porta, Quem são minha mãe e meus irmãos, pergunta, não é que ele o não saiba, a questão é se sabem eles quem ele é, aquele que perguntou no Templo, aquele que contemplou os horizontes, aquele que encontrou Deus, aquele que conheceu o amor da carne e nele se reconheceu homem. Neste mesmo sítio, em frente da porta, esteve em tempos um mendigo que disse ser um anjo e que, podendo, se anjo era, irromper pela casa dentro, levando consigo o tufão das suas revoltas asas, preferiu bater, e com palavras de mendigo pedir esmola. A porta está fechada apenas com a tranqueta. Jesus não vai precisar chamar como teve de fazer lá em baixo em Magdala, entrará tranquilamente nesta casa que é sua, veja-se como vem curado da chaga do pé, é certo que são as mais fáceis de curar, as de sangue e de pus. Não precisava bater, mas bateu. Ouvira vozes por trás do muro, reconheceu, mais distante, a da mãe, mas não teve ânimo de empurrar simplesmente a porta e anunciar, Aqui estou, como alguém que, sabendo-se desejado, quer fazer a surpresa que a todos irá tornar felizes. Quem veio abrir foi uma menina pequena, de uns oito ou nove anos, que não reconheceu o visitante, a voz do sangue não lhe acudiu a dizer, Este homem é teu irmão, não te lembras, o Jesus, o primogénito, foi ele quem disse, apesar dos quatro anos acrescentados à idade de um e do outro e do lusco-fusco da hora, Chamas-te Lídia, e ela respondeu, Sim, pronta a maravilhar-se por um desconhecido saber o seu nome, mas ele quebrou os encantamentos todos, dizendo, Sou o teu irmão Jesus, deixa-me passar. No pátio, junto à casa e debaixo do alpendre, viu vultos que eram como sombras, seriam os seus irmãos, e agora olhavam na direção da porta, dois deles, os mais velhos dos rapazes, Tiago e José, aproximavam-se, não tinham ouvido o que Jesus dissera, mas não merecia a pena virem identificar o visitante, Lídia já gritava, entusiasmada, É Jesus, é o nosso irmão, então todas as sombras se moveram e à porta da casa apareceu Maria, estava Lísia com ela, a outra filha, quase tão alta como a mãe, e ambas exclamaram, que parece que o disseram com a mesma voz, Ai o meu filho, Ai o meu irmão, no instante seguinte estavam todos abraçados ali no meio do pátio, era, verdadeiramente, a alegria das famílias reencontradas, acontecimento em geral notável, sobretudo, como é o caso, quando foi o próprio primogénito quem regressou aos nossos carinhos e cuidados. Jesus saudou a mãe, saudou cada um dos irmãos, por todos eles foi saudado com calorosas expressões de boas-vindas, Mano Jesus, que bom ver-te, Mano Jesus, julgávamos que te tinhas esquecido de nós, um pensamento não se ouviu, Mano Jesus, não parece que venhas rico. Entraram em casa e sentaram-se a cear, que para isso se estava preparando a família quando ele bateu à porta, aqui se diria, vindo Jesus donde vem, de excessos de carne pecadora e má frequentação moral, aqui se diria, com a rude franqueza da gente simples que viu reduzir-se-lhe de repente a ração, À hora de comer, sempre o diabo traz mais um. Não o disseram estes, e mal pareceria se o dissessem, que ao coro das mastigações só uma boca viera acrescentar-se, nem se nota a diferença, onde comeriam nove, comem dez, e este tem mais direito. Enquanto ceavam quiseram os irmãos mais novos saber de aventuras, que os três mais velhos e a mãe logo perceberam que não houvera mudança de profissão desde o encontro de Jerusalém, tanto mais que do peixe havia-se perdido antes o cheiro, e dos aromas pecaminosos de Maria de Magdala deram conta o vento, as horas de caminhada e o pó, salvo se chegássemos bem o nariz à túnica de Jesus, mas, se a tanto nem a família se atreveria, que faríamos nós. Jesus contou que andara de pastor no maior de todos os rebanhos alguma vez visto, que nos últimos tempos estivera no mar pescando e ajudara a fazer sair dele grandes e maravilhosas pescarias, e também que lhe sucedera a mais extraordinária aventura que podia caber na imaginação e na esperança dos homens, mas que dela só poderia falar noutra ocasião, e não a todos. Estava-se nisto, os mais pequenos insistindo, Conta, conta, quando o do meio, Judas chamado, perguntou, mas não o fez por mal, De tanto tempo, que dinheiro trazes, e Jesus respondeu, Nem três moedas, nem duas, nem uma, nada, e, para prová-lo, porque a todos devia estar parecendo impossível uma tal penúria depois de quatro anos de contínuo trabalho, ali mesmo esvaziou o alforge, na verdade nunca se viu maior pobreza de bens e petrechos, uma faca de lâmina gasta e torcida, uma ponta de baraço, um troço de pão duríssimo, dois pares de sandálias feitas em pedaços, o que restara dos rasgões duma túnica velha, É a do teu pai, disse Maria, tocando-lhe, e, tocando as sandálias maiores, Eram do vosso pai. Baixaram-se as cabeças dos irmãos, uma saudade recordou o triste passamento do progenitor, depois Jesus fez voltar ao alforge o mísero conteúdo, quando de súbito deu por que uma ponta da túnica fazia um nó volumoso e percebeu que o nó era pesado e, sendo-o, ao pensá-lo subiu-lhe o sangue à cara, só podia conter dinheiro, esse mesmo que negara possuir, e que o dinheiro fora ali posto por Maria de Magdala, ganho portanto, não com o suor do rosto, como manda a dignidade, mas com gemidos falsos e suores suspeitos. A mãe e os irmãos olharam a denunciadora ponta da túnica, depois, como se tivessem combinado o movimento, olharam-no a ele, e Jesus, entre disfarçar e ocultar a prova da sua mentira e exibi-la sem poder dar uma explicação que a moralidade da família condescendesse em aceitar, tomou o partido mais difícil, desatou o nó e fez sair o tesouro, vinte moedas como nunca as tinham visto nesta casa, e disse, Não sabia que tinha este dinheiro. A reprovação silenciosa da família passou no ar como um sopro escaldante do deserto, que vergonha, um primogénito mentiroso. Jesus refletia em seu coração e não encontrava nele qualquer irritação contra Maria de Magdala, só uma infinita gratidão pela sua generosidade, por essa delicadeza de querer dar-lhe um dinheiro que sabia que ele teria pejo em aceitar da mão dela diretamente, pois uma coisa é ter dito, A tua mão esquerda está debaixo da minha cabeça, e a tua direita abraça-me, e outra coisa seria não pensar que outras mãos esquerdas e outras mãos direitas te abraçaram, sem quererem saber se alguma vez a tua cabeça desejou um simples amparo. Agora é Jesus quem olha a família, desafiando-a a aceitar a sua palavra, Não sabia que tinha este dinheiro, verdade, sem dúvida, mas que é, ao mesmo tempo, inteira e incompleta, desafiando-a também, em silêncio, a fazer-lhe a pergunta irreplicável, Se não sabias que o tinhas, como explicas que o tenhas, a isto não pode ele responder, Pô-lo aqui uma prostituta com quem dormi nestes últimos oito dias e que o ganhou dos homens com quem dormiu antes. Sobre a túnica suja e esgarçada do homem que morreu crucificado há quatro anos e cujos ossos conheceram a ignomínia duma vala comum, brilham as vinte moedas, como a terra luminosa que uma noite assombrou esta mesma casa, mas aqui não virão hoje os anciãos da sinagoga dizer, Enterrem-nas, como também ninguém aqui perguntará, Donde vieram, para que a resposta não nos obrigue a rejeitá-las, contra vontade e necessidade. Jesus recolhe as moedas na concha das duas mãos, torna a dizer, Não sabia que tinha este dinheiro, como quem oferece ainda uma última oportunidade, e depois, olhando a mãe, Não é dinheiro do Diabo. Estremeceram de horror os irmãos, mas Maria respondeu, sem alterar-se, Tão-pouco veio de Deus. Jesus fez saltar as moedas, uma, duas vezes, brincando, e disse, tão simplesmente como se anunciasse que no dia seguinte voltaria à banca de carpinteiro, Minha mãe, de Deus falaremos amanhã, e, para os irmãos Tiago e José, Também convosco falarei, acrescentou, ora, é bom que não se pense ter sido uma deferência de primogénito dizê-lo, aqueles dois já entraram na maioridade religiosa, têm, por direito próprio, acesso aos assuntos reservados. Entendeu porém Tiago que, tendo em conta a superior importância do tema, algo devia ser adiantado já sobre os motivos da prometida conversa, não é chegar aqui um irmão, por muito primogénito que seja, e dizer, Temos de ter uma conversa acerca de Deus, por isso, com um sorriso insinuante, disse, Se, como nos disseste, andaste quatro anos de pastor por esses montes e vales, não há de ter sido muito o tempo que te sobrou para frequentares sinagogas e aprender nelas, ao ponto de, mal tornado a casa, nos dizeres que nos queres falar do Senhor. Jesus sentiu a hostilidade por baixo da blandícia e respondeu, Ai, Tiago, quão pouco sabes tu de Deus se ignoras que não precisamos andar à procura dele se ele estiver decidido a encontrar-nos, Se bem estou a entender-te referes-te a ti próprio, Não me faças perguntas até amanhã, amanhã falarei do que tiver de falar. Murmurou Tiago palavras que não se ouviram, mas que deviam ter sido um comentário ácido sobre aqueles que presumem de saber tudo. Maria disse com ar cansado para Jesus, Amanhã dirás, ou depois de amanhã, ou quando quiseres, mas agora diz-me, e aos teus irmãos, o que tencionas fazer com esse dinheiro, que aqui estamos passando muita necessidade, Não queres saber como o tenho, Disseste que não sabias que o tinhas, E é verdade, mas pensei e sei já por que o tenho, Se não está mal nas tuas mãos, também não o estará nas da tua família, É tudo quanto tens a dizer acerca deste dinheiro, Sim, Então gastá-lo-emos, como é justo, no governo da casa. Ouviu-se um murmúrio geral de aprovação, o próprio Tiago fez um sinal de congratulação amistosa, e Maria disse, Se não te importasses, guardaríamos uma parte dele para o dote da tua irmã, Ainda não me havíeis dito que Lísia já tem casamento aprazado, Sim, vai ser na primavera, Dir-me-ás quanto necessitas, Não sei o que valem essas moedas. Jesus sorriu e disse, Também não sei quanto valem, só sei o valor que têm. Riu alto e destemperado, como se tivesse achado graça às suas próprias palavras, e toda a família o olhou, confundida. Apenas Lísia baixara os olhos, tem quinze anos e o pudor intacto, todas as misteriosas intuições da idade, e é, de quantos aqui estão, aquela que mais fortemente se perturba com este dinheiro que ninguém quer saber a quem pertenceu, donde veio nem como foi ganho. Jesus entregou uma moeda à mãe e disse, Amanhã a cambiarás, então saberemos o seu valor, Decerto me vão perguntar como me entrou tanta riqueza em casa, pois quem uma moeda destas pode mostrar, outras mais terá guardadas, Dizes apenas que o teu filho Jesus voltou da viagem, e que não há riqueza maior que o regresso do filho pródigo.

Nessa noite Jesus sonhou com o pai. Fora deitar-se no pátio, debaixo do alpendre, porque, ao ver aproximar-se a hora de ir para a cama, sentiu que não suportaria a promiscuidade da casa, aquelas dez pessoas espalhadas pelos cantos à procura dum recolhimento impossível, não era como no tempo em que não se notava grande diferença entre isto e um rebanho de cordeirinhos, agora sobram pernas, braços, contactos e incompatibilidades. Antes de adormecer, Jesus pensou em Maria de Magdala e em todas as coisas que tinham feito juntos, e, se é certo que tais pensamentos o alteraram ao ponto de por duas vezes se ter levantado da palha para dar uma volta no pátio a fim de refrescar o sangue, também é certo que, entrado finalmente no sono, o dormir acabou por lhe chegar liso e manso, de criança inocente, como um corpo que fosse rio abaixo, abandonado à corrente vagarosa, vendo passar por cima da cabeça os ramos e as nuvens, e um pássaro sem voz que aparecia e desaparecia. O sonho de Jesus começou quando ele imaginou ter sentido um leve choque, como se o seu corpo, vogando, tivesse roçado outro corpo. Pensou que era Maria de Magdala e sorriu, sorrindo voltou a cabeça para ela, mas quem ali ia, levado na mesma água, debaixo do mesmo céu e dos mesmos ramos, sob o esvoaçar da ave silenciosa, era seu pai. O antigo grito de pavor começou a formar-se-lhe na garganta, mas suspendeu-se logo, o sonho não era o do costume, ele não estava, criança, numa praça de Belém com outras crianças à espera da morte, não se ouviam passos e relinchos de cavalos nem tilintar e ranger de armas, apenas o sedoso deslizar da água, os dois corpos como se fossem uma jangada, o pai, o filho, levados no mesmo rio. Nesse instante, o medo desapareceu da alma de Jesus e, em seu lugar, explodiu, irreprimível, como um rapto patético, um sentimento de exultação, Meu pai, disse ele, sonhando, Meu pai, repetiu, já acordado, mas agora estava a chorar porque percebeu que se encontrava sozinho. Quis regressar ao sonho, repeti-lo desde o primeiro momento, para tornar a sentir, já a esperando, a surpresa daquele choque, ver outra vez o pai e deixar-se ir com ele na corrente, até ao fim das águas e dos tempos. Não o conseguiu nesta noite, mas o antigo sonho não voltará mais, daqui em diante, em vez do medo vir-lhe-á a exultação, em vez da solidão terá a companhia, em vez da morte adiada a vida prometida, expliquem agora, se tal podem, os sábios da Escritura que sonho foi este que Jesus teve, que significam o rio e a corrente, e os ramos suspensos e as nuvens vogando, e a ave calada, e por que é que graças a tudo isto, reunido e posto por ordem, se puderam juntar o pai e o filho, apesar da culpa de um não ter perdão e a dor do outro não ter remédio.

No dia seguinte, Jesus quis ajudar Tiago no trabalho da carpintaria, mas logo ali ficou demonstrado que os seus bons propósitos não bastariam para suprir a ciência que faltava e que, até aos últimos tempos da aprendizagem, em vida do pai, nunca chegara a merecer nota de suficiente. Para as necessidades da clientela, Tiago tornara-se num carpinteiro bastante sofrível, e o próprio José, apesar de não ter mais que catorze anos, conhecia já destas artes da madeira o bastante para poder dar lições ao irmão mais velho, se um tal atentado às precedências da idade fosse consentido na rígida hierarquia familiar. Tiago ria-se da falta de jeito de Jesus e dizia-lhe, Quem te fez pastor, perdeu-te, palavras estas simples, de simpática ironia, que não se podia imaginar que cobrissem um pensamento reservado ou sugerissem um segundo sentido, mas que fizeram com que Jesus se afastasse de modo brusco da banca e Maria dissesse ao segundo filho, Não fales de perdição, não chames o diabo e o mal à nossa casa. E Tiago, estupefacto, Mas eu não chamei nada, minha mãe, eu só disse, Sabemos o que disseste, cortou Jesus, a nossa mãe e eu sabemos o que disseste, quem juntou na sua cabeça pastor e perdição foi ela, não tu, e as razões tu não as sabes, mas ela sim, Eu avisei-te, disse Maria, com força, Avisaste-me quando o mal estava feito, se mal foi, que eu olho para mim e não o encontro, respondeu Jesus, Não há cego tão cego como aquele que não quer ver, disse Maria. Estas palavras enfadaram muito Jesus, que respondeu, repreensivo, Cala-te, mulher, se os olhos do teu filho viram o mal, viram-no depois de ti, mas estes mesmos olhos, que para ti parece que estão cegos, viram também o que nunca viste e com certeza não verás. A autoridade de filho primogénito e a dureza do tom, além das enigmáticas palavras finais, fizeram ceder Maria, mas a sua resposta ainda levou uma última advertência, Perdoa-me, não foi minha intenção ofender-te, queira o Senhor guardar-te sempre a luz dos olhos e a luz da alma, disse. Tiago olhava a mãe, olhava o irmão, percebia que havia ali um conflito, mas não imaginava que antigas causas pudessem explicá-lo, já que para causas novas não parecia que tivesse chegado a haver tempo. Jesus dirigiu-se para a casa, mas, no limiar da porta, virou-se para trás e disse à mãe, Manda os teus filhos que saiam e se distraiam fora, preciso falar-te a sós, mais a Tiago e a José. Saíram os irmãos, e a casa, um minuto antes atravancada de gente, ficou de repente vazia, apenas quatro pessoas sentadas no chão, Maria entre Tiago e José, Jesus diante deles. Houve um longo silêncio, como se todos, de comum acordo, estivessem dando tempo aos indesejados ou não merecedores para que se afastassem até onde nem o eco de um grito pudesse chegar, enfim Jesus disse, deixando cair as palavras, Eu vi Deus. O primeiro sentimento legível nos rostos da mãe e dos irmãos foi de temor reverencial, o segundo de incredulidade cautelosa, depois, entre um e outro, perpassou algo como uma expressão de desconfiança malévola em Tiago, um assomo de excitação deslumbrada em José, um traço de amargor resignado em Maria. Nenhum deles falou, e Jesus repetiu, Eu vi Deus. Se um súbito instante de silêncio é, no dizer popular, consequência de ter passado um anjo, aqui não acabavam de passar, Jesus já dissera tudo, os parentes não sabiam que dizer, não tarda que se levantem e vá cada um à sua vida, perguntando-se se realmente teriam sonhado um sonho assim, tão impossível de acreditar. Tem, porém, o silêncio, se lhe dermos tempo, aquela virtude, que aparentemente o nega, de obrigar a falar. Por isso, quando já não se podia aguentar mais a tensão da espera, Tiago fez uma pergunta, a mais inócua de todas, pura e gratuita retórica, Tens a certeza. Jesus não respondeu, apenas o olhou como provavelmente Deus o olhara a ele de dentro da nuvem, e pela terceira vez disse, Eu vi Deus. Maria não fez perguntas, só disse, Terá sido uma ilusão tua, Mãe, as ilusões existem, mas as ilusões não falam, e Deus falou-me, respondeu Jesus. Tiago recobrara a presença de espírito, o caso parecia-lhe mais uma história de loucos, um irmão seu a falar com Deus, imagine-se o disparate, Quem sabe, então, se não foi o Senhor quem te pôs o dinheiro no alforge, e sorriu quando o disse, ironicamente. Jesus corou, mas respondeu com secura, Do Senhor nos vem tudo, sempre ele encontra e abre os caminhos para chegar até nós, e esse dinheiro, que em verdade não veio dele, por ele é que veio, E que foi que te disse o Senhor, onde estavas quanto o viste, dormias ou vigiavas, Estava no deserto, procurava uma ovelha e ele chamou-me, Que te disse, se te é permitido repeti-lo, Que um dia me pedirá a minha vida, Todas as vidas pertencem ao Senhor, Isso lhe disse, E ele, Que em troca da vida que lhe hei de dar, terei poder e glória, Terás poder e glória depois de morreres, perguntou Maria, que julgara ter ouvido mal, Sim, mãe, Que glória, que poder poderá ser dado a alguém que morreu, Não sei, Estavas a sonhar, Estava acordado e procurava a minha ovelha no deserto, E quando te vai pedir o Senhor a tua vida, Não sei, mas disse-me que tornarei a encontrá-lo quando estiver preparado. Tiago olhou o irmão com expressão inquieta, depois lançou uma dúvida, O sol do deserto fez-te mal à cabeça, foi o que foi, e Maria inesperadamente, E a ovelha, que aconteceu à ovelha, O Senhor mandou-me que lha sacrificasse como um sinal de aliança. Estas palavras indignaram Tiago, que protestou, Ofendes o Senhor, o Senhor fez uma aliança com o seu povo, não a ia fazer agora com um simples homem como tu, filho de carpinteiro, pastor e sabe-se lá que mais. Maria, pela expressão do seu rosto, parecia que estivera seguindo, com muito cuidado, um fio de pensamento, como se temesse vê-lo partir-se diante dos seus olhos, mas ao fim dele encontrou a pergunta que tinha de fazer, Que ovelha era essa, Era o cordeiro que eu tinha comigo quando nos encontramos em Jerusalém, na porta de Ramalá, afinal, o que eu tinha querido negar ao Senhor, o Senhor mo tomou das mãos, E Deus, como era Deus quando o viste, Uma nuvem, Fechada ou aberta, perguntou Tiago, Uma coluna de fumo, Estás louco, irmão, Se estou louco, o Senhor me enlouqueceu, Estás em poder do Diabo, disse Maria, e o seu dizer era um grito, Não foi o Diabo que eu encontrei no deserto, foi o Senhor, e se for verdade que em poder do Diabo estou, o Senhor o quis, O Diabo está contigo desde que nasceste, Tu o sabes, Sim, sei-o, viveste com ele e sem Deus durante quatro anos, E ao fim de quatro anos com o Diabo encontrei--me com Deus, Estás a dizer horrores e falsidades, Sou o filho que tu puseste no mundo, crê em mim, ou rejeita--me, Não creio em ti, E tu, Tiago, Não creio em ti, E tu, José, que tens o nome do nosso pai, Eu creio em ti, mas não no que dizes. Jesus levantou-se, olhou-os do alto e disse, Quando em mim se cumprir a promessa que o Senhor fez, sereis obrigados a acreditar no que então de mim se disser. Foi buscar o alforge e o cajado, calçou as sandálias. Já à porta, dividiu o dinheiro em duas partes e disse, Este é o dote de Lísia, para a sua vida de casada, e dispô-lo no chão, moeda ao lado de moeda, na soleira da porta, o resto voltará às mãos donde veio, talvez lá se torne também em dote. Virou-se para a porta, ia sair sem despedir-se, e Maria disse, Reparei que não trazes no teu alforge uma tigela para servir-te, Tive-a, mas partiu-se, Estão aí quatro, escolhe uma e leva-a. Jesus ainda hesitou, queria ir de mãos vazias, mas foi ao forno, onde, postas umas sobre as outras, estavam as quatro tigelas. Escolhe uma, repetiu Maria. Jesus olhou, escolheu, Levo esta, que é a mais velha, Escolheste como te convinha, disse Maria, Porquê, Tem a cor da terra negra, não se parte nem se gasta. Jesus meteu a tigela no alforge, bateu com o cajado no chão, Dizei outra vez que não me creis, Não te cremos, disse a mãe, e agora menos que antes, porque escolheste o sinal do Diabo, De que sinal falas, Essa tigela. Neste momento, vindas do fundo profundo da memória, chegaram aos ouvidos de Jesus as palavras de Pastor, Terás uma outra tigela, mas essa não se há de quebrar enquanto vivas. Uma corda parecia que fora estendida e esticada em todo o seu comprimento, e afinal o que temos aqui é um círculo, fechado com um nó que acaba de ser dado. Por segunda vez, Jesus saía de sua casa, mas agora não disse, Duma maneira ou doutra, sempre voltarei. O que pensava, enquanto, voltadas as costas a Nazaré, ia descendo a primeira encosta da montanha, era bem mais simples e melancólico, se também Maria de Magdala não acreditaria nele.

Este homem, que traz em si uma promessa de Deus, não tem outro sítio aonde ir se não a casa duma prostituta. Não pode regressar ao rebanho, Vai-te, disse-lhe Pastor, nem tornar à sua própria casa, Não te cremos, disse-lhe a família, e agora os seus passos hesitam, tem medo de ir, tem medo de chegar, é como se estivesse novamente no meio do deserto, Quem sou eu, os montes e os vales não lhe respondem, nem o céu que tudo cobre e tudo devia saber, se agora a casa voltasse e a pergunta repetisse, sua mãe dir-lhe-ia, És meu filho, mas não te creio, ora, sendo assim, é tempo de que Jesus se sente nesta pedra que aqui está à sua espera desde que o mundo é mundo, e nela sentado chore lágrimas de abandono e de solidão, quem sabe se o Senhor não resolverá aparecer-lhe outra vez, mesmo que seja em figura de fumo e de nuvem, a questão é que lhe diga, Homem, o caso não é para tanto, lágrimas, soluços, que é isso, todos nós temos os nossos maus bocados, mas há um ponto importante de que nunca falamos, digo-to agora, na vida, percebes, tudo é relativo, uma coisa má até pode tornar-se sofrível se a compararmos com uma coisa pior, portanto enxuga-me essas lágrimas e porta-te como um homem, já fizeste as pazes com o teu pai, que mais queres, e essa cisma da tua mãe, eu me encarrego quando chegar a altura, o que não me agradou muito foi a história com a Maria de Magdala, uma puta, mas enfim, estás na idade, aproveita, uma coisa não empata a outra, há um tempo para comer e um tempo para jejuar, um tempo para pecar e um tempo para ter medo, um tempo para viver e um tempo para morrer. Jesus enxugou as lágrimas às costas da mão, assoou-se sabe Deus a quê, em verdade não valia a pena ficar ali o dia todo, o deserto é como se vê, rodeia-nos, cerca-nos, de algum modo protege-nos, mas dar, não dá nada, apenas olha, e se o sol se cobriu de repente e por causa disso dizemos, O céu acompanha a minha dor, tolos somos, que o céu, nisso, é de uma perfeita imparcialidade, nem se alegra com as nossas alegrias nem se entristece com as nossas tristezas. Vem gente nesta direção, a caminho de Nazaré, e Jesus não quer dar pasto aos risos, um homem inteiro e de barba na cara a chorar como uma criança que pede colo. Cruzam-se na estrada os raros viajantes, uns que sobem, outros que descem, saúdam-se com a conhecida exuberância, mas só depois de certificados da bondade das intenções, porque, nestas paragens, quando se fala de bandidos, tanto pode ser de uns como pode ser de outros. Há-os da espécie gatuna e salteadora, como aqueles malvados escarninhos que roubaram este mesmo Jesus vai para cinco anos, quando o pobre ia procurar em Jerusalém alívio para as suas penas, e há-os da digna espécie guerrilheira que, sendo certo não fazerem da estrada seu trânsito habitual, às vezes por aí aparecem, disfarçados, a espreitar as deslocações dos contingentes militares dos romanos, com vista à próxima emboscada, ou então, de cara descoberta, para deixarem sem ouro nem prata, nem valor que se aproveite, os ricaços colaboracionistas, a quem, em geral, nem as nutridas escoltas que trazem conseguem livrar do enxovalho. Não teria

Jesus os seus dezoito anos se alguns devaneios de bélica aventura não lhe perpassassem na imaginação diante destas solenes montanhas em cujas ravinas, grutas e desvãos se ocultam os continuadores das grandes lutas de Judas o Galileu e dos seus companheiros, e então pôs-se a futurar que decisão tomaria se lhe saísse ao caminho um destacamento de guerrilheiros a desafiá-lo para que se juntasse a eles, trocando as amenidades da paz, mesmo necessitada, pela glória das batalhas e pelo poder de vencedor, pois escrito está que um dia a vontade do Senhor suscitará um Messias, um Enviado, para que, de uma vez, fique o seu povo liberto das opressões de agora e fortalecido para os combates do futuro. Uma lufada de louca esperança e de irresistível orgulho sopra, como um sinal do Espírito, a fronte de Jesus, e o filho do carpinteiro vê-se, pelo tempo de uma rápida vertigem, capitão, general e mando supremo, de espada ao alto, espavorindo, com a sua simples aparição, as legiões romanas, lançadas aos precipícios como varas de porcos possessos de todos os demónios, senatus populusque romanus, pois então. Ai de nós, que no instante seguinte se lembrou Jesus de que o poder e a glória lhe estão prometidos, sim, mas para depois da sua morte, posto o que o melhor é que aproveite a vida, e se tivesse de ir à guerra, uma condição lhe poria, que, havendo tréguas, pudesse ir-se das fileiras para estar uns dias com Maria de Magdala, salvo se nas hostes dos patriotas se admitem vivandeiras de um soldado só, que mais do que isso seria prostituição, e Maria de Magdala já disse que se acabou. Esperemos que sim, porque a Jesus lhe entraram renovadas forças com a lembrança dessa mulher que o curou de uma dolorosa chaga, pondo no seu lugar a insofrida ferida do desejo, e a pergunta é esta, como vai ele enfrentar-se com a porta fechada e assinalada, sem a certeza certa de que por trás dela só encontrará o que imagina ter deixado, alguém que alimenta uma exclusiva espera, a do seu corpo e da sua alma, que Maria de Magdala não aceita uma coisa sem outra. A tarde descai, as casas de Magdala já se veem ao longe, reunidas como um rebanho, mas a de Maria é como a ovelha que se afastou, não é possível distingui-la daqui, entre as grandes pedras que ladeiam o caminho, curva após curva. Por momentos, Jesus lembrou-se da ovelha, aquela que teve de matar para selar com sangue a aliança que o Senhor lhe impôs, e o seu espírito, agora desligado de batalhas e triunfos, todo se comoveu à ideia de que a estava procurando outra vez, a sua ovelha, não para a matar, não para a levar de novo ao rebanho, mas para juntos subirem aonde se encontram as pastagens virgens, que as há ainda, se procurarmos bem, no vasto e cruzado mundo, e, nas ovelhas que somos, os desfiladeiros indevassados, se procurarmos melhor. Jesus parou diante da porta, com mão discreta verificou que está fechada por dentro. O sinal continua dependurado, Maria de Magdala não recebe. A Jesus bastaria chamar, dizer, Sou eu, e de dentro ouvir-se-ia o canto jubiloso, Esta é a voz do meu amado, ei-lo que veio saltando sobre os montes, pulando sobre os outeiros, ei-lo atrás dos nossos muros, atrás desta porta, sim, mas Jesus preferirá bater nela com o punho, uma vez, duas vezes, sem falar, e esperar que lhe venham abrir, Quem é e o que quer, perguntaram de dentro, foi então que Jesus teve uma má ideia, disfarçar a voz e proceder como cliente que trouxesse dinheiro e urgência, dizer, por exemplo, Abre, flor, que não te arrependerás, nem do pago, nem do serviço, e é certo que a fala lhe saiu mentirosa, porém as palavras tiveram de ser as verdadeiras, Sou Jesus, de Nazaré. Tardou Maria de Magdala a vir abrir, por suspeita da voz que não condizia com o anúncio, mas também por lhe parecer impossível que já estivesse de volta, passada apenas uma noite, passado um dia, o homem que lhe prometera, Um dia destes virei visitar-te, de Nazaré a Magdala não é longe, quantas vezes se disseram coisas assim, só para comprazer a quem nos ouve, um dia destes poderá significar daqui por três meses, mas nunca amanhã. Maria de Magdala abre a porta, lança-se aos braços de Jesus, nem quer acreditar em tamanha felicidade, e a sua comoção é tal que a leva, absurdamente, a imaginar que ele voltou por se lhe ter aberto novamente a chaga do pé, e é a pensar nisto que o conduz para dentro, que o senta e aproxima uma luz, O teu pé, mostra-me o teu pé, mas Jesus diz-lhe, O meu pé está curado, não vês. Maria de Magdala poderia ter-lhe respondido, Não, não vejo, porque essa era a verdade extrema dos seus olhos rasos de lágrimas. Precisou tocar com os lábios o dorso do pé coberto de poeira, desatar cuidadosamente os atilhos que cingiam a sandália ao tornozelo, afagar com a ponta dos dedos a fina pele renovada, para confirmar-se nas esperadas virtudes lenitivas do unguento e, no mais íntimo dos pensamentos, admitir que o seu amor alguma parte podia ter tido na cura.

Enquanto cearam, Maria de Magdala não fez perguntas, quis apenas saber, e isso, escusado seria dizê-lo, não era perguntar, se lhe correra bem a viagem, se tivera maus encontros no caminho, trivialidades, coisas assim. Terminada a refeição, calou-se, abriu e manteve um espaço de silêncio, porque já não era a sua vez de falar. Jesus olhou-a fixamente, como se estivesse no alto duma rocha a medir as suas forças com o mar, não por temer que na lisa superfície se ocultassem animais devorantes ou recifes rasgadores, mas como quem, simplesmente, interroga a sua própria coragem de saltar. Conhece esta mulher há uma semana, tempo e vida bastantes para saber que se for para ela encontrará uns braços abertos e um corpo oferecido, mas amedronta-o revelar-lhe, porque o momento sem dúvida é chegado, o que ainda há tão poucas horas foi objeto de rejeição por aqueles que, sendo da sua carne, deveriam ser também do seu espírito. Jesus hesita, procura o caminho por onde há de levar as palavras e o que lhe sai não é a longa explicação necessária, mas uma frase para ganhar tempo, se não é mais exato dizer perdê-lo, Não estranhaste ter eu vindo tão cedo, Comecei a esperar-te quando partiste, não contei o tempo entre ires e voltares, como também não o contaria se tivesses demorado dez anos. Jesus sorriu, fez um movimento com os ombros, já devia saber que para esta mulher não serviam fingimentos ou palavras evasivas. Estavam sentados no chão, frente a frente, com uma luz no meio, o que sobrara da comida. Jesus tomou um pedaço de pão, partiu-o em duas partes, e disse, dando uma delas a Maria, Que este seja o pão da verdade, comamo-lo para que creiamos e não duvidemos, seja o que for que aqui dissermos e ouvirmos, Assim seja, disse Maria de Magdala. Jesus acabou de comer o pão, esperou que ela terminasse também, e disse, pela quarta vez, as palavras, Eu vi Deus. Maria de Magdala não se alterou, apenas as mãos que tinha cruzadas no regaço se moveram um pouco, e perguntou, Era isso o que tinhas para dizer-me se nos voltássemos a encontrar, Sim, e mais quanto me aconteceu desde que de casa saí, há quatro anos, que estas coisas me parece que estão todas ligadas uma às outras, mesmo não sabendo eu explicar porquê nem para quê, Sou como a tua boca e os teus ouvidos, respondeu Maria de Magdala, o que disseres estarás a dizê-lo a ti mesmo, eu apenas sou a que está em ti. Agora Jesus já pode começar a falar, porque ambos comeram do pão da verdade, e em verdade não são muitas na vida as horas como esta. A noite tornou-se madrugada, a luz da candeia duas vezes morreu e duas vezes ressuscitou, toda a história de Jesus que já conhecemos foi ali narrada, incluindo, até, certos pormenores que então não achamos que merecessem a pena, e muitos e muitos pensamentos que deixamos escapar, não porque Jesus no-los disfarçasse, mas simplesmente porque não podíamos, nós, evangelista, estar em todo o lado. Quando, numa voz que de repente se tornara cansada, Jesus ia começar a dizer o que sucedera depois do seu regresso a casa, o desgosto fê-lo hesitar, como lá o fizera parar aquele obscuro pressentimento antes de bater à porta, e Maria de Magdala, rompendo pela primeira vez o silêncio, perguntou, contudo no tom de quem antecipadamente conhece a resposta, Tua mãe não acreditou em ti, Assim é, respondeu Jesus, E por isso voltaste a esta outra casa, Sim, Quem me dera poder mentir-te, para te dizer que também não acredito, Porquê, Porque tornarias a fazer o que fizeste, ir-te-ias daqui como te foste de tua casa, e eu, não te crendo, não teria de seguir-te, Isso não responde à minha pergunta, Tens razão, não responde, Então, Se eu não acreditasse em ti, não teria de viver contigo as coisas terríveis que te esperam, E como podes saber tu que me esperam coisas terríveis, Não sei nada de Deus, a não ser que tão assustadoras devem ser as suas preferências como os seus desprezos, Onde foste buscar tão estranha ideia, Terias de ser mulher para saberes o que significa viver com o desprezo de Deus, e agora vais ter de ser muito mais que um homem para viveres e morreres como seu eleito, Queres assustar-me, Vou-te contar um sonho que tive, uma noite apareceu-me em sonho um menino, de repente apareceu vindo de parte nenhuma, apareceu e disse Deus é medonho, disse-o e desapareceu, não sei quem fosse aquela criança, donde veio e a quem pertencia, Sonhos, Ninguém menos do que tu pode dizer a palavra nesse tom, E depois, que aconteceu, Depois comecei a ser prostituta, Já deixaste tal vida, Mas o sonho não foi desmentido, nem mesmo depois que te conheci, Diz-me outra vez, como foram as palavras, Deus é medonho. Jesus viu o deserto, a ovelha morta, o sangue na areia, ouviu a coluna de fumo suspirando de satisfação, e disse, Talvez, talvez, porém uma coisa é ouvi-lo em sonho, outra será vivê-lo em vida, Prouvera a Deus que o não viesses a saber, Cada um tem de viver o seu destino, E do teu já tu recebeste o primeiro aviso solene. Sobre Magdala e o mundo, gira lentamente a cúpula de um céu crivado de estrelas. Em algum lugar do infinito, ou infinitamente o preenchendo, Deus faz avançar e recuar as peças doutros jogos que joga, é demasiado cedo para preocupar-se com este, agora só tem de deixar que os acontecimentos sigam naturalmente o seu curso, apenas uma vez ou outra dará com a ponta do dedo mindinho um toque a propósito para que algum ato ou pensamento desgarrados não quebrem a implacável harmonia dos destinos. Por isto é que não cura de interessar-se pelo resto da conversa que Jesus e Maria de Magdala prosseguem, E agora, que pensas fazer, perguntou ela, Disseste que irias comigo para onde eu fosse, Disse que estaria contigo onde tu estivesses, Qual é a diferença, Nenhuma, mas podes ficar aqui pelo tempo que quiseres, se não te importa viver comigo na casa onde fui prostituta. Jesus pensou, ponderou, finalmente disse, Buscarei onde trabalhar em Magdala e viveremos juntos como marido e mulher, Prometes demasiado, já é bastante que me deixes estar ao pé de ti.

Trabalho, Jesus não teve, mas teve o que deveria ter esperado, risos, chufas e insultos, realmente o caso não era para menos, um homem, pouco mais do que adolescente na idade, a viver com a Maria de Magdala, aquela gaja, Deixem vocês passar uns dias e ainda o vamos ver sentado à porta de casa, à espera que saia o cliente. Duas semanas se aguentou a troça, mas ao cabo Jesus disse a Maria, Vou-me embora daqui, Para onde, Para a borda do mar. Partiram de madrugada, e os habitantes de Magdala não chegaram a tempo de aproveitar alguma coisa na casa que ardia.

Passados meses, numa chuvosa e fria noite de inverno, um anjo entrou em casa de Maria de Nazaré, e foi o mesmo que se não tivesse entrado ninguém, pois a família assim como estava assim se deixou ficar, só Maria deu pela chegada do visitante, que nem teria podido ela dar-se por desentendida, uma vez que o anjo lhe dirigiu diretamente a palavra, e foi assim, Deves saber, ó Maria, que o Senhor pôs a sua semente de mistura com a semente de José na madrugada em que concebeste pela primeira vez, e que, por conseguinte e consequência, dela, da do Senhor, e não da do teu marido, ainda que legítimo, é que foi engendrado o teu filho Jesus. Ficou Maria muito assombrada com a notícia, cuja substância, felizmente, não se perdeu na elocução confusa do anjo, e perguntou, Então Jesus é filho de mim e do Senhor, Mulher, que falta de educação, deves ter cuidado com as hierarquias, com as precedências, do Senhor e de mim é que deverias dizer, Do Senhor e de ti, Não, do Senhor e de ti, Não me baralhes a cabeça, responde-me ao que te perguntei, se Jesus é filho, Filho, o que se chama filho, é só do Senhor, tu, para o caso, não passaste de ser uma mãe portadora, Então, o Senhor não me escolheu, Qual quê, o Senhor ia só a passar, quem estivesse a olhar tê-lo-ia percebido pela cor do céu, mas reparou que tu e José eram gente robusta e saudável, e então, se ainda te lembras de como estas necessidades se manifestavam, apeteceu-lhe, o resultado foi, nove meses depois, Jesus, E há a certeza, o que se chame certeza, de que tenha sido mesmo a semente do Senhor que engendrou o meu primeiro filho, Bom, a questão é melindrosa, o que tu estás a pretender de mim é, sem tirar nem pôr, uma investigação de paternidade, quando a verdade é que, nestes conúbios mistos, por muitas análises, por muitos testes, por muitas contagens de glóbulos que se façam, certezas nunca as podemos ter absolutas, Pobrezinha de mim, que cheguei a imaginar, ouvindo-te, que o Senhor me havia escolhido para ser a sua esposa naquela madrugada, e afinal foi tudo obra de um acaso, tanto poderá ser que sim como poderá ser que não, digo-te até que melhor seria não teres descido aqui na Nazaré para vires deixar-me nesta dúvida, aliás, se queres que te fale com franqueza, um filho do Senhor, mesmo tendo-me a mim como mãe, dávamos por ele logo ao nascer, e quando crescesse teria, do mesmo Senhor, o porte, a figura e a palavra, ora, ainda que se diga que o amor de mãe é cego, o meu filho Jesus não satisfaz as condições, Maria, o teu primeiro grande engano é julgares que eu vim cá apenas para te falar desse antigo episódio da vida sexual do Senhor, o teu segundo grande engano é pensares que a beleza e a facúndia dos homens existem à imagem e semelhança do Senhor, quando o sistema do Senhor, digo-to eu que sou da casa, é ele ser sempre o contrário de como os homens o imaginam, e, aqui muito em confidência, eu até acho que o Senhor não saberia viver doutra maneira, a palavra que mais vezes lhe sai da boca não é o sim, mas o não, Sempre ouvi eu dizer que o Diabo é que é o espírito que nega, Não, minha filha, o Diabo é o espírito que se nega, se no teu coração não deres pela diferença, nunca saberás a quem pertences, Pertenço ao Senhor, Pois é, dizes que pertences ao Senhor e caíste no terceiro e maior dos enganos, que foi o de não teres acreditado no teu filho, Em Jesus, Sim, em Jesus, nenhum dos outros viu Deus, ou alguma vez o verá, Diz-me, anjo do Senhor, é mesmo verdade que meu filho Jesus viu Deus, Sim, e, como uma criança que encontrou o seu primeiro ninho, veio a correr mostrar-to, e tu, cética, e tu, desconfiada, disseste que não podia ser verdade, que se ninho havia estava vazio, que se ovos tinha, eram goros, e que se os não tinha, comera-os a serpente, Perdoa-me, meu anjo, por ter duvidado, Agora não sei se estás a falar comigo, ou com o teu filho, Com ele, contigo, com ambos, que posso eu fazer para emendar o mal feito, Que é que te aconselharia o teu coração de mãe, Que fosse procurá-lo, dizer-lhe que creio nele, pedir que me perdoe e volte para casa, aonde o Senhor o virá chamar, em chegando a hora, Francamente, não sei se vais a tempo, não há nada mais sensível do que um adolescente, arriscas-te a ouvir más palavras e a levar com a porta na cara, Se tal acontecer, a culpa tem-na aquele demónio que o embruxou e perdeu, nem sei como o Senhor, sendo pai, lhe consentiu tais liberdades, tanta rédea solta, De que demónio falas, Do pastor com quem o meu filho andou durante quatro anos, a governar um rebanho que ninguém sabe para que serve, Ah, o pastor, Conhece-lo, Andamos na mesma escola, E o Senhor permite que um demónio como ele perdure e prospere, Assim o exige a boa ordem do mundo, mas a última palavra será sempre a do Senhor, só não sabemos é quando a proferirá, mas vais ver que uma manhã destas acordamos e descobrimos que não há mal no mundo, e agora devo ir-me, se tens mais algumas perguntas a fazer, aproveita, Só uma, Ótimo, Para que quer o Senhor o meu filho, Teu filho é uma maneira de dizer, Aos olhos do mundo Jesus é meu filho, Para que o quer, perguntas tu, pois olha que é uma boa pergunta, sim senhor, o pior é que não sei responder-te, a questão, no estado atual, é toda entre eles dois, e Jesus não creio que saiba mais do que a ti te terá dito, Disse-me que terá poder e glória depois de morrer, Dessa parte também estou informado, Mas que irá ele ter de fazer em vida para merecer as maravilhas que o Senhor lhe prometeu, Ora, ora, tu crês, ignorante mulher, que essa palavra exista aos olhos do Senhor, que possa ter algum valor e significado o que presunçosamente chamais merecimentos, em verdade não sei que é que vos julgais, quando não passais de míseros escravos da vontade absoluta de Deus, Nada mais direi, sou realmente a escrava do Senhor, cumpra-se em mim segundo a sua palavra, diz-me só, depois de todos estes meses passados, onde poderei encontrar o meu filho, Procura-o, que é a tua obrigação, ele também foi à procura da ovelha perdida, Para matá-la, Sossega, que a ti não te matará, mas tu, sim, o matarás a ele, não estando presente na hora da sua morte, Como sabes que não morrerei eu primeiro, Estou bastante próximo dos centros de decisão para sabê-lo, e agora adeus, fizeste as perguntas que querias, talvez não tenhas feito alguma que devias, mas isso é assunto que já não me diz respeito, Explica-me, Explica-te tu a ti própria. Com a última palavra, o anjo desapareceu e Maria abriu os olhos. Todos os filhos dormiam, os rapazes em dois grupos de três, Tiago, José e Judas, os mais velhos, a um canto, noutro canto os mais novos, Simão, Justo e Samuel, e com ela, uma de cada lado, como de costume Lísia e Lídia, mas os olhos de Maria, perturbados ainda pelos anúncios do anjo, arregalaram-se-lhe de repente, estarrecidos, ao ver que Lísia estava toda descomposta, praticamente nua, a túnica arregaçada por cima dos seios, e dormia profundamente, e suspirava sorrindo, com o brilho de um leve suor na testa e sobre o lábio superior, que parecia mordido de beijos. Se não fosse a certeza de ter estado ali apenas um anjo conversador, os sinais mostrados por Lísia fariam gritar e clamar que um demónio íncubo, desses que acometem maliciosamente as mulheres adormecidas, andara a fazer das suas no desprevenido corpo da donzela, enquanto a mãe se deixava distrair com a conversa, provavelmente foi sempre assim e nós que não o sabíamos, andarem estes anjos aos pares para onde quer que vão, e enquanto um, para entreter e fazer costas, se põe a contar histórias da Carochinha, o outro, calado, opera o actus nefandos, maneira de dizer, que nefando em rigor não é, tudo indicando que na vez seguinte se trocarão as funções e as posições para que não se perca, nem no sonhador nem no sonhado, o beneficioso sentido da dualidade da carne e do espírito. Maria cobriu a filha como pôde, puxando-lhe a túnica até à altura do que é impróprio estando descoberto, e, quando a teve decente, acordou-a e perguntou-lhe em voz baixa, por assim dizer à queima-roupa, Que estavas a sonhar. Apanhada de surpresa, Lísia não podia mentir, respondeu que sonhara com um anjo, mas que o anjo nada lhe dissera, apenas olhara para ela, e era um olhar tão meigo e tão doce que melhores não poderão ser os olhares no paraíso. Não te tocou, perguntou Maria, e Lísia respondeu, Ó minha mãe, os olhos não servem para isso. Sem bem saber se devia tranquilizar-se ou preocupar-se com o que se passara a seu lado, Maria, em voz ainda mais baixa, disse, Eu também sonhei com um anjo, E o teu, falou, ou também esteve calado, perguntou Lísia, inocentemente, Falou para me dizer que teu irmão Jesus dissera a verdade quando nos anunciou que tinha visto Deus, Ai, minha mãe, que mal fizemos então, não acreditamos na palavra de Jesus, e ele tão bom, que, de zangado, até podia ter levado o dinheiro do meu dote, e não o fez, Agora temos de ver como o remediaremos, Não sabemos onde está, notícias não deu, o anjo é que bem podia ter ajudado, sabem tudo, os anjos, Pois não, não ajudou, só me disse que procurássemos o teu irmão, que era esse o nosso dever, Mas, ó minha mãe, se afinal foi verdade que o mano Jesus esteve com o Senhor, então a nossa vida, daqui por diante, vai ser diferente, Diferente, talvez, mas para pior, Porquê, Se nós não acreditamos em Jesus nem na sua palavra, como esperas que os outros acreditem, com certeza não quererás que vamos aí pelas ruas e praças de Nazaré a apregoar Jesus viu o Senhor Jesus viu o Senhor, seríamos corridas à pedrada, Mas o Senhor, visto que o escolheu, nos defenderia, que somos a família, Não estejas tão certa disso, quando o Senhor fez a sua escolha, nós não estávamos lá, para o Senhor não há pais nem filhos, lembra-te de Abraão, lembra-te de Isaac, Ai, mãe, que aflição, O mais prudente, filha, é guardarmos estas coisas nos nossos corações e falarmos delas o menos possível, Então, que faremos, Amanhã mandarei Tiago e José a procurar Jesus, Mas onde, se a Galileia é imensa, e a Samaria, se para lá foi, ou a Judeia, ou a Idumeia, que essa está no cabo do mundo, O mais provável é teu irmão ter ido para o mar, recorda-te do que ele nos disse quando veio, que tinha andado com uns pescadores, E não teria antes voltado para o rebanho, Esse tempo acabou, Como sabes, Dorme, que a manhã ainda vem longe, Pode ser que tornemos a sonhar com os nossos anjos, Pode ser. Se o anjo de Lísia, acaso tendo fugido à companhia do parceiro, veio habitar-lhe outra vez o sono, não se chegou a perceber, mas o anjo do anúncio, mesmo se se esqueceu de algum pormenor, não pôde voltar, porque Maria esteve sempre de olhos abertos na meia escuridão da casa, o que sabia sobrava-lhe, o que adivinhava temia.

Nasceu o dia, enrolaram-se as esteiras, e Maria, diante da família reunida, fez saber que tendo pensado muito nos últimos tempos sobre o modo como haviam procedido com Jesus, A começar por mim, que, sendo a mãe, deveria ter sido mais benévola e compreensiva, cheguei a uma conclusão muito clara e justa, de que deveremos ir procurá-lo e pedir-lhe que torne a casa, pois nele cremos e, querendo-o o Senhor, viremos a crer no que nos disse, foram estas as palavras de Maria, que não deu fé de estar a repetir o que havia dito o seu filho José, ali presente, na hora dramática da rejeição, quem sabe se Jesus ainda aqui não estaria hoje se aquele murmúrio discreto, que o foi, de facto, embora na altura não o tivéssemos feito notar, se tivesse tornado em voz de todos. Maria não falou de anjo nem de anúncio de anjo, apenas do simples dever de todos para com o primogénito. Não ousou Tiago pôr em dúvida os pontos de vista novos, ainda que, lá no íntimo, não arredasse pé da convicção de que o irmão estava falho do juízo, ou, quando muito, eventualidade sempre a ter em conta, fora objeto duma repugnante mistificação de gente ímpia. Prevendo já a resposta, perguntou, E quem, dos que aqui estão, irá procurar o mano Jesus, Tu irás, que és o irmão a seguir, e José irá contigo, juntos andareis mais seguros,

Por onde começaremos a procurar, Pelo mar da Galileia, tenho a certeza de que aí o encontrareis, Quando partimos, Passaram meses depois que Jesus se foi, não devemos perder nem mais um dia, Chove muito, minha mãe, o tempo não está bom para viagem, Filho, a ocasião pode sempre criar uma necessidade, mas se a necessidade é forte, terá de ser ela a fazer a ocasião. Os filhos de Maria olharam-na surpreendidos, em verdade não estavam habituados a ouvir da boca da mãe sentenças tão acabadas, ainda são muito novos para saberem que a frequentação dos anjos produz destes e doutros ainda melhores resultados, a prova, sem que os de mais o suspeitem, está Lísia a dá-la neste mesmo momento, pois outra coisa não significa o seu lento, sonhador movimento afirmativo de cabeça. Terminou o conselho de família, Tiago e José foram ver se os meteoros do ar estavam de feição, que, tendo eles de ir à descoberta de um irmão em tempo tão ruim, ao menos que pudessem sair ao campo numa estiada, ora foi o caso tal que pareceu que estivera a ouvi-los o céu, pois justamente do lado do mar da Galileia se estava agora abrindo um azul aguado que parecia prometer uma tarde aliviada da chuva. Feitas as despedidas dentro da casa, discretamente, por entender Maria que não tinham os vizinhos que saber mais do que convinha, partiram enfim os dois irmãos, não pelo caminho que a Magdala levava, pois não tinham motivo para pensar que Jesus seguira essa direção, mas por um outro, o que, diretamente, e com maior comodidade, os levaria à nova cidade de Tiberfadas. Iam descalços porque, com os caminhos transformados num lamaçal, em pouco tempo se lhes cairiam desfeitas dos pés as sandálias, agora a salvo nos alforges, à espera de tempo mais benigno. Duas boas razões teve Tiago para escolher a estrada de Tiberíades, sendo a primeira a sua própria curiosidade de aldeão que ouvira falar de palácios, templos e outras grandezas similares em construção, e a segunda estar situada a cidade, segundo ouvira contar, entre os extremos norte e sul da margem de cá, mais ou menos a meio caminho. Como teriam de ganhar a vida enquanto durasse a busca, esperava Tiago que fosse fácil arranjarem trabalho nas obras da cidade, apesar do que diziam os judeus devotos de Nazaré, que o local era impuro por causa dos ares malsãos e das águas sulfurosas que havia ali por perto. Não puderam chegar a Tiberíades ainda nesse dia porque as promessas do céu, afinal, não se cumpriram, não passara ainda uma hora de caminho começou a chover, e muita sorte foi terem encontrado uma cova onde felizmente couberam e se abrigaram antes que a chuva tivesse maneira de levá-los de enxurrada. Ali dormiram, e, na manhã do dia seguinte, tornados desconfiados pela experiência, tardaram a convencer-se de que o tempo melhorara para valer e de que poderiam chegar a Tiberíades com a roupa do corpo mais ou menos enxuta. O trabalho que arranjaram nas obras foi o de acarretar pedra, que para mais não dava o saber de um e do outro, felizmente que ao cabo de uns poucos dias encontraram que já tinham ganho o suficiente, não porque o rei Herodes Ântipas fosse generoso pagador, mas porque, sendo tão poucas e tão pouco instantes as necessidades, com elas se podia viver sem ter de satisfazê-las por completo. Logo nesta Tiberíades perguntaram se ali estivera ou por ali tinha passado um tal Jesus de Nazaré, que é nosso irmão, de figura assim assim, modos assim assado, se anda acompanhado, isso é que nós não sabemos. Disseram-lhes que naquela obra não, e eles deram a volta a todos os estaleiros da cidade, até se certificarem de que Jesus nunca aqui havia estado, o que nem era tanto para admirar, pois se o irmão decidira regressar ao seu começado ofício de pescador, com certeza não ia deixar-se ficar, tendo o mar ali à vista, a penar entre duras pedras e duríssimos capatazes. Com o dinheiro ganho, ainda que escasso, a questão que tinham de resolver agora era se a busca ao longo da margem, povoado a povoado, companha a companha, barco a barco, deveria continuar para o norte ou para o sul. Tiago acabou por escolher o sul por lhe parecer ser mais fácil caminho, quase raras as margens, enquanto para norte a orografia se tornava mais acidentada. O tempo estava seguro, o frio suportável, fora-se a chuva, e quaisquer sentidos da natureza mais experientes do que os destes dois moços seriam mesmo capazes de perceber, pelo cheiro dos ares e palpitar do chão, uns primeiros tímidos indícios de primavera. A busca do irmão pelos irmãos, por razões superiores ordenada, estava a transformar-se em excursão amável e egoísta, passeio ao campo, férias na praia, pouco parecia faltar já para que Tiago e José se esquecessem do que tinham vindo fazer para estes lados, quando, de repente, logo nos primeiros pescadores que encontraram, souberam notícias de Jesus, e ainda por cima dadas da mais estranha maneira, pois estas foram as palavras dos homens, Vimo-lo, sim, e conhecemo-lo, e se andais em busca dele dizei-lhe, se o encontrardes, que aqui o estamos esperando como quem espera o pão de cada dia. Assombraram-se os dois irmãos e não puderam acreditar que os pescadores estivessem a falar da pessoa de Jesus, ou então seria outro o Jesus que eles conheciam, Pelos sinais que nos destes, responderam os pescadores, é o mesmo Jesus, se veio de Nazaré não sabemos, que ele não o disse, E por que dizeis que o esperais como ao pão de cada dia, perguntou Tiago, Porque, estando ele dentro de um barco, sempre o peixe vem às redes como nunca em tempo nenhum se viu, Mas o nosso irmão não tem artes bastantes de pescador, logo não é o mesmo Jesus, Nem nós dissemos que este Jesus tem arte de pescador, ele não pesca, apenas diz Lançai a rede deste lado, e nós lançamos e a rede vem cheia, Sendo assim, por que não está ele convosco, Porque se vai embora passados uns dias, diz que tem de ir ajudar outros pescadores, e realmente assim é, pois connosco já esteve três vezes e de cada vez disse que voltava, E agora, onde está ele, Não sabemos, da última vez que aqui esteve foi para o sul, mas também pode ser que tenha ido para o norte sem que nós nos apercebêssemos, ele aparece e desaparece segundo a sua vontade. Disse Tiago para José, Vamos nós então para o sul, pelo menos já sabemos que o nosso irmão anda por esta borda do mar. Parecia fácil, mas há que atender que, ao passarem, Jesus podia estar ao largo numa barca, entregue a uma das suas miraculosas pescas, em geral não damos importância a estes pormenores, mas o destino não é nada do que julgamos, pensamos que está tudo determinado desde um princípio qualquer, quando a verdade é muito diferente, repare-se que para que possa cumprir-se o destino de um encontro de umas pessoas com outras, como no caso de agora, é preciso que elas consigam encontrar-se num mesmo ponto e à mesma hora, o que custa não pouco trabalho, bastava que nos demorássemos, pouco que fosse, a olhar uma nuvem no céu, a escutar o canto duma ave, a contar as entradas e saídas de um formigueiro, ou, pelo contrário, que por distração não olhássemos nem ouvíssemos nem contássemos e seguíssemos adiante, e lá se deitava a perder o que tão bem ensejado parecia, o destino é o mais difícil que há no mundo, mano José, já verás quando chegares à minha idade. Postos assim de sobreaviso, os dois irmãos iam olhando com mil olhos, faziam paragens no caminho à espera de ver regressar um barco que se demorava, e algumas vezes voltaram subitamente para trás, na mira de surpreenderem pelas costas um possível aparecimento de Jesus em local inesperado. Assim chegaram ao fim do mar. Passaram o rio Jordão para o outro lado e aos primeiros pescadores que encontraram perguntaram por Jesus. Tinham ouvido falar, sim senhor, dele e da sua magia, mas por ali não aparecera. Tornaram Tiago e José sobre os seus passos, rumo ao norte, redobrando de atenção, também eles como pescadores que fossem levando uma rede de arrasto, na esperança de levantarem o rei dos peixes. Uma noite que dormiram no caminho, fizeram quartos de sentinela, não fosse aproveitar Jesus a claridade do luar para ir de um sítio para outro, pela calada. Andando e perguntando chegaram à altura de Tiberíades, aonde não precisaram subir a buscar trabalho, pois ainda não se lhes acabara o dinheiro, para o que concorrera a hospitalidade dos pescadores que lhes davam peixe, o que fez dizer uma vez a José, Mano Tiago, já pensaste que este peixe que estamos a comer pode ter sido pescado pelo nosso irmão, e Tiago respondeu, Não sabe melhor por isso, palavras más que não se esperariam de um amor fraternal, mas que a irritação de quem anda à procura de uma agulha num palheiro, salvo seja, justifica.

Encontraram Jesus aí a uma hora de caminho, hora das nossas, queremos dizer, depois de Tiberíades. O primeiro a avistá-lo foi José, que tinha uns olhos finíssimos a ver ao longe, É ele, além, exclamou. Realmente vêm nesta direção duas pessoas, mas uma é mulher, e Tiago diz, Não é ele. Um irmão mais novo nunca teima com um irmão mais velho, mas José, de contentamento, não está disposto a respeitar normas nem conveniências, Digo-te que é ele, Mas vem lá uma mulher, Vem lá uma mulher, e vem um homem, e o homem é Jesus. Pelo carreiro ao longo da margem, num campo que aqui era plano, entre duas colinas cujos sopés quase tocavam a água, vinham caminhando Jesus e Maria de Magdala. Tiago parou, à espera, e disse a José que ficasse com ele. O moço obedeceu, contrariado, porque o seu desejo era correr para o irmão finalmente encontrado, abraçá-lo, saltar-lhe ao pescoço. A Tiago perturbava-o a criatura que vinha com Jesus, quem seria, não queria acreditar que o irmão já conhecesse mulher, mas sentia que essa simples probabilidade o colocava, a si, a uma distância infinita do primogénito, como se Jesus, que se gloriara de ter visto Deus, só por esta razão, afinal, de conhecer mulher, é que pertencesse a um mundo definitivamente outro. De uma reflexão se vai à seguinte, e muitas vezes chega-se lá sem dar pelo caminho que uniu as duas, é como ir de uma margem à outra de um rio por uma ponte coberta, vínhamos andando e não víamos para onde, passamos um rio que não sabíamos existir, assim foi que Tiago, sem perceber como, se achou a pensar que não era próprio ter-se deixado ali ficar parado, como se ele é que fosse o primogénito a quem o irmão devesse vir saudar. O seu movimento libertou José, que correu para Jesus de braços abertos, com gritos de pura alegria, fazendo levantar um bando de aves que, escondidas pelas ervas altas da margem, catavam no lodo o sustento. Tiago apressou o passo para impedir que José tomasse à sua conta recados que só a si pertenciam, em pouco tempo estava diante de Jesus e dizia, Graças dou ao Senhor por haver querido que encontrássemos o irmão que buscávamos, e Jesus respondeu, Graças dou por vos ver de boa saúde. Maria de Magdala parara, um pouco atrás. Jesus perguntou, Que viestes fazer a estes lugares, irmãos, e Tiago disse, Afastemo-nos um pouco a esta parte para que em sossego possamos falar, Em sossego já estamos, respondeu Jesus, e se por causa desta mulher é que o disseste, fica sabendo que tudo quanto tenhas para informar-me, e eu queira ouvir de ti, o pode ouvir ela também como se fosse eu próprio. Houve um silêncio tão denso, tão alto, tão profundo que parecia que era um silêncio do mar e dos montes concertados, e não o de quatro simples pessoas frente a frente, tomando forças. Jesus parecia ainda mais homem do que antes, mais escuro de pele, mas quebrara-se-lhe a febre do olhar, e o rosto, sob a espessa barba negra, mostrava-se apaziguado, tranquilo, apesar da visível crispação causada pelo encontro inesperado. Quem é essa mulher, perguntou Tiago, Chama-se Maria e está comigo, respondeu Jesus, Casaste-te, Sim, mas não, não, mas sim, Não compreendo, Nem eu contava que compreendesses, Devo falar-te, Fala, então, Trago recado da nossa mãe, Estou a ouvir-te, Preferia dar-to a sós, Ouviste o que eu disse. Maria de Magdala deu dois passos, Posso retirar-me para onde não vos oiça, disse, Não há na minha alma um pensamento que não conheças, é portanto justo que saibas que pensamentos teve minha mãe a meu respeito, assim poupar-me-ás o trabalho de tos contar depois, respondeu Jesus. A irritação fez subir o sangue à cara de Tiago, que deu um passo atrás, como para retirar-se, ao mesmo tempo que lançava a Maria de Magdala um olhar de cólera, mas onde se percebia também um sentimento confuso, de cobiça e rancor. No meio dos dois, José estendia as mãos para retê-los, era tudo quanto podia fazer. Enfim, Tiago acalmou-se, e, após uma pausa de concentração mental, para recordar-se, recitou, Mandou-nos a nossa mãe procurar-te para te pedir que tornes a casa, pois em ti cremos e, querendo-o o Senhor, viremos a crer no que nos disseste, Só isso, Foram estas as suas palavras, Queres então dizer que, por vós, nada fareis para crer no que vos contei, que apenas ficareis à espera de que o Senhor mude o vosso entendimento, Entender, ou não entender, tudo está nas mãos do Senhor, Enganas-te, o Senhor deu-nos pernas para que andássemos e nós andamos, que eu saiba nunca homem algum esperou que o Senhor lhe ordenasse Caminha, com o entendimento é o mesmo, se o Senhor no-lo deu foi para que o usássemos segundo o nosso desejo e a nossa vontade, Não discuto contigo, Fazes bem, não ganharias a discussão, Que resposta devo levar à nossa mãe, Diz-lhe que as palavras do seu recado chegaram tarde de mais, que essas mesmas palavras as soube dizer a tempo José e ela não as tomou para si, e que ainda que um anjo do Senhor lhe apareça a confirmar tudo quanto eu vos narrei, convencendo-a enfim a ela a vontade do Senhor, a casa não tornarei, Caíste em pecado de orgulho, Uma árvore geme se a cortam, um cão gane se lhe batem, um homem cresce se o ofendem, É tua mãe, somos teus irmãos, Quem é a minha mãe, quem são os meus irmãos, meus irmãos e minha mãe são aqueles que creram na minha palavra na mesma hora em que eu a proferi, meus irmãos e minha mãe são aqueles que em mim confiam quando vamos ao mar para do que lá pescam comerem com mais abundância do que comiam, minha mãe e meus irmãos são aqueles que não precisem esperar a hora da minha morte para se apiedarem da minha vida, Não tens outro recado para levar, Outro recado não tenho, mas ouvireis falar de mim, respondeu Jesus, e, virando-se para Maria de Magdala, disse, Vamo-nos, Maria, os barcos estão a sair para a pesca, os cardumes reúnem-se, é tempo de ceifar esta seara. Já se afastavam quando Tiago gritou, Jesus, tenho de dizer à nossa mãe quem é essa mulher, Diz-lhe que está comigo e se chama Maria, e a palavra ecoou entre as colinas e sobre o mar. Estendido no chão, José chorava de desgosto.

Quando Jesus vai ao mar com os pescadores, Maria de Magdala fica à espera dele, em geral sentada numa pedra à borda da água, ou num cômoro elevado, se os há, donde melhor possa acompanhar a rota e seguir a navegação. As pescas, agora, não são demoradas, nunca houve neste mar tal cópia de peixe, diriam os desprevenidos, é como pescar à mão num balde cheio, mas logo observam que as facilidades não são iguais para todos, o balde está como sempre, pouco menos que vazio, se Jesus anda por outras paragens e as mãos e os braços cansam-se a lançar a atarrafa e desanimam vendo-a voltar apenas com um peixe aqui outro além presos nas malhas. Por isso é que todo o mundo pescador da margem ocidental do mar da Galileia anda a pedir Jesus, a reclamar Jesus, a exigir Jesus, e já em alguns lugares tem acontecido receberem-no com festas, palmas e flores como se em domingo de Ramos estivéssemos. Mas, sendo o pão dos homens aquilo que é, uma mistura de inveja e de malícia, alguma caridade às vezes, onde fermenta um fermento de medo que faz crescer o que é mau e atabafar-se o que é bom, também sucedeu brigarem companhas e companhas, aldeias e aldeias, porque todos queriam ter Jesus só para eles, os outros que se governassem conforme pudessem. Quando tal acontecia, Jesus retirava-se para o deserto e só de lá voltava quando os desordeiros arrependidos iam rogar-lhe que lhes perdoasse os excessos, que tudo era uma consequência do muito que lhe queriam. O que para todo o sempre vai ficar por explicar é por que razão os pescadores da margem oriental nunca despacharam delegados ao lado de cá com vista à discussão e estabelecimento de um pacto justo que a todos beneficiasse por igual, exceto os gentios de vária tinta e crença que por aqui não faltam. Também poderiam os da outra banda, em flotilha de batalha naval, armados de redes e piques, e a coberto de uma noite sem lua, ter vindo roubar Jesus ao ocidente, deixando o ocidente outra vez condenado a um passadio de necessidades, ele que se habituou a uma pitança farta.

Este é ainda o dia em que Tiago e José vieram pedir a Jesus que tornasse à casa que era a sua, virando costas à vida de vagabundagem, por muito que dela se estivesse aproveitando a indústria das pescas e derivados. A estas horas, os dois irmãos, cada qual com seu sentimento, um Tiago furioso, um choroso José, vão em passo acelerado por esses montes e vales, caminho de Nazaré, onde a mãe se pergunta pela centésima vez se, tendo visto sair dali dois filhos, irá ver entrar três, porém, duvida. A estrada de regresso que os irmãos tiveram de tomar, por ser a que mais próxima estava do ponto da costa onde haviam encontrado Jesus, fê-los passar por Magdala, cidade de que Tiago conhecia pouco e José nada, mas que, a julgar pelas aparências, não merecia nem detença nem desfrute. Refrescaram-se pois à passagem os dois irmãos e seguiram adiante. Saindo do povoado, palavra que usamos aqui apenas porque exprime uma oposição lógica e clara ao deserto que tudo rodeia, viram adiante, à mão esquerda, uma casa com sinais de incêndio, mostrando apenas as quatro paredes no ar. A porta do pátio, sem dúvida meio destroçada por um arrombamento, não ardera, o fogo, que tudo arrasara, fora todo dentro. Em casos como este, o passante, quem quer que ele seja, sempre pensa que debaixo dos escombros poderá ter ficado algum tesouro, e, se crê que não há perigo de cair-lhe uma trave em cima, entra para tentar a sua sorte, avança cautelosamente, remexe com a ponta do pé umas cinzas, umas pontas de tições, uns carvões mal ardidos, na ideia de ver surgir de repente, a luzir, a moeda de ouro, o incorruptível diamante, o diadema de esmeraldas. A Tiago e José só a curiosidade os fez entrar, não são ingénuos a ponto de imaginarem que os vizinhos cobiçosos não vieram aqui à procura do que os habitantes da casa não tivessem podido salvar, o provável, porém, sendo a casa tão pequena, é que os bens mais preciosos tenham sido levados, ficando apenas as paredes, que em qualquer lugar se podem levantar outras novas. A abóbada do forno, dentro do que fora a casa, desabou, os ladrilhos do chão, estalados, soltaram-se do cimento e estalam debaixo dos pés, Não há nada, vamo-nos embora, disse Tiago, mas José perguntou, E aquilo ali, que é. Aquilo era uma espécie de estrado de madeira de que tinham ardido as pernas, meio carbonizado todo ele, lembrando um trono largo e comprido, ainda com uns restos pendentes de trapos queimados, É uma cama, disse Tiago, há quem durma em cima dessas coisas, os ricos, os senhores, A nossa mãe também dorme numa, Pois dorme, mas não tem comparação com o que esta deve ter sido, Não parece de ricos uma casa assim, As aparências enganam muito, disse Tiago, argutamente. Ao saírem, José viu que na porta do pátio estava dependurada, para o lado de fora, uma roca de cana, dessas que se usam para colher os figos das figueiras, decerto teria sido mais comprida no tempo da sua utilidade, mas deviam tê-la cortado. Que faz isto aqui, perguntou, e sem esperar resposta, própria sua ou do irmão, despendurou a agora inútil cana e levou-a consigo, recordação de um incêndio, de uma casa queimada, de gente desconhecida. Ninguém os vira entrar, ninguém os viu sair, são só dois irmãos que vão para casa levando as túnicas, enfarruscadas e uma negra notícia. A um deles, para se distrair, propôs-lhe o pensamento, e ele aceitou-a, a lembrança de Maria de Magdala, o pensamento do outro é mais ativo e menos frustrante, espera encontrar uma maneira de meter a amputada roca nas suas brincadeiras.

Sentada na pedra, à espera de que Jesus volte da pesca, Maria de Magdala pensa em Maria de Nazaré. Até este dia em que estamos, a mãe de Jesus, para ela, fora só isso, mãe de Jesus, agora sabe, porque depois o perguntou, que o seu nome também é Maria, coincidência, em si mesma, de mínima importância, uma vez que são muitas as Marias na terra, e mais hão de vir a ser se a moda pega, mas nós aventurar-nos-íamos a supor que exista um sentimento de mais próxima fraternidade entre os que levam nomes iguais, é como imaginamos que se sentirá José quando se lembra do outro José que foi seu pai, não filho, mas irmão, o problema de Deus é esse, ninguém tem o nome que ele tem. Levadas a semelhante extremo, não parecem ser tais reflexões produto de um discernimento como o de Maria de Magdala, ainda que não nos falte informação de que o tem muito capaz doutras de não menor alcance, o que elas vão é em direções diferentes, por exemplo, no caso de agora, uma mulher ama um homem e pensa na mãe desse homem. Maria de Magdala não conhece, de experiência sua, o amor da mãe pelo seu filho, conheceu, enfim, o amor da mulher pelo seu homem, depois de tudo, antes, haver aprendido e praticado do amor falso, dos mil modos de não amor. Quer a Jesus como mulher, mas desejaria querê-lo também como mãe, talvez porque a sua idade não esteja tão longe assim da idade da mãe verdadeira, a que mandou recado para que o filho voltasse, e o filho não voltou, uma pergunta faz Maria de Magdala, que dor irá sentir Maria de Nazaré quando lho disserem, porém não é a mesma coisa que imaginar o que ela própria sofreria se Jesus lhe faltasse, faltar-lhe-ia o homem, não o filho, Senhor, dá-me, juntas, as duas dores, se tiver de ser, murmurou Maria de Magdala esperando Jesus. E quando o barco se aproximou e foi puxado para terra, quando os cestos carregados de peixe escorrendo começaram a ser transportados, quando Jesus, com os pés na água, ajudava ao trabalho e ria como uma criança, Maria de Magdala viu-se a si mesma como se fosse Maria de Nazaré e, levantando-se donde estava, desceu até à borda do mar, entrou na água para estar com ele e disse, depois de beijá-lo no ombro, Meu filho. Ninguém ouviu que Jesus tivesse dito, Minha mãe, pois já se sabe que as palavras proferidas pelo coração não têm língua que as articule, retém-nas um nó na garganta e só nos olhos é que se podem ler. Das mãos do arrais do barco receberam Maria e Jesus o cesto de peixe com que lhes era pago o serviço, e, como sempre faziam, recolheram-se os dois à casa onde pernoitariam, porque a sua vida era isto, não ter casa própria, ir de barco em barco e de esteira em esteira, algumas vezes, ao princípio, Jesus disse a Maria, Esta vida não te convém, busquemos uma casa que seja nossa e eu irei estar contigo sempre que seja possível, ao que Maria respondeu, Não quero esperar-te, quero estar onde estiveres. Um dia, Jesus perguntou-lhe se não tinha parentes que pudessem recebê-la, e ela disse que tinha um irmão e uma irmã vivendo na aldeia de Betânia de Judeia, ela Marta, ele Lázaro, mas que os deixara quando se prostituíra e, para que não se envergonhassem dela, fora para longe, de terra em terra, até chegar a Magdala. Então o teu nome deveria ser Maria de Betânia, se lá nasceste, disse Jesus, Sim, foi em Betânia que nasci, mas em Magdala é que me encontraste, por isso de Magdala quero continuar a ser, A mim não me chamam Jesus de Belém, apesar de em Belém ter nascido, de Nazaré não sou porque nem me querem eles nem os quero eu, talvez devesse chamar-me Jesus de Magdala, como tu, pela mesma razão, Lembra-te de que queimamos a casa, Mas não a memória, disse Jesus. De voltar Maria a Betânia não se falou mais, esta borda do mar é para eles o mundo inteiro, onde quer que o homem esteja, estará com ele a obrigação.

Diz o povo, dizemo-lo nós, provavelmente dizem-no os povos todos, sendo como é a experiência dos males tão geral e universal, que debaixo dos pés se levantam os trabalhos. Um tal dito, se não nos enganamos, só podia tê-lo inventado um povo da terra, à custa de tropeções e de topadas, de percalços, esperas e puas assassinas. Depois, em virtude da generalidade e da universalidade já assinaladas, ter-se-á espalhado por todo o orbe, fazendo lei, mas, ainda assim, supomos que com alguma relutância por parte da gente marítima e piscatória que sabe existirem fundíssimas funduras entre os seus pés e o chão, e não poucas vezes abissais abismos. Para o povo do mar os trabalhos não se levantam do chão, para o povo do mar os trabalhos caem do céu, chamam-se vento e ventania, e é por causa deles que se erguem as ondas e as vagas, se geram as tempestades, se rompe a vela, se quebra o mastro, se afunda o frágil lenho, e estes homens da pesca e da navegação onde morrem, verdadeiramente, é entre o céu e a terra, o céu que as mãos não alcançam, o chão a que os pés não chegam. O mar da Galileia é quase sempre um tranquilo, manso e comedido lago, mas lá vem o dia em que as fúrias oceânicas se desmandam para estes lados e é um salve-se quem puder, às vezes, desgraçadamente, nem todos podem. De um caso destes haveremos nós de falar, mas antes é preciso que regressemos a Jesus de Nazaré e a algumas recentes preocupações suas que mostram quanto o coração do homem é um eterno insatisfeito e o simples dever cumprido, afinal, não dá tanta satisfação como nos vêm dizendo os que com pouco se contentam. Sem dúvida, pode-se dizer que graças ao contínuo sobe e desce de Jesus, entre o rio Jordão de cima e o rio Jordão de baixo, não há penúria, nem sequer ocasionais faltas, em toda a margem ocidental, tendo-se até chegado ao ponto de beneficiarem da abundância os próprios que não eram pescadores, pois a fartura do peixe fez baixar os preços, o que, evidentemente, veio a resultar em mais gente a comer mais e mais barato. É verdade que houve uma ou outra tentativa de manter os preços altos pelo conhecido método corporativo de lançar ao mar uma parte do produto da pesca, mas Jesus, de quem em última instância dependia a maior ou menor sorte dos lanços, ameaçou ir-se dali a outra parte, e os prevaricadores da lei nova vieram pedir-lhe desculpa, até ver. Toda a gente, portanto, parece ter razões para sentir-se feliz, mas Jesus não. Pensa ele que não é vida andar constantemente acima e abaixo, a embarcar e a desembarcar, sempre os mesmos gestos, sempre as mesmas palavras, e que, sendo certo que o poder de fazer aparecer o peixe é do Senhor que lhe vem, não se vê razão para que o mesmo Senhor queira que a sua vida se consuma nesta monotonia até que chegue o dia em que for servido chamá-lo, como prometeu. Que o Senhor esteja consigo, não o duvida Jesus, pois o peixe nunca deixa de vir quando o chama, e esta circunstância, por um processo dedutivo inevitável de que aqui não julgamos necessário fazer a demonstração e apresentar a sequência, acabou por levá-lo, com o tempo, a perguntar-se se não haveria acaso outros poderes que o Senhor estivesse disposto a ceder-lhe, não por delegação ou outorga, claro está, apenas emprestados, e com a condição de fazer deles bom uso, o que, como temos visto, Jesus estava em condições de garantir, haja vista o trabalho a que meteu ombros, sem mais que a intuição a ajudá-lo. A maneira de saber era fácil, tão fácil como dizer ai, bastava fazer a experiência, se ela resultasse, era porque Deus estava a favor, se não resultasse, Deus manifestava que estava contra. Simplesmente, havia uma questão prévia a resolver, e essa questão era a da escolha. Não sendo possível consultar diretamente o Senhor, Jesus teria de arriscar, selecionar entre os poderes possíveis o que parecesse oferecer menos resistência e que não desse demasiado nas vistas, porém não tão discreto que passasse despercebido a quem dele viesse a beneficiar e ao mundo, com o que padeceria a glória do Senhor, que em tudo deve prevalecer. Mas Jesus não se decidia, tinha medo de que Deus escarnecesse dele, o humilhasse, como no deserto fizera e podia ter feito depois, ainda hoje se sentia estremecer à lembrança da vergonha que teria sido, quando pela primeira vez disse

Lançai a rede deste lado, vê-la subir vazia. Tanto o ocupavam estes pensamentos que uma noite sonhou que alguém lhe dizia ao ouvido, Não temas, lembra-te de que Deus precisa de ti, mas quando acordou teve dúvidas sobre a identidade do conselheiro, podia ser um anjo, dos muitos que andam a fazer os recados do Senhor, podia ser um demónio, dos outros tantos que a Satã servem para tudo, ao seu lado Maria de Magdala parecia dormir profundamente, por isso não podia ter sido ela, nem Jesus pensou que o fosse. Estava-se nisto, e, um dia, que pelos indícios em nada mostrava ir ser diferente dos outros, Jesus foi ao mar para o milagre do costume. O tempo estava carregado, de nuvens baixas, a ameaçar chuva, mas por esse pouco não vai ficar um pescador em casa, bem estaríamos nós se tudo na vida fosse regalos e bem-estar. Calhou a barca ser a de Simão e André, aqueles dois irmãos pescadores que testemunharam o primeiro prodígio, e com ela, de conserva, vai também a dos filhos de Zebedeu, o Tiago e o João, pois que, não sendo o efeito miraculoso igual, sempre o barco que está perto aproveita alguma parte do peixe que vier. O vento forte leva-os rapidamente para o meio do mar e aí, descidas as velas, começam os pescadores, num barco e noutro, a desdobrar as redes, à espera de que Jesus diga para que lado as devem lançar. Estão nisto, quando de repente se levantam os trabalhos na forma de uma tempestade que caiu do céu sem prevenir, porque como prevenção não se podia ter entendido um simples céu coberto, e foi de maneira tal que as vagas eram como as do mar verdadeiro, da altura de casas, empurradas por um vento doido, ora cá, ora lá, e no meio aquelas casquinhas de noz baloiçando sem governo, que a manobra nada podia contra a fúria dos elementos à solta. A gente que estava na margem, vendo o perigo em que se achavam as pobres criaturas já sem defesa, começou em desabalados gritos, havia ali esposas e mães, e irmãs, e filhos pequeninos, alguma sogra de bom feitio, e era um clamor que não se sabe como não chegou ao céu, Ai, o meu querido marido, Ai, o meu querido filho, Ai, o meu querido irmão, Ai, o meu genro, Maldito sejas tu, ó mar, Senhora dos Aflitos, valei-nos, Senhora da Boa Viagem, acudi-lhes, os meninos só sabiam chorar, mas nem assim. Maria de Magdala estava também ali e murmurava, Jesus, Jesus, porém não era por ele que o dizia, pois sabia que o Senhor o tinha guardado para outra altura, não para uma vulgar tormenta no mar, sem mais consequências que morrerem uns tantos afogados, dizia Jesus Jesus como se dizê-lo pudesse valer de alguma coisa aos pescadores, que esses, sim, parecia que se lhes ia cumprir ali a sorte. Ora, Jesus, lá na barca, vendo o desânimo e o desbarato que ia nas tripulações em redor, e que as ondas saltavam por cima da borda e alagavam tudo dentro, e que os mastros se partiam levando-os pelos ares as velas soltas, e que a chuva caía em torrentes que só elas chegariam para afundar uma nave do imperador, Jesus, vendo tudo isto, disse consigo mesmo, Não é justo que morram estes homens, ficando eu com vida, sem contar que o Senhor me ralharia de certeza Podias ter salvo os que estavam contigo e não os salvaste, já não te bastou teu pai, a dor desta lembrança fez saltar Jesus, e então, de pé, firme e seguro como se debaixo de si o suportasse um sólido chão, gritou, Cala-te, e isto era para o vento, Aquieta-te, e isto era para o mar, palavras não eram ditas acalmaram-se o mar e o vento, as nuvens no céu apartaram-se e o sol apareceu como uma glória, que o é e sempre há de ser, ao menos para quem vive menos do que ele. Não se imagina o que foi a alegria naqueles barcos, os beijos, os abraços, os choros de alegria em terra, os daqui não sabiam por que tinha acabado assim tão súbito a tempestade, os de além, como ressuscitados, não pensavam senão na vida salva, e se alguns exclamaram, Milagre, milagre, naqueles instantes primeiros não se deram conta de que alguém tinha de ter sido o autor dele. Mas de repente fez-se o silêncio no mar, os outros barcos rodeavam o de Simão e André, e os pescadores todos olhavam Jesus, calados de assombro, apesar do estrondo da tempestade tinham ouvido os gritos, Cala-te, Aquieta-te, e ali estava ele, Jesus, o homem que gritara, o que ordenava aos peixes que saíssem das águas para os homens, o que ordenava às águas que não levassem os homens para os peixes. Jesus tinha-se sentado no banco dos remadores, de cabeça baixa, com uma difusa e contraditória impressão de triunfo e de desastre, como se, tendo subido ao ponto mais alto duma montanha, no mesmo instante começasse a melancólica e inevitável descida. Mas agora, ali postos em círculo, os homens esperavam uma palavra sua, não era bastante ter dominado o vento e amansado as águas, tinha de explicar-lhes como o pudera fazer um simples galileu filho de carpinteiro, quando o próprio Deus parecia tê-los abandonado ao frio abraço da morte. Levantou-se Jesus então e disse, Isto que acabais de ver não o cometi eu, as vozes que afastaram a tempestade não foram dadas por mim, foi o Senhor que falou pela minha boca, eu apenas sou a língua de que Deus se serviu para falar, lembrai-vos dos profetas. Disse Simão, que na mesma barca estava, Assim como fez vir a tempestade, o Senhor podia tê-la mandado embora, e nós apenas diríamos O Senhor a trouxe, o Senhor a levou, mas foram a tua vontade e a tua palavra que nos restituíram a vida salva quando, diante dos olhos de Deus, a críamos perdida, Deus o fez, torno a dizer, não eu. Disse então João, o filho menor de Zebedeu, provando desta maneira que não era tão simples de espírito, Sem dúvida o fez Deus, pois nele moram toda a força e todo o poder, mas fê-lo por intermédio de ti, donde tiro eu a conclusão de que Deus quer que te conheçamos, Já me conhecíeis, De apareceres aqui vindo não sabemos donde, de nos encheres as nossas barcas de peixe não sabemos como, Sou Jesus de Nazaré, filho de um carpinteiro que morreu crucificado pelos romanos, durante um tempo pastor do maior rebanho de ovelhas e cabras que já se viu, agora, convosco, e porventura até à hora da minha morte, pescador. Disse André, o irmão de Simão, Nós outros, sim, é que devemos estar contigo, porque se a um homem comum, como tu dizes ser, foram dados tais poderes e o poder de os usar, pobre de ti, que a solidão te será mais pesada do que uma pedra ao pescoço. Disse Jesus, Ficai comigo, se o coração vo-lo pedir, mas não digais a ninguém nada do que aqui se passou, porque o tempo ainda não é chegado de confirmar o Senhor a vontade que quer executar em mim, se, como diz João, quer Deus que me conheçais. Disse então Tiago, o filho maior de Zebedeu, tão pouco simples, afinal, como seu irmão, Não penses que o povo se vai calar, olha-os além na margem, vê como te esperam para aclamar-te, e alguns, de impaciência, já empurram barcos para a água para virem juntar-se a nós, mas ainda que conseguíssemos moderar-lhes o entusiasmo, ainda que os convencêssemos a guardar, quanto possam, o segredo, terás tu a certeza de que, em qualquer momento, mesmo não o desejando tu, não se manifestará Deus, mais do que na tua presença, por teu intermédio. Jesus deixou pender a cabeça, era uma representação viva da tristeza e do abandono, e disse, Estamos todos nas mãos do Senhor, Tu mais do que nós, disse Simão, porque ele te preferiu, porém nós estaremos contigo, Até ao fim, disse João, Até quando não nos queiras, disse André, Até onde pudermos, disse Tiago. Aproximavam-se os barcos que tinham vindo da margem, acenavam com os braços os que vinham dentro, multiplicavam-se as bênçãos e os louvores, e Jesus, resignado, disse, Vamos, o vinho está no vaso, é preciso bebê-lo. Não procurou Maria de Magdala, sabia que ela o esperava em terra, como sempre, que nenhum milagre alteraria a constância dessa espera, e um contentamento grato e humilde pacificou-lhe o coração. Quando desembarcou, mais do que abraçá-la, abraçou-se nela, escutou, sem surpresa, o que Maria de Magdala lhe disse num murmúrio, rente à orelha, o rosto contra a barba molhada, Perderás a guerra, não tens outro remédio, mas ganharás todas as batalhas, e depois, juntos, saudando ele a um lado e a outro os circunstantes que o festejavam, como um general que regressasse vencedor do seu primeiro combate, subiram, acompanhados dos amigos, o íngreme caminho que levava a Cafarnaúm, a aldeia sobranceira ao mar onde viviam Simão e André, em casa de quem, por esta ocasião, moravam.

Tivera razão Tiago quando augurou mal da esperança de Jesus de que o conhecimento público do milagre da tempestade acalmada pudesse ficar circunscrito aos que o testemunharam. Em poucos dias, não se falava doutra coisa por aqueles arredores, embora, caso estranho, não sendo este mar, como tem sido dito, uma imensidão, podendo, de um ponto alto e com limpeza dos ares, ser visto, por inteiro, de margem a margem e de extremo a extremo, aconteceu que em Tiberíades, por exemplo, ninguém dera pelo temporal, e quando alguém ali chegou com a nova de que um que estava com os pescadores de Cafarnaúm fizera cessar, à sua voz, uma tempestade, a resposta que recebeu foi, Qual tempestade, o que deixou sem fala o informador. Que, porém, houvera tempestade, não se pode duvidar, aí estava para o afirmar e jurar o susto que tinham apanhado os protagonistas do episódio, diretos e indiretos, nestes se incluindo uns almocreves de Safed e Caná que lá se encontravam por motivo do seu negócio. Foram eles que levaram a notícia para o interior, matizada segundo os arrebatos de imaginação de cada um, mas, enfim, não puderam alcançar a toda a parte, e isto de notícias, sabemos como é, vão perdendo a convicção com o tempo e a distância, e quando a nova, que já tão pouco o era, chegou a Nazaré, não se sabia se o milagre o havia sido realmente, ou apenas uma feliz coincidência entre uma palavra que fora lançada ao vento e um vento que se cansara de soprar. Coração de mãe, porém, não se engana, e a Maria bastaram os quase extintos ecos de um prodígio de que já se começava a duvidar, para, em seu coração, ter a certeza de que o obrara o filho ausente. Chorou pelos cantos o orgulho da sua ínfima autoridade materna, que a fizera ocultar de Jesus o aparecimento do anjo e as revelações de que fora portador, fiando-se de que um simples recado de meia dúzia de palavras reticentes faria regressar a casa quem dela saíra com o seu próprio coração sangrando. Não tinha Maria ao pé de si, para desafogar-se de tristezas tão amargas e dolorosas, a sua filha Lísia, que neste meio-tempo se casara e fora viver para a aldeia de Caná. A Tiago não ousaria falar, esse viera espumando fúrias do encontro com o irmão, não se calando com a mulher que com ele estava, Podia ser mãe dele, minha mãe, e o ar que ela tinha, de muita experiência da vida e outras coisas que não menciono, ainda que, manda a verdade dizer-se, seja a própria experiência de Tiago escassíssima em termos de comparação, neste buraco do mundo que é a sua aldeia. Desabafou pois Maria com José, esse filho que, pelo nome e parecenças, mais lhe recordava o marido, mas ele não a pôde consolar, Minha mãe, estamos pagando o que fizemos, e o meu temor, eu que vi a Jesus e o ouvi, é que seja para sempre, que de lá onde está não volte nunca, Sabes o que dele se diz, que falou com uma tempestade e ela se acalmou, ouvindo-o, Também sabíamos que com o seu poder enchia de peixe as barcas dos pescadores, a nós o disseram os próprios, Tinha razão o anjo, Que anjo, perguntou José, e Maria contou-lhe tudo quanto com eles havia acontecido, desde o aparecimento do mendigo que lançara na tigela a terra luminosa até ao anjo do seu sonho. Esta conversa não a tiveram em casa, que aí não era possível, sendo a família ainda tão numerosa, esta gente, sempre que quer falar de assuntos sigilosos, vai para o deserto, onde, calhando, até pode encontrar Deus. Estavam assim conversando quando, em certa altura, viu José passar ao longe, nas colinas a que a mãe virava as costas, um rebanho de ovelhas e cabras com o seu pastor. Pareceu-lhe que o rebanho não era grande, nem alto o pastor, por isso viu e calou. E quando a mãe disse, Nunca mais vejo Jesus, respondeu, pensativo, Quem sabe.

Tinha razão José. Passados uns tempos, coisa de um ano, veio um recado de Lísia para a mãe, convidando-a, em nome dos sogros, a ir a Caná, ao casamento duma sua cunhada, irmã do marido, e que levasse consigo quem entendesse, que todos seriam bem-vindos. Sendo ela a convidada, tinha o direito de escolher quem a deveria acompanhar, mas como, por respeito, não queria tornar-se pesada, posto que poucas coisas serão tão deprimentes como uma viúva com muitos filhos, resolveu levar apenas dois, o agora seu preferido José, e Lídia, a quem, sendo rapariga, nunca festas e distrações sobrariam. Caná não está longe de Nazaré, pouco mais de uma hora de caminho das nossas, e, por este tempo de suave outono, sempre teria sido um passeio dos mais aprazíveis, mesmo que o objetivo final da viagem não fosse um casamento. Saíram de casa mal o sol acabara de nascer para poderem chegar a Caná ainda a tempo de ajudar Maria às últimas tarefas de um ato cerimonial e festivo em que o trabalho está na direta proporção do quanto a gente se alegra e diverte. Veio Lísia ao encontro da mãe e dos irmãos com afetuosas mostras, de um lado se tomaram informações sobre o bem-estar e a saúde, do outro sobre a saúde e a felicidade, e, porque o trabalho urgia, foram logo dali, ela e Maria, para a casa do noivo, onde, segundo o costume, se celebraria a festa, iam a cuidar dos caldeiros com as demais mulheres da família. José e Lídia ficaram no pátio, de brincadeira com os da sua idade, os meninos jogando com os meninos, as meninas dançando com as meninas, até ao momento em que deram fé de que a cerimónia começava. Correram todos, agora sem maior discriminação dos sexos, atrás dos homens que acompanhavam o noivo, os amigos dele, que levavam os archotes da tradição, e isto numa manhã como esta, de tão resplandecente luz, o que, pelo menos, poderá servir para demonstrar que uma luzinha mais, mesmo de archote, nunca é de desprezar, por muito que brilhe o sol. Os vizinhos, com alegre semblante, apareciam a saudar às portas, guardando as bênçãos para daqui a pouco, quando o cortejo regressar trazendo já a noiva. Não chegaram José e Lídia, porém, a ver o resto, de todo o modo nunca seria novidade completa para eles, porquanto haviam tido em seu tempo um casamento na família, o noivo a bater à porta e a pedir para ver a noiva, ela a aparecer rodeada das suas amigas, também estas com luzes, ainda que modestas, simples lamparinas como a mulheres convém, que um archote é coisa de homem pelo fogo e pela dimensão, e depois o noivo a levantar o véu da noiva e a dar um grito de júbilo perante o tesouro que tinha encontrado, como se nestes últimos doze meses, que tantos eram os que o noivado durava, não a tivesse visto mil vezes e com ela ido para a cama quantas lhe apeteceu. Não viram José e Lídia estes números porque, num súbito instante, olhando ele, casualmente, pelo enfiamento duma rua, viu aparecerem lá ao fundo dois homens e uma mulher, e, com a sensação de estar a viver por segunda vez, reconheceu seu irmão Jesus e a mulher que com ele andava. Gritou para a irmã, Olha, é Jesus, ambos correram naquela direção, mas de repente José parou, lembrara-se da mãe, lembrou-se também da dureza com que o irmão o recebera lá no mar, não a ele, é certo, ao recado que com Tiago fora mandado levar, e, pensando que depois teria de explicar a Jesus por que estava assim procedendo, voltou para trás. Ao virar a esquina da rua, olhou ainda, e, mordido de ciúme, viu o irmão levantar Lídia nos braços como uma pena voando e ela cobrir-lhe a cara de beijos, enquanto a mulher e o outro homem sorriam. Com os olhos nublados de lágrimas de frustração, José correu, correu, entrou na casa, atravessou o pátio aos saltos para evitar pisar as toalhas e as vitualhas dispostas no chão, e nas mesas baixinhas, chamou, Mãe, mãe, o que nos salva é termos cada um a nossa voz, não faltariam mães a olharem para um filho que não era o seu, olhou apenas Maria, olhou e compreendeu, quando José lhe disse, Vem aí Jesus, ela já o sabia. Empalideceu, corou, sorriu, ficou séria e pálida outra vez, e o resultado de todas estas alterações foi levar uma mão ao peito como se o coração lhe faltasse e recuar dois passos como se tivesse batido contra um muro. Quem vem com ele, perguntou, porque tinha a certeza de que alguém o acompanhava, Um homem e uma mulher, e a Lídia, que lá ficou, A mulher é a que tu viste, Sim, mãe, mas ao homem não o conheço. Aproximou-se Lísia, apenas curiosa, mal adivinhando, Que é, minha mãe, Teu irmão está aqui e vem ao casamento, Jesus está em Caná, Viu-o José. Não foram tão manifestos os alvoroços de Lísia, mas abriu-se-lhe no rosto um sorriso que parecia não ter de acabar e murmurou, O meu irmão, note-se, para quem o não souber, que é isto o comprazimento, um sorriso como o de Lísia e um murmúrio que vale outro tanto, Vamos ao encontro dele, disse, Vai tu, eu fico aqui, defendeu-se a mãe, e para José, Vai com a tua irmã. Mas José não quis ser segundo nos abraços em que Lídia fora primeira e, porque Lísia sozinha não se atrevia, ali ficaram os três, como culpados à espera duma sentença, incertos sobre a misericórdia do juiz, se as palavras juiz e misericórdia podem ter cabimento neste caso.

Assomou Jesus à porta, trazia Lídia ao colo, e vinha Maria de Magdala atrás, mas antes entrara André, que era ele o outro homem da companhia, parente do noivo como logo se percebeu, dizia para os que acudiram, risonhos, a recebê-lo, Pois não, Simão não pôde vir, e enquanto este encontro de família a uns estava tão felizmente ocupando, outros, ali, olhavam-se por cima de um abismo, perguntando-se qual deles seria o primeiro a pôr um pé na delgada e frágil ponte que, apesar de tudo, ainda unia um lado ao outro lado. Não diremos, como um poeta disse, que o melhor do mundo são as crianças, mas é graças a elas que às vezes os adultos conseguem dar, sem desdouro de orgulho, certos difíceis passos, ainda que depois se venha a ver que o caminho não passou daí. Lídia escorregou dos braços de Jesus e correu para a mãe, e foi como no teatro de fantoches, um movimento obrigou a outro, os dois a um terceiro, Jesus avançou para a mãe e saudou-a, conjuntamente aos irmãos, com as palavras de quem todos os dias se encontra, sóbrias e sem emoção. Feito isso seguiu adiante, deixando Maria como uma transida estátua de sal, e, perdidos, os irmãos. Maria de Magdala foi atrás dele, passou ao lado de Maria de Nazaré, e as duas mulheres, a honesta e a impura, num relance, olharam-se sem hostilidade nem desprezo, antes com uma expressão de mútuo e cúmplice reconhecimento que só aos entendidos nos labirínticos meandros do coração feminino é dado compreender. Já vinha perto o cortejo, ouviam-se os gritos e as palmas, o ruído trémulo e vibrante das pandeiretas, os sons esparsos e finos das harpas, o ritmar das danças, um vozear de gente falando ao mesmo tempo, no instante após o pátio ficou cheio, os noivos entraram como de empurrão entre vivas e aplausos e foram adiante a receber as bênçãos dos pais e dos sogros, que os esperavam. Maria, que ali ficara, também os abençoou, como abençoara tempos atrás a sua filha Lísia, agora, como então, sem ter a seu lado nem marido nem primogénito que lhe ocupasse, em poder e autoridade, o lugar. Sentaram-se todos, a Jesus foi logo oferecido um lugar de importância porque André, à boca pequena, informara os parentes de que aquele é que era o homem que atraía os peixes às redes e domava as tempestades, mas Jesus recusou a honra e foi sentar-se com os outros, ficando no extremo duma das filas de convidados. A Jesus servia-o Maria de Magdala, que ninguém ali perguntou quem fosse, alguma vez se acercou Lísia, e ele, nos modos, não fez diferenças entre uma e outra. Maria atendia noutro lado, com frequência, nas idas e vindas, cruzava-se com Maria de Magdala, trocavam o mesmo olhar, porém não falavam, até que a mãe de Jesus fez à outra sinal para chegar-se a um recanto do pátio, e disse-lhe, sem preâmbulo, Cuida do meu filho, que um anjo me disse que o esperam grandes trabalhos, e eu não posso nada por ele, Cuidarei, defendê-lo-ia com a minha vida se ela merecesse tanto, Como te chamas, Sou Maria de Magdala e fui prostituta até conhecer o teu filho. Maria ficou calada, na sua mente ordenavam-se, um a um, certos factos do passado, o dinheiro e o que acerca dele haveriam querido insinuar as meias palavras de Jesus, o relato irritado do filho Tiago e as suas opiniões sobre a mulher que acompanhava o irmão, e, agora tudo sabendo, disse, Eu te abençoo, Maria de Magdala, pelo bem que a meu filho Jesus fizeste, hoje e para sempre te abençoo. Maria de Magdala aproximou-se para beijar-lhe o ombro em sinal de respeito, mas a outra Maria lançou-lhe os braços, apertou-a contra si e as duas ficaram abraçadas, em silêncio, até que se separaram e voltaram ao trabalho, que não podia esperar.

A festa continuava, das cozinhas, em correnteza contínua, vinha a comida, das ânforas corria o vinho, a alegria soltava-se em cantos e danças, quando, de repente, um alarme correu secretamente do mordomo até aos pais dos noivos, Que se nos acaba o vinho, avisava. O pesar e a confusão caíram sobre eles como se o teto lhes tivesse desabado em cima, E agora, que vamos fazer, como diremos aos nossos convidados que se acabou o vinho, amanhã não se falará doutra coisa em Caná, A minha filha, lamentava-se a mãe da noiva, a troça que não vão fazer dela daqui em diante, que no seu casamento até o vinho faltou, não merecíamos esta vergonha, que mau começo de vida. Nas mesas escorripichavam-se os últimos fundos dos copos, alguns convidados já olhavam em redor à procura de quem devia estar a servi-los, e eis que Maria, agora que já transmitira a outra mulher os encargos, deveres e obrigações que o filho recusava receber das suas mãos, quis, num relâmpago de inteligência, ter a sua prova própria dos anunciados poderes de Jesus, posto o que poderia depois recolher-se a casa e ao silêncio, como quem já terminou a sua missão no mundo e só espera que dele o venham retirar. Procurou com os olhos Maria de Magdala, viu-a cerrar lentamente as pálpebras e fazer um gesto de assentimento, e, sem mais demora, chegou-se ao filho e disse-lhe, no tom de quem está certo de não ter de dizer tudo para ser entendido, Não têm vinho. Jesus voltou lentamente a cara para a mãe, olhou-a como se ela lhe tivesse falado de muito longe, e perguntou, Mulher, que há entre ti e mim, palavras estas, tremendas, que as ouviu quem ali estava, mas o assombro, a estranheza, a incredulidade, Um filho não trata desta maneira a mãe que lhe deu o ser, farão que o tempo, as distâncias e as vontades busquem para elas traduções, interpretações, versões, matizes que mitiguem a brutalidade e, se tal é possível, deem o dito por não dito ou o ponham a dizer o seu contrário, assim se escreverá no futuro que Jesus disse,

Por que vens incomodar-me com isso, ou, Que tenho eu que ver contigo, ou, Quem te mandou meter-te nisto, mulher, ou, Que temos nós com isso, mulher, ou, Deixa-me proceder, não é preciso que mo peças, ou, Por que não mo pedes abertamente, continuo a ser o filho dócil de sempre, ou, Farei como queres, entre nós não há desacordo. Maria recebeu o choque em pleno rosto, suportou o olhar que a repelia, e, desta maneira colocando o filho entre a espada e a parede, rematou o desafio dizendo aos servidores, Fazei o que ele vos disser. Jesus viu a mãe afastar-se, não disse uma palavra, não fez um gesto para a reter, compreendera que o Senhor se havia servido dela como antes se serviu da tempestade ou da necessidade dos pescadores. Levantou o seu copo, onde ainda algum vinho ficara, e disse para os servidores, Enchei de água aquelas talhas, eram seis talhas de pedra que serviam para a purificação, e eles encheram-nas até cima, que cada uma delas levava duas ou três medidas, Chegai-mas cá, disse, e eles assim fizeram. Então Jesus verteu em cada talha uma parte do vinho que tinha no copo, e disse, Levai-as ao mordomo. Ora o mordomo, que não sabia donde lhe vinham as talhas, depois de provar a água que a pequena quantidade de vinho nem chegara a tingir, chamou o noivo e disse-lhe, Toda a gente serve primeiro o vinho bom, e, quando os convidados já beberam bem, serve então o pior, tu, porém, guardaste o vinho bom até agora. O noivo, que nunca em sua vida vira aquelas talhas servirem a vinho e, aliás, de mais sabia ele que o vinho se acabara, provou também e fez cara de quem, com mal fingida modéstia, se limita a confirmar o que tinha por certo, a excelente qualidade do néctar, por assim dizer um vintage. Se não fosse a voz do povo, representada, no caso, por uns servidores que no dia seguinte deram com a língua nos dentes, teria sido um milagre frustrado, pois o mordomo, se desconhecedor estava da transmutação, desconhecedor continuaria, ao noivo convinha, evidentemente, abotoar-se com o feito alheio, Jesus não era pessoa para andar dizendo por aí, Eu fiz os milagres tais e tais, Maria de Magdala, que desde o princípio participara do enredo, não iria pôr-se a fazer publicidades, Ele fez um milagre, ele fez um milagre, e Maria, a mãe, ainda menos, porque a questão fundamental era entre ela e o filho, o mais que aconteceu foi por acréscimo, em todos os sentidos da palavra, digam os convidados se não é assim, eles que voltaram a ter os copos cheios.

Maria de Nazaré e o filho não se falaram mais. Pelo meio da tarde, sem se despedir da família, Jesus foi-se embora com Maria de Magdala pelo caminho de Tiberíades. Escondidos da vista dele, José e Lídia seguiram-no até à saída da aldeia e ali ficaram a olhá-lo até que desapareceu numa curva da estrada.

Começou então o tempo da grande espera. Os sinais com que até agora o Senhor se havia manifestado na pessoa de Jesus não passavam de meros prodígios caseiros, hábeis prestidigitações, passes do tipo mais rápido do que o olhar, no fundo pouco diferentes dos truques que certos mágicos do oriente manipulavam com muito menos rústica arte, como seja atirar uma corda ao ar e subir por ela, sem que se percebesse se a ponta, em cima, estava atada a um sólido gancho ou se a invisível mão de um génio auxiliar a segurava. Para obrar aquelas coisas, a Jesus bastava querê-lo, mas, se alguém lhe perguntasse para que as fizera, não saberia dar-lhe resposta, ou apenas que assim tinha sido preciso, uns pescadores sem peixe, uma tempestade sem recurso, uma boda sem vinho, verdadeiramente, ainda não chegara a hora de o Senhor começar a falar pela sua boca. O que se dizia pelos povoados deste lado da Galileia era que um homem de Nazaré andava por ali a usar de poderes que só de Deus lhe poderiam ter vindo, e não o negava, mas que, apresentando-se ele, em absoluto, omisso de causas, razões e contrapartidas, o que tinham que fazer era aproveitar a fartura e calar as perguntas. Claro que Simão e André não pensavam assim, nem os filhos de

Zebedeu, mas esses eram seus amigos e temiam por ele. Todas as manhãs, quando acordava, Jesus perguntava-se em silêncio, Será hoje, em voz alta o fazia algumas vezes, para que Maria de Magdala ouvisse, e ela ficava calada, suspirando, depois rodeava-o com os braços, beijava-o na fronte e sobre os olhos, enquanto ele respirava o cheiro doce e morno que lhe subia dos seios, dias houve, destes, em que readormecia assim, outros em que esquecia a pergunta e a ansiedade e se refugiava no corpo de Maria de Magdala como se entrasse num casulo donde só poderia renascer transformado. Depois ia para o mar, para os pescadores que o esperavam, muitos dos quais nunca haveriam de compreender, e disseram-no, por que não comprava ele uma barca, à conta dos lucros futuros, e passava a trabalhar por conta própria. Em certas ocasiões, quando, no meio do mar, se prolongavam os intervalos entre as manobras da pesca, sempre necessárias mesmo tendo-se ela tornado fácil e relaxada como um bocejo, Jesus tinha um súbito pressentimento e o seu coração estremecia, porém os olhos não se viravam para o céu, onde é sabido que Deus habita, o que ele fixava, com obsessiva avidez, era a superfície calma do lago, as águas lisas que brilhavam como uma pele polida, o que ele esperava, com desejo e temor, parecia que das profundidades é que devia aparecer, o nosso peixe, diriam os pescadores, a voz que tarda, pensava talvez Jesus. A pesca chegava ao fim, a barca volvia carregada, e Jesus, cabisbaixo, seguia outra vez ao longo da margem, com Maria de Magdala atrás, à procura de quem precisasse dos seus serviços de olheiro grátis. Desta maneira passaram as semanas e os meses, passaram os anos também, mudanças que à vista se percebessem só as de Tiberíades, onde cresciam os edifícios e os triunfos, o mais eram as costumadas e consabidas repetições duma terra que nos invernos parece morrer-nos nos braços e nas primaveras ressuscitar, observação falsa, engano grosseiro dos sentidos, que a força da primavera seria nada se o inverno não tivesse dormido.

E eis que, enfim, ia Jesus nos seus vinte e cinco anos, pareceu que o universo todo começou de súbito a mover-se, novos sinais se sucederam, uns atrás dos outros, como se alguém, com repentina pressa, pretendesse reaver um tempo que houvesse malgastado. A bem dizer, o primeiro desses sinais não foi, propriamente falando, um milagre milagre, afinal não é nenhuma coisa do outro mundo estar a sogra de Simão achacada de uma indefinida febre e chegar-se Jesus à cabeceira da cama, pôr-lhe a mão na testa, qualquer de nós já fez este gesto, apenas por impulso de coração, sem esperança de ver curados por essa maneira rudimentar e seu tanto mágica os males do enfermo, mas o que nunca nos acontecera foi sentir a febre sumir-se debaixo dos dedos de Jesus como uma água maligna que a terra absorvesse e reduzisse, e ato contínuo levantar-se a mulher e dizer, é certo que fora de propósito, Quem é amigo do meu genro, é meu amigo, e foi-se às lides da casa como se nada. Este foi o primeiro sinal, doméstico, de interior, mas o segundo teve mais que se lhe diga porque representou um desafio frontal de Jesus à lei escrita e observada, acaso justificável, tendo em conta os comportamentos humanos normais, por viver Jesus com Maria de Magdala sem com ela estar casado, prostituta que havia sido, ainda por cima, por isso não se devia estranhar que estando uma mulher adúltera a ser apedrejada, conforme a lei de Moisés, e disso devendo morrer, aparecesse Jesus a interpor-se e a perguntar, Alto lá, quem de vós estiver sem pecado, seja o primeiro a lançar-lhe uma pedra, como se dissesse, Até eu, se não vivesse, como vivo, em concubinato, se estivesse limpo da lacra dos atos e pensamentos sujos, estaria convosco na execução dessa justiça. Arriscou muito o nosso Jesus porque podia ter acontecido que um ou mais dos apedrejadores, por serem de coração endurecido e estarem empedernidos nas práticas do pecado em geral, dessem ouvidos de mercador à admoestação e prosseguissem no apedrejamento, sem medo, eles próprios, à lei que estavam aplicando, por ser destinada às mulheres. O que Jesus não parece ter pensado, talvez por falta de experiência, é que se nós nos deixamos ficar à espera de que apareçam no mundo esses julgadores sem pecado, únicos, em sua opinião, que terão o direito moral de condenar e punir, muito me temo que medre desmesuradamente o crime nesse meio-tempo, e prospere o pecado, andando por aí as adúlteras à solta, ora com este, ora com aquele, e quem diz adúlteras, dirá o resto, incluindo os mil nefandos vícios que determinaram o Senhor a enviar uma chuva de fogo e enxofre sobre as cidades de Sodoma e Gomorra, deixando-as reduzidas a cinzas. Mas o mal, que nasceu com o mundo, e dele, quanto sabe, aprendeu, amados irmãos, o mal é como a famosa e nunca vista ave Fénix que, parecendo morrer na fogueira, de um ovo que as suas próprias cinzas criaram volta a renascer. O bem é frágil, delicado, basta que o mal lhe lance ao rosto o bafo quente de um simples pecado para que se lhe creste para sempre a pureza, para que se quebre o caule do lírio e murche a flor da laranjeira. Jesus disse à adúltera, Vai e doravante não tornes a pecar, mas no íntimo ia cheio de dúvidas.

Um outro caso notável veio a ocorrer no lado de lá do mar, aonde Jesus achou por bem ir alguma vez, para que não se andasse a dizer que os seus carinhos e atenções iam todos para os da margem ocidental. Chamou, pois, Tiago e João, e disse-lhes, Vamos nós à Outra Banda, onde vivem os gadarenos, a ver se se nos apresenta alguma aventura, e à volta tratamos da pescaria, desta maneira nunca será uma viagem perdida. Convieram os filhos de Zebedeu na oportunidade da ideia e, apontado o rumo da barca, começaram a remar, esperando que lá mais à frente uma brisa os pudesse levar ao destino com menor esforço. Assim veio a acontecer, mas começaram por levar um susto porque de um momento para o outro pareceu que se lhes ia armar ali uma tempestade capaz de ombrear com aquela de há anos, porém Jesus disse às águas e aos ares, Então, então, como se falasse a uma criança traquina, e logo o mar se acalmou e o vento voltou a soprar na conta justa e na direção certa. Desembarcaram os três, Jesus ia adiante, atrás Tiago e João, nunca tinham vindo antes a estas paragens e tudo lhes parecia surpresa e novidade, mas a maior delas, de abafar-se-nos o coração, foi que lhes saltou de repente um homem ao caminho, se o nome de homem podia ser dado a uma figura coberta de imundícies, de medonha barba e medonho cabelo, cheirando à putrefação dos túmulos onde, como vieram a saber depois, tinha o costume de esconder-se sempre que conseguia partir os grilhões e correntes com que, por estar possesso, o queriam sujeitar no cárcere. Se ele fosse apenas um louco, ainda que saibamos que a estes se lhes duplicam as forças quando enfurecidos, bastaria, para mantê-lo, lançar-lhe em cima outro tanto de grilhões e correntes. Em vão o haviam feito uma vez, sem resultado o repetiram muitas, porque o espírito imundo que vivia dentro do homem e o governava ria-se de todas as prisões. Dia e noite, o endemoninhado andava aos saltos pelos montes, fugindo de si mesmo e da sua sombra, mas sempre voltava para esconder-se entre os túmulos e muitas vezes dentro deles, donde o tiravam à força, espavorindo de horror as gentes que o viam. Assim o encontrou Jesus, os guardas que atrás vinham para capturar o homem faziam grandes gestos com os braços a Jesus para que se pusesse a salvo do perigo, mas Jesus viera por uma aventura e não a iria perder por nada. Apesar do medo da avantesma, João e Tiago não abandonaram o seu amigo, e por isso foram eles as primeiras testemunhas de palavras que nunca alguém pensou poderem alguma vez ser ditas e ouvidas, porque iam contra o Senhor e as suas leis, como já a seguir se verá. Vinha a besta-fera estendendo as garras e arreganhando os colmilhos, donde pendiam restos de carnes putrefactas, e os cabelos de Jesus arrepiavam-se de terror, quando a dois passos se prostra no chão o endemoninhado e clama em voz alta, Que queres de mim, ó Jesus, filho do Deus Altíssimo, por Deus te peço que não me atormentes. Ora, esta foi a primeira vez que em público, não em sonhos privados, dos quais a prudência e o ceticismo sempre aconselharam a duvidar, uma voz se levantou, e voz diabólica ela era, para anunciar que este Jesus de Nazaré era filho de Deus, o que ele próprio até aí ignorava, pois durante a conversa que entretivera com Deus no deserto a questão da paternidade não fora abordada, Vou precisar de ti mais tarde, foi tudo quanto lhe disse o Senhor, e nem sequer era possível tirar pelas parecenças, tendo em conta que o pai se lhe mostrara em figura de nuvem e coluna de fumo. O possesso revolvia-se aos seus pés, a voz dentro dele pronunciara o até hoje impronunciado e calara-se, e nesse instante, Jesus, como quem acabasse de reconhecer-se noutro, sentiu-se, também ele, como que possesso, possesso de uns poderes que o levariam não sabia aonde ou a quê, mas sem dúvida, no fim de tudo, ao túmulo e aos túmulos. Perguntou ao espírito, Qual é o teu nome, e o espírito respondeu, Legião, porque somos muitos. Disse Jesus, imperiosamente, Sai desse homem, espírito imundo. Mal o dissera, ergueu-se o coro das vozes diabólicas, umas finas e agudas, outras grossas e roucas, umas suaves como de mulher, outras que pareciam serras a serrar pedra, umas em tom de sarcasmo provocante, outras com humildades falsas de mendigo, umas soberbas, outras de lamúria, umas como de criancinha que aprende a falar, outras que eram só grito de fantasma e gemido de dor, mas todas suplicavam a Jesus que os deixasse ficar ali, nestes sítios que já conheciam, que bastaria dar-lhes ele a ordem de expulsão e sairiam do corpo do homem, mas que, por favor, os não expulsasse da região. Perguntou Jesus, E para onde querem vocês ir. Ora, ali próximo do monte andava a pastar uma grande vara de porcos, e os espíritos impuros imploraram a Jesus, Manda-nos para os porcos e entraremos neles. Jesus pensou e pareceu-lhe que era uma boa solução, considerando que aqueles animais deviam ser pertença de gentios, uma vez que a carne do porco é impura para os judeus. A ideia de que, comendo os seus porcos, poderiam os gentios ingerir também os demónios que dentro deles estavam e ficar possessos, não ocorreu a Jesus, como também não lhe ocorreu o que depois desgraçadamente aconteceu, mas a verdade é que nem mesmo um filho de Deus, aliás ainda não habituado a tão alto parentesco, poderia prever, como no xadrez, todas as consequências dum simples lance, duma decisão simples. Os espíritos impuros, excitadíssimos, esperavam a resposta de Jesus, faziam apostas, e quando ela veio, Sim, podem passar para os porcos, deram em uníssono um grito descarado de alegria e, violentamente, entraram nos animais. Fosse pelo inesperado do choque, fosse por não estarem os porcos habituados a andar com demónios dentro, o resultado foi enlouquecerem todos num repente e lançarem-se do precipício abaixo, os dois mil que eram, indo cair ao mar, onde morreram afogados todos. Não se descreve a raiva dos donos dos inocentes animais que ainda um minuto antes andavam no seu sossego, fossando nas terras brandas, se as encontravam, à procura de raízes e vermes, rapando a erva escassa e dura das superfícies ressequidas, e agora, vistos cá de cima, os porquinhos faziam pena, uns já sem vida, boiando, outros, quase desfalecidos, faziam ainda um esforço titânico para manter as orelhas fora de água, pois é sabido que os porcos não podem fechar os condutos auditivos, entra-lhes por ali a água em caudal e, em menos que um ámen, ficam inundados por dentro. Os porqueiros, furiosos, atiravam de longe pedras a Jesus e a quem estava com ele, e já vinham a correr aí com o propósito, justíssimo, de exigir responsabilidades ao causador do prejuízo, um x por cabeça, a multiplicar por dois mil, as contas são fáceis de fazer. Mas não de pagar. Pescador é gente de pouco dinheiro, vive de espinhas, e Jesus nem pescador era. Ainda quis o nazareno esperar pelos reclamantes, explicar-lhes que o pior de tudo no mundo é o diabo, que ao lado dele dois mil porcos não tiram nem acrescentam, e que todos nós estamos condenados a sofrer perdas na vida, as materiais e as outras, Tenham paciência, irmãos, diria Jesus quando chegassem à fala. Mas Tiago e João não estiveram de acordo que se deixassem ficar à espera de um recontro, que, pela amostra, não seria pacífico, de nada servindo a boa educação e as boníssimas intenções de um lado contra a brutalidade e a razão do outro lado. Jesus não queria, mas teve de render-se a argumentos que ganhavam mais poder persuasivo a cada pedra que caía perto. Desceram a correr a encosta para o mar, num salto estavam dentro da barca, e, à força de remos, em pouco tempo se acharam a salvo, os do outro lado não pareciam ser gente dada à vida da pesca, pois se barcos tinham não estavam à vista. Perderam-se uns porcos, salvou-se uma alma, o ganho é de Deus, disse Tiago. Jesus olhou-o como se pensasse noutra coisa, uma coisa que os dois irmãos, olhando-o a ele, queriam conhecer e de que estavam ansiosos por falar, a insólita revelação, feita pelos demónios, de que Jesus era filho de Deus, mas Jesus virara os olhos para a margem donde tinham fugido, via o mar, os porcos flutuando e baloiçando-se na ondulação, dois mil animais sem culpa, uma inquietação germinava dentro de si, buscava por onde romper, e de súbito, Os demónios, onde estão os demónios, gritou, e depois soltou uma gargalhada para o céu, Escuta-me, ó Senhor, ou tu escolheste mal o filho que disseram que eu sou e há de cumprir os teus desígnios, ou entre os teus mil poderes falta o duma inteligência capaz de vencer a do diabo, Que queres dizer, perguntou João, aterrado pelo atrevimento da interpelação, Quero dizer que os demónios que moravam no possesso estão agora livres, porque os demónios já nós sabíamos que não morrem, meus amigos, nem sequer Deus os pode matar, o que eu ali fiz valeu tanto como cortar o mar com uma espada. Do outro lado descia para a margem muita gente, alguns atiravam-se à água para recuperar os porcos que boiavam mais perto, outros saltavam para os barcos e iam à caça.

Nessa noite, na casa de Simão e André, que era ao

lado da sinagoga, reuniram-se os cinco amigos em segredo para debaterem a tremendíssima questão de ser Jesus, segundo a revelação dos demónios, filho de Deus. Depois do mais que estranho caso, tinham-se posto de acordo os da aventura em deixarem para a noite a inevitável conversa, mas agora era chegado o momento de pôr tudo em pratos limpos. Jesus começou por dizer, Não se pode ter confiança no que diz o pai da mentira, referia-se, claro está, ao Diabo. Disse André, A verdade e a mentira passam pela mesma boca e não deixam rasto, o Diabo não deixa de ser Diabo por alguma vez ter falado verdade. Disse Simão, Que tu não eras um homem como nós, sabíamo-lo já, veja-se o peixe que não pescaríamos sem ti, a tempestade que nos ia matando, a água que tornaste em vinho, a adúltera que salvaste da lapidação, agora os demónios expulsos dum possesso. Disse Jesus, Não fui o único a fazer sair demónios de pessoas, Tens razão, disse Tiago, mas foste o primeiro diante de quem eles se humilharam, chamando-te filho do Deus Altíssimo, Serviu-me de muito a humilhação, no fim o humilhado fui eu, O que conta não é isso, eu estava lá e ouvi, interveio João, por que não nos disseste que és filho de Deus, Não sei se sou filho de Deus, Como é possível que o saiba o Diabo e não o saibas tu, Boa pergunta é ela, mas a resposta só eles ta saberão dar, Eles, quem, Deus, de quem o Diabo diz que sou filho, o Diabo, que só de Deus o podia ter sabido. Houve um silêncio, como se todos que ali estavam quisessem dar tempo a que as personagens invocadas se pronunciassem, e, ao cabo, Simão lançou a questão decisiva, Que há entre ti e Deus. Jesus suspirou, Eis a pergunta que eu esperava que me fizésseis desde que aqui cheguei, Nunca imaginaríamos que um filho de Deus tivesse querido fazer-se pescador, Já vos disse que não sei se sou filho de Deus, Que és tu, afinal. Jesus cobriu a cara com as mãos, buscava nas lembranças do que tinha sido uma ponta por onde começar a confissão que lhe pediam, de súbito viu a sua vida como se ela pertencesse a outro, aí está, se os diabos falaram verdade, então tudo quanto antes lhe sucedeu tem de ter um sentido diferente do que parecia e alguns desses sucessos só à luz da revelação podem ser agora entendidos. Jesus afastou as mãos da cara, olhou os amigos um por um, com uma expressão de súplica, como se reconhecesse que a confiança que lhes pedia era superior à que um homem pode conceder a outro homem, e no fim de um longo silêncio disse, Eu vi Deus. Nenhum deles pronunciou palavra, apenas aguardaram. Ele prosseguiu, de olhos baixos, Encontrei-o no deserto e ele anunciou-me que quando a hora for chegada me dará glória e poder em troca da minha vida, mas não disse que eu fosse seu filho. Outro silêncio. E como se mostrou Deus aos teus olhos, perguntou Tiago, Como uma nuvem, uma coluna de fumo, Não de fogo, Não, não de fogo, de fumo, E não te disse mais nada, Que voltaria quando chegasse o momento, O momento de quê, Não sei, talvez de vir buscar a minha vida, E essa glória, e esse poder, quando tos dará, Não sei. Novo silêncio, na casa onde estavam abafava-se de calor, mas todos tremiam. Depois Simão perguntou pausadamente, Serás tu o Messias, a quem deveremos chamar filho de Deus porque virás para resgatar o povo de Deus da servidão em que se encontra, Eu, o Messias, Não seria maior motivo de assombro do que seres filho direto do Senhor, sorriu-se André nervosamente. Disse Tiago, Messias ou filho de Deus, o que eu não compreendo é como o soube o Diabo, se o Senhor nem a ti to declarou. Disse João, pensativo, Que coisas que nós não sabemos haverá entre o Diabo e Deus. Olharam-se receosos, porque tinham medo de sabê-lo, e Simão perguntou a Jesus, Que vais fazer, e Jesus respondeu, O que só posso, esperar a hora.

Já vinha muito perto, a hora, mas Jesus, antes de ela chegar, ainda teve ocasião, por duas vezes, de manifestar os seus poderes milagrosos, embora sobre a segunda fosse preferível deixar cair um véu de silêncio porque se tratou de um equívoco seu, de que veio a resultar morrer uma figueira que tão inocente estava de qualquer mal como os porcos que os demónios precipitaram no mar. Porém, o primeiro destes dois atos merecia bem ser levado ao conhecimento dos sacerdotes de Jerusalém para ficar depois gravado com letras de ouro no frontão do Templo, porque uma coisa assim nunca se tinha visto antes, nem tornou a ver-se mais, até aos dias de hoje. Discrepam os historiadores sobre os motivos que teriam levado tanta e tão diversa gente a reunir-se naquele lugar, sobre cuja localização, diga-se de passagem e a propósito, também abundam as dúvidas, havendo quem afirme, isto quanto aos motivos, que se tratava simplesmente de uma romaria tradicional cuja origem já se teria perdido na noite dos tempos, outros que não senhor, o que tinha era corrido a voz, que depois veio a averiguar-se infundada, de que chegara um plenipotenciário de Roma para anunciar uma descida dos impostos, e outros, ainda, não propondo qualquer hipótese ou solução para o problema, protestam que só ingénuos podem acreditar em diminuições de cargas fiscais e revisões da massa tributária favoráveis ao contribuinte e que, quanto à supostamente desconhecida origem da romaria, sempre algum indício de causa prima se poderia descobrir se os que gostam de encontrar tudo feito se dessem ao trabalho de investigar o imaginário coletivo. O certo e o sabido é que estavam ali entre quatro mil e cinco mil homens, sem contar mulheres e crianças, e que toda esta gente, num determinado momento, se achou sem ter de que comer. Como é que um povo tão precavido, tão acostumado a viajar e a prevenir-se de farnel mesmo quando se tratava de ir daqui além, se encontrou de repente desmunido de uma côdea de pão e de uma febra de conduto, é o que ninguém hoje consegue nem tenta explicar. Mas os factos são os factos, e os factos dizem-nos que estavam ali entre doze e quinze mil pessoas, se desta vez não nos esquecermos das mulheres e das crianças, com o estômago vazio há não se sabe quantas horas, tendo, mais cedo ou mais tarde, de voltar para casa, com perigo de se ficarem pelo caminho a morrer de inanição ou entregues à caridade e fortuna de quem passasse. As crianças, que nestes casos são sempre as primeiras a dar o sinal, já reclamavam, impacientes, algumas choramingando, Ó mãe, tenho fome, e a situação ameaçava tornar-se, a cada momento, como então se dizia, incontrolável. Jesus estava no meio da multidão com Maria de Magdala, estavam também os seus amigos, Simão, André, Tiago e João, que, desde o episódio dos porcos e o que depois se soube, quase sempre andavam com ele, mas, ao contrário do resto da gente, tinham-se aviado com alguns peixes e alguns pães. Estavam, por assim dizer, servidos. Porem-se a comer, ali diante de toda aquela gente, além de ser prova de um feio egoísmo, não estava isento de alguns riscos, uma vez que da necessidade à lei apenas medeia um curtíssimo passo, e a mais expedita justiça, sabemo-lo desde Caim, é a que fazemos pelas nossas próprias mãos. Jesus nem por sombras imaginava que pudesse valer a tanta gente num tal aperto, mas Tiago e

João, com a segurança que caracteriza as testemunhas presenciais, foram para ele e disseram-lhe, Se foste capaz de fazer sair do corpo dum homem os demónios que o matavam, também deves poder fazer entrar no corpo desta gente a comida de que precisam para viver, E como o farei, se aqui não temos mais alimento do que este pouco que trouxemos, És o filho de Deus, podes fazê-lo. Jesus olhou Maria de Magdala, que lhe disse, Já chegaste ao ponto donde não podes voltar para trás, e a expressão da sua cara era de pena, não percebeu Jesus se dele ou da esfomeada gente. Então, tomando os seis pães que tinham trazido, partiu cada um deles em duas metades e deu-os aos que o acompanhavam, fez o mesmo com os seis peixes, ficando, também ele, com um pão e um peixe. Depois disse, Vinde comigo e fazei o que eu fizer. Sabemos o que fez, mas nunca saberemos como pôde tê-lo feito. Ia de pessoa em pessoa, partindo e dando o pão e o peixe, porém, cada uma recebia, em cada pedaço, um peixe e um pão inteiros. Do mesmo modo procediam Maria de Magdala e os quatro, e por onde eles passavam era como um benévolo vento que fosse soprando sobre a seara, levantando uma a uma as espigas descaídas, com um grande rumor de folhas que eram, aqui, as bocas mastigando e agradecendo, É o Messias, diziam alguns, É um mago, diziam outros, mas a nenhum dos que ali estavam passou pela cabeça perguntar, És o filho de Deus. E Jesus dizia a todos, Quem tiver ouvidos que ouça, se não dividirdes, não multiplicareis.

Que Jesus o tenha ensinado, bem está, que a oportunidade vinha a calhar. Mas o que não está bem é ter ele próprio tomado à letra a lição quando não devia, que esse foi o caso já falado da figueira. Ia Jesus por um caminho no campo quando sentiu fome, e vendo ao longe uma figueira com folhas, foi ver se nela encontraria alguma coisa, mas, ao chegar ao pé dela, não encontrou senão folhas, pois não era tempo de figos. Disse então, Nunca mais nascerá fruto de ti, e naquele mesmo instante secou a figueira. Disse Maria de Magdala, que com ele estava, Darás a quem precisar, não pedirás a quem não tiver. Arrependido, Jesus ordenou à figueira que ressuscitasse, mas ela estava morta.

Manhã de nevoeiro. O pescador levanta-se da esteira, olha pela fresta da casa o espaço branco e diz para a mulher, Hoje não vou ao mar, com uma névoa assim até os peixes se perdem debaixo de água. Disse-o este, e, por iguais ou parecidas palavras, também o disseram os mais pescadores todos, duma margem e da outra, perplexos pela extraordinária novidade de um nevoeiro impróprio da época do ano em que estamos. Só um, que pescador de oficio não é, ainda que com os pescadores seja o seu viver e trabalhar, assoma à porta da casa como para certificar-se de que é hoje o seu dia, e, olhando o céu opaco, diz para dentro, Vou ao mar. Por trás do seu ombro, Maria de Magdala pergunta, Tens de ir, e Jesus respondeu, Já era tempo, Não comes, Os olhos estão em jejum quando se abrem de manhã. Abraçou-a e disse, Enfim, vou saber quem sou e para o que sirvo, depois, com uma incrível segurança, pois o nevoeiro não deixava ver nem os próprios pés, desceu o declive que levava à água, entrou numa das barcas que ali se encontravam amarradas e começou a remar para o invisível que era o centro do mar. O som dos remos roçando e batendo na borda do barco, o levantar e o espalhar da água que deles escorria, ressoavam por toda a superfície e obrigavam a estar de olhos abertos os pescadores a quem as boas mulheres haviam dito, Se não podes ir pescar, aproveita e dorme. Inquietas, desassossegadas, as pessoas das aldeias olhavam o nevoeiro impenetrável na direção onde o mar devia estar e esperavam, sem o saberem, que o ruído dos remos e da água se interrompesse de repente, para tornarem a entrar em casa e, com chaves, trancas e cadeados, fecharem todas as portas, ainda sabendo que um simples sopro as derrubará, se aquele que além está é quem eles imaginam e para este lado resolver vir soprar. O nevoeiro abre-se para Jesus passar, mas o mais longe a que os olhos chegam é a ponta dos remos, e a popa, com a sua travessa simples a servir de banco. O resto é um muro, primeiro baço e cinzento, depois, à medida que a barca se aproxima do destino, uma claridade difusa começa a tornar branco e brilhante o nevoeiro, que vibra como se procurasse, sem o conseguir, no silêncio, um som. Numa roda maior de luz, a barca para, é o centro do mar. Sentado no banco da popa, está Deus.

Não é, como da primeira vez, uma nuvem, uma coluna de fumo, que hoje, estando assim o tempo, poderiam ter-se perdido e confundido no nevoeiro. É um homem grande e velho, de barbas fluviais espalhadas sobre o peito, a cabeça descoberta, cabelo solto, a cara larga e forte, a boca espessa, que falará sem que os lábios pareçam mover-se. Está vestido como um judeu rico, de túnica comprida, cor de magenta, um manto com mangas, azul, debruado de tecido de ouro, mas nos pés tem umas sandálias grossas, rústicas, dessas de que se diz que são para andar, o que mostra que não deve ser pessoa de hábitos sedentários. Quando se tiver ido embora, perguntar-nos-emos, Como eram os cabelos, e não nos recordaremos se brancos, pretos ou castanhos, pela idade deveriam ser brancos, mas há pessoas a quem as cãs vêm tarde, será talvez esse o caso. Jesus meteu os remos para dentro do barco, como quem calcula que a conversa vá ser demorada, e disse, simplesmente, Cá estou. Sem pressa, metodicamente, Deus compôs as abas do manto sobre os joelhos, e disse também, Cá estamos. Pelo tom da voz, diríamos que tinha sorrido, mas a boca não se moveu, apenas os longos fios do bigode e do queixo estremeceram, como um sino vibrando. Disse Jesus, Vim saber quem sou e o que terei de fazer daqui em diante para cumprir, perante ti, a minha parte do contrato. Disse Deus, São duas questões, portanto temos de ir por partes, por qual queres começar, Pela primeira, quem sou eu, perguntou Jesus, Não o sabes, perguntou Deus por sua vez, Julgava saber, julgava que era filho do meu pai, A que pai te referes, Ao meu pai, ao carpinteiro José filho de Heli, ou de Jacob, não sei bem, O que morreu crucificado, Não pensava que houvesse outro, Foi um trágico engano dos romanos, esse pai morreu inocente e sem culpa, Disseste esse pai, isso significa que há outro, Admiro-te, és um rapaz esperto, inteligente, Neste caso não foi a inteligência que me serviu, ouvi-o da boca do Diabo, Andas com o Diabo, Não ando com o Diabo, foi ele quem veio ao meu encontro, E que foi que ouviste da boca do Diabo, Que sou teu filho. Deus fez, compassado, um gesto afirmativo com a cabeça e disse, Sim, és meu filho, Como pode um homem ser filho de Deus, Se és filho de Deus, não és um homem, Sou um homem, vivo, como, durmo, amo como um homem, portanto sou um homem e como homem morrerei, No teu lugar, não estaria tão certo disso, Que queres dizer, Essa é a segunda questão, mas temos tempo, que respondeste tu ao Diabo que disse que eras meu filho, A esse respeito nada, fiquei à espera do dia em que te encontrasse, e a ele expulsei-o do possesso que andava atormentando, chamava-se Legião e era muitos, Onde estão agora, Não sei, Disseste que os expulsaste, Com certeza sabes melhor do que eu que, quando se expulsam diabos de um corpo, não se sabe para onde vão, E por que hei de eu saber dos assuntos do Diabo, Sendo Deus, tens de saber tudo, Até um certo ponto, só até um certo ponto, Que ponto, O ponto em que começa a ser interessante fazer de conta que ignoro, Pelo menos saberás como e porquê sou teu filho e para quê, Observo que estás muito mais despachado de espírito, e mesmo um tanto impertinente, considerando a situação, do que quando te vi pela primeira vez, Era um rapaz assustado, agora sou um homem, Não tens medo, Não, Tê-lo-ás, descansa, o medo chega sempre, até a um filho de Deus, Tens outros, Outros, quê, Filhos, Só precisava de um, E eu, como vim eu a ser teu filho, Tua mãe não to disse, Minha mãe sabe, Enviei-lhe um anjo a explicar-lhe como as coisas se tinham passado, pensei que to tivesse contado, E quando esteve esse anjo com minha mãe, Deixa-me ver, se não erro muito os cálculos, foi depois de teres saído de casa pela segunda vez e antes de fazeres aquela do vinho em Caná, Então, minha mãe soube e não mo disse, contei-lhe que te vi no deserto e não acreditou, mas tinha de acreditar depois de aparecer-lhe o anjo, e não o quis reconhecer perante mim, Deves saber como são as mulheres, vives com uma, que eu sei, têm lá uns melindres, uns escrúpulos, que só elas, Que melindres, que escrúpulos, Bem vês, eu tinha misturado a minha semente na semente de teu pai antes de seres concebido, era a maneira mais fácil, a que menos dava nas vistas, E estando as sementes misturadas, como podes estar certo de que sou teu filho, É verdade que nestes assuntos, em geral, não é prudente mostrar certeza, ainda menos absoluta, mas eu tenho-a, de alguma coisa me serve ser Deus, E por que foi que quiseste ter um filho, Como não tinha nenhum no céu, tive de arranjá-lo na terra, não é original, até em religiões com deuses e deusas que podiam fazer filhos uns com os outros, tem-se visto vir um deles à terra, para variar, suponho, de caminho melhorando um pouco uma parte do género humano pela criação de heróis e outros fenómenos, E este filho que sou, para que o quiseste, Por gosto de variar, não foi, escusado seria dizê-lo, Então porquê, Porque estava precisado de quem me ajudasse aqui na terra, Como Deus que és, não devias precisar de ajudas, Essa é a segunda questão.

No silêncio que se seguiu começou a ouvir-se de dentro do nevoeiro, porém de nenhuma direção precisa que se pudesse apontar, um ruído de alguém que viesse por aí nadando, e que, a julgar pelos resfolgos que soltava, ou não pertencia à corporação dos mestres nadadores, ou estava prestes a chegar ao limite das forças. A Jesus pareceu-lhe ver que Deus sorria e que de propósito prolongava a pausa para dar tempo a que o nadador se mostrasse no círculo limpo de névoa de que a barca era o centro. Surgiu por estibordo, inesperadamente, quando se diria que ia chegar do outro lado, uma mancha escura mal definida em que, no primeiro instante, a imaginação de Jesus julgou ver um porco com as orelhas esticadas fora da água, mas que, após umas quantas braçadas mais, se viu ser um homem ou algo que de homem tinha todas as semelhanças. Deus virou a cabeça para o lado do nadador, não apenas com curiosidade, mas interessado, como se quisesse incitá-lo neste esforço derradeiro, e um tal gesto, quiçá por vir de quem veio, deu resultado imediato, as braçadas finais foram rápidas e harmoniosas, nem parecia que o recém-chegado viera de tão longe, da margem, queremos dizer. As mãos agarraram-se à borda da barca enquanto a cabeça ainda estava meio mergulhada na água, e eram umas mãos largas e possantes, com unhas fortes, as mãos de um corpo que, como o de Deus, devia ser alto, grande e velho. A barca oscilou com o impulso, a cabeça ascendeu da água, o tronco veio atrás escorrendo qual catarata, as pernas depois, era o leviatã surgindo das últimas profundidades, era, como se viu, passados todos estes anos, o pastor, que dizia Cá estou eu também, enquanto se ia instalando na borda do barco, exatamente a meia distância entre Jesus e Deus, porém, caso singular, a embarcação desta vez não se inclinou para o seu lado, como se Pastor tivesse decidido aliviar-se do seu próprio peso ou levitasse parecendo estar sentado. Cá estou, repetiu, espero ter chegado ainda a tempo de assistir à conversa, Já íamos bastante avançados nela, mas não tínhamos entrado no essencial, disse Deus, e, dirigindo-se a Jesus, Este é o Diabo, de quem falávamos há pouco. Jesus olhou para um, olhou para outro, e viu que, tirando as barbas de Deus, eram como gémeos, é certo que o Diabo parecia mais novo, menos enrugado, mas seria uma ilusão dos olhos ou um engano por ele induzido. Disse Jesus, Sei quem é, vivi quatro anos na sua companhia, quando se chamava Pastor, e Deus respondeu, Tinhas de viver com alguém, comigo não era possível, com a tua família não querias, só restava o Diabo, Foi ele que me foi buscar, ou tu que me enviaste a ele, Em rigor, nem uma coisa nem outra, digamos que estivemos de acordo em que essa era a melhor solução para o teu caso, Por isso ele sabia o que dizia quando, pela boca do possesso gardeno, me chamou teu filho, Tal qual, Quer dizer, fui enganado por ambos, Como sempre sucede aos homens, Tinhas dito que não sou um homem, E confirmo-o, poderemos é dizer que, qual é a palavra técnica, podemos dizer que encarnaste, E agora, que quereis de mim, Quem quer sou eu, não ele, Estais aqui os dois, bem vi que o aparecimento dele não foi surpresa para ti, portanto esperava-lo, Não precisamente, embora, por princípio, se deva contar sempre com o Diabo, Mas se a questão que temos que tratar, tu e eu, apenas nos diz respeito a nós, por que veio ele cá, por que não o mandas embora, Pode-se despedir a arraia-miúda que o Diabo tem ao seu serviço, no caso de ela começar a tornar-se inconveniente por atos ou palavras, mas o Diabo, propriamente dito, não, Portanto, veio porque esta conversa é também com ele, Meu filho, não esqueças o que te vou dizer, tudo quanto interessa a Deus, interessa ao Diabo. Pastor, a quem, uma vez por outra, vamos chamar assim para não estarmos a mencionar a toda a hora o nome do Inimigo, ouviu o diálogo sem dar mostras de atenção, como se não fosse dele que se estivesse a falar, deste modo negando, na aparência, a última e fundamental afirmação de Deus. Mas logo se viu que a desatenção não passava de um fingimento, foi só Jesus dizer, Falemos agora da segunda questão, e aí o temos alerta. Porém, não saiu, da sua boca, uma só palavra.

Deus inspirou profundamente, olhou em redor o nevoeiro e murmurou, no tom de quem acaba de fazer uma descoberta inesperada e curiosa, Não o tinha pensado, isto aqui é como estar no deserto. Virou os olhos para Jesus, fez uma longa pausa, e depois, como quem se resigna ao inevitável, começou, A insatisfação, meu filho, foi posta no coração dos homens pelo Deus que os criou, falo de mim, claro está, mas essa insatisfação, como todo o mais que os fez à minha imagem e semelhança, fui eu buscá-la aonde ela estava, ao meu próprio coração, e o tempo que desde então passou não a fez desvanecer, pelo contrário, posso dizer-te, até, que o mesmo tempo a tornou mais forte, mais urgente, mais exigente. Deus fez aqui uma breve pausa como para apreciar o efeito da introdução, depois prosseguiu, Desde há quatro mil e quatro anos que venho sendo deus dos judeus, gente de seu natural conflituosa e complicada, mas com quem, feito um balanço das nossas relações, não me tenho dado mal, uma vez que me tomam a sério e assim se irão manter até tão longe quanto a minha visão do futuro pode alcançar, Estás, portanto, satisfeito, disse Jesus, Estou e não estou, ou melhor, estaria se não fosse este inquieto coração meu que todos os dias me diz Sim senhor, bonito destino arranjaste, depois de quatro mil anos de trabalho e preocupações, que os sacrifícios nos altares, por muito abundantes e variados que sejam, jamais pagarão, continuas a ser o deus de um povo pequeníssimo que vive numa parte diminuta do mundo que criaste com tudo o que tem em cima, diz-me tu, meu filho, se eu posso viver satisfeito tendo esta, por assim dizer, vexatória evidência todos os dias diante dos olhos, Não criei nenhum mundo, não posso avaliar, disse Jesus, Pois é, não podes avaliar, mas ajudar, podes, Ajudar a quê, A alargar a minha influência, a ser deus de muito mais gente, Não percebo, Se cumprires bem o teu papel, isto é, o papel que te reservei no meu plano, estou certíssimo de que em pouco mais de meia dúzia de séculos, embora tendo de lutar, eu e tu, com muitas contrariedades, passarei de deus dos hebreus a deus dos que chamaremos católicos, à grega, E qual foi o papel que me destinaste no teu plano, O de mártir, meu filho, o de vítima, que é o que de melhor há para fazer espalhar uma crença e afervorar uma fé. As duas palavras, mártir, vítima, saíram da boca de Deus como se a língua que dentro tinha fosse de leite e mel, mas um súbito gelo arrepiou os membros de Jesus, tal qual se o nevoeiro se tivesse fechado sobre ele, ao mesmo tempo que o Diabo o olhava com uma expressão enigmática, misto de interesse científico e involuntária piedade. Disseste-me que me darias poder e glória, balbuciou Jesus, ainda tremendo de frio, E darei, e darei, mas lembra-te do nosso acordo, tê-los-ás, mas depois da tua morte, E de que me servem poder e glória, se estou morto, Bem, não estarás precisamente morto, no sentido absoluto da palavra, pois, sendo tu meu filho, estarás comigo, ou em mim, ainda não o tenho decidido em definitivo, Nesse sentido que dizes, que é não estar morto, É, por exemplo, veres, para todo o sempre, como te venerarão em templos e altares, ao ponto, posso adiantar-to desde já, de as pessoas no futuro se esquecerem um pouco do Deus inicial que sou, mas isso não tem importância, o muito pode ser partilhado, o pouco não o deve. Jesus olhou Pastor, viu-o sorrir, e compreendeu, Percebo agora por que está aqui o Diabo, se a tua autoridade vier a alargar-se a mais gente e a mais países, também o poder dele sobre os homens se alargará, pois os teus limites são os limites dele, nem um passo mais, nem um passo menos, Tens toda a razão, meu filho, alegro-me com a tua perspicácia, e a prova disso tem-la tu no facto, em que nunca se repara, de os demónios de uma religião não poderem ter qualquer ação noutra religião, como um deus, imaginando que tivesse entrado em confronto direto com outro deus, não o pode vencer nem por ele ser vencido, E a minha morte, será como, A um mártir convém-lhe uma morte dolorosa, e se possível infame, para que a atitude dos crentes se torne mais facilmente sensível, apaixonada, emotiva, Não estejas com rodeios, diz-me que morte será a minha, Dolorosa, infame, na cruz, Como meu pai, Teu pai sou eu, não te esqueças, Se ainda posso escolher um pai, escolho-o a ele, mesmo tendo sido ele, como foi, infame uma hora da sua vida, Foste escolhido, não podes escolher, Rompo o contrato, desligo-me de ti, quero viver como um homem qualquer, Palavras inúteis, meu filho, ainda não percebeste que estás em meu poder e que todos esses documentos selados a que chamamos acordo, pacto, tratado, contrato, aliança, figurando eu neles como parte, podiam levar uma só cláusula, com menos gasto de tinta e de papel, uma que prescrevesse sem floreados Tudo quanto a lei de Deus queira é obrigatório, as exceções também, ora, meu filho, sendo tu, duma certa e notável maneira, uma exceção, acabas por ser tão obrigatório como o é a lei, e eu que a fiz, Mas com o poder que só tu tens, não seria muito mais fácil, e eticamente mais limpo, ires tu próprio à conquista desses países e dessa gente, Não pode ser, impede-o o pacto que há entre os deuses, esse, sim, inamovível, nunca interferir diretamente nos conflitos, imaginas-me a mim numa praça pública, rodeado de gentios e pagãos, a tentar convencê-los de que o deus deles é uma fraude e que o verdadeiro deus sou eu, não são coisas que um deus faça a outro, além disso nenhum deus gosta que venham fazer na sua casa aquilo que seria incorreto ir ele fazer à casa dos outros, Então, servis-vos dos homens, Sim, meu filho, o homem é pau para toda a colher, desde que nasce até que morre está sempre disposto a obedecer, mandam-no para ali, e ele vai, dizem-lhe que pare, e ele para, ordenam-lhe que volte para trás, e ele recua, o homem, tanto na paz como na guerra, falando em termos gerais, é a melhor coisa que podia ter sucedido aos deuses, E o pau de que eu fui feito, sendo homem, para que colher vai servir, sendo teu filho, Serás a colher que eu mergulharei na humanidade para a retirar cheia dos homens que acreditarão no deus novo em que me vou tornar, Cheia de homens, para os devorares, Não precisa que eu o devore, quem a si mesmo se devorará.

Jesus meteu os remos na água, disse, Adeus, vou para casa, voltareis pelo caminho por onde viestes, tu, a nado, e tu, que sem mais nem quê apareceste, desaparece sem mais nem quê. Nem Deus nem o Diabo se mexeram donde estavam, e Jesus acrescentou, irónico, Ah, preferem ir de barco, pois é melhor assim, sim senhores, levo-os até à borda para que todos possam, finalmente, ver Deus e o Diabo em figura própria, o bem que se entendem, o parecidos que são. Jesus deu meia volta à barca, apontando-a à margem donde tinha vindo, e, em remadas fortes e largas, entrou no nevoeiro, tão espesso que no mesmo instante deixou de se ver Deus, e do Diabo nem o vulto. Sentiu-se vivo e alegre, com um vigor fora do comum, donde estava não podia ver a proa do barco, mas sentia-a levantar-se a cada impulso dos remos como a cabeça do cavalo na corrida, que a todo o momento parece querer desligar-se do pesado corpo, mas tem de resignar-se a puxar por ele até ao fim. Jesus remou, remou, a margem já deverá estar próxima, qual irá ser, pergunta-se, a atitude das gentes quando lhes disser, O das barbas é Deus, o outro é o Diabo. Jesus olhou de relance para trás, onde a costa era, distinguiu uma claridade diferente e anunciou, Cá estamos, e remou mais. A todo o momento esperava ouvir o deslizar macio do fundo da barca sobre o lodo espesso da margem, o roçar alegre das pequenas pedras soltas, mas a proa da barca, que ele não via, estava era apontada ao centro do mar, e, quanto à luz que percebera, tornara a ser a do brilhante círculo mágico, a da armadilha fulgurante de que Jesus imaginara ter-se escapado. Exausto, deixou pender a cabeça para o peito, cruzou os braços sobre os joelhos, postos um sobre o outro os punhos, como se esperasse que alguém lhos viesse atar, e nem pensou em meter os remos para dentro do barco, tão imperiosa e exclusiva se lhe tornara a consciência da inutilidade de qualquer gesto que fizesse. Não seria o primeiro a falar, não reconheceria em voz alta a derrota, não pediria perdão por haver desrespeitado a vontade e os decretos de Deus, e, indiretamente, atentado contra os interesses do Diabo, natural beneficiário dos efeitos segundos, porém não secundários, do uso da vontade e da realização efetiva dos projetos do Senhor. O silêncio, depois da tentativa frustrada, foi breve, Deus, lá no seu banco, após ter composto a fralda da túnica e o cabeção do manto com a falsa solenidade ritual do juiz que vai produzir uma sentença, disse, Recomecemos, recomecemos a partir da altura em que te disse que estás em meu poder, porque tudo quanto não seja uma aceitação tua, humilde e pacífica, desta verdade, é um tempo que não deverias perder nem obrigar-me a perder a mim, Recomecemos então, disse Jesus, mas toma já nota de que me recuso a fazer os milagres cuja oportunidade me apareça, e, sem milagres, o teu projeto é nada, aguaceiro que caiu do céu e não chegou para matar nenhuma verdadeira sede, Terias razão se fosse na tua mão que estivesse o poder de fazeres ou não fazeres milagres, E não é, Que ideia, os milagres, tanto os pequenos como os grandes, quem os faz sempre sou eu, na tua presença, claro, para que estejas lá a receber os benefícios que me convêm, no fundo és um supersticioso, crês que é preciso estar o milagreiro à cabeceira do enfermo para que o milagre aconteça, ora, querendo eu, um homem que estivesse a morrer sem ter ninguém ao lado, sozinho na maior solidão, sem médico, nem enfermeira, nem parente querido ao alcance da mão ou da voz, querendo eu, repito, esse homem salvar-se-ia e continuaria a viver, como se nada lhe tivesse acontecido, Por que não o fazes, então, Porque ele imaginaria que a cura lhe tinha vindo pela graça dos seus méritos pessoais, pôr-se-ia a dizer coisas como esta Uma pessoa como eu não podia morrer, ora, já há presunção de mais no mundo que criei, não ia agora permitir que a tanto pudessem chegar os desconcertos de opinião, Portanto, todos os milagres são teus, Os que fizeste e os que farás, e mesmo admitindo, mas trata-se de uma mera hipótese, apenas útil à clarificação da questão que aqui nos trouxe, admitindo que levarias por diante essa obstinação contra a minha vontade, se fosses por esse mundo, é um exemplo, a clamar que não és o filho de Deus, o que eu faria seria suscitar à tua passagem tantos e tais milagres que não terias outro remédio senão renderes-te a quem tos estivesse agradecendo, e, em consequência, a mim, Logo, não tenho saída, Nenhuma, e não faças como o cordeiro irrequieto que não quer ir ao sacrifício, ele agita-se, ele geme que corta o coração, mas o seu destino está escrito, o sacrificador espera-o com o cutelo, Eu sou esse cordeiro, O que tu és, meu filho, é o cordeiro de Deus, aquele que o próprio Deus leva ao seu altar, que é o que estamos preparando aqui.

Jesus olhou Pastor como se dele esperasse, não um auxílio, mas, sendo forçosamente diferente o entendimento que ele terá das coisas do mundo, pois homem não é nem foi, nem deus foi ou há de ser, talvez que um olhar, um sinal de sobrancelhas, pudessem sugerir-lhe ao menos uma resposta hábil, dilatória, que o libertasse, mesmo só por uns tempos, da situação de animal acuado em que se encontra. Mas o que Jesus lê nos olhos de Pastor é as palavras que ele lhe disse quando o mandou embora do rebanho, Não aprendeste nada, vai-te, agora Jesus compreende, que desobedecer a Deus uma vez não basta, aquele que não lhe sacrificou o cordeiro, não deve sacrificar-lhe a ovelha, que a Deus não se pode dizer Sim para depois dizer-lhe Não, como se o Sim e o Não fossem mão esquerda e mão direita, e bom só o trabalho que as duas fizessem. Deus, apesar das suas habituais exibições de força, ele é o universo e as estrelas, ele é os raios e os trovões, ele é as vozes e o fogo no alto da montanha, não tinha poder para obrigar-te a matar a ovelha, e, contudo, tu, por ambição, mataste-a, o sangue que ela derramou não o absorveu todo a terra do deserto, vê como chegou até nós, é aquele fio vermelho sobre a água, que, quando daqui nos formos, nos há de seguir pelo rasto, a ti, a Deus e a mim. Jesus disse a Deus, Anunciarei aos homens que sou teu filho, o único filho que Deus tem, mas não creio que, mesmo nestas terras que são tuas, seja isso suficiente para que se alargue, quanto tu queres, o teu império, Reconheço-te, enfim, filho meu, eis que já abandonaste as cansativas veleidades de resistência com que quase chegaste a irritar-me, e entras, por teu próprio pé, no modus facendi, ora, entre as coisas inúmeras que aos homens podem ser ditas, qualquer que seja a sua raça, cor, credo ou filosofia, uma só é pertinente a todos, uma só, no sentido de que nenhum desses homens, sábio ou ignorante, novo ou velho, poderoso ou miserável, ousaria responder-te Isso que me estás dizendo não é comigo, De que se trata, perguntou Jesus, agora sem disfarçar o interesse, Todo o homem, respondeu Deus, em tom de quem dá lição, seja ele quem for, esteja onde estiver, faça o que fizer, é um pecador, o pecado é, por assim dizer, tão inseparável do homem quanto o homem se tornou inseparável do pecado, o homem é uma moeda, vira-la, e vês lá o pecado, Não respondeste à minha pergunta, Respondo, sim, e desta maneira, a única palavra que nenhum homem pode repelir como coisa não sua é Arrepende-te, porque todos os homens caíram em pecado, nem que fosse uma só vez, tiveram um mau pensamento, infringiram um costume, cometeram crime menor ou maior, desprezaram quem deles precisou, faltaram aos deveres, ofenderam a religião e os seus ministros, renegaram a Deus, a esses homens não terás de dizer mais do que Arrependei-vos Arrependei-vos Arrependei-vos, Por tão pouco não precisarias sacrificar a vida daquele de quem dizes ser pai, bastava que fizesses aparecer um profeta, O tempo em que lhes davam ouvidos já passou, hoje só lá vamos com um revulsivo forte, qualquer coisa capaz de chocar as sensibilidades e arrebatar os sentimentos, Um filho de Deus na cruz, Por exemplo, E que deverei eu dizer mais a essa gente, além de injungi-los a um duvidoso arrependimento, se, fartos do teu recado, me virarem as costas, Sim, mandá-los arrependerem-se não creio que seja suficiente, vais ter de recorrer à imaginação, não digas que não a tens, ainda hoje admiro a maneira como conseguiste não me sacrificar o cordeiro, Foi fácil, o animal não tinha nada de que se arrepender, Graciosa resposta, porém sem sentido, mas até isso é bom, há que deixar as pessoas inquietas, duvidosas, levá-las a pensar que se não conseguem compreender, a culpa é só delas, Devo-lhes contar histórias, então, Sim, histórias, parábolas, exemplos morais, mesmo que tenhas de torcer um bocadinho a lei, não te importes, é uma ousadia que as pessoas timoratas sempre apreciam nos outros, eu próprio, mas não por ser timorato, gostei da maneira como livraste da morte a adúltera, e olha que é muito dizer da minha parte, pois essa justiça pu-la eu na regra que vos dei, Permites que te subvertam as leis, é um mau sinal, Permito-o quando me serve, e chego a querê-lo quando me é útil, recorda o que te expliquei sobre lei e exceções, o que a minha vontade quer torna-se obrigatório no mesmo instante, Morrerei na cruz, disseste, Essa é a minha vontade. Jesus olhou de relance o pastor, mas o rosto dele parecia ausente, como se estivesse contemplando um momento do futuro e lhe custasse acreditar no que os seus olhos viam. Jesus deixou cair os braços e disse, Faça-se então em mim segundo a tua vontade.

Deus ia congratular-se, levantar-se do banco para abraçar o filho amado, quando um gesto de Jesus o deteve, Com uma condição, Bem sabes que não podes pôr condições, respondeu Deus, com uma expressão de contrariedade, Não lhe chamemos condição, chamemos-lhe pedido, o simples pedido de um condenado à morte, Diz lá, Tu és Deus, e Deus não pode senão responder com verdade a qualquer pergunta que se lhe faça, e, sendo Deus, conhece todo o tempo passado, a vida de hoje, que está no meio, e todo o tempo futuro, Assim é, eu sou o tempo, a verdade e a vida, Então, diz-me, em nome de tudo o que dizes ser, como será o futuro depois da minha morte, que haverá nele que não haveria se eu não tivesse aceitado sacrificar-me à tua insatisfação, a esse desejo de reinares sobre mais gente e mais países. Deus fez um movimento de enfado, como quem acaba de ver-se preso na rede armada pelas suas próprias palavras, e procurou, sem convicção, uma evasiva, Ora, meu filho, o futuro é enorme, o futuro leva muito tempo a contar, Há quanto tempo estamos nós aqui no meio do mar, cercados de nevoeiro, perguntou Jesus, um dia, um mês, um ano, pois bem, continuemos outro ano, outro mês ou outro dia, o Diabo que se vá embora, se quiser, de qualquer modo já tem garantida a sua parte, e se os benefícios forem proporcionais, como parece justo, quanto mais Deus crescer, mais crescerá o Diabo, Fico, disse Pastor, era a sua primeira palavra desde que se tinha anunciado, Fico, repetiu, e depois, Posso, eu próprio, ver algumas coisas do futuro, mas o que nem sempre consigo é distinguir se é verdade ou mentira o que julgo ver, quer dizer, às minhas mentiras vejo-as como o que são, verdades de mim, porém nunca sei até que ponto são as verdades dos outros mentiras deles. A labiríntica tirada exigia, para ser bem rematada, que Pastor dissesse que coisas do futuro via, mas a sua boca fechou-se com a brusquidão de quem acaba de perceber que já falou demasiado. Jesus, que não desviara de Deus os olhos, disse, com uma espécie de ironia triste, Para quê fingires que não sabes o que sabes, sabias que eu te faria este pedido, sabes que me dirás o que quero saber, portanto não atrases mais o meu tempo de começar a morrer, Começaste a morrer desde que nasceste, Assim é, mas agora irei mais depressa. Deus olhou. Jesus com uma expressão que, em pessoa, diríamos ter sido de um súbito respeito, todo o seu modo e ser se humanizou, e, parecendo embora que isto nada tem que ver com aquilo, mas nós não conheceremos nunca as ligações profundas que existem entre todas as coisas e atos, o nevoeiro avançou para a barca, rodeou-a como uma intransponível muralha, para que dali não saíssem e divulgassem no mundo as palavras de Deus sobre os efeitos, resultados e consequências do sacrifício deste Jesus, filho seu que diz ser, e de Maria, mas cujo pai verdadeiro é José, segundo aquela lei não escrita que manda acreditar só no que se vê, embora, já se sabe, não vejamos sempre, nós, homens, as mesmas coisas da mesma maneira, o que, aliás, se tem mostrado excelente para a sobrevivência e relativa sanidade mental da espécie.

Disse Deus, Haverá uma Igreja, que, como sabes, quer dizer assembleia, uma sociedade religiosa que tu fundarás, ou em teu nome será fundada, o que é mais ou menos o mesmo se nos ativermos ao que importa, e essa Igreja espalhar-se-á pelo mundo até a confins que ainda estão por conhecer, chamar-se-á católica porque será universal, o que, infelizmente, não evitará desavenças e dissensões entre os que te terão como referência espiritual, mais, como já te disse, do que a mim próprio, mas isso será apenas por algum tempo, só uns milhares de anos, porque eu já era antes que tu fosses e sempre o hei de ser depois que tu deixes de ser o que és e o que serás, Fala claro, interrompeu Jesus, Não é possível, disse Deus, as palavras dos homens são como sombras, e as sombras nunca saberiam explicar a luz, entre elas e a luz está e interpõe-se o corpo opaco que as faz nascer, Perguntei-te pelo futuro, É do futuro que estou a falar, O que quero que me digas é como viverão os homens que depois de mim vierem, Referes-te aos que te seguirem, Sim, se serão mais felizes, Mais felizes, o que se chama felizes, não direi, mas terão a esperança duma felicidade lá no céu onde eu eternamente vivo, portanto a esperança de viverem eternamente comigo, Nada mais, Parece-te pouco, viver com Deus, Pouco, muito ou tudo, só se virá a saber depois do juízo final, quando julgares os homens pelo bem e mal que tiverem feito, por enquanto vives sozinho no céu, Tenho os meus anjos e os meus arcanjos, Faltam-te os homens, Pois faltam, e para que eles venham a mim é que tu serás crucificado, Quero saber mais, disse Jesus quase com violência, como se quisesse afastar a imagem que de si mesmo se lhe representara, suspenso duma cruz, ensanguentado, morto, Quero saber como chegarão as pessoas a crer em mim e a seguir-me, não me digas que será suficiente o que eu lhes disser, não me digas que bastará o que em meu nome disserem depois de mim os que em mim já creiam, dou-te um exemplo, os gentios e os romanos, que têm outros deuses, quererás tu dizer-me que, sem mais nem menos, os trocarão por mim, Por ti não, por mim, Por ti ou por mim, tu próprio dizes que é o mesmo, não joguemos com as palavras, responde à minha pergunta, Quem tiver a fé virá a nós, Assim, sem mais nada, tão simplesmente como acabas de o dizer, Os outros deuses resistirão, E tu lutarás contra eles, por certo, Que disparate, tudo quanto acontece, é na terra que acontece, o céu é eterno e pacífico, o destino dos homens cumprem-no os homens onde estiverem, Dizendo as coisas por claro, mesmo sendo as palavras sombras, vão morrer homens por ti e por mim, Os homens sempre morreram pelos deuses, até por falsos e mentirosos deuses, Podem os deuses mentir, Eles podem, E tu és, de todos, o único e verdadeiro, Único e verdadeiro, sim, E, sendo verdadeiro e único, nem assim podes evitar que os homens morram por ti, eles que deviam ter nascido para viver para ti, na terra, quero dizer, não no céu, onde não terás, para lhes dar, nenhuma das alegrias da vida, Alegrias falsas, também elas, porque nasceram com o pecado original, pergunta aqui ao teu Pastor, ele te explicará como foi, Se há entre ti e o Diabo segredos não partilhados, espero que um deles seja o que eu aprendi com ele, mesmo que ele diga que não aprendi nada. Houve um silêncio, Deus e o Diabo olharam-se de frente pela primeira vez, ambos deram a impressão de ir falar, mas nada aconteceu. Disse Jesus, Estou à espera, De quê, perguntou Deus, como se estivesse distraído, De que me digas quanto de morte e de sofrimento vai custar a tua vitória sobre os outros deuses, com quanto de sofrimento e de morte se pagarão as lutas que, em teu nome e no meu, os homens que em nós vão crer travarão uns contra os outros, Insistes em querer sabê-lo, Insisto, Pois bem, edificar-se-á a assembleia de que te falei, mas os caboucos dela, para ficarem bem firmes, haverão de ser cavados na carne, e os seus alicerces compostos de um cimento de renúncias, lágrimas, dores, torturas, de todas as mortes imagináveis hoje e outras que só no futuro serão conhecidas, Finalmente, estás a ser claro e direto, continua, Para começar por quem tu conheces e amas, o pescador Simão, a quem chamarás Pedro, será, como tu, crucificado, mas de cabeça para baixo, crucificado também há de ser André, numa cruz em forma de x, ao filho de Zebedeu, aquele que se chama Tiago, degolá-lo-ão, E João, e Maria de Magdala, Esses morrerão de sua natural morte, quando se lhes acabarem os dias naturais, mas outros amigos virás a ter, discípulos e apóstolos como os outros, que não escaparão aos suplícios, é o caso de um Filipe, amarrado à cruz e apedrejado até se lhe acabar a vida, um Bartolomeu, que será esfolado vivo, um Tomé, que matarão à lançada, um Mateus, que não me lembro agora de como morrerá, um outro Simão, serrado ao meio, um Judas, a golpes de maça, outro Tiago, lapidado, um Matias, degolado com acha de armas, e também Judas de Iscariote, mas desse virás tu a saber melhor do que eu, salvo a morte, por suas próprias mãos enforcado numa figueira, Todos eles vão ter de morrer por causa de ti, perguntou Jesus, Se pões a questão nesses termos, sim, todos morrerão por minha causa, E depois, Depois, meu filho, já to disse, será uma história interminável de ferro e de sangue, de fogo e de cinzas, um mar infinito de sofrimento e de lágrimas, Conta, quero saber tudo. Deus suspirou e, no tom monocórdico de quem preferiu adormecer a piedade e a misericórdia, começou a ladainha, por ordem alfabética para evitar melindres de precedências, Adalberto de Praga, morto com um espontão de sete pontas, Adriano, morto à martelada sobre uma bigorna, Afra de Ausburgo, morta na fogueira, Agapito de Preneste, morto na fogueira, pendurado pelos pés, Agrícola de Bolonha, morto crucificado e espetado com cravos, Águeda de Sicília, morta com os seios cortados, Alfégio de Cantuária, morto a golpes de osso de boi, Anastácio de Salona, morto na forca e decapitado, Anastácia de Sírmio, morta na fogueira e com os seios cortados, Ansano de Sena, morto por arrancamento das vísceras, Antonino de Pamiers, morto por esquartejamento, António de Rivoli, morto à pedrada e queimado, Apolinário de Ravena, morto a golpes de maça, Apolónia de Alexandria, morta na fogueira depois de lhe arrancarem os dentes, Augusta de Treviso, morta por decapitação e queimada, Aura de Óstia, morta por afogamento com uma mó ao pescoço, Áurea de

Síria, morta de dessangramento, sentada numa cadeira forrada de cravos, Auta, morta à frechada, Babilas de Antioquia, morto por decapitação, Bárbara de Nicomedia, morta por decapitação, Barnabé de Chipre, morto por lapidação e queimado, Beatriz de Roma, morta por estrangulamento, Benigno de Dijon, morto à lançada, Blandina de Lião, morta a cornadas de um touro bravo, Brás de Sebaste, morto por cardas de ferro, Calisto, morto com uma mó ao pescoço, Cassiano de Ímola, morto pelos seus alunos com um estilete, Castulo, morto por enterramento em vida, Catarina de Alexandria, morta por decapitação, Cecília de Roma, morta por degolamento, Cipriano de Cartago, morto por decapitação, Ciro de Tarso, morto, ainda criança, por um juiz que lhe bateu com a cabeça nas escadas do tribunal, Claro de Nantes, morto por decapitação, Claro de Viena, morto por decapitação, Clemente, morto por afogamento com uma âncora ao pescoço, Crispim e Crispiniano de Soissons, mortos por decapitação, Cristina de Bolsano, morta por tudo quanto se possa fazer com mó, roda, tenazes, flechas e serpentes, Cucufate de Barcelona, morto por esventramento, chegando ao fim da letra C, Deus disse, Para diante é tudo igual, ou quase, são já poucas as variações possíveis, exceto as de pormenor, que, pelo refinamento, levariam muito tempo a explicar, fiquemo-nos por aqui, Continua, disse Jesus, e Deus continuou, abreviando no que podia, Donato de Arezzo, decapitado, Elífio de Rampillon, cortaram-lhe a calote craniana, Emérita, queimada, Emílio de Trevi, decapitado, Esmerano de Ratisbona, amarraram-no a uma escada e aí o mataram, Engrácia de Saragoça, decapitada, Erasmo de Gaeta, também chamado Telmo, esticado por um cabrestante, Escubículo, decapitado, Ésquilo da Suécia, lapidado, Estêvão, lapidado,

Eufémia da Calcedónia, enterraram-lhe uma espada, Eulália de Mérida, decapitada, Eutrópio de Saintes, cabeça cortada por uma acha de armas, Fabião, espada e cardas de ferro, Fé de Agen, degolada, Felicidade e os Sete Filhos, cabeças cortadas à espada, Félix e seu irmão Adaucto, idem, Ferreolo de Besançon, decapitado, Fiel de Sigmaringen, maça eriçada de puas, Filomena, flechas e âncora, Firmin de Pamplona, decapitado, Flávia Domitília, idem, Fortunato de Évora, talvez idem, Frutuoso de Tarragona, queimado, Gaudêncio de França, decapitado, Gelásio, idem mais cardas de ferro, Gengoulph de Borgonha, corno, assassinado pelo amante da mulher, Gerardo Sagredo de Budapeste, lança, Gereão de Colónia, decapitado, Gervásio e Protásio, gémeos, idem, Godeliva de Ghistelles, estrangulada, Goretti Maria, idem, Grato de Aosta, decapitado, Hermenegildo, machado, Hierão, espada, Hipólito, arrastado por um cavalo, Inácio de Azevedo, morto pelos calvinistas, estes não são católicos, Inês de Roma, esventrada, Januário de Nápoles, decapitado depois de ter sido lançado às feras e atirado para dentro de um forno, Joana d'Arc, queimada viva, João de Brito, degolado, João Fisher, decapitado, João Nepomuceno de Praga, afogado, Juan de Prado, apunhalado na cabeça, Júlia de Córsega, cortaram-lhe os seios e depois crucificaram-na, Juliana de Nicomedia, decapitada, Justa e Rufina de Sevilha, uma na roda, outra estrangulada, Justina de Antioquia, queimada com pez a ferver e decapitada, Justo e Pastor, mas não este que aqui temos, de Alcalá de Henares, decapitados, Killian de Würzburg, decapitado, Léger d'Autun, idem depois de lhe arrancarem os olhos e a língua, Leocádia de Toledo, fraguada do alto de um rochedo, Liévin de Gand, arrancaram-lhe a língua e decapitaram-no, Longuinhos, decapitado, Lourenço, queimado numa grelha, Ludmila de Praga, estrangulada, Luzia de Siracusa, degolada depois de lhe arrancarem os olhos, Magino de Tarragona, decapitado com uma foice serrilhada, Mamede de Capadócia, estripado, Manuel, Sabel e Ismael, o Manuel com um cravo de ferro espetado, em cada lado do peito e um cravo atravessando-lhe a cabeça de ouvido a ouvido, todos degolados, Margarida de Antioquia, tocha e pente de ferro, Mário da Pérsia, espada, amputação das mãos, Martinha de Roma, decapitada, os mártires de Marrocos, Berardo de Cobio, Pedro de Gemianino, Otão, Adjuto e Acúrsio, degolados, os do Japão, vinte e seis crucificados, alanceados e queimados, Maurício de Agaune, espada, Meinrad de Einsiedeln, maça, Menas de Alexandria, espada, Mercúrio da Capadócia, decapitado, Moro Tomás, idem, Nicásio de Reims, idem, Odília de Huy, flechas, Pafnúcio, crucificado, Paio, esquartejado, Pancrácio, decapitado, Pantaleão de Nicomedia, idem, Pátrocles de Troyes e de Soest, idem, Paulo de Tarso, a quem deverás a tua primeira Igreja, idem, Pedro de Rates, espada, Pedro de Verona, cutelo na cabeça e punhal no peito, Perpétua e Felicidade de Cartago, a Felicidade era escrava da Perpétua, escorneadas por uma vaca furiosa, Piat de Tournai, cortaram-lhe o crânio, Policarpo, apunhalado e queimado, Prisca de Roma, comida pelos leões, Processo e Martiniano, a mesma morte, julgo eu, Quintino, pregos na cabeça e outras partes, Quirino de Ruão, crânio cortado em cima, Quitéria de Coimbra, decapitada pelo próprio pai, um horror, Renaud de Dortmund, maço de pedreiro, Reine de Alise, gládio, Restituta de Nápoles, fogueira, Rolando, espada, Romão de Antioquia, língua arrancada, estrangulamento, ainda não estás farto, perguntou Deus a Jesus, e Jesus respondeu, Essa pergunta devias fazê-la a ti próprio, continua, e Deus continuou,

Sabiniano de Sens, degolado, Sabino de Assis, lapidado, Saturnino de Toulouse, arrastado por um touro, Sebastião, flechas, Segismundo rei dos Burgúndios, atirado a um poço, Segundo de Asti, decapitado, Servácio de Tongres e de Maastricht, morto à tamancada, por impossível que pareça, Severo de Barcelona, cravo espetado na cabeça, Sidwel de Exeter, decapitado, Sinforiano de Autun, idem, Sisto, idem, Tarcísio, lapidado, Tecla de Icónio, amputada e queimada, Teodoro, fogueira, Tibúrcio, decapitado, Timóteo de Éfeso, lapidado, Tirso, serrado, Tomás Becket de Cantuária, espada cravada no crânio, Torcato e os Vinte e Sete, mortos pelo general Muça às portas de Guimarães, Tropez de Pisa, decapitado, Urbano, idem, Valéria de Limoges, idem, Valeriano, idem, Venâncio de Carnerino, degolado, Vicente de Saragoça, mó e grelha com puas, Virgílio de Trento, outro morto por tamancos, Vital de Ravena, lança, Vítor, decapitado, Vítor de Marselha, degolado, Vitória de Roma, morta depois de ter a língua arrancada, Wilgeforte, ou Liberata, ou Eutrópia, virgem, barbuda, crucificada, e outros, outros, outros, idem, idem, idem, basta. Não basta, disse Jesus, a que outros te referes, Achas que é mesmo indispensável, Acho, Refiro-me àqueles que, não tendo sido martirizados e morrendo de sua morte própria, sofreram o martírio das tentações da carne, do mundo e do demónio, e que para as vencerem tiveram de mortificar o corpo pelo jejum e pela oração, há até um caso interessante, um tal John Schorn, que passou tanto tempo ajoelhado a rezar que acabou por criar calos, onde, nos joelhos, evidentemente, e também se diz, isto agora é contigo, que fechou o diabo numa bota, ah, ah, ah, Eu, numa bota, duvidou Pastor, isso são lendas, para que eu pudesse ser fechado numa bota, era preciso que ela tivesse o tamanho do mundo, e, mesmo assim, queria ver quem havia aí capaz de calçá-la e descalçá-la depois, Só pelo jejum e pela oração, perguntou Jesus, e Deus respondeu, Também ofenderão o corpo com dor e sangue e porcaria, e outras muitas penitências, usando cilícios e praticando flagelações, haverá mesmo quem não se lave durante toda a vida, ou quase, haverá quem se lance para o meio das silvas e se revolva na neve para domar as importunações da carne suscitadas pelo Diabo, a quem estas tentações se devem, que o fito dele é desviar as almas do reto caminho que as levaria ao céu, mulheres nuas e monstros pavorosos, criaturas da aberração, a luxúria e o medo, são as armas com que o Demónio atormenta as pobres vidas dos homens, Tudo isto farás, perguntou Jesus a Pastor, Mais ou menos, respondeu ele, limitei-me a tomar para mim aquilo que Deus não quis, a carne, com a sua alegria e a sua tristeza, a juventude e a velhice, a frescura e a podridão, mas não é verdade que o medo seja uma arma minha, não me lembro de ter sido eu quem inventou o pecado e o seu castigo, e o medo que neles há sempre, Cala-te, interrompeu Deus, impaciente, o pecado e o Diabo são os dois nomes duma mesma coisa, Que coisa, perguntou Jesus, A ausência de mim, E a ausência de ti, a que se deve, a teres-te retirado tu ou a terem-se retirado de ti, Eu não me retiro nunca, Mas consentes que te deixem, Quem me deixa, procura-me, E se não te encontra, a culpa, já se sabe, é do Diabo, Não, disso não é ele culpado, a culpa tenho-a eu, que não alcanço a chegar onde me buscam, estas palavras proferiu-as Deus com uma pungente e inesperada tristeza, como se de repente tivesse descoberto limites ao seu poder. Jesus disse, Continua, Outros há, recomeçou lentamente Deus, que se retiram para descampados agrestes e fazem, em grutas e cavernas, na companhia dos bichos, vida solitária, outros que se deixam emparedar, outros que sobem a altas colunas e ali vivem anos e anos a fio, outros, a voz diminuiu, esmoreceu, Deus contemplava agora um desfile interminável de gente, milhares e milhares, milhares de milhares de homens e mulheres, em todo o orbe, entrando em conventos e mosteiros, algumas rústicas construções, muitos palácios soberbos, Ali vão ficar para nos servirem, a mim e a ti, de manhã à noite, com vigílias e orações, e, tendo todos eles o mesmo propósito e o mesmo destino, adorarem-nos e morrerem com os nossos nomes na boca, usarão nomes distintos, serão beneditinos, bernardos, cartuxos, agostinhos, gilbertinos, trinitários, franciscanos, dominicanos, capuchinhos, carmelitas, jesuítas, e serão muitos, muitos, muitos, ah como eu gostaria de poder exclamar Meu Deus por que são eles tantos. Disse o Diabo, nesta altura, a Jesus, Observa como há, no que ele tem vindo a contar, duas maneiras de perder-se a vida, uma pelo martírio, outra pela renúncia, não bastava terem de morrer quando lhes chegasse a hora, ainda é preciso que, de uma maneira ou outra, corram ao encontro dela, crucificados, estripados, degolados, queimados, lapidados, afogados, esquartejados, estrangulados, esfolados, alanceados, escorneados, enterrados, serrados, flechados, amputados, escardeados, ou então, dentro e fora de celas, capítulos e claustros, castigando-se por terem nascido com o corpo que Deus lhes deu e sem o qual não teriam onde pôr a alma, tais tormentos não os inventou este Diabo que te fala. É tudo, perguntou Jesus a Deus, Não, ainda faltam as guerras, Também haverá guerras, E matanças, De matanças estou informado, podia mesmo ter morrido numa delas, vendo bem, foi pena, agora não teria à minha espera um crucifixo, Levei o outro teu pai aonde era preciso que estivesse para poder ouvir o que eu quis que os soldados dissessem, enfim, poupei-te a vida, Poupaste-me a vida para me fazeres morrer quando te aprouvesse e aproveitasse, é como se me matasses duas vezes, Os fins justificam os meios, meu filho, Pelo que tenho ouvido da tua boca desde que aqui estamos, acredito que sim, renúncia, clausura, sofrimentos, morte, e agora as guerras e matanças, que guerras são essas, Muitas, um nunca mais acabar delas, mas sobretudo as que serão feitas contra ti e contra mim em nome de um deus que ainda está por aparecer, Como é possível estar por aparecer um deus, um deus, se realmente o é, só pode existir desde sempre e para sempre, Reconheço que custa a compreender, não menos a explicar, mas vai suceder como te estou dizendo, um deus virá e lançará contra nós, e os que então nos seguirem, povos inteiros, não, não tenho palavras bastantes para contar-te das mortandades, das carnificinas, das chacinas, imagina o meu altar de Jerusalém multiplicado por mil, põe homens no lugar dos animais, e nem mesmo assim chegarás a saber ao certo o que foram as cruzadas, Cruzadas, que é isso, e por que dizes tu que foram se ainda estão para ser, Lembra-te de que eu sou o tempo, e que, portanto, para mim, tudo quanto está para acontecer, já aconteceu, tudo quanto aconteceu, está acontecendo todos os dias, Conta-me isso das cruzadas, Bom, meu filho, estes lugares onde agora estamos, incluindo Jerusalém, e outras terras para norte e ocidente, hão de ser conquistados pelos seguidores do tal deus tardio de que te falei, e os nossos, os que estão do nosso lado, farão tudo para expulsá-los dos sítios que tu com os teus pés pisaste e que eu com tanta assiduidade frequento, Para lançar fora de cá os romanos, hoje, não tens feito muito, Estou a falar-te do futuro, não me distraias, Prossegue, então, Acresce que tu nasceste aqui, aqui viveste e aqui morreste, Por enquanto, ainda não morri, Para o caso, tanto faz, mesmo agora te expliquei o que é, do meu ponto de vista, acontecer e ter acontecido, e, por favor, não estejas sempre a interromper-me se não queres que me cale de vez, Eu é que me calo, Ora bem, a estas bandas por aqui darão os vindouros o nome de Santos Lugares, pela razão de cá teres nascido, vivido e morrido, então não ficava nada bem, à religião que vais ser, estar o berço dela nas mãos indignas de infiéis, motivo, como vês, mais do que suficiente para justificar que, durante uns duzentos anos, grandes exércitos vindos do ocidente tentem conquistar e conservar na nossa religião a cova onde nasceste e o monte onde irás morrer, para só falar dos principais lugares, Esses exércitos são as cruzadas, Assim é, E conquistaram o que queriam, Não, mas mataram muita gente, E os das cruzadas, Morreram outros tantos, se não mais, E tudo isso, em nome nosso, Irão para a guerra gritando Deus o quer, E devem ter morrido dizendo Deus o quis, Seria uma bonita maneira de acabar, Novamente não valeu a pena o sacrifício, A alma, meu filho, para salvar-se, precisa do sacrifício do corpo, Por essas ou outras palavras, já to tinha ouvido antes, e tu, Pastor, que nos dizes destes futuros e assombrosos casos, Digo que ninguém que esteja em seu perfeito juízo poderá vir a afirmar que o Diabo foi, é, ou será culpado de tal morticínio e tais cemitérios, salvo se a algum malvado ocorrer a lembrança caluniosa de me atribuir a responsabilidade de fazer nascer o deus que vai ser inimigo deste, Parece-me claro e óbvio que não tens culpa, e, quanto ao temor de que te atirem com as responsabilidades, responderás que o Diabo, sendo mentira, nunca poderia criar a verdade que Deus é, Mas então, perguntou Pastor, quem vai criar o Deus inimigo. Jesus não sabia responder, Deus, se calado estava, calado ficou, porém do nevoeiro desceu uma voz que disse, Talvez este Deus e o que há de vir não sejam mais do que heterónimos, De quem, de quê, perguntou, curiosa, outra voz, De Pessoa, foi o que se percebeu, mas também podia ter sido, Da Pessoa. Jesus, Deus e o Diabo começaram por fazer de conta que não tinham ouvido, mas logo a seguir entreolharam-se com susto, o medo comum é assim, une facilmente as diferenças.

Passou tempo, o nevoeiro não tornou a falar, e Jesus perguntou, agora no tom de quem só espera uma resposta afirmativa, Nada mais. Deus hesitou, e depois, em tom cansado, disse, Ainda há a Inquisição, mas dela, se não te importas, podíamos falar noutra altura, Que é a Inquisição, A Inquisição é outra história interminável, Quero saber, Seria melhor que não soubesses, Insisto, Vais sofrer na tua vida de hoje remorsos que são do futuro, E tu, não, Deus é Deus, não tem remorsos, Pois eu, se já levo esta carga de ter de morrer por ti, também posso aguentar os remorsos que deviam ser teus, Preferia poupar-te, De facto, não tens feito outra coisa desde que nasci, És um ingrato, como são todos os filhos, Deixemo-nos de fingimentos, diz-me o que vai ser a Inquisição, A Inquisição, também chamada Tribunal do Santo Ofício, é o mal necessário, o instrumento crudelíssimo com que debelaremos a infeção que um dia, e por longo tempo, se instalará no corpo da tua Igreja por via das nefandas heresias em geral e seus derivados e consequentes menores, a que se somam umas quantas perversões do físico e do moral, o que, tudo reunido e posto no mesmo saco de horrores, sem preocupações de prioridade e ordem, incluirá luteranos e calvinistas, molinistas e judaizantes, sodomitas e feiticeiros, mazelas algumas que serão do futuro, outras de todos os tempos, E, sendo a necessidade que dizes, como procederá a Inquisição para reduzir esses males, A Inquisição é uma polícia e é um tribunal, por isso haverá de prender, julgar e condenar como fazem os tribunais e as polícias, Condenará a quê, Ao cárcere, ao degredo, à fogueira, À fogueira, dizes, Sim, vão morrer queimados, no futuro, milhares e milhares e milhares de homens e mulheres, De alguns já me tinhas falado antes, Esses foram lançados à fogueira por crerem em ti, os outros sê-lo-ão por duvidarem, Não é permitido duvidar de mim, Não, Mas nós podemos duvidar de que o Júpiter dos romanos seja deus, O único Deus sou eu, eu sou o Senhor, e tu és o meu Filho, Morrerão milhares, Centenas de milhares, Morrerão centenas de milhares de homens e mulheres, a terra encher-se-á de gritos de dor, de uivos e roncos de agonia, o fumo dos queimados cobrirá o sol, a gordura deles rechinará sobre as brasas, o cheiro agoniará, e tudo isto será por minha culpa, Não por tua culpa, por tua causa, Pai, afasta de mim este cálice, Que tu o bebas é a condição do meu poder e da tua glória, Não quero esta glória, Mas eu quero esse poder. O nevoeiro afastou-se para onde estivera antes, via-se uma pouca de água ao redor do barco, lisa e baça, sem uma ruga de vento ou uma agitação de barbatana passando. Então o Diabo disse, É preciso ser-se Deus para gostar tanto de sangue.

O nevoeiro voltou a avançar, alguma coisa estava para acontecer ainda, outra revelação, outra dor, outro remorso. Mas foi Pastor quem falou, Tenho uma proposta a fazer-te, disse, dirigindo-se a Deus, e Deus, surpreendido, Uma proposta, tu, e que proposta vem a ser essa, o tom era irónico, superior, capaz de reduzir ao silêncio qualquer que não fosse o Diabo, conhecido e familiar de longa data. Pastor fez um silêncio, como se procurasse as melhores palavras, e explicou, Ouvi com grande atenção tudo quanto foi dito nesta barca, e embora já tivesse, por minha conta, entrevisto uns clarões e umas sombras no futuro, não cuidei que os clarões fossem de fogueiras e as sombras de tanta gente morta, E isso incomoda-te, Não devia incomodar-me, uma vez que sou o Diabo, e o Diabo sempre alguma coisa aproveita da morte, e mesmo mais do que tu, pois não precisa de demonstração que o inferno sempre será mais povoado do que o céu, Então de que te queixas, Não me queixo, proponho, Propõe lá, mas depressa, que não posso ficar aqui eternamente, Tu sabes, ninguém melhor do que tu o sabe, que o Diabo também tem coração, Sim, mas fazes mau uso dele, Quero hoje fazer bom uso do coração que tenho, aceito e quero que o teu poder se alargue a todos os extremos da terra, sem que tenha de morrer tanta gente, e pois que de tudo aquilo que te desobedece e nega, dizes tu que é fruto do Mal que eu sou e ando a governar no mundo, a minha proposta é que tornes a receber-me no teu céu, perdoado dos males passados pelos que no futuro não terei de cometer, que aceites e guardes a minha obediência, como nos tempos felizes em que fui um dos teus anjos prediletos, Lúcifer me chamavas, o que a luz levava, antes que uma ambição de ser igual a ti me devorasse a alma e me fizesse rebelar contra a tua autoridade, E por que haveria eu de receber-te e perdoar-te, não me dirás, Porque se o fizeres, se usares comigo, agora, daquele mesmo perdão que no futuro prometerás tão facilmente à esquerda e à direita, então acaba-se aqui hoje o Mal, teu filho não precisará morrer, o teu reino será, não apenas esta terra de hebreus, mas o mundo inteiro, conhecido e por conhecer, e mais do que o mundo, o universo, por toda a parte o Bem governará, e eu cantarei, na última e humilde fila dos anjos que te permaneceram fiéis, mais fiel então do que todos, porque arrependido, eu cantarei os teus louvores, tudo terminará como se não tivesse sido, tudo começará a ser como se dessa maneira devesse ser sempre, Lá que tens talento para enredar almas e perdê-las, isso sabia eu, mas um discurso assim nunca te tinha ouvido, um talento oratório, uma lábia, não há dúvida, quase me convencias, Não me aceitas, não me perdoas, Não te aceito, não te perdoo, quero-te como és, e, se possível, ainda pior do que és agora, Porquê, Porque este Bem que eu sou não existiria sem esse Mal que tu és, um Bem que tivesse de existir sem ti seria inconcebível, a um tal ponto que nem eu posso imaginá-lo, enfim, se tu acabas, eu acabo, para que eu seja o Bem, é necessário que tu continues a ser o Mal, se o Diabo não vive como Diabo, Deus não vive como Deus, a morte de um seria a morte do outro, É a tua última palavra, A primeira e a última, a primeira porque foi a primeira vez que a disse, a última porque não a repetirei. Pastor encolheu os ombros e falou para Jesus, Que não se diga que o Diabo não tentou um dia a Deus, e, levantando-se, ia passar uma perna por cima da borda do barco, mas de súbito suspendeu o movimento e disse, Tens no teu alforge uma coisa que me pertence. Jesus não se lembrava de ter trazido o alforge para o barco, mas a verdade é que ele ali estava, enrolado, aos seus pés, Que coisa, perguntou, e, abrindo-o, viu que dentro não havia mais do que a velha tigela negra que de Nazaré trouxera, Isto, Isso, respondeu o Diabo, e tomou-lha das mãos, Um dia voltará ao teu poder, mas tu não chegarás a saber que a tens. Meteu a tigela por dentro da grosseira roupa de pastor que vestia e desceu para a água. Não olhou Deus, apenas disse, como se falasse a um auditório de invisíveis, Até sempre, já que ele assim o quis. Jesus seguiu-o com os olhos, Pastor ia-se afastando a pouco e pouco em direção ao nevoeiro, não se lembrara de lhe perguntar por que capricho viera e se retirava assim, a nado, à distância era outra vez como um porco com as orelhas espetadas, ouviam-se os resfolgos bestiais, mas um ouvido fino não teria dificuldade em perceber que havia também ali um som de medo, não de afogar-se, que ideia, o Diabo, acabamos de sabê-lo mesmo agora, não acaba, mas de ter de existir para sempre. Já Pastor se perdia na fímbria esgarçada da névoa quando a voz de Deus de repente soou, rápida, como quem já vai de partida, Mandarei um homem chamado João para te ajudar, mas terás de convencê-lo de que és quem dirás ser. Jesus olhou, mas Deus já ali não estava. No mesmo instante o nevoeiro levantou-se e desfez-se no ar, deixando o mar limpo e liso de uma ponta à outra, entre os montes e os montes, na água nem um sinal do Diabo, no ar nem um sinal de Deus.

Na margem donde tinha vindo viu Jesus, apesar da distância, um grande ajuntamento de pessoas, e muitas tendas armadas por trás da multidão, como se aquele lugar se tivesse transformado em local de permanência de uma gente que, não sendo dali, e portanto não tendo onde dormir, fora obrigada a organizar-se por sua conta. Achando o caso curioso, mas nada mais, Jesus meteu os remos na água e orientou a barca naquela direção. Ao olhar por cima do ombro, observou que estavam a ser empurrados alguns barcos para a água, e, firmando melhor a vista, reconheceu dentro deles Simão e André, e

Tiago e João, de mistura com outros que não se lembrava de ter visto, uns tantos sim, de andarem por aqui. Em pouco tempo se aproximaram, tanto era o empenho com que manejavam os remos, e, chegando à fala, gritou Simão, Onde estiveste, o que queria saber não era isto, claro, mas tinha de começar de alguma maneira, Aqui no mar, respondeu Jesus, palavras tão desnecessárias umas como outras, em verdade não parecem principiar bem as comunicações na nova época da vida do filho de Deus, de Maria e de José. Daí a um nada, enfim, saltava Simão para a barca de Jesus, e o incompreensível, o impossível, o absurdo foi conhecido, Sabes quanto tempo estiveste no mar, no meio do nevoeiro, sem que nós pudéssemos lançar os nossos barcos à água, que uma força invencível de cada vez nos empurrava para trás, perguntou Simão, O dia todo, foi a resposta de Jesus, um dia e uma noite, acrescentou, para corresponder à excitação de Simão com uma expectativa semelhante, Quarenta dias, gritou Simão, e em voz mais baixa, Quarenta dias estiveste ali, quarenta dias em que o nevoeiro não se levantou nem um bocadinho, como se quisesse esconder da nossa vista o que dentro dele se passava, que estiveste lá a fazer, que em quarenta contados dias nem um só peixe nos foi permitido tirar destas águas. Jesus deixara para Simão um dos remos, agora vinham os dois remando e conversando de concerto, ombro com ombro, pausados, o melhor que há para uma confidência, por isso antes que se acercassem outros barcos disse Jesus, Estive com Deus e sei o meu futuro, o tempo que viverei e a vida depois da minha vida, Como é ele, como é Deus, quero dizer, Deus não se mostra numa única forma, tanto pode aparecer numa nuvem, numa coluna de fumo, como vir de judeu rico, conhecemo-lo mais pela voz, depois de o termos ouvido uma vez, Que te disse ele, Que sou seu Filho, Confirmou, Sim, confirmou, Então, o Diabo tinha razão quando foi daquele caso dos porcos, O Diabo também esteve agora no barco, presenciou tudo, parece saber tanto de mim como Deus, mas há ocasiões em que penso que sabe ainda mais do que Deus, E onde, Onde, quê, Onde estavam eles, O Diabo na borda do barco, aí mesmo, entre ti e Deus, que ficou no banquinho da popa, Que te disse Deus, Que sou seu filho e serei crucificado, Vais para as montanhas lutar ao lado dos bandidos, se vais, vamos contigo, Ireis comigo, mas não para as montanhas, o que importa não é vencer César pelas armas, mas fazer triunfar Deus pela palavra, Só, Pelo exemplo também, e pelo sacrifício das nossas vidas, quando for preciso, São palavras de teu Pai, A partir de hoje todas as minhas palavras serão palavras dele, e aqueles que nele crerem, em mim crerão, porque não é possível crer no Pai e não crer no Filho, se o novo caminho que o Pai escolheu para si, só no Filho que eu sou poderá começar, Disseste que iríamos contigo, a quem te referes, A ti, em primeiro lugar, a André, teu irmão, aos dois filhos de Zebedeu, a Tiago e a João, a propósito, Deus disse-me que me enviaria um homem chamado João para me ajudar, mas aquele não deve ser, Não precisamos de mais, isto não é um cortejo de Herodes, Outros hão de vir, e quem sabe se alguns desses não estão já ali, à espera de um sinal, um sinal que Deus manifestará em mim, para que me creiam e me sigam aqueles por quem ele não se deixa ver, Que vais anunciar às pessoas, Que se arrependam dos seus pecados, que se preparem para o novo tempo de Deus que aí vem, o tempo em que a sua espada flamejante obrigará a dobrar o pescoço àqueles que tiverem rejeitado a sua palavra e sobre ela cuspido, Vais dizer-lhes que és o Filho de Deus, não podes fazer menos do que isso, Direi que meu Pai me chamou seu Filho e que levo essas palavras no coração desde que nasci, e que agora veio também Deus dizer-me Meu Filho, um pai não faz esquecer o outro, mas hoje quem ordena é o Pai Deus, obedeçamos-lhe, Então, deixa-me o caso comigo, disse Simão, e, ato contínuo, largou o remo, deslocou-se para a proa da embarcação e, como a voz já alcançasse, gritou, Hosana, que vem chegando o Filho de Deus, ele que esteve no mar durante quarenta dias a falar com o Pai e agora regressa a nós para que nos arrependamos e preparemos, Não digas que o Diabo também lá estava, avisou rápido Jesus, temeroso de que se tornasse conhecida publicamente uma situação que teria muita dificuldade em explicar. Deu Simão um novo grito, mas mais vibrante, com o que se alvoroçaram as gentes que na margem esperavam, e depois voltou a correr para o seu lugar, dizendo a Jesus, Deixa esse remo para mim e vai-te pôr na proa, de pé, mas não digas nada de lá, enquanto não saltarmos em terra não dizes uma palavra. Assim fizeram, Jesus em pé, na proa da barca, com a sua túnica velha, o alforge vazio ao ombro, os braços meio levantados, como se fosse saudar ou lançar uma bênção e o retivesse a timidez ou uma falta de confiança no seu próprio merecimento. Dentre os que o esperavam, três houve, mais impacientes, que se meteram à água até à cintura e, chegados à altura do barco, lançaram-lhe mão e vieram puxando e empurrando a barca, enquanto, de fora, com a mão livre, um deles tentava tocar a túnica de Jesus, não porque estivesse convencido da verdade do anúncio de Simão, mas por, já se lhe afigurar caso notável ter-se ausentado um homem para o meio do mar durante quarenta dias, como se tivesse ido para o deserto à procura de Deus, e das entranhas frias duma montanha de nevoeiro estar agora voltando, visse ou não visse Deus. Não deveria ser preciso acrescentar que não se tem falado doutra coisa por estas aldeias e cercanias, muitos dos que aqui estão vieram por causa do fenómeno meteorológico, ouviram apenas falar que estava lá um homem dentro e disseram, Coitado. A barca abicou sem um solavanco, como se ali a tivessem deposto asas de anjos. Simão ajudou Jesus a sair, sacudindo com impaciência mal reprimida os três que tinham ido à água e por isso se julgavam credores de diferente pago, Deixa-os, disse Jesus, um dia ouvirão que morri e sentirão dor de não terem podido levar o meu corpo morto, deixa-os que me ajudem enquanto estou vivo. Jesus subiu a um cômoro e perguntou aos seus, Onde está Maria, viu-a no mesmo instante em que fez a pergunta, como se o nome dela, pronunciado, a tivesse trazido de um nada ou de um nevoeiro, parecia que não estava ali, mas bastava dizer-lhe o nome, e ela vinha, Aqui estou, meu Jesus, Vem para o meu lado, venham também Simão e André, venham Tiago e João, os filhos de Zebedeu, estes são os que me conhecem e em mim creem, que já me conheciam e criam quando eu ainda não podia dizer-lhes, e a vós também, que sou o Filho de Deus nascido, este Filho que foi chamado pelo Pai e com ele esteve quarenta dias no meio do mar, e que de lá voltou para dizer-vos que o tempo do Senhor é chegado e que deveis arrepender-vos antes que o Diabo venha recolher as espigas podres que tiverem caído da messe que Deus transporta no seu regaço, que essas sois vós, se, por vosso mal, ao amoroso abraço de Deus quereis escapar-vos. Passou um murmúrio pela multidão, rolando sobre as cabeças como aquelas pequenas ondas que no mar outra vez se veem, em verdade, muitos dos assistentes tinham ouvido falar de milagres obrados em diversas partes por aquele que além está, alguns haviam sido, mesmo, diretas testemunhas e beneficiários deles, Eu comi daquele pão e daquele peixe, dizia um, Eu bebi daquele vinho, dizia outro, Eu era vizinho daquela adúltera, dizia um terceiro, mas entre tais cometimentos, por muito transcendentes que pudessem ter sido ou o parecessem, e este proclamado supremo prodígio de ser Filho de Deus e, portanto, Deus ele próprio, a distância é como da terra ao céu, e essa, que se saiba, ainda não foi, até hoje, medida. Do meio da multidão veio então uma voz, Dá-nos uma prova de que és o Filho de Deus e eu seguir-te-ei, Tu seguir-me-ias sempre se o teu coração te trouxesse a mim, mas o teu coração está preso dentro de um peito fechado, por isso pedes-me uma prova que os teus sentidos possam compreender, pois bem, vou dar-te agora uma prova que dará satisfação aos teus sentidos, mas que a tua cabeça recusará, e, no fim, estando tu dividido e perplexo entre a cabeça e os sentidos, não terás outro remédio senão vir a mim pelo coração, Quem puder entender que entenda, eu não entendo, disse o homem, Como te chamas, Tomé, Vem aqui, Tomé, vem comigo até à borda da água, vem ver-me fazer uns pássaros com esta lama que colho às mãos-cheias, repara como é tão fácil, formo e modelo o corpo e as asas, afeiçoo a forma da cabeça e do bico, engasto estas pedrinhas que são os olhos, ajeito as penas compridas da cauda, equilibro-lhes as pernas e os dedos, e, tendo feito este, faço mais onze, aqui os tens, um, dois, três, quatro, cinco, seis, sete, oito, nove, dez, onze, doze pássaros de lama, imagina, até podemos, se quiseres, dar-lhes nomes, este é Simão, este Tiago, este

André, este João, e este, se não te importa, chamar-se-á Tomé, quanto aos outros vamos esperar que os nomes apareçam, os nomes, muitas vezes, atrasam-se no caminho, chegam mais tarde, e agora vê como faço, lanço esta rede por cima das avezinhas para que elas não possam fugir, os pássaros, se não temos cuidado, Queres dizer-me que se esta rede for levantada, os pássaros fogem, perguntou, incrédulo, Tomé, Sim, se a rede for levantada, os pássaros fogem, Esta é a prova com que querias convencer-me, Sim e não, Como, sim e não, A melhor prova, mas essa não é de mim que depende, seria não levantares tu a rede e acreditares que os pássaros fugiriam se a levantasses, São de barro, não podem fugir, Experimenta, também Adão, nosso primeiro pai, foi de barro e tu descendes dele, A Adão deu-lhe a vida Deus, Não duvides mais, Tomé, e levanta a rede, eu sou o Filho de Deus, Assim o quiseste, assim o terás, estes pássaros não voarão, com um movimento rápido Tomé levantou a rede, e os pássaros, livres, levantaram voo, deram, chilreando, duas voltas sobre a multidão maravilhada e desapareceram no espaço. Disse Jesus, Olha, Tomé, o teu pássaro foi-se embora, e Tomé respondeu, Não, Senhor, está aqui ajoelhado aos teus pés, sou eu.

Da multidão adiantaram-se alguns homens, atrás deles, porém não dependentes, umas quantas mulheres. Aproximaram-se e disseram como se chamavam, Eu sou Filipe, e Jesus viu nele as pedras e a cruz, Eu sou Bartolomeu, e Jesus viu nele um corpo esfolado, Eu sou Mateus, e Jesus viu-o morto entre gente bárbara, Eu sou Simão, e Jesus viu nele a serra que o cortava, Eu sou Tiago, filho de Alfeu, e Jesus viu que o lapidavam, Eu sou Judas Tadeu, e Jesus viu a maça que se levantava sobre a sua cabeça, Eu sou Judas de Iscariote, e Jesus teve pena dele porque o viu enforcar-se por suas próprias mãos na figueira. Então Jesus chamou os outros e disse, Agora estamos todos, chegou a hora. E para Simão, irmão de André, Porque temos um outro Simão connosco, tu, Simão, de hoje em diante, chamar-te-ás Pedro. Viraram as costas ao mar e puseram-se a caminho, atrás deles iam as mulheres, da maior parte das quais não chegamos a saber os nomes, na verdade, tanto faz, quase todas estas são Marias, e mesmo as que o não forem darão por esse nome, dizemos mulher, dizemos Maria, e elas olham e vêm servir-nos.

Jesus e os seus iam pelos caminhos e povoados, e Deus falava pela boca de Jesus, e eis o que dizia, Completou-se o tempo e o reino de Deus está perto, arrependei-vos e acreditai na boa nova. Ouvindo isto, pensava o vulgo das aldeias que entre completar-se o tempo e acabar-se o tempo não podia haver diferença, e que portanto vinha aí próximo o fim do mundo, que é onde o tempo se mede e gasta. Todos davam muitas graças a Deus pela misericórdia de ter mandado adiante, a dar formal aviso da iminência do sucesso, um que se dizia seu Filho, o que bem podia ser verdade, porquanto sem mais nem quê obrava milagres por onde quer que passava, a única condição, se assim se lhe deve chamar, mas essa imprescindível, era a convicta fé de quem lhos rogasse, como foi o caso daquele leproso que lhe suplicou, Se quiseres, podes limpar-me, e Jesus, com muito dó do mísero chagado, tocou-o e mandou, Quero, fica limpo, palavras não tinham sido ditas, naquele mesmo instante a carne podre tornou-se sã, o que nela já faltava achou-se reconstituído, e onde antes estivera um gafoso horrendo e sujo, de quem todo o mundo fugia, via-se agora um homem lavado e perfeito, muito capaz para tudo. Um outro caso, igualmente digno de nota, foi o daquele paralítico a quem, por ser multidão a gente à entrada da porta, tiveram de fazer subir e depois descer, no seu catre, por um buraco do telhado da casa onde Jesus estava, que seria a de Simão, chamado Pedro, e porque tão grande fé era merecedora de prémio, disse Jesus, Meu filho, os teus pecados te são perdoados, ora aconteceu que tinham ido ali uns escribas desconfiados, desses que em tudo veem um motivo de recriminação e trazem a lei na ponta da língua, e que, ouvindo o que Jesus disse, não tiveram mão que não protestassem, Por que falas assim, estás a blasfemar, pecados só Deus os pode perdoar, e Jesus respondeu com uma pergunta, Qual é mais fácil, dizer ao paralítico Os teus pecados te são perdoados, ou dizer-lhe Levanta-te, toma o teu catre e anda, e, sem esperar que algum dos outros lhe respondesse, concluiu, Pois bem, para que saibais que tenho na terra o poder de perdoar os pecados, ordeno-te, isto era dito para o paralítico, que te levantes, tomes o teu catre e vás para tua casa, palavras foram elas tais que ali se assistiu logo a levantar-se de pé o miraculado, ainda por cima recuperado das forças, apesar da inação causada pela paralisia, pois tomou o catre e pô-lo às costas, e foi-se à sua vida, dando mil graças a Deus.

Está visto que as pessoas não andam todas por aí a pedir milagres, cada um de nós, com o tempo, habitua-se às suas pequenas ou medianas mazelas e com elas vai vivendo sem que alguma vez lhe passe pela cabeça importunar os altos poderes, mas os pecados são outra coisa, os pecados atormentam por baixo do que se vê, não são perna coxa nem braço tolhido, não são lepra de fora, mas são lepra de dentro. Por isso tinha tido Deus muita razão quando a Jesus disse que todo o homem tem pelo menos um pecado de que se arrepender, e o mais corrente e normal é que tenha muitíssimos. Ora, estando este mundo para acabar e vindo aí o reino de Deus, mais do que querermos entrar nele com um corpo refeito à custa de milagres, o que importa é que a ele sejamos encaminhados por uma alma, a nossa, purificada pelo arrependimento e curada pelo perdão. Aliás, se o paralítico de Cafarnaúm tinha passado uma parte da sua vida num grabato era porque pecara, pois é sabido que toda a doença é consequência de pecado, por isso, conclusão sobre todas lógica, a vera condição duma boa saúde, além de o ser da imortalidade do espírito, e não sabemos mesmo se da do corpo, só poderá ser uma integralíssima pureza, uma ausência absoluta do pecado, por passiva e eficaz ignorância ou por ativo repúdio, tanto nas obras como nos pensamentos. Porém, não se julgue que o nosso Jesus andasse por aquelas terras do Senhor a desbaratar o poder de curar e a autoridade de perdoar que pelo mesmo Senhor lhe fora outorgado. Não que ele o não tivesse desejado, claro está, pois mais o seu bom coração o inclinaria a tornar-se em universal panaceia do que, como por mando de Deus estava obrigado, ter de anunciar a todos o fim dos tempos e reclamar de cada um arrependimento, e para que não perdessem os pecadores demasiado tempo, em cogitações que mais não visavam que adiar a difícil decisão de dizer, Eu pequei, o Senhor punha na boca de Jesus certas prometedoras e terríveis palavras, como estas eram, Em verdade vos digo que alguns dos que estão aqui presentes não experimentarão a morte sem ter visto chegar o reino de Deus com todo o seu poder, imaginem-se agora os efeitos arrasadores que um tal anúncio produziria nas consciências dos povos, de toda a parte as multidões acorriam, ansiosas, e punham-se a seguir Jesus como se ele, diretamente, as devesse conduzir ao paraíso novo que o Senhor instauraria na terra e que se distinguiria do primeiro por serem agora muitos os que dele gozariam, havendo resgatado, por oração, penitência e arrependimento, o pecado de Adão, também chamado original. E como, em sua maior parte, esta confiante gente provinha de baixos estratos sociais, artesãos e cavadores de enxada, pescadores e mulherzinhas, atreveu-se Jesus, num dia em que Deus o deixara mais à solta, a improvisar um discurso que arrebatou todos os ouvintes, ali se tendo derramado lágrimas de alegria como só se conceberiam à vista duma já não esperada salvação, Bem-aventurados, disse Jesus, bem-aventurados vós, os pobres, porque vosso é o reino de Deus, bem-aventurados vós, os que agora tendes fome, porque sereis saciados, bem-aventurados vós, os que agora chorais, porque haveis de rir, mas nesta altura deu-se Deus conta do que ali se estava a passar, e, não podendo suprimir o que por Jesus tinha sido dito, forçou a língua dele a pronunciar umas outras palavras, com o que as lágrimas de felicidade se tornaram em negras lástimas por um futuro negro, Bem-aventurados sereis quando os homens vos odiarem, quando vos expulsarem, vos insultarem e rejeitarem o vosso nome infame, por causa do Filho do Homem. Quando Jesus isto acabou de dizer, foi como se a alma lhe tivesse caído aos pés, pois no mesmo instante se lhe representou no espírito a trágica visão dos tormentos e das mortes que Deus lhe havia anunciado no mar. Por isso, diante da multidão que o olhava transida de pavor, Jesus caiu de joelhos e, prostrado, orou em silêncio, nenhum de quantos ali se encontravam podia imaginar que ele estivesse pedindo, a todos, perdão, ele que se gloriava, como Filho de

Deus que era, de poder perdoar aos demais. Nessa noite, na intimidade da tenda em que dormia com Maria de Magdala, Jesus disse, Eu sou o pastor que, com o mesmo cajado, leva ao sacrifício os inocentes e os culpados, os salvos e os perdidos, os nascidos e os por nascer, quem me libertará deste remorso, a mim que me vejo, hoje, como meu pai naquele tempo, mas ele é por vinte vidas que responde, e eu por vinte milhões. Maria de Magdala chorou com Jesus e disse-lhe, Tu não o quiseste, Pior é isso, respondeu ele, e ela, como se desde o princípio conhecesse, por inteiro, o que, aos poucos, temos vindo nós a ver e a ouvir, Deus é quem traça os caminhos e manda os que por eles hão de seguir, a ti escolheu-te para que abrisses, em seu serviço, uma estrada entre as estradas, mas tu por ela não andarás, e não construirás um templo, outros o construirão sobre o teu sangue e as tuas entranhas, portanto melhor seria que aceitasses com resignação o destino que Deus já ordenou e escreveu para ti, pois todos os teus gestos estão previstos, as palavras que hás de dizer esperam-te nos sítios aonde terás de ir, aí estarão os coxos a quem darás pernas, os cegos a quem darás vista, os surdos a quem darás ouvidos, os mudos a quem darás voz, os mortos a quem poderias dar vida, Não tenho poder contra a morte, Nunca o experimentaste, Já, sim, mas a figueira não ressuscitou, O tempo, agora, é outro, tu estás obrigado a querer o que Deus quer, mas Deus não pode negar-te o que tu queiras, Que me liberte desta carga, não quero mais, Queres o impossível, meu Jesus, a única coisa que Deus verdadeiramente não pode, é não querer-se a si mesmo, Como o sabes tu, As mulheres têm uns outros modos de pensar, talvez seja por o nosso corpo ser diferente, deve ser isso, sim, deve ser isso.

Um dia, porque a terra sempre é grande de mais para o esforço de um homem, mesmo quando se trate apenas duma sua pequeníssima parcela, como é, neste caso, a Palestina, decidiu Jesus mandar os seus amigos, aos pares, a anunciar pelas cidades, vilas e aldeias a próxima chegada do reino de Deus, ensinando e pregando por toda a parte, como ele o fazia. E como assim se achou sozinho com Maria de Magdala, pois as outras mulheres tinham acompanhado os homens, conforme os gostos e as preferências deles e delas, lembrou-se de irem de jornada até Betânia, que está perto de Jerusalém, e assim, se ao dito não falta respeito, matavam dois coelhos duma cajadada, visitando eles a família de Maria, que já era tempo de que se reconciliassem os irmãos e conhecessem os cunhados, e indo depois o grupo, outra vez reunido, a Jerusalém, pois Jesus marcara encontro a todos os seus amigos para daí a três meses, em Betânia. Do que fizeram os doze nas terras de Israel não há muito para dizer, em primeiro lugar, porque, tirante alguns pormenores da vida e circunstâncias da morte, não foi a história deles que fomos chamados a contar, e, em segundo lugar, porque não lhes havia sido concedido mais do que o poder de repetir, porém segundo o jeito de cada um, as lições e as obras do mestre, o que quer dizer que ensinaram como ele, mas curaram conforme souberam. Pena foi que Jesus lhes tivesse taxativamente ordenado que não seguissem pelo caminho dos gentios nem entrassem em cidade de samaritanos, porque com essa manifestação de surpreendente intolerância, que não devia poder esperar-se duma pessoa tão bem formada, perdeu-se a oportunidade de abreviar futuros trabalhos, pois tendo Deus o propósito, assaz claramente expresso, de ampliar os seus territórios e influência, mais tarde ou mais cedo terá a vez de chegar, não só aos samaritanos, mas sobretudo aos gentios, quer os daqui, quer os das outras partes. Disseram-lhes Jesus que curassem os enfermos, ressuscitassem os mortos, limpassem os leprosos, expulsassem os demónios, mas, em verdade, além de umas alusões vagas e muito gerais, não se observa que tenha ficado registo nem memória de tais ações, se é que as cometeram de facto, o que finalmente serve para mostrar que Deus não se vai fiar de qualquer um, por muito boas que sejam as recomendações. Quando voltarem a estar com Jesus, algo, sem dúvida, terão os doze para contar-lhe acerca dos resultados da pregação de arrependimento que andaram espalhando, mas muito pouco poderão referir no capítulo das curas, salvo a expulsão de uns tantos demónios subalternos, desses que não precisam de exorcismos particularmente imperiosos para saltarem de uma pessoa para outra. O que, sim, dirão, é que algumas vezes foram eles expulsos ou mal recebidos em caminhos que não eram de gentios e cidades que não eram de samaritanos, sem terem outra consolação que sacudirem à saída o pó dos pés, como se a culpa fosse duma pobre poeira que todos pisam e que de nenhum se queixa. Mas Jesus tinha-lhes dito que era o que deviam fazer em tais casos, como testemunho contra quem os não quisesse ouvir, deplorável, resignada resposta, em verdade, pois do que tratava era da própria palavra de Deus deste modo rejeitada, posto que o mesmo Jesus fora muito explícito, Não vos preocupeis com o que haveis de falar, nessa altura ser-vos-á inspirado o que tiverdes de dizer. Ora talvez que, afinal, as coisas não possam ser bem assim, talvez que, neste como em outros casos, a solidez da doutrina, que está em cima, dependa do fator pessoal, que está em baixo, a lição, se não é temerário adiantá-lo, parece boa, aproveitemo-la.

Calhou estar o tempo como de rosas acabadas de colher, fresco e perfumado como elas, e as estradas limpas e amenas como se adiante andassem anjos salpicando de orvalho o caminho, para depois o varrerem com vassouras de loureiro e murta. Jesus e Maria de Magdala viajaram incógnitos, não pernoitando nunca nos caravançarais, evitando juntar-se às caravanas, onde era maior o risco de encontrar ele quem o reconhecesse. Não era que Jesus estivesse a descurar as suas obrigações, que não lho consentiria a minuciosa vigilância de Deus, mas parecia que o mesmo Deus decidira conceder-lhe uns dias feriados, pois à estrada não desciam leprosos a implorar curas nem possessos a rejeitá-las, e as aldeias por onde passavam compraziam-se bucolicamente na paz do Senhor, como se, por uma virtude sua própria, se tivessem adiantado na via dos arrependimentos. Dormiam onde calhava, sem mais preocupações de conforto que o regaço do outro, alguma vez tendo por único teto o firmamento, o imenso olho negro de Deus crivado daquelas luzes que são o reflexo deixado pelos olhares dos homens que contemplaram o céu, geração após geração, interrogando o silêncio e escutando a única resposta que o silêncio dá. Mais tarde, quando estiver sozinha no mundo, Maria de Magdala quererá recordar estes dias e estas noites, e de cada vez será obrigada a lutar muito para defender a memória dos assaltos da dor e da amargura, como se estivesse a proteger uma ilha de amores das investidas de um mar tormentoso e dos seus monstros. Já esse tempo não está longe, mas, olhando a terra e o céu, não se distinguem os sinais da aproximação, assim no espaço livre uma ave voa, e não se apercebe do rápido falcão que, com as garras lançadas adiante, desce como uma pedra. Jesus e Maria de Magdala cantam no caminho, os outros viajantes, que os não conhecem, dizem, Gente feliz, e por enquanto não há outra verdade mais verdadeira. Assim chegaram a Jericó e dali, com vagar, levando dois largos dias na jornada, porque o calor era muito e as sombras nenhumas, subiram para Betânia. Depois dos anos passados, não sabia Maria de Magdala como iriam recebê-la os seus irmãos, de mais tendo ela saído de casa para viver uma má vida, Talvez até pensem que morri, dizia, talvez mesmo desejem que eu tenha morrido, e Jesus tentava afastar-lhe da cabeça as negras ideias, O tempo cura tudo, sentenciava, e não se lembrava de que a ferida que, para ele, era a sua própria família, continuava viva e aberta e todo o tempo sangrava. Entraram em Betânia, Maria cobrindo meio rosto, por vergonha de que a reconhecessem os vizinhos, e Jesus, suavemente, repreendia-a, De quem te escondes, não és mais a mulher que viveu a outra vida, essa já não existe, Não sou quem fui, é verdade, mas sou quem era, e aquela que sou e aquela que era ainda estão atadas uma à outra pela vergonha daquela que fui, Agora és quem és, e estás comigo, Bendito seja Deus por isso, ele que de mim te levará um dia, e Maria deixou cair o manto, mostrando o rosto, porém ninguém disse, Ali vai a irmã de Lázaro, aquela que foi viver de prostituta.

Esta é a casa, disse Maria de Magdala, mas não teve ânimo para bater nem voz para anunciar-se. Jesus empurrou um pouco a cancela, que era apenas encostada, e perguntou, Está alguém, lá de dentro uma mulher disse, Quem chama, a sua própria resposta pareceu tê-la trazido até à porta, e aí estava, Marta, a irmã de Maria, gémeas, porém não iguais, porque sobre esta fizera maior estrago a idade, ou o trabalho, ou o feitio e modo de ser. Deu primeiro com os olhos em Jesus, e o seu rosto, como se dele se tivesse levantado uma nuvem que o obscurecesse, tornou-se de súbito luminoso e claro, mas, logo depois, vendo a irmã, duvidou, desenhou-se-lhe nas feições uma expressão de descontentamento, Ele quem é, para estar com ela, podia ter assim pensado, ou talvez, Como pode estar com ela, se é o que parece, mas Marta não saberia dizer, se lho ordenassem, que era o que lhe parecia Jesus. E foi certamente por isso que em vez de perguntar à irmã, Como estás, ou, Que vens cá fazer, as palavras que disse foram, Quem é este homem que te acompanha. Jesus sorriu-se, e o seu sorriso foi direito ao coração de Marta com a rapidez e o choque de um disparo de flecha, e ali ficou a doer, a doer, como um estranho e desconhecido gozo, Chamo-me Jesus de Nazaré, disse, e estou com tua irmã, palavras estas que eram, mutatis mutandis, tal como saberiam dizer os romanos no seu latim, equivalentes às que tinha gritado a seu irmão Tiago quando dele se separou na borda do mar, Chama-se Maria de Magdala e está comigo. Marta abriu a porta toda e disse, Entrem, estás na tua casa, mas não se soube em qual dos dois estava pensando. Já no pátio, Maria de Magdala travou do braço da irmã, e disse-lhe, Pertenço a esta casa como tu pertences, pertenço a este homem que não te pertence a ti, estou em regra contigo e com ele, portanto não faças da tua virtude pregão nem da minha imperfeição sentença, foi em paz que vim e em paz quero ficar. Marta disse, Recebo-te como minha irmã pelo sangue, e espero que possa chegar o dia em que te receba pelo amor, mas hoje não, ia prosseguir, porém um pensamento deteve-a, é que não sabia se o homem que ali estava com a irmã era conhecedor, ou não, da vida que ela levara, se não a levava ainda, e então, neste ponto do raciocínio o rosto cobriu-se-lhe de rubor e confusão, por um momento odiou-os aos dois e a si própria, enfim falou Jesus, para que Marta ouvisse o que era mister, não é tão difícil assim adivinhar o que vai no pensamento das pessoas, Deus julga-nos a todos e em cada dia nos julgará diferentemente, segundo o que somos em cada dia, ora, se a ti, Marta, tivesse Deus de julgar-te hoje, não creias que serias, aos seus olhos, diferente de Maria, Explica-te melhor, não te entendo, E eu não te direi mais, guarda as minhas palavras no teu coração e repete-as contigo mesma quando olhares a tua irmã, Maria já não, Queres saber se já não sou puta, perguntou brutalmente Maria de Magdala, cortando a reticência da irmã. Marta recuou, acenou com as mãos diante do rosto, Não, não, não quero que mo digas, bastam-me as palavras de Jesus, e, sem poder conter-se, começou a chorar. Maria foi-se para ela, abraçou-a como se a embalasse, Marta dizia entre soluços, Que vida, que vida, mas não se sabia se era da irmã que falava ou de si própria. Lázaro, onde está, perguntou Maria, Na sinagoga, E de saúde, como tem passado, Continua a sofrer daquelas suas antigas sufocações, fora isso, não passa mal. Deu-lhe vontade de acrescentar, noutro sobressalto de amargura, que à preocupação se tinha atrasado pelo caminho, pois, em todos estes anos de culpada ausência, a irmã pródiga, pródiga de tempo e de corpo, pensou Marta com ironia despeitada, nunca tivera a lembrança de mandar saber notícias da família, em particular de um irmão cuja saúde débil a cada instante parecia ir romper-se de vez. Voltando-se para Jesus, que afastado dois passos observava com atenção o maldisfarçado conflito, Marta disse, O nosso irmão copia livros na sinagoga, não tem saúde para mais, e o tom, embora a intenção não fosse certamente essa, era o de alguém que nunca poderá compreender como é possível viver-se sem esta força diligente, sem este contínuo trabalho, que em todo o santo dia não tenho um momento de descanso. De que sofre Lázaro, perguntou Jesus, Dumas sufocações, como se o coração se lhe fosse parar, depois torna-se pálido, pálido, parece que vai ficar-se. Marta fez uma pausa e acrescentou, É mais novo do que nós, disse-o sem pensar, talvez porque subitamente dera pela própria juventude de Jesus, outra vez a confusão lhe entrou no espírito, um sentimento de ciúme tocou-lhe o coração, e o resultado de tudo isto foram umas palavras que soaram de modo estranho estando ali presente Maria de Magdala, que ela, sim, tinha o dever e o direito de as pronunciar, Vens cansado, senta-te, e deixa-me que te lave os pés. Um pouco mais tarde, Maria, achando-se sozinha com Jesus, disse-lhe, meio a sério, meio a sorrir, Pelos vistos e ouvidos, estas irmãs nasceram para enamorar-se de ti, e Jesus respondeu, O coração de Marta está cheio da tristeza de não ter vivido, A tristeza dela não é essa, está triste porque pensa que não há mais justiça no céu se a impura é a que recebe o prémio, e a virtuosa tem o corpo vazio, Deus terá para ela outras compensações, Pode ser, mas Deus, que fez o mundo, não deveria privar de nenhum dos frutos da sua obra as mulheres de que também foi autor, Conhecer homem, por exemplo, Sim, como tu vieste a conhecer mulher, e mais não devias precisar, sendo, como és, o filho de Deus, Quem contigo se deita não é o filho de Deus, mas o filho de José, Na verdade, nunca, desde que vieste, senti que estivesse deitada com o filho de um deus, De Deus, queres tu dizer, Quem me dera que o não fosses.

Por um rapazito, filho de vizinhos, Marta mandou avisar o irmão de que tinha tornado Maria, mas não o fez sem ter hesitado muito, pois assim ia abreviar a inevitável e saborosa notícia de que a prostituta irmã de Lázaro regressara a casa, com o que a família voltava a cair nas bocas do mundo depois de o tempo, mais ou menos, as ter feito calar. A si mesma perguntava com que cara iria sair no dia seguinte à rua, e, pior ainda, se teria coragem para levar consigo a irmã, estando obrigada a falar a vizinhas e amigas, dizer, é um exemplo, Lembras-te da minha irmã Maria, pois aqui está ela, tornou a casa, e a outra, com ar entendido, Lembro-me, lembro-me, quem é que não se lembra, que estas minúcias prosaicas não escandalizem quem com elas tenha de perder o seu tempo, a história de Deus não é toda divina. Censurou-se Marta dos seus mesquinhos pensamentos quando Lázaro, chegando, se abraçou a Maria e lhe disse com simplicidade, Bem-vinda sejas, minha irmã, como se não lhe estivessem doendo tantos anos de ausência e de calado desgosto, e porque algum sinal de alegre disposição agora lhe competia dar, apontou Marta a Jesus e disse para o irmão, Este é Jesus, nosso cunhado. Os dois homens olharam-se com simpatia, e logo se sentaram a conversar, enquanto as mulheres, repetindo gestos e movimentos que haviam sido comuns noutro tempo, começaram a preparar a refeição. Ora, depois de terem ceado, Lázaro e Jesus saíram ao pátio para tomarem o fresco da noite, dentro de casa ficaram as irmãs a resolver a importante questão de como deveriam ser instaladas as esteiras, tendo em conta a alteração ocorrida na composição da família, e, ao cabo de um silêncio, Jesus, olhando as primeiras estrelas que surgiam no céu ainda claro, perguntou, Sofres, Lázaro, e Lázaro respondeu, numa voz estranhamente tranquila, Sim, sofro, Deixarás de sofrer, disse Jesus, Decerto, quando estiver morto, Deixarás de sofrer agora, Não me tinhas dito que és médico, Irmão, se eu fosse médico não saberia como curar-te, Nem podes curar-me, mesmo não o sendo, Estás curado, murmurou Jesus docemente, tomando-lhe a mão. No mesmo instante Lázaro sentiu que o mal lhe fugia do corpo como uma água escura devorada pelo sol, que se lhe alargava o fôlego e rejuvenescia o coração, e, porque não podia compreender o que se passava, teve medo na sua alma, Que é isto, perguntou, e a voz enrouquecia-lhe de angústia, Quem és tu, Médico, não sou, sorriu Jesus, Em nome de Deus, diz-me quem és, Não invocas o nome de Deus em vão, Que devo entender, Chama Maria, ela to dirá. Não foi preciso, atraídas pelo repentino altear das vozes, Marta e Maria apareceram à porta, andariam os dois homens altercando, mas logo viram que não, o pátio estava todo ele azul, o ar, queremos dizer, e Lázaro, trémulo, apontava para Jesus, Quem é este, perguntava, que com ter-me tocado a sua mão e dizer-me Estás curado me curou. Marta veio para o irmão com o propósito de sossegá-lo, como era possível estar ele curado se daquela maneira tremia, mas Lázaro afastou-a, disse, Fala tu, Maria, que o trouxeste, quem é ele. Sem se mover do limiar da porta onde se deixara ficar, Maria de Magdala disse simplesmente, É Jesus de Nazaré, filho de Deus. Ora, mesmo sendo estes lugares, e, neles, o tempo desde o princípio do mundo, tão regularmente favorecidos de revelações proféticas e anúncios apocalípticos, o mais natural da vida seria terem manifestado Lázaro e Marta uma perentória incredulidade, porque uma coisa é reconhecer-se alguém de súbito curado por óbvio efeito de milagre, e outra é virem-te dizer que o homem que te tocou na mão e te libertou do mal é o próprio filho de Deus. Porém, a fé e o amor podem muito, há até quem afirme que não precisam andar juntos para poderem tudo, e o caso foi que Marta se lançou, a chorar, nos braços de Jesus, depois, assustada pela ousadia, escorregou para o chão, onde ficou, e só sabia murmurar, com o rosto transfigurado, Lavei-te os pés, lavei-te os pés. Lázaro não se tinha mexido, o assombro paralisara-o, podemos mesmo supor que se a subitânea revelação o não fulminou foi porque um ato oportuno de amor, no minuto antes, lhe pusera um coração novo no lugar do coração velho. Sorrindo, Jesus foi abraçá-lo e dizer-lhe, Que não te surpreenda ver que o filho de Deus é um filho de homem, em verdade, Deus não tinha mais por onde escolher, como os homens que escolhem as suas mulheres e as mulheres que escolhem os seus homens. As últimas palavras eram destinadas a Maria de Magdala, que as tomaria pelo bom lado, mas não se lembrou Jesus de que elas só iriam servir para aumentar o sofrimento de Marta e o desespero da sua solidão, é a diferença que há entre Deus e um filho seu, Deus fá-lo-ia de propósito, fê-lo o filho apenas por humaníssima inabilidade. Enfim, a alegria, hoje, é grande nesta casa, amanhã tornará Marta a sofrer e a suspirar, mas um alívio pode ela já ter por certo, é que ninguém terá o atrevimento de arrastar pelas ruas, praças e mercados de Betânia a vida dissoluta da irmã quando se vier a saber, e a própria Marta disso se ocupará, que o homem que com ela veio curou Lázaro do seu mal sem poção nem tisana. Estavam em casa, recolhidos e desfrutando a hora, e Lázaro disse, De longe em longe, têm chegado notícias de que um homem de Galileia andava a fazer milagres, mas não que fosse filho de Deus, Umas notícias andam mais depressa do que outras, disse Jesus, És tu esse homem, Tu o disseste. Então Jesus contou a sua vida desde o princípio, mas não toda ela, de Pastor nada, de Deus disse somente que lhe aparecera para dizer-lhe, És meu filho. Se não fosse aquela primeira notícia de uns longínquos milagres, tornados verdades puras pela palpável evidência deste, se não fosse o poder da fé, se não fosse o amor e os seus poderes, decerto haveria de ser muito difícil a Jesus, apenas com uma frase lacónica, se bem que posta na boca do próprio Deus, convencer Lázaro e Marta de que o homem que daí a pouco se iria deitar com a irmã deles era feito de espírito divino, se com a sua humana carne se aproximara dela, que a tantos homens conhecera sem temer a Deus. Perdoemos a Marta o orgulho que a levou a dizer, baixinho, com a cabeça tapada pelo lençol para não ver nem ouvir, Eu seria mais digna.

Na manhã seguinte, a notícia correu velocíssima, tudo em Betânia foi um louvar e dar graças ao Senhor, e mesmo os que, modestos, começaram por duvidar do caso, considerando ser a terra demasiado pequena para nela poderem acontecer grandes coisas, esses não tiveram mais remédio que render-se, à vista do miraculado Lázaro, de quem nunca deverá dizer-se que passara a vender saúde, porque era de tão amorável coração que toda a daria, se pudesse. Já à porta da casa se juntavam curiosos que queriam ver, com os seus próprios, e portanto não mentirosos olhos, o autor do feito celebrado, e, podendo ser, para final e definitiva certeza, pôr-lhe a mão em cima. Também, uns por seu pé, outros trazidos de charola, ou às costas de parentes, vieram os doentinhos à cura, em ponto de não se poder romper na estreita rua onde moravam Lázaro e suas irmãs. Sabedor que foi do adjunto, mandou Jesus avisar que falaria a todos na praça maior da aldeia, e que fossem andando para lá, que já se lhes juntaria. Ora, quem tem um pássaro na mão, não será tão tolo que o vá deitar a voar, antes lhe faz com os dedos mais segura gaiola. Por causa desta prudência ou desconfiança, ninguém dali arredou, e Jesus teve de mostrar-se e sair como qualquer um, igualzinho a nós aparecendo no vão duma porta, sem música nem resplendor, sem que a terra tremesse ou os céus se movessem de um lado a outro, Aqui estou, disse, fazendo por falar em tom natural, mas, supondo que o conseguiu, eram daquelas palavras, por si sós, vindas de quem vinham, capazes de fazer pôr os joelhos no chão a uma aldeia inteira, clamando piedade, Salva-nos, gritavam estes, Cura-me, imploravam aqueles. Jesus curou a um que, por ser mudo, nada podia pedir, e aos outros mandou-os para as suas casas porque não tinham fé bastante, e que voltassem noutro dia, mas que, primeiro que tudo, era preciso que se arrependessem dos pecados, pois o reino de Deus estava perto e o tempo a ponto de completar-se, doutrina já conhecida. És tu o filho de Deus, perguntaram-lhe, e Jesus respondeu do modo enigmático a que acostumara quem o ouvia, Se eu não o fosse, mais depressa te faria Deus mudo, que consentir que mo perguntasses.

Com estes assinalados atos principiou a estação de Jesus em Betânia, enquanto não chegava o dia do encontro combinado com os discípulos que por distantes paragens andavam. Claro que não tardou que começasse a vir gente das cidades e aldeias em redor, conhecida que foi lá a notícia de que o homem que fazia milagres no norte estava agora em Betânia. Não precisaria Jesus de sair da casa de Lázaro porque todos acorriam a ela como a um lugar de peregrinação, porém Jesus não os recebia, mandava-os que se reunissem num certo monte fora da aldeia e ali lhes ia pregar o arrependimento e fazer algumas curas. Tanto se falou e disse, que as vozes chegaram a Jerusalém, fazendo com que se engrossassem as multidões e Jesus se interrogasse sobre se deveria ali continuar, com risco dos motins que sempre se geram nos ajuntamentos excessivos. De Jerusalém viera, primeiramente, ao rumor duma esperança de salvação e cura, o miúdo povo, mas não demorou que começasse a aparecer também gente das classes que por cima estão, e mesmo uns quantos fariseus e escribas que se tinham recusado a acreditar que alguém, em seu juízo, tivesse o atrevimento, por assim dizer suicida, de chamar-se, com todas as letras, Filho de Deus. Regressavam a Jerusalém irritados e perplexos porque Jesus nunca respondia afirmativamente quando lho perguntavam, e todo o seu falar, no que toca a filiações, era denominar-se a si mesmo Filho do Homem, e se, falando de Deus, lhe acontecia dizer Pai, entendia-se que o era de todos, e não apenas seu. Restava então, como questão dificilmente polémica, o poder curativo de que dava sucessivas provas, exercido sem artificiosos passes de mágica, do modo mais simples, uma ou duas palavras, Caminha, Levante-te, Diz, Vê, Sê limpo, um subtil toque da mão, nada mais que o roce suave da ponta dos dedos, ato contínuo a pele dos leprosos brilhava como o orvalho ao dar-lhe a primeira luz do sol, os mudos e os gagos embriagavam-se no fluxo torrencial da palavra libertada, os paralíticos saltavam do catre e dançavam até se lhes esgotarem as forças, os cegos não acreditavam no que os seus olhos podiam ver, os coxos corriam e corriam, e depois, de pura alegria, fingiam-se de coxos para tornarem a correr outra vez, Arrependei-vos, dizia-lhes Jesus, arrependei-vos, e não lhes pedia mais nada. Mas os sacerdotes superiores do Templo, sabedores, mais do que ninguém, das confusões e outras perturbações históricas a que tinham dado azo, no seu tempo, profetas e anunciadores de vária índole, decidiram, depois de pesadas e medidas todas as palavras ouvidas a Jesus, que neste tempo não se veriam convulsões religiosas, sociais e políticas como as do passado, e que de hoje em diante estariam com atenção a tudo o que o galileu fosse fazendo e dizendo, para que, em caso de necessidade, e tudo indica que lá havemos de chegar, seja cortado e arrancado pela raiz o mal que já se anuncia, porque, dizia o sumo sacerdote, A mim não me engana ele, o filho do Homem é o filho de Deus. Jesus não fora semear grãos a Jerusalém, mas em Betânia talhava, forjava e dava fio à foice com que lá o haverão de ceifar.

Nesta festa estávamos quando, dois agora, dois amanhã, aos pares de cada vez, ou quatro que se tinham encontrado no caminho, começaram a chegar a Betânia os discípulos. Diferindo apenas, uns e outros, em pormenores e circunstâncias de somenos, traziam todos a mesma notícia, e era que do deserto havia saído um homem que profetizava ao jeito antigo, como se rolasse pedras com a voz e movesse montanhas com os braços, anunciando castigos ao povo e a vinda iminente do Messias. Não o tinham chegado a ver porque ele ia constantemente de um lado para outro, pelo que as informações que traziam, embora no geral coincidentes, eram todas de segunda mão, e, diziam, se não o foram procurar foi só porque se estava cumprindo o prazo combinado de três meses e não queriam faltar ao encontro. Perguntou então Jesus se sabiam como se chamava o profeta e eles responderam que João, ora este era o nome do homem que devia vir para o ajudar, consoante Deus lhe anunciara à despedida. Já chegou, disse Jesus, e os amigos não compreenderam o que ele pretendia significar com tais palavras, só Maria de Magdala, mas essa sabia tudo. Jesus queria ir já à procura de João, que decerto o estaria buscando a ele, mas dos doze faltavam ainda Tomé e Judas de Iscariote, e como podia suceder que eles trouxessem notícias mais diretas e completas, enfadava-o a tardança. Valeu a pena, porém, a espera, os retardatários tinham visto João e falado com ele. Vieram os outros das tendas onde estanciavam, fora de Betânia, para ouvirem o relato de Tomé e Judas de Iscariote, sentados todos em círculo no pátio da casa de Lázaro, e Marta e Maria, e as outras mulheres, por ali, servindo-os. Então falaram alternadamente Judas de Iscariote e Tomé, e disseram isto, que João estava no deserto quando a palavra de Deus lhe foi dirigida, posto o que se foi dali para as margens do Jordão a pregar um batismo de penitência para remissão dos pecados, mas indo as multidões a ele para se fazerem batizar, recebeu-as com estes brados, que os ouvimos nós e deles nos assombramos, Raça de víboras, quem vos ensinou a fugir da cólera que está para chegar, deveis é produzir frutos de arrependimento sincero e não vos iludirdes a vós mesmos dizendo que tendes por pai a Abraão, pois eu vos digo que Deus pode, destas brutas pedras, suscitar novas vergônteas a Abraão, deixando-vos a vós desprezados, vede que já o machado se encontra à raiz das árvores, e por isso toda aquela que não der bom fruto será cortada e lançada ao fogo, ora as multidões, cheias de temor, perguntaram-lhe, Que devemos fazer, e João respondeu-lhes, Quem tem duas túnicas reparta com quem não tem nenhuma, e quem mantimentos tiver faça o mesmo, e aos publicanos que cobram os impostos disse-lhes, Não exijais nada que não estiver estabelecido na lei, mas não creiais que a lei é justa só porque lhe chamais lei, e aos soldados que lhe perguntaram, E nós, que devemos fazer, respondeu-lhes, Não exerçais violência sobre ninguém, não denuncieis injustamente e contentai-vos com o vosso soldo. Calou-se neste ponto Tomé, que era o que tinha começado, e Judas de Iscariote, pegando-lhe na palavra, prosseguiu, Perguntaram-lhe então se ele era o Messias, e ele respondeu, Eu batizo-vos em água para vos mover ao arrependimento, mas vai chegar quem é mais poderoso do que eu, alguém cujas correias das sandálias não sou digno de desatar, que vos batizará no Espírito Santo e no fogo, que tem na sua mão a pá de joeirar para limpar a sua eira e recolher o trigo no seu celeiro, mas queimará a palha num fogo inextinguível. Não disse mais Judas de Iscariote e todos esperaram que Jesus falasse, mas Jesus, com um dedo, fazia riscos enigmáticos no chão e parecia esperar que algum dos outros falasse. Então disse Pedro, És tu o Messias que João veio anunciar, e Jesus, sem deixar de riscar a poeira, Tu é que o dizes, não eu, que a mim Deus disse-me apenas que era seu filho, fez uma pausa, e concluiu, Vou procurar João, Vamos contigo, disse o que também se chamava João, filho de Zebedeu, mas Jesus abanou lentamente a cabeça, Irei só, só com Tomé e Judas de Iscariote, porque o conhecem, e para Judas, Como é ele, Mais alto do que tu e muito mais forte, usa uma grande barba que parece feita de espinhos, anda entrajado com umas toscas peles de camelo que aperta com uma tira de couro à volta da cintura e, lá no deserto, dizem, alimentava-se de gafanhotos e mel silvestre, Parece bem mais o Messias do que eu, disse Jesus, e levantou-se da roda.

Partiram logo na manhã seguinte os três, e, sabido que João nunca se demorava muitos dias num mesmo lugar, mas que o mais provável, em todos os casos, seria encontrá-lo batizando nas margens do Jordão, desceram dos altos de Betânia para o sítio de Betabara, que está à beira do mar Morto, com a ideia de irem depois subindo o rio, sempre, até ao mar da Galileia, e mais para o setentrião ainda, até à nascente, se preciso fosse. Mas, quando de Betânia saíram nunca poderiam ter imaginado que a jornada seria tão breve, pois foi ali mesmo, em Betabara, que, sozinho, como se estivesse à espera, encontraram João. Viram-no de longe, minúscula figura de um homem sentado à beira do rio, cercado por montes lívidos que eram como caveiras e vales que pareciam cicatrizes ainda doridas, e, estendendo-se para a direita, a brilhar sinistramente debaixo do sol e do céu branco, a superfície terrível do mar Morto, como de estanho fundido. Quando se aproximaram à distância de um tiro de funda, Jesus perguntou aos companheiros, É ele, os dois olharam com atenção, protegendo a vista com a mão em pala sobre as sobrancelhas, e responderam, Seria o seu gémeo, se não fosse, Esperai aqui até que eu volte, disse Jesus, não vos acerqueis, aconteça o que acontecer, e, sem mais palavra, começou a descer para o rio. Tomé e Judas de Iscariote sentaram-se no chão, requeimado, viram Jesus afastar-se, aparecendo e desaparecendo consoante os acidentes do terreno, e depois, já no rebaixo da margem, caminhar para onde estava João, que em todo este tempo não se movera. Prouvera que não nos tenhamos enganado, disse Tomé, Devíamos ter ido mais perto, disse Judas de Iscariote, mas Jesus teve logo a certeza quando o viu, perguntou por perguntar. Lá em baixo, João erguera-se e olhava para Jesus, que se aproximava. Que irão dizer um ao outro, perguntou Judas de Iscariote, Talvez Jesus no-lo diga, talvez se cale, disse Tomé. Agora os dois homens, tão longe, estavam frente a frente e falavam com animação, podia-se perceber pelos gestos, pelos movimentos que faziam com os cajados, passado tempo desceram para a água, daqui não é possível vê-los porque o relevo da margem os tem escondido, porém Judas e Tomé sabiam o que estava a passar-se além porque também eles se tinham feito batizar por João, os dois entrando na corrente até ao meio do corpo e João colhendo a água com as duas mãos em concha, levantando-a depois ao céu e deixando-a escorrer sobre a cabeça de Jesus, enquanto dizia, Batizado estás com água, seja ela a alimentar o teu fogo. Já o fez, já o disse, já sobem do rio João e Jesus, tomaram do chão os cajados, sem dúvida estão dizendo um ao outro uma palavra de despedida, disseram-na e abraçaram-se, depois João começa a caminhar ao longo da margem, para o norte, e Jesus está vindo para o nosso lado. Tomé e Judas de Iscariote esperaram-no de pé, ele chega, e, outra vez sem dizer-lhes uma palavra, passa e segue adiante, a caminho de Betânia. Vão atrás dele, com não pequeno despeito, os discípulos, roídos de curiosidade insatisfeita, e, num dado momento, Tomé não pôde conter-se mais e, descuidando do gesto que Judas ainda fez para retê-lo, perguntou, Não queres falar-nos do que te disse João, Ainda não é a hora, respondeu Jesus, Disse-te ao menos que és o Messias, Ainda não é a hora, repetiu Jesus, e os discípulos ficaram sem perceber se ele apenas repetia o que antes tinha dito, ou os estava informando de que a hora de vir o Messias ainda não chegara. Para esta hipótese se inclinou Judas de Iscariote quando, desanimados, se deixaram ficar para trás, enquanto Tomé, cético por decidida e renitente inclinação do espírito, opinava que se tratara de uma mera repetição, ainda por cima impaciente, acrescentou.

Do que foi só Maria de Magdala teve conhecimento nessa noite, e ninguém mais, Não se falou muito, disse Jesus, mal tínhamos acabado de saudar-nos, ele quis saber se eu era aquele que há de vir, ou se devíamos esperar outro, E tu, que lhe respondeste, Disse-lhe que os cegos veem e os coxos andam, os leprosos ficam limpos e os surdos, ouvem, e a boa nova é anunciada aos pobres, E ele, Não é preciso que o Messias faça tanto, desde que faça o que deve, Foi o que ele disse, Sim, foram as suas palavras exatas, E que deve fazer o Messias, Isso lhe perguntei, E ele, Respondeu-me que eu teria de o descobrir por mim, E depois, Mais nada, levou-me para o rio, batizou-me e foi-se embora, Que palavras foram as que te disse para batizar-te, Batizado estás com água, seja ela a alimentar o teu fogo. Depois desta conversação com Maria de Magdala, Jesus não falou mais por espaço de uma semana. Saiu da casa de Lázaro e foi viver para fora de Betânia, onde os discípulos estavam, mas recolheu-se em uma tenda apartada das outras, ficava dentro dela todo o dia, sozinho, pois nem mesmo Maria de Magdala podia lá entrar, e saía à noite para ir para os montes desertos. Seguiram-no algumas vezes os discípulos escondidamente, dando a si mesmos a desculpa de quererem protegê-lo de um ataque das bestas selvagens, de que em verdade não havia por ali notícia, e o que viram foi que ele procurava uma clareira desafogada e ali se sentava, olhando, não o céu, mas na sua frente, como se, da sombra inquietante dos vales ou assomando na aresta duma colina, esperasse ver surgir alguém. Era tempo de lua, quem viesse poderia ser visto de longe, mas nunca apareceu ninguém. Quando a madrugada pisava o primeiro limiar da luz, Jesus retirava-se e regressava ao acampamento. Comia só uma pequena parte do alimento que João e Judas de Iscariote, ora um, ora outro, lhe levavam, mas não respondia às saudações deles, e uma vez aconteceu mesmo ter despedido rudemente Pedro, que apenas queria saber como ele estava e receber ordens. Não errara de todo Pedro no passo que dera, deu-o cedo de mais, foi o que foi, porque ao cabo dos oito dias saiu Jesus da tenda em pleno dia, foi juntar-se aos discípulos e comeu com eles, e, tendo terminado, disse, Amanhã subiremos a Jerusalém, ao Templo, lá fareis o que eu fizer, que é tempo de saber o Filho de Deus para que está a servir a casa do seu Pai e de começar o Messias a fazer o que deve. Perguntaram-lhe os discípulos que coisas eram essas de que falava, mas Jesus não lhes disse mais do que, Não precisareis de viver muito para o saberdes. Ora, os discípulos não estavam acostumados a que ele lhes falasse neste tom nem a vê-lo com aquela expressão de dureza na cara, que nem parecia o mesmo Jesus que conheciam, doce e sossegado, a quem Deus levava por onde queria e mal sabia queixar-se. Não podia haver dúvidas de que a mudança tinha a sua causa nas razões, por ora desconhecidas, que o haviam levado a separar-se da comunidade dos amigos e a andar, como se estivesse possesso dos demónios da noite, por esses cabeços e ravinas à procura duma palavra, que sempre é o que se busca. Considerou, porém,

Pedro, como mais velho de quantos ali estavam, que não era justo que, sem mais explicações, tivesse Jesus ordenado, Vamos subir a Jerusalém, como se eles não fossem mais do que uns paus-mandados, bons para levar e trazer, mas não para conhecer os motivos de ter ido e ter voltado. E então disse, Sempre reconhecemos o teu poder e a tua autoridade e com eles nos conformamos, tanto pelo que dizes como pelo que tens feito, tanto por seres filho de Deus como pelo homem que também és, mas não está certo que lides connosco como se fôssemos meninos sem tino ou velhos caducos, não nos comunicando o teu pensamento, apenas que deveremos fazer o que tu fizeres, sem que o juízo que temos seja chamado a julgar o que pretendes de nós, Perdoai-me todos, disse Jesus, mas nem eu próprio sei o que me leva a Jerusalém, só me foi dito que devo ir, nada mais, mas vós não estais obrigados a acompanhar-me, Quem foi que te disse que deves ir a Jerusalém, Alguém que entrou na minha cabeça para decidir do que terei de fazer e não fazer, Mudaste muito desde que te encontraste com João, Compreendi que não basta trazer a paz, mas que é preciso trazer também a espada, Se o reino de Deus está perto, a que vem a espada, perguntou André, Deus não me disse por que caminho chegará a vós o seu reino, hemos provado a paz, provemos agora a espada, e Deus fará a sua escolha, mas, torno a dizer, não estais obrigados a acompanhar-me, Bem sabes que iremos contigo para onde quer que fores, disse João, e Jesus respondeu, Não jureis, sabê-lo-eis os que lá tiverdes chegado.

Na manhã seguinte, tendo Jesus ido a casa de Lázaro, não tanto para despedir-se, mas para dar sinal benévolo de que regressara à convivência de todos, foi-lhe dito por Marta que o irmão já tinha saído para a sinagoga.

Então Jesus e os seus tomaram a estrada de Jerusalém, e Maria de Magdala e as outras mulheres foram com eles até às últimas casas de Betânia, onde ficaram acenando adeuses, a elas bastava-lhes fazerem-no, que os homens nem uma só vez se voltaram para trás. O céu está nublado, ameaçando chuva, talvez seja por isso que há pouca gente no caminho, os que não têm motivos de força maior para irem a Jerusalém deixaram-se ficar por casa, à espera do que os astros decidam. Avançam, pois, os treze por uma estrada muitas vezes deserta, enquanto as nuvens grossas e cinzentas rolam sobre as alturas dos montes como se, enfim, e para sempre, fossem ajustar-se o céu e a terra, o molde e o moldado, o macho e a fêmea, o côncavo e o convexo. Porém, chegados às portas da cidade, logo se viu que maiores diferenças de variedade e número na multidão não as havia, e que, como de costume, iam ser precisos muito tempo e muita paciência para abrir caminho e chegar ao Templo. Não foi assim, contudo. O aspeto dos treze homens, quase todos descalços, com os seus grandes cajados, as barbas soltas, os pesados e escuros mantos sobre túnicas que parecia terem visto o princípio do mundo, fazia afastar a gente amedrontada, perguntando uns aos outros, Quem são estes, quem é o que vai à frente, e não sabiam responder, até que um que tinha descido da Galileia disse, É Jesus de Nazaré, o que diz ser filho de Deus e faz milagres, E aonde vão, perguntava-se, e como a única maneira de o saberem era seguirem-nos, foram muitos atrás deles, de modo que ao chegarem à entrada do Templo, da parte de fora, não eram treze, mas mil, mas estes ficaram-se por ali, à espera de que os outros lhes satisfizessem a curiosidade. Foi Jesus para o lado onde estavam os cambistas e disse aos discípulos, Eis o que viemos fazer, ato contínuo começou a derrubar as mesas, empurrando e batendo a eito nos que compravam e vendiam, com o que se levantou ali um tumulto tal que não teria deixado ouvir as palavras que proferia se não se desse o estranho caso de soar a sua voz natural como um estentor de bronze, assim, Desta casa que deveria ser de oração para todos os povos, fizestes vós um covil de ladrões, e continuava a deitar as mesas abaixo, fazendo espalhar e saltar as moedas, com enorme gáudio de uns quantos dos mil que correram a colher aquele maná. Andavam os discípulos no mesmo trabalho, e por fim já os bancos dos vendedores de pombas eram também atirados ao chão, e as pombas, livres, voavam por sobre o Templo, rodopiando doidas, além, em redor do fumo do altar, onde não iriam ser queimadas porque havia chegado o seu salvador. Vieram os guardas do Templo, armados de bastões, para castigar e prender ou lançar fora os desordeiros, mas, para seu mal, encontraram-se com treze rudes galileus que, de cajado nas mãos, varriam quem ousava fazer-lhes frente e gritavam, Venham mais, venham todos, que Deus para todos chegará, e carregavam sobre os guardas, e destroçavam as bancas, de súbito apareceu um archote aceso, em pouco tempo tinham pegado fogo os toldos, uma outra coluna de fumo se erguia no ar, alguém gritou, Chamem os soldados romanos, mas ninguém fez caso, acontecesse o que tivesse de acontecer, os romanos, era da lei, não entrariam no Templo. Acudiram mais guardas, estes de espada e lança, aos quais foram juntar-se um que outro cambista e vendedor de pombas, resolvidos a não deixarem só em mãos alheias a defesa dos seus interesses, e a sorte das armas, aos poucos, começou a virar, que se esta luta, como nas cruzadas, a queria Deus, não parecia que pusesse nela o mesmo Deus empenho bastante para que a vencessem os seus. Nisto estávamos, quando no alto da escadaria apareceu o sumo sacerdote, acompanhado dos seus pares e dos anciãos e escribas que fora possível chamar à pressa, e deu uma voz que em nada ficou a dever àquela de Jesus, disse ele, Deixai-o ir desta vez, que, se voltar cá, então o cortaremos e lançaremos fora, como ao joio quando está em excesso na seara e ameaça afogar o trigo. Disse André para Jesus, que a seu lado brigava, Bem é que digas que vieste trazer a espada e não a paz, agora já sabemos que cajados não são espadas, e Jesus disse, No braço que brande o cajado e maneja a espada é que se vê a diferença, Que fazemos então, perguntou André, Tornemos a Betânia, respondeu Jesus, não é a espada que ainda nos falta, mas o braço. Recuaram em boa ordem, com os cajados apontados aos apupos e escárnios da multidão, que a mais bravos cometimentos não se atrevia, e em pouco tempo puderam sair de Jerusalém, posto o que, cansados todos, maltratados alguns, tomaram o caminho de regresso.

Quando entraram em Betânia, notaram que os vizinhos que apareciam às portas os olhavam com expressões de piedade e desgosto, mas aceitaram-nas como coisa natural, visto o lastimoso estado em que voltavam da peleja. Pronto, porém, se desenganaram dos motivos, foi entrar na rua onde Lázaro morava e logo perceberam que sucedera uma desgraça. Jesus correu à frente de todos, entrou no pátio, pessoas de ar compungido abriram-lhe caminho para que ele passasse, ouviam-se dentro os choros e as lamentações, Ai, meu querido irmão, esta era a voz de Marta, Ai, meu querido irmão, esta a de Maria. Deitado no chão, sobre uma esteira, viu Lázaro, tranquilo como se dormisse, o corpo e as mãos compostas, mas não dormia, não, estava morto, durante quase toda a sua vida o seu coração ameaçara deixá-lo, depois curara-se, que assim o podia testemunhar Betânia inteira, e agora estava morto, por enquanto sereno como se fosse de mármore, intacto como se tivesse entrado na eternidade, mas não tardará que do interior da sua morte suba à superfície o primeiro sinal de podridão para tornar mais insuportável a angústia e o pavor destes vivos. Jesus, como se lhe tivessem cortado de um traço os tendões dos jarretes, caiu de joelhos, e gemeu, chorando, Como foi que aconteceu, como foi que aconteceu, é uma ideia que sempre nos acode diante do que já não tem remédio, perguntar aos outros como foi, desesperada e inútil maneira de distrair o momento em que iremos ter de aceitar a verdade, é isso, queremos saber como foi, e é como se pudéssemos ainda pôr no lugar da morte, a vida, no lugar do que foi, o que poderia ter sido. Do fundo do seu desfeito e amargo choro, Marta disse a Jesus, Se tu estivesses aqui, meu irmão não teria morrido, mas eu sei que tudo quanto pedires a Deus, ele to concederá, como te tem concedido a vista dos cegos, a limpeza dos leprosos, a voz dos mudos, e todos os mais prodígios que moram na tua vontade e esperam a tua palavra. Jesus disse-lhe, Teu irmão há de ressuscitar, e Marta respondeu, Eu sei que há de ressuscitar na ressurreição do último dia. Jesus levantou-se, sentiu que uma força infinita arrebatava o seu espírito, podia, nesta suprema hora, obrar tudo, cometer tudo, expulsar a morte deste corpo, fazer regressar a ele a existência plena e o ente pleno, a palavra, o gesto, o riso, a lágrima também, mas não de dor, podia dizer, Eu sou a ressurreição e a vida, quem crê em mim, ainda que esteja morto, viverá, e perguntaria a Marta, Crês tu nisto, e ela responderia, Sim, creio que és o filho de Deus que havia de vir ao mundo, ora, assim sendo, estando dispostas e ordenadas todas as coisas necessárias, a força e o poder, e a vontade de os usar, só falta que Jesus, olhando o corpo abandonado pela alma, estenda para ele os braços como o caminho por onde ela há de regressar, e diga, Lázaro, levanta-te, e Lázaro levantar-se-á porque Deus o quis, mas é neste instante, em verdade último e derradeiro, que Maria de Magdala põe uma mão no ombro de Jesus e diz, Ninguém na vida teve tantos pecados que mereça morrer duas vezes, então Jesus deixou cair os braços e saiu para chorar.

Como um sopro gelado, uma transida frialdade, a morte de Lázaro apagou de golpe o ardor combatente que João havia feito nascer no ânimo de Jesus e em que, durante uma arrastada semana de reflexão e alguns breves instantes de ação, se tinham confundido, num sentimento único, o serviço de Deus e o serviço do povo. Passados os primeiros dias do luto, quando, aos poucos, as obrigações e os hábitos do quotidiano principiavam a retomar o espaço perdido, pagando-o com momentâneos adormecimentos duma dor que não cedia, foram Pedro e André falar a Jesus, perguntar-lhe que projetos tinha, se se iriam outra vez a pregar às cidades ou voltavam a Jerusalém para um novo assalto, pois já os discípulos se andavam queixando da prolongada inatividade, que assim não pode ser, não foi para isto que deixamos fazenda, trabalho e família. Jesus olhou-os como se os não distinguisse entre os seus próprios pensamentos, ouviu-os como se tivesse de identificar-lhes as vozes no meio de um coro de gritos desencontrados, e ao cabo de um longo silêncio disse-lhes que o esperassem um pouco mais, que tinha ainda de pensar, que sentia estar para acontecer algo que definitivamente decidiria das suas vidas e das suas mortes. Também disse que não tardaria a juntar-se a eles no acampamento, e isto não o puderam entender nem Pedro nem André, ficarem as irmãs sozinhas quando ainda estava por resolver o que fariam os homens, Não precisas voltar para nós, melhor é que te deixes estar, disse Pedro, que não podia saber que Jesus estava vivendo entre dois tormentos, o dos seus deveres para com homens e mulheres que tudo tinham largado e abandonado para o seguirem, e aqui, nesta casa, com estas duas irmãs, iguais e inimigas como o rosto e o espelho, uma contínua, minuciosa, arrepiante dilaceração moral. Lázaro estava presente e não se retirava. Estava presente nas duras palavras de Marta, que não perdoava a Maria ter ela impedido a ressurreição do próprio irmão, que não podia perdoar a Jesus a sua renúncia a usar de um poder que recebera de Deus. Estava presente nas lágrimas inconsoláveis de Maria que, por não sujeitar o irmão a uma segunda morte, ia ter de viver, para sempre, com o remorso de não o haver libertado desta. Estava presente, enfim, corpo imenso enchendo todos os espaços e recantos, na perturbada mente de Jesus, a quádrupla contradição em que se encontrava, concordar com o que Maria dissera e recriminá-la por tê-lo dito, compreender o pedido de Marta e censurá-la por lho ter feito. Jesus olhava a sua pobre alma e via-a como se quatro cavalos furiosos a estivessem puxando e repuxando em quatro direções opostas, como se quatro cabos enrolados em cabrestantes lhe rompessem lentamente todas as fibras do espírito, como se as mãos de Deus e as mãos do Diabo, divina e diabolicamente, se entretivessem, jogando ao jogo dos quatro-cantinhos, com o que dele ainda restava. À porta da casa que fora de Lázaro vinham os míseros e os chagados a implorar a cura dos seus ofendidos corpos, às vezes Marta aparecia a expulsá-los, como se protestasse, Não houve salvação para o meu irmão, não haverá cura para vós, mas eles tornavam mais tarde, tornavam sempre, até que conseguiam chegar aonde estava Jesus, que os sarava e mandava embora, porém não lhes dizia, Arrependei-vos, ficar curado era como nascer de novo sem haver morrido, quem nasce não tem pecados seus, não tem que se arrepender do que não fez. Mas estas obras de regeneração física, se não fica mal dizê-lo, sendo embora de misericórdia máxima, deixavam no coração de Jesus um travo ácido, uma espécie de amargo ressaibo, porque, em verdade, não eram elas mais do que adiamentos das decadências inevitáveis, aquele que hoje se foi daqui sano e contente voltará amanhã chorando as novas dores que não terão remédio. Chegou a tristeza de Jesus a um ponto tal que um dia Marta lhe disse, Não me morras tu agora, que então iria saber que coisa era morrer-me Lázaro novamente, e Maria de Magdala, no segredo da escura noite, murmurando sob o lençol comum, queixa e gemido de animal que se escondeu para sofrer, Precisas hoje de mim como nunca precisaste antes, sou eu que não posso alcançar-te onde estás, porque te fechaste atrás duma porta que não é para forças humanas, e Jesus, que a Marta tinha respondido, Na minha morte estarão presentes todas as mortes de Lázaro, ele é o que sempre estará morrendo e não pode ser ressuscitado, pediu e rogou a Maria, Mesmo quando não possas entrar, não te afastes de mim, estende-me sempre a tua mão mesmo quando não puderes ver-me, se o não fizeres, esquecer-me-ei da vida, ou ela me esquecerá. Dias passados, Jesus foi juntar-se aos discípulos, e Maria de Magdala foi com ele, Olharei a tua sombra se não quiseres que te olhe a ti, disse-lhe, e ele respondeu, Quero estar onde a minha sombra estiver, se lá é que estiverem os teus olhos. Amavam-se e diziam palavras como estas, não apenas por serem belas ou verdadeiras, se é possível ser-se o mesmo ao mesmo tempo, mas porque pressentiam que o tempo das sombras estava chegando na sua hora, e era preciso que começassem a acostumar-se, ainda juntos, à escuridão da ausência definitiva.

Então chegou ao acampamento a notícia da prisão de João o Batista. Não se sabia mais do que isto, que havia sido preso, e também que o mandara encarcerar o próprio Herodes, motivo por que, não podendo imaginar-se ali outras razões, foram Jesus e a sua gente levados a pensar que a causa do sucedido só podiam ter sido os incessantes anúncios da chegada do Messias, que era a final substância do que João proclamava em todos os lugares, entre batismo e batismo, Outro virá que vos batizará pelo fogo, entre imprecação e imprecação, Raça de víboras, quem vos ensinou a fugir da cólera que está para vir. Disse então Jesus aos discípulos que deviam estar preparados para toda a espécie de vexames e perseguições, pois era de crer que, correndo já o país, e desde não pouco tempo, notícia do que eles próprios andavam a fazer e a dizer no mesmo sentido, concluísse Herodes que dois e dois são quatro e buscasse num filho de carpinteiro, que de ser filho de Deus se gabava, e nos seus seguidores, a segunda e mais poderosa cabeça do dragão que ameaçava deitá-lo abaixo do trono. Sem dúvida, não é melhor uma má notícia do que notícia nenhuma, mas justifica-se que a recebam com serenidade de alma aqueles que, havendo esperado e ansiado por um tudo, se tinham visto, nos últimos tempos, postos diante do nada. Perguntavam-se uns aos outros, e todos a Jesus, que era o que deveriam fazer, se manterem-se juntos, e juntos enfrentarem a maldade de Herodes, ou dispersarem-se pelas cidades, ou, ainda, recolherem-se ao deserto, mantendo-se de mel silvestre e gafanhotos, como fizera João antes de ter de lá saído, para maior glória de Jesus e, pelos vistos, sua própria desgraça. Mas, como não havia sinal de estarem vindo os soldados de Herodes para Betânia a matar estes outros inocentes, puderam demorar-se Jesus e os seus a ponderar as diferentes alternativas, e nisto estavam quando chegaram, num pé só, segunda e terceira notícias, que João havia sido degolado, e que o motivo do encarceramento e execução nada tinha que ver com anúncios de Messias ou reinos de Deus, mas ter ele andado a clamar e a vociferar contra o adultério que o mesmo Herodes cometia tendo casado com Herodíades, sua sobrinha e cunhada, em vida do marido dela. Que João estivesse morto, foi causa de numerosas lágrimas e lamentações em todo o acampamento, não se notando, entre homens e mulheres, diferença nas expressões da mágoa, mas que ele tivesse sido morto pelo motivo que se dizia, era algo que escapava à compreensão de quantos ali estavam, porque uma outra razão, essa, sim, suprema, deveria ter prevalecido na sentença de Herodes, e, afinal, era como se ela não tivesse existência hoje nem devesse ter qualquer importância amanhã, dizia-o em cólera Judas de Iscariote, a quem, como estaremos lembrados, tinha João batizado, Que é isto, perguntava a toda a companhia reunida, mulheres incluídas, anuncia João que vem aí o Messias a redimir o povo e matam-no por denúncias de concubinato e adultério, de cama e casamento de tio e cunhada, como se nós não soubéssemos que esse foi sempre o viver corrente e comum da família, desde o primeiro Herodes aos dias que vivemos, Que é isto, repetia, se foi Deus quem mandou João a anunciar o Messias, e eu não duvido, pela simples razão de que nada pode acontecer sem que o tivesse querido Deus, se foi Deus, expliquem-me então os que dele conhecem mais do que eu por que quer ele que os seus próprios desígnios sejam assim rebaixados na terra, e, por favor, não argumenteis que Deus sabe e nós não podemos saber, porque eu vos responderia que o que quero saber é precisamente o que Deus sabe. Passou um frio de medo por toda a assembleia, como se a ira do Senhor viesse já a caminho para fulminar o ousado e todos os demais que, imediatamente, o não tinham feito pagar a blasfémia. Ora, não estando ali Deus presente para dar satisfação a Judas de Iscariote, o desafio só podia ser levantado por Jesus, que era quem por mais perto andava do supremo interpelado. Fosse outra a religião e a situação outra, talvez que as coisas tivessem ficado por aqui, por este sorriso enigmático de Jesus, em que, apesar de tão leve e fugidio, fora possível reconhecer três partes, uma de surpresa, outra de benevolência, outra de curiosidade, o que, parecendo muito, nada era, por ser a surpresa instantânea, condescendente a benevolência, fatigada a curiosidade. Mas o sorriso, assim como veio, assim se foi, e o que no seu lugar ficou foi uma palidez mortal, um rosto subitamente cavado, de quem acabou de ver, em figura e em presença, o seu próprio destino. Numa voz lenta, em que quase não havia expressão, Jesus disse enfim, Retirem-se as mulheres, e Maria de Magdala foi a primeira a levantar-se. Depois, quando o silêncio, pouco a pouco, se converteu em muralha e teto para fechá-los na mais funda caverna da terra, Jesus disse, Pergunte João a Deus por que fez morrer assim, por uma causa tão mesquinha, quem tão grandes coisas tinha vindo anunciar, disse e calou-se por um momento, e como Judas de Iscariote parecia querer falar, levantou a mão para que sobrestivesse e concluiu, O meu dever, acabei de compreender agora, é dizer-vos eu o que sei do que Deus sabe, se não mo vai impedir o mesmo Deus. Entre os discípulos cresceu um rumor de palavras trocadas em voz alterada, um desassossego, uma excitação inquieta, temiam saber o que por saber ansiavam, só Judas de Iscariote mantinha a expressão de desafio com que provocara o debate. Disse Jesus, Sei o meu destino e o vosso, sei o destino de muitos dos que hão de nascer, conheço as razões de Deus e os seus desígnios, e de tudo isto devo falar-vos porque a todos toca e mais tocará ainda no futuro, Porquê, perguntou Pedro, por que temos nós de saber o que te foi transmitido por Deus, melhor seria que te calasses, Estaria no poder de Deus fazer-me calar agora mesmo, Então, calares ou não calares tem a mesma importância para Deus, significa o mesmo nada, e se Deus tem falado pela tua boca, pela tua boca irá continuar a falar, mesmo quando, como agora, julgues contrariar a sua vontade, Tu sabes, Pedro, que serei crucificado, Disseste-mo, Mas não te disse que tu próprio, e André, e Filipe, o sereis também, que Bartolomeu será esfolado, que a Mateus o matarão bárbaros, que a Tiago filho de Zebedeu o degolarão, que o segundo Tiago, filho de Alfeu, será lapidado, que Tomé será alanceado, que a Judas Tadeu lhe esmagarão a cabeça, que Simão será cortado por uma serra, isto não o sabias, mas sabe-lo agora, e sabem-no todos. A revelação foi recebida em silêncio, não havia mais motivo para ter medo de um futuro que se dera a conhecer, era como se, afinal, Jesus apenas lhes tivesse dito, Morrereis, e eles lhe respondessem em coro, Grande novidade, isso já nós sabíamos. Mas João e Judas de Iscariote não ouviram que deles se falasse, e por isso perguntaram, E eu, e Jesus disse, Tu, João, chegarás a velho e de velho morrerás, quanto a ti, Judas de Iscariote, evita as figueiras, não tarda que te vás a enforcar numa por tuas próprias mãos, Morreremos, então, por tua causa, disse uma voz, mas não se soube de quem havia sido, Por causa de Deus, não por minha causa, respondeu Jesus, Que quer

Deus, afinal, perguntou João, Quer uma assembleia maior do que aquela que tem, quer o mundo todo para si, Mas se Deus é senhor do universo, como pode o mundo não ser seu, e não desde ontem ou amanhã, mas desde sempre, perguntou Tomé, Isso não sei, disse Jesus, Mas tu, que durante tanto tempo viveste com todas essas coisas no coração, por que no-las vens contar agora, Lázaro, que eu curei, morreu, João Batista, que me anunciou, morreu, a morte já está entre nós, Todos os seres têm de morrer, disse Pedro, os homens como os outros, Morrerão muitos no futuro por vontade de Deus e causa sua, Se é vontade de Deus, é causa santa, Morrerão porque não nasceram antes nem depois, Serão recebidos na vida eterna, disse Mateus, Sim, mas não deveria ser tão dolorosa a condição para lá entrar, Se o filho de Deus disse o que disse, a si próprio se negou, protestou Pedro, Enganas-te, só ao filho de Deus é permitido falar assim, o que na tua boca seria blasfémia, na minha é a outra palavra de Deus, respondeu Jesus, Falas como se tivéssemos de escolher entre ti e Deus, disse Pedro, Sempre a vossa escolha terá de ser entre Deus e Deus, eu estou como vós e os homens, no meio, Que mandas então que façamos, Que ajudeis a minha morte a poupar as vidas dos que hão de vir, Não podes ir contra a vontade de Deus, Não, mas o meu dever é tentar, Tu estás salvo porque és filho de Deus, mas nós perderemos a nossa alma, Não, se decidirdes obedecer-me, é ainda a Deus que estareis obedecendo. No horizonte, lá no último fim do deserto, apareceu o bordo duma lua vermelha. Fala, disse André, mas Jesus esperou que a lua toda se levantasse da terra, enorme e sangrenta, a lua, e só depois disse, O filho de Deus deverá morrer na cruz para que assim se cumpra a vontade do Pai, mas, se no lugar dele puséssemos um simples homem, já não poderia Deus sacrificar o Filho, Queres pôr um homem no teu lugar, um de nós, perguntou Pedro, Não, eu é que irei ocupar o lugar do Filho, Em nome de Deus, explica-te, Um simples homem, sim, mas um homem que se tivesse proclamado a si mesmo rei dos Judeus, que andasse a levantar o povo para derrubar Herodes do trono e expulsar da terra os romanos, isto é o que vos peço, que corra um de vós ao Templo a dizer que eu sou esse homem, e talvez que, se a justiça for rápida, não tenha a de Deus tempo de emendar a dos homens, como não emendou a mão do carrasco que ia degolar João. O assombro tolheu a voz de todos, mas por pouco tempo, que logo de todas as bocas saltaram palavras de indignação, de protesto, de incredulidade, Se és o filho de Deus, como filho de Deus tens de morrer, clamava um, Comi do pão que repartiste, como poderia agora denunciar-te, gemia outro, Não queira ser rei dos Judeus aquele que vai ser rei do mundo, dizia este, Morra logo quem daqui se mover para acusar-te, ameaçava aquele. Foi então que se ouviu, clara, distinta, por cima do alvoroço, a voz de Judas de Iscariote, Eu vou, se assim o queres. Lançaram-lhe os outros as mãos, e já havia facas saindo das dobras das túnicas, quando Jesus ordenou, Larguem-no, que ninguém lhe faça mal. Depois levantou-se, abraçou-o e beijou-o nas duas faces, Vai, a minha hora é a tua hora. Sem uma palavra, Judas de Iscariote lançou a ponta do manto por cima do ombro e, como se a noite o tivesse engolido, desapareceu na escuridão.

Os guardas do Templo e os soldados de Herodes vieram prender Jesus na primeira luz da manhã. Depois de cercarem caladamente o acampamento, entraram de rompante uns tantos, armados de espada e lança, e o que neles mandava gritou, Onde está esse que diz ser rei dos Judeus, e outra vez, Que se apresente esse que diz ser o rei dos Judeus, então Jesus saiu da sua tenda, estava com ele Maria de Magdala que vinha chorando, e disse, Eu sou o rei dos Judeus. Então foi-se para ele um soldado que lhe atou as mãos, ao mesmo tempo que lhe dizia em voz baixa, Se, apesar de ires preso hoje, vieres um dia a ser meu rei, lembra-te de que foi por ordem doutro que te vim prender, dirás então que o prenda a ele, e eu obedecer-te-ei, como agora obedeci, e Jesus disse, Um rei não prende outro rei, um deus não mata outro deus, para que houvesse quem prendesse e matasse é que foram feitos os homens comuns. Lançaram também a Jesus uma corda aos pés para que não pudesse fugir, e Jesus disse consigo mesmo, porque assim o cria, Tarde chega, eu já fugi. Foi então que Maria de Magdala deu um grito como se se lhe estivesse rompendo a alma, e Jesus disse, Chorarás por mim, e vós, mulheres, todas haveis de chorar, se for chegada uma hora igual para estes que aqui estão e para vós próprias, mas sabei que, por cada lágrima vossa, se derramariam mil no tempo que há de vir se eu não fosse acabar como é minha vontade. E, voltando-se para o que mandava, disse, Deixa ir estes homens que estavam comigo, eu é que sou o rei dos Judeus, não eles, e, sem mais, avançou para o meio dos soldados, que o rodearam. O sol tinha aparecido e subia no céu, por cima das casas de Betânia, quando a multidão de gente, com Jesus posto adiante, entre dois soldados que seguravam as pontas da corda que lhe atava as mãos, começou a subir a estrada para Jerusalém. Atrás iam os discípulos e as mulheres, eles irados, elas soluçando, mas tanto era o que valiam os soluços dumas como a ira doutros, Que devemos fazer, perguntavam-se à boca pequena, saltar sobre os soldados e tentar libertar Jesus, morrendo talvez na luta, ou dispersar-nos antes que venha também ordem de prisão para nós, e como não eram capazes de escolher entre isto e aquilo, nada fizeram, e foram seguindo, à distância, o destacamento da tropa. Em certa altura, viram que o grupo da frente tinha parado e não perceberam porquê, salvo se viera contraordem e agora estavam desatando os nós de Jesus, mas para pensar tal coisa era preciso ser muito louco da imaginação, e alguns havia, porém não tanto. Desatara-se um nó, de facto, mas o da vida de Judas de Iscariote, ali, numa figueira à beira do caminho por onde Jesus teria de passar, pendurado pelo pescoço, estava o discípulo que se apresentara voluntário para que pudesse ser cumprida a derradeira vontade do mestre. O que comandava a escolta fez sinal a dois soldados para que cortassem a corda e descessem o corpo, Ainda está quente, disse um deles, bem podia ser que Judas de Iscariote, sentado no ramo da figueira, já com o laço da corda passado ao pescoço, tivesse estado, pacientemente, à espera de ver aparecer Jesus, lá longe, na curva da estrada, para do ramo abaixo se lançar, em paz consigo mesmo por ter cumprido o seu dever. Jesus aproximou-se, não o impediram os soldados, e olhou demoradamente a cara de Judas, retorcida pela rápida agonia, Ainda está quente, tornara a dizer o soldado, então pensou Jesus que podia, se quisesse, fazer a este homem o que a Lázaro não fizera, ressuscitá-lo, para que viesse a ter, noutro dia, noutro lugar, a sua própria e irrenunciável morte, distante e obscura, e não a vida e a memória intermináveis duma traição. Mas é sabido que só o filho de Deus tem o poder de fazer ressuscitar, não o tem o rei dos Judeus que aqui vai, de espírito mudo e pés e mãos atados. O que mandava disse, Deixem-no aí para que o enterrem os de Betânia ou o comam os corvos, mas vejam primeiro se tem valores, e os soldados procuraram e não acharam, Nem uma moeda, disse um deles, não havia de que admirar-se, o dos fundos da comunidade era Mateus, que sabia do ofício, tendo sido publicano no tempo em que se chamava Levi. Não lhe pagaram a denúncia, murmurou Jesus, e o outro, que o ouvira, respondeu, Quiseram-no, mas ele disse que tinha por costume pagar as suas contas, e aí está, já não as paga mais. Seguiu adiante a marcha, alguns discípulos ficaram a olhar piedosamente o cadáver, mas João disse, Deixe-mo-lo, esse não era dos nossos, e o outro Judas, o que também é Tadeu, acudiu a emendar, Queiramo-lo, ou não, há de ser sempre dos nossos, não saberemos o que fazer com ele, e no entanto continuará a ser dos nossos. Prossigamos, disse Pedro, o nosso lugar não é ao pé de Judas de Iscariote, Tens razão, disse Tomé, o nosso lugar deveria ser ao lado de Jesus, mas vai vazio.

Entraram enfim em Jerusalém e Jesus foi levado ao conselho dos anciãos, príncipes dos sacerdotes e escribas. Estava lá o sumo sacerdote, que se alegrou ao vê-lo e lhe disse, Eu avisei-te, mas tu não quiseste ouvir-me, agora o teu orgulho não poderá defender-te e as tuas mentiras irão condenar-te, Que mentiras, perguntou Jesus, Uma, a de seres o rei dos Judeus, Eu sou o rei dos Judeus, A outra, a de seres o filho de Deus, Quem te disse que eu digo que sou o filho de Deus, Todos por aí, Não lhes dês ouvidos, eu sou o rei dos Judeus, Então, confessas que não és o filho de Deus, Repito que sou o rei dos Judeus, Tem cuidado, olha que só essa mentira basta para que sejas condenado, O que disse, disse, Muito bem, vou-te mandar ao procurador dos romanos, que está ansioso por conhecer o homem que quer expulsá-lo a ele e tirar estes domínios ao poder de César. Levaram Jesus dali os soldados ao palácio de Pilatos e como já tinha corrido a notícia de que aquele que dizia ser rei dos Judeus, o que espancara os cambistas e deitara fogo às tendas, havia sido preso, acorriam as pessoas a ver que cara fazia um rei quando o levavam pelas ruas à vista de toda a gente, de mãos atadas como um criminoso comum, sendo indiferente, para o caso, se era rei dos autênticos ou dos que presumiam de o ser. E, como sempre acontece, porque o mundo não é todo igual, havia gente que tinha pena, outra que não tinha, uns que diziam, Deixem-no ir, que é doido, outros, pelo contrário, achavam que punir um crime é dar um exemplo e que, se aqueles são muitos, estes não devem ser menos. Pelo meio da multidão, com ela confundidos, andavam meio perdidos os discípulos, e também as mulheres que com eles tinham vindo, estas conheciam-se logo pelas lágrimas, só uma delas é que não chorava, era Maria de Magdala, porque o choro se lhe estava queimando dentro.

Não era grande a distância entre a casa do sumo sacerdote e o palácio do procurador, mas a Jesus parecia que não acabava de chegar lá nunca, e não por serem insuportáveis a esse ponto as vaias e os apupos da multidão, finalmente dececionada pela triste figura que ia fazendo aquele rei, mas porque lhe tardava comparecer ao encontro que por sua vontade aprazara com a morte, não fosse Deus olhar ainda para este lado, e dizer, Que é lá isto, não estás a cumprir o combinado. À porta do palácio havia soldados de Roma a quem os de Herodes e os guardas do Templo entregaram o preso, ficando estes de fora, à espera do resultado, e entrando com ele apenas uns quantos sacerdotes que tinham autorização. Sentado na sua cadeira de procurador, Pilatos, que este era o nome, viu entrar uma espécie de maltrapilho, barbudo e descalço, de túnica manchada de nódoas antigas e recentes, estas de frutos maduros que os deuses haviam criado para outro fim, não para serem desabafo de rancores e sinal de ignomínia. De pé, diante dele, o prisioneiro aguardava, a cabeça tinha-a direita, mas o olhar perdia-se no espaço, num ponto próximo, porém indefinível, entre os olhos de um e os olhos do outro. Pilatos só conhecia duas espécies de acusados, os que baixavam os olhos e os que deles se serviam como carta de desafio, aos primeiros desprezava-os, aos segundos temia-os sempre um pouco e por isso condenava-os mais depressa. Mas este estava ali e era como se não estivesse, tão seguro de si como se fosse, de facto e de direito, uma real pessoa, a quem, por ser tudo isto um deplorável mal-entendido, não tarda que venham restituir a coroa, o cetro e o manto. Pilatos acabou por concluir que o mais apropriado ainda seria incluir este preso na segunda espécie deles e julgá-lo em conformidade, posto o que, passou ao interrogatório, Como te chamas, homem, Jesus, filho de José, nasci em Belém de Judeia, mas conhecem-me como Jesus de Nazaré porque em Nazaré de Galileia vivi, Teu pai, quem era, Já to disse, o seu nome era José, Que ofício tinha, Carpinteiro, Explica-me então como saiu de um José carpinteiro um Jesus rei, Se um rei pode fazer filhos carpinteiros, um carpinteiro deve poder fazer filhos reis. Nesta altura, interveio um sacerdote dos principais, dizendo, Lembro-te, ó Pilatos, que este homem também tem afirmado que é filho de Deus, Não é verdade, apenas digo que sou o filho do Homem, respondeu Jesus, e o sacerdote, Pilatos, não te deixes enganar, na nossa religião tanto faz dizer filho do Homem como filho de Deus. Pilatos fez um gesto indiferente com a mão, Se ele andasse por aí a apregoar que era filho de Júpiter, o caso, tendo em conta que outros houve antes, interessar-me-ia, mas que ele seja, ou não seja, filho do vosso deus, é questão sem importância, Julga-o então por se dizer rei dos Judeus, que isso é o bastante para nós, Falta saber se o será também para mim, respondeu Pilatos, de mau modo. Jesus esperava tranquilamente o fim do diálogo e o recomeço do interrogatório. Que dizes tu que és, perguntou o procurador, Digo o que sou, o rei dos Judeus, E que é que pretende o rei dos Judeus que tu dizes ser, Tudo o que é próprio de um rei, Por exemplo, Governar o seu povo e protegê-lo, Protegê-lo de quê, De tudo quanto esteja contra ele, Protegê-lo de quem, De todos quantos contra ele estejam, Se bem compreendo, protegê-lo-ias de Roma, Compreendeste bem, E para o protegeres atacarias os romanos, Não há outra maneira, E expulsar-nos-ias destas terras, Uma coisa leva à outra, evidentemente, Portanto, és inimigo de César, Sou o rei dos Judeus, Confessa que és inimigo de César, Sou o rei dos Judeus, e a minha boca não se abrirá para dizer outra palavra. Exultante, o sacerdote levantou as mãos ao céu, Vês tu, ó Pilatos, ele confessa, e tu não podes deixar ir-se com a vida salva quem, diante de testemunhas, se declarou contra ti e contra César. Pilatos suspirou, disse para o sacerdote, Cala-te, e, tornando a Jesus, perguntou, Que mais tens para dizer, Nada, respondeu Jesus, Obrigas-me a condenar-te, Faz o teu dever, Queres escolher a tua morte, Já escolhi, Qual, A cruz, Morrerás na cruz. Os olhos de Jesus, enfim, procuraram e fixaram os olhos de Pilatos, Posso pedir-te um favor, perguntou, Se não for contra a sentença que ouviste, Peço-te que mandes pôr por cima da minha cabeça um letreiro em que fique dito, para que me conheçam, quem sou e o que sou, Nada mais, Nada mais. Pilatos fez sinal a um secretário, que lhe trouxe o material de escrita, e, por sua própria mão, escreveu Jesus de Nazaré Rei dos Judeus. O sacerdote, que estivera entregue ao seu contentamento, deu-se conta do que sucedia e protestou, Não podes escrever Rei dos Judeus, mas sim Que Se Dizia Rei dos Judeus, ora Pilatos estava enfadado consigo mesmo, parecia-lhe que deveria ter mandado o homem à sua vida, pois até o mais desconfiado dos juízes seria capaz de ver que nenhum mal podia advir a César de um inimigo como este, e foi por tudo isto que respondeu secamente, Não me maces, o que escrevi, escrevi. Fez sinal aos soldados para tirarem dali o condenado, e mandou vir água para lavar as mãos, como era seu costume depois dos julgamentos.

Levaram dali Jesus para uma altura a que chamavam Gólgota, e, como já lhe iam fraquejando as pernas sob o peso do patíbulo, apesar da sua robusta compleição, mandou o centurião comandante que um homem que ia de passagem e parara um momento para olhar o desfile tomasse conta da carga. De apupos e vaias já se deu antes notícia, como da multidão que os lançava. Também da rara piedade. Quanto aos discípulos, esses andam por aí, agora mesmo uma mulher acabou de interpelar Pedro, Tu não eras dos que estavam com ele, e Pedro respondeu, Eu, não, e tendo dito escondeu-se atrás de todos, mas ali tornou a encontrar a mesma mulher e outra vez lhe disse, Eu, não, e porque não há duas sem três, sendo a de três a conta que Deus fez, ainda Pedro foi terceira vez perguntado e terceira vez respondeu, Eu, não. As mulheres sobem ao lado de Jesus, umas tantas aqui, umas tantas ali, e Maria de Magdala é a que mais perto vai, mas não pode aproximar-se porque não a deixam os soldados, como a todos e todas não deixarão passar nas proximidades do local onde estão levantadas três cruzes, duas ocupadas já por dois homens que berram e gritam e choram, e a terceira, ao meio, esperando o seu homem, direita e vertical como uma coluna sustentando o céu. Disseram os soldados a Jesus que se deitasse, e ele deitou-se, puseram-lhe os braços abertos sobre o patíbulo, e quando o primeiro cravo, sob a bruta pancada do martelo, lhe perfurou o pulso pelo intervalo entre os dois ossos, o tempo fugiu para trás numa vertigem instantânea, e Jesus sentiu a dor como seu pai a sentiu, viu-se a si mesmo como o tinha visto a ele, crucificado em Séforis, depois o outro pulso, e logo a primeira dilaceração das carnes repuxadas quando o patíbulo começou a ser içado aos sacões para o alto da cruz, todo o seu peso suspenso dos frágeis ossos, e foi como um alívio quando lhe empurraram as pernas para cima e um terceiro cravo lhe atravessou os calcanhares, agora não há mais nada a fazer, é só esperar a morte.

Jesus morre, morre, e já o vai deixando a vida, quando de súbito o céu por cima da sua cabeça se abre de par em par e Deus aparece, vestido como estivera na barca, e a sua voz ressoa por toda a terra, dizendo, Tu és o meu Filho muito amado, em ti pus toda a minha complacência. Então Jesus compreendeu que viera trazido ao engano como se leva o cordeiro ao sacrifício, que a sua vida fora traçada para morrer assim desde o princípio dos princípios, e, subindo-lhe à lembrança o rio de sangue e de sofrimento que do seu lado irá nascer e alagar toda a terra, clamou para o céu aberto onde Deus sorria, Homens, perdoai-lhe, porque ele não sabe o que fez. Depois, foi morrendo no meio de um sonho, estava em Nazaré e ouvia o pai dizer-lhe, encolhendo os ombros e sorrindo também, Nem eu posso fazer-te todas as perguntas, nem tu podes dar-me todas as respostas. Ainda havia nele um resto de vida quando sentiu que uma esponja embebida em água e vinagre lhe roçava os lábios, e então, olhando para baixo, deu por um homem que se afastava com um balde e uma cana ao ombro. Já não chegou a ver, posta no chão, a tigela negra para onde o seu sangue gotejava.

Sugestões de leitura

Publicado pela primeira vez em outubro de 1991, *O Evangelho segundo Jesus Cristo* é uma das obras mais importantes do prêmio Nobel de literatura José Saramago. Livro que antecedeu *Ensaio sobre a cegueira*, o romance causou grande repercussão na Igreja e entre políticos conservadores, que logo trataram de condenar a publicação e seu autor.

Saramago não imaginava que isso aconteceria. Em entrevista a Francisco José Viegas em novembro daquele mesmo ano, disse: "A Igreja Católica aprendeu já a mais difícil das coisas, que é estar calada quando deve. O livro não lhes agradará muito, evidentemente, mas irão digerir em silêncio. Poderá haver um cura, um padre mais assanhado que acuse o autor de escrever heresias. Mas se qualquer coisa desse género vier a suceder, cá estarei".

A surpresa, portanto, foi grande quando o subsecretário de Estado da Cultura à época, Sousa Lara, removeu José Saramago da lista de concorrentes ao Prêmio Literário Europeu que ocorreria em 1992. De acordo com Lara, em entrevista ao jornal *Público*, o livro não representaria Portugal — um país majoritariamente católico.

Manchetes como "Vade retro, Saramago" e "O fariseu Torquemada Saramago" eram comuns nos periódicos portugueses, que relacionavam o *Evangelho* ao posicionamento político do escritor. Com a polêmica, a obra atingiu o topo de vendas, mas José Saramago optou por sair do país depois da onda conservadora que tentou engolir — sem sucesso — o romance. Mudou-se para Lanzarote, nas Ilhas Canárias, em 1993, onde viveu até sua morte.

Em julho de 1992, em entrevista à RTP sobre a turbulenta recepção de seu *Evangelho*, José Saramago declarou: "Este livro é resultado de uma leitura pessoal feita dos evangelhos, por alguém que não tem fé, como é meu caso, mas que evidentemente se enfrenta com documentos de importância que são precisamente os textos que constituem o fundamento da nossa civilização. E é uma leitura à luz da própria atitude racionalista perante documentos que, por um lado, são históricos, e por outro lado têm também uma interpretação simbólica".

A crítica literária Leyla Perrone-Moisés, em *As artemages de Saramago*, aponta que a questão teológica por trás de *O Evangelho segundo Jesus Cristo* é inevitável, mas ociosa. Para ela, a motivação de Saramago "é a da ficção, e esta exige do leitor outro tipo de fé, que não é menos misteriosa e apaixonada do que a religiosa".

Nesta edição especial da obra, selecionamos algumas das matérias que contribuem para construir um panorama de sua recepção.

PRIMEIRAS NOTÍCIAS

"Uma biografia de Jesus, segundo José Saramago", entrevista a Francisco José Viegas. *Ler*, Lisboa, n. 16, pp. 28-30, out. 1991.

"No meu caso, o alvo é Deus", entrevista a Clara Ferreira Alves. *Expresso*, Lisboa, pp. 82-7, 2 nov. 1991.

"O Evangelho segundo José Saramago", entrevista a José Carlos Vasconcelos. *Jornal de Letras*, Lisboa, pp. 8-10, 5-11 nov. 1991.

"O Cristo segundo Saramago", por Linda Santos Costa. *Público*, Lisboa, p. 15, 29 nov. 1991.

"O Evangelho de Saramago na capela do Rato", por Afonso Praça. *Jornal de Letras*, Lisboa, p. 5, 3 dez. 1991.

RECEPÇÃO CONSERVADORA

"O evangelho segundo Saramago", por Vasco Pulido Valente. *K*, Lisboa, pp. 71-8, jan. 1992.

"O Evangelho segundo Jesus Cristo", por Vital Capelo. *O Arrais*, Lisboa, p. 1, 12 mar. 1992.

"Prémio Literário Europeu: Sousa Lara corta nome de Saramago", por Torcato Sepúlveda. *Público*, Lisboa, p. 32, 25 abr. 1992.

"Vade retro, Saramago". *O Independente*, Lisboa, p. 13, 22 maio 1992.

REPERCUSSÃO NA MÍDIA

"Saramago ao *La Stampa* sobre exclusão do Prémio Literário Europeu: 'É o regresso à inquisição'". *Público*, Lisboa, p. 39, 30 abr. 1992.

"Saramago e a decisão de Sousa Lara: 'Ainda acabo por me ir embora'", entrevista a Clara Ferreira Alves. *Expresso*, Lisboa, p. 13, 2 maio 1992.

"Demissão é possível. Ofícios confidenciais revelam

novos dados. Lara Tremido". *O Independente*, Lisboa, p. 2, 15 maio 1992.
"O bombo da festa", por António José Saraiva. *Expresso*, Lisboa, p. 3, 23 maio 1992.
"Saramago no 'top' de vendas em Espanha", por Nuno Ribeiro, em Madri. *Público*, Lisboa, p. 30, 13 jun. 1992.

Esta obra foi composta em Filosofia
por Alexandre Pimenta e impressa em
ofsete pela Geográfica sobre papel Pólen Soft
da Suzano S. A. para a Editora Schwarcz
em novembro de 2022

A marca FSC® é a garantia de que a madeira utilizada na fabricação do papel deste livro provém de florestas que foram gerenciadas de maneira ambientalmente correta, socialmente justa e economicamente viável, além de outras fontes de origem controlada.